Halldór Gudmundsson

Im Schatten des Vulkans

Eine literarische Reise ins Herz Islands

btb

Übersetzungen von Gedichten und anderen literarischen Texten, die noch nicht auf Deutsch erschienen sind: Kristof Magnusson

Redaktion und deutsche Bearbeitung
von Ursula Bergenthal

Anmerkung zur Schreibweise der isländischen Namen:
In diesem Buch werden alle isländischen Namen in ihrer originalen isländischen Form wiedergegeben, einschließlich der spezifischen Buchstaben Þ und ð. Diese werden ähnlich dem englischen »th« ausgesprochen. Eine Ausnahme bildet der Name des Autors, der als »Gudmundsson« statt »Guðmundsson« geschrieben wird. Dies folgt der bereits etablierten Schreibweise in seinen früheren Werken beim btb Verlag und bleibt aus Konsistenzgründen unverändert.

Aus Gründen der Lesbarkeit wurde auf das Gendern verzichtet.
Die gewählten Formulierungen schließen alle Geschlechter ein.

Vorbemerkung:
Dieses Buch beansprucht keineswegs, eine vollständige isländische Literaturgeschichte zu sein. Vielmehr unternimmt es im ursprünglichen Sinne eines Essays den Erkundungsversuch, aus der persönlichen Sicht des Autors die Facetten der isländischen Literatur sowie die Geschichte Islands und der Menschen, die hier gelebt haben, zu beleuchten.

Wenn es dir gelingt, es ins Herz des Volkes zu dichten,
dann ist es gut, sagte sie.
Einen anderen Maßstab gibt es nicht.

Halldór Laxness: *Weltlicht*

Inhaltsverzeichnis

Das wortlose Land

Feuer in Kopenhagen

Unsere Geschichte beginnt in Kopenhagen, der dänischen Stadt, die sich für fast fünfhundert Jahre als Hauptstadt Islands bezeichnen konnte. So lange war Island nämlich Teil des dänischen Königreichs. Reykjavík, die heutige Hauptstadt Islands, war bis weit ins 19. Jahrhundert hinein lediglich ein kleines Dorf. In Kopenhagen tobten zwei große Brände im 18. Jahrhundert, der erste im Jahre 1728, der zweite über ein halbes Jahrhundert später 1795. Zusammen mit dem Renovierungsfieber, das Mitte des 20. Jahrhunderts ausbrach, sind sie dafür verantwortlich, dass nur noch wenige Spuren des Mittelalters in der Stadt zu finden sind. Beim Brand von 1728 wäre beinahe auch ein Großteil des kulturellen Erbes des Nordens, das heißt Skandinaviens, der Färöischen Inseln und Islands, in Flammen aufgegangen.

Das Feuer entzündete sich am 20. Oktober auf einem Dachboden in der Nähe des jetzigen Rathausplatzes, und konnte deshalb drei Tage ungehindert wüten, weil die Häuser in der Innenstadt zum einen dicht standen, zum anderen viele davon Holzbauten waren, und die Feuerwehr zu guter Letzt ziemlich primitiv ausgerüstet war. Einige Umstände erschwerten auch das Löschen, so verbot der Kommandant von Kopenhagen, die lange eine Festungsstadt war, beispielsweise das Öffnen des Stadttores Vesterport, wodurch man Wasser aus dem Stadtgraben hätte holen können, weil er Angst davor hatte, dass seine Männer dann desertieren würden. Fast ein Drittel der Stadt wurde schließlich zerstört. Ungefähr fünfzehntausend Menschen verloren ihre Bleibe, das heißt, mehr als ein Fünftel der damaligen Einwohnerschaft.[1]

Man muss sich das vorstellen: Die hohen schönen Häuser der Kopenhagener Oberschicht brannten eins nach dem anderen ab, während ihre Bewohner mehr oder weniger tatenlos zusehen mussten. Oft eilten alle zu einer bestimmten Stelle, um das Feuer aufzuhalten, und dann breitete es sich an einer anderen aus. Soldaten versuchten verzweifelt, halbverbrannte Häuser mit Kanonen zu beschießen, aber die Explosionen machten alles nur noch schlimmer, und ein frischer Südwestwind sorgte dafür, dass dem Feuer nicht die Nahrung ausging.

Das Universitätsgelände war besonders betroffen. Zu diesem gehörten stattliche Häuser an der Store Kannikestræde, wo viele Professoren ihren Wohnsitz hatten. Einer von ihnen war der Isländer Árni Magnússon, Professor für Erdkunde und Geschichte an der Universität von Kopenhagen, dazu Archivar und Bibliothekar an der Universitätsbibliothek, deren Bücher auf dem Dachboden der Trinitatis-Kirche lagerten. Seit vierzig Jahren hatte Árni es zu seiner Lebensaufgabe gemacht, isländische Manuskripte, Dokumente und Bücher zu sammeln und sie nach Kopenhagen zu verfrachten, um sie dort wissenschaftlich zu analysieren und zu klassifizieren.

Das 18. Jahrhundert in Island war ein Jahrhundert der Armut und des Elends, wozu auch Pandemien und Naturkatastrophen beitrugen. Den Zustand des Landes zu Beginn des Jahrhunderts kannte Árni Magnússon gut, denn im Auftrag des dänischen Königs hatte er damals das ganze Land bereist, um die gesellschaftlichen Verhältnisse zu erfassen, zu beschreiben und Vorschläge zur Verbesserung der Lage zu machen. Die wenigsten Isländer scherten sich um alte Manuskripte, und ordentlich aufbewahrt, geschweige denn wissenschaftlich untersucht, wurden sie nirgends im Lande. Unter dem Einfluss des europäischen Humanismus war einigen Bischöfen, Beamten und Gelehrten wie Árni Magnússon allerdings klar geworden, dass ein großer Teil der Geschichte, Mythologie und Literatur des Nordens, in nordischer Sprache verfasst, nur in Pergamenthandschriften aus dem 13. und 14. Jahrhundert in Island aufbewahrt worden war. Viele der ältesten und auf Kalbsfell geschriebenen Bücher sind wahrscheinlich verschollen, aber glücklicherweise gab es Abschriften von ihnen; die ersten Abschriften wurden auf Fell gemacht, waren also auch Pergamente, später dann schrieb man sie auf Papier ab.

Árni Magnússon war der eifrigste Sammler isländischer Handschriften, den es je gegeben hat, und er war davon überzeugt, dass die Aussichten auf ihre ordentliche Aufbewahrung in Island nicht eben gut waren; dazu kam, dass er für den dänischen König unterwegs in Island war. Einige der Handschriften hat er damals sicherlich vor der unmittelbaren Zerstörung bewahrt, denn es lag seinen Landsleuten nicht fern, das Kalbsfell für Schuhe oder andere praktische Zwecke zu verwenden oder die Pergamente ins Ausland zu verkaufen. Aber während des Brandes in Kopenhagen fühlte er sich zunächst sicher und war überzeugt, dass die Feuerwehr die Flammen schon löschen würde, bevor sie sein Haus erreichten, obwohl seine Freunde und Mitarbeiter alles versuchten, um ihn davon zu überzeugen, die Sammlung in Sicherheit zu bringen. Als er endlich sah, dass sein Wohnsitz nicht mehr zu retten war, dass keine menschliche Kraft das Feuer aufhalten würde, trugen er und ein paar getreue Freunde stundenlang Stapel von Manuskripten aus dem Haus und schafften sie mit seiner alten Pferdekarre, die wegen der holprigen Straßenverhältnisse in Dauerreparatur war – auch während dieser Rettungsaktion fiel ihr ein Rad ab –, in Sicherheit.

Über vierhundert Handschriften und Bücher konnten so gerettet werden, tausende gingen in Flammen auf. Kurz danach brannte auch die Universitätsbibliothek auf dem Dachboden der Trinitatiskirche, darunter mehrere isländische Pergamentmanuskripte. Von Árni, vor den Ruinen seines Lebenswerkes stehend, ist der Satz überliefert, den auch Halldór Laxness in seinem historischen Roman über diese Zeit, *Die Islandglocke,* verwendet: »Dort sind Bücher, die man bis zum Jüngsten Tag nie und nirgends mehr bekommt.«[2]

Árni Magnússon erholte sich nicht von diesem Schicksalsschlag und starb nur zwei Jahre später, gerade einmal 66 Jahre alt. Seine Professur für Erdkunde und Geschichte übernahm nach seinem Tod der Dramatiker Ludvig Holberg, auch er ein großer Literat.[3]

Im Nachhinein weiß man, dass der Verlust nicht ganz so katastrophal war, wie Árni es gefürchtet hatte. Viele der wichtigsten Manuskripte, darunter die besten Handschriften der *Njáls Saga* und der *Grettis Saga,* zwei der bekanntesten Isländersagas, wurden gerettet, von anderen gibt es jüngere Abschriften, aber einiges ist in der Tat ganz und gar verloren gegangen, darunter viele seiner persönlichen Dokumente. Es bleibt der Gedanke, wie nahe wir daran waren, den zentralen Beitrag des nordischen Mittelalters zur Weltliteratur – die Bücher, die im 13. Jahrhundert auf Island zusammengestellt wurden – zu verlieren.

Heute ist die sogenannte Arnamagnäanische Sammlung auf zwei nach Árni benannte Institute verteilt, in Kopenhagen und Reykjavík. Außerhalb Islands und philologischer Kreise in den skandinavischen Ländern kennen nicht viele den Namen von Árni Magnússon. Mit Sicherheit muss jedoch der französische Autor Jules Verne von ihm gehört haben, denn sein Buch *Die Reise zum Mittelpunkt der Erde* (1864) fängt damit an, dass der deutsche Professor Otto Lidenbrock und sein Neffe Axel eine mit Runen auf Kalbfell geschriebene, verschlüsselte Botschaft des berühmten isländischen Alchemisten Arne Saknussem entziffern, und so ihre gefährliche Expedition in die Tiefe der Erde antreten können.

In gewissem Sinne war Árni Magnússon ein Alchemist der Kultur: Seine Sammelwut rettete wichtige Teile der altisländischen Literatur. Dabei mochte er keine »Lügengeschichten«, er war ein eher trockener Wissenschaftler.

Die Bibel des Wulfila

Um 800 fing alles an, um 1400 war es zu Ende, teils schon vorher. Das Zeitalter der Wikinger, die gemeinsame westnordische Sprache, die Landnahme Islands, die Ereignisse, die den Stoff der Sagas ausmachten, die nordische Besiedlung von Grönland (das heißt Teile von Südgrönland wohin die Inuit erst später kamen), die königsfreie Gesellschaft der Bauernhäuptlinge, die sich zum Thing trafen, der isländische Freistaat, die unglaubliche literarische Arbeit in Island, wo im 13., 14. und 15. Jahrhundert das gesamte Korpus der Eddas und Sagas aufgeschrieben und zum großen Teil sicher auch verfasst wurde.

Sprachgeschichtliche Forschungen, ganz besonders bei Sprachen, die jahrhundertelang nicht schriftlich dokumentiert wurden, bewegen sich zwischen intelligenter Rekonstruktionsarbeit bis hin zum Bereich reiner Vermutungen. Die älteste Überlieferung eines längeren germanischen Textes ist die sogenannte *Wulfilabibel*, benannt nach dem Bischof Wulfila, der im 4. Jahrhundert die Bibel aus dem Griechischen ins Gotische übersetzen ließ; nur ein Teil der Übersetzung ist erhalten. Dabei erfand Wulfila sogar das gotische Alphabet. (Die Goten lebten damals in den heutigen Regionen von Bulgarien, Rumänien und der Ukraine.) Andere schriftliche Dokumente der germanischen Sprachen aus dem frühen Mittelalter sind meistens kurze Runeninschriften. Unser Studium der Sprachgeschichte an der Universität Reykjavík fing deshalb für uns Studenten immer mit dem Lesen einiger Kapitel aus der gotischen Bibel an; Wulfilaorchester nannten meine musikalischen Mitstudierenden ihre Rockband in diesen Jahren. Pech nur, dass Gotisch längst keine lebendige Sprache mehr ist und außerdem zu den ostgermanischen Sprachen gehört, die es auch nicht mehr gibt. Es ist daher sicher diskutabel, wie viel uns diese Bibel über den Ursprung des Isländischen sagen kann.

Bei den Runen sieht es nicht besser aus, jedenfalls was die isländische Sprachgeschichte betrifft, denn die meistens auf Stein oder Holz geritzten Inschriften, die man hier gefunden hat, sind relativ jung. Mag sein, dass die ersten Siedler, die nach Island kamen, sich fleißig Runenbotschaften auf Holztelegrammen zuschickten, aber nur eine davon ist uns überliefert. Sie kommt aus dem 10. oder 11. Jahrhundert, genauer lässt es sich nicht sagen, und ist beschädigt, und das einzige Wort, das man mit Sicherheit hat entziffern können, ist *ást*, Liebe, somit das erste isländische Wort, das uns schriftlich überliefert ist.

Im 13. Jahrhundert hatte man längst das lateinische Alphabet in Gebrauch genommen. Runen sind für die isländische Literaturgeschichte deshalb von keinerlei Bedeutung, was auch immer man sich vorgestellt haben mag. (Jules Verne ging zum Beispiel davon aus, dass Snorri Sturluson seine Geschichte der norwegischen Könige, *Heimskringla*, mit Runen geschrieben habe, was ihm nie eingefallen wäre, obwohl er das Runenalphabet, Futhark, sicher beherrschte.)

So mangelhaft die schriftlichen Zeugnisse auch sind, geht man doch gemeinhin davon aus, dass die nordgermanischen

Sprachen im 5. Jahrhundert ihre eigenständige Entwicklung begannen und dass man – trotz naher Verwandtschaft – ab 800 zwischen westnordischen (Norwegisch, Färöisch und Isländisch) und ostnordischen (Dänisch, Schwedisch) Sprachen unterscheiden konnte. Man sprach also in Island von Anfang an Norwegisch, manchmal Altnordisch genannt, oder einfach Isländisch, das ist damals alles die gleiche Sprache. Es war die Sprache der Häuptlinge, nicht der Sklaven und bei weitem auch nicht aller Frauen.

Zum Altisländischen gibt es ein wichtiges historisches Dokument, den sogenannten »ersten grammatikalischen Aufsatz« aus dem 12. Jahrhundert. Mit dessen Hilfe kann man sogar die Aussprache der ersten Bewohner des Landes rekonstruieren, denn der anonyme Autor wollte zeigen, wie man Isländisch am besten mit dem lateinischen Alphabet schreiben konnte. Doch in der zweiten Hälfte des 14. Jahrhunderts begann die Auflösung der norwegisch-isländischen Sprachgemeinschaft, die so wichtig für die isländische Literatur war; ab 1400 kann man von zwei verschiedenen Sprachen, und nicht nur Dialekten, ausgehen, und ab 1500 haben die Menschen in Norwegen und Island wahrscheinlich einander nur mit Mühe verstehen können.[4] Dänisch wurde zur Schriftsprache in Norwegen, und das Altnordische lebte als Isländisch weiter. Teile der Edda und der sogenannten Skaldendichtung stammen ursprünglich aus dem 9. Jahrhundert, die Isländersagas spielen sich hauptsächlich in den Jahren 900–1050 ab, fast der gesamte Korpus der Eddas und Sagas wurde in Island im 13. und 14. Jahrhundert aufgeschrieben, und ab 1400 verstand sie keiner außerhalb der Insel mehr. Erst im 17. Jahrhundert fing man an, diese Literatur zu übersetzen, und zwar in die nordischen Sprachen und Latein.

Das Zeitalter der Wikinger fing um 800 an, genauer gesagt markiert der Überfall auf die Insel Lindisfarne an der nordöstlichen Küste Englands, auch Heilige Insel genannt, im Jahre 793, in vielen Geschichtsbüchern den Anfang der Wikingerzeit, wobei die ersten Raubzüge in England sicher noch weiter zurückgehen. 150 Jahre zuvor hatte auf Lindisfarne ein irischer Mönch ein Kloster gegründet, und der Überfall wurde ein Symbol des Angriffs der nordischen Heiden auf die christliche Welt. In der sogenannten *Angelsächsischen Chronik* steht zu lesen: »In diesem Jahr erschienen schlimme Vorzeichen über Northumbria und versetzten die Menschen in Schrecken. Sie bestanden aus starken Wirbelwinden und Blitzen, und feuerspeiende Drachen sah man durch die Luft fliegen. Diesen Vorzeichen folgte eine große Hungersnot und ein wenig später im selben Jahr, am 8. Juni, verheerten die Überfälle der Heiden Gottes Kirche in Lindisfarne durch Plünderung und Mord.«[5] Zwei Jahre später folgte der erste Raubzug der Wikinger – die hauptsächlich aus den westnorwegischen Fjorden kamen – nach Irland, und um 850 hatten sie in einem Teil des Landes ihr eigenes Reich, das Königreich Dublin, gegründet.

Es gibt schriftliche Belege, die mit ziemlicher Sicherheit darauf hindeuten, dass Menschen um 795 nach Island kamen; ganz sicher werden wir indes wohl nie sein, und die Historiker streiten noch immer darüber, ob in den besagten Quellen eventuell andere Inseln nördlich von Schottland und Irland gemeint sind. Der irische Mönch Dicuil, der Gelehrter am Hofe Karls des Großen war, verfasste 825 ein Werk über die Vermessung der Erde, *De mensura orbis terrae*. Darin schreibt er, dass ihm dreißig Jahre zuvor irische Mönche von ihrem Besuch auf die nordische Insel Thule erzählt hätten, wo sie sich vom Frühjahr bis zum Herbst aufhielten. Die Beschreibung des Klimas, Sonnengangs und des Eises nördlich von der Insel passt gut zu Island. Dicuil erfuhr unter anderem, dass es um Mitternacht noch so hell war, dass die Menschen ihren alltäglichen Tätigkeiten nachgehen konnten, wie zum Beispiel sich gegenseitig die Läuse aus den Hemden zu fangen.[6]

Der sagenumwobene Name Thule stammt von dem griechischen Entdecker Pytheas aus Massilia, dem heutigen Marseille, der die Insel auf seinen Reisen nach Nordeuropa um 325 vor Christus fand und in einem Werk beschrieb. Bloß stoßen wir hier auf ein typisch isländisches Problem, das heißt, sein Werk ist nicht originalgetreu überliefert, und es gibt es nur in der Wiedergabe von späteren Autoren, die ihm teilweise sehr kritisch gegenüberstanden. Noch immer sind die Forscher sich nicht einig, ob Pytheas wirklich nach Island kam oder ob es sich bei Thule um Shetland, die Färöer oder sogar Norwegen handelt. Pytheas, so wie Plinius der Ältere es in seinen Schriften zur Naturgeschichte aus dem ersten Jahrhundert berichtet, fand Island nach sechs Tage langem Segeln von Britannien aus, und es war das äußerste Land der Welt (daher auch die Bezeichnung Ultima Thule), wo es mitten im Sommer keine Nächte gab und mitten im Winter keine Tage, und nördlich von der Insel war nur das gefrorene Meer.[7]

Aber die Beschreibungen von Thule in späteren Quellen, darunter auch arabischen, sind verworren und manchmal auch sehr abenteuerlich, und vielleicht gehört Thule in das Reich des Imaginären, wie der deutsche Philologe und Historiker Klaus von See es formuliert hat.[8] Auf jeden Fall hat die Mythologie ganz übernommen, als Goethe ein Gedicht über den König in Thule verfasste (»Es war ein König in Thule/ Getreu bis in das

Grab«), denn darin ist die Insel bereits ein Reich mit Städten und Rittern; Goethe ging es im Gedicht wohl nicht um Geografie, sondern um die Liebe, und er fand vielleicht deswegen später Verwendung für diese Strophen im *Faust*.

Die ersten Siedler aus Norwegen im letzten Drittel des 9. Jahrhunderts fanden ein unbewohntes Land vor, ein wortloses Land, und wähnten sich wahrscheinlich am Ende der Welt. Nun, ganz leer war es vielleicht nicht, denn es hielten sich in Island möglicherweise bereits Einsiedler auf. Das waren die schon erwähnten irischen Mönche, auf Isländisch Papar, Papen, genannt. In der zuverlässigsten Quelle zur Landnahme Islands, dem *Buch der Isländer* (*Íslendingabók*) von Ari dem Gelehrten, um 1130 verfasst, steht: »Da lebten hier Christen, von den Norwegern ›Papen‹ genannt; sie verließen jedoch nachher die Insel, weil sie nicht mit den Heiden hier leben wollten, und hinterließen irische Bücher und Glocken und Krummstäbe, woraus man ersehen konnte, dass es Irländer waren.«[9]

Einige Ortsnamen in Island deuten darauf hin, dass die Papen hier waren, und es gibt auch mündlich überlieferte Geschichten von ihren Tätigkeiten, aber bisher konnte die Archäologie keinen einzigen handfesten Beweis von den Einsiedlern auf Island liefern – wie sollte sie auch? Große Bauten haben sie bestimmt nicht errichtet, und ihre Boote waren viel primitiver als die Knorr der Wikinger; auch in der Segelkunde waren sie längst nicht so weit wie die nordischen Seeräuber.

Es hat eine gewisse Schönheit, dass Ari der Gelehrte in dem kurzen Abschnitt über sie ihre Bücher erwähnt. Sicher hatten diese gläubigen Einsiedler christliche Literatur dabei, aber man sollte auch nicht vergessen, dass die Iren schon vom 7. Jahrhundert an mythologische Erzählungen und Gedichte in ihrer keltischen Muttersprache aufschrieben. Manche Forscher sind der Meinung, dass diese irische Tradition zur Entstehung der isländischen Literatur beigetragen hat; dazu später mehr.

Ari schreibt in seinem Buch auch: »Island wurde zuerst von Norwegen aus besiedelt in den Tagen Harald des Haarschönen«. Er war der erste norwegische König und herrschte von ungefähr 872 bis 930. Man geht deswegen schon lange davon aus, dass die Besiedlung in den Jahren nach 870 stattfand. Auch im *Buch der Landnahme* (*Landnámabók*), wie das *Buch der Isländer* wahrscheinlich ursprünglich im frühen 12. Jahrhundert geschrieben (das Original ist natürlich verschollen), wird die Tyrannei von Harald Schönhaar, wie er auch genannt wird, als eine der Hauptursachen für die Auswanderung so vieler westnorwegischer Familien nach Island genannt. In diesem Buch, oder genauer gesagt den späteren Abschriften, die uns zugänglich sind, wird die Landnahme auch katalogisiert. 3500 Namen sind dort zu finden und 1400 Ortsnamen, denn man wollte mit Sicherheit festhalten, wem was gehörte. Weswegen man auch dem *Buch der Landnahme* inzwischen mit mehr Skepsis begegnet: Hier listet die Oberschicht ihre Besitztümer und Rechte auf. Genannt werden zum Beispiel etwa 450 der ursprünglichen Siedler, aber nur vierundfünfzig Frauen.[10]

Für die Ursprungsmythologie der Isländer, nicht zuletzt, während sie sich im 19. und frühen 20. Jahrhundert um Unabhängigkeit bemühten, ist diese Erzählung grundlegend. Meine Generation musste sich in der Schule noch immer freiheitsliebende Helden aus Norwegen vorstellen, die einem Leben als Knechte des Königs entkommen wollten und deswegen nach Island segelten, um dort ihren eigenen Staat zu gründen. Da gilt es nur zu bedenken, dass die Expansion der Wikingerzeit die nordischen Seefahrer schon seit Jahrzehnten in Richtung Westen führte, dass sie den Schiffbau und die Segelkunde unglaublich gut beherrschten und dass der Siedlungsraum in Westnorwegen, wegen der stetig wachsenden Bevölkerungsanzahl, immer knapper wurde.[11] Wie bei allen Migrationen waren unter den Auswanderern nicht nur heldenhafte Rebellen, sondern auch viele friedfertige Familien, die einfach auf der Suche nach einem besseren Leben waren.

Die wichtigste Periode der Wikingerzeit, von ungefähr 800 bis 1050, war auch von einer Transformation vom Häuptlinge- oder Godenregime zum Königreich gekennzeichnet. Schon im 9. Jahrhundert gab es einen endlosen Machtkampf norwegischer Kleinkönige, und erst im 11. Jahrhundert entstand auf norwegischem Boden eine gefestigte Königsmacht, obwohl die Bürgerkriege noch bis zur Mitte des 12. Jahrhunderts andauerten.

Die Bauernhäuptlinge, die Island besiedelten, führten dort von Anfang an die Tradition der germanischen Versammlung, das Thing, ein, und um 930 gründeten sie das Al-thing, eine Versammlung für das ganze Land und damit eine einzigartige Institution im nordischen, ja zu der Zeit ganzen europäischen Raum. (Abgesehen von den Färöischen Inseln, die auch ein Althing hatten.) Um das Jahr 1000 wurde auf dem Althing der friedliche Übergang zum Christentum beschlossen, und bis ins späte 13. Jahrhundert war Island ein Land ohne König, auch das einzigartig für den Norden. Aber es war auch ein Land ohne ausübende Staatsmacht, und zwischen 1262 und 1264 beendete man einen vierzig Jahre währenden Bürgerkrieg, in dem man den norwegischen König als den seinigen anerkannte und mit ihm den sogenannten »alten Vertrag« schloss. Der Vertrag verpflichtete Norwegen, den Isländern jedes Jahr sechs Schiffe mit Waren zu schicken, denn zum Schiffbau fehlte den Isländern das Holz. Aber es war auch der erste Schritt dazu, die oberste Macht im Lande ins Ausland zu verlagern. »Der alte Vertrag« war zu meiner Schulzeit ein Eckpfeiler der isländischen Geschichte und wurde schon im Unabhängigkeitskampf vom 19. Jahrhundert fleißig zitiert, aber inzwischen wird seine Existenz ernsthaft bezweifelt. Die Historikerin Patricia Pires Boulhosa ist der Meinung, dass der Text des Vertrags aus dem 15. Jahrhundert stammt und von isländischen Häuptlingen im Streit mit dem König über Handelsinteressen ausgehandelt wurde.[12]

Unumstritten ist, dass die Isländer zu dieser Zeit den norwegischen König als ihr Oberhaupt anerkannten. Richtig zu spüren bekamen die Isländer die Königsmacht jedoch erst mit der Kalmarer Union gegen Ende des 14. Jahrhunderts. Margarethe I. von Dänemark wurde Königin von Norwegen und vereinte dann mit dieser Union, zu der auch Schweden gehörte, de facto ganz Skandinavien. Wieder sind wir bei der Jahrhundertwende 1400 angelangt; eine Zeit großen Wandels im Norden.

Um das Jahr 1000 war der Drang der Wikinger nach Westen bei weitem nicht befriedigt, und sie segelten, von Island aus, weiter, nach Grönland und sogar nach Amerika. In Grönland wurden sie sesshaft, gründeten dort zwei Siedlungen und trieben fleißig Handel mit sowohl Island als auch Norwegen. Bis sie im 15. Jahrhundert verschwanden. Wohin oder wie, ist eines der Rätsel der nordischen Geschichte. Die Verbindung Islands mit Grönland ging, wie so vieles, um 1400 verloren. Zum letzten Mal sah man sich, als ein Schiff von Norwegen unterwegs Richtung Island nach Grönland abtrieb, und die Passagiere deswegen bei einer Hochzeit in Hvalsey, in Südgrönland in der

Nähe des heutigen Qaqortoq, zugegen waren. Das Fest fand 1408 statt, und die Augenzeugenberichte dieser Reisenden sind die letzte schriftliche Dokumentation eines Kontaktes zwischen den Isländern und ihren Landsleuten auf Grönland. Bedeutend war diese Verbindung vor allem wegen der Walrosse gewesen, wie wir sehen werden.

Als ob dies alles nicht genug wäre, kam 1402 mit einer Verspätung von einem halben Jahrhundert die schreckliche Pest, die man den Schwarzen Tod nennt, von Europa nach Island. Man weiß es nicht mit Sicherheit, aber fast die Hälfte der isländischen Bevölkerung, die damals vielleicht fünfzig- bis sechzigtausend zählte, starb in dieser Pandemie. Besonders hart traf es die Priester und Mönche – wahrscheinlich, weil sie die Toten bestatten mussten und sich dabei ansteckten –, die Gelehrten also, die Schreibenden. Und tatsächlich sind aus der ersten Hälfte des 15. Jahrhunderts nur ganz wenige Manuskripte überliefert, in diesem schreibwütigen Land. Was im 9. Jahrhundert anfing, war um 1400 zu Ende.[13]

Ungefähr gleichzeitig setzte die kühle Periode, die man in Europa »Kleine Eiszeit« nennt, ein und währte bis ins 19. Jahrhundert.

Ein schwarzer Wikinger und seine Walrosse

Der einflussreichste Politiker Islands in der ersten Hälfte des 20. Jahrhunderts, Jónas Jónsson (1885–1968), meistens Jónas von Hrifla genannt nach seinem Geburtsort im Norden des Landes, gründete 1916 nicht nur den isländischen Gewerkschaftsbund und die Sozialdemokratische Partei Islands und die Progressive Bauernpartei, sondern schrieb auch eine Geschichte Islands für Kinder, das wohl einflussreichste und am längsten im Unterricht verwendete isländische Schulbuch. Es ist spannend und lebendig geschrieben, bildreich und voller Rhetorik und prägte das geschichtliche Selbstverständnis mehrerer Generationen. Das Buch ist nationalistisch gefärbt und sollte die jungen Menschen für den weiteren Unabhängigkeitskampf motivieren. Den Mythos der isländischen Landnahme findet man in Reinform in diesem Buch. Wieder ist der machtgierige König Harald Schönhaar an allem schuld, wie er versucht, die Häuptlinge im Westen Norwegens unter seiner Herrschaft zu versammeln. Jónas schreibt: »Diese Ereignisse führten dazu, dass viele der kernigsten Menschen, die es im Lande gab, nach Island auswanderten. Das war aber gleichzeitig auch der Teil, der am wenigsten kompromissbereit war und am schwersten zu regieren.«[14]

So sah man sie in der Schule also vor sich, die trotzigen Wikinger, die sich, um der Steuerlast und der Tyrannei zu entkommen, mit ihren Familien und ihrem Vieh, mit Pferden, Schafen und Kühen, nach einer zweiwöchigen Seefahrt schließlich in Island niederließen. Archäologische Funde bestätigen die Landnahme nach 870. Das Alter isländischer Ausgrabungen wird nicht nur mit der C14-Methode ermittelt, sondern, und in vielen Fällen präziser, auch durch die Geologie. So fand im Süden Islands um 877 ein heftiger Vulkanausbruch statt, der einen großen Teil des Landes mit Asche bedeckte. Fast alle der ältesten archäologischen Funde in Island, die von Häusern und Siedlungen zeugen, kann man auf die Zeit nach dieser sogenannten Landnahme-Asche-Schicht datieren, das heißt, sie sind später errichtet worden, stehen auf ihr drauf. Daher ist sich die Forschung, was die zügige Besiedlung des ganzen Landes in den Jahrzehnten danach betrifft, einig. Neue Ausgrabungen haben auch Reste von Winterlagern und ähnlichen Bauten zu Tage gefördert, und es ist möglich, dass Island vor der Landnahme als Fangstation für Fisch und Walrosse bekannt war, wissenschaftlich bewiesen ist es noch nicht.

Was man jetzt auch viel besser als vor hundert Jahren weiß, ist, dass die Isländer keineswegs ein homogenes Volk waren, das geschlossen aus Norwegen auswanderte. Um 870 hatten die Nordmänner sich schon in größeren Scharen in Schottland, auf den Orkney-Inseln, auf den Hebriden und in Irland niedergelassen. Wahrscheinlich haben sie zuerst Winterlager errichtet, später feste Siedlungen.

»Die Wikinger waren primitive Wilde und grausame Seeräuber, für die wir uns schämen sollten«, sagte mein Großvater immer zu mir. Er stammte aus der gleichen Generation wie Jónas von Hrifla, aber er mochte dessen Ursprungsmythos und Verherrlichung der Wikinger nicht. Grausame Seeräuber, das waren sie, aber sie waren noch viel mehr. Fischer und Bauern, Jäger und Kaufleute, zudem äußerst kundige Schiffbauer, die die Navigation auf hoher See besser als andere beherrschten, und Handelsleute, die von Kiew in der Ukraine und vom tiefen Russland bis nach Grönland, von Irland bis nach Konstantinopel Handel trieben. Sie verkauften Fisch und Wollstoff, aber auch die teuren Erzeugnisse des Walrossfangs, hauptsächlich die Zähne und den Lebertran. Walrosse sind große, aber friedfertige Tiere und waren früher im hohen Norden leicht zu fangen, zum Beispiel an Islands und Grönlands Küsten. Schon vor einem Vierteljahrhundert entwickelte der Wissenschaftler Helgi Guðmundsson die These, dass der Handel mit den nordischen Siedlungen in Grönland und mit Erzeugnissen aus Grönland für die Isländer von großer Bedeutung war und ihren relativen Wohlstand im 12. und 13. Jahrhundert zumindest teilweise erklärt. Die Zähne der Walrosse waren das Elfenbein des Nordens.[15]

Der Isländer Bergsveinn Birgisson (geb. 1971), Autor mehrerer Romane und eine Zeit lang Dozent an der Universität Bergen für altnordische Geschichte und Literatur, schrieb vor etwa zehn Jahren ein spannendes Werk, das auf Isländisch den treffenden Titel *Leitin að svarta víkingnum* (Die Suche nach dem schwarzen Wikinger) trägt. Im Grunde basiert das Buch auf Hypothesen. Von eigenen Erkenntnissen und dem neuesten Stand der Forschung ausgehend versucht er, das Leben des Landnehmers Geirmundur Heljarskinn – Geirmundur der Schwarzhäutige – zu rekonstruieren. Er wird im *Buch der Landnahme* erwähnt als einer der nobelsten Siedler, weil sein

Vater ein norwegischer König von Hördaland war, der auf einer Raubfahrt nach Sibirien die Tochter eines indigenen Häuptlings entführt und mit ihr zwei Söhne bekommen hatte.

Geirmundur, der schwarze Wikinger, nahm sich Land am Breiðafjörður, einem breiten Fjord im Westen des Landes, aber das wurde ihm zu eng, und mit seinem Gefolge von achtzig freien Männern zog er deshalb in die Westfjorde in Nordisland und errichtete dort vier Höfe. Trotzdem ist über ihn keine Isländersaga überliefert, nur eine kurze Erzählung (þáttur), weshalb Bergsveinn sich daranmachte, sein Leben zu rekonstruieren. Dabei geht er von historischen Fakten aus, soweit sie überliefert sind, und füllt selbst die Leerstellen aus, erzählt uns, wie es hätte sein können. Ein paar Jahre später veröffentlichte er sogar eine »neue Saga«, in der er das Leben des Geirmundur als Roman im Stil der alten Sagas erzählte.[16] Bergsveinn hat hiermit zwei sehr interessante Werke vorgelegt, wobei ich dem historischen Buch mehr zuspreche als dem Roman. Nun kann man sich jedoch fragen, weshalb das für die Literaturgeschichte von Interesse ist.

Es geht um die Verbindungen zum keltischen Raum, aber auch darum, wie die isländische Gesellschaft in den ersten Jahrzehnten nach der Landnahme aufgebaut wurde, wovon die Menschen lebten. Bergsveinn und andere vertreten die Hypothese, dass die Landwirtschaft in Island, die anfangs aus Viehzucht bestand, sich nicht so schnell entwickeln konnte, dass sie die Bevölkerung, die um 930 ungefähr sechzigtausend Menschen zählte, hätte versorgen können. So viel Vieh, Rinder, Schweine, Pferde, Ziegen und natürlich Schafe konnten die ersten Siedler auf ihren Knorren gar nicht mitnehmen. Fischfang, Jagd und Handel waren weiterhin wichtige Erwerbszweige für die Nachkommen der Wikinger, es bildete sich nicht sogleich die friedfertige Gesellschaft freier Bauern, wie die Schulbücher es uns nahelegten. Geirmundur Heljarskinn war ein umtriebiger Häuptling, ein Seefahrer, Jäger und Kaufmann, der Reisen unternahm entlang der Küste Norwegens (der Name bedeutet ja Nord-Weg) bis nach Sibirien, und der danach nach Irland und Island und zu anderen Inseln im Atlantik segelte.

Die Nordmänner der Wikingerzeit, die im 9. Jahrhundert im keltischen Raum sesshaft wurden, wussten eventuell schon ein paar Jahrzehnte vor der eigentlichen Landnahme von Island – möglicherweise von den Papen – und könnten es als Station auf ihren Fahrten zum Fischfang oder zur Walrossjagd genutzt haben, ohne sich dort anzusiedeln. Die neueste Forschung hat gerade belegt, dass es auf Island seit Ende der Eiszeit einen eigenen Walrossstamm gab – unabhängig von anderen Stämmen am Nordatlantik –, der erst im 13. Jahrhundert ausstarb, woran wahrscheinlich der Mensch schuld war.[17] Für Seefahrer und Handelsleute wie Geirmundur den Schwarzen waren die Zähne der Walrosse ein wertvolles Gut, und die Walrosse an Islands Küsten in den ersten Jahrzehnten eine leichte Beute. Dann flohen sie vor den Jägern in den Norden, und deswegen hatte Geirmundur wohl auch im nördlichsten Teil der Westfjorde Höfe und Lager errichtet. Zudem weiß man, dass Island, solange die Schiffsverbindung zu den nordischen Siedlungen bestand, ein wichtiger Umschlagplatz für Waren aus Grönland war. Das konnten Falken sein, aber eben auch Walrosszähne oder die noch exotischeren Stoßzähne von Narwalen, die kluge Kaufleute europäischen Fürsten als Hörner von Einhörnern feilboten. Einen solchen Zahn, zwar aus Russland stammend, sieht man beispielsweise auf alten Abbildungen im Zepter der Königin Elisabeth I. von England.

Zu diesem vermutlich wertvollsten Exportgut des nordischen Mittelalters gibt es eine Szene im Roman *Das Gleißen der Nacht* (2008) von Sjón, in der er den Aufenthalt des isländischen Gelehrten Jónas Pálmason, dessen historisches Vorbild Jón Guðmundsson hieß, beim großen Naturwissenschaftler Ole Worm in Kopenhagen schildert. Ole Worm, auch im realen Leben einer der bekanntesten Gelehrten des 17. Jahrhunderts, hatte ein Naturalien- und Kuriositätenkabinett, Museum Wormianum genannt, das Jónas sehr interessierte. Eines Tages will man ihm ein besonders wertvolles Exponat zeigen:

> Die Studenten drängten sich um den langen schmalen Untersuchungstisch und sahen zu, wie Oles behandschuhte Finger über den Stoff glitten und schließlich mit geschickten Handgriffen das stattliche Horn eines Einhorns enthüllten. Doch was da zum Vorschein kam war kein gewöhnliches Exemplar vom Kopfschmuck dieses scheuen Tieres, denn das Horn saß noch auf einem Bruchstück aus der Schädeldecke. Den Anwesenden stockte der Atem. Nur selten war von einem Einhorn etwas anderes als das prächtig gedrechselte Horn zu finden, anderes Gebein war äußerst rar, und die Wissenschaft vertrat mehr oder weniger einhellig die Meinung, dass das, was man in Museen zu sehen bekam, Fälschung sein musste. Hier aber hatten wir nun ein Fragment aus Stirn und Hinterkopf eines solchen Tieres, was es ermöglichte, Vergleiche mit dem Schädel anderer Paarhufer anzustellen, wobei das Einhorn am engsten mit dem Steinbock verwandt zu sein schien.
>
> Da brach Jónas Pálmason in Gelächter aus, er lachte und lachte und konnte sich kaum beherrschen. Die kurzen Beine gaben nach, der wackelnde Leib sackte zu Boden, und dort lag er und lachte und lachte, bis es schien, als ob er weinte. Die Studenten blickten einander an, sie waren von Jónas so manches gewohnt, oft grunzte er halblaut vor sich hin oder

rief unverständliche Satzfetzen in den Raum, doch dieses übertriebene Gebaren war nicht nur unheimlich, es war in Gegenwart des Rektors und des königlichen Privateigentums auch ganz und gar fehl am Platz.[18]

Der Isländer Jónas, der sich bestens auskannte mit Walen, hatte im Einhorn den Zahn eines Narwals wiedererkannt.

In den Zeiten um die Landnahme Islands war Dublin nicht nur Sitz eines nordischen Königreichs, sondern auch einer der wichtigsten Marktplätze in Europa für den Sklavenhandel. Sklaverei gab es in Irland schon vor der Zeit der Wikinger, aber infolge der Raubzüge der Nordmänner in Irland und Schottland wurden mehr und mehr Männer und Frauen keltischen Ursprungs am Hafen von Dublin in die Sklaverei verkauft. Im 9. Jahrhundert blühte der Markt, und ein Sklave kostete umgerechnet etwa 5000 – 10 000 Euro. Viele der Häuptlinge oder Goden, die Island unter sich aufteilten, hatten Sklaven, und die weitaus meisten davon waren Kelten.

Die Sklaven werden im *Buch der Landnahme* nicht ganz übergangen, und sie werden auch in den Sagas oft erwähnt, aber den allerwenigsten wird eine wichtige Rolle zuteil; die christlichen Autoren des 13. Jahrhunderts waren nicht unbedingt stolz auf diese Tradition, die damals größtenteils abgeschafft worden war. Isländische Historiker haben lange darüber gestritten, wie groß der Anteil der Kelten an der ursprünglichen Bevölkerung Islands war und welchen Einfluss sie hatten. In letzter Zeit hat die genealogische Forschung jedoch so große Fortschritte gemacht, dass man berechnen kann, wie die erste Bevölkerung des isländischen Freistaats, unmittelbar nach der Landnahme, zusammengesetzt war. Ungefähr 80 Prozent der Männer waren norwegischer Abstammung und nur ein Fünftel keltisch, aber bei den Frauen war es fast umgekehrt, 60 Prozent von ihnen waren keltischer Abstammung. Dies kann man sich eigentlich nur damit erklären, dass sich einige norwegische Häuptlinge allein auf ihre Expedition nach Island begaben und sich unterwegs, in Irland oder auf den Britischen Inseln, Frauen holten.

Forscher, die seit Langem den keltischen Einfluss als ausschlaggebend für die Entwicklung der isländischen Literatur betrachten und die gelegentlich von der traditionellen nordischen Forschung als Querulanten abgetan werden, können dank der modernen Ergebnisse der Genealogieforschung nun ein wichtiges Faktum zu ihren Argumenten hinzufügen. Denn alle müssen das gleiche Rätsel lösen: Wieso wurde ausgerechnet auf Island im 13. Jahrhundert der weitaus größte Teil der altnordischen Literatur aufgezeichnet, und nicht in Norwegen, Dänemark oder Schweden? Wie erwähnt, gilt es da zu bedenken, dass es die Iren waren, die schon vor dem Zeitalter der Wikinger ihre epischen Mythen und ihre Lyrik schriftlich in ihrer Muttersprache festhielten.

Die Edda: Der Ruf stirbt niemals

Sól tér sortna	Die Sonne verdunkelt sich,
sígr fold í mar,	das Land versinkt im Meer,
hverfa af himni	vom Himmel stürzen
heiðar stjörnur;	die hellen Sterne;
geisar eimi	es wüten Feuer
við aldrnara	und Rauch,
leikr hár hiti	große Hitze steigt
við himin sjálfan.	selbst bis zum Himmel empor.[19]

So wird in dem vielleicht bekanntesten Edda-Lied, die *Völuspá*, der Weltuntergang, Ragnarök, beschrieben. Völuspá bedeutet so viel wie die Weissagung oder Prophezeiung der Hellseherin, und dieses Gedicht, im stabreimenden Versmaß und, je nach Quelle, in 63 oder 57 Strophen, wird allgemein als einer der Höhepunkte der Dichtung des nordischen Mittelalters bezeichnet. Es ist packend, selbst tausend Jahre später, mit einfachen, klaren Bildern, ohne Endreim, aber verbunden durch den Stabreim, den die Leser in der isländischen Version unschwer erkennen können (Sól tér sortna/sígr fold í mar). Die *Völuspá* stellt ein umfassendes Bild der Welt dar. Selbstverständlich benötigen moderne isländische Leser manchmal Erläuterungen, die auf die altnordische Mythologie Bezug nehmen, um das Werk zu verstehen. Die meisten poetischen Bilder sind jedoch zugänglich (und werden in einigen der deutschen Übersetzungen archaischer, weil die Übersetzer sich einem rekonstruierten Altgermanentum annähern wollten).

Aber was wissen wir über die *Völuspá*? Wir wissen nicht, wer dieses Lied verfasst hat oder wann es entstand, auch nicht, wann es zum ersten Mal niedergeschrieben wurde, wie lange es – wenn überhaupt – mündlich überliefert wurde. Aus sogenannten Göttergedichten wie der *Völuspá* haben Forscher einen großen Teil der nordischen Mythologie rekonstruiert; das Weltbild der Wikinger, so wie wir es uns vorstellen, glaubt man in den Edda-Liedern finden zu können. Zugegeben, die Überlieferung des Edda-Stoffes wirkt wie reiner Zufall. Die *Völuspá* gibt es immerhin in zwei alten Abschriften, einige der Edda-Lieder werden zusätzlich von Snorri Sturluson in seiner Edda zitiert oder teilweise wiedergegeben, einige andere Edda-Lieder stehen in den sogenannten Legenden-Sagas. Aber der größte Teil der Edda-Lieder, darunter zum Beispiel das nach der *Völuspá* am meisten zitierte »Lied des Hohen«, *Hávamál*, wurde nur durch ein einziges Manuskript gerettet.

Diese Handschrift ist das sogenannte »Königsbuch« der Edda, der *Codex Regius*, der um 1270 aufgezeichnet wurde. Wahrscheinlich, und ein anderes Wort als das bleibt uns hier nicht übrig, übernahm der Schreiber Teile aus älteren Manuskripten, die alle verschollen sind. Das Königsbuch ist, dem Namen zum Trotz, in einem kleinen Format, mit klarer Schrift geschrieben, ohne Ausschmückungen oder Zeichnungen, bräunlich und an den Rändern beschädigt, acht Seiten fehlen, und es sieht ein bisschen so aus, als hätte jemand es in eine Kneipe mitgenommen, versehentlich sein Bier darüber geschüttet – und es dann vergessen. Wir wissen nichts über die Geschichte dieses unschätzbar wertvollen Buchs, bis es 1643 dem Bischof Brynjólfur Sveinsson in die Hände fiel, der es dann zwanzig Jahre später dem dänischen König Frederik III. schenkte.[20] Einen Großteil des vielleicht wichtigsten Schatzes der altnordischen Kultur findet man nur im Königsbuch.

Im 17. Jahrhundert begann das Ausland erstes Interesse für die Edda-Dichtung zu entwickeln. Ein breiteres europäisches Interesse, insbesondere in Deutschland, kam erst im 19. Jahrhundert auf. Jacob und Wilhelm Grimm übersetzten »Lieder der alten Edda« und ließen sie 1815 drucken. Inzwischen ist auch bewiesen, dass Richard Wagner sich in seinem *Ring des Nibelungen* nicht nur vom *Nibelungenlied* beeinflussen ließ, sondern in einem nicht minderen Maße die altisländische Dichtung verwandte.[21] Es ist wichtig, sich diese Rezeptionsgeschichte vor Augen zu halten. Denn vieles von dem, was man über die Edda zu wissen glaubt, sind Thesen aus dem 19. oder frühen 20. Jahrhundert, die unter anderem von der Nationalromantik oder der isländischen Unabhängigkeitsbewegung beeinflusst waren. Womit nicht gesagt ist, dass sie falsch sind, sondern eher, dass man sich ihnen kritisch nähern sollte. Hinzu kommt, dass die Isländer manches sicherlich wussten, aber es brauchte ausländische Forscher, um es zu kategorisieren und ihnen zu erklären. So zum Beispiel die Regeln des Stabreims, kennzeichnend für die isländische Dichtung von den Anfängen bis weit ins 20. Jahrhundert, aber zum ersten Mal 1887 in einem Artikel von einem deutschen Wissenschaftler Namens Philipp Schweitzer beschrieben.[22]

Was für eine Dichtung ist die Edda? Früher sprach man von

der Sæmundar-Edda auf der einen Seite und der Edda von Snorri auf der anderen, weil man glaubte, dass der Gelehrte Sæmundur Sigfússon die alten Edda-Lieder gesammelt und schon 150 Jahre vor dem *Codex Regius* aufgeschrieben habe. Dafür gibt es keine Belege, und der Begriff »Sæmundar-Edda« wird nicht mehr verwandt. Jetzt spricht man eher von der Lieder-Edda im Gegensatz zur Edda von Snorri. Das ist zugegebenermaßen alles eher verwirrend, und im Grunde genommen sollte man nur von einer Edda-Dichtung sprechen. Denn das Buch *Edda* von Snorri Sturluson, ungefähr 1220 verfasst, ist ein Sachbuch. Es gibt einige der grundlegenden Erzählungen der nordischen Mythologie wieder, aus der Sicht eines gelehrten, christlichen Autors, und enthält eine Poetik, die die verschiedenen Versformen und Eigenarten der isländischen Dichtung erklärt, und beides wird mit Beispielen aus der Edda Dichtung erläutert. Aber es ist keine eigene Form der Edda-Dichtung.

Die Edda-Lieder sind auf jeden Fall älter als das Werk von Snorri, obwohl die wichtigste erhaltene Quelle jünger ist. Traditionell werden sie je nach ihrem Stoff in zwei Kategorien eingeteilt: die Götterlieder, die sich mit den Göttern der nordischen Mythologie befassen, und die Heldenlieder, welche die Themen der Völkerwanderungszeit und die Nibelungensage aus einer nordischen Perspektive behandeln. Es ist unwahrscheinlich, dass alle diese Lieder gleich alt sind, und viele Forscher meinen, dass die schriftliche Fassung erst um 1200 Form annahm. Aber dem Stoff nach zu urteilen und auch aus sprachgeschichtlicher Sicht sind viele der Lieder aus einer älteren Zeit, könnten aus dem 10., teilweise sogar 9. Jahrhundert stammen. Das heißt im Grunde, dass sie vor der Christianisierung des Nordens entstanden sind. Die Sicht auf die nordischen Götter ist zwar stellenweise ironisch oder karnevalistisch, aber fast nie christlich. Wenn Snorri Sturluson in seiner Edda einige der bekanntesten heidnischen nordischen Mythen nacherzählt, muss er als christlicher Autor einen Vorbehalt machen: »Die hier erzählten Sagen dürfen nicht vergessen oder Lügen gestraft werden, indem man aus der Dichtkunst die alten Umschreibungen verbannt, an welchen die Klassiker Gefallen gefunden haben. Doch sollen Christenmenschen nicht an die heidnischen Götter und nicht an die Wahrheit dieser Sagen auf andere Weise glauben, als so, wie es im Anfang dieses Buches zu lesen ist.«[23]

Die Umschreibungen, die Snorri hier erwähnt, sind die sogenannten *kenningar* (von *kenna*, kennzeichnen), das wohl bekannteste Stilmittel der altnordischen Dichtung, die poetische Paraphrase eines Begriffs: Feuer des Rheins etwa ist *kenning* für Gold, das Ross der Wellen ist ein Schiff, und das Meer der Schwerter bedeutet Blut.

Viele der Umschreibungen beziehen sich auf Eigenschaften oder Namen der heidnischen Götter und setzen daher eine Kenntnis der nordischen Mythologie beim Leser oder Zuhörer voraus; Snorri wollte sie in seiner Poetik erklären, musste aber seine Leser vor dem Heidentum warnen, oder wenigstens so tun, als ob er sie warnte. Solcherlei Bedenken findet man nicht in den alten Edda-Liedern, und viele von ihnen scheinen ihren Resonanzboden im heidnischen Glauben zu haben, wobei man nicht vergessen darf, dass die nordische Mythologie, manchmal Asenglaube genannt, keine Institution war, keine Kirche etablierte, wie das Christentum sie kennt, und auch keine theologische Lehre hervorbrachte.

Sprachgeschichtlich geht man davon aus, dass die Lieder nach 800 entstanden sind, und viele von ihnen sind offensichtlich von Generation zu Generation mündlich überliefert worden. Der Stoff ist alt, und man konnte auch schriftliche Belege eines gemeinsamen germanischen Erbes finden. So finden sich zum Beispiel in der *Völuspá* die Zeilen: »Jörð fannst æva / né upphiminn«, die diesen Zeilen aus dem *Wessobrunner Gebet*, auch Schöpfungsgedicht genannt, sehr ähnlich sind: »Ero ni aus / noh ufhimil« (Erde war nicht / noch ›Aufhimmel‹); dasselbe gilt für mehrere weitere Zeilen aus diesem Teil des Gedichtes.[24] Das *Wessobrunner Gebet* ist als Pergamenthandschrift vom Anfang des 9. Jahrhunderts erhalten und gilt als eines der ältesten überlieferten Gedichte auf Althochdeutsch überhaupt. Obwohl es christlich ist, scheint sowohl dem Gebet wie der *Völuspá* eine gemeinsame altgermanische Schöpfungsgeschichte zu Grunde zu liegen.

Ein gemeinsames germanisches Erbe – noch immer haben solche Worte einen faden Beigeschmack – liegt auch den Heldenliedern zugrunde. Sie haben ihren Ausgangspunkt im Tod von Attila – isländische Form Atli –, dem Hunnenkönig (gestorben im Jahre 453) und in der Völkerwanderungszeit. Es treten viele Protagonisten auf, die deutschen Lesern aus dem *Nibelungenlied* bekannt sind, bloß unter altnordischen Namen: Atli für Etzel, Gunnar für Gunther, König der Burgunden, Guðrún für Krimhild und natürlich Sigurður für Siegfried; der Drache trägt den Namen Fáfnir, Fafner im *Ring des Nibelungen.* Vieles in den Heldenliedern stammt aus der Nibelungensage. Während das *Nibelungenlied*, ungefähr 1200 verfasst, einen höfischen Ton hat, sind die Heldenlieder der Edda archaischer. Obwohl sie epische, erzählende Zyklen sind, die von den Hunnen und dem Untergang germanischer Reiche handeln, wirken sie manchmal wie ein Stubendrama mit wenigen Personen, die alle untereinander verwandt sind: Sigurður hat ein Verhältnis mit Brynhildur, der Schwester von Atli, aber heiratet dann Guðrún, die Schwester von Gunnar und so weiter.[25] Ein großer Teil der jeweils einzelnen Lieder besteht dann aus den Repliken dieser Personen.

Alle treten sie in der Atlakviða auf, auf Deutsch das Ältere Atlilied, dem wahrscheinlich ältesten Lied der Edda. Forscher datieren es um 900, obwohl die älteste Überlieferung erst im Königsbuch zu finden ist. Viele Strophen sind in der direkten Rede verfasst, die Personen tragen einander Gedichte vor, die von grausamen Ereignissen handeln. Über allem schwebt der Tod, denn die Themen sind Mord und Rache, Liebe und Tapferkeit; erst in seiner Niederlage wird Gunnar zum Helden. Es gibt sehr eindrucksvolle Strophen mit starken Bildern, zum Beispiel die 16. Strophe, in der Guðrún zu ihrem Bruder Gunnar spricht:

> Besser hättst du's, Bruder,
> Wenn du in der Brünne kämst,
> Als mit ringgeschmückten Helmen,
> Atlis Heim zu besuchen;
> du säßest im Sattel
> an sonnenhellen Tagen
> ließest Nornen bleiche
> Leichen beweinen,
> der Hunnen Schildmaide
> die Egge kennen,
> Atli selbst
> ließest du in den Schlangenhof werfen;
> nun ist dieser Schlangenhof
> dir bestimmt.[26]

Möchte man nur ein Heldenlied der Edda und ein Götterlied kennenlernen, dann wären das am besten die Atlakviða und die *Völuspá.* Aber fast genauso bekannt und vielleicht noch mehr zitiert sind die *Hávamál*, des Hohen Lied, das zu den Götterliedern gezählt wird und im Königsbuch – der einzigen alten Quelle dieses Lieds von 164 Strophen – an zweiter Stelle auf die *Völuspá* folgt. Hoch oder der Hohe ist der nordische Gott Odin, der in den ersten 76 Strophen alle möglichen Weisheiten und Verhaltensregeln von sich gibt; am bekanntesten davon ist wohl der letzte Vers:

Vieh stirbt,
Verwandte sterben,
man selbst stirbt ebenso;
aber der Ruf
stirbt niemals dem,
der sich guten erwirbt.[27]

Der Ruf eines Menschen, isländisch *orðstír*, ist ein wiederkehrendes Thema in den *Hávamál*, und genauer betrachtet in der gesamten altisländischen Literatur. Darum geht es auch in den Sagas: die Ehre, den Ruf, sowohl des Einzelnen als auch der Familie und der Sippe, und daher auch um den Leumund und die Rache. Man könnte diesen ersten und berühmtesten Teil der *Hávamál* auch Weisheitsgedicht nennen, und sicherlich enthält er viel von der altnordischen Sittenlehre; in den letzten Jahren waren Ausgaben davon unter dem Titel *The Sayings of The Vikings*, auf Deutsch *So sprachen die Wikinger*, sehr erfolgreich. Wie immer in solchen Werken sind viele der Weisheiten selbstverständlich, ja banal. So zum Beispiel, dass der Mensch weise oder klug sein muss, der viel reist, während der dumm ist, der immer zu Hause bleibt. Dazu passt, dass das isländische Wort für dumm, *heimskur*, von dem Wort *heima*, zu Hause oder Heim, abgeleitet ist. (Auf Deutsch findet sich der Wortstamm im Adjektiv »heimlich«, und abgeleitet davon »unheimlich«, was auch wieder bemerkenswert ist.)

Die Skalden am Hofe

Es gab auf Isländisch auch eine ganz andere Gattung der Dichtung, genauso alt wie die Edda, die sogenannten »Dróttkvæði«. Auf Deutsch wird diese Gattung Skaldendichtung genannt oder mit dem etwas kantigen Begriff, wie ihn sich nur Akademiker einfallen lassen können, Skaldik erfasst. Skáld ist das isländische Wort für Dichter, also bedeutet Skaldendichtung einfach Dichterdichtung, kein besonders erklärender Terminus. Dabei bedeutet Dróttkvæði auf Isländisch so viel wie Hof-Dichtung, ein Begriff, der bei deutschen Lesern andere Konnotationen hat.

Die Dróttkvæði haben außer dem Stabreim nicht viel gemeinsam mit den Edda-Liedern. Die Versform ist viel strenger. Jede Strophe besteht aus acht Zeilen mit komplizierten metrischen Strukturen. Es gibt kaum einfache oder klare Bilder, und die Gedichte sind gespickt mit *kenningar* und *heiti*, Umschreibungen und Metaphern, die nur mithilfe einer umfassenden Kenntnis der nordischen Mythologie verständlich sind. Man weiß mit Sicherheit, dass es diese poetische Gattung im westnordischen Raum schon vor Islands Besiedlung gab. So wird dem Norweger Bragi Boddason ein solches Gedicht vom Anfang des 9. Jahrhunderts zugeschrieben, obwohl die Dróttkvæði zum weitaus größten Teil in Island im 13. und 14. Jahrhundert aufgezeichnet wurden. Dazu kommt ein wichtiger Unterschied zu den Edda-Liedern: Die Autorschaft der meisten Skaldendichtungen ist bekannt – wir wissen tatsächlich die Namen der Skalden, die diese Werke verfasst haben oder denen sie zugeschrieben sind.

Die Skaldendichtung erzählt oft kurze Geschichten, meistens zum Lob einzelner Häuptlinge oder Fürsten; sie wurde vorgetragen am Hofe, wenn man diesem Haufen Krieger, die sich in den Langhäusern streitlustiger Kleinkönige zusammenrauften, einen so würdevollen Namen geben kann. Die Skalden bezeichneten ihre Dichtung als »íþrótt«, was so viel wie Können oder Handwerk bedeutet. Das trifft zu, denn es geht viel eher darum, den komplizierten Regeln perfekt zu folgen, als Gedanken, geschweige denn neue Ideen, zu vermitteln. Die Bedeutung einer Strophe kann oft in einem einfachen Satz zusammengefasst werden (»Der König war tapfer«), während die Erklärung der Umschreibungen viermal länger als die Strophe ist, wie ich schon in der Schule auf schmerzhafte Weise erfahren musste. Daher gibt es Leser, die die Dróttkvæði mit den Lautgedichten von Kurt Schwitters oder der Dichtung der Surrealisten vergleichen.[28] Es ist eine Dichtung, die von der Form, von den Lauten und Bildern lebt und nicht von der Nähe zur Wirklichkeit. Die Gedichte waren dazu verfasst, anderen vorgetragen zu werden, und viele von ihnen haben eine Jahrhunderte währende mündliche Überlieferung überstanden, wohl nicht zuletzt dank der strengen Versform mit ihrem Binnenreim.

Die Wikingerkönige und ihre Nachfahren sahen bis ins 14. Jahrhundert sehr gerne Dichter an ihrem Hofe, die ihnen mit dieser Form von Dichtung ein Lob singen konnten, wobei selbstverständlich die kriegerischen Fähigkeiten und die Tapferkeit des Häuptlings im Mittelpunkt standen. Nach der Jahrtausendwende, also nach 1000, waren fast alle der namentlich erwähnten Dichter der Dróttkvæði Isländer, vorher konnten es zum Beispiel auch Norweger sein. Isländische Häuptlinge, die im 13. Jahrhundert aus machtpolitischen Gründen norwegische Könige oder Königsanwärter aufsuchten, mussten ihren Gastgebern solche Gedichte vortragen können.

Manche der Isländersagas, sowohl der langen als auch der kürzeren, erzählen die Geschichte eines Skalden oder Barden, der sich am Königshofe einen Namen gemacht hatte. Diese Dichter genossen großen Respekt, was bemerkenswert ist, weil die Namen der Verfasser der Sagas oder der Edda-Lieder gar nicht erst überliefert sind. In fast allen Sagas werden Dróttkvæði zitiert, und die meisten Forscher gehen davon aus, dass viele – nicht alle – davon älter sind als die Prosawerke, in denen man sie findet. Manche Erzählungen wurden eventuell um sie herum verfasst oder um ihren Hintergrund zu erklären.

Dróttkvæði sind Lesern aus anderen Ländern nicht leicht zu vermitteln. Sie zu übersetzen unter Beibehaltung der Form und ohne ausführliche Erklärungen ist schier unmöglich, und auch den isländischen Lesern sind sie inzwischen unverständlich. Sie werden sicher für Historiker und Literaturwissenschaftler weiterhin ein interessantes Gebiet sein, aber sonstigen Lesern verschlossen bleiben. Die Beschreibung »Handwerk« trifft zu; man kann die Skaldendichtung bewundern, aber sie weckt kaum ein lyrisches Gefühl wie heutige Leser es kennen. Es ist eine strenge Form mit einem begrenzten Raum für einen persönlichen Ausdruck.

Mit einer großartigen Ausnahme: Dem Dichter und Wikinger Egill Skallagrímsson, ca. 910 – 990. Von ihm handelt eine der bekanntesten Isländersagas, die *Egills Saga,* die Snorri Sturluson wahrscheinlich um 1230 verfasst hat.[29] Sie ist eine abenteuerliche Geschichte von einem sturen, kämpferischen isländischen Skald, der sich schon in sehr jungen Jahren dazu entschließt, in die Welt zu ziehen mit Schiff und Schwert. Er legt sich mit Königen und Fürsten an und stirbt im hohen Alter eines natürlichen Todes auf Island. Was immer von dieser Geschichte wahr sein mag, die Saga hat ihre literarische Bedeutung nicht zuletzt der Dichtung von Egill zu verdanken. Eine Dichtung im Stil der Dróttkvæði, bestehend sowohl aus Einzelstrophen als auch aus drei längeren Gedichten, von denen jedes über zwanzig Strophen umfasst. Diese Dichtung war sicherlich der wichtigste Zugang des Autors zu Egills Lebenslauf, als er die Saga über zweihundert Jahre nach dem Tod ihres dunklen Helden verfasste. Die Dichtung hat klare heidnische Merkmale, die Umschreibungen und Gleichnisse zeugen von der engen Nähe des Dichters zu den nordischen Göttern, und obwohl sicher nicht alle Strophen von Egill selbst stammen, gehört ihr Weltbild zum nordischen Heidentum. Die Saga wiederum, gewiss von einem christlichen Autor, wahrscheinlich Snorri, verfasst, wird von Forschern als die älteste Saga überhaupt betrachtet und hat viele archaische Elemente; so ist zum Beispiel Egills Großvater in Norwegen ein Werwolf, der abends die Gestalt wechselt.

Das bekannteste Gedicht der *Egills Saga* und des nordischen Heidentums überhaupt heißt Sonatorrek, der Verlust der Söhne, und Egill dichtete es, nachdem er zwei Söhne verloren hatte; der eine fiel einem Fieber zum Opfer, der andere ertrank. Egill fällt in eine tiefe Depression und beschließt, sich zu Tode zu hungern. Man lässt seine Tochter Þórgerð holen, und sie legt sich zu ihm, in ein zweites Bett in dem Alkoven, wo er sich eingeigelt hat, um mit ihm zu verhungern.

> Da sagte Egill: »Gut hast du daran getan, Tochter, dass du deinen Vater begleiten willst; große Liebe hast du mir gezeigt. Wie kann man erwarten, dass ich mit einem solchen Schmerz noch leben will?« Dann schwiegen sie eine Weile. Da sagte Egill: »Was ist mit dir, Tochter, kaust du jetzt etwas?« »Ich kaue Seetang«, sagt sie, »denn ich glaube, dass es mir davon schlechter geht als vorher; sonst, glaube ich, würde ich zu lange leben.« »Ist das schlecht für den Menschen?«, sagt Egill. »Sehr schlecht«, sagt sie, »willst du davon essen?« »Was macht das schon aus«, sagt er.[30]

Vom Seetang wird man sehr durstig, und so narrt die Tochter Egill und bringt ihn dazu, sowohl zu essen als auch zu trinken, und sagt ihm dann, er solle jetzt über seine Söhne ein Gedicht verfassen, so es mit dem Verhungern doch nichts werde. Das tut Egill, und mit diesen Zeilen fängt Sonatorrek an:

> Schwer ist's mir
> die Zunge zu rühren
> oder emporzuheben
> Liedes Waagarm;[31]

Der Dichter setzt fort, um zu erzählen, wie schwer es ihm falle, Wörter zu finden für seinen Verlust, und erinnert sich an den Tod seiner Eltern, seines Bruders und seiner Söhne. Die Fassungen, in denen das Gedicht überliefert ist, sind nicht lückenlos, nicht alles ist verständlich, und manche Strophen sind von Forschern rekonstruiert worden, aber die Subjektivität und das

Selbstbild des Dichters sind einzigartig. Zum Schluss spricht er über seinen Gott Odin, und wie der ihrer Freundschaft ein Ende bereitet habe. Doch gibt er zu, Odin habe ihm zum Trost das Geschenk der Dichtung gemacht, und schließlich versöhnt er sich mit dem Tod:

> Dennoch will ich froh
> gutwillig
> und ohne Trauer
> auf den Tod warten.[32]

Der Literaturwissenschaftler Peter Hallberg nannte Sonatorrek »das erste rein subjektive Gedicht des Nordens«[33], und es ist in der Tat einzigartig, wie der Dichter seine Wut auf die Götter zum Ausdruck bringt und seine persönliche Trauer beschreibt. Ich will nun nicht, wie manche Autoren früher, behaupten, dass Sonatorrek die Geburt des Individuums in der nordischen Dichtung markiert. Die Tradition der Skaldendichtung wird auch von einer Rhetorik des Vortragens bestimmt, und es ist aus heutiger Sicht schwer zu sagen, wie die Menschen des 10. Jahrhunderts ihre Individualität erlebten. Aber vielleicht hatte Jean-Paul Sartre nicht ganz unrecht, als er bei seinem einzigen Islandbesuch in einem Interview sagte, aus seiner Sicht sei Egill Skallagrímsson der erste Existenzialist gewesen.[34]

Die Gattung der Skaldendichtung lebte weiter in Island. Noch bis ins 14. Jahrhundert besuchten isländische Dichter die norwegischen Könige, um ihnen Lobgedichte vorzutragen, und die Versform der Dróttkvæði wurde bereits ab dem 12. Jahrhundert verwendet, um dem neuen König, Christus, Lob zu singen. So fing die religiöse Dichtung auf Island an, bloß wurde die Bildsprache mehr und mehr christlich, anstatt ihre Nahrung aus der heidnischen Götterwelt zu nehmen.

Die Skaldendichtung, die hauptsächlich in Prosawerken überliefert ist, in den Isländer- wie Königssagas und in der Edda von Snorri Sturluson, ist umfangreich, insgesamt umfasst sie etwa 16 000 Zeilen in Einzelstrophen sowie längeren Gedichten; über 250 Namen von Dichtern und einigen ganz wenigen Dichterinnen sind bekannt.[35] Im Gegensatz dazu gibt es nur fünfzig Edda-Lieder, und alle sind anonym verfasst. Aber für beide Gattungen gilt, dass ein Großteil mündlich überliefert wurde und dass ungefähr dreihundert Jahre zwischen ihrer Entstehung und ihrer Niederschrift vergehen konnten – und dass die Niederschrift in Island und auf Isländisch stattfand.

Die Wurzeln der Edda-Lieder liegen tiefer, in Sagen und Mythen aus germanischen Völkerwanderungszeiten, aber wichtige Teile des Stoffes finden sich eben nur im Königsbuch und in anderen isländischen Manuskripten aus dem 13. und 14. Jahrhundert. So wurden diese Handschriften zu einem nordeuropäischen Kulturgedächtnis.

Eine Geschichte aus Geschichten

Bleibt die Frage: Warum? In den anderen nordischen Ländern fehlte es nicht an Geschichtsschreibern, Geistlichen und Gelehrten. Der Däne Saxo grammaticus schrieb sein *Gesta Danorum*, die umfassende Chronik von Dänemark, um 1200, und in den ersten Kapiteln wird zum Teil der gleiche Stoff wie in der Edda verarbeitet. Aber er schrieb sein Werk auf Latein wie die allermeisten Gelehrten Skandinaviens. Die isländische Mittelalterliteratur wurde hingegen in der Muttersprache verfasst. Und wieso dominierten isländische Dichter schon ab dem 10. Jahrhundert auf dem »Poesiemarkt« an den Höfen von skandinavischen Königen und Fürsten?

Kommen wir zurück zu den Kelten und der Besiedlung Islands und der Geschichte von Geirmundur Heljarskinn. Schon lange diskutiert man in Island den Einfluss der Iren auf die Anfänge der isländischen Literatur, aber erst jetzt weiß man, wie groß der Anteil der Kelten an der isländischen Bevölkerung war (siehe S. 34). Respekt vor Dichtern und Dichtung gab es in Irland schon vor der Wikingerzeit. Es gibt die These, dass es sogar Schulen für Poeten gab, denen das Verfassen von Sagen und komplizierte Versformen beigebracht wurde, und die nach dem Studium bei Fürsten am Hofe für ihre Dichtung eine Bezahlung verlangen konnten.[36] Diesen Respekt vor der mündlich überlieferten Dichtung lernten die Nordmänner in Irland kennen, und eventuell brachten sie ihn mit in ihr neues Land, genauso wie sie keltische Frauen und Sklaven nach Island brachten. Wichtig ist auch, dass die Iren ihre Mythen und Sagen in ihrer keltischen Muttersprache niederschrieben. Die Regionen Islands, wo später ein beträchtlicher Teil der Saga-Literatur entstand, sind zugleich jene, in denen die meisten Siedler ansässig wurden, die über Irland und die Britischen Inseln gekommen waren.

Keine Frage, Isländisch ist eine westnordische Sprache, und der keltische Einfluss auf sie hält sich, einzelnen Wörtern zum Trotz, in Grenzen. Auch handeln die mittelalterlichen Werke auf Isländisch von germanischen Sagen und nordischen Königen und nicht von keltischen Helden. Doch ein beträchtlicher Teil der isländischen Bevölkerung war in einem Umfeld aufgewachsen, in dem Poesie und Geschichtenerzählen als hoch geachtete Künste angesehen wurden, die nicht nur erlernt werden sollten, sondern sogar als Grundlage für eine Lebensführung dienen konnten. Dies gilt für die meisten Sklaven und Sklavinnen, aber auch einige der Siedler, die über Irland und Britannien nach Island kamen.[37] Nahmen sie die Leidenschaft für die Dichtung und das Geschichtenerzählen *an sich* mit? Wissenschaftlich bleibt das weiterhin umstritten, aber die Gegner dieser These haben nicht unbedingt bessere Erklärungen für die Einzigartigkeit der isländischen Literatur im nordischen Mittelalter. Und die Isländer ziehen schon lange eine gute Geschichte der faden Wahrheit vor.

Hinzu kommt eine wichtige Dimension, die Helga Kress, die Pionierin der feministischen Literaturforschung in Island, hervorgehoben hat. Kein einziges der bekannten Prosawerke des isländischen Mittelalters wird einer Frau zugeschrieben. Einige ganz wenige Gedichte der erhaltenen Skaldendichtung sind von Frauen gedichtet, aber in den alten Edda-Liedern findet man viele Bruchstücke einer weiblichen Erfahrungswelt. Etymologisch kann das Wort Edda Frau oder Vormutter bedeuten, obwohl man nicht weiß, ob die Gattung ihren Namen daher hat – dazu gibt es zwar viele Theorien, aber sehr wenige Quellen.[38] Was aber außer Frage steht, ist, dass mehrere Edda-Lieder aus der Perspektive einer Frau verfasst sind. Sie handeln von Liebe und Betrug, von Trauer und davon, verlassen zu werden. Sie zeichnen bildhafte Darstellungen von der Geburt eines Kindes und dem Waschen von Wäsche. Es gibt Gedichte, die Monologe von Frauen sind, und andere, die wie Dialoge zwischen zwei Frauen gestaltet sind. Und das allerbekannteste Lied, die *Völuspá*, ist die Wahrsagung einer Hellseherin. Symbolisiert das Bild der Hellseherin, die Odin ihre gesamte Prophezeiung übermittelt hat, gar nicht Ragnarök, das Ende der Welt, sondern vielleicht das Ende der Kultur der Frauen?[39] Man sollte nicht vergessen, dass der Skaldenmet – das Getränk der poetischen Inspiration – ursprünglich in der Obhut der Riesin Gunnlöd war. Laut der nordischen Mythologie, wie sie in Snorris Wiedergabe dargestellt ist, entlockte Odin ihr diesen jedoch durch einen trügerischen Trick. Wie auch immer, es ist gut vorstellbar, dass die mündliche Überlieferung dieser Edda-Lieder nicht zuletzt das Werk der Frauen war.

Es gibt in der *Laxdæla Saga* eine unvergessliche Szene, die man, wie Helga Kress erwähnt, als Symbol des Schicksals der irischen Sklavinnen und Sklaven auf Island lesen kann. Sie erzählt vom isländischen Häuptling und Goden Höskuld, der auf einer Reise nach Norwegen eine Sklavin kauft, die angeblich taub und stumm ist. Er bringt sie mit nach Island, wo er eine Frau hat, macht die Sklavin zu seiner Geliebten, und sie bekommt einen Sohn von ihm, der *Ólaf* genannt wird. Als der zwei Jahre alt ist, heißt es in der Saga:

> Eines Morgens, Höskuld war früh hinausgegangen, um auf dem Hof nach dem Rechten zu sehen, die Sonne schien, stand aber noch tief, da hörte er Stimmen und ging dorthin, wo ein Bach über einen Wiesenabhang hinabfiel, und da erblickte er zwei ihm wohlbekannte Menschen: Ólaf und seine Mutter. Da stellte Höskuld fest, dass sie keineswegs stumm war, denn sie unterhielt sich munter mit ihrem Jungen.[40]

Danach erzählt sie Höskuld ihre Geschichte: Sie heißt Melkorka, ist die Tochter eines irischen Königs und wurde mit fünfzehn Jahren von Wikingern entführt. Man könnte sich vorstellen, wie sie sich aus Protest gegen die Sklaverei taubstumm stellt, aber, als sie sich allein mit dem Sohn wähnt, ihre Geschichte in ihrer Muttersprache erzählt.

Mit dem Christentum kam die Schriftkultur nach Island, und als die wohlhabenden und gelehrten Männer im 13. Jahrhundert die Sagas schrieben, schrieben sie auch die weibliche Erfahrung und die Lebenswelt der keltischen Sklaven zum größten Teil aus der Geschichte heraus. Sie passte nicht rein in die Welt der nordischen Häuptlinge und Krieger. Natürlich spielen Frauen eine große Rolle in den Sagas, aber eben meistens aus einer männlichen Perspektive. Die Sklaven sind fast immer zu einer Nebenrolle verdammt. Die primäre Funktion der schriftlichen Kommunikation besteht darin, die Sklaverei zu festigen, schrieb der Anthropologe Lévi-Strauss einmal.[41]

Nach dem Weltuntergang in der *Völuspá* sieht die Hellseherin ein neues goldenes Zeitalter kommen:

Sie sieht ein zweites Mal
aufsteigen
die Erde aus dem Meer,
die neu ergrünte;
Wasserfälle stürzen,
darüber fliegt der Adler,
der auf dem Felsen
Fische jagt.[42]

Als die Siedlerinnen und Siedler im 9. Jahrhundert sich gen Westen und Norden begaben, tauchte vor ihnen aus dem Wasser ein Land auf, das leer war, ein wortloses Land. Von Anfang an versuchten sie, die Entstehung einer menschlichen Gesellschaft auf dieser Insel in Worte zu fassen, und deshalb, wie der Literaturwissenschaftler Jürg Glauser es formuliert, besteht die Geschichte Islands aus Geschichten und kann als Literaturgeschichte gelesen werden.[43]

Die Weltliteratur, von der keiner wusste

Wenn man manche (ja die meisten) unserer Sagas liest, bleibt die Konklusion: Bauern prügelten sich. Und der Patriot antwortet: Was gibt es schon Größeres zu erzählen in einem solchen Land?

Jón Ólafsson aus Grunnavík *(18. Jahrhundert)*[44]

Eine Nacht unter dem Fell: Die Heiden lassen sich taufen

Im Jahre 1000 – manche Historiker sagen 999 – beschlossen die Isländer, Christen zu werden; so will es auf jeden Fall der Nationalmythos. Eines Tages trafen die Häuptlinge des Landes, diesem Mythos zufolge, die Entscheidung, dass die Isländer vom Heidentum ablassen und zum Christentum konvertieren sollten. Beschrieben wird der Vorgang zum ersten Mal im *Buch der Isländer* (ca. 1120–1130) von Ari dem Gelehrten. Hierzu muss man wissen, dass einige der Siedler Christen waren, nicht zuletzt jene, die von den schon länger christianisierten Britischen Inseln nach Island kamen. Das Zusammenleben war friedlich, und die Christen waren zurückhaltend, bauten zum Beispiel keine Kirchen, bis die norwegischen Könige anfingen, die Isländer unter Druck zu setzen. Im Besonderen war dies Ólafur Tryggvason (Olav I., sagt man in Norwegen), der von 995–1000 an der Macht war und alles tat, um die Norweger zu christianisieren und die Missionierung der Färöischen Inseln und Islands voranzutreiben. Mit der neuen Sitte stärkte er den Anspruch des Königtums auf das Machtmonopol in Norwegen und sah es gerne um die Inseln im Nordatlantik erweitert. Seine Methoden waren nicht zimperlich: Taufe oder Enthauptung.

Er schrak auch nicht vor den schlimmsten Torturen zurück. In einer Saga über ihn heißt es zum Beispiel, dass er eine Schlange in den Mund eines Heiden kriechen ließ und mit einer glühenden Eisenstange nachstopfte, bis die Schlange aus der Seite des Mannes herauskroch, mit seinem Herz im Munde.[45]

Ólafur Tryggvason schickte Missionare nach Island. Als die erfolglos zurückkehrten, heißt es, richtete er seine Wut auf die Isländer, die sich in Norwegen aufhielten. Er nahm einige von ihnen als Geiseln, andere ließ er töten oder peinigen. Wie erfolgreich seine Drohungen waren, ist schwer einzuschätzen, aber auf jeden Fall begann man auf dem Althing in Island, sich mit der Einführung des Christentums zu beschäftigen. Im Sommer 1000 (ich finde diese Jahreszahl schöner) kam es zu heftigen Auseinandersetzungen zwischen den Heiden und den Christen, und die Spaltung der Gesellschaft, mit der beide Glaubensgemeinden ihren eigenen Gesetzen folgen würden, schien unabwendbar. Beide Seiten wollten ihre eigenen Gesetzessprecher küren (dazu später mehr). In dieser Situation, so will es die Saga, wandte sich der Führer der Christen an Þorgeir, den heidnischen Gesetzessprecher und Goden von Ljósavatn, mit der Bitte um eine Entscheidungsfindung. Ari der Gelehrte berichtet, dass Þorgeir sich einen Tag und eine Nacht unter ein Fell zurückzog, um schließlich die Entscheidung zu verkünden, dass das Christentum fortan die gesetzlich anerkannte Religion im Land sein solle. Obwohl verschiedene Versionen seiner Rede auf dem Althing existieren, zeugen sie alle von Weitsicht und sind ein Plädoyer für Kompromissbereitschaft, unterstrichen durch die Worte: »Wenn wir die Gesetze sprengen, werden wir auch den Frieden sprengen.«[46] Alle wurden zur Taufe verpflichtet, jedoch erlaubte man bestimmte heidnische Bräuche, wie das

Aussetzen von Kindern und das Essen von Pferdefleisch. Ebenso wurde es gestattet, den heidnischen Glauben im Geheimen zu Hause zu praktizieren.

In der *Kristni Saga*, der Saga von der Christianisierung, ist zum Streit auf dem Althing auch eine schöne Replik überliefert. Mitten während des Things bricht ein Vulkan aus, die Lava fließt nicht weit von Þingvellir, wo das Thing stattfand, was die Heiden natürlich sogleich als ein Zeichen des Zornes ihrer Götter wegen der Christianisierung deuten. Da soll einer der christlichen Häuptlinge sie gefragt haben: »Auf was waren die Götter denn zornig, als die Lava rann, auf der wir nun stehen?«[47] Eine Frage, mit der die meisten Isländer sich immer noch identifizieren können.

Natürlich besteht die Möglichkeit, dass sowohl die Erzählung von Ari als auch die *Kristni Saga* von Wundergeschichten beeinflusst wurden und den politischen Interessen im 12. und 13. Jahrhundert dienten. Dabei muss nicht jedes Detail authentisch sein. Was wir wissen, ist, dass der Religionswechsel friedlich verlief, dass die heidnischen Häuptlinge sich ohne Gewaltanwendung taufen ließen und gleichzeitig ihre gesellschaftliche Stellung behielten. Dieser friedfertige Übergang von einer Sitte zur anderen in Island, der im Gegensatz zu dem anderer nordischer Länder steht, ist grundlegend für die spätmittelalterliche Literatur.

Wie entstand sie, und was war das für eine Gesellschaft auf Island um das Jahr 1000? Es war ein von Gesetzen geprägtes Patriarchat, in dem einheitliche Landesregeln galten. Ohne eine konkrete Exekutive konzentrierte sich die Macht bei den Goden, den Häuptlingen oder Anführern der Bauern. Ursprünglich hatten diese möglicherweise eine religiöse Funktion, da sie heidnische Tempel auf ihrem Land unterhielten und »Blót«-Opferfeste leiteten. In Island wurde das Godentum zur Machteinheit durch das Althing, die Versammlung der Goden, die als Gesetzgeber und oberstes Gericht fungierte.

Island hatte relativ schnell die Einwohnerzahl erreicht, die es ernähren konnte. Die Aufteilung des Landes führte zu einer Notwendigkeit von gesellschaftlicher Ordnung. Die Häuptlinge schickten sogar einen Gelehrten nach Norwegen, der die dortigen Gesetze studieren sollte. Ursprünglich in 36, später dann in 39 Godentümer unterteilt, waren die freien Bauern dazu verpflichtet, einem Goden zu folgen, der im Althing entscheidende Kontrolle über alle ihre Angelegenheiten hatte. Bauern hatten jedoch die Möglichkeit, ihren Goden zu wechseln, falls sie unzufrieden waren. Jeder neunte unabhängige Bauer musste zusammen mit seinem Goden zum Thing reiten. Insgesamt wird geschätzt, dass etwa 340 Männer im Thing aktiv waren. Zusätzlich wurde das Land in vier Quartiere eingeteilt, basierend auf den Himmelsrichtungen, mit je einem Gericht und lokalen Thing-Versammlungen für jedes Viertel.[48]

Der einzige Beamte des Landes war der Gesetzessprecher, der jedes dritte Jahr vom Thing gewählt wurde. Er hatte die Aufgabe, auf dem Althing die Gesetze, die es am Anfang nur in mündlicher Form gab, aufzusagen, und zwar drei Jahre hintereinander, jeweils ein Drittel, so steht es zumindest in späteren schriftlichen Quellen. Wer an den Möglichkeiten mündlicher Überlieferung zweifelt, sollte sich das einmal vor Augen halten. Wir wissen, dass diese Gesetze ausführlich waren, denn sie sind uns teilweise zugänglich in dem Sammelband *Grágás* (Die graue Gans) aus dem frühen 13. Jahrhundert. Das Buch ist eine einzigartige Quelle, was die gesellschaftliche Ordnung der Freistaatszeit in Island betrifft. Die Gesetzgebung ist nicht so abstrakt, wie wir es heute gewohnt sind, sondern es werden alle möglichen Fälle aufgezählt, um dann zu sagen, wie darauf zu reagieren sei (»Nun treibt ein Mann seine Schweine in das Land eines anderen Mannes, dann« …). Hier sehen wir noch besser als in den Sagas, was die Menschen in Island tagtäglich beschäftigte.

Für das Althing suchte man sich Þingvellir aus, diesen wunderschönen und inzwischen bekanntesten Ort des Landes; teils, weil er, obwohl im Südwesten liegend, von allen Vierteln gut zu erreichen war, und teils auch wegen der Akustik bei den beeindruckenden Felsenspalten an der westlichen Seite des Sees. Man kennt die Namen aller Gesetzessprecher seit der Gründung des Althings, bis das Amt um 1270 abgeschafft wurde, und man weiß sogar, dass einer früher als vorgeschrieben aufhören musste, weil seine Stimme zu schwach war. Diese öffentliche Aufgabe ist nicht mit einem Königtum oder der Stellung eines Landeshäuptlings zu verwechseln. Der Sprecher war die Autorität in Fragen des Gesetzes, und er hatte auch manchmal die Rolle, einen Streit zu schlichten, aber er hatte keine Macht über die Goden.

Es gab, bis Island um 1262 ein Vasallenstaat des norwegischen Königs wurde, keine zentrale Staatsmacht, sondern es war eine dezentralisierte Gesellschaft, die gesetzlich geregelt war. Räuber, Mörder und andere Verbrecher wurden nach dem Gesetz verurteilt, sie mussten Schadenersatz zahlen, oder sie konnten des Landes verwiesen werden, oder sie durften, wenn erwischt, straflos erschlagen werden. Das Opfer oder seine Sippe war dazu verpflichtet, das Urteil selbst zu vollziehen oder jemanden zu finden, der ihnen dabei behilflich sein konnte. Für die selbständigen Bauern waren das häufig die eigene Familie oder die

Goden. Man brauchte meistens die Hilfe eines Häuptlings und seiner Leute, um Gerechtigkeit walten zu lassen.

Frauen mussten noch neunhundert Jahre auf politische Macht warten, und Landarbeiter oder Sklaven hatten nichts zu sagen. Es wäre also arg übertrieben, den isländischen Freistaat eine Demokratie zu nennen, obwohl das Althing eine einzigartige Institution war. Island war eine bäuerliche Gesellschaft, wo Bauernhäuptlinge die Macht hatten und sich zwei Sommerwochen lang im Jahr versammelten, um zentrale Entscheidungen zu treffen.

Aber nach dem Jahre 1000 begann so langsam eine andere Organisation, ihren eigenen Machtanspruch zu stellen: die Kirche. Am Anfang war sie keine eigentliche Institution, die ersten Bischöfe waren wahrscheinlich umherreisende Priester aus Norwegen, aber 1056 wurde ein Bistum in Skálholt, im Süden des Landes, gegründet. Der erste Bischof dort hieß Ísleifur Gissurarson. Er war schon drei Jahre zuvor auf dem Althing dazu erkoren worden, Bischof zu werden, und holte sich zuerst die Zustimmung des Papstes in Rom, bis er vom Erzbischof in Bremen geweiht wurde. Er war ein weitgereister und belesener Mann, hatte auf einer Klosterschule in einem Nonnenkloster in Herford in Westfalen studiert.

Die Kirche brachte die wichtigsten Voraussetzungen für die schriftliche Kultur nach Island: das lateinische Alphabet und die europäische Bildung. Die Geschichtsschreibung spricht inzwischen von der »Renaissance« des Hochmittelalters in Europa im 12. Jahrhundert, einer intellektuellen Wiederbelebung, die auch ihren Einfluss auf Island hatte. Gleichzeitig erlangte das Papsttum seine Unabhängigkeit, was wieder die Kirche stärkte.

Gegen Ende des 11. Jahrhunderts führte Gissur, der Sohn von

Ísleifur, die Kirchensteuer, den Zehnt, ein, und ein neues Bistum wurde im Norden des Landes, auf Hólar, gestiftet. Die Einführung dieser Eigentumssteuer ging friedlich vor sich, wahrscheinlich, weil sie aufgeteilt wurde zwischen den Bistümern und einzelnen Kirchen, die oft im Besitz der Goden waren. Manche von ihnen hatten sich auch weihen lassen, waren jetzt christliche Priester, und so entstand die Institution der Godenkirche, die der isländische Historiker Gunnar Karlsson ausführlich beschrieben hat. Er sah in dem friedlichen Übergang vom Heidentum zur christlichen Godenkirche eine der Hauptgrundlagen für das literarische Schaffen in Island: Die nordische Mythologie und die Edda durften in christlicher Bearbeitung weiterleben.

Die Macht der Kirche war begrenzt, die weltlichen Häuptlinge hatten weiter das Sagen. Die Kirche stärkte jedoch ihren gesellschaftlichen Einfluss durch die Stiftung von Klöstern schon in der ersten Hälfte des 12. Jahrhunderts; auch sie erwiesen sich als wichtig für die Entwicklung der Literatur.

Eine Machtinstanz, die nahezu unbegrenzten Einfluss auf die Isländer ausübte, zumindest während der ersten tausend Jahre nach der Besiedlung, findet in den großen Sagas jedoch kaum Erwähnung: die Natur. Über viele Naturkatastrophen des Mittelalters sind wir lediglich durch kurze Einträge in den Annalen oder durch archäologische Funde und geologische Forschungen informiert. Ein Riesenausbruch in Eldgjá im Süden des Landes um 935, wahrscheinlich der größte Vulkanausbruch nach der Besiedlung Islands, der 800 Quadratkilometer des Landes mit Lava bedeckte, großen Schaden anrichtete und das Klima in Europa beeinflusste, ist dem *Buch der Landnahme* einen Satz wert. Dies trifft auch auf den ersten Ausbruch des später so berühmten Vulkans Hekla nach der Besiedlung Islands zu. Dieser ereignete sich im Herbst 1104 und war von gewaltigen Explosionen geprägt, die Asche über das halbe Land ausstießen, insgesamt zwei Kubikkilometer. Viele Bauernhöfe mussten aufgegeben werden, ganze Landkreise wurden unbewohnbar, und der folgende Winter wurde im Volksmund als »Winter des Sandfalls« bezeichnet.[49] Aber die Saga-Literatur ging selten auf Aspekte ein, die außerhalb der Macht der Menschen lagen, wie Unwetter oder Naturkatastrophen.

Dabei lebten die Isländer von der Natur, das heißt der Landwirtschaft, man züchtete Schafe, Ziegen, Pferde und Kühe – und man hatte den Fischfang als wichtigstes Nebeneinkommen, der Hauptexportartikel war Loden. Folgt man der These von Helgi Guðmundsson (siehe S. 30), war der Handel mit Waren aus Grönland für die Isländer wichtig und einer der Gründe dafür, dass die Häuptlinge im Westen des Landes besonders wohlhabend wurden. Reichtum war auch eine Voraussetzung für das literarische Schaffen auf Kalbsfell.

Mit dem wachsenden Wohlstand einzelner Häuptlinge begann die geordnete Gesellschaft der Goden zu zerbröckeln. Die Macht glitt jetzt mehr und mehr in die Hände reicher Häuptlinge und deren Sippen, es entstanden regionale Machtzentren anstatt der früheren Godentümer, und zwischen den drei bis vier wichtigsten Sippen kam es zu immer härteren Machtkämpfen. Gleichzeitig wurde die Kirche stärker, ab 1153 gehörte sie zu dem neu gegründeten Erzbistum in Trondheim in Norwegen, das natürlich näher verbunden mit Island war als Bremen, und ihr und den Klöstern gehörten immer mehr Land- und Grundstücke. Im 13. Jahrhundert fing auch der norwegische König an, zunehmend einzugreifen, ernannte einzelne Häuptlinge zu seinen Vertretern in Island und betreute sie mit der Aufgabe, die Isländer zu seinen Untertanen zu machen; unzählige Intrigen waren hiermit verknüpft. Es wäre anachronistisch, den Streit um die Anerkennung des norwegischen Königs mit Nationalismus oder Souveränität des Staates in Verbindung zu bringen, die Opposition vieler der isländischen Häuptlinge gegen die Königsmacht hatte eher den Grund, dass sie dem König keine Steuern zahlen wollten, der Gedanke an einen souveränen Nationalstaat war den Einwohnern Islands damals fremd. Aber zusammen brachten alle diese Faktoren Island in der ersten Hälfte des 13. Jahrhunderts an den Rand des Bürgerkriegs.

Zur selben Zeit schrieben die Isländer wie besessen erzählende Prosa in ihrer Muttersprache, weit mehr als in irgendeinem anderen nordischen Land. Und über andere Themen: In keinem anderen nordeuropäischen Land, ja wahrscheinlich keinem anderen europäischen Land, schrieb man im Spätmittelalter eine solche Menge an Erzählungen über die Lebenskämpfe und Schicksale nicht adeliger Bauernfamilien.

Literatur zum Export: Die Königssagas

Die Grundlage für diese Literatur wurde im 12. Jahrhundert geschaffen. Das lateinische Alphabet wurde eingeführt und den Lauten der altnordischen Sprache angepasst. Die ersten Werke auf Isländisch waren Gesetzbücher *(Hafliðaskrá*, 1117, inzwischen verloren gegangen), es folgten das *Buch der Isländer* und verschiedene Werke zur Landnahme, das heißt historische Bücher über die Entstehung eines Staates und seiner Bevölkerung. Und dann begann man, die Geschichte der norwegischen Könige zu schreiben, zuerst auf Latein.

Das tat man damals auch in Norwegen und Dänemark. Ein norwegischer Mönch namens Theodoricus schrieb eine kurze Geschichte der norwegischen Könige von ca. 900–1130, *Historia de antiquitate regum Norwagiensium*. In seiner Einführung betont er, wie wichtig ihm die isländischen Quellen seien, nicht zuletzt die Skaldendichtung. Später fügt er hinzu, er habe die Jahreszahlen im Werk mithilfe der Leute gefunden, »die wir in unserer Sprache Isländer nennen, und die zweifellos mehr darüber wissen und auch mehr daran interessiert sind als irgendein anderes nordisches Volk.«[50] Um 1200 schreibt der dänische Gelehrte Saxo grammaticus seine große *Gesta Danorum*, die Chronik Dänemarks, eines der wichtigsten nordischen

Geschichtsbücher überhaupt. Dort sagt er über die Isländer: »Die Erde ihres Vaterlandes gibt kaum etwas her und zwingt sie, sich im Leben mit wenig zu begnügen, aber sie haben es sich zur Gewohnheit gemacht, Kenntnisse über die Taten anderer zu sammeln und dies alles kundzutun und finden so Ausgleich für ihre weltliche Armut in den Reichtümern des Geistes.«[51]

Dies belegt eindeutig, dass man in Island schon im frühen 12. Jahrhundert die Geschichte der norwegischen Könige kannte. Zweifellos sind Teile dieser Geschichte seit der Zeit von Harald Schönhaar mündlich überliefert worden, anderes erhielt die Skaldendichtung am Leben. Sie ist zum Teil sehr alt und hat drei wichtige Merkmale, den Stabreim, die vielen Bilder oder Metaphern, die einen heidnischen Ursprung haben, und außerdem sind die Namen der Dichter fast immer mit den Gedichten überliefert. Nach der Christianisierung Norwegens waren alle Skaldendichter Isländer.

Hierzu gibt es eine weitere interessante Tatsache: Der Stabreim verschwindet aus der gesamten nordischen Dichtung außerhalb Islands. Dieses altgermanische Versmaß kennt man zum Beispiel aus dem einzigen althochdeutschen Heldenlied, das mit der Edda vergleichbar wäre, dem *Hildebrandslied* aus dem 9. Jahrhundert (»garutun se iro guðhamun / gurtun sih iro suert ana«). Aber nach der Jahrtausendwende verschwindet der Stabreim. Außerhalb Islands überlebt er am längsten in England, bis ins 11. Jahrhundert. Danach übernimmt der Endreim.

Es gibt die These, dass die norwegischen Könige nach der Christianisierung keine Skaldendichtung mehr hören wollten. Die Dróttkvæði betrachtete man offensichtlich als heidnische Kunstform, und vielleicht galt das auch für den Stabreim. Die Isländersagas wissen jedoch davon zu berichten, wie es den isländischen Skalden gelang, den Königen trotzdem ihre Dichtung vorzutragen. Diese wollten weiterhin für ihre Tapferkeit und ihren Mut gelobt werden, selbst in einer heidnischen Versform, aber dann eben von Isländern. Bis ins 14. Jahrhundert gestattete man den isländischen Dichtern, ihre Skaldendichtung am norwegischen Hofe vorzutragen – ja, man erwartete es von ihnen. Die Geschichte kennt viele solcher Beispiele, wie man »Ausländern« zugesteht, Funktionen auszuüben, die den »Einheimischen« nicht erlaubt sind. In den nordischen Ländern war man offensichtlich der Überzeugung, dass die Isländer schon lange historisches Wissen über die Könige zusammengetragen hätten, und erlaubte ihnen auch, es vorzutragen.

Tatsächlich wurden gegen Ende des 12. Jahrhunderts zwei Geschichten des Königs Ólafur Tryggvason in Island geschrieben, und zwar auf Latein. Die Autoren waren die Mönche Oddur Snorrason und Gunnlaugur Leifsson aus dem Kloster Þingeyrar im Nordwesten Islands, einem literarischen Zentrum der Zeit. Beide Bücher sind verschollen, wurden aber früh ins Altnordische übersetzt, und eins davon diente Snorri Sturluson als Vorlage für seine große Königssaga, die *Heimskringla*. Noch interessanter ist, dass der norwegische König Sverre Sigurdsson, dessen Anspruch auf den Thron stark umstritten war, 1185 den Abt von Þingeyrar, Karl Jónsson, zu sich nach Norwegen bestellte, um seine Geschichte aufzuschreiben, und zwar auf Altnordisch. Die ursprüngliche Version ist nicht erhalten, aber in einer jüngeren steht: »Der Anfang dieses Buches ist geschrieben in Anlehnung an das, was Abt Karl Jónsson geschrieben hat, als er bei König Sverre saß und König Sverre ihm sagte, was zu schreiben war.«[52] Um seinen Ruhm zu sichern, bestellte man sich als norwegischer König einen Biografen aus Island.

Latein war die Sprache der europäischen Gelehrten und der Kirche im Spätmittelalter. Aber obwohl manche Häuptlinge auf Island ihre Söhne ins Ausland zum Studium schickten und viele isländische Geistliche sich an kirchlichen Institutionen in Europa aufgehalten hatten, findet sich keine nennenswerte Literatur auf Latein aus dem isländischen Mittelalter. Latein war nicht die offizielle Schriftsprache des Freistaats, es gibt nur wenige Dokumente auf Latein, dazu einige Briefe kirchlicher Art und ein paar Geschichten isländischer Bischöfe, deren Heiligsprechung man beim Vatikan erreichen wollte, weshalb man ihre Vita auf Latein festhielt. Auch das *Buch der Isländer* von Ari dem Gelehrten, das eigentlich wie die norwegischen und dänischen Geschichtsbücher auf Latein hätte sein können, ist auf Isländisch verfasst.[53] Man entschied sich für die Muttersprache.

Die erzählende Prosa auf Isländisch aus dem Spätmittelalter, die uns erhalten geblieben ist, umfasst ungefähr elftausend moderne Buchseiten.[54] Das sind Isländersagas und Königssagas und Legenden und Rittersagas; hinzu kommen noch zahlreiche Übersetzungen, die in dieser Zahl nicht mit eingerechnet sind. In keinem der anderen nordischen Länder findet man etwas Vergleichbares. In Schweden gibt es ein erzählendes Prosawerk auf Schwedisch aus dem 13. Jahrhundert, die *Guta Saga*, ungefähr sieben Seiten lang. Was Norwegen anbelangt, kann man nicht so sicher sein, da die Schriftsprache dem Altisländischen sehr ähnlich ist, aber mit relativer Sicherheit wurden zwei Sammlungen mit Königssagas in Norwegen in dieser Periode von Norwegern geschrieben (*Ágrip* und *Fagurskinna*). Das sind die einzigen in der Muttersprache verfassten und erhaltenen norwegischen Geschichtsbücher aus dieser Zeit; daneben gibt es die hochinteressante didaktische *Konungsskuggsjá* (*Königsspie-*

gel, vor Kurzem auf Deutsch neu aufgelegt), über die Aufgaben des Königs und wie man sich am Hofe benehmen sollte sowie über die Seefahrten und die Entdeckungen der Wikinger. Die Dänen hatten ihre großartige Chronik von Saxo, allerdings auf Latein, und übersetzten später andere Chroniken ins Dänische, die meisten im 15. Jahrhundert. In Schweden gab es mehrere Chroniken in der Muttersprache, die ältesten aus dem 14. Jahrhundert, und zwar in Versform mit Reim. Aber selbst wenn man das alles zusammenrechnet, kommt man nur auf einen Bruchteil dessen, was die schreibwütigen Isländer zu Fell brachten.

Großartige erzählende Literatur in der Muttersprache gab es hingegen im 12. und 13. Jahrhundert in Britannien, Deutschland und Frankreich. Das sind zum Beispiel die epischen Zyklen über König Arthur und seine Ritter oder Karl den Großen (Charlemagne) und Neubearbeitungen klassischer Stoffe wie jenes über den Trojanischen Krieg. Die bekannteste Gattung ist die des Chanson de Geste, die im 12. Jahrhundert ihre Blütezeit hatte, wenngleich sie bereits früher entstand. Es gibt also aus der Zeit, als die Sagas in Island verfasst wurden, durchaus erzählende Weltliteratur in der Muttersprache im südlicheren Europa, aber keine, die – wie die Isländersagas – in realistischer Form das Leben nicht adeliger Menschen, nicht mythologischen Ursprungs in den Mittelpunkt rückt. Sie sind und bleiben unser wichtigster Beitrag zur Weltliteratur.

Insgesamt machen die Isländersagas nur ein Fünftel der erzählenden Prosa Islands im Spätmittelalter aus. Erwähnt wurden schon das *Buch der Isländer* und die Werke über die Siedler und deren Landnahme. Aber das umfangreichste Genre ist das der Königssagas. Darin wird das Leben der norwegischen Könige erzählt; manchen wurde eine eigene Geschichte gewidmet, oder gleich mehrere, wie etwa Olav I. oder Ólafur Tryggvason, andere sind in größere Sammlungen aufgenommen worden. Die bekannteste davon ist die *Heimskringla*, auf Deutsch »Weltkreis« genannt, nach ihren Anfangsworten: »Der Kreis der Welt, den die Menschheit bewohnt, ist vielfach durch Meeresbuchten durchschnitten.«[55] Es wird allgemein angenommen, dass Snorri Sturluson dieses Werk um 1230 schrieb oder schreiben ließ, wobei sein Name in dem Zusammenhang erst um 1600 bei einem nordischen Übersetzer auftaucht; manche glauben, dass dieser eventuell Zugang zu einem Manuskript der *Heimskringla* hatte, das 1728 beim Brand von Kopenhagen verloren ging, in dem Snorri als Autor erwähnt wurde.

Wie dem auch sei, die *Heimskringla* ist das Hauptwerk der Königssagas. Es fängt mit den Asen an, Odin und den anderen Gottheiten, die sich, aus Asien kommend, im Norden ansiedeln und die Vorfahren der norwegischen Könige sind (so wird dann auch deren göttlicher Ursprung festgestellt). Hauptsächlich geht es aber um die Könige von 900 bis 1100, und die bei weitem umfangreichste Saga erzählt das Leben von Olav oder Ólafur Haraldsson dem Heiligen (995–1030), der von 1015–1028 König war und eine Schlüsselrolle bei der Christianisierung Norwegens spielte. Olavs Heiligsprechung wurde, nach seinem Tod in der Schlacht bei Stiklastad in der Nähe von Nidaros (Trondheim), eifrig im ganzen Norden vorangetrieben.

Seine Geschichte, wie Snorri sie erzählt, ist zum Teil die Vita eines Heiligen, mit Martyrium und Wundern und Zeichen nach dem Tod des Protagonisten. Gleichzeitig ist sie aber auch ein großartiges literarisches Werk. Geschrieben ist sie, wie viele Königssagas, im Stil der Isländersagas: sachlich, nüchtern und klar erzählt, ohne große rhetorische Schleifen und Ornamente.

Snorri nutzt Quellen, wie ältere Lebensgeschichten, mündlich überlieferte Erzählungen und zahlreiche Skaldengedichte; in seinem Vorwort, Prologus, macht er sich sogar Gedanken über deren Quellenwert. Natürlich kann seine Arbeitsweise nicht mit der eines modernen Historikers verglichen werden, aber der Leser merkt, dass hier ein christlicher Gelehrter die Feder führt, der auch die Grundregeln des Erzählens beherrscht: den Tempowechsel zwischen Nacherzählung und Inszenierung, zwischen Bericht und Dialog. Dabei behält er einen nüchternen Blick, der sich zum Beispiel dadurch äußert, dass Olav der Heilige regelmäßig unter seinem Spitznamen auftaucht: Olav der Dicke.

Die literarischen Merkmale der *Heimskringla* zeichnen sich vor allem durch ihre Inszenierungen, Dialoge und Reden aus. Ein Beispiel für Snorris narrative Stilistik findet sich in der Saga von Harald Schönhaar. Haralds engster Vertrauter, Hauk, reiste zum englischen König Aðalsteinn oder Æthelstan. Dieser hatte kurz zuvor Harald zu seinem Vasallen erklärt, was Harald entschieden ablehnte. Um seinen Widerstand deutlich zu machen, entsandte er seinen Sohn Håkon in Begleitung von Hauk nach England, wo Aðalsteinn ihn in seine Obhut nehmen sollte. Symbolisch gesehen deutete dies an, dass Harald in der Hierarchie über Aðalsteinn stand:

> Hauk schiffte sich ein nach England, um König Adalstein aufzusuchen, und er traf ihn in London, wo er gerade bei einem hochfestlichen Gelage saß. Als sie zur Königshalle kamen, wies Hauk seine Mannen an, wie sie sich benehmen sollten: Der solle zuletzt hinausgehen, der zuerst eingetreten sei, alle aber sollten sie vor der Tafel stehen und das Schwert links tragen, doch so den Mantel darüber raffen, dass es nicht zu sehen

> sei. Danach betraten sie den Saal, und es waren 30 Mann. Hauk schritt vor den König und grüßte ihn, und der hieß ihn willkommen. Da nahm Hauk den kleinen Håkon und setzte ihn Adalstein aufs Knie; und der König sah den Knaben an und fragte, was das bedeute. Hauk antwortete: »König Harald bittet dich, diesen seinen Sohn einer Magd aufzuziehen!« – Da ergrimmte der König sehr, fasste nach dem Schwert, das neben ihm lag, zückte es und tat so, als wolle er den Kleinen durchbohren. »Auf deinem Knie hast du ihn gehabt«, sagte Hauk, »und jetzt kannst du ihn umbringen, wenn du willst, doch kannst du nicht alle Söhne König Haralds umbringen!« –
> Danach schritt Hauk aus der Halle mit all seinen Mannen und begab sich aufs Schiff.[56]

Håkon blieb zurück, und die List ging auf, denn etwas später heißt es: »König Adalstein ließ Håkon taufen und lehrte ihn den rechten Glauben, dazu gute Sitten und feine Lebensart. Mehr als alle seine Verwandten liebte ihn König Adalstein, und überdies mochten ihn alle Mannen und nannten ihn Adalsteinsfostre.«[57]

Snorri kann sich auch kurzfassen und mit ironischen, ja sarkastischen Bemerkungen eine lange Geschichte in wenigen Sätzen erzählen, auch dies ein wichtiges Merkmal, das man von den Isländersagas kennt. So zum Beispiel in der *Olavs-Saga* aus der *Heimskringla*, wo zwei Alliierte des Königs, Karle und Asmund (Ásmundur), auf ihrem Schiff unterwegs sind und an dem Schiff eines Feindes des Königs, Asbjörn Selsbane, vorbeisegeln:

> Nahe fuhren die Schiffe vorüber, und Karle meinte: »Da sitzt ja Selsbane am Steuer im blauen Wams!« – »Ich verschaff ihm einen roten«, rief Asmund und warf seinen Speer, der den

andern in der Leibesmitte traf. Das Geschoss durchbohrte ihn und steckte fest am Rücksitz des Steuerruders. Tot sank Asbjörn von der Bank, und beide Schiffe fuhren ihres Wegs.[58]

Königssagas wie die *Heimskringla* sind Geschichten von endlosen Machtkämpfen zwischen Männern; Frauen spielen keine große Rolle, außer die Männer zur Rache anzustacheln oder eine Art Währung zu sein, um Familienbande zu stärken und Frieden zu sichern. Auch das allgemeine Volk spielt nur eine Nebenrolle, wenn es die Häuptlinge in den Krieg begleiten muss. Jedoch haben Historiker bemerkt, dass Snorri besonderen Wert darauf legt, dass sich die Könige oder Königsanwärter die Unterstützung des Volkes sichern müssen, wenn sie in ihrem Machtkampf erfolgreich sein wollen. Das mag auf Snorris eigener Erfahrung als Regionalhäuptling in den Wirren des 13. Jahrhunderts beruhen; in diesen isländischen Provinzen konnte man ohne Hilfe der allgemeinen Bevölkerung keine Machtkämpfe führen, denn da war es zum Beispiel wichtig, mit so vielen Bauern wie möglich zum Althing zu reiten.

Die Königssagas wurden vom 12. bis zum 14. Jahrhundert geschrieben und abgeschrieben, also zunächst in der Zeit des isländischen Freistaats, aber auch, nachdem die Isländer den norwegischen König als ihr Oberhaupt anerkannt hatten (1262). Die traditionellen Godentümer waren damals in Auflösung, anstatt ihrer entstanden einige wenige Provinzstaaten, die nicht die gleiche gesetzliche Legitimation hatten, aber angeführt wurden von den reichsten Sippen in den einzelnen Landesteilen, die sich unentwegt bekriegten oder Allianzen bildeten. Es gibt die schöne These, dass die Häuptlinge der Zeit auf dieser Insel ohne Staatsmacht zu viele Königssagas gelesen hatten. Sie hatten die gleichen Ambitionen wie die norwegischen Kleinkönige, aber das Land bot ihnen keine Möglichkeit, diese zu erfüllen, das gab die Landwirtschaft nicht her. Sie reisten, einer nach dem anderen, nach Norwegen, um sich dem König anzudienen, sich von ihm zu Fürsten oder Grafen von Island ernennen zu lassen und gleichzeitig zu versprechen, dass sie die Unterstützung der Isländer für den König sichern würden. Der Traum von einem König von Island erhielt durch die endlosen Geschichten über norwegische Könige seine Nahrung; der Bürgerkrieg hatte also auch seine literarische Grundlage.[59]

Die Königssagas, das darf man nicht vergessen, waren ein Exportartikel. Sie wurden für den norwegischen Hof geschrieben, und mancher Schreiber konnte davon leben, solche Sagas zu verfassen oder aufzuschreiben. Der Handschriftenforscher Stefán Karlsson hat Beispiele dafür gefunden, dass isländische Autoren, ihrer norwegischen Leser wegen, sogenannte Norvagismen in ihre Bücher einbauten; das sind norwegische Sprachwendungen, die sich schon damals von dem Isländischen unterschieden.[60] Der Export isländischer Literatur nach Norwegen blühte in den Jahren zwischen 1260 und 1380, aber nach 1400 war Isländisch den Norwegern schwer verständlich geworden, und danach wurden auch keine neuen Königssagas geschrieben.

Kurz zum isländischen Wort Saga: Es bedeutet so viel wie Erzählung. Sie kann mündlich oder schriftlich sein, Letzteres ist dann eine Erzählung in Prosa. In der Literaturgeschichte verwendet man, auch in Deutschland, für die isländischen Erzählungen aus dem Mittelalter das Wort Saga, Plural auf Deutsch Sagas, weil damit nicht dasselbe wie mit dem Wort Sagen, wie in Volkssagen, gemeint ist.[61] Es gibt von den Sagas viele verschiedene Gattungen, und darunter auch Übersetzungen von ausländischen Geschichten. Manche sind aus dem Lateinischen übertragen, etwa die sogenannten Antikensagas, mit ihrem Stoff aus der Antike, oder die Heiligensagas über Legenden und Leidensgeschichten von katholischen Heiligen. Sie gehören zu den ältesten Sagas und dienten den isländischen Bischofssagas, über das Leben der ersten Bischöfe hier, als Vorbild. Man wusste auch, was es in den Nachbarländern so gab, und so wurde die im Mittelalter populäre *Geschichte der britischen Könige* von Geoffrey of Monmouth schon früh ins Isländische übersetzt.

Übersetzungen von Rittersagas aus dem Anglonormannischen und Altfranzösischen über Arthur oder Charlemagne erfreuten sich großer Beliebtheit; was man allein schon aus der Anzahl existierender Abschriften folgern kann. Diese Übersetzungen haben kaum literarische Bedeutung, aber die Isländer wussten sie seinerzeit sehr zu schätzen, nicht zuletzt, weil sie sentimental waren, also im Gegensatz zu den Isländer- und Königssagas Gefühle beschrieben; sie waren halt Romanzen in Prosa und wurden auch in Norwegen viel übersetzt. Manche von ihnen waren auch sprachlich sehr schön, wie die Saga von Tristan und Isolde, die schon im frühen 13. Jahrhundert übersetzt wurde. Die Popularität spornte isländische Autoren an, ihre eigenen Ritter- und Märchensagas zu schreiben. Dreizehn isländische Rittersagas aus dem Mittelalter sind bekannt, aber die Gattung lebte weiter, und man schrieb hier neue Rittersagas bis spät ins 19. Jahrhundert. Dabei gab es nie Ritter auf Island. Der Literaturwissenschaftler Kristján B. Jónasson hat mir von einer Rittersaga erzählt, die ein Landarbeiter im Nordwesten um 1890 schrieb, in der er und sein Bruder die Helden waren; Rittersagas konnten auch Tagträume gewöhnlicher Menschen reflektieren.

Eine andere Kategorie bilden die sogenannten Legenden- oder Vorzeitsagas, die vom alten nordischen Heldenstoff, aus der Zeit vor der Besiedlung Islands, handeln. Die bekannteste der Vorzeitsagas ist die *Völsunga Saga*, die in viele Sprachen übersetzt worden ist. Mit ihr sind wir wieder bei den Personen der Edda angelangt, bei den Nibelungen und Sigurd/Siegfried und dem Drachen Fáfnir. Die *Völsunga Saga* ist im Grunde eine Nacherzählung des Edda-Stoffes in Prosa. Der Isländer Eiríkur Magnússon und der Engländer und Island-Reisende William Morris übersetzten sie 1870 ins Englische. Als der junge J. R. R. Tolkien 1914 für ein gutes Zeugnis in Englisch in Oxford einen Preis erhielt, kaufte er sich dieses Buch für das Preisgeld. Während seiner Universitätsstudien unterhielt er seine Freunde oft mit Lesungen aus der *Völsunga Saga*, die Einfluss auf den Stil und das Weltbild seines Hauptwerkes, *Der Herr der Ringe*, hatte.[62] Die *Völsunga Saga* und ihre Fortsetzung, die *Saga von Ragnar Lodbrók*, liegen auch der Fernsehserie *Vikings* zugrunde.

Andere Vorzeitsagas ähnelten eher den Märchen- und Rittersagas, und sie bildeten zusammen die Unterhaltungsliteratur des späten Mittelalters in Island. Man muss bedenken, dass die Kategorisierung der Sagas zum großen Teil aus dem 19. Jahrhundert stammt. Im Island des Mittelalters nannte man die Vorzeitsagas manchmal einfach Lügengeschichten. Es gibt nicht viele Zeugnisse aus dieser Zeit, die belegen, wie man sich damals mit Erzählungen und Geschichten unterhielt, aber in einem Abschnitt aus der *Sturlunga Saga* aus dem 13. Jahrhundert steht Folgendes über eine Hochzeit in Reykhólar in Westisland im Jahre 1119; ausnahmsweise wird erwähnt, wer für Unterhaltung, die auch so genannt wird, sorgte:

> Hrólf von Skálmarnes erzählte eine Geschichte über Hröngvið den Wikinger und von Ólaf Kriegerkönig, Thráins Grabraub, Hrómund Gripsson und viele dazugehörige Verse. König Sverrir fand das unterhaltsam und nannte solche Lügengeschichten amüsant. Und doch konnten die Leute ihre Abstammung auf Hrómund Gripsson zurückführen. Hrólf selbst hatte diese Geschichte zusammengestellt.[63]

Die Geschichten, die hier entweder erzählt oder möglicherweise aus einem Buch vorgelesen wurden, sind verschollen, aber man geht davon aus, dass sie im Stil der Vorzeitsagas waren; somit ist Hrólfur einer der ersten namentlich genannten isländischen Prosaautoren. Der norwegische König Sverre, über den, wie oben erwähnt, Abt Karl eine Biografie schrieb, war selbstverständlich bei der Hochzeit nicht zugegen (er war um 1150 geboren worden), aber wird hier als Autorität zitiert; er hatte offenbar auch die Saga von Hrólf gehört und sich darüber amüsiert, denn er hatte Lügengeschichten gerne. Das hatte die allgemeine Bevölkerung in Island offensichtlich auch, denn Märchen- und Rittersagas wurden noch bis ins 20. Jahrhundert fleißig abgeschrieben und abends auf manchem Bauernhof vorgelesen.

Die Saga des Bürgerkrieges

Eine Untergruppe der Saga-Literatur sind die zeitgenössischen Sagas oder Gegenwartsagas. Sie gleichen den Isländersagas im Stil, sind sachlich und nüchtern, und die Handlung spielt zum größten Teil in Island. Es geht um hiesige Häuptlinge und deren Familien, aber der Stoff ist den Autoren viel näher, manches hatten sie sogar selbst miterlebt. Es wird die Geschichte Islands im 12. und 13. Jahrhundert erzählt, vom Machtkampf verschiedener Sippen und wachsenden Wirren und bürgerkriegsähnlichen Zuständen bis hin zur Eingliederung Islands in das Königreich Norwegen zwischen 1262 und 1264.

Die wichtigste Sammlung von Gegenwartssagas ist die *Sturlunga Saga*, die ein Mann namens Þórður Narfason Anfang des 14. Jahrhunderts zusammenstellte, deren einzelne Teile jedoch älter sind. Die umfangreichste Saga in diesem Band ist die *Íslendingasaga* (»Saga der Isländer«, und hier wird es verwirrend, den streng genommen gehört sie nicht zu den Isländersagas). Verfasst wurde sie von Sturla Þórðarson, dessen Vater ein Bruder von Snorri Sturluson war. Er war somit selbst einer von der Sippe der Sturlungen und nicht nur Berichterstatter, sondern ein Teilnehmer des Inlandskrieges. Auf Deutsch erschienen Teile dieser Sammlung, übersetzt von Walter Baetke, unter dem

Titel *Geschichten vom Sturlungengeschlecht* (1930); eine Gesamtausgabe gibt es leider noch nicht.

Im modernen Isländischen wird der Begriff »Sturlungaöld«, das »Jahrhundert der Sturlungen«, oft verwendet, um bürgerkriegsähnliche Gegebenheiten in einem Land zu umschreiben. Es mag schwer vorstellbar sein, dass solche Zustände in einem Land mit damals schätzungsweise 40 000 bis 80 000 Einwohnern herrschten. Da die erste Volkszählung noch in ferner Zukunft lag, lässt sich die genaue Zahl nur schwer bestimmen, doch 55 000 ist eine gemeinhin anerkannte Schätzung, von der Historiker ausgehen. Zur damaligen Zeit, im späten Mittelalter, gab es keine Urbanisierung, keine Dörfer und erst recht keine Städte. Doch einige Höfe der Häuptlinge waren viel größer als jene Torfhütten, in denen die Isländer jahrhundertelang hausten.

Drei Faktoren trugen hauptsächlich zu der Auflösung der isländischen Gesellschaft und des Freistaates bei, und das bereits vom 12. Jahrhundert an, und immer ging es um Reichtum, Macht und nicht zuletzt das Land, das den vielen Bauernhöfen gehörte. Diese Faktoren waren erstens die Kirche, die sich langsam als Institution festigte und der, auch durch die Klöster, immer mehr Grundstücke gehörten; zweitens die Monopolisierung der Landwirtschaft, wo die alten Godentümer von einigen wenigen Sippen kontrolliert wurden; und drittens die Einmischung der norwegischen Könige, die Island gerne als Teil ihres Reiches gesehen hätten. Dazu kam der Mangel an Schiffen, da die Isländer selbst keine bauen konnten, denn hier wuchsen keine Bäume, die sich dazu eigneten. Das Volk war jedoch sowohl vom Export von eigenen als auch vom Import von ausländischen Waren abhängig.

Die Kirche sah gerne die Trennung der weltlichen und kirchlichen Macht. Ihre eigenen Entscheidungen oblagen inzwischen dem Erzbistum von Nidaros in Norwegen. Der Erzbischof besetzte wiederum die ihm unterstehenden Bistümer in Island im 13. Jahrhundert bevorzugt mit norwegischen Bischöfen. Währenddessen waren, nicht zuletzt durch den Ankauf von Godentümern, mit denen man Handel treiben konnte, immer größere Teile des Landes unter die Kontrolle einiger weniger Sippen geraten. Es gab die Sturlungen im Westen, die Haukdælir und Oddaverjar im Süden, die Ásbirningar im Norden und die Svínfellingar im Osten. Der Leser braucht sich diese Namen nicht zu merken, nur, dass Island so langsam in vier bis fünf Provinzstaaten aufgeteilt wurde, die über das Althing in loser Verbindung standen. Kein anderer Anführer einer Sippe wurde so reich wie Snorri Sturluson (1179–1241), dem um 1232 der größte Teil des Westlandes gehörte. So oblag ihm zum Beispiel die Kontrolle des ganzen Borgarfjörður und auch der Gehöfte südlich und nördlich davon; insgesamt zehn bis elf der alten Godentümer.[64]

Die verschiedenen Sippen kämpften um die Macht, und diese Kämpfe wurden nach 1220 immer blutiger. Die Anführer der einzelnen Geschlechter sammelten regelrechte Armeen um sich, so primitiv deren Waffen auch sein mochten. So ritt Kolbeinn der Junge, Häuptling der Nordländer, 1234 mit fünfhundert Mann zum Althing, um Snorri Sturluson einen Schrecken einzujagen. Es kam zu brutalen Schlachten, etwa 1238 bei Örlygsstaðir im Nordwesten. Da hatten die Nord- und Südländer eine Allianz gebildet gegen die Sturlungen, deren Anführer Sturla Sighvatsson gerade seinen Onkel Snorri entmachtet hatte. Die Allianz erschien zum Gefecht mit 1500 Mann, Sturla und sein Vater Sighvatur hingegen hatten ungefähr tausend bewaffnete Männer dabei und verloren diesen Kampf; beide bezahlten mit ihrem Leben. Die *Sturlunga Saga* nennt fast sechzig Männer, die bei Örlygsstaðir getötet wurden.[65]

Sechs Jahre später gab es eine Seeschlacht, auch wieder im Nordwesten, in Húnaflói. Þórður kakali Sighvatsson, ein Spross der Sturlungen, suchte Rache für seine Familie und kämpfte gegen Kolbeinn den Jungen. Þórður kam mit 210 Männern auf zwölf Schiffen, Kolbeinns Armada war doppelt so groß. Eigentlich war es ein Unentschieden, aber Þórður ging doch als Sieger hervor, denn Kolbeinn verlor siebzig Männer, Þórður nur einige wenige. Nun sollte man sich diesen Kampf nicht gerade wie die Schlacht von Trafalgar vorstellen. Die Schiffe waren nicht groß, eher Boote, und man bekämpfte sich mit Steinwürfen, Stäben und brennenden Stangen. Viele aus der Mannschaft von Kolbeinn waren das Meer nicht gewohnt und wurden seekrank. Es ist schon verständlich, dass sich amerikanische Filmemacher, die einen Film über die Sturlungen planten, von diesen Schilderungen abschrecken ließen; so hatten sie sich eine »Seeschlacht der Wikinger« nicht vorgestellt: seekranke Männer, die sich mit Steinen bewarfen.[66]

Eines der bekanntesten Ereignisse aus dieser Zeit ist der Brand von Flugumýri im Jahre 1253, auch dies ein Hof im Nordwesten. Damals wollte Eyjólfur Ofsi, Schwiegersohn von Sturla Sighvatsson, sich an Gissur Þorvaldsson, dem Anführer des Südclans, rächen. Er und seine Leute setzten den Hof in Brand, wo Gissur sich damals aufhielt und wo gerade sein Sohn die blutjunge Tochter von Sturla Þórðarson geheiratet hatte, um die beiden Sippen zu versöhnen. Fünfundzwanzig Menschen fielen dem Mordbrand zum Opfer, darunter auch Frauen und Kinder.

In den Gefechten zwischen 1230 und 1260 ließen vierhundert Mann ihr Leben, das waren ungefähr 1,5 Prozent aller Männer in Island; da ist die Bezeichnung Bürgerkrieg nicht fehl am Platz. Der norwegische König mischte kräftig mit und nutzte den Brauch des Mittelalters, dass Häuptlingssöhne eine Zeit am Hofe verbringen sollten, für sich aus; so mancher von ihnen musste dem König die Treue schwören. Einige der isländischen Häuptlinge reisten aber auch nach Norwegen, weil sie hofften, dass sie mithilfe des Königs ihre eigene Autorität in Island festigen könnten. Einer der ersten war Snorri Sturluson, der 1218 den norwegischen Hof besuchte und bald zum Vasallen des Königs ernannt wurde. Einige Historiker meinen, dass es ihm gelang, einen Angriff Norwegens auf Island abzuwenden, andere, dass er versprochen habe, Island ins norwegische Königreich einzugliedern. Sollte er das tatsächlich versucht haben, nachdem er 1220 nach Island zurückkehrte, waren diese Versuche nur halbherzig.

Auch Norwegen befand sich zu dieser Zeit seit fast einhundert Jahren im Bürgerkrieg. Der Thron war umkämpft, zuletzt kam es 1239 zu einem erbitterten Gefecht zwischen dem Grafen Skule, dessen Verbündeter Snorri war, und dem König Håkon Håkonsson. Håkon siegte, und in seinem Auftrag wurde Snorri 1241 auf seinem Hof Reykholt in Borgarfjörður ermordet. »Auf dein bleiches Haupt stößt nun das Schwert hinab, wie es so oft in deinem Buch geschah«, dichtete der Argentinier Jorge Luis Borges über Snorris Tod.[67]

Håkon war nach dem Sieg über Skule unumstrittener König in Norwegen, der dortige Bürgerkrieg war zu Ende, und Håkon konnte sich unter anderem auf seinen Machtanspruch in Island konzentrieren. Aber die Nachfolger von Snorri waren nicht allzu engagiert, wenn es darum ging, Håkon zum König von

Island zu machen. Erst 1262 gelang es ihm, ein Abkommen mit den Isländern zu schließen, das auf dem Althing gebilligt wurde und später auf einigen regionalen Thingen, bis der norwegische König – inzwischen Håkons Sohn Magnus – 1264 alle Isländer seine Untertanen nennen konnte. Dem Königreich ging es in dem Vertrag (sofern es einen gab, siehe S. 26) auch um Steuern, die die Isländer nun zu zahlen hatten, während sie sich gleichzeitig Schiffstransporte nach Island sichern wollten.

Auf seinem Sterbebett ließ sich König Håkon aus der Bibel und anderen christlichen Werken vorlesen. Aber er ermüdete bald und bat, man möge ihm eher nordische Bücher bringen, besonders die Königssagas; so ähnlich wie Mao Tse-tung auf dem Sterbebett die Geschichten der chinesischen Kaiser las.[68] Håkons Sohn Magnus, der den Beinamen Lagabætir (Gesetzreformer) bekam, beauftragte Sturla Þórðarson, der sich 1263 in Norwegen aufhielt, eine Königssaga über seinen Vater zu schreiben, was dieser tat. Fünfzehn Jahre später war Sturla wieder in Norwegen und wurde dann mit der Biografie von Magnus beauftragt. So waren sie ineinander verflochten, die literarische Saga-Tradition und die politische Geschichte über die Versuche des norwegischen Königs, Island zum Teil seines Reiches zu machen. Die Anerkennung des norwegischen Königs war ein großer Schritt in Richtung Staatsmacht in Island und markierte das Ende des Freistaates. Nun mussten die Gesetze des Althings vom König ratifiziert werden. Seine Repräsentanten wurden die obersten Staatsbeamten in Island, und 1280 trat ein neues Gesetzbuch, *Jónsbók,* in Kraft. Mit der Machtübernahme ging auch das Zeitalter der Sturlungen mit seinen Bürgerkriegswirren zu Ende. Die isländische Oberschicht hatte sich selbst zerstört und suchte nun Zuflucht beim norwegischen König.[69]

Fast alles, was hier über Island im 13. Jahrhundert steht, wissen wir aus der *Sturlunga Saga*. Sie ist somit eins der wichtigsten Geschichtsbücher Islands und zum Teil auch Norwegens, präzise geschrieben und über große Strecken verlässlich. Für den heutigen Leser ist das Werk nicht gerade einladend: Man stößt auf eine Unzahl von Orts- wie Personennamen, wovon sehr viele nur ein einziges Mal genannt werden, und es werden endlos viele Ereignisse referiert, deren Bedeutung sich dem Leser nicht immer erschließt. Für alle, die sich mit der Geschichte dieser Zeit beschäftigen, ist sie eine einzigartige Quelle, aber sie ist bei weitem nicht so lesbar und spannend wie die besten Isländersagas. Doch gibt es auch in der *Sturlunga Saga* Abschnitte, in denen der Erzähler innehält und sich Zeit für packende Dialoge und Szenen nimmt.

So zum Beispiel bei der Schilderung des Mordbrandes von Flugumýri und was darauf folgte. Der Häuptling Gissur entkam dem Brand, indem er sich in einem Fass voller Molke versteckte; nach dem Feuer konnte er sich unerkannt davonmachen. Als er zurückkehrte und die Feinde abgezogen waren, traf er einen Verwandten namens Páll und sie sahen gemeinsam zu, wie Leichen aus dem abgebrannten Hof getragen wurden:

> Auf einem Schild trugen sie Ísleifur Gissurarson heraus, von dem nur noch das übrig war, was innerhalb seiner Rüstung verschmort war. Auch von seiner Frau Gróa fand man nur noch die Brust und trug auch die auf einem Schild zu ihm. Da sprach Gissur zu Páll: »Mein lieber Verwandter. Hier siehst Du meinen Sohn Ísleifur und Gróa, meine Frau.« Dann bemerkte Páll, wie Gissur den Blick abwandte und es war, als ob Hagelkörner aus seinen Augen fielen.[70]

Ísleifurs junge Braut, Ingibjörg, wurde aus den Flammen gerettet und kam bei Verwandten unter. Über sie steht in der Saga: »Sehr erschöpft war sie, eigentlich noch ein Kind.«[71] Diese Worte schrieb, mit ergreifender Sachlichkeit, ihr Vater, Sturla Þórðarson.

Obwohl die *Sturlunga Saga* durch die Jahrhunderte viele Bewunderer und faszinierte Leser gefunden hat, ist sie, eben da sie weniger zugänglich ist, kein Allgemeingut geworden wie die Isländersagas. Dabei erzählt sie von der dramatischsten Phase in Islands Geschichte. Eigentlich ein Wunder, wie wenige moderne Autoren sich mit ihrem Stoff beschäftigt haben. Mit dem größten literarischen Können, aber auch mit beachtlichem Publikumserfolg, tat es bisher Einar Kárason (geb. 1955), der sich fünfzehn Jahre lang mit den Geschehnissen des 13. Jahrhunderts beschäftigte und darüber eine Tetralogie schrieb, angefangen mit dem Roman *Óvinafagnaður, Feindesland,* der 2001 erschien (deutsche Ausgabe 2007). Aber wie nähert man sich einem Stoff, der so überwältigend und gleichzeitig nüchtern in einer Saga beschrieben worden ist?

Das tut Einar Kárason, selbst begeisterter Leser der *Sturlunga Saga,* indem er anstelle der Objektivität einer Erzählung in der dritten Person den Ich-Erzähler wählt.

> Dennoch wollte ich nie die *Saga von den Sturlungen* nacherzählen. Ich wollte vielmehr zeitgenössische Romane über die Figuren und Ereignisse dieser unglaublichen Zeit schreiben. In der *Saga von den Sturlungen* werden zum Beispiel alle Figuren von einem sachlich beobachtenden Erzähler beschrieben. Wir erfahren, welche Ereignisse stattfinden, erfahren aber nichts über das Innenleben der Figuren, wir erleben nicht, was sie denken, was sie fühlen. Um den Leserinnen und Lesern genau

diese Perspektive zu zeigen, beschreibe ich in meinen Romanen alles aus der Sicht der handelnden Figuren. Dazu habe ich eine Form gewählt, die mir zum ersten Mal begegnete, als ich den 1930 erschienenen Roman *Als ich im Sterben lag* des amerikanischen Literaturnobelpreisträgers William Faulkner las – in diesem Buch sieht der Erzähler alles durch die Augen seiner Charaktere, er teilt mit ihnen Leid und Freude und erzählt die ganze Geschichte aus ihrer persönlichen Perspektive.[72]

Im ersten Roman zieht Einar den Hut vor Faulkner, indem er sein Buch aus ähnlich vielen Kapiteln zusammensetzt und ähnlich viele Erzählstimmen verwendet wie Faulkner in *Als ich im Sterben lag*. Ein Kapitel besteht sogar, wie bei Faulkner, nur aus einem kurzen Satz: »Meine Mutter ist ein Fisch«, heißt es bei dem Amerikaner, »Mein Bruder ist ein Scheißkerl«, bei dem Isländer.[73] In den anderen Romanen seiner eigenen *Sturlungen* benutzt Einar weiterhin diese Form, ist jedoch freier vom Vorbild Faulkners. Er folgt der Handlung der ursprünglichen Saga ziemlich genau, referiert, insofern er sie für seine Romane braucht, die Ereignisse, wie sie dort vorkommen. Aber durch die von ihm gewählte Perspektive, die so nie in der alten Saga vorkommt, gelingt es ihm, die Personen dieses tragischsten Kapitels unserer Geschichte dem Leser näherzubringen; sie sind Menschen wie wir, die in eine unabwendbare Reihenfolge von Mord und Rache verstrickt werden.

Die Isländersagas, oder Bauern prügeln sich

Jón Ólafsson von Grunnavík, der den Inhalt der Sagas in einem Satz zusammenfasste, »Bauern prügeln sich«, war ein Freund und Assistent des Handschriftensammlers Árni Magnússon, ein Gelehrter und ein Eigenbrötler. Er half Árni, die Handschriften aus dem brennenden Haus zu tragen, und er rettete buchstäblich eine Saga. Árni Magnússon hatte aus Schweden ein Pergament mit der ersten Hälfte der *Heiðarvíga Saga* geliehen bekommen, und Jón hatte eine Kopie davon zu Papier gebracht. Aber sowohl das alte Manuskript als auch Jóns Kopie gingen im Brand von Kopenhagen in Flammen auf, und die erste Hälfte der Saga gibt es nur, weil Jón sie aus dem Gedächtnis niederschrieb. Dies, obwohl er sich als Forscher eigentlich nie mit den Sagas beschäftigt hatte und auch sonst einen eher kühlen Blick auf sein Land hatte. »Eine große Halde von lauter Geröll«, so schilderte er seine Heimat, und die Einwohner »sind zänkisch, ebenso streit- wie habsüchtig, unrein und oft von üblem Geiste.«[74] Aber er wusste, dass mit den Handschriften auch das Wertvollste, was die Isländer hatten, die literarische Tradition, verloren ginge, und tat alles, um sie zu retten.

Von den Isländersagas, manchmal auch Familiensagas genannt, gibt es insgesamt vierzig; sie würden 2200 der 11 000 Seiten der isländischen Mittelalterprosa füllen. Sie werden als weltliche Erzählungen charakterisiert, die das Leben und die Beziehungen der Isländer und ihrer Sippen im Zeitraum zwischen 900 und 1050 darstellen. Geschrieben wurden sie im 13., 14. und eventuell 15. Jahrhundert.

Die Sagas sind sehr unterschiedlich, sowohl im Umfang als auch in der Qualität, nicht alle der Autoren oder Schreiber handhaben ihren Stoff gleich gut. Aber die besten zeichnen sich durch einen für die Zeit ungewöhnlichen Realismus aus und sind spannende Geschichten mit unvergesslichen Personenbeschreibungen. Da isländische Bauern und Bauernhäuptlinge im Mittelpunkt stehen, und keine mythischen Vorzeithelden oder Könige, spielt die Handlung der Sagas in einer Umgebung, die den Lesern beziehungsweise Zuhörern vertraut war. Die Mittelalterautoren haben jedoch nicht, wie wir heutzutage, zwischen der Realität und dem Übernatürlichen unterschieden. Gespenster, Vorhersagungen und Hexerei sind bei ihnen Teil des Lebens. Manche der Helden sind überlebensgroß, stärker, schöner und schneller mit ihren Waffen als alle anderen. Doch sind die Schilderungen oft ambivalent, und in den besten Sagas erinnern sie an die Helden, wie Aristoteles sie in seiner *Poetik* definiert: Ihrer großen Fähigkeiten zum Trotz widerfährt ihnen ein Unglück, dessen Gründe in ihnen selbst zu finden sind.[75]

Die Beschreibungen der Saga-Helden klingen für heutige Leser manchmal sehr übertrieben und an der Grenze zum Ironischen. Gunnar aus Hlíðarendi, der Held der *Saga von Brennu-Njáll (Njáls Saga)*, wird folgendermaßen dargestellt:

> Er war groß, stark und der beste aller Kämpfer, focht und schoss beidhändig nach Belieben, und er führte das Schwert so schnell, dass es aussah, als wirbelten drei gleichzeitig durch die Luft. Er war der beste aller Bogenschützen und traf alles, worauf er zielte, er übersprang seine eigene Körpergröße, und zwar in voller Rüstung, und er sprang rückwärts genauso weit wie vorwärts. Er schwamm wie ein Seehund, und es gab keinerlei Wettstreit, in dem jemand überhaupt gegen ihn anzutreten brauchte, weshalb auch gesagt wurde, er habe nicht seinesgleichen. Er hatte ein einnehmendes Äußeres, war blond, hatte eine gerade, an der Spitze etwas aufgebogene Nase, blaue, scharfsichtige Augen und rote Wangen, üppiges, goldblondes Haar, das schön fiel. Er war ein Mann mit den besten Tugenden, in allem kühn und entschlossen, freigebig, beherrscht, treu seinen Freunden gegenüber, die er sich sorgfältig aussuchte, und er war begütert.[76]

Aber langsam wird die Erzählung raffinierter, so zum Beispiel, als Gunnar auf Þingvellir sein Schicksal, die schöne Hallgerð, trifft und mit ihr ins Gespräch kommt. Der Leser, der bereits die Bekanntschaft von Hallgerð gemacht hat, ahnt schon, worauf dies hinausläuft. Sie heiraten, doch bald verwickelt Hallgerð mit ihrem Stolz und ihrem Trotz den eher gutmütigen Gunnar, so wird es üblicherweise interpretiert, in eine unausweichliche Spirale von Beleidigungen, Gewalt und Rache. Eines Tages schlägt er sie ins Gesicht: »Hallgerð sagte, sie werde sich an diese Ohrfeige noch erinnern und sie ihm heimzahlen, wenn sie könne.«[77] Die Spirale des Schicksals dreht sich weiter, bis Gunnar sich an seinem Hof mit Pfeil und Bogen gegen eine Überzahl von Feinden wehren muss. Zwei Männer hat er bereits getötet und acht verletzt, da gelingt es einem der Angreifer, Gunnars Bogensehne zu durchhauen.

»Gib mir zwei Strähnen von deinem Haar«, sagt er zu Hallgerð. »Du und Mutter, dreht sie mir zu einer Bogensehne.«

»Hängt irgendetwas davon ab?«, fragt sie.

»Mein Leben hängt davon ab«, sagt er, »denn sie werden mich niemals in die Hände bekommen, solange ich den Bogen einsetzen kann.«

»Dann ist es jetzt Zeit«, sagt sie, »dich an die Ohrfeige zu erinnern. Mir ist es gleichgültig, ob du dich noch kürzer oder länger wehrst.«

»Jeder zeichnet sich auf seine Weise aus«, entgegnet Gunnar. »Ich werde dich nicht noch einmal bitten.«[78]

Diese Zitate stehen hier, um dem Leser ein Gefühl für die Erzählweise der Sagas zu vermitteln. Es liegt ihnen ein stark fatalistisches Gefühl zugrunde, niemand kann seinem Schicksal entkommen, auf Gewalt folgt Rache, nichts ist wichtiger als die Ehre der Großfamilie, und erst nachdem die Protagonisten, und seien sie noch so starke Helden, ins Gras gebissen haben, können die Nachfolger Frieden stiften.

Es gibt moderne Interpretationen der *Saga von Brennu-Njáll*, denen zufolge die Männer, mit ihrem Benehmen Hallgerð gegenüber, die Schuld am Lauf der Geschichte tragen. Mir geht es hier aber vor allem darum zu zeigen, wie sehr die Sagas auf einer *Dramatis Personae*, einem Drama zwischen den Personen, basieren: Unterschiedliche Charaktere treffen aufeinander, und aufgrund ihrer persönlichen Eigenschaften und ihrer gesellschaftlichen Pflichten kann die tragische Entwicklung nicht abgewendet werden. Als Held bist du deiner Großfamilie verpflichtet, Ehre und Rache gehen Hand in Hand, und die Liebe kann den Zündstoff liefern.

So auch in der *Saga von den Leuten aus dem Laxárdal (Laxdæla Saga)*, in der zwei Helden und Ziehbrüder, Kjartan und Bolli, die gleiche Frau, Guðrún Ósvífursdóttir, umwerben. Kjartan und Guðrún lieben einander, aber als sich Kjartan in Norwegen aufhält, gelingt es Bolli, nicht ohne Hinterlist, Guðrún zu überzeugen, ihn zu heiraten. Kjartan kommt zurück, die Liebe verwandelt sich in Hass, und Guðrún spornt Bolli dazu an, Kjartan umzubringen. Im hohen Alter fragt ihr Sohn sie, wer ihre wahre Liebe war, und sie antwortet, dass sie den, zu dem sie am schlimmsten war, am meisten geliebt hat. Noch immer streiten die Isländer darüber, wer von den beiden das wohl war.[79] Die *Laxdæla Saga* ist ungewöhnlich in dem Sinne, dass Frauen hier eine größere und aktivere Rolle spielen als in vielen der anderen Sagas, im Mittelpunkt steht ein Liebesdreieck, und die Saga nutzt auch Elemente der Rittererzählungen aus anderen Ländern. Aber wie die *Njáls Saga* erzeugt auch sie ein Gefühl tragischer Unausweichlichkeit, das dem Aufeinandertreffen dieser unterschiedlichen Charaktere entspringt und in der Unvereinbarkeit von Liebe mit den Verpflichtungen des Heldentums wurzelt.

Es gibt viele Saga-Helden, die ähnlich beschrieben werden wie Gunnar von Hlíðarendi, aber es gibt auch solche, die wie Anti-Helden daherkommen. So zum Beispiel Grettir der Starke in der nach ihm benannten *Die Saga von Grettir Ásmundarson (Grettis Saga)*. »Schon als Kind war er überheblich, maulfaul und ungehorsam und unverschämt in allem, was er sagte und tat«, steht dort zu lesen.[80] Er wächst zu einem starken, aber grausamen Jüngling heran und ermordet einen Knecht, woraufhin er für drei Jahre aus Island verbannt wird und nach Norwegen reist: »Viele wünschten ihm eine gute Reise, wenige wünschten, er käme zurück«, heißt es über die Menschen auf seinem Heimathof.[81] In Norwegen sagt sein Halbbruder zu ihm diesen Schlüsselsatz: »Ich hätte dir weniger Kraft und mehr Glück gewünscht.«[82] Obwohl er intelligent ist und als Erwachsener manchmal sogar wohlwollend, bringen ihm seine Heldentaten immer wieder Unglück, und er muss erfahren, dass, wie ein Dichter zu ihm sagt, »Glück und Geschick nicht immer Hand in Hand gehen«.[83] Die *Saga von Grettir* ist humorvoll, und der Schreiber hat offensichtlich seinen Spaß daran, aphoristische Repliken ins Absurde zu steigern; stellenweise erinnert Grettir mit seiner Freude an Sprichwörtern aller Art an Sancho Panza in *Don Quixote*.[84] Aber obwohl die Saga eher eine Biografie als eine Tragödie wie die *Njáls Saga* oder die *Laxdæla Saga* ist, überkommt den Leser schließlich auch hier das Gefühl des unabwendbaren Schicksals, wenn Grettir allein mit seinem Bruder auf einer Felseninsel im Norden auf seine Feinde und das Ende wartet.

Die Personenbeschreibungen in den Sagas sind umso eindrucksvoller, als der Stil ihnen klare Grenzen setzt. Die Sagas sind meistens nüchtern, fast lakonisch erzählt. Das schätzte zum Beispiel der amerikanische Krimiautor Dashiell Hammett an ihnen, und in diesem Stil schrieb er seinen ersten Roman, *Red Harvest* (1929).[85] Wir lernen die Personen der Sagas nur durch das, was sie sagen oder tun, kennen. Was sie denken, geschweige denn ihre Gefühle oder ihr Seelenleben, wird uns vorenthalten, außer in den Gedichten, die sie manchmal aufsagen. Der Erzähler erklärt uns auch fast nie, was er oder sie über die Ereignisse denkt, allerhöchstens, was man allgemein dazu meint. Der Stil ist knapp, die Sagas sind keine wortreiche literarische Gattung, und auch der Wortschatz ist knapp bemessen. Der gesamte Korpus der Isländersagas ist aus 12 400 verschiedenen Wörtern zusammengesetzt. Das ist weniger als bei manch zeitgenössischem Roman (in *Ulysses* von James Joyce finden sich über 30 000).[86]

Trotz dieser Kargheit sind die Personenbeschreibungen der Sagas vielleicht das, was die isländischen Leser über die Jahrhunderte hinweg am meisten an ihnen fasziniert hat, und sie sind es auch, die auf die isländische Literatur der Neuzeit den größten Einfluss gehabt haben. In den Sagas und der jüngeren Gattung der Romane gibt es zwei tragende Elemente: Personenbeschreibungen und Plot (die Handlungsstruktur). Die erzählende Prosa Islands wurde immer von Personenbeschreibungen dominiert. Von Grettir in der *Grettis Saga* bis zu Bjartur, der Hauptperson in dem Roman *Sein eigener Herr* von Halldór Laxness, es ging uns immer um die Charaktere; während eine klare Plot-Gattung, wie der Krimi es ist, erst spät – um die Jahrtausendwende 2000 – in der isländischen Literatur ihren Platz fand.

Die Sagas lassen sich nicht ohne Weiteres mit modernen Romanen vergleichen; ihr Realismus unterscheidet sich grundlegend von dem der Prosaliteratur des 19. Jahrhunderts; das Weltbild des Mittelalters ist ein anderes. Abgesehen von seinem letzten Gefecht führt zum Beispiel Grettir seinen bittersten Kampf mit einem schwedischen Wiedergänger, dem Schafhirten Glám. Njáll in der *Njáls Saga* hat prophetische Fähigkeiten, und besonders der zweite Teil des Werkes enthält viele christliche Symbole und Bilder. Aber im Großen und Ganzen sind die Ereignisse der Sagas etwas, was tatsächlich hätte geschehen können, nicht vergleichbar mit den Lügengeschichten aus dem Altertum, die den König Sverrir seinerzeit belustigten. Bis weit ins 20. Jahrhundert gab es engagierte Leser, die vom Wahrheitsgehalt der Sagas vollständig überzeugt waren, und über viele der Figuren der Sagas weiß man, dass sie historisch belegt sind. Die größten Übertreibungen finden sich in den Abschnitten, die von den Reisen der Protagonisten ins Ausland berichten, da sind manche Heldentaten ziemlich abenteuerlich. Man erzählte offensichtlich gerne, was für einen imposanten Eindruck die Isländer zum Beispiel am Hofe des norwegischen Königs machten.

In den Königssagas gibt es mehrere Kapitel, die von Isländern zu berichten wissen, die den König aufsuchten. Diese Erzählungen, auf Isländisch *þáttur* genannt, werden oft zu den Isländersagas gezählt und in die Gesamtausgaben der Isländersagas eingefügt. Sie erfüllen die Kriterien, da sie von einem Isländer erzählen und ihre Handlung im 10. oder 11. Jahrhundert spielt; sie sind lediglich kürzer und haben nur eine Hauptperson. Der Stil ist dem der Isländersagas ähnlich, aber das gilt auch allgemein für die Königssagas. Oft sind diese Erzählungen übertriebener und näher an den Märchen- oder Vorzeitsagas. Meines Erachtens könnten viele von ihnen genauso gut zu den Königssagas gerechnet werden, deren Teil sie sind; im Geiste der Nationalromantik des 19. Jahrhunderts wollte man jedoch diese heldenhaften Erzählungen von Isländern im Ausland zu den Isländersagas zählen.[87]

Wie sind nun die eigentlichen Isländersagas entstanden? Sie wurden zweihundert bis dreihundert Jahre nach den jeweiligen Geschehnissen aufgeschrieben, aber wurden sie auch mündlich überliefert? Erzählten sich die Bauern auf der Insel im Norden jahrhundertelang diese Geschichten, bis eines Tages gelehrte Männer, Geistliche oder Häuptlinge sie zu Pergament brachten? Oder sind sie Kunstwerke, Produkte der schriftlichen Kultur?

Waren sie Freiprosa oder Buchprosa, denn so heißen die Begriffe der Literaturwissenschaft, mit der die Forscher diese Streitfrage zu lösen suchten. Weil es keine »ursprünglichen« Handschriften der Sagas gibt, höchstens ein paar Pergamentfragmente, und die Autoren nie mit Namen genannt werden, kann man sich über das genaue Entstehungsdatum der einzelnen Sagas nicht sicher sein. Die Freiprosatheorie, entwickelt unter anderem von dem Schweizer Andreas Heusler (1865–1940), geht von einer ungebrochenen mündlichen Tradition aus, die sich über die Jahrhunderte durch solch eine Präzision ausgezeichnet habe, dass die Sagas den Schreibern schließlich diktiert wurden; daher seien die Sagas auch verlässliche historische Quellen. Die Buchprosatheorie, auch »isländische Schule« genannt, obwohl ihr Pionier der bayerische Nordist Konrad Maurer (1823–1902) war, sieht die Sagas als schriftliches Produkt, das zwar mündlich überlieferte Geschehnisse und Personen verwendete, aber seine Form und den endgültigen Inhalt von gelehrten, christlichen Autoren erhalten habe. Die radikalsten Vertreter der Buchprosatheorie, etwa der Literat Sigurður Nordal (1886–1974), bezeichneten manche der Sagas als Kunstwerke vergleichbar mit Romanen, weshalb sie auch kaum Wert als historische Quellen hätten.

Die Buchprosatheorie war um die Mitte des 20. Jahrhundert vorherrschend in der Saga-Forschung, aber in den letzten Jahrzehnten wurde sie doch durch eine Art Synthese abgelöst. So wird daran erinnert, dass ein großer Teil der isländischen Literatur mündlich überliefert wurde: die Edda-Lieder und die Skaldengedichte zum Beispiel. Man war zudem sehr geschult im Auswendiglernen, wie etwa der Gesetzessprecher auf dem Althing. Außerdem weiß man, dass in Island die Menschen keltischen Ursprungs aus Gebieten mit einer ausgeprägten Erzähltradition kamen. Mündliche Elemente und Erzählkunst flossen ohne Zweifel in die Sagas ein.

Aber die Sagas sind auch ein Leseerlebnis. Die umfangreichsten von ihnen, wie die *Laxdæla Saga*, die *Egils Saga*, die *Grettis Saga* oder die *Njáls Saga*, haben typische Merkmale schriftlicher Produkte, sind durchdachte Werke tragischen Inhalts und zugleich eine literarische Verarbeitung der Kriegswirren zu Lebzeiten der Autoren. Der Verfasser der *Njáls Saga*, vielleicht der besten aller Sagas überhaupt, arbeitet mit zwei erzählerischen Höhepunkten: dem Tod von Gunnar von Hlíðarendi und dem Mordbrand bei Bergþórshvoll, dem Hof von Njáll dem Weisen. Er verfolgt dabei mehrere Geschichten auf einmal und vermittelt sie wie ein erfahrener Prosaist: »Der Faden ist jetzt da wieder aufzunehmen«, steht am Anfang des 21. Kapitels; »Jetzt soll da weitererzählt werden«, am Anfang des 148. Kapitels. Er nutzt Motive, die erst viel später in der Geschichte ihre Bedeutung bekommen (wie das Haar von Hallgerð), verleiht seinen Helden sehr unterschiedliche Eigenschaften, kennt sich mit der Geschichte Islands und dem komplizierten Rechtssystem auf dem Althing nach der Christianisierung aus. Ein einziges Mal auf diesen mehreren hundert Seiten spricht der Erzähler von sich selbst in der ersten Person, und das im allerletzten Satz der Saga: »Damit schließe ich die Brennu-Njáls Saga.«[88] Ach wüsste man nur, wer das war!

Allen Unterschieden zum Trotz ist das Erzählkunst, wie man ihr nur in den besten Romanen begegnet. Man sieht dieses Können auch in der ironischen Erzählperspektive der *Grettis Saga*, und in einigen der jüngeren Sagas reitet ein Held wie ein Don Quixote auf einem Islandpony aus dem Zeitalter der Heldenverehrung hinaus. Dem Leser begegnet diese ironische Einstellung in der *Bandamanna Saga, Der Saga von den Schwurbrüdern (Fóstbræðra Saga)*, und zum Beispiel auch in einer kürzeren und relativ jungen Saga, *Der Saga von Hávarð aus dem Isafjord (Hávarðar saga Ísfirðings).* Der ironische Blick auf das Heldentum unterscheidet diese Sagas von älterer Epik; sie weisen somit erste Merkmale der Romankunst auf.

Folgt man dem russischen Theoretiker Bakhtin, so ist der Stoff des Epos eine in sich geschlossene Vergangenheit, die den Lesern oder Zuhörern nicht mehr zugänglich ist, und er lässt keinen Raum für unterschiedliche Interpretationen. Das Heldentum der älteren Epik ist absolut. Der Unterschied zwischen Schein und Sein und die damit verbundene Ironie sind hingegen der Habitus des Romans.[89] Der Held ist nicht vollendet, die Personen des Romans gehen nie völlig in ihrem Schicksal auf, sie können zu klein oder zu groß dafür sein. Die Welt des Romans steht seinen Leserinnen und Lesern offen, sie kommt ihnen bekannt vor oder ist ihnen nicht fremd, und sie lässt unterschiedliche Interpretationen zu. Als Gattung ist der Roman gegenüber dem Heldenlied freier, humorvoller – und manchmal geschwätziger. Zum Roman gehört auch ein größeres Selbstbewusstsein, was die Erzählform und die Sprache betrifft. Von diesen Kriterien ausgehend, sind die Isländersagas als literarische Gattung an der Grenze zwischen Epos und Roman angesiedelt. In Europa verbindet man die Entstehung des Romans mit dem 17. und 18. Jahrhundert, aber die Sagas wurden im Zeitraum zwischen 1200 und 1400 verfasst. Auch hier gibt diese Literatur uns ein Rätsel auf. Wären die Sagas in einer der mehr verbreiteten europäischen Sprachen geschrieben worden, sagte Milan Kundera einmal, würde man sie als einen wichtigen Vorläufer des Romans sehen.[90]

Die Handlung spielt jeweils zwei- bis dreihundert Jahre vor der Niederschrift der Sagas, aber diese Welt war den Lesern oder Zuhörern bekannt, ja vertraut, im Gegensatz zu der Handlungswelt in den Edda-Liedern. In einem Essay habe ich einmal versucht, Merkmale der Romankunst in einer jüngeren Saga, der von Hávarð aus dem Ísafjord, zu finden. Die Saga handelt vom alten Hávarð, der früher einmal ein Held und Wikinger war. Sein vielversprechender Sohn wird von einem neidischen Nachbarn ermordet. Nach einer jahrelangen Depression rafft Hávarð sich mithilfe seiner Frau Bjargey auf, und er versammelt eine ungewöhnliche Schar von Leuten um sich zum Rachefeldzug gegen seine Feinde.

Schon am Anfang sehen wir, dass wir es mit einem Erzähler zu tun haben, der keineswegs so objektiv und zurückhaltend ist wie sonst die Erzähler in den Sagas. So wird zum Beispiel der Knecht Vakur folgendermaßen beschrieben:

> Er war klein und schmächtig, schwang bei jeder Gelegenheit eifrig Reden, am liebsten von Mord und Totschlag, und stachelte Þorbjörn, seinen Onkel, immer zu Dingen an, die alles nur verschlimmerten. Daher war er nicht sehr beliebt, womit die Leute richtig lagen.[91]

Hier spielt der Erzähler sogar mit der allgemeinen Meinung, die die Autoren der Sagas oft zitieren, um indirekt ihre eigene Meinung zum Ausdruck zu bringen. Ungewöhnlich, und in Heldenepen unvorstellbar, ist auch, dass die Hauptperson ein Ex-Held ist, ein Held a. D., der nach drei Jahren im Bett wieder zur früheren Form findet und einen Rachefeldzug leitet, der aus Frauen, Kindern und alten Leuten besteht.[92] Beschrieben wird, wie Hávarð endlich aus dem Bett aufsteht und ihm sogleich ein Gedicht von den Lippen kommt, in dem er behauptet, er habe seit der Ermordung seines Sohnes nicht schlafen können. Da sagt seine Frau Bjargey: »Also eines ist sicher, nämlich dass es eine ausgemachte Lüge ist, dass du drei Jahre lang kein Auge zugetan haben willst.«[93] Über Bjargey heißt es, nachdem Hávarð sich ins Bett legte: »Bjargey jedoch übernahm es, jeden Tag mit Þórhall aufs Meer hinauszurudern, während sie des Nachts ihre eigenen Arbeiten verrichtete.«[94] Mit anderen Worten, sie übernahm alle Aufgaben.

In der Saga findet man auch grotesken Humor, zum Beispiel in einer lustigen Sexszene, und ein deutliches Kennzeichen für schriftliches Erzählen, nämlich das Erfinden von Wörtern. So wird an einer Stelle berichtet, wie Hávarð und seine Leute nach ihrem ersten Sieg ihren Feinden die Ohren abschneiden. Etwas später wird dann davon erzählt wie »die Männer mit den abgeschnittenen Ohren« zum Thing kommen. Im isländischen Original steht hier *afeyringar* (wörtlich »die Abgeohrten«), was ausgesprochen witzig klingt. Einem Autor, der ein solches Wort erfindet (es gibt kein anderes Beispiel von *afeyringar* im gesamten Saga-Korpus), merkt man an, dass er seine Leser augenzwinkernd unterhalten will.

Die Gattung des Romans entstand als Parodie des Epos, wie man seit *Don Quixote* weiß; die dort enthaltene Perspektive ist der ironische Abstand zu den Idealen der Heldenepen. Diesen ironischen Abstand findet man auch in einigen der Isländersagas. Nun könnte eingewandt werden, dass *Die Saga von Hávarð* viel jünger sein mag als die wichtigsten Werke dieses Genres, denn sie ist nur in Papierabschriften aus dem 17. Jahrhundert erhalten, aber die Literaturwissenschaftlerin Helga Kress hat überzeugend nachgewiesen, dass man die definitiv ältere *Saga von den Schwurbrüdern* als Parodie auf die gesamte Gattung lesen kann.[95] Auch in der *Grettis Saga* scheint sich der Erzähler hier und da über das Heldentum lustig zu machen. Eine endgültige Parodie ihrer selbst, wie *Don Quixote* es für die Rittergeschichten war, brachte die Gattung der Isländersagas jedoch nicht hervor. Aber die Ironie, die Schilderung der Handlungswelt, nicht adelige Personen, die mit Eigennamen genannt werden, und die komplexe Struktur der Hauptwerke zeigen uns, dass die Sagas Epen auf dem Weg zum Roman sind. Nur setzte die isländische Prosa diesen Weg nicht fort. Der erste isländische Roman erschien fünfhundert Jahre, nachdem die letzte Saga verfasst wurde.

Ein wichtiges Element des bürgerlichen Romans sucht man indes vergebens in den Sagas, und das ist eine psychologische Entwicklung der Hauptpersonen. Die Figuren werden genau beschrieben, aber sie ändern sich nicht im Laufe der Erzählung. Vieles kann man über die Sagas sagen, aber Bildungsromane sind sie nicht.

Wenn ein literarischer Baum fällt, und niemand ist da …

Als ich mein Studium der Literatur an der Universität in Reykjavík anfing, habe ich Isländisch als Zweitfach gewählt. Ich dachte mir, man müsste doch das Wichtigste über unsere eigene literarische Tradition wissen, wenn man schon Literatur studiert. Ein bekannter Professor betreute das Seminar über die Eddas. Meistens gingen die Lehrstunden so vor sich, dass wir abwechselnd je eine Strophe aus der anerkannten Ausgabe der Edda-Lieder lasen, dann fragte der Professor uns, was das jetzt bedeute, und dann lasen wir die Erklärungen, die neben den Strophen standen. Man fühlte sich in die Grundschule rückversetzt. Aber eines Tages sagte uns der Lehrer, er würde jetzt eine richtige Vorlesung halten, was er auch tat. Es wurde eine Doppelstunde über die Rolle der Präpositionen *um* und *of* in der altisländischen Literatur. Ich beschloss, nie wieder ein Isländisch-Seminar zu absolvieren und mein Studium im Ausland fortzusetzen.

In seinem Jugendwerk *Der große Weber von Kashmir* schreibt Halldór Laxness: »In meiner Jugend fragte ich: Wo ist Gott? In meinem Alter schreibe ich eine gelehrte Abhandlung über die Besonderheiten des Hoflebens im Frankreich Ludwig des XVI. Ich bin äußerst zufrieden damit, vergessen zu haben, was es war, das ich wissen wollte, und alles zu wissen, wonach ich nicht fragte.«[96] So kamen sie uns Studenten manchmal vor, die Fragen, die die isländischen Philologen sich stellten, was unsere alte Literatur betraf. Für heutige Leser sind die langweiligsten Kapitel in den Sagas die genealogischen. Ein Mann wird erwähnt, und sogleich werden alle seine Vorfahren bis zur Landnahme aufgezählt. So ähnlich war es manchmal in der Forschung: Man versuchte immer wieder, einen Stammbaum der Handschriften einer Saga zu rekonstruieren. Vielleicht hatte man nur zwei Papierabschriften und ein Pergamentfragment, aber es ging darum herauszufinden, wie die ursprüngliche Fassung möglicherweise ausgesehen haben könnte. Erst wenn die Originalfassung rekonstruiert wäre, könnte eine literarische Analyse beginnen, wenn überhaupt. Wer diese Art der Handschriftenforschung nicht beherrschte, hatte nicht das Recht, sich in den wissenschaftlichen Diskurs über die Sagas einzumischen – so kam es mir zumindest damals vor.[97]

Natürlich weiß ich inzwischen, dass die philologische Forschung sehr viel ergeben hat. Aber immer noch scheint mir diese Fragestellung mangelhaft. Von vielen Werken gibt es keine Originalfassung, und/oder man findet sie auf jeden Fall nie. Denn wie der Literaturwissenschaftler Jürg Glauser so treffend in seinem Buch über die isländische Literatur sagt: »Die mittelalterliche Kultur war eine Abschreib-, eine Kopierkultur.«[98] Die Schreiber und die Kopierer der Sagas fügten bei ihrer Arbeit hinzu, was sie wollten oder anderswo erfahren hatten, und strichen, was sie nicht aufnehmen wollten. Den heutigen Respekt vor einem Original gab es nicht, was die Prosa betrifft, im Gegensatz zur Skaldendichtung. Die endlose Suche nach einer ursprünglichen Fassung führte selten zu Resultaten, die all die Zeit, die Forscher damit verbringen mussten, rechtfertigen könnte. Es gibt sogar wissenschaftliche Abhandlungen über Sagas, die gar nicht überliefert sind.

Ein Original, oder eine ursprüngliche Fassung, das war den isländischen Schreibern im Mittelalter nicht unbedingt ein Begriff, und das Kopieren wurde nicht geringgeschätzt. Was uns zu einem anderen Begriff bringt: dem Autor. Bis weit ins 20. Jahrhundert suchten isländische Leser, sowohl professionelle Leser als auch begeisterte Amateure, nach den Autoren einzelner Sagas, und manche tun es immer noch. Man analysierte die geografischen Kenntnisse in der betreffenden Saga und versuchte, daraus abzuleiten, wo der Autor sich gut auskannte. Dann fand man heraus, welche Gelehrte oder Geistliche zur Zeit der Niederschrift in dieser Gegend wohnhaft gewesen waren, um so eine Hypothese präsentieren zu können, wer die Saga geschrieben haben könnte. Dabei gehört die Idee vom Autor, wie wir sie kennen, zum bürgerlichen Zeitalter. Autoren im europäischen Mittelalter waren die Verwalter des Wortes Gottes, die Geistlichen, die die Bibel interpretieren durften. Die Namen der Leute, die all diese erzählende Prosa des Mittelalters zu Fell brachten, sind nicht so wichtig.

Keine einzige Saga ist uns mit einem Autorennamen überliefert, und wir wissen nicht einmal, ob man damals die Sagas überhaupt als Werke eines einzelnen Verfassers ansah. Die Begriffe »Schreiben« und »Buch« tauchen jedoch schon früh in der altisländischen Literatur auf. So gibt zum Beispiel Ari der Gelehrte im Prolog zu seinem *Buch der Isländer* zu bedenken:

> Das Isländerbuch habe ich zuerst für unsere Bischöfe Þorlákur und Ketill gemacht, und ich habe es ihnen beiden und dem

Pfarrer Sæmundur gezeigt. Aber da es ihnen gefiel, es so zu haben, oder es zu ergänzen, dann schrieb ich dieses in gleicher Weise, außer den Genealogien und den Königsleben, und fügte hinzu, was mir später besser bekannt wurde und was nun umfangreicher erzählt ist in diesem als in jenem Buch. Aber was falsch gesagt ist in diesem Werk, dann soll man das bevorzugen, was sich als wahrer erweist.[99]

Hier beschreibt Ari die Methode eines Historikers, der die Wahrheit sagen will, aber gleichzeitig im Auftrag schreibt. Er lässt auch keinen Zweifel daran, dass er der Autor des Buches ist. Bei der Saga-Literatur sind die Prologe nicht so eindeutig wie bei ihm, außer in der Handschrift *Hungurvaka* (wörtlich die, die den Hunger erweckt) über das Leben der ersten isländischen Bischöfe: »Deshalb habe ich dieses Büchlein zusammengesetzt, damit mir das nicht ganz aus der Erinnerung fällt, was ich über diese Sachen den weisen Mann Gizurr Hallsson habe erzählen hören«.[100] Hier ist die Rede sowohl von mündlicher Überlieferung wie auch vom Schreiben, aber der Verfasser bleibt anonym. Bei den eigentlichen Isländersagas gibt es kaum Prologe, und bei den großen Sammelbänden ist eher die Rede davon, dass die Bücher zusammengesetzt wurden und nicht als einzelne Werke verfasst. So steht in *Der Saga der Sturlungen*, dass Sturla Sighvatsson »sich damals viel in Reykholt aufhielt und sehr daran interessiert war, Geschichtsbücher aufschreiben zu lassen, nach den Büchern, die Snorri [Sturluson] zusammensetzte.«[101]

Dieses Wort, zusammensetzen, passt gut zu den Königssagas in der *Heimskringla*, die Snorri wahrscheinlich kompilierte. Er nahm ganze Abschnitte aus anderen Büchern, die ihm vorlagen, und schrieb bei weitem nicht alles selbst. Man sah damals einzelne Werke nicht immer als in sich geschlossene Einheiten und den Schreiber nicht als einen göttlichen Schöpfer. Es war vollkommen legitim, Werke von anderen abzuschreiben und gleichzeitig nach eigenem Gutdünken zu verändern. Manche dieser großen Sammelbände waren mit Sicherheit Resultate eines Teamworks.

Mag also gut sein, dass diese Fragen nach dem ursprünglichen Manuskript und dem richtigen Autor nicht immer fruchtbar waren, aber die Suche hat uns viele Kenntnisse gebracht. Es ist interessant zu sehen, in welcher gesellschaftlichen Umgebung diese Literatur entstanden ist. Man schrieb sie in Klöstern, aber auch bei Bauernhäuptlingen, den bereits erwähnten Kirchengoden. Wer Sagas schreiben wollte, musste wohlhabend sein. Eine der berühmtesten isländischen Handschriften, die sogenannte *Flateyjarbók*, besteht aus 111 Kalbsfellen, und um eine der größeren Sagas abzuschreiben, brauchte man 50. Das Schreiben ging auch nicht schnell vor sich; für die *Flateyjarbók* hat ein Schreiber wahrscheinlich neun Monate gebraucht.[102] Dazu kam, dass die Verarbeitung des Kalbsfells, um aus ihm beschreibbares Pergament zu machen, ein aufwendiger und komplizierter Prozess war. Am meisten wurde im Westen Islands geschrieben, wo die reichsten Bauernhäuptlinge sesshaft waren.

Auf Snorri Sturluson kamen wir schon zu sprechen. Er war 1178 oder 1179 in eine einflussreiche Familie in Westisland hineingeboren worden, kam als Pflegekind nach Oddi in Südisland, einen Ort berühmt für Bildung und Bücher, ließ sich als Erwachsener in Reykholt im Westen nieder und wurde dort, durch seine gerissene Machtpolitik, bald der reichste Mann Islands. Er umging Gefechte so weit möglich, aber schmiedete Allianzen durch Handel und Hochzeiten, war zeitweise Verbündeter des norwegischen Königs und Gesetzessprecher des Althings. Zu Hause versammelte er eine Art Königshof um sich, wie man in seiner Biografie von Óskar Guðmundsson, die auch auf Deutsch erschienen ist, lesen kann.[103] Dort wohnten Gelehrte und Geistliche, Skalden und Sänger, Frauen und Kinder in großen Holzhäusern, die sogar Leitungen mit warmem Wasser hatten. Rundum ließ er eine Festung bauen, und innerhalb der Holzzäune lebten zu seiner Zeit vielleicht zwei- bis dreihundert Menschen. Aber vor dem heimtückischen Mord konnte ihn die Festung nicht retten.

Für die isländische Literaturgeschichte war es essenziell, dass Snorri in Reykholt eine regelrechte Schreibschmiede und Bücherwerkstatt aufbaute. Ihm selbst werden mehrere wichtige Werke zugeschrieben (wir sind wieder beim Autor). Erwähnt wurde schon seine Edda, mit ihrer Poetik und ihren vielen Sagen und Liedern der nordischen Mythologie und mit Erläuterungen, die so gut und manchmal witzig sind, dass man sich nicht ganz sicher ist, ob er sie nicht teilweise erfunden hat. Es gibt keine Originalfassung der Edda, aber in einer der ältesten Handschriften, ungefähr sechzig Jahre nach seinem Tod aufgeschrieben, steht, dass er die Edda zusammengesetzt habe. Er hat die Geschichten der norwegischen Könige in der *Heimskringla* kompiliert; aber auch das wissen wir wieder nur aus jüngeren Quellen. Einige Forscher haben schon lange behauptet, dass er die *Egills Saga* verfasst hat, und neue, digitale Stiluntersuchungen bestätigen dies.[104] Sicher ist, dass er bei alledem Mitarbeiter hatte. Manches schrieb er selbst, anderes schrieb er ab, einiges schrieben seine Mitarbeiter oder Verwandte, die zeitweise bei ihm wohnten, einiges diktierte er. In Reykholt schrieb man auch zum Export für den norwegischen Hof. Die halbe Familie der Sturlungen muss am Schreibpult gestanden haben; so ähnlich wie im Schloss der Familie Tolstoj sechshundert Jahre später. Einer von ihnen war Sturla Þórðarson, der Sohn von Snorris Bruder. Er schrieb den zentralen Teil der *Saga der Sturlungen*, eine Version des *Buches der Landnahme* stammt von ihm, zwei Königssagas, eventuell ein Gesetzbuch, und dann gibt es die Hypothese, dass er die *Njáls Saga* verfasst habe.[105]

Dies alles unter dem oben erwähnten Vorbehalt, dass ein Schriftsteller im Mittelalter nicht mit einem heutigen gleichzusetzen ist. Aber natürlich gab es damals Menschen, die besser schrieben als andere und wortmächtiger waren. Klar ist, dass viele dieser großen Werke des 13. Jahrhunderts in solchen kreativen Zentren, in literarischen Werkstätten entstanden, bei Snorri, in den Bistümern, in Klöstern. Manche wurden von reichen Bauernhäuptlingen finanziert, und viele entstanden in jenen Teilen des Landes, wo sich Reichtum angehäuft hatte, man viel unterwegs war und intensiv Handel mit anderen Ländern betrieb. Aber man schrieb auch anderswo, und der Handschriftenforscher Stefán Karlsson hat die These entwickelt, dass etwa jeder vierte Bauer in Island damals lesen und schreiben konnte. Das kam nicht zuletzt daher, dass viele Bauern schon im 12. Jahrhundert ihre Söhne zu Priestern weihen ließen; die isländische Kirche war eben eine Bauernkirche. Interessant ist aber auch, dass die Gegenwartssagas, in denen auf fast eintausend Seiten die Geschehnisse des 12. und 13. Jahrhunderts ausführlich referiert werden, so gut wie kein Wort über die Entstehung der Isländersagas verlieren.

Für wen jedoch schrieb man? Die Literatur dieser Zeit hatte nicht viele Leser, hingegen viele Zuhörer. Einen eigentlichen Buchmarkt gab es noch nicht, einmal abgesehen vom Königshof in Norwegen. Deswegen wissen wir nicht sehr viel über die Verbreitung der Literatur und wie und wann sie gelesen wurde, außer dass belegt ist, dass man bei Hochzeiten und anderen Feiern die Gäste mit Geschichten unterhielt. Wir wissen auch, dass viele Handschriften verschollen sind. Die Gesamtzahl der erhaltenen isländischen Handschriften, Fragmente mitgezählt, wird auf zwanzigtausend geschätzt. Es gibt nur 750 Handschriften und Fragmente aus der Zeit vor der Reformation, die auf Isländisch und auf Pergament verfasst sind. Dazu kommen Briefe und Dokumente, die nicht zu den Handschriften gezählt werden, und einige hundert Fragmente auf Latein, von denen die meisten religiösen Inhalt haben; Literatur ist nicht dabei.[106] Die weitaus meisten jüngeren Handschriften sind auf Papier geschrieben. Viele Pergamente gingen verloren oder wurden zweckentfremdet, aber glücklicherweise begann man im 17. Jahrhundert, unter dem Einfluss des Humanismus, sie auf Papier zu kopieren. Deswegen gibt es von einigen Sagas nur Papierabschriften aus dem 17. Jahrhundert, und deswegen ist es auch schwer, etwas Verlässliches über die Verbreitung der Literatur im 13. Jahrhundert zu sagen. Was wir hingegen dank der Anzahl der Abschriften ahnen können, ist, welche Sagas sich mit der Zeit der größten Popularität erfreuten.

Wirtschaftliche Interessen und Machtpolitik spielten auch eine Rolle für die Entstehung der Sagas. Es ist kein Zufall, dass Kreativität mit Reichtum einherging. Man schrieb bei den reichsten Bauernfamilien, deren Sippen die Provinzstaaten bildeten. Nicht zuletzt wollte man zeigen, dass zum Beispiel das Geschlecht der Sturlungen edle Vorfahren hatte und schon seit der Landnahme über große Ländereien verfügte; mit einer Saga über ihre Vorfahren konnte die Sippe ihren Machtanspruch stärken. Dies gilt auch für die Sagas über Grönland oder den Fund von Vínland (Amerika).

Aber diese Interessen sind bei weitem nicht die einzige Erklärung. Es spielte auch eine wichtige Rolle, dass die schreibenden Isländer im Mittelalter ihre Geschichte von Anfang an kannten oder zu kennen glaubten; dies gilt für keines der anderen nordischen Länder, außer die Färöer. Man wusste, oder behauptete zu wissen, wann die ersten Menschen sich hier fest angesiedelt hatten, wie sie hießen und wo sie wohnten. Und man wusste auch, wie sie ihre Existenz der Natur abringen mussten; sie lebten an der Grenze der Zivilisation, auf der anderen Seite die wortlose Wildnis. An dieser Grenze entstehen Heldengeschichten. Die Isländer waren, wie der Literaturwissenschaftler Torfi Tulinius es formuliert hat, die Spezialisten der nordischen Welt in der Kunst der Erinnerung.[107]

Der isländische Philosoph Páll Skúlason entwickelte die Theorie, dass die Isländer schon immer die Welt und ihr Dasein durch Geschichten zu verstehen suchten. Die abstrakte Begriffswelt der Philosophie lag ihnen nie so richtig, da haben die Isländer keine Tradition und natürlich auch keine Urbanisierung. (Wie sagte einmal Max Horkheimer? »There is no other thought, properly speaking, than in cities.«[108]). Aber Páll Skúlason unterstrich auch die wichtige Rolle der Erzählkunst:

> Um der Welt und der Zukunft ins Auge blicken zu können, benötigen wir verständliche Geschichten, die uns aufzeigen, was im Leben machbar ist. Vor allem ist es entscheidend, unsere eigene Lebensgeschichte erzählen zu können, um uns in der Welt zurechtzufinden. […]
> Die Philosophie hat oft nicht anerkannt, dass die wahre Situation des Menschen in der Welt erst durch Geschich-

> ten begreiflich wird. Nur Erzählungen können Licht auf das Schicksal werfen, das jeden erwartet, und somit auch gleichzeitig einige der bedeutendsten Aspekte des Daseins beleuchten.[109]

Die Isländersagas waren und bleiben unser wichtigster Beitrag zur Weltliteratur. Sie handeln von der Entstehung der isländischen Gesellschaft von Anfang an, doch sie sind aus der Perspektive der Macht geschrieben. In den Schilderungen der Sagas von den zwei Jahrhunderten nach der Landnahme geht es, wie sowohl Jürg Glauser als auch Helga Kress treffend beschrieben haben, auch um Ausgrenzung. Um die Ausgrenzung der Heiden, der Kelten, der Sklaven und der Frauen.[110] Sie kommen vor, aber mit einigen wenigen Ausnahmen spielen sie eine untergeordnete Rolle, hauptsächlich um Licht auf das Heldentum der Häuptlinge zu werfen. Die ersten Institutionen der schriftlichen Kultur widmen sich der männerdominierten Welt der Sagas, die mündliche Überlieferung, für die oft die Frauen zuständig waren, verliert zunehmend an Bedeutung.[111]

Sechshundert Jahre später rechnete Halldór Laxness in seinem Buch *Die glücklichen Krieger* (1952) mit dem Heldenideal der Wikingerzeit ab. Er nutzte dafür insbesondere die *Saga von den Schwurbrüdern* und die Königssaga über Olav den Heiligen als Stoff. Laxness' Beschreibungen sowohl der Helden als auch der Skalden sind tief ironisch, manchmal sarkastisch. Das Buch ist eine Abrechnung mit den Sagas, so wie *Don Quixote* eine Abrechnung mit der Ritterliteratur war, aber es hat nicht dessen Unschuld; zwei Weltkriege und eine tiefe Desillusion mit dem Sowjetsozialismus färben Laxness' stellenweise bitteres Werk.[112] Wie bereits erwähnt, kann man eine gewisse Ironie in den Sagas selbst finden, aber es sagt viel über ihren Stellenwert in der isländischen Literatur, dass es so lange dauern musste, bis eine solche Abrechnung erschien. Inzwischen beschäftigen sich einige Autorinnen und Autoren mit diesem Stoff, und nicht zuletzt hat Vilborg Davíðsdóttir (geb. 1965) in mehreren Romanen, von denen drei auf Deutsch erschienen sind, die Rolle der Frauen während der Saga-Zeit beleuchtet.

Die reiche Saga-Tradition hat ihre Wurzeln in der Tatsache, dass die Isländer das Christentum annahmen, ohne die heidnische Tradition zu verwerfen, dass sie sich die norwegischen Gesetze aneigneten, ohne Untertanen des Königs zu werden. Island blieb eine Bauerngesellschaft unter der Herrschaft von Häuptlingen ohne Staatsmacht. Ein Freistaat, keine Demokratie, aber eine *res publica*, um den Begriff des deutschen Mittelalterspezialisten Michael Borgolte zu verwenden, das heißt gebunden an Gesetze und Mehrheiten, und sei es nur der Goden.[113] Eine christliche Gesellschaft, in der man aber auch die heidnische Mythologie literarisch verarbeiten durfte.

Die Isländersagas sind eine eigenständige und in Teilen einzigartige Gattung in der europäischen Mittelalterliteratur. Aber außerhalb Islands und Norwegens wusste kaum ein Mensch von ihnen, und erst ein halbes Jahrtausend nach ihrer Niederschrift fing man an, sie in die Weltsprachen zu übersetzen. Wirklich verbreitet wurden sie erst noch später. Der amerikanische Autor Kurt Vonnegut formulierte es so, als ihm die Gesamtausgabe der Sagas endlich in die Hände kam: »Erst jetzt verstehe ich, welchen Einfluss diese alten Meister auf mich als Autor hatten.«[114]

Liebe in den Zeiten des Schwarzen Todes

Die Romanzen des Königs

In den Jahren 1702–1712 war der Handschriftensammler Árni Magnússon im Auftrag des dänischen Königs in Island, um einen ausführlichen Bericht über die landwirtschaftlichen Anwesen im Lande zu verfassen. Gleichzeitig setzte er seine leidenschaftliche Suche nach alten Handschriften fort. Während der Arbeit wohnte er größtenteils im Bistum Skálholt, und dort stieß er eines Tages auf eine alte Bischofsmütze aus katholischer Zeit. Zu seiner großen Überraschung fand er unter der Oberfläche aus Seide ein altes Pergament, das offensichtlich zur Stärkung der Mitra benutzt worden war. Es war auf die dreieckige, nach oben spitze Form dieser Kopfbedeckung des Würdenträgers zugeschnitten worden.

Auf dem Pergament, das wahrscheinlich 1270 in Norwegen geschrieben worden war, konnte man eine altnordische Übersetzung von bretonischen *Lais* von Marie de France lesen. Die Lais sind epische Versdichtungen von keltischen Sagen und auf Anglonormannisch verfasst; das wiederum – um die Sprachverwirrung zu vervollkommnen – ist der französische Dialekt der Normandie, der am englischen Hofe benutzt wurde. Über Marie de France weiß man eigentlich nichts, außer dass sie im 12. Jahrhundert lebte und an einem englischen Hof ihre Lieder schrieb. Die Gedichte sind wunderschöne Romanzen, und so konnte Árni Magnússon etwa eine Erzählung über den Ritter Grelent und die von ihm angebetete Frau, die noch schöner war als die Königin im Lande, auf dieser Mützenverstärkung entziffern.[115]

Auf Isländisch nennt man das Werk, aus dem dieses Gedicht stammt, *Strengleikar*, Saitenspiel. Nun könnte man glauben, der Rest des Manuskripts sei verschollen, aber dem ist nicht so, der größte Teil ist erhalten und befindet sich in der Bibliothek in Uppsala in Schweden. Die Übersetzung ist ziemlich genau und wurde initiiert vom norwegischen König Håkon Håkonsson (geb. 1204, König 1217–1263), der gegen Ende seines Lebens auch erster König von Island wurde. Er ließ mehrere europäische Romanzen von einem gewissen Bruder Robert, der an seinem Hofe war, auf Altnordisch übersetzen. Die älteste Übersetzung, von der man weiß, ist die von der Sage von Tristan und Isolde aus dem Jahr 1226. Später ließ Håkon auch Romanzen vom beliebtesten Troubadour des 12. Jahrhunderts, Chrétien de Troyes, übertragen, darunter die Sage vom Ritter Parzival, und auch einige sogenannte »Chansons de Geste«, die von den Helden aus der Zeit Karls des Großen, Charlemagne, handelten.[116] In Island wurde später oft behauptet, dass auf die Initiative des norwegischen Königs hin die realistischen Isländersagas des Nordens den romantischen Rittersagen des Südens weichen mussten, aber so einfach ist es nicht.

Solche Romanzen waren seit dem 12. Jahrhundert am Hofe europäischer Könige sehr beliebt, und Håkon wollte bestimmt zeigen, dass an seinem Hof die gleichen Sitten herrschten. Die epischen Romanzen waren in Versform, wurden aber in Prosa übersetzt und hatten so sicherlich Einfluss auf die isländische

Saga-Literatur; die *Laxdæla Saga* wird oft als eine Saga mit klaren ritterlichen Merkmalen bezeichnet. Da steht über einen der Helden: »Ólaf Höskuldsson war ebenfalls herangewachsen und der bestaussehende Mann, den man je gesehen hat. Er trug stets erlesene Kleider und Waffen.«[117]

In der älteren, vom Nationalmythos geprägten Literaturgeschichte, sah man die Entwicklung der Saga-Literatur wie die eines Organismus: Nach einem primitiven Anfang entstanden die besten Isländersagas, erlebten ihre Blütezeit mit ihrem objektiven Realismus, der dann unter dem Einfluss der Rittersagen ins Sentimentale und Gefühlvolle abglitt. Inzwischen wissen wir, dass beides gleichzeitig auf Isländisch geschrieben wurde, die Ritterepen und die Isländersagas, gute sowie schlechte.

Man ließ sich mit Erzählungen unterhalten, am Hofe ebenso wie bei den gemeinen Leuten, und sowohl mit Königssagas als auch mit »Lügengeschichten«. So wissen wir aus der *Saga der Sturlungen,* dass Sturla Þórðarson sich 1263 in Norwegen befand. Damals war König Håkon, später Håkon der Alte genannt, auf Orkney, wo er im Dezember des gleichen Jahres starb. Sein Sohn Magnus hatte die Macht im Lande und empfing Sturla eher kühl, erwiderte seinen Gruß nicht, wie es in der Saga heißt. Nichtsdestotrotz durfte Sturla mit dem Königsschiff fahren, und eines Abends erzählte er der Mannschaft an Bord die Geschichte von der Riesin Huld. Die Zuhörer waren im Bann seiner Erzählkunst, und das erfuhr auch die Königin; sie ließ Sturla für den nächsten Tag in die königlichen Gemächer bestellen und ihm ausrichten, er solle »die Geschichte von der Riesin mitnehmen« (eine Formulierung, die darauf hindeutet, dass sie niedergeschrieben war).[118] Diese erzählte er dann den königlichen Gastgebern tags darauf und stellte damit erneut seine große Erzählkunst unter Beweis. Was dazu führte, dass er beauftragt wurde, die Saga von König Håkon zu schreiben und später auch die von dessen Sohn; darüber hinaus verfasste er auch einen Zyklus im Genre der Skaldendichtung. Die Dichtung und Erzählkunst waren die Eintrittskarten der Isländer zu ihrem neuen königlichen Hofe.

Doch die königliche Macht war oft eher symbolisch als greifbar, und man sollte sich nicht vorstellen, dass Island nach 1262 eine norwegische Kolonie war. Gewiss war das Land Teil des Königreichs Norwegen; der König hatte bei der Gesetzgebung das letzte Wort, und eigentlich sollten die Isländer ihm Steuern zahlen. Island war aber weiterhin eine Bauerngesellschaft, in der die Häuptlinge das Sagen hatten. In der ersten Hälfte des 14. Jahrhunderts schickte der norwegische König eigene Emissäre nach Island, um Steuern einzutreiben, und versuchte auch, seine Landsmänner hier zu Beamten zu machen, aber die Isländer nahmen das nicht gut auf, und mehrere Male mussten die Gesandten unverrichteter Dinge heimkehren. Erst als der König anfing, sich von Isländern repräsentieren zu lassen und ein System einführte, durch das er das Land an reiche Häuptlinge verpachtete, sie zu seinen Seneschallen oder Oberhofbeamten ernannte und für sich Steuern eintreiben ließ, begann die Königsmacht, sich zu festigen. Gleichzeitig wuchs auch der Einfluss der Kirche, und die Klöster wurden reicher, nicht zuletzt durch sogenannte Provent-Verträge, durch die alte und gebrechliche Menschen ins Kloster zogen, dort versorgt wurden und dafür mit ihrem Grundbesitz zahlten.[119]

Der größte Unterschied zum 13. Jahrhundert war dieser: Es herrschte Frieden im Lande. Allgemein scheint das 14. Jahrhundert ein gutes Jahrhundert gewesen zu sein, und was Bücher anbelangt war es sehr produktiv. Nicht zuletzt dank des Exports von Trockenfisch an südliche Länder wurden mehr Familien in Island wohlhabend, und man trieb auch weiterhin Handel mit den Waren aus Grönland.[120] Nun wurden viele der großen Sammelbände mit verschiedenen Sagas und Texten aller Art zusammengestellt, die unsere Mittelalterliteratur für die Nachwelt erhalten haben. Das gaben die reichen Häuptlinge in Auftrag, denn die Herstellung der Bücher war teuer; einige von ihnen hatten eigene Schriftkammern und stellten professionelle Schreiber an. Dazu kam eine umfangreiche Produktion in den Klöstern. Der norwegische Markt war noch offen in der ersten Hälfte des Jahrhunderts, und so entstanden Pergamentbücher, die für norwegische Leser gedacht waren. Deswegen wird das 14. Jahrhundert manchmal als das Jahrhundert der Handschriften bezeichnet. Die Kompilationen der Königssagas oder Isländersagas stammen aus dieser Zeit, und viele von ihnen waren auch schöner gestaltet als die älteren Handschriften, auf hochwertiges Pergament mit schöner Schrift geschrieben; religiöse Bücher waren dazu noch illuminiert, das heißt mit kunstvollen Verzierungen versehen.

Man schrieb ab. Was die literarische Kreativität anging, war das 14. Jahrhundert nicht mit dem Jahrhundert der Meisterwerke, dem Jahrhundert davor, zu vergleichen. Einige Isländersagas sind bestimmt im 14. Jahrhundert verfasst worden, aber einige der großen Sagas sind älter. Bald wurden auch keine neuen Königssagas mehr geschrieben. Das Leben der bekanntesten Könige war schon hinlänglich geschildert, jetzt kamen Repräsentanten neuer Generationen an die Macht, die eher Rittersagas hören wollten oder Legenden über Heilige, und mit der Zeit hatten sie Mühe, Isländisch zu verstehen.

Der Geschmack des Publikums in Island änderte sich auch. Lag es am Frieden oder an anderen gesellschaftlichen Veränderungen? Die Vorzeitsagas, die Bischofssagas und ganz besonders die Rittersagas waren jetzt en vogue, Liebesgeschichten aus dem Süden fanden mehr Zuhörer als Heldengeschichten aus der Pionierzeit des isländischen Freistaats. Auch mochte man weiterhin die Helden der Vorzeitsagas, denn obwohl sie in der nördlichen Welt zu Hause waren, hatten ihre Heldentaten und Kämpfe um ein Königreich mehr gemeinsam mit den abenteuerlichen Reisen und Heldenstreichen der Ritter vom Hofe Arthurs oder Karls des Großen als die langwierigen Familienfehden isländischer Bauern. Der Stil dieser Genres der Ritter- und Legendensagas war auch anders als der nüchterne, knappe Sagastil. Man übersetzte zwar in Prosa, aber nahm Stilmerkmale aus den epischen Ritterliedern mit auf, und der Text wurde umständlicher, rhetorischer, sentimentaler; »höfisch« wird er manchmal in der Literaturgeschichte genannt. In *Strengleikar* singt die Nachtigall, um ihr Männchen »zum Liebesspiel unter Lauben und Blumen« zu locken; so etwas hätten die Verfasser der Isländersagas nie über die Lippen gebracht.[121]

Gleichwohl entstanden diese Genres, das heißt die Isländersagas und die Ritter- und Legendensagas, fast gleichzeitig. Die Grundlage der Rittergeschichten wurde bereits im 13. Jahrhundert gelegt, sowohl, wie erwähnt, am norwegischen Hofe als auch mit Übersetzungen in Island. Zum Beispiel mit einer populären Übersetzung der Saga von Dietrich (Þiðrik) von Bern auf Altnordisch. Apropos Übersetzung: Damit sind wir bei einem Begriff, der damals nicht so genau genommen wurde wie heute. In diesem Fall hatte der isländische oder norwegische Übersetzer sicher germanische Quellen oder Vorbilder, aber es gibt sie nicht mehr, und man weiß nicht, wie viel neu hinzugefügt und wie viel übersetzt ist. Bei einer anderen auf Island bekannten Übersetzung, *Alexanders Saga,* weiß man um das Vorbild, denn es ist eine Übertragung in Prosa des epischen Lieds *Alexandreis*, das der französische Dichter Philippus Gualterus um 1180 auf Latein verfasste. Ungefähr achtzig Jahre später machte sich der Bischof Brandur Jónsson auf Hólar daran, eine isländische Fassung zu schreiben. Es könnte sein, dass das *Alexandreis* ursprünglich ein Teil seines Unterrichts war, denn auf den isländischen Bischofssitzen gab es damals schon eine Art Schule, und das Lied war in vielen europäischen Ländern Teil des Lateinpensums. Brandur schrieb um und kürzte, wie es ihm passte, aber die sprachliche Qualität der Übersetzung ist so überzeugend, dass sich Halldór Laxness im 20. Jahrhundert für eine Buchausgabe für die allgemeine Leserschaft einsetzte und ein Vorwort schrieb: »Von dem klugen und gelehrten Mann, der das Buch übersetzte, können Isländer aller Zeiten viel darüber erfahren, wie man mit ausländischen Dingen auf Island umgehen sollte.«[122]

Das sollte man nicht vergessen: Die Rittersagas, originale wie übersetzte, waren zwar weit entfernt von dem objektiven Realismus der Isländer- und Gegenwartssagas, aber sie trugen viel dazu bei, die Palette der isländischen Sprache farbenreicher zu machen, romantischen Gefühlen Räume in der Literatur zu öffnen. Sie waren spannend und unterhaltsam und erfreuten sich wahrscheinlich bereits im 14. Jahrhundert großer Popularität.

Gereimte Religion

Im 15. Jahrhundert kam noch eine weitere Entwicklung hinzu: Die Prosa wich Erzählungen in Versform und religiöser Dichtung. Gegen Ende des 14. Jahrhunderts entstand jene literarische Gattung, die sich ein halbes Jahrtausend lang der größten Popularität unter allen Gattungen auf Island erfreute, die Rímur, auf Isländisch verfasste erzählende Gedichte, die ihren Stoff meist aus der älteren Prosa entnahmen, seien es Übersetzungen, Königssagas oder Isländersagas. Die Versform der Rímur kommt aus dem Süden, von den Balladen und Volksliedern, die man auch in Deutschland kannte, und diesmal hatten die Lieder sowohl Stab- wie Endreime; *ríma* bedeutet so viel wie reimen. Stilmerkmale haben die Rímur jedoch auch aus den Edda-Liedern und der Skaldendichtung übernommen, mit ihren Metaphern und *kenningar* (siehe S. 45). Es gibt unzählige Varianten von Rímur, und sie stellen große Anforderungen an das formelle Können der Dichter. Sie können lang sein, vierzig bis fünfzig Strophen, mit epischem Stoff aus den Sagas. So handelt zum Beispiel die erste überlieferte Ríma, die aus der zweiten Hälfte des 14. Jahrhundert stammt, vom Leben des Königs Ólafur Haraldsson. Man weiß von mindestens achtzig langen Rímur aus der Zeit vor 1600, und danach ging es erst richtig los, aus dem 17. und 18. und der ersten Hälfte des 19. Jahrhunderts sind über eintausend Rímur-Zyklen überliefert.

Einem zeitgenössischen Leser, vor allem einem nicht isländischen, ist der Grund für die Beliebtheit der Rímur nicht leicht zu erklären, und umfangreiche Übersetzungen sind mir nicht bekannt. Aber es spielte sicherlich eine Rolle, dass die Rímur populäre Stoffe in eine unterhaltsame Form gossen, und dass der Vortrag ein wichtiger Teil der Reimdichtung war. Sie wurden gesungen, und zu manchen wurde sehr wahrscheinlich auch getanzt. Noch im 20. Jahrhundert konnte das Museum für Volkskunde viele der verschiedenen Melodien auf Tonband aufzeichnen, denn alte Menschen konnten sie singen; noch immer habe ich in Erinnerung, wie die Schwestern meines Großvaters mir als Kind lange Zyklen auswendig vortrugen. Dem heutigen Zuhörer sind diese Melodien fremd; für ungeübte Ohren klingen manche von ihnen wie eine nasale Krankheit mit Rhythmus. In den letzten Jahren ist die Musik aber wiederbelebt worden, zum Beispiel von dem Komponisten Hilmar Örn Hilmarsson und dem Sänger Steindór Andersen, die damit auch in Deutschland getourt sind. Deutlich zu spüren ist ihr Einfluss auch in der Musik der Rockband Sigur Rós. Der Autor Þórarinn Eldjárn (geb. 1949) dichtete zudem 1978 satirische Rímur, insgesamt 340 Strophen, über das Leben von Walt Disney, die sich großer Beliebtheit erfreuten (siehe S. 417).

Die Rímur wurden unsere beliebteste Volksdichtung über die Jahrhunderte hinweg; sie sind zum Teil mündlich überliefert, und viele wurden erst im 18. oder 19. Jahrhundert aufgezeichnet. Hinzu kommt eine wichtige Tatsache: Auch Frauen dichteten Rímur und trugen sie vor, obwohl sie ihre Namen vor dem

20. Jahrhundert äußerst selten gedruckt sahen. So wurde die sogenannte *Landrés ríma* aus dem späten 15. Jahrhundert wahrscheinlich von einer Frau gedichtet; bekannt für ihre Rímur ist auch die Autorin Steinunn Finnsdóttir aus dem 17. Jahrhundert.[123] So ging es weiter. Zum Beispiel verfasste die Dichterin Guðný Árnadóttir im 19. Jahrhundert eine fünfzig Strophen lange Ríma über ihr Leben, eine Art gereimte Biografie; gedruckt erschien sie erst 2020. In der ersten Strophe denkt die Dichterin an den Ort ihrer Kindheit zurück:

> Fætur ekki fyrst um sinn
> því framar mega ganga
> hugurinn einatt hleypur minn
> heldur léttur þangað.
>
> Die Füße können nun
> nicht mehr weiter gehen
> mein Geist führt sie dorthin
> wo sie leicht gehen können.[124]

Was aber geschah mit den Isländern im 14. Jahrhundert? Glaubt man dem Nationalmythos, so verloren sie nicht nur ihre Unabhängigkeit, sondern auch das Interesse an epischen Heldensagen, und sie ließen sich von gereimter Unterhaltung einlullen. Aber die Tradition der erzählenden Prosa verschwand selbstverständlich nicht ganz. Das Gewicht verschob sich in Richtung Religion. Man übersetzte und schrieb Heiligenlegenden und Bischofssagas, nicht zuletzt jener isländischen Bischöfe, deren Heiligsprechung man sich erhoffte, denn was war ein katholisches Land ohne Heilige?

Einer der berühmtesten Bischöfe war Guðmundur Arason

(1161–1237), auch Guðmundur der Gute genannt, über dessen Leben mindestens fünf Geschichten verfasst wurden und um das sich auch viele Volkssagen rankten. Er war Bischof auf Hólar von 1203 bis zu seinem Tode, also mitten im Bürgerkrieg, und führte ein abenteuerliches Leben. Ursprünglich wurde er Bischof dank der Unterstützung des damaligen Häuptlings in Nordisland, aber bald zerstritt er sich mit ihm und fast allen anderen Häuptlingen im Lande. Mehrere Male floh er nach Norwegen, um sich den Beistand des Erzbistums auf Nidaros zu sichern. Dann ließen die Häuptlinge ihn von Hólar vertreiben, und jahrelang streifte er durch Island mit einer Truppe aus Bettlern und Landstreichern, darunter auch hartgesottene Gesellen, über die er nicht immer die volle Kontrolle hatte. Für viele Bauernfamilien war es nicht gerade erfreulich, von diesem Gesindel aufgesucht zu werden. Deswegen wurde er zu seinen Lebzeiten nicht unbedingt als ein Robin Hood der gemeinen Leute gefeiert, obwohl er dauernd Krach mit den Häuptlingen des Landes hatte und sein Umherstreunen als christlichen Besitzverzicht präsentierte, was alle Gaben an ihn zu Almosen machte.[125]

Die erste Geschichte über ihn nennt sich *Prestssaga Guðmundar Arasonar* und wurde in die *Sturlungen*-Sammlung aufgenommen; sie handelt von seiner Zeit als Priester; aber auch in der dort ebenso enthaltenen *Íslendinga Saga* spielt er eine prominente Rolle. In den Jahren zwischen 1320 und 1350 wurden vier verschiedene Bischofssagas über ihn geschrieben, was darauf hindeutet, dass man ihn gerne als Landesheiligen gesehen hätte. In diesen Lebensgeschichten liegt der Fokus auf seinen guten Taten und den Wundern, die er vollbrachte, wie er Armen half, Kranke heilte und Wasser weihte. Noch immer schöpfen die Einwohner von Reykjavík ihr Trinkwasser aus den Linden von Guðmundur, »Gvendarbrunnar« genannt (Gvendur ist ein Kosename für Guðmundur), und viele Quellen im ganzen Land tragen seinen Namen. Es gibt auch mehrere Volkssagen von ihm, und einige haben sprichwörtliche Bedeutung erlangt. So bestanden zum Beispiel große Teile der Insel Drangey im Norden aus Vogelfelsen, lebenswichtig für die Einwohner in der Umgebung, denn dort kletterten sie, um Eier zu holen. Guðmundur der Gute wollte nun die Insel mit geweihtem Wasser besprühen, um die vielen Unfälle in den Felsen zu verhindern. Er hing an einem Seil, als plötzlich ein behaarter Arm mit einem langen Messer aus dem Berg herauskam und versuchte, das Seil zu durchschneiden, begleitet von den Worten: »Lass gut sein, Bischof Guðmundur, irgendwo müssen auch die Bösen ihre Bleibe haben.«[126] Das Seil hielt, aber Guðmundur der Gute ließ diesen Teil des Felsens ungeweiht und würdigte so den Wunsch der Bergbewohner. Irgendwie finde ich, dass diese kleine Geschichte viel über die Einstellung der Isländer zur Religion sagt. Irgendwo müssen auch die Bösen ihre Bleibe haben.

In der *Sturlungen*-Sammlung werden einige seiner christlichen Taten geschildert, aber nicht ohne realistische Ironie. So heißt es zum Beispiel in der Priestergeschichte, dass Guðmundur an den Feiertagen der Kirche die Gemeinde heilige Gebeine küssen ließ, aber sein Nachbar war sich nicht sicher, ob das nun Beine von Heiligen oder doch von Pferden waren.[127] Ein anderes Mal, während seiner Bischofszeit, hielt er sich mit seiner Truppe bei Húsavík im Norden auf, und als sie weiterziehen wollen, ließen die Bauern alle durchsuchen, »auch den Bischof selbst. Fand man dann viele Sachen, die den Bauern gehörten und wurden sie alle an ihre Eigentümer zurückgeschickt.«[128]

In den Bischofssagas erfährt der Leser so manches über das alltägliche Leben der gewöhnlichen Menschen in Island, das die Autoren anderer Sagas nicht für erwähnenswert hielten. Damit die Heiligen ihre Wunder vollbringen konnten, mussten die Menschen sie um Hilfe bitten, und das konnten Leute aus allen Schichten der Gesellschaft sein, von physischen wie psychischen Leiden geplagt. Sie konnten in Lebensgefahr schweben oder ein Lamm verloren haben, wenn sie den Bischof um Fürsprache anriefen, und so bringen die Lebensgeschichten der Bischöfe uns heutigen Lesern oft den Alltag der Menschen näher als andere Sagas.[129]

Bei der Literatur des Mittelalters stellt sich nämlich oft die Frage, wie viel vermittelt sie uns vom Leben der Menschen, welche Räume belichtet sie, welche verbleiben im Dunkeln? Im Unterschied zum späteren bürgerlichen Roman ist die Vermittlung oft indirekt, wie im Falle der Bischofssagas. Wir hören nur von den täglichen Nöten und Sorgen der Menschen, weil die Geschichten damit die Heiligen in ein noch helleres Licht rücken.

Geschichten über ausländische Heilige und christliche Legenden wurden übersetzt oder nacherzählt, manche sogar auf Isländisch verfasst, und ihre Bildsprache war eine andere als die der Isländersagas, denn hier geht es vor allem um die Sonne und die Strahlen des göttlichen Lichts. Eine der schönsten dieser Schriften ist die *Maríu Saga*, die Geschichte der Heiligen Jungfrau Maria, im späten 13. Jahrhundert aus verschiedenen Quellen zusammengesetzt. Dort liest man zum Beispiel, dass der Körper dessen, der sein Leben im Dienste Gottes gelebt hat, am Jüngsten Tag »in sieben Teilen heller als die Sonne scheint, er ab da ohne jegliche Krankheit und Leiden weiterlebt, und nie zerfällt oder altersschwach wird«. Christus zeigt den Aposteln seinen Körper, »der hell ist wie die Sonne, und seine Kleider weiß wie Schnee«. Und Maria fährt in den Himmel »wie die aufsteigende Morgenröte, schön wie der Mond, erwählt wie die Sonne«.[130] Gleichnisse wie diese kannte man nicht aus den zeitgenössischen Sagas, und sie prägten die religiöse Literatur von da ab. Die *Maríu Saga* wird indirekt von Halldór Laxness im letzten Teil seines Romans *Weltlicht* zitiert. Der Roman heißt »Die Schönheit des Himmels«, und aus den Notizbüchern des Autors geht hervor, wie er – vielleicht in Erinnerung an seine katholische Zeit – Textstellen aus dem Mittelalterwerk über die Jungfrau Maria für seine eigenen Zwecke umarbeitete.[131]

Zur selben Zeit wie diese Heiligensagas und Legenden, und teilweise sogar früher, entstand religiöse Dichtung auf Isländisch. Die ersten überlieferten Verse stammen aus dem 11. Jahrhundert, längere Gedichte wurden im 12. Jahrhundert geschrieben, anfangs in der Form von Skaldendichtung. Die Bildsprache veränderte sich nicht so radikal, wie man bei einem Religionswechsel hätte erwarten können, Christus nahm einfach den Platz des Königs in der Dichtung ein, war stark, kämpferisch und siegreich. Doch der Einfluss der Bildsprache der auf Latein verfassten christlichen Mittelalterdichtung wurde allmählich stärker, obwohl einige der längeren Gedichte sowohl christliche wie heidnische Bilder benutzen. Das bekannteste Lied aus dem 12. Jahrhundert heißt *Geisli*, der Strahl, und wurde wahrscheinlich vom Dichter Einar Skúlason 1153 im neu eingeweihten Dom von Nidaros, Trondheim, vorgetragen. Es ist eine »Drápa«, so heißen die längeren Gedichte im höfischen oder skaldischen Stil, über Olav den Heiligen, und der Dichter muss sich mit dieser Aufgabe sehr geehrt gefühlt haben, noch dazu in diesem für Isländer unglaublich riesigen und prachtvollen Gebäude. *Geisli* zeugt von gutem handwerklichem Können und ist pompös, aber nicht persönlich, und stellenweise schwer verständlich.

Eine absolute Sonderstellung unter den christlichen Zyklen des Mittelalters hat das *Sólarljóð,* das Lied der Sonne, weil es im Stil der Edda gedichtet ist, eventuell sogar die *Hávamál* als Vorbild hatte. Die Versform ist einfacher und klarer und gibt viel mehr Raum für einen persönlichen Ausdruck als die Skaldendichtung. Das *Sólarljóð* ist 82 Strophen lang, unterteilt in eine Einführung über das Leben des Menschen mit Fabeln und gutem Rat, einen Mittelteil über den Tod und einen Schlussteil mit dreißig Strophen über das Leben nach dem Tod, dieser wiederum im Stil der *Visiones* gehalten, der Offenbarungsliteratur, die im Mittelalter christliche Schriften prägte. Das Sonnenlied ist nicht immer leicht verständlich, aber es ist sehr ausdrucksvoll, persönlich und mit rhetorischer Leidenschaft geschrieben; so beginnen zum Beispiel sechs Strophen gegen Mitte des Gedichts alle mit den Worten »Sól ég sá«, die Sonne sah ich. Es schließt mit diesem Vers, von dem alle Isländer die letzten drei Zeilen kennen:

> Hier trennen wir uns
> und sehen uns wieder
> am allerletzten Tag.
> Unser Herr
> gebe den Toten Ruhe
> und Linderung denen die leben.[132]

Wie so viele Meisterwerke der isländischen Mittelalterliteratur ist das *Sólarljóð* nur in späteren Abschriften aus dem 17. und 18. Jahrhundert erhalten, und kein Mensch weiß, wer es gedichtet hat und wann. Aber sprachlich hat man es auf die erste Hälfte des 13. Jahrhundert zurückgeführt. Und kein Dichter, von den Romantikern des 19. Jahrhunderts einmal abgesehen, hat seitdem diese Versform der Lieder-Edda so gut beherrscht. Deshalb steht es in den späten Handschriften bei den Edda-Liedern; man dachte, es könnte genauso gut eines von ihnen sein. Das *Sólarljóð* hat etwas Zeitloses, auch in seinen Glaubensbekenntnissen.[133]

Die katholische Dichtung hat ihre Blütezeit in Island im 14. und 15. Jahrhundert. Unter dem Einfluss europäischer Theologie hatte der leidende Christus am Kreuz den siegreichen König ersetzt, und die Bildsprache entfernte sich vom heidnischen Gedankengut, obwohl die Versformen oft die alten waren. Das Hauptwerk dieser Zeit ist der Zyklus *Lilja*, dem Bruder Eysteinn zugeschrieben, über den man nichts weiß, außer dass er im 14. Jahrhundert gelebt hat. Es ist eine Geschichte der Welt im Sinne der Mittelalterkirche, in 98 Strophen, der Versform nach eine »Drápa«, also Skaldendichtung. Hier finden sich keine heidnischen Gleichnisse mehr, der Autor war ein gelehrter Theologe und hat wahrscheinlich in Europa studiert. Das Leben Christi ist der Mittelpunkt des Gedichts, und nach dessen Tod richtet der Dichter die folgenden Worte an ihn:

Weil die Natur vor Schrecken schrie,
alles erzitterte und die Himmel höchstselbst
ihr Licht verloren – als du nackt gebunden,
erbebte die Erde in deinem Tode.[134]

Lilja schließt mit einem langen Lobgesang auf die Jungfrau Maria, auch dieser im Geiste der Mittelaltertheologie.

Im Gegensatz zum *Sólarljóð* wurde *Lilja* sofort bekannt, und die Kirche machte fleißig davon Gebrauch; es ist, anders als das *Sólarljóð* mit seiner Sonderstellung, ein zentraler Teil der sich damals herausbildenden katholischen Dichtungstradition, ja wird sogar von vielen als ihr Höhepunkt gesehen. Auf Isländisch gibt es das Sprichwort »Allir vildu Lilju kveðið hafa«, alle wünschten sich, dass sie *Lilja* gedichtet hätten.

Der Tod und der Tanz

In der traditionellen isländischen Geschichtsschreibung werden die vier Jahrhunderte zwischen 1400 und 1800 als Zeitalter des Verfalls des Landes dargestellt, sowohl kulturell wie wirtschaftlich, und besonders nach der Reformation sah man die Isländer ganz und gar in der Macht des dänischen Königs und seiner Kaufleute. Dazu kam noch die »Kleine Eiszeit«, die dem Kornanbau in Island ein Ende setzte und uns noch näher an die Grenzen des Bewohnbaren rückte. In den letzten zwanzig Jahren haben Historiker diese Geschichtsschreibung kritisiert, sehen sie als eine Art Nationalmythos im Geiste der Unabhängigkeitsbewegung des 19. Jahrhunderts. Einer von diesen Historikern, Axel Kristinsson, schrieb vor ein paar Jahren sogar ein polemisches Buch, das er »Verfall, welcher Verfall?« nannte.[135]

Ausgangspunkt seiner These ist, dass die Behauptung, an deren Verbreitung auch der Autor dieser Zeilen nicht ganz unschuldig ist, hinterfragt werden müsse, nämlich dass Island gegen Ende des 19. Jahrhunderts eines der ärmsten Länder Europas war. Dies erwähnt man, um zu zeigen, was für eine unglaublich schnelle Entwicklung Island im 20. Jahrhundert durchgemacht hat. Aber die Behauptung stimmt höchstens, was Westeuropa betrifft, und vergleicht man das Bruttoinlandsprodukt 25 europäischer Länder im Jahr 1870, nimmt Island den 17. Platz ein.[136] In der neueren Forschung wird teils argumentiert, dass die isländische Bevölkerung in der Zeit nach 1400 keineswegs so arm war, wie traditionell dargestellt. Sie legt dar, dass Bauernfamilien durchaus von ihrer Landwirtschaft leben konnten und nicht so stark unter den Steuern des dänischen Reiches litten, wie es die Vorreiter der Souveränität behauptet haben. Sie geht sogar so weit zu sagen, dass die Stärkung der ausländischen Staatsgewalt tatsächlich der Unterschicht des Landes zugutekam, indem sie die Macht der einheimischen Häuptlinge und reichen Bauern beschnitt.

Man sollte diese interessante Diskussion im Hinterkopf behalten, aber wie dem auch sei, das Jahr 1400 markiert, wie schon erwähnt, eine Zeitenwende. Da ist die Frage der Zugehörigkeit, denn Island hatte ja einen norwegischen König, und nun ist die Rede vom dänischen Reich. Das waren die Auswirkungen der Kalmarer Union, die von Margarethe I. von Dänemark initiiert wurde. Ihr Sohn Olaf war 1376 König von Dänemark geworden, vier Jahre später auch König von Norwegen, und nach seinem Tod 1387 übernahm seine Mutter die Macht; schließlich wurde die Union aller skandinavischen Länder 1397 in Kalmar proklamiert.

Island wurde so über Norwegen Teil des dänischen Königreichs. Staatsrechtlich war es nie eine Kolonie, aber die endgültigen Entscheidungen über isländische Staatsangelegenheiten traf fortan der dänische König, und die Macht im Lande lag letzten Endes bei seinen Gesandten. Anfangs war diese Macht, wie auch zuvor unter den Norwegern, nicht sehr präsent, und man hatte auf der Insel im Norden auch keine Armee oder Marine stationiert. Im 15. Jahrhundert waren die Engländer viel einflussreicher in Island als die Dänen, und in der Geschichtsschreibung nennt man es »das englische Jahrhundert« auf Island. Bis 1400 hatten norwegische Kaufleute in Bergen den Handel mit Island dominiert, aber nach ihnen kamen die Engländer. Das lag zum Teil an verbesserter Nautik und zum Teil an der Entwicklung des Schiffbaus. Die englischen Handelsschiffe hatten zwei bis drei Maste und konnten gegen den Wind segeln und meisterten so den Nordatlantik. Die Nachfrage nach Trockenfisch war groß in Europa, und daher lohnte sich der Handel mit den Isländern. Die englischen Kaufleute ließen sich nicht durch Verbote des Königs in Kopenhagen davon abhalten. Sie verkauften den Isländern ein breites Sortiment an Waren, sei es Korn oder Eisen oder Gewürze, aber kauften fast ausschließlich Trockenfisch.

Mehrere Male kam es zu Zusammenstößen zwischen den Engländern und den dänischen Machthabern, aber gegen Ende des Jahrhunderts wurden die Rechte der Engländer zum Handel in Island vertraglich geregelt; da machten sich schon andere Konkurrenten bemerkbar, und zwar die hanseatischen Kaufleute. Sie kamen aus Lübeck, Hamburg und Bremen und waren populärer als die Engländer, weil sie den Isländern auch Loden abkauften und nicht nur Trockenfisch. Deshalb nennt man das 16. Jahrhundert manchmal »das deutsche Jahrhundert« in Islands Geschichte. Auch dieser Handel wurde vertraglich mit den Dänen geregelt. Auf der anderen Seite hatten die Isländer ihre eigenen Gesetze, wonach es Ausländern verboten war, sich ohne Not in Island den Winter über anzusiedeln, dort Fischerei zu betreiben oder Isländer für sich arbeiten zu lassen. Isländische Männer mussten entweder Vieh besitzen oder als Landarbeiter bei Bauern anheuern. Diese Regeln erschwerten jahrhundertelang jegliche Urbanisierung, es gab kaum Fischerdörfer in Island, außer im Sommer, wenn die Bauern ihre Arbeiter auf Fischfang schickten und sich kleine temporäre Siedlungen bildeten.

Bis 1400 herrschte relativer Wohlstand in Island. Es gab um die sechzigtausend Einwohner, und manche Historiker meinen sogar, dass es neunzigtausend waren, eine Zahl, die erst wieder im 20. Jahrhundert erreicht wurde.[137] Aber in den Jahren 1402–1404 kam, wie erwähnt, der Schwarze Tod nach Island, mit einer Verspätung von einem halben Jahrhundert, denn in Europa hatte die Pest bereits Mitte des 14. Jahrhunderts gewütet. Er löste ein Massensterben aus, und danach, so schätzt man, betrug die Einwohnerzahl noch dreißigtausend. Ein solch katastrophaler Rückgang hat auf allen Ebenen der Gesellschaft seine Auswirkungen. Das betrifft auch die Literatur. Aus dem 14. Jahrhundert sind uns dreihundert Manuskripte überliefert, aus der ersten Hälfte des 15. sind es zwanzig.[138] In der zweiten Hälfte wurde wieder mehr geschrieben, aber 1494 kam der Schwarze Tod ein zweites Mal, und die Einwohnerzahl danach wird von einigen Historikern auf zwanzigtausend geschätzt. Nie, seit der Landnahme, haben so wenige Menschen auf Island gelebt wie um die Jahrhundertwende 1500. Es ist manchmal nicht zu fassen, wie unsere Vormütter und -väter hier überlebten.

Es ist kein Wunder, bei all diesem Tod, dass die isländische Literatur des 15. und 16. Jahrhunderts nicht besonders lebhaft ist. In einer neuen, zweibändigen isländischen Literaturgeschichte wird dies auch bestätigt.[139] Man hört auf, Annalen zu schreiben, und die Geschichtsschreibung war wie gelähmt; neue Werke erzählender Prosa gibt es wenige, und das Interesse daran ist begrenzt. Es ist eine Periode der religiösen Dichtung – und der Volksdichtung. Man singt und tanzt, gegen den Willen der katholischen Bischöfe.[140]

Die Rímur wurden im 15. Jahrhundert wahrscheinlich die beliebteste Literaturgattung in Island. Viele Rímur fingen mit einem Liebeslied an, einem »Mansöngur« oder Ständchen, in dem der Dichter einer Frau, die er nicht haben kann, seine Liebe erklärt; eine Anlehnung an die europäische Ritterdichtung dieser Zeit. Anfangs nahmen die Rímur ihren Erzählstoff aus Vorzeit- oder Rittersagas, später auch aus den Isländersagas.

Ungefähr gleichzeitig mit den Rímur entstanden die Sagenlieder, Sagnakvæði, epische Gedichte im Edda-Stil, deren Blütezeit das 16. und 17. Jahrhundert war. Sie waren nicht so verbreitet wie die Rímur, aber oft persönlicher und gefühlvoller. Auf sie folgten die Balladen, *sagnadansar*, die spät aufgeschrieben wurden, aber sicher schon im Mittelalter gesungen wurden, und die aus den anderen nordischen Ländern nach Island kamen. Man tanzte zu diesen Balladen, und da es der lutherischen Kirche später gelang, fast jeglichen Tanz in Island zu verbieten, kennen wir diese Tradition am besten von den Färöischen Inseln, wo sie bis heute weiterlebt mit ihren stundenlangen, hypnotisierenden Gruppentänzen zu monotonen Gesängen. Man tanzte auch zu sogenannten »Vikivaki«, wobei das Wort sowohl den Tanz als auch die Gedichte bezeichnen kann; sie waren eher lyrischer als epischer Natur, und ihr Thema war oft die Liebe. Bis ins frühe 18. Jahrhundert tanzte man zu Vikivaki und Balladen, aber zu der Zeit tanzte nur noch das Volk, während die wohlhabenden Bauernfamilien und Beamten, aus Rücksicht auf die Kirche, nicht mehr teilnahmen.[141]

Fragt man sich, was in der Literatur des 15. Jahrhunderts neu entstand, so hat die volkstümliche und zum großen Teil mündlich überlieferte Dichtung die erzählende Prosa abgelöst. Die Liebe wird ein zentrales Thema neben den ewigen männlichen Heldentaten der Vorzeit, und es gab Balladen, die für Frauen und Kinder gedacht waren; bis dahin ist uns keine Literatur für Kinder bekannt.[142] Kindheit als selbständigen Lebensabschnitt gab es noch nicht, Kinder waren kleine Erwachsene.

Dem Schwarzen Tod fiel nicht zuletzt die schreibende Oberschicht zum Opfer. Bei den Häuptlingen und in den Klöstern wohnten mehr Menschen dichter beisammen als auf den kleineren Höfen, und die Ansteckungsgefahr war größer. Daher auch der Rückgang in der Herstellung von Handschriften. Die Überlebenden tanzten jedoch nicht nur und sangen, Bücher und religiöse Schriften wurden weiterhin abends den Menschen im gemeinsam genutzten Raum der Bauernhöfe vorgelesen. (Das isländische Wort für diesen Raum ist *baðstofa*, deutsch wörtlich »Badestube«, hat aber nichts mit Bad zu tun.) Auf diese Tradition der Abendunterhaltung mit klassischen Geschichten waren die Isländer zu Recht immer sehr stolz, aber vergessen sollte man nicht, dass die Leute abends bei der Handarbeit saßen, und man sie durch das Vorlesen länger damit beschäftigt halten konnte, sozusagen ihre Produktivität steigerte.[143]

Reformation und Enthauptung, Buchdruck und Sprache

> Als Letzter wurde Bischof Jón enthauptet [...] Er hielt ein Kreuz in der Hand [...] Am Schafott kniete er selbst und bekreuzigte sich. Als der Bischof sein Haupt auf das Schafott gelegt hatte, hob der Henker sein Beil. Aber wie schon vorher traf er nicht richtig und nach dem dritten Schlag sagte der Bischof: »In manus tuas, domine, commendo spiritum meum« – In deine Hände, Herr, befehle ich meinen Geist. Das war das Letzte, was die Leute ihn sagen hörten, aber beim siebten Schlag ging endlich der Kopf ab.[144]

Diese Szene, für viele Isländer der absolute Tiefpunkt ihrer Geschichte, spielte sich am 7. November 1550 in Skálholt, dem Sitz des Bistums des Südens, ab. Geköpft wurde Jón Arason, der letzte katholische Bischof von Island, mit Sitz auf Hólar in Nordisland. Die Hinrichtung markierte den endgültigen Sieg des dänischen Königs und seiner Reformation auf Island.

Das Bistum Skálholt war schon 1540 vom ersten lutherischen Bischof, Gissur Einarsson, übernommen worden, und ein Jahr später wurde die Reformation in diesem Landesteil auf Þingvellir bestätigt, nicht ohne Zutun der dänischen Macht. Aber

Jón Arason im Norden stellte sich klar dagegen, und der dänische König Christian III. ließ die Teilung des Landes, katholisch im Norden, lutherisch im Süden, erst einmal gutheißen.

Nach dem Tode von Gissur, 1548, ging Jón Arason noch einen Schritt weiter und erklärte sich selbst zum Erzbischof von Island; er ritt sogar mit einer bewaffneten Truppe nach Skálholt, um einen Katholiken als Bischof einzusetzen. Nun wurde es dem Vertreter des Königs in Island doch zu bunt, und schließlich wurde Jón Arason gemeinsam mit zwei seiner Söhne verhaftet. Für Schifffahrten nach Dänemark war es zu spät im Jahr, und so konnte man sie nicht nach Kopenhagen zum König bringen. Man wusste in Skálholt nicht recht, was mit den Häftlingen zu tun sei, aber folgte schließlich dem Rat des Hausmeisters, man möge sie der Axt und der Erde überlassen. So beschreibt der Autor Ólafur Gunnarsson (geb. 1948) die Hinrichtung in seinem preisgekrönten Roman *Öxin og jörðin* (Die Axt und die Erde):

> – Überbringe meine Grüße an meinen Sohn Sigurd, meine Tochter Thorunn und meine Frau Helga.
> Er hatte eigentlich erwartet, die abgedroschenen, verächtlichen Worte zu hören: Ein katholischer Bischof kann keine Frau haben, aber alle schwiegen und viele fielen auf die Knie, einige weinten.
> Und jetzt kam der Henker ins Blickfeld. Es war ein erbärmlicher Bursche, der vor Kälte zitterte, und Tränen rannen sein schmutziges Gesicht hinunter.
> Und der Bischof erinnerte sich daran, dass er in der Nacht gesagt hatte: Zeigt meinen Söhnen und allen, die überleben, am letzten Tag Barmherzigkeit.
> – Und ich meinte auch diesen Jungen, sagte er jetzt.[145]

Dieser letzte Wunsch des Bischofs wurde nicht erfüllt, denn im Jahr danach rächten sich die Nordländer auf grausame Weise an dem Henker. Im Frühjahr 1551 schickte dann der König Militärschiffe nach Island, um Jón Arason nach Dänemark zu bringen, aber da war alles schon überstanden.

Die Auseinandersetzung zwischen Jón Arason und dem dänischen König war nicht nur eine strenge Glaubensfrage, was man auch daran sieht, dass der katholische Ordensträger Jón Arason verheiratet war und mit seiner Frau drei Kinder hatte. Es war auch nicht ein letzter Versuch, Islands Unabhängigkeit zurückzuerobern, denn der Nationalismus des 19. Jahrhunderts lag noch in weiter Ferne. Es ging nicht zuletzt um wirtschaftliche Interessen, das heißt den Handel mit Island. Den hatten Kaufleute aus Hamburg in der ersten Hälfte des 16. Jahrhunderts dominiert, und jetzt wollten ihre Kollegen aus Kopenhagen übernehmen. Jón Arason ging eine Allianz mit den Hamburgern ein, und neuerdings gibt es sogar die These, dass er seine Landsleute gerne als Untertanen des römisch-deutschen Kaisers gesehen hätte.[146] Er wurde nicht hingerichtet, weil er Katholik war, sondern, wie es im Nachhinein hieß, wegen seines Aufstands gegen den dänischen König, also wegen Hochverrats. Aber er war beliebt im Lande, und so war es nicht schwer, ihn später zu einem Symbol für den isländischen Unabhängigkeitskampf zu machen.

Für die Literaturgeschichte hat er aber auch eine weitere wichtige Bedeutung. Nicht nur war er ein geschickter, wenn auch stellenweise holpriger Dichter, er führte auch den Buchdruck in Island ein. Seine Dichtung war teils religiös, aber von ihm gibt es auch weltliche Gedichte, manche sogar lustig und selbstironisch, und Tanzlieder, die er in seiner Jugend schrieb.

In Island sind die traditionellen Unterschiede zwischen Katholizismus und Luthertum nicht unbedingt die gleichen wie anderswo. So setzte sich beispielsweise Jón Arason, obwohl er Katholik war, im Einklang mit dem gleichaltrigen Zeitgenossen Martin Luther für Bibelübersetzungen und die Verkündung des Glaubens auf Isländisch ein.

Es ist verständlich, dass die Unabhängigkeitsbewegung später die Reformation als großen Rückschlag in unserer Geschichte präsentierte. Das Eigentum der Klöster und teils auch der Bistümer wurde nun zum Eigentum des Königs, was damit für viele Ländereien galt, denn einige Klöster waren Großbesitzer von Land geworden. Allein dem Kloster auf Þingeyrar im Nordwesten, lange ein wichtiges literarisches Zentrum, gehörten zu Beginn des 16. Jahrhunderts über hundert Grundstücke.

Im Gegensatz zu Dänemark, wo der kirchliche Besitz oft an Herzoge und Fürsten übertragen wurde und der Ertrag so im Lande blieb, kam das Eigentum der Kirche in Island zum großen Teil unter dänische Kontrolle. Es gab weiterhin eine isländische Oberschicht aus Landbesitzern, und die meisten Beamten, Pfarrer und Bischöfe waren Isländer, zum Teil galten auch isländische Gesetze. Gegen Ende des 16. Jahrhunderts gehörte allerdings ein Sechstel aller landwirtschaftlichen Anwesen in Island dem König, und der Ertrag floss zum Teil nach Dänemark.[147] Lange erzählten sich die Isländer auch, dass die Dänen im 17. Jahrhundert alle isländischen Kirchglocken nach Kopenhagen geschafft hätten; dort würden sie eingeschmolzen und bildeten fortan die charakteristischen Kupferdächer der dänischen Hauptstadt (ein Motiv im historischen Roman von Laxness, *Die Islandglocke*). Das ist wohl arg übertrieben, aber was stimmt ist, dass, wie in vielen europäischen Ländern, auf die Reformation die Festigung der Staatsmacht folgte. Sie schwächte die isländische Oberschicht, aber verschlechterte nicht unbedingt die Lebensbedingungen der ärmeren Menschen.

1602 führte die dänische Regierung auch den sogenannten Monopolhandel ein, ab da durften die Isländer nicht mehr mit anderen Ländern Handel treiben; dennoch blieb die staatliche Überwachung oft fern. Und so handelten die Isländer beispielsweise in den Westfjorden so fleißig mit baskischen Walfängern, dass sie im 17. Jahrhundert gleich drei verschiedene baskisch-isländische Wörterbücher verfassten, um die Kommunikation zu erleichtern.[148]

Zurück zum Buchdruck. Um 1530, auf Anregung von Jón Arason, kommt die erste Druckpresse nach Island, und zwar brachte ein gewisser Jón Matthíasson, der später lutherischer Pfarrer wurde, sie mit aus Schweden. Vielleicht war er ursprünglich einer von diesen wandernden Buchdruckgesellen in Europa gewesen, die sich mit einer mobilen Druckpresse in verschiedenen Städten oder Dörfern niederließen und druckten, wie es die Nachfrage hergab. Die Druckerei war primitiv, hatte zwei Schriftsätze, wobei einem davon die Großbuchstaben fehlten, aber es war ein Anfang. Man druckte in den ersten fünf Jahren religiöse Schriften, welche nicht mehr auffindbar sind, außer vielleicht ein paar Seiten hier und da. Die Druckpresse blieb auch nicht auf Hólar, Jón, der Drucker, nahm sie mit auf den Hof, wo er sich als Pfarrer niederließ, aber Guðbrandur Þorláksson, der 1571 Bischof auf Hólar wurde, ließ sie zurückholen, kaufte Papier und Druckerschwärze und ein paar Jahre später eine neue Presse und wurde der wichtigste Pionier des isländischen Buchdrucks und der erste Herausgeber in Island. Er ließ »1584 die erste (später nach ihm Guðbrandsbiblía genannte) Bibel in isländischer Sprache drucken, 1578 das erste Gesetzbuch, 1594 das erste Graduale mit Noten und 1597 ein Calendarium. Darüber hinaus ließ er zahlreiche liturgische und religiöse Werke, oft von ihm persönlich übersetzt, drucken und nachdrucken«, wie es eine Spezialistin auf diesem Gebiet, Silvia Hufnagel, zusammenfasst.[149]

Guðbrandur (1541–1627) war ein Pfarrerssohn aus dem Nordwesten; er studierte auf Hólar und später auch in Kopenhagen und wurde dann Pfarrer, bis der dänische König ihn zum Bischof ernannte. Das Amt hatte er 56 Jahre inne, länger als je ein Isländer vor oder nach ihm. Guðbrandur war ein gelehrter Humanist und interessierte sich für Geografie, Mathematik und Astronomie; er berechnete zum Beispiel die globale Lage Islands präziser, als man es bis dahin getan hatte. Aber sein größter Verdienst war es, die Bibel übersetzen und drucken zu lassen. Teils benutzte er ältere Übersetzungen, darunter das Neue Testament, das einer der ersten isländischen Lutheraner, Oddur Gottskálksson, übersetzt hatte und 1540 in Kopenhagen drucken ließ – das erste Buch überhaupt, das auf Isländisch gedruckt wurde. Teils übersetzte Guðbrandur selbst, etwa das Alte Testament, und zwar zum großen Teil aus dem Deutschen. Die konfessionelle deutsche Literatur der Frühen Neuzeit hatte hier großen Einfluss, und viele der christlichen Bücher, die anfangs auf Hólar gedruckt wurden, waren Übersetzungen aus dem Deutschen.

Die sogenannte Guðbrandsbibel war das erste illustrierte Buch, das auf Island gedruckt wurde, und noch immer ist es eines der schönsten isländischen Druckwerke überhaupt. Die Auflage betrug fünfhundert Exemplare, und schon der Buchband war ein enormes Projekt, das Guðbrandur zum Teil in Kopenhagen anfertigen ließ. Die Bibel hat nur einen Nachteil: Sie ist voll von Druckfehlern. Das kommt daher, wie Guðbrandur in seinem Nachwort schreibt, dass er »meistens allein lesen, korrigieren und übersetzen musste«.[150] Die Fehler wurden dann korrigiert, indem man sie auf der Seite durchstrich und eine Korrektur auf den Seitenrand stempelte; deswegen sind kaum zwei Exemplare der Bibel gleich.

Es ist die entscheidende Frage um die Muttersprache: Diese Ausgabe der Bibel hat Isländisch wahrscheinlich als Schriftsprache gerettet. Ohne eine isländische Bibel in den meisten Kirchen hätte man Dänisch als dominierende Schriftsprache übernommen, wie es auf den Färöern und in Norwegen geschah. Färöisch weist starke Ähnlichkeiten zum Isländischen auf. Allerdings wurde es als Schriftsprache etwa dreihundert Jahre lang nicht genutzt, nachdem die Färöer, die damals zu Norwegen gehörten, 1380 Teil der Union zwischen Norwegen und Dänemark geworden waren; Dänisch wurde die Sprache der Administration und der Bildung. Die erste Übersetzung von Teilen der Bibel erschien hier 1823, und erst 1937 wurde Färöisch die offizielle Sprache auf den Inseln, anfangs in den Schulen und ein Jahr später in der Kirche. Natürlich hatte Färöisch die ganze Zeit weitergelebt, in Balladen und Volkssagen und als Alltagssprache, aber die Schriftsprache erlebte einen langen Abbruch.

Ähnlich verlief es auch mit dem Norwegischen aus derselben Sprachfamilie. Als Folge der Kalmarer Union und der Etablierung der zentralen Administration in Kopenhagen wurde Dänisch jahrhundertelang die Schriftsprache des Landes, in Norwegen später Riksmål und jetzt Bokmål genannt, aber orthografisch bis 1907 identisch mit dem Dänischen. Ibsen, wie viele wichtige norwegische Autoren des späten 19. Jahrhunderts, schrieb auf Dänisch. Zu der Zeit hatte man jedoch bereits eine Schriftsprache entwickelt, die den norwegischen Dialekten mehr gerecht wurde und die man Landsmål oder Nynorsk nannte. Es entbrannte ein heftiger Sprachstreit im Lande, auch in der Literatur, und heute sind beide Formen als offizielle Sprachen anerkannt. Fast neun von zehn Norwegern verwenden jedoch das aus dem Dänischen stammende Bokmål als ihre Schriftsprache. Dies sei hier erwähnt, weil Isländisch dasselbe Schicksal hätte erleiden können, hätte sich Guðbrandur Þorláksson nicht dafür eingesetzt, die gesamte Bibel übersetzen und drucken zu lassen.

Blefken, diese Lügenpfütze

Guðbrandur war ein Kind der Reformation und ein hochgebildeter Humanist, und das war auch sein Freund und Mitarbeiter Arngrímur »der gelehrte« Jónsson (1568–1648). Auch er studierte in Hólar und danach in Kopenhagen und wurde Pfarrer, aber bald erhielt er von Bischof Guðbrandur einen Auftrag, der zu seinem Lebenswerk wurde. Es ging um das, was man heute »das Image« von Island nennen würde. Denn den gelehrten Humanisten nach der Reformation war nicht egal, was ihre Kollegen und die Menschen überhaupt in Europa über die Insel im Nordatlantik dachten. Bis ins 16. Jahrhundert hatten nur ganz wenige europäische Autoren in ihren geografischen oder historischen Werken etwas über Island geschrieben; am bekanntesten war wohl ein Buch von Adam von Bremen aus dem 11. Jahrhundert. Er schrieb eine *Hamburgische Kirchengeschichte* und widmete ein Kapitel Island, das er als Land am Ende der Welt sah, identisch mit Thule. Die Bewohner waren ihm zufolge mit Fell bekleidet und lebten in Höhlen mit ihren Tieren, waren aber immerhin Christen. Die Beschreibung ist wirklichkeitsfern, aber freundlich, die Menschen sind herzensgut, und die Gesellschaft ist noch nicht verdorben von der Erbsünde.[151]

Im 16. Jahrhundert steigt das Interesse an Island und am Norden insgesamt. Es war dies die Zeit der Entdeckungsreisen, und man wollte versuchen, über den Norden in den Osten, nach China, zu kommen. Andere wirtschaftliche Interessen waren auch wichtig: Fischfang, aber noch eher Robben- und Walfang konnten im Norden sehr ergiebig sein. Aus Robben und Walen stellte man Tran, das Öl der frühen Neuzeit, her, und damit wurden die europäischen Städte im 17. und 18. Jahrhundert beleuchtet. Nach der Entdeckung von Svalbard um 1600 wurden die Inseln eine der wichtigsten Stationen des Walfangs, aber auch vor den Küsten Nordwestislands, den Strandir und Westfjorden, hielten sich vom Frühjahr bis zum Herbst viele Walfangschiffe auf, nicht zuletzt aus den baskischen Provinzen.

Daher schrieben europäische Geografen und Historiker nun viel mehr über Island. Weitaus die meisten Beschreibungen waren ausgesprochen negativ: Das Land war von Treibeis umgeben und unterlag einem ewigen Frost, der das Überleben von Tieren und Menschen gerade noch zuließ. Zugleich bevölkerten zahllose Walarten und fantastische Ungeheuer das umliegende Meer. Die Natur wurde als unerbittlich und feindlich beschrieben, und nicht wenige Autoren meinten, dass die isländischen Vulkane den Eingang zur Hölle markierten. Die Einwohner waren von diesen Lebensbedingungen geprägt, entweder beschrieb man sie als Riesen oder Zwerge, aber meistens als halbtierisch, unzivilisiert und in Höhlen lebend. Es gab Ausnahmen, aber das vorherrschende Bild in europäischen Schriften war nicht gerade schmeichelhaft.[152] Hierauf sollte nun Arngrímur im Auftrage des Bischofs eine Antwort schreiben. Er tat es zunächst mit einer Schrift auf Latein, *Brevis commentarius*

Islandia, kurze Beschreibung Islands, 1593, die noch vor dem Ende des Jahrhunderts ins Englische übersetzt wurde.

Sein Hauptwerk war jedoch *Crymogæa*, was auf Griechisch so viel wie »Island« bedeuten kann, das 1609 auf Latein erschien und später auch ins Englische übersetzt wurde. Das Buch erschien 1985 in einer annotierten Ausgabe auf Isländisch, und darin schrieb der Herausgeber, Jakob Benediktsson: »Die Veröffentlichung dieses Buches wird immer als ein großes Ereignis in der Geschichte der isländischen Kultur und in isländischen Studien angesehen werden.«[153] Der Grund dafür ist, dass hier zum ersten Mal, seit dem *Buch der Isländer* von Ari dem Gelehrten, die gesamte Geschichte Islands zusammenhängend erzählt wurde, dass der Autor Dutzende von älteren isländischen Manuskripten als Quellen verwandte und dass er auch die alte isländische Literatur ausführlich darstellte. Es ging ihm darum zu zeigen, dass das isländische Volk mit den anderen nordischen Völkern nahe verwandt war, dass es christlich war und ähnliche Sitten und Gewohnheiten wie die Nachbarvölker hatte, aber gleichzeitig eine großartige literarische Tradition hervorgebracht habe. *Crymogæa* ist selbstverständlich ein christliches Buch, aber die These des Humanismus, dass man von der Geschichte lernen kann und soll, liegt ihm zugrunde.[154]

Zweifellos hatte das Buch von Arngrímur dem Gelehrten einen gewissen Einfluss, jedoch hauptsächlich auf seine nordischen Kollegen, gelehrte Historiker und Philologen, besonders in Dänemark. Man fing an, sich mehr für die alten isländischen Manuskripte und Bücher zu interessieren. 1633 wurde eine dänische Übersetzung der *Heimskringla* gedruckt, und 1665 erschien die *Edda* von Snorri Sturluson zum ersten Mal gedruckt, über vierhundert Jahre nach seinem Tod. Es gehörte zu den Grundgedanken des Humanismus, sich zu den Quellen, »ad fontes«, zu begeben. Das Interesse hatte aber auch machtpolitische Gründe (siehe S. 175).

Die Ironie der Geschichte will es jedoch so haben, dass fast gleichzeitig mit *Crymogæa,* genau genommen 1607, ein Buch in Holland gedruckt wurde, und zwar *Islandia* von Dithmar Blefken. Über den Autor weiß man nur, dass er ein deutscher Wanderprediger war, der seinen Lebensabend in Holland verbrachte. Er behauptete, sein Buch sei zum Teil ein Reisebericht aus Island, aber es scheint ausgeschlossen, dass er die Insel je besucht hat. Er beharrte sogar darauf, die Hekla bestiegen zu haben, und behauptete, er habe es nur knapp überlebt: Am Krater seien dauernd Dämonen ein und aus gegangen, mit Seelen an der Leine, da dieser Vulkan ja auch der Eingang zur Hölle sei. Das Land sei kaum bewohnbar wegen Kälte, Eis und Feuer, und er vergleicht, wie schon viele Autoren vor ihm, die Einwohner mit Tieren, unsittlich und unzivilisiert, wie sie seien.

Diese Schilderung Blefkens wurde sogleich in viele Sprachen übersetzt und dominierte außerhalb des Nordens fast zweihundert Jahre lang das Islandbild der Europäer. Arngrímur Jónsson regte sich natürlich maßlos darüber auf, verfasste Aufsätze und Schmähgedichte über Blefken und nannte ihn eine »Lügenpfütze«, aber an Blefkens Popularität änderte das nichts. In Europa fand man Blefkens fiktives Reisebuch einfach unterhaltsamer als Arngrímurs Versuch einer korrekten Geschichtsschreibung, und damit mussten sich die Isländer jahrhundertelang abfinden. Oder mit der Alternative einer vollkommenen Unkenntnis, die mancherorts lange währte. Ich erinnere mich zum Beispiel an einen Spaziergang als Kind in den Sechzigerjahren mit meinem Großvater in einem Dorf am Rhein, wo es zu einem heftigen Streit mit einem Passanten darüber kam, ob es Island überhaupt gebe (»Wir nennen es Estland«).

Arngrímur Jónsson war Pfarrer, Humanist und Gelehrter, aber er wollte auch seinen dänischen König nicht beleidigen und war deshalb vorsichtig und vage, zum Beispiel in der Beschreibung der Hinrichtung von Bischof Jón Arason. Es gab aber einen anderen, gleichaltrigen Mann, der im Volksmund »der Gelehrte« genannt wurde und der nicht so vorsichtig war, und zwar Jón Guðmundsson (1574–1658), der bereits (S. 33) im Zusammenhang mit Sjóns Roman, *Das Gleißen der Nacht*, erwähnt wurde. Jón hatte, im Gegensatz zu Arngrímur, nicht die Möglichkeit zu studieren, aber er war einer der belesensten Menschen seiner Zeit und beschäftigte sich mit Natur und Naturwissenschaft, Medizin, der klassischen isländischen Literatur, Zauber und Hexerei, Dichtung und Handwerk und war außerdem ein guter Zeichner und Maler. Er war einer dieser Menschen am Übergang zwischen der Aufklärung der Neuzeit und dem älteren Volksglauben, präzise in seinen Beobachtungen und wortreich und weitreichend in seinen Schriften. Und er war ein ehrlicher Mann und ein Außenseiter.

Im Herbst 1615 wurden in Island, genau genommen in der Region, wo Jón damals wohnte, die schlimmsten Morde seit dem 13. Jahrhundert begangen. Drei baskische Walfangboote hatten Schiffbruch erlitten bei den Westfjorden, etwa achtzig Seeleute konnten sich aufs Land retten. Der Landrat in dieser Provinz behauptete, dass sie überall rauben und stehlen würden. Er versammelte ein primitives Heer um sich und jagte und ermordete die Schiffbrüchigen auf grausame Weise, wo auch immer er sie fand, einunddreißig Männer insgesamt, die anderen entkamen. Der Landrat, Ari von Ögur, präsentierte seine Morde als isländische Heldentat, aber Jón Guðmundsson hörte von Augenzeugen, wie alles vor sich gegangen war, und schrieb, was er »Eine wahre Geschichte von den spanischen Schiffbrüchigen und ihrem Kampf« nannte. Damit erregte er die Wut der Machthaber und musste aus der Provinz fliehen. Aber man ließ ihn nicht in Ruhe, er wurde der Hexerei bezichtigt und verbrachte Jahrzehnte seines Lebens im Exil oder auf Wanderschaft.[155] So ungleich konnten die Schicksale gelehrter Isländer am Anfang des 17. Jahrhunderts sein. Der eine wollte seinem Land ein Monument errichten, der andere wollte keinen Anteil daran haben, eine unbequeme, ja abscheuliche Wahrheit zu verschweigen.

Viele kannten das Werk von Jón Guðmundsson, aber es gab es nur in Abschriften, erst 1950 wurde es in Buchform gedruckt. Obwohl der Buchdruck jetzt nach Island gekommen war, blieben Handschriften die wichtigste Form für weltliche Bücher und die Unterhaltung bis weit ins 19. Jahrhundert. Papier löste im 16. und 17. Jahrhundert das Pergament ab und war sowohl praktischer als auch billiger. Man schrieb die Pergamentmanuskripte auf Papier ab und konnte danach das Pergament zum Beispiel zur Stärkung von Bischofsmützen oder als Schutzumschlag für gedruckte Bücher verwenden. Handschriften waren jetzt nicht mehr die Schätze der Häuptlinge, sondern die Bücher der Armen. Aus der Epoche von 1500 bis 1700 sind zweitausend Handschriften erhalten, davon die Hälfte erzählende Literatur: Vorzeit-, Märchen- und Isländersagas.[156] Der Buchdruck war für religiöse Schriften reserviert, und Bücher waren teuer und für arme Bauernfamilien kaum erschwinglich.

Guðbrandur Þorláksson, der die isländische Sprache mit seiner Bibel rettete, starb 1627. Im gleichen Jahr überfielen Piraten aus Algerien die Westmännerinseln vor der isländischen Südküste und begingen den größten Menschenraub, der je auf Island stattfand – und leisteten damit indirekt ihren Beitrag zur isländischen Literatur.

Piraten, Psalmen und die Entdeckung des Ichs

Menschenraub auf den Westmännerinseln

Im Jahre 1614 kam ein Engländer namens James Gentleman nach Island, genauer gesagt auf die Westmännerinseln (Vestmannaeyjar) an der Südküste des Landes. Es war leider kein Höflichkeitsbesuch, wie man bei diesem Namen hätte hoffen können. James Gentleman war Pirat. Er und seine Kameraden haben alles, was sie finden konnten und was einen Wert hatte, gestohlen. Erst aus den Schiffen und Booten am Hafen, und das waren viele, denn die Inseln liegen dicht an guten Fischgründen. Dann haben sie das Dorf auf der größten Insel, Heimaey, für zwei Wochen besetzt, Kirchen und Kaufleute beraubt, Frauen vergewaltigt, Jung und Alt misshandelt. Der Pastor im Dorfe, Jón Þorsteinsson, schrieb über James Gentleman und sein Gefolge ein langes, wortgewaltiges Gedicht. Da stehen unter anderem diese Zeilen:

> Mit Messern, Gewehren und allerlei Waffen
> wütet die heidnische Meute
> überall herum
> acht und zwanzig Tage
> trunken bei Tage und bei Nacht
> mit Teufelssang und Lästerei
> sie hielten nimmer ein.[157]

Denn inzwischen gab es auch diese Art der Dichtung: Verse, die man aus einem besonderen Anlass schrieb, er mochte schön sein wie eine Hochzeit oder eine Kindesgeburt oder schlimm wie dieser schreckliche Raubzug. Diese Gedichte konnten auch Geschichten erzählen und sogar Nachrichten übermitteln, und noch im späten 19. Jahrhundert klagte ein deutschsprachiger Reisender darüber, dass alle Beiträge in isländischen Zeitungen mehr oder weniger gereimt seien.[158]

Der langjährige Streit zwischen Engländern und Dänen um den lukrativen Handel mit Island war eine der Ursachen dafür, dass sich englische Piraten zum Nordatlantik aufmachten; hauptsächlich überfielen sie Schiffe, von denen die wenigsten isländisch waren, aber manchmal kamen sie auch aufs Land wie eben auf die Westmännerinseln. So segelten sie etwa 1579 nach Patreksfjörður im Nordwesten und entführten einen reichen Kaufmann; gegen hohes Lösegeld ließen sie ihn laufen, nachdem sie ihn wochenlang gefoltert hatten. In solchen Fällen konnte es ein Nachteil sein, dass die Staatsmacht weit weg war und ihre Repräsentanten in Island im Grunde machtlos waren.

Es gab zwei Sorten von englischen Piraten: Räubergesindel auf hoher See wie James Gentleman und seinesgleichen, die auf eigene Faust ihrem »Gewerbe« nachgingen, und solche, die eine königliche Erlaubnis, einen Kaperbrief, für ihre Raubzüge hatten, auch Freibeuter genannt. Die Engländer lagen oft im Krieg mit ihren Nachbarn, und da konnten Piraten von Nutzen sein, als eine Art private Reservearmee. Solche Seeräuber kamen sogar noch Anfang des 19. Jahrhunderts nach Island. Zum Beispiel ein gewisser Thomas Gilpin, der während der Napoleonischen Kriege durch einen Kaperbrief autorisiert war, dänisches

Geld und Wertsachen an sich zu reißen. Das tat er dann in Reykjavík und Umgebung, aber eben als richtiger Gentleman-Dieb – im Gegensatz zu dem erwähnten James Gentleman hatte er so viel Mitleid mit den armen Isländern, dass er ihnen zum Abschied eine große Party mit Musik und Tanz schmiss, bevor er mit seinen Männern wieder das Land verließ.[159]

Im ersten Jahrzehnt des 17. Jahrhunderts, vor dem Dreißigjährigen Krieg, sah es auf den Meeren Europas etwas friedlicher aus, und man versuchte, dem Treiben der Seeräuber Grenzen zu setzen. Viele von ihnen, aus Deutschland, Holland und England kommend, suchten Zuflucht in Algerien, wo der Sklavenhandel weiterhin blühte. Dort traten sie, wenigstens dem Namen nach, zum Islam über und konnten ihre Segelkunde nutzen, um Kapitäne oder Steuermänner auf Seeräuberschiffen zu werden. Algier war damals die Hauptstadt der Korsaren, die im 16. und 17. Jahrhundert vor allem im Mittelmeerraum ihre Piraterie trieben, indem sie Handelsschiffe der christlichen Mächte überfielen und ihre Opfer versklavten – über ein Drittel der Bewohner der Stadt waren versklavte Europäer. Diese Kleinkriege fanden hauptsächlich im Mittelmeer statt, aber ab und zu segelten die Seeräuberflotten aus den sogenannten Barbareskenstaaten in Nordafrika weiter hinaus. So kam es zu Überfällen und Menschenraub auf den Färöischen Inseln und in Irland – und ausgerechnet wieder auf den Westmännerinseln.

Das war im Jahr 1627. Zwei Piratenraubzüge erreichten Islands Küsten. Der eine bestand aus zwei Schiffen aus Salé in Marokko und stand unter dem Kommando des holländischen Piraten Jan Janszoon van Haarlem, der sich nun Admiral Murat Reis nannte. Die Seeräuber gelangten nicht an ihr ursprüngliches Ziel in den Westfjorden, sondern raubten stattdessen den kleinen Fischerort Grindavík im Süden aus und nahmen fünfzehn Isländer in Gefangenschaft. Sie kaperten dazu ein dänisches Handelsschiff und wollten Bessastaðir, den Sitz des Statthalters des dänischen Königs, angreifen, aber dort kenterte eines der Schiffe, und die anderen drehten um. Da hatte sich der Statthalter des Königs bereits hinter seinem Haus mit einem Pferd versteckt, um möglichst schnell fliehen zu können, sollten sie an Land gehen.

Die zweite Flotte zählte dreihundert Piraten auf zwei großen Schiffen und war ungleich aggressiver in ihrem Menschenraub. Sie kamen zuerst nach Südostisland, wo sie einhundert Menschen entführten, und dann zu den Westmännerinseln. Obwohl, wie bereits erwähnt, auf Island keine städtische Entwicklung im klassischen Sinne stattfand, stellte Heimaey dennoch ein beachtliches Dorf mit über vierhundert Einwohnern dar. Bereits im 14. Jahrhundert basierte dessen Wirtschaft auf Fischfang und aktivem Handel, zunächst mit den Engländern, später auch mit der Hanse. Daher lebten nicht nur Bauern auf Heimaey, sondern auch Fischer und Kaufleute, und die Inseln waren das private Eigentum des Königs.

Dort hatte man von dem Wüten der Piraten an der Südostküste gehört und richtete sich darauf ein, den Hafen zu verteidigen. Man sah drei Schiffe vorbeisegeln, denn unterwegs hatten die Korsaren ein englisches Schiff gekapert, aber sie gingen an einer anderen Stelle als erwartet an Land, die seitdem Räuberspitze heißt, und die Vorbereitungen der Einwohner waren nutzlos; wahrscheinlich hatte ein Isländer an Bord des englischen Schiffs die Inselbewohner verraten. Sie wurden hinterrücks von den Seeräubern überfallen, die alle dingfest machten, die sie erwischen konnten. Wer zu langsam war oder nicht besonders verkäuflich aussah, wurde getötet. Über dreißig Einwohner wurden umgebracht, einer von ihnen der Pfarrer Jón Þorsteinsson, der das Gedicht über die englischen Piraten geschrieben hatte. Einige der Inselbewohner konnten sich auf die Felsen der Insel retten oder sich in Höhlen verstecken und entkamen so den Räubern, die jedoch über 240 Menschen aus den Westmännerinseln mit nach Algier nahmen. Einer von ihnen war der andere Pfarrer im Dorfe, Ólafur Egilsson, der über die »Entführung durch die Türken«, wie die Isländer es nannten, ein Buch schrieb, eines der ersten autobiografisch geprägten Reisebücher auf Isländisch. Die Welt mag Island nicht entdeckt haben, aber die Isländer entdeckten die Welt.

Weder früher noch später gab es ein vergleichbares Ereignis in Islands Geschichte. Der »Türkenraub«, so genannt, weil die Isländer die Angreifer für türkische Seeräuber hielten, ging als Trauma in die Geschichte ein. Die Türken hatten allerdings nichts mit der Sache zu tun, außer dass Algier damals, wie die meisten Piratenstädte und Staaten an Nordafrikas Küste – mit Ausnahme von Marokko –, zum Osmanischen Reich gehörte.

Man stelle sich den Kulturschock vor, den die Leute von den Westmännerinseln und von der Südostküste erlebten, als sie nach Algier kamen. Nach einer langen Seefahrt befanden sie sich jetzt in einer orientalischen Großstadt mit Festungen und Schlössern und Häusern, wie sie sie noch nie gesehen hatten, und waren umgeben von einer riesigen Menschenmenge, die sich aus unzähligen Völkern zusammensetzte. Keine der Sprachen dieser Menschen verstanden die Isländer, und sie wussten nichts über die herrschende Religion im Lande, den Islam. Als sie ankamen, durfte das Oberhaupt der Stadt (Ólafur Egilsson nennt ihn König) sich die besten Sklaven aussuchen, und die anderen wurden dann auf dem Sklavenplatz versteigert. Einige waren unterwegs gestorben, dreißig starben während des ersten Monats in Algier, die anderen wurden Sklaven in den verschiedenen Haushalten in der Stadt.

Der Pastor Ólafur Egilsson war ein guter Beobachter, und obwohl er sich in Algier natürlich als Christ in den Händen der Barbaren sieht, beschreibt er das Leben der Menschen in der Stadt mit Neugierde und nicht ohne Sympathie. So zum Beispiel die Kleidung der Frauen:

> Und das türkische Weibesvolk ist gewandet in Röcke, die man sich feiner gewebt auf der Welt nicht vorstellen kann, die keine Öffnung haben, außer dort, wo der Kopf ist. Dazu tragen sie linnene Hosen, die über die Schuhe hinaus auch ihre Sohlen und Fersen bedecken. Mützen tragen sie, ebenfalls aus Leinen oder aus anderem kostbar gewirkten Stoffe, und ziehen dann den Mantel so über das Gesicht, dass niemand sie kennt, wenn sie das Haus verlassen, umgürtet mit einem Band aus Seide. Im Hause tragen sie glatte Kleider, aber doch auch die linnenen Hosen.[160]

Ólafur Egilsson ist der erste Mensch aus dem Norden Europas, der das alltägliche Leben in der »Barbarei« beschreibt. Er kam nach Algier mit seiner jungen Frau Ásta und drei Kindern, wovon der jüngste Sohn unterwegs auf einem Seeräuberschiff das Licht der Welt erblickte, aber er selbst war 1564 geboren worden und nach damaligen Verhältnissen ein alter Mann. Die Korsaren haben sicherlich überlegt, was sie mit ihm tun sollten, bevor sie beschlossen, ihn zum dänischen König zu schicken, um diesem anzubieten, die Isländer freizukaufen. Sie verlangten einen hohen Preis, eine Summe, die jetzt etwa zweihunderttausend Euro entspräche, pro Kopf.[161] Es scheint, dass der Preis für Sklaven viel höher war in Algier im 17. Jahrhundert als in Dublin achthundert Jahre zuvor (siehe S. 34).

Es wurde eine lange und beschwerliche Reise für Ólafur, über Sardinien, Italien und Deutschland nach Dänemark, und unterwegs erblickte er viele Zeugnisse der europäischen Zivilisation zum ersten Mal – in Genua zum Beispiel ein Fenster aus Glas. Christian IV. war damals König von Dänemark, bekannt nicht zuletzt für seine emsige Betriebsamkeit als Bauherr, sowohl in Kopenhagen als auch in Oslo, das nach ihm Christiania benannt wurde. Als Kriegsherr hingegen war er erfolglos; sein Krieg mit Schweden blieb ohne Resultat, und seine Teilnahme am Dreißigjährigen Krieg war vollkommen misslungen und führte zu großen Verlusten für Dänemark. Als Ólafur Egilsson nach Kopenhagen kam, um den König um Lösegeld für seine isländischen Untertanen in der Barbarei zu bitten, hatte Christian IV. dafür keine finanziellen Mittel – und wer weiß, vielleicht auch keine allzu große Lust.

Tief enttäuscht kehrte Ólafur 1628 nach Island zurück und schrieb dort sein Buch über die Reise. Es ist der erste Versuch eines Isländers, seine Identität, sein eigenständiges »Ich«, in einem Text zu schildern. Ólafur bewegt sich jedoch an der Grenze zwischen Strenggläubigkeit und Aufklärung, und das »Ich« seines Buches setzt sich aus verschiedenen älteren Texten zusammen. Wichtigstes Vorbild ist Hiob, der Mann, der alles verliert; Ólafur sieht das Leben des Menschen als Leidensgeschichte und Kreuzesweg, das Ziel ist die Nachahmung Christi; schuld an der Entführung in die Barbarei sind die Sünden der Menschen. Sein Blick nach außen ist neugierig und stellenweise vorurteilsfrei, der nach innen von religiösen Vorstellungen blockiert, und so liest sich auch sein Buch. Aber es markiert den Anfang einer Tradition, die später manche der schönsten literarischen Werke Islands hervorbrachte.

Was wurde aus den Isländern, die die Entführung überlebten? Viele, besonders die jüngeren, traten zum Islam über. Im Jahre 1635 weiß man von noch siebzig erwachsenen Isländern, die in Algier an ihrem christlichen Glauben festhalten. Da sammelte man schon Lösegeld auf Island für sie, und im Jahr darauf gelang es, mithilfe eines Gesandten des dänischen Königs, vierunddreißig Isländer in Algier freizukaufen; sieben überlebten die Heimreise nicht, aber die anderen kehrten 1637 nach Island zurück, darunter Ásta, die Frau von Ólafur Egilsson. Über das Schicksal ihrer Kinder weiß man nichts mit Sicherheit, außer dass sie in Algerien zurückblieben; hingegen weiß man, dass sich der Sohn jenes Pfarrers Jón Þorsteinsson, den die Piraten auf den Westmännerinseln ermordet hatten, in Algier zum Islam bekehren ließ und eine Zeit lang Kapitän auf einem Korsarenschiff war.[162]

Unter den Rückkehrern im Frühjahr 1637 befand sich auch Guðríður Símonardóttir, eine damals 38 Jahre alte Frau. Sie kam nicht allein, sondern zusammen mit einem fünfzehn Jahre jüngeren Studenten namens Hallgrímur Pétursson. Und was in diesen puritanischen Zeiten noch schlimmer war, sie erwartete ein Kind von ihm – dabei hatte sie schon vor dem »Türkenraub« auf Vestmannaeyjar eine Familie gegründet mit einem Mann namens Eyjólfur Sólmundarson und mit ihm auch ein Kind bekommen.

Hallgrímur wurde später der berühmteste, meistgelesene und auch beste Psalmendichter Islands, von vielen seiner Landsleute fast wie ein Heiliger verehrt. Gleichzeitig gaben die Isländer Guðríður alle Schuld an der sündigen Lebensweise des Paares, erzählten sich endlose Geschichten darüber, wie rigoros und schwierig sie gewesen sei, und jahrhundertelang kannten die Isländer sie unter dem abschätzigen Namen »Türken-Gudda«, so ungerecht das auch war. Dieses Bild änderte sich dann endlich im 20. Jahrhundert. 2001 veröffentlichte Steinunn Jóhannesdóttir (geb. 1948) einen historischen Roman, *Reisubók Guðríðar Símonardóttur*, in dem sie, nach ausführlicher Recherche, so weit wie möglich ihr Leben erzählte; auf Deutsch ist das Buch unter dem Titel *Die Isländerin* (2006) erschienen.[163]

Eyjólfur, ihr erster Mann, war Fischer und einer von denen, die den Menschenräubern auf Heimaey entkommen waren, während Guðríður und ihr Kind nach Algier entführt und nach einer Woche versteigert wurden. Es kostete zehn Jahre später 200 dänische Reichstaler, sie freizukaufen, und sie konnte einen Teil des Lösegeldes selbst bezahlen; beides deutet darauf hin, dass sie eine starke, selbständige und arbeitsame Frau war, ungebrochen von der Sklaverei.[164] Im Spätsommer 1636 kam sie mit ihren Landsleuten nach Dänemark, aber da waren die letzten Handelsschiffe des Jahres schon längst nach Island aufgebrochen, und so mussten sie den Winter in Kopenhagen verbringen. Dort holte man einen jungen Studenten von der Lateinschule, Hallgrímur Pétursson, um den Heimkehrern bei der Auffrischung der christlichen Lehre und guter Sitten behilflich zu sein. Hallgrímur und Guðríður verliebten sich.

Der leprakranke Psalmendichter

Hallgrímur Pétursson (1614–1674) stammte nicht aus einer wohlhabenden Familie, aber sein Vater war mit dem Bischof von Hólar, Guðbrandur Þorláksson, verwandt, und dort, in diesem kleinen isländischen Kirchenort, wuchs Hallgrímur auf und besuchte die Schule des Bistums. Über seine frühen Jahre weiß man nichts Genaues, und manches sind sicher Legenden. Er schloss die Schule auf Hólar nicht ab, sondern zog jung ins Ausland, manche sagen nach Glückstadt, die Christian IV. 1616 an der Elbe gegründet hatte. Mit achtzehn war er in der Lehre bei einem Eisenschmied in Glückstadt, sagen manche, oder in Kopenhagen, sagen andere, als ein weiterer Bischof, Brynjólfur Sveinsson, ihn zufälligerweise seinen Meister auf Isländisch verfluchen hörte und von der Sprachgewalt des Jungen – und von seiner feinen Verwandtschaft – so beeindruckt war, dass er ihm einen Platz an einer guten Schule in der dänischen Hauptstadt verschaffte, von wo man ihn dann als Lehrmeister für die freigekauften Isländer holte. Aber die Affäre mit Guðríður führte dazu, dass er auch dieses Studium nicht abschloss, sondern mit ihr im Frühjahr 1637 nach Island reiste, wo ihr gemeinsamer Sohn kurz darauf geboren wurde.

So etwas wurde im 17. Jahrhundert keineswegs leichtgenommen. Im Jahre 1564, kurz nach der Reformation, hatte das Althing eine größere Gesetzessammlung verabschiedet, den sogenannten »Stóridómur«, gegen Ehebruch und Unzucht, wie es damals hieß. Eine solche Gesetzgebung gab es zu der Zeit in vielen lutherischen Gebieten, also auch in Teilen Deutschlands und Skandinaviens.[165] Verstöße gegen diese strengen Sittengesetze wurden bestraft, mit Bußgeld, Prügel oder, bei wiederholten Taten, mit dem Tode; die Frauen wurden ertränkt, die Männer enthauptet. Während Guðríður in Algier war, lebte ihr Ehemann Eyjólfur mit seiner Haushälterin zusammen und hatte mit ihr schon mehrere Kinder und war dreimal wegen Hurerei verurteilt worden; aber man wusste ja nicht, ob seine Frau in der Barbarei überhaupt noch lebte oder eventuell zum Islam übergetreten war (was gleichbedeutend mit dem Tod war), und daher entging er der härtesten Strafe. Als dann Guðríður in Kopenhagen schwanger wurde, war sie, zumindest musste sie selbst das annehmen, noch verheiratet. Im selben Jahr jedoch ertrank Eyjólfur; die Nachricht von seinem Tode erreichte Guðríður wahrscheinlich erst, als sie nach Island kam.

Die ersten Jahre des Paares auf Island waren schwierig. Sie wurden zu einem hohen Bußgeld verurteilt, das zu guter Letzt ein Freund von ihnen bezahlte, da man ja Hallgrímur nicht davon abbringen konnte, mit Guðríður zusammenzuleben, wie es in einer Quelle heißt.[166] Hallgrímur musste sich mit Gelegenheitsarbeiten, sicherlich der reinsten Schufterei, durchschlagen, da die beiden kein Grundstück besaßen und auch keine finanziellen Mittel. Sie bekamen weitere Kinder, die jung starben, nur der älteste Sohn überlebte. Ihre Zukunft war nicht gerade rosig, bis Hallgrímur 1644 in Skálholt einen alten Bekannten traf, nämlich den Bischof Brynjólfur, der Hallgrímurs Strafe widerrief und ihn zum Pfarrer weihte. Das hört sich vielleicht ungewöhnlicher an, als es war; es kam durchaus vor, dass Straftäter begnadigt wurden, und bei weitem nicht alle isländischen Priester oder Pfarrer hatten ihr Studium mit einer Prüfung abgeschlossen, viele kamen nach abgebrochenen Lehrjahren nach Hause und erhielten trotzdem die Weihe. Das bedeutete, dass die Jahre der Armut und Knochenarbeit für das inzwischen verheiratete Paar zu Ende waren, und Hallgrímur konnte sich seinem Amt – und der Literatur – widmen. Bis er, wahrscheinlich kurz nach 1660, an Lepra erkrankte, dieser schrecklichen, unheilbaren, aber langsam voranschreitenden Krankheit, die damals auf Island weitverbreitet war; das isländische Wort »Líkþrá« erinnert daran, dass die Kranken in einem fortgeschrittenen Stadium wie lebendige Leichen aussahen. In einem solchen Zustand starb er, 1674. Acht Jahre später starb auch seine Frau Guðríður.

Diese Geschichte ist der biografische Hintergrund jenes Mannes, der eine Hymne geschrieben hat, die noch immer auf fast jeder Beerdigung in Island gesungen wird, »Um dauðans óvissu tíma« (Über des Todes ungewisse Zeit), und die mit diesen Worten beginnt:

Allt eins og blómstrið eina
uppvex á sléttri grund,
fagurt með frjóvgun hreina
fyrst um dags morgunstund,
á snöggu augabragði
afskorið verður fljótt,
lit og blöð niður lagði,
líf mannlegt endar skjótt.

> Wie die Blume erblüht / auf ebener Erde / schön, voller Fruchtbarkeit / früh am Morgen des Tages / in kurzem Augenblick / rasch abgeschnitten wird / Farbe und Saft verlor, / das menschliche Leben endet schnell. [167]

Das 17. Jahrhundert in Nordeuropa war ein Jahrhundert der Ungleichzeitigkeit, wie es manchmal formuliert wird, wenn sehr verschiedene Strömungen gleichzeitig bestanden. Ein Jahrhundert des Humanismus, der klassischen Bildung, in dem endlich auch die hochmittelalterliche Literatur Islands in anderen nordischen Ländern wiederentdeckt wurde; ein Jahrhundert der Hexenverfolgung und -verbrennung mit der dazugehörenden Hysterie; ein Jahrhundert des Pietismus und ein Jahrhundert des Barocks, sowohl was die Architektur, die bildende Kunst und die Literatur betrifft, mit dem für diese Epoche typischen Schwanken zwischen Lebensgier und Todesangst.[168] All dies findet sich in Hallgrímur Péturssons Wortkunst, sie ist symptomatisch für ihre Zeit, aber wirkt, wie alle gute Literatur, auch zeitlos.

Hallgrímur war vor allem Dichter, obwohl er nebenbei Prosa schrieb. Er versuchte sich in vielen Formen der damaligen Dichtung, schrieb Rímur, Klagegedichte, Elegien, weltliche Verse und sogar lustige Lieder, in denen er dem Schnupftabak und Branntwein huldigt, aber sein Hauptwerk sind die *Passionspsalmen*, *Passíusálmar*, fünfzig Hymnen über Christi Leiden und Kreuzweg, die er 1659 abschloss und die seitdem wahrscheinlich das meistgedruckte, meistabgeschriebene und meistgelesene Werk der isländischen Literatur sind.

In den Jahrzehnten nach der Reformation musste man auf Island wie in anderen evangelisch-lutherischen Ländern den

Kirchgesang von Grund auf erneuern, die katholischen Heiligenlieder konnten nicht mehr verwendet werden, Latein war verpönt, und der eifrige Bischof und Buchdrucker Guðbrandur Þorláksson ließ jede Menge dänischer und deutscher Kirchenlieder übersetzen. Die Übersetzungen waren oft wortgetreu, aber milde gesagt holprig, und sind nun zum großen Teil vergessen. Man übertrug auch theologische Werke, wie die *Soliloquia de passione Jesu Christi* (1587) des deutschen Dichters und Mystikers Martin Moller, eine Schrift, die Hallgrímurs *Passionspsalmen* stark beeinflusste. Die Übersetzung stammte von Arngrímur dem Gelehrten Jónsson, der den Auftrag von Bischof Guðbrandur Þorláksson bekam. Es sind immer die gleichen Namen, die in der Literatur eines so spärlich bevölkerten Landes auftauchen.

> Auf, meine Seele, auf, auf mein Herz!
> All mein Sinnen, flieg' himmelwärts!
> Leih' mir, Sprache, den lieblichen Klang!
> Das Leiden des Herrn will singen mein Sang! [169]

Mit diesen Worten fangen die Passionshymnen von Hallgrímur Pétursson an, wahrscheinlich inspiriert von Paul Gerhardts Lied, »Auf, auf, mein Herz, mit Freuden« (1647). Er beherrscht die traditionelle isländische Versform zur Vollendung, verwendet sowohl Alliterationen wie auch Endreime, aber auch das rhetorische Werkzeug nordeuropäischer Barockdichter dieser Zeit, wie die Wiederholung einer Figur jeweils in der ersten Zeile (Anaphora) und die Wiederholung eines Wortes in wechselnder Flexionsform (Polyptoton).[170] Der Aufbau jedes Lieds folgt klaren Regeln, erst wird die Geschichte erzählt und dann kommentiert, zum Lernen, zur Ermahnung und zum Trost. Mit der rhetorischen Methode der Evidentia, der anschaulichen Darstellung, versucht er, die Geschichte den Lesern näherzubringen, sie an den Geschehnissen teilnehmen zu lassen:

> Wenn, dem Herzen zu harter Pein,
> Hohnworte mich umschleichen,
> Flugs dann flücht' ich zum Kreuze dein;
> Von dem will ich nie weichen;
> Steh' da still, wenn die Ehre mir
> Streit der Welt will zernagen;
> Anbetend blick' ich dann auf zu dir,
> Alles mit dir zu tragen. [171]

Die Strophen sind klar und verständlich, dies ist keine Skaldendichtung mit Metaphern und *kenningar*. Stellenweise gelingt es ihm, trotz des ernsten Themas, mit einer solchen Leichtigkeit zu dichten, dass einzelne Zeilen zu isländischen Sprichwörtern geworden sind: »hvað höfðingjarnir hafast að / hinir meina sér leyfist það« (was die Reichen so tun, glauben die anderen sich erlauben zu können). Mit Sicherheit ist vieles aus seiner eigenen Erfahrung und Lebensweisheit in die Psalmen eingeflossen, obwohl man die Dichtung kaum persönlich nennen kann. So steht er, wie in der Sprichwort-Zeile, dem Tun und Wandeln der Reichen und Machthabenden immer kritisch gegenüber, denn er kannte gut das Los der armen Menschen.

Es ist keine rebellische Kritik. Hallgrímur betont, dass die Leute der Obrigkeit immer gehorchen müssen, und das Hauptthema der Psalmen ist ganz im Geiste der evangelisch-lutherischen Lehre: Die Menschheit hat, mit dem Glauben an Jesus und durch seinen Leidensweg, die Erlösung von Sünde und Tod als Gabe erhalten. Mit der Kreuzigung und Auferstehung Jesu werden die Menschen in das Reich Gottes eingeladen.[172] Hallgrímurs Hymnen sind Teil der europäischen Barock-Dichtung dieser Zeit, und auch nicht frei von deren antijüdischen Stereotypen. Gleichzeitig vereint Hallgrímur den europäischen Barock mit der jahrhundertealten Tradition der isländischen Dichtung und Versform, und diese Synthese ist sicher der Grund dafür, wie langlebig seine Psalmen beim isländischen Volk wurden und immer noch sind. Mit dem rhetorischen Können, der traditionellen Versform und der klaren Sprache gab er seinem Glauben einen Ausdruck, den viele seiner Landsleute durch die Jahrhunderte nachempfinden konnten:

> In Gottes Gnade geborgen
> Geh' ich mein Leben lang,
> Los nun von Sünde und Sorgen,
> Gesegneten Heimatsgang.[173]

1666 wurden *Die Passionspsalmen* zum ersten Mal als Buch gedruckt. Zwölfmal wurden sie neu aufgelegt im darauffolgenden Jahrhundert, dreizehnmal im 19. Jahrhundert, insgesamt sind sie über achtzigmal gedruckt worden, und Hallgrímurs Gedichte wurden in mehr als sechshundert Handschriften erhalten.[174] Sein Werk und sein Leben, seine Liebe zu Guðríður, seine einfachen Verhältnisse und sein ergreifender Tod sicherten ihm einen Platz im isländischen Kulturgedächtnis. Viele Autoren haben sich mit ihm beschäftigt. 1942 schrieb Halldór Laxness über ihn in einem Essay: »Alle Meisterwerke einer einzelnen Person sind das Ergebnis einer langen kulturellen Entwicklung. Jede Epoche strebt danach, den vollendeten Ausdruck ihres Geistes, ihres Denkens und ihrer Gefühle zu finden, bis sie ihn erreicht. In Hallgrímurs Passionspsalmen fand das 17. Jahrhundert seinen vollkommenen poetischen Ausdruck. Es ist sogar fraglich, ob die Geschichte Jesu jemals besser erzählt wurde in den Ländern der deutschen Reformation als von Hallgrímur Pétursson.«[175]

Der Humanist und der Meineid

Der europäische Humanismus hat seine Wurzeln in der Renaissance. Man wollte das Leben der Menschen verbessern durch Wissen und Bildung, die an die griechische und römische Antike anknüpfte, anstelle der Ausrichtung des Spätmittelalters auf Gott und das Jenseits. Der Humanismus entwickelte sich in verschiedene Richtungen während des langwierigen Übergangs vom Mittelalter zur Neuzeit. Die Gelehrten, und nach ihnen auch die Machthaber, in den nordischen Ländern ließen sich im 17. Jahrhundert von ihm dazu inspirieren, ihre eigenen geschichtlichen und kulturellen Wurzeln, u. a. in der altisländischen Literatur, zu finden und zu analysieren. Vierhundert Jahre waren seit dem Tod von Snorri Sturluson vergangen, und obwohl viele Isländer von seiner Edda wussten und den Stoff der Sagas kannten, und sei es nur durch die Überlieferung in den Rímur, kannten sie kaum die Edda-Lieder und waren sich über die Bedeutung der Literatur des 13. Jahrhunderts nur vage bewusst.

Dies änderte sich, wie schon erwähnt, unter anderem durch die Schriften von Arngrímur Jónsson. Auch von Hallgrímur Pétursson gibt es ein längeres Lied, in dem er die Saga-Zeit als das goldene Zeitalter Islands besingt. Historiker und Humanisten in Kopenhagen fanden Interesse an Arngrímurs Schriften und den isländischen Handschriften, die seine Quellen bildeten, auf ihrer Suche nach Zeugnissen der Vorzeit und nicht zuletzt nach der Wikingerzeit Dänemarks und der anderen nordischen Länder. Noch wichtiger wurde den Dänen das, weil sie fast dauernd im Krieg mit den Schweden lagen und diese sich auch für alte isländische Manuskripte zu interessieren begannen. Frederik III., König von Dänemark 1648–1670, kaufte mehrere Büchersammlungen und bat die höchsten Staats- und Kirchendiener in Island, ihm alte Manuskripte und Dokumente zu schicken.

Einer von denen, die dieser Bitte Folge leisteten, war der Bischof Brynjólfur Sveinsson (1605–1675), der seinerzeit Hallgrímur Pétursson zweimal aus der Klemme half. Er war einer der gelehrtesten Männer Islands, hatte lange in Dänemark studiert, sowohl klassische Sprachen als auch Naturwissenschaften und Geschichte, und wurde Konrektor an der Domschule von Roskilde, bevor er 1639, gegen seinen Willen, denn er wollte viel lieber wissenschaftlich arbeiten und sich fortbilden, zum Bischof von Skálholt ernannt wurde. Er war, sowohl von seiner Bildung als auch von seinen Interessen her, ein wahrer Humanist, der sich auch lebhaft für die alte isländische Literatur interessierte. Dem König schickte er einige der wertvollsten isländischen Manuskripte, die *Flateyjarbók* (siehe S. 108) ebenso wie das einzigartige Königsbuch der Edda-Lieder (siehe S. 37), das er König Frederik 1662 schenkte; beide wurden von der dänischen Regierung 309 Jahre später an Island zurückgegeben.

Es ging natürlich nicht nur darum, die Manuskripte zu sammeln, man musste sie auch verstehen, und so stellte der König 1659 einen anderen isländischen Gelehrten, Þormóður Torfason, an als königlichen Übersetzer dieser alten Literatur, deren Sprache den Dänen längst nicht mehr zugänglich war. So begann man im 17. Jahrhundert, die Literatur Islands aus dem 13. Jahrhundert in andere nordische Sprachen und auf Latein zu übersetzen. Langsam breitete sich die Kunde von dieser Weltliteratur bei den Gelehrten Europas aus, und gegen Ende des 18. Jahrhunderts erschienen die ersten deutschsprachigen Saga-Übersetzungen.[176] Árni Magnússon, der am Anfang dieses Buches erwähnt wurde, setzte die Sammeltätigkeit von Þormóður Torfason fort und übernahm, nach dessen Tod, seine private Sammlung. So kamen die meisten isländischen Handschriften in dänischen Besitz oder Leihe.

Frederik III. schaffte die Grundlage für das, was später die Königliche Bibliothek von Kopenhagen wurde. Aber er war kein glücklicher Kriegsherr. Die Armee des schwedischen Königs Karl X. Gustav besiegte ihn an allen Fronten und hielt 1658 fast ganz Dänemark besetzt; die Schweden forderten gar, er solle Island an sie abtreten. Es kam jedoch nicht so weit, und Frederik III. gelang es dann 1660, als erstem europäischem Monarchen, den Absolutismus einzuführen; der Adel – der im Krieg versagt hatte – musste sein Königswahlrecht aufgeben, und der Thron war nun erblich.

Zwei Jahre später mussten die verschiedenen Amtsträger in Island auf einem Treffen in Kópavogur, in Gegenwart des Repräsentanten des dänischen Königs und seiner Söldner, dieser »Erb- und Alleinherrschaftsakte« zustimmen. Im Nationalmythos des 19. Jahrhunderts wurde das »Treffen in Kópavogur« als ein tragisches Ereignis angesehen, als die endgültige Abschaffung jeglicher Selbstbestimmung Islands, und man erzählte sich, dass die isländischen Beamten die Akte weinend und unter Drohungen unterschrieben hätten. Für jüngere Historiker ist dies eine übertriebene Dramatisierung, der Absolutismus wurde zu der Zeit und danach in vielen europäischen Ländern eingeführt, die Staats- und Königsmacht gestärkt, die Macht des Adels geschwächt, nicht unbedingt auf Kosten der armen Leute. In Island war dies auch eine logische Fortsetzung der Reformation und des dänischen Monopolhandels.

Wie dem auch sei, einer derer, die auf dem Treffen in Kópavogur zugegen waren, war der Bischof und Humanist Brynjólfur Sveinsson, und falls ihm die Tränen kamen, dann sicher eher wegen des Schicksals seiner Tochter Ragnheiður; ihre Geschichte sagt mehr über das Leben in diesem Jahrhundert als manche Königsakte und spielte auch für die isländische Literatur eine Rolle. Brynjólfur und seine Frau Margrét hatten sieben Kinder, wovon nur zwei das Erwachsenenalter erreichten, ein Sohn und die bereits erwähnte Tochter. Der Sohn starb, 24 Jahre alt und ohne Familie, in England, Ragnheiður wuchs bei ihren Eltern auf. Als sie neunzehn Jahre alt war, munkelte man in Skálholt über eine Liebesbeziehung zwischen ihr und einem jungen Mann namens Daði Halldórsson, den Brynjólfur zu ihrem Privatlehrer gemacht hatte. Um dem Gerücht ein Ende zu setzen, ließ der Bischof sie in der Domkirche, in Gegenwart der Pfarrer des Bistums und einer schaulustigen Menge, einen Eid ablegen, dass sie eine »unberührte Jungfrau sei, von allem männlichen Vorgehen und jedem fleischlichen Laster frei.«[177] Das tat sie, und man kann sich vorstellen, wie entwürdigend das für sie war.

Neun Monate später bekam Ragnheiður ein Kind von Daði; im Jahr darauf starb sie. Bei ihrer Beerdigung wurde zum ersten Mal die Hymne von Hallgrímur Pétursson, »Über des Todes ungewisse Zeit«, gesungen. Er hatte sie ihr geschickt, als Teil eines Manuskripts mit den Passionspsalmen, des einzigen, das von seiner Hand stammt und erhalten ist.

Kein Wunder, dass ein solches Schicksal den Stoff für viele literarische Werke ergeben hat. Hier seien nur zwei genannt: Torfhildur Hólm (1845–1918) war die erste isländische Romanautorin, und ihr erstes Buch war der historische Roman *Brynjólfur Sveinsson biskup* (1882), in dem die Geschichte von Ragnheiður im Vordergrund steht. In ihrem Nachwort schrieb Torfhildur: »Mag sein, dass manche meinen, ich erzähle zu freimütig von nicht allzu ehrwürdigen Dingen. Hierzu kann ich nur sagen, dass genau diese Sachen der Züchtigungsstock der Hauptperson waren und ich sie deswegen nicht auslassen konnte, sollte die Geschichte ein Gleichnis der Wahrheit sein.«[178] Torfhildur machte fleißig Gebrauch von historischen Quellen, und sie hatte auch Sympathie für Ragnheiður und ihre Herzensangelegenheiten, aber am Ende waren ihr Pflichtbewusstsein und christliche Sitten wichtiger. Daði ist im Buch die Schlange im Paradies, die Ragnheiður verführt; sie ist ein Opfer, aber sündigt auch, und als ihr Vater entdeckt, dass sie ein Kind erwartet, bläst ein kalter Wind die Sommerwärme des Glücks fort, wie es bei Torfhildur heißt.

Ein halbes Jahrhundert später veröffentlichte der Autor Guðmundur Kamban (1888–1945) einen vierbändigen Roman, den er *Skálholt* nannte; zuerst auf Dänisch 1930–1932, auf Deutsch erschien er beim Insel-Verlag in zwei Teilen im Jahr 1938: *Die Jungfrau von Skálholt* und *Der Herrscher von Skálholt*. Kamban, dessen politische Haltung in den Dreißigerjahren den Nationalsozialisten gegenüber umstritten ist, fing als sozialkritischer Autor an; besonders tadelte er die herkömmliche Sexualmoral und die Unterdrückung der Frauen. In seinem Buch leistet Ragnheiður keinen Meineid, sondern ist unschuldig, rebelliert aber gegen ihren Vater, indem sie Daði in der Nacht nach dem Eid in der Kirche aufsucht, um bei ihm zu schlafen; eine solche psychologische Erklärung war eine logische Fortsetzung der früheren Werke von Kamban. In *Skálholt* sind die Personen des Romans wie moderne Menschen, die unter der Last der strengen Moral des damaligen Zeitgeistes leiden. Noch in den Dreißigerjahren konnten sich die isländischen Kritiker über eine solche Freimütigkeit sehr aufregen, derart konservativ waren sie. Es schwächt den Roman jedoch, dass Ragnheiður schon am Ende des zweiten Teils stirbt und somit der eigentliche Plot zu Ende ist, der dritte und vierte Teil sind mehr oder weniger eine historische Aufzählung dessen, was Bischof Brynjólfur bis zum Lebensende zustande brachte.

Brynjólfur nahm, nach dem Tod seiner Tochter, ihren Sohn zu sich und erzog ihn wie seinen eigenen, aber er starb mit nur elf Jahren, ein Kind bloß.

Die Entdeckung des Kindes

Zu dieser Zeit hatte man angefangen, Bücher für Kinder zu drucken. Man weiß von ungefähr einhundert Titeln, die der Bischof Guðbrandur Þorláksson während seiner fünfzig Jahre als Buchdrucker beziehungsweise Verleger herausgab, und viele von ihnen übersetzte er selbst. Darunter waren einige Bücher für Kinder und junge oder einfache Menschen, wie es hieß. So zum Beispiel die *Kinder Postilla über die Sonntags- und der vornehmsten Festevangelia durch das ganze Jahr*, von Veit Dietrich, die 1549 in Wittenberg zum ersten Mal erschienen war und bei Guðbrandur ungefähr ein halbes Jahrhundert später.[179] Guðbrandur ließ didaktische christliche Bücher drucken, die man den Kindern vorlesen sollte. Der buchdruckende Bischof hatte einem großen Teil der weltlichen Literatur den Kampf angesagt, denn sie sei den Menschen schädlich: »diese nutzlosen Lieder, Rímur über Riesen und alte Helden, Liebesgedichte, obszöne Verse, spöttische Lieder und andere schlechte und hässliche Dichtung, Pornografie und Diffamierung, die das allgemeine Volk hier mehr als alles andere zu schätzen weiß und praktiziert.«[180] Da war es wichtig, die Kinder mit erbaulichen Texten zu erziehen. Ihm lag viel an solcher Bildung, und er übersetzte sogar Werke, um sie seinen Kindern vorzulesen, ohne sie zu veröffentlichen. Diese didaktischen Texte waren nicht Kinderbücher im heutigen Sinne, sie handelten auch nicht von Kindern, aber sie hatten eine Botschaft die, nach der Meinung der Herausgeber, gut und wichtig für die Kinder war. Ob je ein Kind Freude an diesen Büchern hatte, ist nicht belegt, hingegen weiß man, dass Guðbrandur, wie alle Verleger im Lande nach ihm, über den schlechten Buchverkauf klagte.[181]

In der »öffentlichen« Literatur des 17. und 18. Jahrhunderts spielt deren Funktion oder der Anlass oft die Hauptrolle: Kirchenlieder, um die Frömmigkeit zu stärken, Nachrufe oder Trauergedichte, Verse zur moralischen Erbauung oder theologischen Erklärung. Diese Literatur hatte eine gesellschaftliche Rolle inne, und das galt auch für Bücher für Kinder.

Zu dieser Zeit erfreuten sich in Europa die Fabeln Äsops großer Beliebtheit; die poetischen Gleichnisse des Griechen der, wenn überhaupt, im 6. Jahrhundert vor Christus lebte, wurden in viele Sprachen übersetzt und oft als Bücher für Kinder gedruckt. Sogar Martin Luther beschäftigte sich mit ihnen, nicht zuletzt, weil er ihre Lebensweisheiten mit seiner christlichen Lehre vereinen konnte: »Ich habe mir vorgenommen, auch die Fabeln des Äsop für das jugendliche und ungebildete Volk (»pro puerili et rudi vulgo«) zu bearbeiten, damit sie den Deutschen zu einigem Nutzen dienen«, schrieb er in einem Brief.[182] Seine Arbeit blieb unvollendet und erschien erst nach seinem Tode, aber viele Geistliche und Gelehrte machten es ihm nach, und so haben zum Beispiel vier isländische Pfarrer im 17. Jahrhundert Fabeln von Äsop als Vorlagen für Gedichte benutzt. Sie waren auch Psalmendichter, und einige von ihren Liedern werden immer noch gesungen, auch wenn wir uns hier mit Hallgrímur Pétursson begnügen. Einer sei jedoch erwähnt,

Einar Sigurðsson (1539–1626), meistens nach dem Hof Eydalir benannt, nicht zuletzt, weil er viel für Kinder dichtete. Er benutzte manchmal die einfache und zugängliche Form des Vikivaki (siehe S. 138) oder der Edda-Lieder, so zum Beispiel in seiner *Barnadilla*, »Kinderschaukel«:

> Ein heilsames Gedicht
> soll hier einem jungen Mädchen
> aufgesagt werden,
> damit es immer gut geht.
> Heilige Dreifaltigkeit,
> erhöre mein
> Kinderlied.[183]

Einar Sigurðsson war selbst Vater von acht Kindern, wovon nur drei das Erwachsenenalter erreichten. Er war auch der Autor einer der schönsten isländischen Weihnachtshymnen. Stefán Ólafsson (1619–1688), ein Enkel von Einar, zeigte ebenso diese lyrische Leichtigkeit in vielen seiner Gedichte. Einige dieser Werke sind in der Form der Edda verfasst und können qualitativ völlig mit der Poesie des 19. Jahrhunderts mithalten. Sein bekanntestes Liebesgedicht trägt den Titel »Meyjarmissir«, zu Deutsch »Der Verlust des Mädchens«. Doch es wäre diesen Dichtern nie in den Sinn gekommen, Gedichte nur um ihrer selbst willen zu verfassen. Ihre Werke sollten stets eine Funktion erfüllen, einen Nutzen haben.

Natürlich ist dem nicht so, dass Kindern vor der Reformation und dem Buchdruck jegliche Literatur vorenthalten blieb. Sie waren zugegen, wenn man in den Stuben Märchen- und Legendensagas vorlas, seit jeher haben Mütter für sie Wiegenlieder gesungen, und unter den Volksliedern sind einige, die mit Sicherheit für Kinder gesungen oder vorgetragen wurden. Das schönste von ihnen allen heißt *Ljúflingsljóð*, was wörtlich Lieblingslied bedeuten kann, aber *ljúflingur* ist auch ein Wort für eine männliche Fee oder einen Elfen. Das Lied singt der Elf für das Kind, das er mit einer menschlichen Frau bekommen hat. So fängt es an:

> Schlafe, schlafe, mein Sohn
> Die Robbe schläft im Meer
> Der Schwan auf seiner Woge
> Die Möwe auf ihrem Felsen
> niemand legt sie schlafen,
> den Dorsch in der Tiefe.
> Schlafe nun, ich liebe dich.[184]

Das Lied blieb, so wie viele Volkslieder, in einer Handschrift aus dem 17. Jahrhundert erhalten, könnte aber viel älter sein, das weiß man nicht. Nur so viel wissen wir: Neben all den religiösen und humanistischen Büchern und Schriften des 17. Jahrhunderts gab es immer auch eine andere Literatur, die der Volkslieder, Sagengedichte, Tänze und Erzählungen, an deren Bewahrung und Fortleben Frauen einen mindestens so großen Anteil hatten wie die Männer. Aber eins haben sie gemeinsam mit den Autoren der Sagas: Ihre Namen kennt man nicht.

Männliche Hexen und ein Weltenbummler

Huldumaður, ein verborgener Mensch wie man manchmal auf Deutsch sagt, eine Fee in männlicher Gestalt, ist nicht unbedingt mit einem Elfen, Álfur, gleichzusetzen. Seit dem 19. Jahrhundert stellt man sich die Letzteren meistens als zwergwüchsige Fabelwesen vor, aber sie werden schon bei Snorri Sturluson im Zusammenhang mit den Asen, den nordischen Göttern, genannt, und bei ihm gibt es sowohl die lichten wie die dunklen, die schwarz wie Pech sind und unter der Erde wohnen. Der Glaube an Naturgeister ist von Anfang an ein Teil der nordischen Mythologie und lebte weiter, nicht zuletzt in der Volksdichtung und den Volkssagen.

Im 17. Jahrhundert erreichte jedoch ein anderer, und viel gefährlicherer, Aberglaube Island, nämlich der europäische Hexenwahn. Deshalb wird es auch »Brennuöldin«, das Zeitalter der Verbrennungen, genannt. Insgesamt wurden 170 Menschen auf Island der Zauberei oder Verbindung zum Teufel bezichtigt.[185] Nicht alle wurden verurteilt, und nur fünfundzwanzig von ihnen zum Tode, und nicht alle davon wurden verbrannt. Schon aus dem 14. Jahrhundert weiß man von einem Fall, in dem eine Nonne auf den Scheiterhaufen musste, weil sie angeblich versucht hatte, den Teufel zu heiraten. Es gibt auch andere ältere Fälle, aber die erste öffentliche Verbrennung der »Brennuöldin« fand 1625 statt, und die letzte 1685. Diese waren keine eigentlichen »Hexenverbrennungen«, denn von den einundzwanzig Menschen, die in Island wegen Magie verbrannt wurden, war nur eine Frau, die anderen Opfer waren Männer. In Mitteleuropa waren hingegen drei Viertel der Opfer dieser Verfolgungen Frauen. Selbst wenn man die Einwohnerzahl in Island mit in Betracht zieht, war der »Hexenwahn« nicht so weitreichend wie in manchen anderen europäischen Ländern, und er war auch nicht im gleichen Maße von sexuellen Untertönen und überschäumendem Frauenhass gekennzeichnet.

Den Grund dafür, dass in Island hauptsächlich Männer diesen Verfolgungen ausgesetzt waren, kennt man nicht. Die meisten Anklagen hatten mit Buchstaben, nicht zuletzt Runen – die somit endlich in Island eine Rolle spielten – zu tun. Mancher klagte seinen Nachbarn an, weil dieser versucht hatte, ihm oder seiner Familie oder seinem Vieh mit Zauberrunen und anderer Buchstabenmagie zu schaden. Man sieht daran wieder einmal den Glauben der Isländer an das Buch: Die übernatürlichen Kräfte des Bösen kann man mit altnordischen Buchstaben bändigen und gegen seine Feinde einsetzen. Kein Wunder, dass dieser Glaube auch seinen Niederschlag in der Literatur fand. Dabei handelt es sich vor allem um ein Buch, die sogenannte *Píslarsaga* (Martyrium), von dem Pfarrer Jón Magnússon (1610–1696). Geschrieben hat er sie in den Jahren zwischen 1658 und 1659, als eine Art Anklageschrift, aber erschienen ist sie erst Anfang des 20. Jahrhunderts.

Jón Magnússon war überzeugt, dass er von zwei Männern, Vater und Sohn, die beide auch Jón hießen, mit schwarzer Magie belegt wurde. Schon als der jüngere ihm, nach einem

Gottesdienst, die Hand gibt, verbrennt er sich; bald danach sieht er überall in seinem Haus rosafarbene Fliegen, die übernatürlichen Erscheinungen rauben ihm den Schlaf, und seine Qualen werden immer schlimmer, und die Schilderungen immer spektakulärer:

> Dann begab es sich, dass die Fliege, die über mir geschwebt, in mein Antlitz flog und ich nach ihr spie, woraufhin sie sofort aus meinem Blick verschwand, und ehe ich mich versah, spüre ich wie ein Welpe oder ähnliches Geschöpf in meinem Magen herumkriecht und in meinem Innenleben, so ging es einen großen Teil des Tages. Dann war mir eine Zeitlang so, als wäre ich eine tote Grasnarbe oder ein Erdklumpen, ich werde getreten, ich kann kaum darüber sprechen. Aber was außen an mir geschah, konnte ich nicht spüren, obwohl Teufel über mein eigen Fleisch krochen wie auch Mäuse oder Welpen, doch viele auf unserem Hof berichteten mir davon, tags wie nachts, besonders im frühen Winter.[186]

Die Verfolgungen werden schrecklicher, die Qualen sind nicht auszuhalten, die Schilderungen nähern sich der Hysterie, die man oft mit dem Hexenwahn verbindet. Jón Magnússon verklagt Vater und Sohn vor dem Amtmann in der Region, der für sein hartes Vorgehen gegen jegliche Magie bekannt war und der bereits drei Männer auf einmal hatte verbrennen lassen. Jón und Jón werden schließlich, auf erheblichen Druck von Pastor Jón Magnússon, verurteilt und 1656 öffentlich verbrannt.

Für eine kurze Weile geht es ihm danach besser, aber doch nicht richtig gut, und dann beginnen sein physischer und psychischer Zustand sich mehr und mehr zu verschlechtern. Nun ist er überzeugt, dass Þuríður, die Schwester von Jón dem Jüngeren, den schwarzen Zauber von ihrem Vater und Bruder gelernt hat, und verklagt auch sie. Aber über sie wissen alle nur Gutes zu erzählen, und am Ende wird sie, trotz Jóns bildreicher Klagen, von einem Gericht für unschuldig befunden. Danach schreibt der brüskierte Pfarrer sein Buch, um sich zu rechtfertigen und die machtlose Obrigkeit zu verurteilen. Jón ist ein wortmächtiger Mann, seine Sprache ist kraftvoll und mitreißend, aber er ist auch ein gläubiger Mann, und zwischendurch wird der Fluss der Erzählung stiller, die Bilder werden friedvoller, so etwa, wenn er beschreibt, wie er plötzlich vor einer alten Frau niederkniet:

> Die, die umher standen, konnten es nicht verstehen, war die Frau doch arm und elend und greis, sie hatte eine Überzahl von Kindern geboren. Es nahm die Leute wunder, dass ich vor so einer armen Frau auf die Knie fiel. Doch ich hatte es anders verstanden: nämlich so, dass der Herr mir an diesem armen Geschöpf zeigen wollte, wie heilig sie ihm galt, auch wenn ignorante Menschen sie verachten und nicht einmal einer Schuhsohle für würdig halten, wo sie doch weder Gold noch Silber noch irgendeine Pracht der Welt besitzt.[187]

So manche Leser haben das Martyrium von Jón Magnússon als die Wirren eines Verrückten abgetan, und wahr ist, dass kein Mensch wusste, woran er ursprünglich erkrankte. Viele Schilderungen wirken wie Halluzinationen eines psychisch Kranken, und vielleicht sind sie das auch. Aber sie sind auch symptomatisch für dieses Jahrhundert, und die *Píslarsaga* war, nach der Meinung des Literaten Sigurður Nordal, der ein Essay über sie schrieb, ein einzigartiges Zeugnis des Hexenwahns in der europäischen Literatur.[188] Das liegt auch daran, dass das Buch persönlicher, schonungsloser in seiner Beschreibung des Gemütszustandes des Autors ist als irgendein anderes isländisches Buch aus dieser Zeit; es gibt von ihm keine deutsche, aber eine englische Übersetzung unter dem poetischen Titel: *And Though This World with Devils Filled.* Von dem Martyrium gab es lange nur ein Manuskript, das in einer privaten Sammlung im Ausland landete und erst gegen Ende des 19. Jahrhunderts aufgestöbert wurde und Anfang des 20. Jahrhunderts als Buch erschien. Am Ende war das Schreiben vielleicht die Therapie des Autors, denn danach verblieb er noch vierzig Jahre im Dienst der Kirche und galt sogar als guter Pfarrer. Jón starb schließlich im hohen Alter von 85.

Am Anfang dieses Kapitels war die Rede von der Ungleichzeitigkeit des 17. Jahrhunderts, die sich sogar in der überschaubaren isländischen Literatur spiegelt: *Die Passionspsalmen* sowie das Martyrium entstanden zur gleichen Zeit und könnten unterschiedlicher kaum sein. In denselben Jahren schrieb auch der Kanonist und Abenteurer Jón Ólafsson (1593–1679), Islands Münchhausen, seine einzigartige Autobiografie: *Reisubók Jóns Indíafara, samin af honum sjálfum* (Das Reisebuch von Jón, dem Indienfahrer, geschrieben von ihm selbst).

Jón stammte aus einem kleinen Fjord in den Westfjorden. Er hatte keine formelle Bildung, aber war ausgesprochen sprachbegabt. Schon als junger Mann heuerte er auf einem englischen Schiff an, und nach sieben Wochen in England sprach er Englisch, als sei es seine Muttersprache, zumindest eigenen Angaben zufolge. Danach reiste er nach Dänemark und ließ sich als Kanonist in die Flotte Königs Christian IV mustern. 1618 nahm er an einer Walfangexpedition nach Spitzbergen teil, und anschließend segelte er mit einem dänischen Militärschiff am Kap der Guten Hoffnung vorbei nach Ceylon, das jetzige Sri Lanka, und von dort nach Tranquebar (heute Tharangambadi), damals eine dänische Handelskolonie an der Küste Südostindiens. In sein Buch lässt er gerne Wörter aus dem Russischen, dem Deutschen und aus den afrikanischen Sprachen einfließen, und er stellt sogar eine Tamil-Isländisch-Wortliste zusammen. 1624 wird er bei der Explosion einer Kanone schwer verletzt und kommt nach einer qualvollen Reise im Jahr darauf zurück nach Kopenhagen. Von dort kehrt er nach Island zurück und verbringt danach den größten Teil seines Lebens in den Westfjorden.

Seinen Reisebericht verfasste er 1661, ein bis dahin einzigartiges Buch in der isländischen Literatur und teils auch der dänischen. Manche seiner Schilderungen sind arg übertrieben, und an Selbstbewusstsein mangelt es ihm nicht, aber er ist ein guter Erzähler und Beobachter, und kein anderer einfacher Soldat in Christian des IV großer Armee hat solche Berichte über das Leben an Bord, aber auch das Menschenleben in Kopenhagen zu dieser Zeit, hinterlassen; soweit man in Island weiß, hat kein gemeiner Marinesoldat in Nordeuropa in dieser Periode überhaupt ein vergleichbares Buch geschrieben. Zeitweise wurden Kapitel aus seinem Buch deswegen in dänische Schulbücher übernommen.[189] All das, weil er im Gegensatz zu den meisten seiner dänischen Kameraden lesen und schreiben konnte. Trotz Armut kam er aus einer Buchkultur, und trotz der Übertreibungen stimmt vieles in seiner Erzählung, sowohl über ferne Länder – kein Isländer im 17. Jahrhundert war so weit gereist – als auch über das Leben an Bord und die Natur unterwegs.

Jón fängt bescheiden an, in seinem Vorwort bittet er um

Verzeihung, dass ein so »unbedeutender Mensch« solch einen Bericht verfasst über alles, was ihm im Leben widerfahren ist, mit einer »solch unschönen Schrift und unordentlicher Dichtung«.[190] Im ersten Teil des Buches ist Jón als Erzähler unschuldig, ja naiv, kennt sich nicht aus und wird manchmal hereingelegt. Hier kommt ein Bauernjunge aus den Westfjorden zu Besuch in ausländische Städte wie London, wo der Turm der Paulskirche einem isländischen Felsen gleicht, und das Getöse der Stadt ist ihm fremd:

> Ich nehme meinen Bericht dort wieder auf, wo wir spät am Tag in die Stadt gekommen sind. Man hörte Trompeten, Trommeln, Flöten und Pfeifen aller Art, vermischt mit einem Heer von Stimmen, von Menschen wie von Schafen, Hähnen und sonstigem Federvieh und die Glocken, auf denen des Abends Choräle zu vier Stimmen gespielt, genau nach Uhrzeit der Horen.[191]

Aber so langsam findet er sich zurecht. Seine Beschreibungen des Lebens an Bord sind realistisch, er erspart dem Leser nicht das schlechte Essen, die engen Kajüten, die Ratten überall, die drakonischen Strafen der Offiziere. Als er nach Indien kommt, werden seine eigenen Taten immer heldenhafter. Er besiegt zum Beispiel eine schreckliche Brillenschlange, so wie Siegfried den Drachen, die viele Menschen in Lebensgefahr gebracht hatte, und genießt dafür großes Ansehen.[192] Und als er schließlich bei der Explosion einer Kanone schwer verletzt wird, ist er am ehesten mit einem christlichen Märtyrer zu vergleichen: Über dreihundert Holzsplitter standen aus seinen Händen, das Blut floss aus mehr als hundert Wunden auf seinem Körper, Blut wie Hirn kamen ihm aus den Ohren, und elf Wochen nach dem

Unfall hatte er noch keinen Augenblick schlafen können.[193] Im christlich inspirierten Martyrium trafen sie sich dann doch, so unterschiedlich sie waren, der Kanonist Jón Ólafsson und der Pastor Jón Magnússon.

Das Buch des Seemannes ist gegen Ende seines Lebens geschrieben und wird manchmal als die erste isländische Autobiografie angesehen, obwohl der dritte und letzte Teil, nach Jón Ólafssons elf Jahre währenden Reisen, von jemand anderem zusammengestellt wurde. In der Geschichte Islands trifft man immer wieder auf dieselben Leute: Jón Ólafsson kehrte 1626 nach Island zurück, und im Jahr darauf stand er als Kanonist auf Bessastaðir bereit, als eine der Flotten der Piraten dorthin kam (siehe S. 160). Die Isländer waren nach der Reformation so gut wie unbewaffnet und hatten damals kaum ausgebildete Soldaten, und 1639 holte man Jón auf die Westmännerinseln, um sie gegen eventuelle neue Überfälle zu verteidigen, denn dort war das Trauma des »Türkenraubs« allgegenwärtig; er blieb jedoch nur ein Jahr.

Im Unterschied zum Martyrium von Jón Magnússon wurde der Reisebericht von Jón Ólafsson relativ früh bekannt; es gibt noch immer sechzehn Abschriften davon. Gedruckt wurden beide Bücher jedoch erst Anfang des 20. Jahrhunderts. So manchmal überkommt einen dieses Gefühl: Hätte es nicht all diese Handschriften bis weit ins 19. Jahrhundert gegeben, die isländische Literaturgeschichte hätte erst vor einhundertfünfzig Jahren begonnen. Aber was die hier genannten Prosawerke aus dem 17. Jahrhundert eint, ist das Bedürfnis, von den Ereignissen zu erzählen, die einen aus dem Alltag reißen: In ferne Länder, wie bei Ólafur Egilsson und Jón Ólafsson, oder in schreckliche innere Qualen, wie bei Jón Magnússon. Gemeinsam ist ihnen allen, Trost im Christentum zu suchen, durch den Glauben konnten sie verstehen, was ihnen widerfuhr, und dort fanden sie auch den Rahmen für ihr eigenes Selbstbewusstsein, nachdem sie den Rahmen der stagnierenden isländischen Gesellschaft gesprengt hatten.

Aufklärung in Katastrophenzeiten

Mögen jüngere Historiker auch behaupten, die Jahrhunderte von 1400 bis 1800 in Island seien so schlimm nicht gewesen, es müsste ihnen trotzdem schwerfallen, dem 18. Jahrhundert viel Gutes abzugewinnen. Wie im 15. Jahrhundert, der Zeit des Schwarzen Todes, hatte Island am Ende des 18. Jahrhunderts weniger Einwohner als an dessen Anfang. Das weiß man dieses Mal genau, weil 1703 eine Volkszählung stattfand, und zwar wohl eine der ersten überhaupt auf der Welt, bei der Namen, Alter und gesellschaftliche Stellung notiert wurden.[194] Die Volkszählung war der erste Schritt in der genauen Erforschung der Umstände und Lage der Nation, mit der der König unseren Handschriftensammler Árni Magnússon und den Beamten Páll Vídalín beauftragt hatte (siehe S. 117); sie brauchten dafür über zehn Jahre und schafften es doch nicht, Vorschläge zur Verbesserung der Lebensumstände der Bevölkerung vorzulegen. Die Dokumente der Volkszählung wurden nach Dänemark geschickt, aber dort wusste niemand etwas mit ihnen anzufangen, bis man sie 75 Jahre später begutachtete, und erst seitdem kennt man das Resultat, das heißt, wie viele Isländer es 1703 gab, nämlich 50358. Um die Mitte des Jahrhunderts herrschten sehr harte Jahre für die Landwirtschaft, aufgrund von Kälte und Packeis, das bis in den Sommer viele Fjorde füllte. In den Jahren zwischen 1783 und 1786 starben dann zehntausend Isländer infolge des katastrophalen Laki-Ausbruchs, auf den wir später noch zu sprechen kommen, und der anschließenden Hungersnot und Pest, und Einwohner gab es nun noch vierzigtausend.

Island lebte nach wie vor von der Landwirtschaft. Die Schafzucht war bedeutender geworden, die Fischerei, meist auf kleinen Booten, spielte auch eine Rolle, besonders als Exportgut: Den isländischen Trockenfisch und Stockfisch konnte man im Ausland verkaufen. Aber nach den gesellschaftlichen und wirtschaftlichen Merkmalen der Moderne, also Urbanisierung und Industrialisierung, sucht man im damaligen Island vergebens. Es gab zwar Mitte des 18. Jahrhunderts Versuche, verschiedene Industrien in Reykjavík anzusiedeln, aber auf die industrielle Revolution und Städtebildung muss man bis ins 20. Jahrhundert warten. Auch sollte man die jahrhundertelange Isolation Islands nicht außer Acht lassen, vor allem vor dem Hintergrund unserer jetzigen Erfahrung, da wir täglich von Nachrichten überschwemmt werden. Über viele Jahrhunderte hinweg erreichten Nachrichten aus dem Ausland Island vielleicht ein- oder zweimal jährlich, oft erst im Frühling mit den ersten Handelsschiffen, die als »Frühlingsschiffe« bekannt waren. Nachrichten aus Island wiederum wurden beispielsweise in Dänemark mit den sogenannten »Herbstschiffen« überbracht. Dies galt gleichermaßen für jegliche Post, einschließlich offizieller Bekanntmachungen des Königs. Diese wurde mit dänischen Handelsschiffen zugestellt, die zwei bis drei Wochen, manchmal auch erheblich länger, unterwegs waren. Viel verschwand gar im Nordatlantik. Die Einführung eines geregelten Postwesens und der Einsatz von Postschiffen begannen erst gegen Ende des 18. Jahrhunderts, und das sehr zaghaft.

In der großen fünfbändigen isländischen Literaturgeschichte, die in den Jahren 1992–2006 erschien, geben die Autoren zu, dass es um die isländische Literatur gegen Mitte des 18. Jahrhunderts nicht gut bestellt war.[195] Gedruckt wurden weiterhin religiöse Werke, manche Gelehrte schrieben geschichtliche Bücher auf Latein, im letzten Viertel des Jahrhunderts wurden kleinere Lehrbücher und praktische Pamphlete gedruckt, aber Belletristik, weltliche Gedichte oder Erzählungen zur Unterhaltung der Leser, mussten, wie schon immer, abgeschrieben werden und waren nur in Handschriften zugänglich. Viele Werke, die man heute immer noch lesen würde, hat diese Zeit nicht hervorgebracht, die meisten werden hier erwähnt. Und doch betrat damals der selbständige, aufgeklärte Mensch die Bühne, in Island symbolisiert von den zwei Männern, selbstverständlich Naturwissenschaftlern, die 1750 als Erste die Hekla bestiegen – ohne auf den Eingang zur Hölle zu stoßen.

Das Jahrhundert fing an im Geiste der Strenggläubigkeit. In den Jahren 1718–1720 erschien in zwei Bänden die *Hauspostille* des Bischofs Jón Vídalín (1866–1720), mit 77 Predigten zu den Texten der Evangelien, die sonntags in der Kirche zu hören waren. Obwohl das Buch teuer war, wurde es viel gelesen und bis Mitte des 19. Jahrhunderts dreizehnmal in hohen Auflagen gedruckt. 150 Jahre lang war es wahrscheinlich das meistgelesene isländische Buch, erst später von Hallgrímurs Passionspsalmen übertroffen.[196]

Jón Vídalín war strenggläubig. Er hatte in Kopenhagen studiert, als der Einfluss des englischen Puritanismus stark war, und hat sicherlich auch die Anfänge des Pietismus mitbekommen. Er wollte den Isländern gute Sitten beibringen, aber auch christliche Demut, und sie den Kindern und Jugendlichen vermitteln. So heißt es in einer Predigt:

> Allen Dingen voran sollst du dich vor deinen Nachkommen in strengster Tugendhaftigkeit üben. Lasse nichts Hässliches über deine Züge kommen, auf dass deine Nachkommen es nicht imitieren. Kinder glauben an ihre Eltern wie an Gott und heißen alles gut, was diese tun. Lasse nicht zu, dass die Folgsamen und Unterwürdigen nach dem Köder des Bösen schnappen. Vor niemandem gilt es größere Schamhaftigkeit an den Tag zu legen als vor einem jungen Menschen. Es ist besser vor den Augen eines hohen Mannes etwas Schlechtes zu tun als vor denen eines Kindes. Was soll dein Sohn Gutes lernen, wenn er einen Vater hat, der ihm Schlechtes vorlebt?[197]

Literaturgeschichtliche Bedeutung hat seine Postille jedoch wegen ihrer Sprache und ihrer Rhetorik, wie zum Beispiel, wenn er sich die Todsünden vornahm. Berühmt und oft zitiert wurde seine Predigt gegen den Zorn oder die Wut, und sie zeigt auch sein rhetorisches Können:

> Zorn ist eine Geißel des Teufels. Sie entstellt des Menschen Züge. Sie entzündet eine Feuersbrunst in den Augen. Sie treibt Blut in die Nase, bläst die Wangen auf, lässt die Zunge vor Wut und Willfährigkeit toben und betäubt gleichzeitig die Ohren. Sie lässt uns mit den Zähnen knirschen, bringt die Hände zum Fliegen, die Beine zur Raserei. Sie packt und schüttelt den ganzen Körper und bringt alles in Unruhe wie ein Sturm, der über die Meere wütet. […] Stellt euch vor, die Seelen lebten auf einem Heuschober, denn alles Fleisch, es ist wie Gras, sagt die

> Stimme des Predigers, der in die Wüste ruft. Wie rasch ist alles zu Asche verbrannt, wenn der Zorn seine Funken versprüht, und wo wären wir dann?[198]

Den Zorn kannte der Bischof gut; er hatte oft Streit mit anderen Repräsentanten der Obrigkeit und bekam dann sein lebhaftes Temperament nicht immer unter Kontrolle, besonders wenn er betrunken war, was wohl öfter passierte. Literarisch ist sein Werk nicht zuletzt wichtig wegen der sprachlichen Konkurrenz mit der dänischen Bürokratie. Nach der Einführung des Absolutismus 1660 und vor allem im Laufe des 18. Jahrhunderts mischte sich der Staat in immer mehr Angelegenheiten seiner Einwohner ein. Zu diesem Zweck wurden Institutionen etabliert, und eine von ihnen, die schon im 16. Jahrhundert gegründet wurde, war das sogenannte Dänische Kancelli. Es expedierte von Anfang an alle Briefe, die die Zentralverwaltung an Beamte oder Einzelpersonen schreiben musste. Im 18. Jahrhundert gab es dann mehrere Regierungsämter, und das Kancelli wurde in Abteilungen aufgegliedert, behielt aber weiterhin wichtige bürokratische Aufgaben. Die Schreiben aus dem Kancelli waren in einem unpersönlichen, substantivdominierten und wegen seines komplizierten Satzbaus manchmal fast unverständlichem Stil gehalten, der in Dänemark, Norwegen und Island immer noch Kancellistil genannt wird.

Dieser Stil erfreute sich wachsender Beliebtheit bei Beamten und Gelehrten auch auf Island, und prägte ihren schriftlichen Ausdruck. Da war es wichtig, dass die allgemeinen Leser und Zuhörer Zugang zu der bildreichen, aber klaren Sprache von einem Prediger wie Jón Vídalín hatten, der auch, ohne zu zögern, zu Wörtern aus der Alltagssprache griff. Seine Postille half den Menschen, wie früher die Bibel von Guðbrandur, ein Isländisch zu bewahren, das sowohl Umgangssprache als auch Mittel zum literarischen Ausdruck war. Dabei war es bestimmt nützlich, dass Jón Vídalín während seiner Studienzeit in Kopenhagen als Schreiber für die Handschriftensammler Árni Magnússon und Þormóður Torfason tätig war; so kam er dazu, mehrere Manuskripte der klassischen isländischen Literatur abzuschreiben und genauestens kennenzulernen.

Die *Hauspostille* von Jón Vídalín war ein wichtiges literarisches Werk, modern kann man sie aber nicht nennen. So langsam änderte sich dann der gesellschaftliche Diskurs. Denn obwohl die isländische Gesellschaft wirtschaftlich seit dem Spätmittelalter in vielem unverändert war, kamen die Ideen und Ideale der europäischen Aufklärung nach Island. Wichtig war zuallererst die Bildung, die auch der Humanismus auf seinem Banner getragen hatte. Island war, abgesehen von den Sitzen der Bistümer Hólar und Skálholt, eine Gesellschaft ohne Schulen. Um 1740, glaubt man, konnten etwa 40 Prozent der erwachsenen Isländer lesen, etwas mehr Männer als Frauen. In den Jahren darauf reisten zwei Geistliche auf Wunsch des Königs durch ganz Island und sprachen mit Pfarrern, um sich ein genaues Bild von der Situation zu machen. Als Folge davon gab es 1746 zum ersten Mal eine Verordnung, dass alle Eltern, die es konnten, verpflichtet waren, ihren Kindern das Lesen beizubringen. Die Pfarrer sollten dafür sorgen, dass man dieser Verordnung Folge leistete. 1782 erschien die erste Fibel für Kinder auf Isländisch. Bald konnten mehr Kinder als ihre Eltern lesen, und um 1800 waren Analphabeten eine Ausnahme im Lande. Man hat auch, indem man Nachlässe durchging, zeigen können, dass es gegen Ende des 18. Jahrhunderts bei der allgemeinen Bevölkerung pro Hausstand im Durchschnitt neun Bücher gab – fast ausnahmslos religiöse Schriften.[199] Auch dies, die Dominanz der religiösen Schriften, begann sich jetzt zu ändern.

Die Besteiger der Hekla hießen Eggert Ólafsson (1726–1768) und Bjarni Pálsson (1719–1779). Beide hatten in Kopenhagen Naturwissenschaften und, wie damals üblich, weitere Fächer, studiert. Zusammen reisten sie in den Jahren zwischen 1752 und 1757 durch ganz Island, im Auftrag der Königlich Dänischen Akademie der Wissenschaften, um die Natur und den Zustand der Gesellschaft zu erkunden; auch sollten sie Reformvorschläge machen. Sie schrieben gemeinsam ein Reisebuch, das eine einzigartige Schilderung Islands im 18. Jahrhundert ist, die erste ausführliche Beschreibung dieser Insel und ihrer Bewohner; eingehend, objektiv und schonungslos. Dem heutigen Leser kommt sie stellenweise erschreckend vor, denn die Einwohner waren sehr geprägt von diesen kalten und schwierigen Jahren, immer wiederkehrenden Seuchen und gefährlichem Aberglauben wie zum Beispiel dem, dass Kinder keine Muttermilch bekommen sollten. Ganz im Sinne der Aufklärung schreibt Eggert Ólafsson, dass die »verkrusteten, ungeprüften und verkehrten Ansichten der Grund für die schlechte Laune, Elend und Misere und Fehler der meisten Isländer sind«.[200]

Der Sieg über die Natur, wie es die Besteigung der Hekla war, war gleichzeitig der Sieg über den Aberglauben. Zu dieser Zeit hieß es immer noch im Volksmund, dass die Hekla der Eingang zur Hölle sei, von schwarzen Vögeln mit Eisenschnäbeln bewacht. Aber als Eggert und Bjarni auf dem Gipfel standen, konnten sie zwar eine schöne Aussicht bewundern, aber mehr war da nicht. »Nach einem beschwerlichen Gange in dem neugefallenen Schnee, erreichten wir endlich des

Nachts um 12 Uhr die Spitze des Berges; hier war alles stille, wir sahen nichts als Eis, und dahingegen keine Wassergüsse, kein springendes Wasser, keinen Rauch oder Feuer […] Wir hatten hier nun weiter nichts zu tun. Wir hatten unsere Wünsche erreicht, nachdem wir den Hekla erstiegen hatten, und kehrten also wieder zurück.«[201] Drei Jahre später gelang ihnen auch die erste urkundlich festgehaltene Besteigung des Snæfellsjökull, des wunderschönen Gletschers und Vulkans an der Westspitze, später Schauplatz für Jules Vernes Roman *Die Reise zum Mittelpunkt der Erde,* und wieder wurden sie gewarnt vor Erdgeistern, Elfen und Zwergen, wie sie selbst schrieben, und wieder gab es nur eine wunderschöne Aussicht zu bestaunen. Die Aufklärung in einem Land wie Island, wo die Einwohner so viele Niederlagen vor den überwältigenden Kräften der Natur erlitten hatten, war nicht zuletzt die Entzauberung der Natur.

Das Reisebuch stellte Eggert Ólafsson dann in Kopenhagen auf Dänisch zusammen, und dort erschien es zum ersten Mal 1772, vier Jahre, nachdem Eggert mit seiner Frau auf tragische Weise auf dem Breiðafjörður verunglückt war. Zwei Jahre später wurde es auf Deutsch gedruckt und kurz danach auf Französisch und auf Englisch. Eine isländische Übersetzung erschien erst 1943, was vielleicht symptomatisch für das kleine isländische Verlagswesen war – oder dafür, dass die Isländer so genau nicht wissen wollten, wie es um sie im 18. Jahrhundert bestellt war.

1773 wurde die erste nicht religiöse Druckerei auf Island gegründet, und zwar auf der Insel Hrappsey auf dem Breiðafjörður im Westen des Landes. Bis dahin hatten die Kirche und ihre Repräsentanten den Buchdruck in Island kontrolliert und mit einigen wenigen Ausnahmen nur religiöse Schriften drucken lassen. Doch sollte man nicht vergessen, dass Isländer ihre

Bücher auch in Dänemark drucken ließen, wie 1772 die erste Buchausgabe der *Njáls Saga*. Sechzehn Jahre zuvor hatte man in Skálholt ein paar Isländersagas gedruckt, ohne großen Erfolg. Aber die kleine Druckerei in Hrappsey, der erlaubt wurde, säkulare Schriften zu drucken, markierte eine neue Phase.

Etwas mehr als achtzig Bücher wurden in den zwanzig Jahren der Druckerei auf Hrappsey herausgegeben. Viele davon waren didaktische Bücher und praktische Lehrbücher, aber es erschienen auch Sagas und Rímur und 1774 der erste weltliche Gedichtband auf Isländisch: »Einige des weitbekannten dänischen Dichters des seligen Herr Christ. Br. Tullins Gedichte, mit einer kleinen Ergänzung anderer Art, auf Isländisch übertragen von J. Th.«[202] Dahinter verbarg sich der Pfarrer Jón Þorláksson, der entlassen worden war, weil er mit einer Frau aus seiner Gemeinde ein uneheliches Kind bekommen hatte, und der zu dieser Zeit in der Druckerei arbeitete. Tullin war streng genommen ein norwegischer Dichter und wird heutzutage nicht viel gelesen, aber dieses Büchlein markiert den Anfang der Übersetzertätigkeit von Jón Þorláksson und damit einen Wendepunkt in der isländischen Literatur. Jón, der später wieder Pfarrer wurde, übersetzte den *Messias* von Friedrich Gottlieb Klopstock, *An Essay on Man* von Alexander Pope und *Paradise Lost* von John Milton. Besonders die letzte Übersetzung ist ihm großartig gelungen, obwohl er kaum Englisch konnte und mithilfe von dänischen und deutschen Ausgaben arbeitete. Den »blank verse« des Originals ersetzte er durch den *fornyrðislag* der Edda-Lieder, eine Methode, die ihm viele Dichter der Romantik nachmachten und die den übersetzten Gedichten oft einen sehr isländischen Ton verlieh. So erschienen Anfang des 19. Jahrhunderts endlich wieder wichtige Werke der Weltliteratur auf Isländisch.

Dichtung und Wahrheit

Überhaupt, die Dichtung: In der zweiten Hälfte des 18. und im gesamten 19. Jahrhundert war sie die Hauptform der schönen Literatur in Island. Man dichtete, wie schon erwähnt, über alles, und alle dichteten. So war Eggert Ólafsson, einer unserer Bergbesteiger, ein begabter Dichter und verfasste unter anderem *Búnaðarbálkur*, eine Pastorale in 160 Versen, teils aufklärerische Kritik des isländischen Bauerntums, teils präromantische Naturlyrik.[203]

Der großen Erzähltradition zum Trotz kam die Gattung des Romans sehr spät nach Island. Man las, wie aus der Anzahl der kopierten Werke hervorgeht, fleißig Märchen-, Ritter- und Vorzeitsagas, aber man schrieb kaum neue schöngeistige Prosa über isländische Themen oder Geschichten. Es gab einige Übersetzungen, so wurden zum Beispiel im 18. Jahrhundert Abenteuerromane im Geiste von Robinson Crusoe auf Isländisch übersetzt. Der erste originale isländische Roman erschien erst 1850 (siehe S. 258), aber natürlich gab es frühere Versuche, die in Handschriften erhalten sind. Der bekannteste von ihnen ist »Die Saga von Ólafur Þórhallason: Die große Elfengeschichte« von Eiríkur Laxdal (1743–1816), um 1800 geschrieben.

Eiríkur hatte in Kopenhagen studiert, aber kehrte nach

Island zurück und kam dort nicht zur Ruhe; er wurde eine Art poetischer Landstreicher. Wohin er kam, erzählte er Geschichten, und gleichzeitig sammelte er, ein Vorreiter der späteren Märchensammler, Anekdoten, Märchen, Volkssagen und dergleichen. Viele von ihnen flossen in seinen Roman ein, der von den Reisen und Abenteuern des Ólafur Þórhallason handelt, dem es die Welt der Elfen ganz besonders angetan hatte. Seine Geschichte hat einige Merkmale des Bildungs- und des Schelmenromans, aber ist auch ein merkwürdiges Sammelsurium von Märchen und Romanzen, ohne eine überzeugende Einheit zu bilden. Eiríkur schrieb eine weitere umfangreiche Erzählung, aber beide sind eher als literaturgeschichtliche Dokumente interessant, denn als Literatur. Gedruckt erschienen sie 1987 und 2006.[204]

Von Frauen wurde nichts gedruckt. Dabei steigen im Laufe des 18. Jahrhunderts endlich die Namen einiger Dichterinnen aus dem Dunkel der Geschichte, wie Helga Kress es formuliert hat.[205] Inzwischen kennt man, aus Handschriften, nicht aus Büchern, auch Frauen, die Psalmen gedichtet haben, wie Helga Jónsdóttir (ca. 1639–1718). Von ihr ist ein Klagelied (Raunatal) erhalten, und ein solches dichtete auch Sigga skálda, Sigga die Poetin (Sigríður Jónsdóttir, gest. 1707), über die man sonst nur wenig weiß. Das ihr zugeschriebene Lied beschreibt in starken Worten das schreckliche Martyrium einer Frau, der nur das Verderben bleibt, bis Christus, der »blumenschöne Bräutigam«, ihr erscheint und sie an seine Brust legt.[206]

Die berühmteste Dichterin des 18. Jahrhunderts, und eine der ersten zu ihren Lebzeiten namentlich bekannten isländischen Dichterinnen überhaupt, hieß Björg Einarsdóttir, Látra-Björg genannt (1716–1784). Sie lebte lange auf einem sehr abgelegenen Hof namens Látrar, heiratete nie, aber ruderte zum Fischen und verrichtete jegliche Männerarbeit, wie es damals hieß. Von ihr sind viele Verse und Gelegenheitsgedichte überliefert, über die gewaltige Natur sowie über einzelne Orte, und auch Spottgedichte; so manche waren von der Kraft ihres Könnens verängstigt. Ihr bekanntestes Gedicht beschreibt zwei Seiten der gleichen Gegend, je nach Jahreszeit:

Vollendet ist Fjörðurs Pracht,
wenn der Heiland mildes Wetter gewährt,
reichlich Heu wird eingebracht,
grünes Gras und Fisch wohlgenährt;
doch packt der Winter zu mit voller Kraft,
keinen schlimm'ren Ort ich weiß
auf dem weiten Erdenkreis,
dann werden Mensch und Tier dahingerafft.[207]

Látra-Björg starb als verarmte Landstreicherin im Katastrophenjahr 1784. Der erste Gedichtband einer isländischen Frau erschien 1876, rund einhundert Jahre nach dem Buch von Jón Þorláksson. Über Björg schrieb der Autor Hermann Stefánsson einen interessanten Roman (*Bjargræði*, 2016).

Katastrophenjahre: Vom Juni 1783 bis zum Februar 1784 gab es in 140 Kratern um den Berg Laki im südlichen Mittelhochland einen riesigen Vulkanausbruch. Neben dem mehrjährigen Ausbruch in Eldgjá (um 935) war dies die größte vulkanische Eruption seit der Besiedlung Islands. Die Lavasäule schoss in 1000 Meter Höhe, und zuletzt hatte die Lava ein Gebiet von 600 Quadratkilometern bedeckt. Aber damit nicht genug, denn der Vulkanausbruch schleuderte vulkanisches Material in einem Umfang von 15 Kubikkilometern bis in 13 Kilometer Höhe, und dies breitete sich über die halbe Welt aus.[208] Neuere Forschung hat ergeben, dass der Ausbruch das Klima in Japan, Amerika und Indien beeinflusste. In Europa hat das vulkanische Material London mit dichtem Dunst verdunkelt und zu Missernten in Frankreich geführt. Am schlimmsten waren die Auswirkungen aber auf Island selbst. Die giftige Asche breitete sich über den größten Teil des Landes aus, raffte das Vieh dahin und löste die größte Hungersnot in der Geschichte Islands aus.

Mitten in der Zeit dieser Ereignisse lebte der Pfarrer und Autor Jón Steingrímsson (1728–1791). Er war während des Ausbruchs Pastor auf Kirkjubæjarklaustur, nur 50 Kilometer von Laki entfernt. Er floh jedoch nicht, sondern beschloss, alles für die Mitglieder seiner Gemeinde zu tun, inmitten der andauernden Blitze, des Donners, des Feuers und der fließenden Lava. Berühmt wurde er im ganzen Land für seine »Feuerpredigt«, die er im Juli 1783 in der Kirche von Kirkjubæjarklaustur hielt, wo er – so glaubte es die Gemeinde – mit einer großartigen Rede den Strom der Lava in Richtung Kirche anhielt und ihre Zerstörung verhinderte.

Jón Steingrímsson war ein Grenzgänger. Ein strenggläubiger Mensch wie Jón Vídalín, ein Naturforscher wie Eggert Ólafsson. Er schrieb ein Werk über den Vulkanausbruch, in dem er, ganz der strenge Pastor, den Menschen und ihrem amoralischen Benehmen und ihrer Sauferei die Schuld an der Naturkatastrophe gab, aber gleichzeitig ist seine Schrift eine Pionierarbeit der Vulkanologie. Dank seiner guten Beobachtungsgabe beschrieb er darin zum ersten Mal Naturphänomene, die in Verbindung mit dem Strom der Lava und der Gasströme entstehen, und mit denen sich die Wissenschaft seitdem beschäftigt.

Diese Dualität prägte auch seine Autobiografie, eines der bemerkenswertesten Werke des 18. Jahrhunderts. Als eine Art Verteidigungsschrift verfasst, begann er mit ihrer Niederschrift im selben Jahr, als der Ausbruch endete und er den tragischen Verlust seiner ersten Ehefrau zu beklagen hatte. Er hatte sie seinerzeit geheiratet, als sie eine junge Witwe war, aber es gab schon früh Gerüchte, dass sie ihren ersten Ehemann gemeinsam ermordet hätten; zuletzt mussten sie deswegen aus Nordisland in den Süden ziehen. Hinzu kam, dass er beschuldigt wurde, nach dem Ausbruch ohne Erlaubnis Geld aus dem Hilfsfonds für die Bauern in der Nähe von Laki entnommen zu haben, um es direkt an die Bauern und an sich selbst zu verteilen. Er schrieb das Buch für seine Töchter und deren Nachkommen, und teils auch für seine zweite Ehefrau, aber nicht zur Veröffentlichung. Es fängt an wie eine Heiligenlegende über ihn selbst, einen furchtlosen Mann, der unzähligen Leiden und Prüfungen ausgesetzt wird, die mit dem Vulkanausbruch ihren Höhepunkt erreichen. Alles ist lebhaft und spannend erzählt, religiöse Visionen und Aberglaube des Volkes sind ineinandergeflochten, zum Beispiel in der Beschreibung des Vorspiels des Ausbruchs:

> Feuersröte erfüllte die Luft und Schimären, Schlangen und Pestfliegen auf der Erde, Ungeheuer in den Seen und feurige Irrlichter auf der Erde, item in ihrem Inneren ein Lärmen und Geheul, Missbildungen unter den Lämmern. Der Hochmut zeigt sich, und immer folgt auf ihn der Fall.[209]

Aber das Interessanteste im Buch sind Jón Steingrímssons Beschreibungen seines eigenen Seelenlebens; Selbstmordgedanken, geistige Störungen, Versuchungen, Zweifel am Glauben und sexuelle Fantasien werden alle genau beschrieben, so auch seine erste sexuelle Erfahrung. Er schildert zudem schonungslos seinen Gemütszustand, nachdem er verklagt wird und seine Frau stirbt, und zuletzt sein Glück in den letzten Lebensjahren mit seiner zweiten Frau.

Der Literaturwissenschaftler Matthías Viðar Sæmundsson schreibt: »Die Autobiografie von Pastor Jón zeigt, dass eine neue Epoche im Anmarsch war, denn obwohl sie auf einer alten Texttradition baut, findet man auch in ihr eine persönliche Identität, die nicht eine Wiederholung früherer Selbstbeschreibungen ist, sondern neu und historisch definiert.«[210] Einmal mehr haben wir es mit einem literaturhistorischen Werk zu tun, das erst viel später seine Leser fand und fast für immer verschollen wäre, denn der Sohn von Jóns Schwester bekam das einzige Manuskript geliehen unter der Voraussetzung, dass er es nach dem Lesen verbrennen würde. Was er glücklicherweise nicht tat; aber erst gegen Ende des 19. Jahrhunderts wurde es in Teilen anderen Lesern zugänglich gemacht, und erst 1913 wurde das ganze Werk gedruckt. Daher kann man nicht sagen, dass diese Biografie für seine Zeitgenossen das »Ich« neu definiert habe und literarisch ein Wendepunkt war, denn wie so oft in unserer Literatur: Niemand wusste davon.

So beginnt und schließt das 18. Jahrhundert mit den autobiografischen Werken zweier isländischer Pastoren, die den größten Katastrophen der Zeit ausgesetzt waren und sich beide als Hiob und Märtyrer sahen. Aber Jón Steingrímsson macht sich in manchen seiner Beschreibungen frei von den Fesseln der Religion und gibt uns damit einen Vorgeschmack auf die kommende Zeitenwende.

Das endlose Jahrhundert der Dichtung

Revolution in Reykjavík

Im Januar 1816 besuchte ein englischer Spion dänischer Herkunft Weimar und hatte, nach eigenen Angaben, die Ehre, Goethe vorgestellt zu werden. Er hieß Jörgen Jörgensen, war Sohn eines dänischen Hofuhrmachers, und wer weiß, vielleicht hat er Goethe davon erzählt, wie er sieben Jahre zuvor für zwei Monate König von Island gewesen war, wo dieser doch über den König von Thule gedichtet hatte? Über was sie sprachen, darüber schweigt Jörgensen in seiner Autobiografie, die sonst nicht mit Worten geizt, wie man schon im Titel sieht: »Der König von Island oder die Geschichte von Jörgen Jürgensen: Seekapitän, Revolutionär, heimlicher Agent, König von Island, Autor, Dramatiker, Pastor, Gefangener des Staates, Spieler, Hospitals-Assistent, Entdeckungsreisender, Redakteur, Verleger, dem Lande Verwiesener und Polizist«.[211] Übrigens treffen alle diese Bezeichnungen in irgendeiner Phase von Jörgensens (die Schreibweise wechselte er ein paarmal) Leben zu, denn er war ein wirklich ungewöhnlicher Abenteurer und, wie gesagt, zwei Monate lang selbst ernannter König von Island.

Seine Machtübernahme auf unserer Insel im Jahre 1809 sagt viel über den Zustand des Landes Anfang des 19. Jahrhunderts. Jörgen wurde 1780 in Kopenhagen geboren, aber schon mit fünfzehn fuhr er auf einem britischen Schiff zur See und reiste über alle Meere, sogar bis zur Insel Tasmanien südlich von Australien, an deren Kolonisation er teilnahm. Als versierter Seemann kehrte er zurück nach Dänemark, wo man zu Beginn der Napoleonischen Kriege versucht hatte, Neutralität zu bewahren. Die Engländer bombardierten nichtsdestotrotz 1807 Kopenhagen, und danach verbündeten sich die Dänen zehn Jahre lang mit den Franzosen. Jörgen wurde Kommandeur eines dänischen Schiffes, das man auf der Ostsee zur Freibeuterei einsetzen wollte, aber er legte sich sogleich mit einem viel größeren englischen Militärschiff an und geriet, nach hartem Kampf, in englische Gefangenschaft – die eine nicht sehr strenge »Haft auf Ehrenwort« war. In London lernte er den Kaufmann Samuel Phelps kennen, der am Handel mit Island interessiert war, ganz besonders in diesen Jahren, in denen die Dänen ihren Monopolhandel mit Island nicht aufrechterhalten konnten, da ihre Flotte geschlagen war.

1809 kam Jörgensen zweimal mit englischen Schiffen nach Island, das erste Mal als Dolmetscher (Isländisch-Dänisch), das zweite Mal auf einer Fregatte, die Phelps ausgestattet und sogar mit einem Kaperbrief versehen hatte. Demgegenüber war die dänische Obrigkeit in Island machtlos. Graf Trampe hieß der Repräsentant des Königs, damals Stiftamtmann genannt, und er untersagte jeden Handel mit den Engländern, aber als Jörgensen und Phelps nach Reykjavík kamen, nahmen sie ihn kurzerhand in Gewahrsam. Am 26. Juni deklarierte Jörgensen, mit der Unterstützung des Seifenkaufmanns Phelps, die Unabhängigkeit Islands und gleichzeitig die Volksherrschaft – und sich selbst zu ihrem Protektor. Die dänischen Kaufleute und Beamten wurden unter Hausarrest gestellt, und Jörgensen errichtete eine kleine Festung, gab Island eine eigene Flagge, blau mit drei weißen Kabeljauen, und beschaffte sich eine achtköpfige Leibgarde.

Mehr brauchte man nicht, um in Island die Macht zu übernehmen. Jörgensen, der sich bald zum Alleinherrscher von Island ausrief, regierte mit Proklamationen. Seine politischen Ideale waren von der Französischen Revolution geprägt, und ihm lag viel an der isländischen Unabhängigkeit und Freiheit. Zum Beispiel erklärte er das Althing, das im Jahre 1800 abgeschafft worden war nach 870 Jahren kontinuierlicher Arbeit, für wiedererrichtet und wollte nur so lange regieren, bis es neu gewählt worden war. Er schaffte das dänische Handelsmonopol ab, begnadigte Gefangene und erließ manchen Isländern ihre Schulden. Außerdem verliebte er sich in das, seiner Meinung nach, schönste Mädchen von Reykjavík, und man erzählte sich, dass er sie zur Königin nehmen wollte.

Das Besondere an dieser Revolution war, dass die, die sie befreien sollte, nicht mitmachten, was wohl des Öfteren vorkommt. Die Isländer waren misstrauisch, dachten, Jörgensen handle im britischen Auftrag, und waren sowieso nicht an demokratischen Idealen interessiert; und kaum jemand hatte bis dahin die Unabhängigkeit Islands zum politischen Ziel erklärt. Es zeigte sich, dass sich weder die Briten noch die Dänen noch die Isländer ein selbständiges Island mit freiheitlichen Gesetzen vorgestellt hatten. Genau zwei Monate nach der Machtübernahme kam ein britisches Kriegsschiff und verhaftete Jörgensen und Phelps und stellte die dänische Herrschaft wieder her, so seltsam das klingen mag.

Jörgensen wurde ins Gefängnis gesteckt, dann wieder freigelassen und als englischer Spion auf den Kontinent geschickt;

Spielsucht und Alkoholismus haben wahrscheinlich seine Agententätigkeit etwas beeinträchtigt, und er wurde des Öfteren verhaftet und sogar einmal zum Tode verurteilt, aber letztlich wurde er wieder nach Tasmanien geschickt, wo er eine Zeit lang als Polizist arbeitete – und seine Memoiren schrieb. Dort starb er auch, als freier Mann, im Alter von sechzig Jahren. In einem dänischen biografischen Lexikon fällte ein nicht gerade wohlgesinnter Autor 1906 dieses Urteil über ihn:

> Er erzählt gut und hat eine schnelle Auffassungsgabe, aber ist ein oberflächlicher und plagiierender Phrasendrescher, dessen vollständige Unzuverlässigkeit überall dort hervortritt, wo er überprüft werden kann […] Seine Neigung zum Spannenden und Abenteuerlichen und seine Lust, sich geltend zu machen, bestimmen nicht nur sein Leben, sondern durchdringen alles, was er erzählt, in dem Grade, dass er sich überhaupt nicht über die Mischung aus Dichtung und Wahrheit im Klaren ist, die insbesondere seine eigene Lebenserinnerung ausmacht.[212]

Diese Geschichte zeigt, dass Island gegen Abenteurer und Freibeuter wehrlos war, und dass die Einwohner zu der Zeit kaum angefangen hatten, sich politische Gedanken über Unabhängigkeit und Freiheit zu machen. Als Jörgensen, den die Isländer Jörundur den Hundstagekönig nannten, weil er im Hochsommer König war, wieder abgereist war, taten auch alle, als sei nichts vorgefallen. Reykjavík war ein tristes Dorf mit ungefähr vierhundert Einwohnern, wie Heimaey zur Zeit des Türkenraubs. Eine gesellschaftliche Verankerung für europäische Ideale der Revolutionszeiten war in Island noch undenkbar, zwischen den großen Ideen und dem Alltag der phlegmatischen Einwohner klaffte eine große Lücke; Jörgensens Mission war zum Misslingen verurteilt.

Natürlich haben sich mehrere isländische Autoren mit dieser lustigen und leicht absurden Geschichte beschäftigt, zuletzt Einar Már Guðmundsson in seinem Roman *Hundstagekönig* (2015), für den er den Isländischen Literaturpreis erhielt und der auch auf Deutsch erschienen ist. Er ist lebhaft erzählt, mit unzähligen Überlegungen und Ausschweifungen des Erzählers, die ihm die Möglichkeit geben, die isländische Gesellschaft von vor zweihundert Jahren zu reflektieren und sich gleichzeitig am Genre des Schelmenromans zu versuchen. Denn Jörgensen war auch ein Schelm und ein Hochstapler, zur wirklich tragischen Figur fehlte ihm die Integrität.

Mit einem Abstand von knapp zweihundert Jahren hatten Freibeuter Island überfallen; zuerst, um die Bevölkerung zu versklaven, dann, um sie zu befreien; beides ließen die Isländer mehr oder weniger kampflos über sich ergehen. Doch so langsam begann sich die Gesellschaft zu ändern. Reykjavík war immer noch ein kleines Dorf, aber ab Mitte des 18. Jahrhunderts gab es dort erste Versuche einer industrialisierten Produktion; am längsten überlebte davon eine Spinn- und Webefabrik, doch nur bis 1803. Zwischen 1761–1771 wurde in Reykjavík das erste große Steingebäude errichtet, zeitgleich mit vier anderen Steinhäusern im Lande, und zwar ein Gefängnis, für bis zu siebzig Gefangene, Männer wie Frauen (wahrscheinlich waren es nie mehr als vierzig auf einmal). Obwohl sie im besten Bau von Reykjavík hausten, ging es den Insassen nicht gut. Nach dem Vulkanausbruch von 1783 verhungerten viele von ihnen, und es gab für sie auch nichts zu essen zu jener Zeit, als Jörgensen nach Island kam, denn wegen der Napoleonischen Kriege segelten viel weniger Handelsschiffe mit Lebensmitteln aus Dänemark in den Norden. 1813, als der dänische Staat so gut wie bankrott war, wurde das Gefängnis endgültig geschlossen, wenn man das so sagen kann. Jetzt haust dort die isländische Premierministerin. 2022 erschien ein eindrucksvoller, zum Teil dokumentarischer Roman über das herzergreifende Schicksal der Gefangenen, *Tugthúsið* (Das Gefängnis) von Haukur Már Helgason.

Das Gebäude hatten die Isländer den Dänen zu verdanken. Im Geiste der Aufklärung sollte der Staat sowohl Schulen als auch Haftanstalten errichten. 1785 baute man in Reykjavík die erste weltliche Schule, weil das Bistum in Skálholt mit der dazugehörenden Schule abgeschafft wurde und der Bischof nach Reykjavík umziehen musste. In der Geschichte unseres Landes gab es immer wieder eine Diskrepanz zwischen Idee und Praxis, so auch bei dieser neuen Bildungsanstalt. Die Schule, in der bis zu dreißig Knaben und junge Männer studieren sollten, war ein mieser Bau und schützte weder vor Wind noch Kälte oder Regen. Die Schüler sollten finanzielle Unterstützung, ein Almosen, bekommen, aber es reichte bei weitem nicht für die Mahlzeiten, viele von ihnen litten an Skorbut. Der Schulmeister war fast immer betrunken und tauchte zum Unterricht manchmal überhaupt nicht auf, das Gleiche galt für den Konrektor; die wenigen Bücher mussten die Schüler sich teilen, bis zu acht scharten sich um jedes einzelne. Und doch lernten einige von ihnen in Hólavallaskóli, wie die Schule hieß, sowohl Latein und Griechisch als auch Geschichte und Landeskunde. Dort wurden auch die allerersten isländischen Theaterstücke aufgeführt, geschrieben im Geiste des Klassizismus. Am Ende hat die Literatur in Island immer alle Hindernisse überwunden.

Das tat die Schule hingegen nicht. 1801 kam eine königliche

Verordnung, dass nun auch die kirchliche Schule im Bistum Hólar im Norden geschlossen werden solle, was Hólavallaskóli zur einzigen Schule in Island machte. Da wollte man sie wenigstens besser unterbringen und entschied sich für das Steinhaus von Bessastaðir, südlich von Reykjavík, das zur gleichen Zeit wie das Gefängnis erbaut worden war. Es war der Sitz des Amtmanns von Island gewesen, aber Graf Trampe wollte lieber in Reykjavík residieren und überließ der Schule das Gebäude. Von 1805 bis 1846 war nun also dort die einzige Schule Islands. Wer sie abgeschlossen hatte, konnte entweder Pfarrer werden oder an der Universität von Kopenhagen weiterstudieren. Um die vierzig Schüler waren jedes Jahr auf Bessastaðir, alle männlich.

Trotz der schwierigen Umstände konnte in dieser Schule ein fruchtbarer Nährboden für die Entfaltung der isländischen Literatur des 19. Jahrhunderts bereitet werden. Die Lehrer waren Pioniere der humanistischen Bildung in Island, wie zum Beispiel Sveinbjörn Egilsson (1791–1852). Er übersetzte Homers *Ilias* und *Odyssee* ins Isländische, Isländersagas und Snorris Edda ins Lateinische und verfasste ein Lexikon der isländischen Dichtung. Bei ihm und seinen Kollegen studierten die jungen Männer, die sich später auf vielen Gebieten für Islands Unabhängigkeit und die isländische Sprache und Literatur einsetzten, wie der große Dichter der isländischen Romantik, Jónas Hallgrímsson (1807–1845).

1846 zog die Schule wieder um, nach Reykjavík, und Sveinbjörn Egilsson wurde ihr Rektor. Dort erlebte er die revolutionäre Bewegung von 1848 am eigenen Leib; sie kam wie alle Geistesströmungen mit einiger Verspätung nach Island und war nicht ganz so radikal, aber bestimmt der Grund dafür, dass sich die Schüler des Gymnasiums im Januar 1850 vor Sveinbjörns Heim versammelten und »Pereat«, nieder mit ihm!, riefen. Der Streit entzündete sich daran, dass er den Schülern den Alkoholkonsum verbieten wollte, aber im Grunde ging es um die autoritäre Verwaltung der Schule. So einen Aufstand hatte die Kleinstadt Reykjavík seit Jörgensen nicht erlebt. Sveinbjörn war maßlos verärgert und fuhr nach Dänemark, um sich die Unterstützung der dänischen Behörden zu sichern, die ihm auch zugesagt wurde, aber er blieb nur noch ein Jahr an der Schule; er starb 1852.[213]

Solche widersprüchlichen Bewegungen sieht man oft in Island im 19. Jahrhundert: Wahrscheinlich hat kein Mensch die isländische Sprachpolitik und Sprachlehre so nachhaltig geprägt wie ausgerechnet ein Däne, und zwar der Linguist Rasmus Christian Rask (1787–1832), der die Isländer vor dem dänischen Einfluss auf ihre Sprache warnte und sogar »Die isländische literarische Gesellschaft« mitbegründete (1816), die immer noch aktiv ist und sowohl Bücher als auch eine Zeitschrift herausgibt. Rask schrieb ein Lehrbuch über die isländische Sprache und prägte die Sprachpolitik, die im 19. und 20. Jahrhundert in Island vorherrschend war: Die isländische Sprache sollte rein sein, man sollte so wenige Fremdwörter wie möglich einführen, sondern stattdessen isländische Begriffe erfinden. Málhreinsun, Sprachreinigung, heißt diese Politik auf Isländisch, und ihr Einfluss ist bis heute nicht zu unterschätzen. So haben wir es im Grunde einem dänischen Linguisten zu verdanken, dass Telefon auf Isländisch *sími* heißt und Computer *tölva*. Auf seine Initiative wurde auch der Buchstabe ð (Aussprache wie das englische th) wieder in die isländische Orthografie eingeführt. Er kritisierte jeglichen dänischen Einfluss auf die isländische Sprache, insbesondere den Kancellistil, und bevorzugte den klaren und knappen, von Hauptsätzen dominierten Stil der Sagas.

Umgekehrt lebten viele Verfechter der isländischen Unabhängigkeit in Dänemark, waren finanziell von dänischen Stipendien abhängig oder sogar Beamte der dänischen Regierung. Dies gilt auch für den Helden der Unabhängigkeitsbewegung, Jón Sigurðsson (1811–1879), der sein ganzes erwachsenes Leben in Kopenhagen wohnte. Er war Mitglied des isländischen Althings, dessen Neugründung der dänische König 1843 erlaubt hatte, aber wie zu Zeiten des Freistaates tagte es nur im Sommer und nur jedes zweite Jahr, und so konnte Jón sich mit Reisen nach Island begnügen und seinen Wohnsitz in Kopenhagen behalten. 1848 musste der dänische König infolge der revolutionären Bewegung in Europa die absolute Herrschaft im eigenen Lande wieder aufgeben, und im selben Jahr schrieb Jón Sigurðsson einen »Aufruf an die Isländer«, in dem er sie zum Kampf für ein unabhängiges Island aufforderte. Es wurde ein sehr isländischer Kampf, geführt mit Worten und Büchern. Jón setzte sich für Ausgaben der alten Literatur Islands ein, aber er analysierte auch die alten Verträge mit Norwegen, um sich mit dänischen Regierungsbeamten über die »staatsrechtliche Stellung« Islands streiten zu können; dabei achtete er genau darauf, den Begriff Kolonie zu vermeiden, das war Island nach seiner Auffassung nie.

Die Bewegung, die er mit seinem Aufruf in Island angestoßen hatte, erhielt er mit Briefen am Leben, über sechstausend Briefe von ihm an fast eintausend Empfänger sind erhalten. Aus seiner Sicht sollten die Isländer alles tun, um das Jahr 1874 für ihre Unabhängigkeit zu nutzen, denn es markierte das tausendjährige Jubiläum der Besiedlung Islands. Man sieht, es geht um Worte, alte Dokumente und klassische Literatur. Tatsächlich erließ am Anfang des Jubiläumsjahres der dänische König das erste Grundgesetz für Island. Es sicherte den Isländern das Recht zur Gesetzgebung in eigener Sache zu, bei dem jedoch der König ein Vetorecht hatte, und setzte auch den Rahmen für Wahlen zum Althing. Zudem enthielt es, wie das dänische Grundrecht, das als Vorbild diente, wichtige Paragrafen zu Menschenrechten sowie zur Druck- und Pressefreiheit. Es war ein großer Schritt für Island, obwohl er zu der Zeit den meisten Isländern nicht weit genug ging. Jón Sigurðsson starb am 7. Dezember 1879. Wie immer kamen keine Schiffe nach Island mitten im Winter, und so erfuhren die Isländer erst Anfang Februar des nächsten Jahres davon.[214] An der Isolation Islands im Nordatlantik hatte sich nichts geändert.

So langsam entstand im 19. Jahrhundert auch der Vorläufer eines Buchmarkts in Island. In der ersten Hälfte des Jahrhunderts gab es allerdings weiterhin nur eine Druckerei, und die meisten isländischen Bücher wurden in Kopenhagen verlegt. Diese einzige isländische Druckerei, entstanden als das Druckwerk aus Hrappsey mit dem kirchlichen von Hólar zusammengelegt wurde, stand unter der Obhut des gelehrten Beamten und Aufklärers Magnús Stephensen (1762–1833), der viele didaktische Werke verlegte, Zeitschriften gründete und auch das erste Kochbuch drucken ließ, »Eine einfache Kochfibel für die Hausfrauen der feineren Männer« (1800), unter dem Namen seiner Schwägerin, was es zum ersten isländischen Buch einer Frau machte. Man meint inzwischen, dass er es selbst geschrieben hat, die Rezepte aber von einer norwegischen Hausfrau stammten, bei der er häufiger zu Gast gewesen war.[215] Magnús Stephensen war auch oberster Richter im Lande und spielte eine wichtige politische Rolle. Ihm gelang es zum Beispiel, 1810 eine Art Friedensvertrag mit den Briten zu schließen, als wegen der Napoleonischen Kriege eine Hungersnot in Island drohte.

In der zweiten Hälfte des Jahrhunderts wurden 23 Druckereien in Island gegründet; sie waren kurzlebig, aber markierten einen wichtigen Fortschritt für das isländische Buchwesen.[216] Die Druckfreiheit wurde 1856 gesetzlich gesichert und im Grundgesetz von 1874 verankert, aber bis 1886 brauchte man auf Island die Erlaubnis des Königs, um eine Druckerei zu besitzen; nach der Abschaffung dieses Paragrafen war die Druckfreiheit in Island endgültig eingeführt.

Im europäischen Kontext wird gelegentlich von einer zweiten Buchrevolution – nach der Erfindung des Buchdrucks – im 19. Jahrhundert gesprochen. Damit meint man die massive Zunahme der Buchproduktion und das daraus resultierende exponentielle Wachstum des Buchmarktes. Gleichzeitig war es auch das Jahrhundert des Romans, von Frankreich bis Russland dominierte das Genre den Markt. Auch diese Revolution kam erst Jahrzehnte später nach Island.

Was das Drucken betrifft, fing es an mit Zeitschriften und Zeitungen: Von 1880 bis 1910 stieg die Anzahl dieser Publikationen auf Isländisch um 300 Prozent. Die Anzahl der in Island verlegten literarischen Werke betrug um die hundert im letzten Jahrzehnt des 19. Jahrhunderts, aber verdreifachte sich im ersten Jahrzehnt des 20. Jahrhunderts.[217] Dann erst begann die erzählende Prosa den Markt zu dominieren. Das 19. Jahrhundert auf Island war nämlich ein Jahrhundert der Dichtung.

Die wichtigsten Vermittlungsmethoden der isländischen Literatur erlebten im 19. Jahrhundert alle gleichzeitig eine Blüte: Die mündliche Überlieferung natürlich, man erzählte sich Geschichten und trug die Rímur vor wie seit Jahrhunderten. Der Druck florierte, wie schon erwähnt, aber es sind auch aus keinem anderen Jahrhundert so viele Handschriften überliefert.[218] Bücher waren teuer und bis weit ins 19. Jahrhundert für einen großen Teil der Bevölkerung unerschwinglich. Besonders weltliche Literatur wurde weiter per Hand abgeschrieben, und wenn man zur Abendstunde in der Stube vorlas, geschah das sehr oft aus Handschriften; es gab Menschen, die im Kopieren regelrecht Experten wurden. Über einen der letzten großen Handschriftenschreiber, Magnús Jónsson von Tjaldanes (1835–1922), berichtet die Wissenschaftlerin Silvia Hufnagel: Er verkaufte der Nationalbibliothek sein Lebenswerk »das selbst nach einem verheerenden Brand seines Hofes noch über 40 Bände umfasste. Fast ausnahmslos enthält jeder dieser Bände 800 paginierte Seiten, ein Titelblatt und ein mit römischen Zahlen paginiertes Vorwort, in dem er über die vermutete Herkunft und das mögliche Alter der Sagatexte, die er kopierte, samt Information über seine Vorlagen und damals noch erhaltene oder schon verschwundene Textzeugen Auskunft gab.«[219]

Die Heilsamkeit von Vulkanausbrüchen

Nun zum Jahrhundert der Dichtung: Nichts prägte so sehr und so lange die Poesie in Island wie die Romantik, besonders in ihrer deutschen Variation. Aber wie so vieles kam sie über Dänemark nach Island, weil mehrere der einflussreichsten Dichter entweder in Kopenhagen studiert hatten oder dort sesshaft waren. Den Anfang der romantischen Dichtung in den nordischen Ländern führt man auf die Vorträge des norwegischen Philosophen Heinrich Steffens (1773–1845) in den Jahren 1802–1803 in Kopenhagen zurück. Dort präsentierte er die deutsche Romantik, ihre Kritik der Aufklärung und des Vertrauens in die Wissenschaft auf der einen Seite, die Sehnsucht des Menschen, eins mit der Natur zu werden, und den Nationalismus auf der anderen.[220] Steffens hatte bei Friedrich Schlegel (1772–1829) gelernt, und dessen Thesen über die universelle Poesie und wie die Dichtung in der Muttersprache die Grundlage einer Nation bilden könnte, vermittelte er enthusiastisch an seine Zuhörer.[221] Natur und Nation wurden die Schlüsselbegriffe der Romantik im Norden.

Einer von Steffens Zuhörern war der dänische Poet Adam Oehlenschläger (1779–1850), der Themen aus der altnordischen Mythologie und der isländischen Saga-Literatur aufgriff und in seiner Dichtung von der Annahme ausging, im Mittelalter habe es eine goldene Zeit des Nordens gegeben. Er und seine Mitstreiter sahen die alte isländische Literatur als eine einzigartige Quelle und als Beleg für diese klassische Zeit der nordischen Völker. Man kann sich vorstellen, dass solche Ideen junge isländische Poeten beeindruckten; den Keim der späteren nationalistischen Bewegung für die isländische Unabhängigkeit findet man hier. Frei und selbständig sollte Island sein, wie es auch zu der großartigen Zeit der Sagas gewesen war, mit eigener Sprache und Kultur. Immer wieder zog man den Vergleich mit der klassischen Periode Griechenlands und fand Parallelen, die heute noch bemüht werden, wie zum Beispiel die, dass sich in Island mit dem Althing auf Þingvellir eine Wiege der europäischen Demokratie befand. »Hellenistischen Diskurs« hat man diese Spiegelung genannt, zu dem isländische Intellektuelle und Kulturschaffende so oft im 19. Jahrhundert griffen.[222]

Bjarni Thorarensen (1786–1841) war ein Pionier der neuen Dichtung in Island. Er studierte in Kopenhagen am Anfang des 19. Jahrhunderts und ließ sich von Oehlenschläger begeistern. Für die Isländer war der Gegensatz zwischen Natur und Stadt, der so wichtig war für die europäische Romantik, zu Hause nicht gerade spürbar. Daher musste bei Bjarni Thorarensen Kopenhagen als die Stadt der unnatürlichen, dekadenten Zivilisation herhalten, »die Gesundheit verdirbt / uns der Nebel«, heißt es in einem Gedicht, in dem er betont, dass die Isländer aus Liebe zu ihrem Land immer zurückwollen, denn in Kopenhagen »täuscht uns der Frohsinn / der Überfluss trügt uns«.[223] Islands herrliche, mächtige Natur stärkt die Einwohner, im Gegensatz zu der flachen, ausdruckslosen Natur Dänemarks. Dieses Naturverständnis, so banal es jetzt wirken mag, war damals in der isländischen Literatur neu; dass die Natur gleichzeitig unheimlich, fürchterlich, machtvoll und schön und hinreißend sein könnte, hätten sich die Menschen, die gerade noch einen Vulkanausbruch knapp überlebt hatten, selbst nicht einfallen lassen. In Bjarnis berühmtestem Gedicht, »Island«, stehen diese Zeilen:

> Möge das Feuer uns das Leben geben, der Frost härte uns ab.
> Mögen die Berge uns zeigen, wie man das schwer Erreichbare erreicht;
> und der silberblaue erzengelsgleiche Meeresgott
> vertreibe unser Zaudern.[224]

Hier hat die unerbittliche isländische Natur eine erziehende Rolle, sie stärkt die Einwohner, rüstet sie für das Leben. Bjarni Thorarensen stellte in seinen Gedichten das traditionelle isländische Naturverständnis auf den Kopf und schrieb zum Beispiel ein Loblied auf den Winter, anstatt den Frühling oder den Sommer zu besingen. Diese Perspektive kann bestimmt auf seine Jahre in Kopenhagen zurückgeführt werden, sowohl auf das Naturverständnis der Romantik als auch auf die Ferne zu Island. Aber Bjarni hob die erziehende Rolle der Natur vor allem hervor, weil er zeigen wollte, dass Menschen in diesem Land leben konnten, dass Island bewohnbar war. Die Natur und das Land waren die ausgesprochen strengen, aber wohlwollenden Eltern, die Einwohner deren Kinder. Deswegen diese neue, positive Sicht auf Vulkanausbrüche, »Fjör kenni oss eldurinn« (Möge das Feuer uns das Leben geben). Bei seinem Vorfahren Eggert

Ólafsson war die schreckliche Seite der Natur nur dies, schrecklich, und bei Jón Steingrímsson trug das Volk die Schuld an den Vulkanausbrüchen, mit seiner unchristlichen Lebensweise.[225]

Viele der nationalistischen Gedichte des 19. Jahrhunderts, die den Schulkanon noch in der zweiten Hälfte des 20. Jahrhunderts ausmachten und die wir, die wir damals zur Schule gingen, alle mehr oder weniger auswendig lernen mussten, wurden in Kopenhagen geschrieben. Aus der Ferne konnten die Poeten ihr Vaterland rühmen, sogar für seine Kälte und gnadenlose Natur. Gleichzeitig würdigten sie auch die isländische Klassik; bei Bjarni Thorarensen sieht man diesen Bezug in seiner Poesie nicht zuletzt in der Versform, die er oft aus den alten Edda-Liedern übernimmt. Das machten ihm viele romantische Dichter nach. Es ging um Island: Könnte man die Dichtung von Eggert Ólafsson in der zweiten Hälfte des 18. Jahrhunderts patriotisch nennen, ist die von Bjarni eher als nationalistisch zu bezeichnen.[226] Nach dem Überfall der Engländer auf Kopenhagen 1807 ging eine starke, nationalistische Bewegung durch Dänemark, und unter ihrem Einfluss schrieb Bjarni das Gedicht »Eldgamla Ísafold«, 1808, das bis 1874 als inoffizielle Nationalhymne der Isländer fungierte, immer zu der Melodie von »God save the Queen« gesungen.

1811 kehrt Bjarni nach Island zurück und wurde Beamter; unter anderem war er lange Richter am Obersten Gericht. Er galt als streng und konservativ und hielt dem König die Treue. Gleichzeitig setzte er sich für die isländische Sprache und die Wiedererrichtung des Althings ein. Die politische Dimension der isländischen Romantik war voll von Paradoxien, denn als die Dichter aus Kopenhagen zurückkehrten, fanden sie eine unveränderte, ländliche Gesellschaft vor. Es galt, das Volk zu wecken – eine oft gebrauchte Formulierung dieser Zeit –, bevor es überhaupt zu größeren Leistungen fähig wäre. Island Anfang des 19. Jahrhunderts war eine mittellose, bäuerliche Gesellschaft, und es gab kaum etwas von dem, was man sich unter bürgerlicher Kultur vorstellt, wie die Studenten in Kopenhagen sie kennengelernt hatten.

So beschrieb ein englischer Arzt, Henry Holland, das »Orchester«, das 1810 auf einer Tanzveranstaltung in Reykjavík spielte, folgendermaßen: »Die Instrumente waren: Eine Violine, die Trommel der Polizei und zwei Triangeln – die Musik war jämmerlich, sowohl die Lieder wie deren Vortrag.«[227] Quellen wissen zu berichten, dass es in der ersten Hälfte des 19. Jahrhunderts in Reykjavik gerade einmal sieben Klaviere gab, und eine ausländische Besucherin, Ida Pfeiffer, bemerkte, dass die europäischen Komponisten bei der vorhandenen Spielfertigkeit der Ortsbewohner Mühe gehabt hätten, ihre Werke wiederzuerkennen.[228] Das erste isländische Orchester, die Blasmusikkapelle von Reykjavík, wurde 1876 gegründet. Die bildende Kunst entwickelte sich auch spät in Island. Es gab selbstverständlich Altartafeln und Bilder in Kirchen, viele im Ausland erworben, dazu auch wunderschöne Stickereien, und es gab auch die Tradition der Illuminierung oder Verschönerung von Manuskripten, aber erst im Jahr 1900 hatte ein isländischer Maler eine eigene Ausstellung in Reykjavík, und zwar im Schaufenster eines Geschäfts.[229]

Überhaupt ist es interessant zu lesen, wie Island in dieser Zeit ausländischen Reisenden vorkam. Die oben erwähnte Ida Pfeiffer (1797–1858) war Österreicherin und wahrscheinlich die meistgereiste Frau ihrer Zeit; sie machte zum Beispiel zwei Weltumrundungen und verfasste hochinteressante Berichte über ihre Expeditionen. Sie besuchte auch die nordischen Länder und Island und schrieb darüber das Buch *Reise nach dem skandinavischen Norden und der Insel Island im Jahre 1845*. Sie hatte hohe Erwartungen an die Bevölkerung, nach dem, was sie über die Geschichte der Insel gelesen hatte. Sie hatte auch erfahren, dass die Isländer alle lesen und schreiben könnten, und da es keine größere Stadt gab, wären da auch nicht viele Gelegenheiten »zur Erzeugung geringerer oder größerer Laster [...] Ich hielt daher Island, in Bezug seiner Bewohner, für ein wahres Arkadien, und freute mich innig ein solch idyllisches Leben doch zum Theil verwirklicht zu sehen. – Ich fühlte mich so glücklich, als ich dieses Land betrat, – ich hätte alle Menschen an mein Herz drücken können, – – – Aber bald ward ich eines Andern belehrt.«[230]

Sie gibt zwar zu, dass die Isländer ehrlich seien und Reisende nie fürchten müssten, bestohlen zu werden. Auch könnten sie lesen und schreiben, und in allen Bauernhöfen gebe es Bücher, mindestens die Bibel und ein paar andere religiöse Schriften, und letztlich seien das Urteilsvermögen der Isländer und ihre Bildung überraschend gut. Aber gleich zu Anfang lernte sie die »Unhöflichkeit und Herzlosigkeit der sogenannten ›gebildeten Klasse‹« in Reykjavík kennen, und als sie auf das Land fuhr, versuchten alle, die sie traf, den Fremdling mit unverschämten Preisen für kleinste Dienste zu prellen. Entsetzt ist sie auch über die Trunksucht, die ihres Erachtens tiefe Wurzeln in der Bevölkerung hat, über das Tabakschnupfen und die Unreinlichkeit. Zu denen, die meinen, dass sie übertreibe, sagt sie: »Man denke sich von Unreinlichkeiten, von ekelhaften Handlungen so viel die kräftigste Fantasie zu erfinden vermag, ich unterschreibe es unbedingt als bei den Isländern zu Hause.«[231] Am schlimmsten findet sie die ausgeprägte Trägheit der Isländer. Ihrer Meinung nach könnten sie ihr Land weitaus besser nutzen, doch sie tun nichts dazu.

Dieses Zeugnis ist aus zwei Gründen interessant. Erstens, weil es glaubwürdig ist. Ida Pfeiffer bemühte sich, das Land und die Einwohner kennenzulernen, sie las die Beschreibungen, die sie fand, sprach mit den Menschen und hatte außerdem viele Länder besucht und bewiesen, dass auf ihre Beobachtungen Verlass war. Zweitens zeigt es, was die isländischen Studenten und Dichter in Kopenhagen erwartete, wenn und falls sie zurückkehrten. Nüchtern betrachtet kam es einigen von ihnen sicher unwahrscheinlich vor, dass dieses Land unabhängig sein und das Volk sich zu einer Kulturnation entwickeln könnte. Nicht zuletzt aus diesem Grund war es wichtig, auf die alte Literatur zurückgreifen zu können. Woher sonst konnten, ja sollten die Isländer das Selbstvertrauen nehmen, um sich die Unabhängigkeit zuzutrauen, wie sonst konnte man eine nationale Identität, die damals für so wichtig gehalten wurde, zusammensetzen? Dies ist eine der Erklärungen dafür, welch große Rolle die alte Literatur und die Sprache in Island im 19. und 20. Jahrhundert gespielt haben.

Ein Wunschkind des Unheils

Der neuen Generation von Dichtern und Intellektuellen, geprägt im Ausland von Romantik und Nationalismus, ging es um die Muttersprache, vom dänischen Einfluss befreit, und die Wiederbelebung der alten, »klassischen« Tradition, aber sie waren sehr kritisch gegenüber der damaligen isländischen Literatur. Die Aufklärer, insbesondere Magnús Stephensen, beherrschten ihres Erachtens das Isländische nicht gut genug, ihre Sprache war hölzern und ohne ästhetischen Wert. Letzteres galt auch für die seit Jahrhunderten beliebteste Dichtungsgattung in Island, die Rímur. Vier isländische Studenten in Kopenhagen gründeten 1835 die Jahresschrift *Fjölnir*, die bis 1847 erschien. Schon im ersten Heft sieht man, dass sie im Grunde mit den Aufklärern verwandt waren, denn ihnen lag vieles am Herzen, was das Leben und die Bildung der Isländer hätte verbessern können. Es gab Artikel über soziale Fragen, Naturwissenschaft, Sprache, Geschichte und Literatur. Allem voran steht eine Ansprache, ein Leitartikel, in dem die Redakteure sich über die Trägheit, ja Apathie der Isländer beschweren.[232] Ihnen liegt viel an gesellschaftlichem Fortschritt, was Arbeit und Bildung betrifft, und sie sind in dem Sinne nicht typische mitteleuropäische Romantiker. In den literarischen Beiträgen dominiert die

Romantik hingegen, da stellen sie Heinrich Heine vor, mit Übersetzungen aus seinen *Reisebildern*, und drucken auch eine isländische Version des Kunstmärchens von Ludwig Tieck über den blonden Eckbert.

Im dritten Heft, 1837, veröffentlichten sie dann eine der bekanntesten Literaturbesprechungen, die je auf Isländisch erschien, nämlich die Rezension des jungen Poeten und Redakteurs Jónas Hallgrímsson von dem Werk des Dichters Sigurður Breiðfjörð (1798–1846), *Rímur af Tristrani og Indíönu*. Nicht nur waren Rímur bei weitem die in Island beliebteste Gattung der Dichtung, Sigurður Breiðfjörð war auch ihr bester Repräsentant. Er beherrschte die Versform so gut wie kaum ein anderer und genoss dafür hohes Ansehen, trotz seiner sozialen Stellung als armer und trunksüchtiger Handwerker.

Der junge Dichter nahm sich also einiges vor, als er das Werk besprach – oder eher auseinandernahm. Ihm ging es auch um das Genre an sich, er sagte gleich am Anfang, dass die Rímur das Gefühl für das Schöne und Poetische in der Dichtung korrumpierten.[233] Seines Erachtens hatte Breiðfjörð keine Ahnung davon, was geschmackvoll und lyrisch sei. Auch kritisierte er ihn dafür, einen alten und vollkommen uninteressanten Stoff zu verwenden, anstatt, wie richtige Dichter es täten, selbst etwas zu erfinden. Manches in der Rezension ist spöttisch, zum Beispiel, dass es nützlicher wäre, Strümpfe zu stricken als Rímur zu schreiben, aber wenn man davon einmal absieht, ist diese »erste isländische Buchkritik«, wie dieses Essay oft genannt wird, aus zwei Gründen spannend: Jónas stellt zum ersten Mal die Forderung, dass Dichtung originell sein sollte, Nachahmung sei keine Poesie, die Aufgabe der Dichter sei es, eine neue Sicht zu vermitteln, und er stellt ästhetische

Ansprüche, denen nicht nur dieses Werk, sondern das Genre an sich nicht genüge.

Beides war neu und ein Zeugnis dessen, dass sich in der *Fjölnir* Autoren zu Wort meldeten, die sich als Teil einer modernen Bewegung sahen. Für sie musste die isländische Literatur von Grund auf erneuert werden, und dazu brauchte es strengere Anforderungen als bisher, Inspiration aus dem Ausland, Neubelebung der klassischen Literatur, aber auch einer »reinen« Sprache. Immer wieder berief man sich auf die alte isländische Literatur und auf die ursprüngliche Sprache, ohne Fremdwörter und befreit vom Kancellistil und vom dänischen Satzbau. Die Unabhängigkeit Islands begann in der Sprache. All dies zeigte Jónas in seinen eigenen Gedichten, aber auch in seinen Aufsätzen zur Naturwissenschaft, wo er isländische Wörter für ausländische Begriffe einführte. Konráð Gíslason, ein anderer der Redakteure der *Fjölnir*, schrieb in einem Aufsatz 1838, dass man auf Isländisch immer neue Worte schmieden könne: »Was ist es denn, das die Philosophen unbedingt brauchen, um ihre Gedanken in Worte kleiden zu können – sind es nicht neue Worte für neue Ideen? Ist es nicht gerade diese Fruchtbarkeit der Sprache, die Isländisch mehr als die meisten anderen Sprachen kennzeichnet?«[234]

Fjölnir war sicher die einflussreichste isländische Zeitschrift im 19. Jahrhundert – auch als sie längst nicht mehr erschien. Doch kann man kaum behaupten, dass sie in Island beliebt war oder von Anfang an viel gelesen wurde. Man stelle sich vor, wie offen die Isländer einer Publikation gegenüber waren, die von vier Studenten in Kopenhagen redigiert wurde, ihren Lieblingsdichter niedermachte, sie anstatt Breiðfjörð Ludwig Tieck lesen ließ und sie auf den meisten Gebieten ihres Daseins eines Besseren belehren wollte. Aber Literaturgeschichte wird ja immer im Nachhinein konstruiert, und die Filter der Geschichte haben die romantische Poesie, die die Dichter der *Fjölnir* schrieben und propagierten, durchgelassen, während die Rímur zum großen Teil vergessen sind.

Die Haltung zur Sprache, wie die *Fjölnir* sie vom Linguisten Rask übernommen hatte und propagierte, prägte seitdem stark das isländische Schulwesen und die offizielle Sprachpolitik. Es war schon eine ungewöhnliche Gruppe vierer junger Männer, die die Redaktion ausmachten. Einer von ihnen war Tómas Sæmundsson (1807–1841), der zwei Jahre lang, von 1832 bis 1834, Europa bereiste und darüber ein – leider unvollendetes – Reisebuch schrieb. Es war eine Tour, die die wenigsten Studenten in Kopenhagen sich leisten konnten und auf der Tómas europäische Intellektuelle und Dichter traf, wie zum Beispiel Friedrich Schleiermacher, dessen Vorlesungen in Berlin er hörte; überhaupt wollte er sich auf allen möglichen Gebieten bilden. Er war Demokrat und Anhänger der freiheitlichen Ideen dieser Zeit, aber auch ein überzeugter Nationalist, der meinte, dass eine Nation sich nur durch die Sprache definiere, und dass die Sprache Islands größter Schatz sei.[235] Tómas Sæmundsson war der belesenste und intellektuellste der Redakteure der *Fjölnir* und ein politisches Talent, und er hatte sich viel vorgenommen, als er nach Island zurückkehrte, um dort Pfarrer zu werden. Der Kunsthistoriker Ólafur Gíslason schreibt über ihn in einem Essay:

> Das Reykjavík, das Weltbürger Tómas Sæmundsson Ende des Sommers 1834 vorfand, ähnelte in kaum einer Weise den vielen Orten, die er auf seinen Reisen besucht hatte. Von den

> 600 Einwohnern waren fünf königliche Beamte: ein Stiftamtmann, ein Gerichtsvollzieher, ein Richter am Obersten Gericht, der leitende Arzt des Landes und ein Apotheker. Der Bischof lebte in Laugarnes, damals außerhalb der Stadt. Die übrigen Einwohner waren Arbeiter, Handwerker und Bauern, die durch schwere Arbeit ihren Lebensunterhalt bestritten und in Torfhütten wohnten.[236]

Obwohl er genau wusste, wie es um sein Heimatland bestellt war, muss die Enttäuschung groß gewesen sein. Tómas hatte zudem mit schweren gesundheitlichen Problemen zu kämpfen und starb mit nur 34 Jahren.

Die nationalistischen Untertöne der Autoren der romantischen Periode können heutzutage befremdlich wirken, aber die Dichtung von Jónas Hallgrímsson, einem weiteren der Redakteure, wird weiterleben. Als junger Mann schrieb Halldór Laxness in einem seiner bekanntesten Aufsätze über Jónas: »Es gibt isländische Dichter, und sie sind nicht wenige, die ihr Handwerk besser beherrschten als Jónas Hallgrímsson«, und setzt später fort: »Auch gibt es die Dichter, die viel tiefsinniger sind als Jónas Hallgrímsson«, und fügt hinzu, dass viele isländische Dichter auch produktiver gewesen seien. Aber nie habe es einen besseren Poeten des »isländischen Bewusstseins« gegeben, schreibt Laxness weiter, nie einen, der die Natur und Geschichte des Landes so gut erfasst, seine Liebe zum Lande besser in Worten festgehalten habe, ohne jeglichen pathetischen Patriotismus. Und dann schreibt er in diesem Aufsatz, der 1928 in Los Angeles entstand:

> Obwohl es für isländische Ohren fast absurd klingen mag, war es die Großstadt, die Jónas Hallgrímssons poetisches

> Talent gefördert und zur Entfaltung gebracht hat. In dieser Hinsicht unterscheidet er sich nicht von anderen großen Dichtern der Welt. Große Dichter sind immer vom Stadtleben oder anderen dicht besiedelten Orten beeinflusst, im Gegensatz zum Landleben.[237]

Denn erst in der Großstadt eröffnen sich dem Dichter die Perspektiven auf das Leben, dem er entstammt, erst mit der Bildung, die ihm dort zur Verfügung steht, kann er die Natur und den Existenzkampf auf dem Lande ergründen.

Nun, einhundert Jahre später, mögen diese Gedanken von Laxness selbstverständlich erscheinen, aber damals waren sie radikal. Die Souveränität Islands war erst zehn Jahre alt, als er das schrieb, Jónas und seine Freunde der *Fjölnir* symbolisierten den Unabhängigkeitskampf, aus Kopenhagen war nie etwas Gutes für Island gekommen, geschweige denn diese Dichtung. Doch genau so war es, seine Lyrik war eine einzigartige Synthese aus isländischer Tradition und Ideen, politischen wie ästhetischen, und Versformen, die er in Kopenhagen kennengelernt hatte. Er lieh sich für einige seiner Gedichte die alte Form der Edda-Lieder, das *fornyrðislag*, aber er dichtete auch mit spielerischer Leichtigkeit die ersten isländischen Sonette in italienischer Form (sogenannte Petrarca-Sonette), obwohl deren Versmaß der isländischen Sprache fremd ist: Ein Sonett besteht aus Jamben, das sind Zweisilber mit Betonung auf der zweiten Silbe, wohingegen im Isländischen die Betonung immer auf der ersten Silbe liegt. In seiner Dichtung über isländische Themen und Natur führte Jónas viele ausländische Versformen ein und passte sie der Sprache so gut an, dass sie danach als selbstverständlicher Teil der isländischen Lyrik akzeptiert wurden.

Auch seine gesellschaftlichen Ideale entwickelten sich in Dänemark. Dort wurde die nationalromantische Bewegung nach dem Revolutionsjahr 1830 immer stärker und machte tiefen Eindruck auf die Redakteure der *Fjölnir*. Der Literaturhistoriker Þórir Óskarsson nennt drei Themen, mit denen die jungen Männer meinten, das isländische Volk aus seiner Lethargie wach rütteln und zu gesellschaftlichem Fortschritt motivieren zu können: Das Althing müsse auf seiner alten Stätte, dem Þingvellir, neu gegründet werden, die Menschen müssten ihr Wissen über die Sprache und die alten Sagas vertiefen, und man müsse die Natur des Landes viel besser erforschen.[238] Für all dies setzte sich Jónas aktiv ein. Sein erstes großes Gedicht in der *Fjölnir*, »Island«, war ein Lobgesang auf das goldene Zeitalter des Freistaats, auf die Saga-Zeit, als noch Helden übers Land ritten, und es stellte die Frage, was aus dem Geiste unserer Vorväter in den letzten sechshundert Jahren geworden sei. Die elegische Versform passte gut zur nostalgischen Botschaft. Politischer Realismus war das nicht, und das gilt auch für die vollkommen unpraktische Idee, das Althing auf Þingvellir neu erstehen zu lassen; auch sie ließ sich nicht verwirklichen.

Jónas' Haltung zur isländischen Natur war hingegen rationaler, als sie in der europäischen Romantik üblich war, und menschenfreundlicher als bei Bjarni Thorarensen. Er wurde ein Dichter des Sommers, der Sonne, der Vegetation und nicht des Winters, der Kälte und der Berge wie sein Vorfahre.[239]

Jónas Hallgrímsson hatte in Kopenhagen Naturwissenschaften studiert, insbesondere Geologie und Mineralogie, und war einer der ersten isländischen Naturwissenschaftler überhaupt. Er unternahm mehrere Expeditionen in Island, und viele seiner Beobachtungen haben sich als neu und wichtig erwiesen. Auch erfand er eine Menge neuer Wörter oder setzte sie zusammen, um die Begriffe der ausländischen Wissenschaft in Island heimisch zu machen. Viele dieser Neu-Wörter, Ný-yrði auf Isländisch, sind längst ein selbstverständlicher Teil unserer Terminologie geworden; kein anderer hat den isländischen Wortschatz derart bereichert wie Jónas. Er bewunderte die isländische Natur, beschrieb sie manchmal auf fast pantheistische Weise, aber stand doch auf diesem Gebiet der Aufklärung näher als der Romantik, während sich seine gesellschaftliche Nostalgie und Verklärung eines goldenen Zeitalters eher mit der Romantik in Einklang bringen lassen.

Jónas Hallgrímsson war auf vielen Gebieten ein Pionier; er war einer der ersten Autoren, wenn nicht der erste, der Texte schrieb, die sich für Kinder eigneten, ohne sie belehren zu wollen. Zwar waren Kinder schon seit Jahrhunderten mit Märchen und Volkssagen unterhalten worden, aber die ersten gedruckten Bücher für Kinder, abgesehen von den Postillen die Guðbrandur Þorláksson drucken ließ, waren die didaktischen Werke der Aufklärer gewesen, die um 1800 erschienen, streng im Ton und langweilig zu lesen, und sie sollten vor allem eine erziehende Funktion erfüllen.[240] Jónas schrieb hingegen sowohl Gedichte als auch Märchen, die inzwischen zu den allerersten belletristischen Werken der isländischen Kinderliteratur gezählt werden. Ob sie nun für Kinder oder Erwachsene gedacht waren, ist schwer zu sagen. Es gab in der Romantik, beeinflusst durch Rousseau, die Idee vom poetischen Genie, das sowohl zur Kindheit als auch zur Natur eine einzigartige Verbindung habe.[241] Ein solches war der dänische Zeitgenosse von Jónas, Hans Christian Andersen, und der Isländer schrieb zwei Märchen in dessen Stil.

Von Jónas stammt auch eine unvollendete Kurzgeschichte

für Jugendliche, über einen dreizehnjährigen Jungen und ein fünfzehnjähriges Mädchen, die zusammen einen Ausflug in die Berge machen, wo sie sich über Gedichte und Übersetzungen unterhalten und auch über Frauen und Dichtung. Es ist ein berührender Text über die Sehnsucht nach der Welt der Kindheit, und er lässt Raum für verschiedene Interpretationen. Aber wie Silja Aðalsteinsdóttir, die Literaturwissenschaftlerin, die die isländische Kinderliteratur erforscht hat, schreibt, die Zeit in Island war noch nicht reif für eine eigene Literatur für Kinder; sie gingen nicht zur Schule, es gab keine urbane Umgebung, sie hatten keine eigene gesellschaftliche Erfahrung, ihr Dasein glich dem der Erwachsenen.[242]

Jónas war ein Pionier, aber auch eine tragische Gestalt, ein »Wunschkind des Unheils«, wie ihn sein Kollege Jóhann Sigurjónsson später in einem Gedicht nannte. Er war in Nordisland 1807 geboren worden, verlor jung seinen Vater, besuchte das Gymnasium auf Bessastaðir und reiste 1832 nach Kopenhagen, um zu studieren, und verbrachte den größten Teil seines erwachsenen Lebens in der dänischen Hauptstadt. Wie viele seiner Landsleute war er dort ein Außenseiter, sein Umgang waren andere Isländer, er nährte den Traum von einem freien Island, aber wusste gleichzeitig, wie weit sein Volk zu Hause davon entfernt war, ihn erfüllen zu können. Er war übergewichtig, depressiv, trank zu viel und war überhaupt gesundheitlich angeschlagen. Er war 37, als er starb, an einer Lungenentzündung infolge eines schweren Beinbruchs.[243] In diesem Sinne war er ganz das unglückliche poetische Genie der romantischen Bewegung, und es war kein Wunder, dass die Isländer sich schon bald übertriebene Geschichten von seinem Leben erzählten. Gleichzeitig wurden er und seine Freunde von der *Fjölnir* zum

Symbol des Anbruchs eines neuen goldenen Zeitalters der isländischen Dichtung, für die Island noch nicht reif war. Eine ähnliche Gedankenkonstruktion gab es damals auch in Dänemark: Die romantischen Dichter läuteten demnach ein neues goldenes Zeitalter ein, vergleichbar nur mit der Periode des »klassischen Nordens«, der Eddas und Sagas.[244]

In seinen letzten Lebensjahren wurde die Dichtung von Jónas schwermütiger und hermetischer, die spielerische Ironie wich dem Weltschmerz, »Ewiger Schnee in meinen Augen«, heißt es in einem seiner letzten Gedichte, »der Tod ist rein und weiß ist der Schnee«.[245] Jónas Hallgrímsson war ein vielseitiger Poet und hinterließ einige der schönsten Gedichte der isländischen Literatur, darunter das Liebesgedicht *»Ferðalok«* (Ende der Reise). Es schließt mit diesen Zeilen, die vom Versmaß her aus der Edda stammen könnten, aber von Inhalt her dem neuen Zeitalter des persönlichen Ausdrucks angehören:

Wohl trennet Welten
Der weite Raum,
Schneid' und Rücken scheidet die Klinge;
Doch liebender Seelen
Lose lassen
Ewig einander nicht trennen.[246]

Auf tritt ein Mädchen

Die Zeitschrift *Fjölnir* druckte in ihrem Heft 1837 ein Gedicht von Guðný Jónsdóttir von Klambrar (1804–1836); es war das erste Mal, dass ein nicht religiöses Gedicht einer isländischen Frau gedruckt erschien; zuvor, im Jahr 1772, war ein Kirchenlied von einer Frau, Guðný Guðmundsdóttir, in einer Hymnensammlung veröffentlicht worden. Der Grund war der tragische Tod von Guðný von Klambrar im Jahr zuvor, nachdem ihr Mann sie verlassen und die gemeinsamen Kinder bei anderen untergebracht hatte. Viele ihrer Gedichte sind überliefert. Die meisten wurden für irgendeinen Anlass verfasst, als Gruß oder Nekrolog, einige sind Briefe aus Gedichten, die ihr hartes Leben und manch damit verbundene bittere Erfahrung vermitteln. Aber dies war das erste Gedicht von ihr, das gedruckt wurde. Die Redaktion schrieb dazu die vorausschauenden Sätze, dass man an sie erinnern wolle, denn »obwohl man ihr wenig Beachtung geschenkt hat – wie üblich bei Frauen –, waren ihre Umstände und ihre Begabung bemerkenswerter als bei den meisten Isländern«.[247]

Die feministische Literaturwissenschaftlerin Helga Kress ist der Meinung, dass viele Volksgedichte, Balladen und Sagentänze von der Lebenserfahrung der Frauen in Island zeugen, und dass die Frauen wahrscheinlich schon seit der Zeit der Lieder-Edda bei der mündlich überlieferten Dichtung eine Schlüsselrolle spielten.[248] Aber in den Handschriften stehen ihre Verse höchstens buchstäblich auf dem Seitenrand, und bei den Rímur gibt es nur ganz wenige namentlich genannte Autorinnen. Aus dem 18. und frühen 19. Jahrhundert weiß man jedoch von einigen Dichterinnen, die mehrere Gedichte hinterlassen haben. Látra-Björg wurde bereits erwähnt (siehe S. 204), und zu ihr gesellten sich dann in der ersten Hälfte des 19. Jahrhunderts Guðný von Klambrar und Rósa von Vatnsendi; keine von ihnen sah jemals ihren Namen gedruckt.

Rósa Guðmundsdóttir (1795–1855), nach dem Hof Vatnsendi benannt, wo sie eine Zeit lang wohnte, ist sowohl für ihre Gedichte als auch für ihren Lebenslauf bekannt. Geboren in Nordisland, wuchs sie auf einem Hof mit Büchern auf und war schon als kleines Mädchen fasziniert von Dichtung. Sie heiratete jung, aber man erzählte sich früh Geschichten über ihre Affären, zum Beispiel mit einem Amtsrichter. Ihre größte Liebe lernte sie später kennen, den Knecht Natan Ketilsson, mit dem sie auch Kinder bekam. Er beendete die heimliche Liebesbeziehung, was Rósa sehr schmerzte; sie schickte ihm lange Poesiebriefe mit Liebesgedichten, während er sich in eine andere Beziehung verstrickte und schließlich ermordet wurde. Rósa ließ sich scheiden, heiratete erneut und zog viel im Land umher. Die meiste Zeit arbeitete sie als Hebamme, anfangs, ohne es gelernt zu haben, später ließ sie sich dazu ausbilden – es war die einzige Ausbildung, die isländischen Frauen damals offenstand. Als Hebamme genoss sie einen guten Ruf, aber auch als Dichterin, und noch heute ist sie für ihre Liebeslyrik bekannt:

Auge mein und Auge dein,
o welch schöne Steine.
Meins ist dein und deins ist mein.
Du weißt ja, was ich meine.[249]

Die Dichtung der ersten namentlich bekannten Lyrikerinnen ist oft elegisch, erzählt von verlorener Liebe, schwierigen Umständen, glücklosem Leben; das Pathos der patriotischen Lieder ihrer männlichen Kollegen ist ihnen fern, und manchmal neigen sie dazu, die Leser und Leserinnen um Verzeihung zu bitten, dass sie überhaupt das Wort ergreifen.

Ein kleines Mädchen grüßt
seine Landsleute
jung und unwissend,
aber nicht scheu;
sucht die Gastfreundschaft
guter Menschen,
ein vaterloses Kind
einer armen Mutter.[250]

Diese Worte sind das Motto des ersten gedruckten Gedichtbandes einer isländischen Frau; er erschien 1876, ungefähr hundert Jahre nach der ersten nicht religiösen Gedichtsammlung eines isländischen Mannes. Nun ist es nicht so, dass dazwischen unzählige Lyrikbände erschienen wären; die erste Gedichtsammlung von Jónas Hallgrímsson erschien zum Beispiel erst nach seinem Tod, 1847. Aber das erste literarische Buch einer Frau markiert eine Zeitenwende. Es hieß einfach *Stúlka* (Ein Mädchen), und die Autorin – die es auf eigene Kosten drucken ließ – war Júlíana Jónsdóttir (1838–1917), eine arme Magd aus

Westisland. Wer ist das vaterlose Kind in diesem Motto: die Dichterin selbst, die Tochter einer alleinstehenden, armen Mutter? Oder das Buch, verwaist als das Werk einer Frau im Patriarchat der damaligen Dichtung?[251]

Júlíana war mit der romantischen Dichtung jener Männer aufgewachsen, die sich als Vorkämpfer der Unabhängigkeit sahen und denen es auch darum ging zu zeigen, dass Island ein bewohnbares Land sei. Aber daran lag ihr nicht, sie wollte weg. Wie unzählige ihrer Landsleute hatte sich Júlíana dazu entschlossen, in Kanada ihr Glück zu suchen. Dorthin reiste sie auch knapp zehn Jahre nachdem ihr Buch erschienen war. Schon in ihrer Gedichtsammlung sagt sie, dass sie noch immer in ihrer Heimat ausharrt, aber so gerne fliehen möchte. Auch parodiert sie das bekannte patriotische Gedicht von Bjarni Thorarensen, das mit diesen Zeilen anfängt: »Eldgamla Ísafold, / ástkæra fósturmold, / fjallkonan fríð. (Altes Island / geliebte Muttererde / die schöne Bergfrau, frei)« Júlíana kehrt es um: »Eldgamla Ísafold, / ófrjósöm er þín mold/ blásin og ber (Altes Island / unfruchtbar Deine Erde/ nackt und zerblasen)«.[252]

Júlíana dichtet viel über Frauen und deren Arbeit und Umstände, sie macht sich auch über traditionelle Liebesgedichte lustig, aber gleichzeitig schreibt sie abwertend über ihre eigene Poesie, unter anderem in ihrer fiktiven Grabschrift, die in einem Gedicht vorkommt, in dem sie ihr eigenes Grab im Friedhof besucht. So war es auch bei vielen anderen Dichterinnen, die nach ihr kamen: Sie betraten die literarische Bühne, aber fühlten sich dort weder wohl noch zu Hause. Aber so wurden sie anfangs auch empfangen; die wenigen Besprechungen, die erschienen, waren herablassend. Über die zweite Gedichtsammlung einer isländischen Frau, die ein paar Jahre nach dem »Mädchen« erschien, schrieb ein bekannter Literat, dass die Gedichte harmlos seien, weder hier noch da was machten, und deswegen am besten ungedruckt hätten bleiben sollen.[253]

Júlíana Jónsdóttir fand weder in Kanada noch später in den Vereinigten Staaten ihr Glück. Sie arbeitete die meiste Zeit als Haushaltshilfe, unverheiratet und kinderlos. Ein Jahr vor ihrem Tod veröffentlichte sie ihre zweite Gedichtsammlung (1916), das erste literarische Werk einer isländischen Frau, das in Winnipeg gedruckt wurde – wo eine Zeit lang mehr isländische Bücher erschienen als in Reykjavík. Als der einflussreiche Literat Sigurður Nordal 1924 sein »Isländisches Lesebuch 1400 – 1900« veröffentlichte, das lange als Standardwerk im Schulwesen herumgeisterte, fand sich darin keine einzige Autorin.

Weltschmerz und Spätromantik

In den 1840er-Jahren meldet sich eine neue Generation in der isländischen Dichtung zu Wort, erst mit einzelnen Gedichten in den letzten Jahrgängen der *Fjölnir*, dann auch mit Aufsätzen und Sammlungen. Die nationalistische Romantik der ersten Jahrzehnte des Jahrhunderts wich nun dem Weltschmerz. In Kopenhagen ist dies die Zeit des Philosophen Kierkegaard und nicht des Dichters Oehlenschläger, und das schlägt sich auch in der isländischen Lyrik nieder. »Ólund« (1844), Ennui oder einfach »schlechte Laune« hieß etwa ein Gedicht von Grímur Thomsen (1820–1896) über die Sehnsucht des lyrischen Ichs, tot auf dem Meeresgrund zu liegen, wobei es weiß, dass niemand es beweinen wird. Es überrascht nicht, dass Grímur im Jahr darauf seine Doktorarbeit über Lord Byron schrieb, das große Vorbild der Spätromantiker. Er war ein belesener Mann und schrieb viele Aufsätze auf Dänisch, darunter ein Buch über französische Poesie und auch ein Essay über Hans Christian Andersen (1855), und die Isländer meinten, er habe die Dänen dazu gebracht, Andersen überhaupt erst zu schätzen. Das ist wohl übertrieben, aber der dänische Märchendichter erwähnt ihn liebevoll in seinen Erinnerungen.

In den letzten Jahrzehnten haben sich mehrere Wissenschaftler mit Grímur Thomsen befasst, weil er ein faszinierender Charakter war und ein Grenzgänger. Er lebte lange in Kopenhagen und war Beamter im dänischen Außenministerium, aber beschäftigte sich als Dichter mehr und mehr mit Motiven aus der isländischen Geschichte, der alten Literatur und den Volkssagen. 1867 zog er wieder nach Island zurück und war viele Jahre Mitglied des Althings, wo er als ausgesprochen »dänenfreundlich« – damals ein Schimpfwort – und konservativ galt. In den letzten beiden Jahrzehnten seines Lebens widmete er sich intensiver seiner Dichtung, und obwohl man ihn wohl nie als volksnah hätte bezeichnen können, stammt ein beliebtes Gedicht, das Isländer bei unzähligen Gelegenheiten singen (»Ríðum, ríðum«), von ihm. Im Mittelpunkt seiner Lyrik standen heldenhafte Einzelgänger und Außenseiter, und als einen solchen hat er sich vermutlich selbst erlebt, ein Romantiker zu Zeiten des Realismus und dänischer Beamter mitten im isländischen Unabhängigkeitskampf.[254] 1879 wurde auf dem Althing zum ersten Mal darüber diskutiert, ob man unsere Dichter finanziell unterstützen sollte, und Grímur war entschieden dagegen: »Hier sollte jedes Mitglied des Althings in sich gehen und darüber nachdenken, wozu es führen würde, wenn man Dichter in diesem Lande entlohnen würde, wo sie doch schon mehr sind als in irgendeinem anderen Land.«[255]

Grímur Thomsen war zwar ein Individualist, doch die Widersprüche seines Lebens symbolisieren die komplexe Situation der isländischen Intellektuellen in der zweiten Hälfte des 19. Jahrhunderts. Diese hatten ihre Ausbildung den Möglichkeiten, die die dänische Hauptstadt bot, zu verdanken und wollten sich hinsichtlich ihrer Landsleute und der primitiven isländischen Gesellschaft nichts vormachen. Noch im Jahre 1943, als man sich endgültig vom dänischen König trennen wollte, um die Republik auszurufen, meldeten isländische Intellektuelle sich zu Worte, um vor diesem Schritt zu warnen.

Es war aber eben nicht leicht, im Reykjavík des 19. Jahrhunderts als hochgebildeter Mensch eine entsprechende Anstellung zu bekommen. Dies bekam auch ein anderer spätromantischer Dichter, Benedikt Gröndal (1826–1907), zu spüren. Er war, wie Grímur Thomsen, auf Bessastaðir geboren worden und wohnte lange in Kopenhagen, ein belesener Grenzgänger auch er. Sein Studium musste er mehrere Male unterbrechen, bevor er als erster Isländer einen Magister in nordischer Philologie abschloss. Er kannte sich auch gut in klassischer Philologie und Philosophie aus und ließ seine umfassende Bildung in seine Dichtung einfließen, die aber irgendwie aus der Zeit gefallen ist und heutzutage kaum noch gelesen wird.

Benedikt Gröndal hatte eine große Leidenschaft für die Naturwissenschaften, war 1889 Mitbegründer der ersten naturwissenschaftlichen Vereinigung auf Island und wurde der erste Vorsitzende des Naturhistorischen Museums, was die nächsten zehn Jahre seine Hauptbeschäftigung blieb. Das mag gut klingen und zeigt auch, dass Reykjavík so langsam zu einem Städtchen wurde und die Isländer versuchten, dort Museen und Kulturinstitutionen wie in anderen europäischen Städten zu etablieren. Doch die Realität sah anders aus. Gröndal hatte einige Jahre zuvor seine Anstellung als Lehrer wegen ausgiebigen Alkoholkonsums – möglicherweise infolge des Todes seiner ältesten Tochter und seiner Frau – verloren und sich ein äußerst kleines Haus im Zentrum von Reykjavík gekauft. (Heute beherbergt es das Literaturhaus der Stadt.) In einem Zimmer in diesem Häuschen befanden sich auch die Sammelstücke des

Museums, das die nächsten Jahre von einer Dachkammer zur anderen zog und eigentlich nie für Besuch geöffnet war. Die Eckpfeiler der bürgerlichen Kultur waren im damaligen Island eher Zeltstangen.

Die isländischen Intellektuellen formten in Kopenhagen Mitte des 19. Jahrhunderts eine kleine Gruppe, die meist eng zusammenhielt und selten Teil des dänischen Hauptstadtlebens wurde. Nirgendwo wird dies besser beschrieben als im »Tagebuch aus Kopenhagen« (1848) von Gísli Brynjúlfsson: Sie trafen sich, heißt es dort, immer in denselben Kneipen, lasen dieselben Schriften, stritten über ihre Heimat und dichteten über deren glorreiche Vergangenheit, immer dicht am Abgrund der melancholischen Einsamkeit des Außenseiters.[256] Wenn sie beschlossen zurückzukehren, konnten sie meist nur Pfarrer werden, und dann waren sie über die Gemeinden das Landes verstreut; Beamte und Lehrer gab es zu wenige, um eine soziale Schicht zu bilden. Ein Eigenbrötler wie Benedikt Gröndal verachtete all diese Amtsträger, und seine Sauftouren verbrachte er in der schlimmsten Kneipe von Reykjavík, genannt »der Schweinestall«, wo sich sonst kein gebildeter Mensch blicken ließ.[257]

Er war ein ungewöhnlich talentierter Mann, unter anderem ein begnadeter Zeichner, was sich besonders in seinen Bildern von Vögeln und anderen Lebewesen zeigt. Er repräsentiert eines der zahlreichen Schicksale begabter junger Männer, die im 19. Jahrhundert in Reykjavík untergingen, dort den Umständen in der Kleinstadt zum Opfer fielen. Und doch schrieb er ein Meisterwerk in seinen letzten Lebensjahren, eine unglaublich witzige und interessante Autobiografie, die in ihrer entwaffnenden Ehrlichkeit und rücksichtlosen Schilderung seiner Zeitgenossen ein Vorbild vieler späterer Lebenserinnerungen wurde.

Das Buch, *Dægradvöl* (Zeitvertreib), erschien jedoch erst sechzehn Jahre nach seinem Tod. Über Benedikt Gröndal und sein Verhältnis zu den Machthabern schrieb der Autor Guðmundur Andri Thorsson (siehe S. 450) 2013 einen bemerkenswerten Roman, *Sæmd* (Die Ehre).

Seit Jónas Hallgrímssons Verriss von Sigurður Breiðfjörð wurde die Kluft größer zwischen der sogenannten »hohen« Literatur und der Unterhaltungsliteratur der allgemeinen Leser, die sich keinen Schulbesuch auf Bessastaðir, geschweige denn in Kopenhagen, leisten konnten. Aber es gab Volksdichter, die diese Kluft zu überbrücken wussten. Auf Sigurður Breiðfjörð folgte Kristján Jónsson (1842–1869), Fjallaskáld oder Dichter der Berge genannt, ein Meister des isländischen Weltschmerzes. Sein Gedicht über Dettifoss, den größten Wasserfall Europas, zeugt vom spätromantischen Naturverständnis, beschreibt die Ohnmacht des Einzelnen gegenüber der überwältigenden Macht der Natur; sie hat keine Erziehungsfunktion wie bei Bjarni Thorarensen und keine liebenswerte Seite wie bei Jónas Hallgrímsson. Es ist die Natur, wie die Isländer sie kannten.

Hjálmar Jónsson (1796–1875), Bólu-Hjálmar, benannt nach dem Hof Bóla, wo er eine Zeit lang lebte, war, zusammen mit Sigurður Breiðfjörð, der bekannteste Volksdichter des 19. Jahrhunderts. Als Sohn einer alleinstehenden Mutter wuchs er zunächst bei Fremden auf, bis er mit acht Jahren zu seinem Vater kam. Fast sein ganzes Leben verbrachte er im Nordwesten Islands und verdingte sich als Kleinbauer und nach dem Tod seiner Frau als Landarbeiter. Hjálmar war ein Mann vieler Talente, sowohl als Holzschnitzer als auch als Dichter, als der er die Tradition der Rímur fortsetzte, aber seine kürzeren Gedichte und unzählige Vierzeiler zeugen auch von großer Formbegabung. Er war sein Leben lang arm, hatte es oft schwer, und sein Temperament machte es ihm auch nicht leicht; dauernd lag er im Streit mit seinen Nachbarn. All das verleiht seiner Dichtung eine völlig andere Perspektive, als man sie aus der Poesie der Kopenhagen-Dichter kennt. Selbst wenn er über die gleichen Themen dichtet, sieht er sie anders, zum Beispiel in seinem Gedicht über die erweiterte Althing-Sitzung von 1851, auf Isländisch *þjóðfundur* oder Nationaltreffen genannt, an der Jón Sigurðsson einen Protest gegen die dänische Obermacht leitete. Seine Wortwahl ist saftiger, seine Haltung pessimistischer, sein Nationalismus realistischer als die vieler seiner gelehrten Kollegen.

Seine höhnischen Vierzeiler über die Reichen und die Mächtigen lebten lange im Volksmund weiter, doch seine satirische Haltung war die eines Außenseiters. Da musste die Dichtung herhalten, denn außer der Unabhängigkeitsbewegung gab es keine nennenswerten politischen Strömungen in Island. Mit diesen Zeilen klagte Hjálmar über den Bezirk, in dem er ein halbes Jahrhundert verbracht hatte:

> Nach fünfzig Jahren leben
> im Landkreis Akrar darf ich nun sterben
> an Hunger, Nacktheit, Siechtum und Schmerz.
> Mein Jammern hört niemand, ich soll nun schweigen.
> Meine Mitmenschen sind noch hier,
> die man kaum als frei bezeichnen kann,
> sie leben im Elend,
> besser geht es nur denen, die böswillig sind.[258]

Sein Ton ist so weit entfernt von dem der romantischen Idealisten, wie man es sich nur vorstellen kann. Aber diese Bandbreite in der isländischen Dichtung erklärt auch, wie beliebt sie war, alles konnte darin verhandelt werden. War einem danach, den Traum von einem freien Island zu nähren, gab es dafür einen poetischen Ausdruck, wollte man seinen Ärger über die harsche Wirklichkeit loswerden, hatte Bólu-Hjálmar dem eine Stimme verliehen.

Die Nase von Matthías Jochumsson

Diese Bandbreite fanden viele auch in der Poesie von Matthías Jochumsson (1835–1920), der beides zugleich war, Dichter aus dem Volke, der unterschiedliche Arbeit verrichtet und in vielen Orten quer übers Land gewohnt hatte, und studierter Pfarrer, der mehrere Male im Ausland gewesen war. Sein ganzes Leben schrieb er über Religion und Glauben. Er verfasste unzählige Gedichte, darunter das Kirchenlied (»Lobgesang«), das später zur isländischen Nationalhymne wurde; es ist immer etwas Besonderes und im Grunde sympathisch, die Nationalmannschaften Islands vor den Länderkämpfen über »ein Blümchen der Ewigkeit mit zitternden Tränen, das zu seinem Gott betet und stirbt« singen zu hören – nicht gerade ein kämpferischer Text.

Matthías' Auffassung von der isländischen Natur und von den Lebensumständen ändert sich oft in seiner Dichtung, manchmal liebt er das Land, manchmal sehnt er sich weg. So erschien in einer isländischen Zeitung in Winnipeg 1888 ein längeres Gedicht von ihm über Island, in dem jede Strophe mit einem Aufruf anfängt: »Armes Land«, »Lavabedecktes Land«, »Land der Eisberge«, »Katastrophenland«, bis zum Schluss:

Von Raben gefundenes Land,
unser Schiff lässt dich zurück.
Sollen die Raben es doch für sich behalten,
das von Raben gefundene Land![259]

Man kann sich vorstellen, wie ein solches Gedicht von einem unserer bekanntesten Dichter, dazu noch gedruckt in der Zeitung der Westisländer, wie man die vielen isländischen Emigranten in Kanada nannte, zu Hause aufgenommen wurde. Eine Verleumdung des Vaterlandes, stand in den Überschriften der Zeitungen. Matthías, der die Veröffentlichung nicht genehmigt hatte und dessen Name ursprünglich auch nicht genannt wurde – aber man bekam ihn schnell heraus –, musste sich entschuldigen und auf seine eigene Kritik mit einem patriotischen Gedicht antworten. Es zeigt aber auch, wie feinfühlig er als Dichter gegenüber dem Sinneswandel des Volkes war – und wie wichtig die Dichtung dem Volk war.

In der Zwischenzeit waren die meisten isländischen Studenten aus Kopenhagen zurückgekehrt. Aber nun stellte sich die nächste Frage: Bleiben – oder nach Westen reisen? Gerade hatte Island durch das Grundgesetz von 1874 mehr Selbstbestimmung bekommen, da standen die Emigrationsagenten vor der Tür und lockten mit dem Angebot eines besseren Daseins. Im letzten Viertel des 19. Jahrhunderts emigrierten über vierzigtausend Isländer nach Amerika, besonders aus dem Norden und Osten; nicht nur waren es kalte und harte Jahre, sondern ein gigantischer Vulkanausbruch hatte den Menschen noch einmal das Leben erschwert. Es gab Stimmen im Lande, die Auswanderung als Landesverrat ansahen, und für die war ein Gedicht über das Land der Raben eine unverantwortliche Rechtfertigung einer solchen Flucht. Aber Matthías Jochumsson war ein liberaler Mann, auch in seiner Theologie, in der er vor allem Abstand nahm von jeder Art von Höllenpredigten. Auch diese Haltung findet man in seinen Gedichten, und überhaupt hatte er zu allen Phasen des Lebens eine Strophe. Er war ein Vielschreiber und sagte einmal in einem Brief über sich selbst: »Ich war nie mehr als nur ein Teil, ein Teil eines intellektuellen Kindes, hatte gute Momente und sogar manchmal Visionen, aber ich konnte sie nicht handhaben und fand nie die Ruhe und Stille, um ihnen eine Form zu geben.«[260]

Ausländische Leser werden heute wohl kaum zu Matthías Jochumssons Dichtung finden, er hat nicht das Zeug zum Klassiker wie Jónas Hallgrímsson, und darum geht es hier auch nicht; aber er und einige seiner Kollegen belegen eindrucksvoll die gesellschaftliche Rolle der Dichtung im Island des 19. Jahrhunderts. Durch sie wurde die isländische Literatur wiederbelebt, sie wurde der Kanal für die Ideale und Träume des Volkes im Nordatlantik, in ihr wurden die sozialen und nationalistischen Kämpfe ausgetragen.

Dazu passt gut, dass Matthías nicht nur Dichter und Prediger, sondern mehrere Jahre lang auch Redakteur seiner eigenen Zeitung war, in der er zu den Debatten seiner Zeit Stellung bezog – nicht selten in gereimter Form. Der deutschsprachige ungarische Journalist und spätere Mitbegründer des Zionismus, Max Nordau, kam 1874 als junger Mann nach Island, aus Anlass der Tausendjahrfeier, und er beschrieb seinen Besuch ausführlich in einem zweibändigen Reisebuch, *Vom Kreml zu Alhambra* (1880). Seine Schilderung der Isländer, was Behausung, Essen, Reinlichkeit und so weiter betrifft, ist der von Ida Pfeiffer, die dreißig Jahre vor ihm hier war, bestechend ähnlich. Aber manche Phänomene sind neu, wie zum Beispiel die Zeitungen. Über sie schreibt Nordau:

> Auch an Zeitungen fehlt es in Reykjavik nicht. Es gibt deren sogar drei. Die älteste und bedeutendste ist der »Þjóðólfur« (nach dem bekannten isländischen Skalden des Königs Haraldr Sigurdarson, der im 11. Jahrhundert lebte, benannt), dessen Herausgeber der ehemalige Pastor Matthias Jochumsson, Übersetzer des »Macbeth« und anderer Shakespeare'scher Stücke ist [...] Der Inhalt all dieser Blätter ist ein wunderlicher. Er besteht aus endlosen Gedichten, in welchen irgendein lokaler Todes- oder Geburtsfall, eine Vermählung oder Firmung besungen wird, aus Personalnachrichten und aus Mitteilungen über den Preis von Wolle, Salzfischen und sonstigen Waren und Lebensmitteln [...] Die Redaktion eines jeden isländischen Blattes besteht aus einer einzigen Person, die das Blatt nicht nur schreibt oder zusammenstellt, sondern auch korrigiert, administriert und versendet, was übrigens nicht zu viel Mühe macht, da die Auflage des am stärksten verbreiteten Journals bloß gegen 300 Exemplare beträgt.[261]

Aber möge sie auch aus endlosen Gedichten bestanden haben, so gab es in Reykjavík nun eine Presse. Die bürgerliche Kultur entwickelte sich und anstelle von Zeitschriften, die einmal im Jahr erschienen und per Schiff aus Kopenhagen kamen, gab es jetzt Zeitungen, die zweimal im Monat an ihre Leser geschickt wurden.

Endlich gab es auch Theateraufführungen in Reykjavík. Sigurður Guðmundsson (1833–1874), der Bildende Kunst in Kopenhagen – wo sonst – studiert hatte, war hier der Pionier. 1860 stellte er in Reykjavík die ersten *tableaux vivants* vor, mit Szenen aus den Sagas und Eddas. Die Schauspieler standen in farbenprächtigen Kostümen auf der Bühne, ohne sich zu bewegen, wie auf einem lebendigen Bild. Diese Aufführungen erfreuten sich großer Beliebtheit im Städtchen, aber auch hier, bei der Entstehung des Theaters, leistete Matthías Jochumsson einen Beitrag, sowohl mit Übersetzungen von Shakespeare und Ibsen als auch dadurch, dass er selbst ein Theaterstück verfasste. *Útilegumennirnir* (1862), die Gesetzlosen, später und in überarbeiteter Version *Skugga-Sveinn* genannt, war über Jahrzehnte hinweg das populärste isländische Stück überhaupt. Man freute sich, etwas zu sehen, das nicht eine übersetzte dänische Komödie war, sondern Stoff aus den Volkssagen bearbeitete und – so primitiv es jetzt wirken mag – sowohl abenteuerlich wie lustig war. Das war auch ein Kennzeichen dieser Jahrzehnte im Kulturleben von Reykjavík: Es wimmelte von Renaissance-Menschen in Kleinformat; um es am Laufen zu halten, hatte jeder Mensch viele Rollen zu erfüllen, doch wohl kaum jemand erfüllte so viele wie Matthías Jochumsson.

1891 vergab das Althing zum ersten Mal Dichterstipendien, finanzielle Unterstützung zum Schreiben, und zwar für Matthías Jochumsson und Torfhildur Hólm (siehe S. 178), auch dies ein wichtiger Schritt; der Dichter Grímur Thomsen protestierte erneut, dieses Mal in seiner Abschlussrede im Parlament. Matthías Jochumsson war einer der letzten großen Nationaldichter des 19. Jahrhunderts; jetzt wird er kaum noch gelesen, obwohl seine Hymne jeden Tag irgendwo gesungen wird. Aber damals fand man in seinem Werk die gesamte geistige Vielfalt, die den Isländern die Dichtung so nahebrachte. Mit ihrer Hilfe konnten sie sich von außen betrachten und ihrem Leben auf der Insel einen Sinn geben.

Übrigens kann ich mich daran erinnern, wie mein Großvater mir erzählte, dass er als junger Mann einmal Matthías Jochumsson besucht habe. Leider war ich nicht alt genug, dass mir etwas von dieser Geschichte in Erinnerung blieb, außer diesem einen Bild: Die Nase von Matthias Jochumsson war so groß geworden, dass er sie mit der Hand zur Seite schieben musste, um seinen Kaffee zu trinken.

Da sind sie wieder, die Geschichten

Die Dichtung dominierte die isländische Literatur in den ersten drei Vierteln des 19. Jahrhunderts, auf jeden Fall was die Produktivität der Autorinnen und Autoren betraf. Aber so allmählich wurde auch neue isländische Prosa publiziert. Der erste moderne Roman erschien 1850, aus der Feder von Jón Thoroddsen (1818–1868), und hieß *Piltur og stúlka*; eine deutsche Übersetzung, *Jüngling und Mädchen – eine Erzählung*, wurde bereits 1883 bei Reclam verlegt. Wie erwähnt, gibt es ein paar handgeschriebene ältere Versuche, Romane zu schreiben (siehe S. 202), und die oben genannten Erzählungen von Jónas Hallgrímsson waren in der *Fjölnir* erschienen, aber *Jüngling und Mädchen* war ein vollwertiger Roman, eine Liebesgeschichte, beeinflusst durch Walter Scott und die englische *sentimental novel*. Der Plot ist denkbar einfach: Missverständnisse und Zufälle verhindern, dass die Liebenden, die eher blasse und etwas zu gute Personen sind, zusammenfinden – bis zum glücklichen Ende.[262] Aber es ist ein gelungenes Bild der isländischen Bauerngesellschaft dieser Zeit und eine volkstümliche Komödie, die ihre Popularität nicht zuletzt den gut gezeichneten Nebenfiguren zu verdanken hatte. Darunter sind Personen wie das Klatschmaul Gróa á Leiti, die in Island inzwischen einen sprichwörtlichen Status innehaben; sagt jemand, er oder sie sei wie Gróa á Leiti, wissen alle was gemeint ist. So wird sie von Jón beschrieben:

> Sie vertraute nie mehreren Personen zugleich ihre Geheimnisse an und war auch so vorsichtig, nie ihren Gewährsmann zu nennen. »Ich weiß es aus sicherer Quelle; mache aber keinen Gebrauch davon!« pflegte sie zu sagen, wenn sie das eine oder andere erzählte, und sie wusste ihre Worte immer so zu fügen, dass diejenige Person, mit welcher sie sprach, glaubte, dass sie ihre beste Freundin sei und das Erzählte niemand anvertraue, als ihr allein.[263]

Jón Thoroddsen schrieb einen zweiten Roman, *Maður og kona*, Mann und Frau, der jedoch unvollendet blieb und erst acht Jahre nach seinem Tod, 1876, erschien. Auch hier gelangen ihm die Nebenfiguren am besten, diesmal vor allem ein böswilliger Pfarrer, Vorbild so mancher Figuren in den Romanen des Realismus, die später folgten. Es zeugt von der begrenzten Produktivität isländischer Romankunst dieser Zeit, dass in dem Vierteljahrhundert zwischen diesen beiden Büchern nur ein paar wenige Romane anderer Autoren erschienen.

Einer von ihnen war eine einfache, abenteuerliche Romanze von Jón Mýrdal, *Mannamunur* (Menschliche Gegensätze, 1872), interessant in dem Sinne, dass es die erste gedruckte isländische Erzählung ist, die als reine Unterhaltungsliteratur verfasst wurde. Ein anderer ist die Satire des Dichters Benedikt Gröndal, *Sagan af Heljarslóðarorustu* (1861), die Geschichte der Schlacht bei Solferino. Dieses Gefecht fand 1859 in der Nähe des Dorfes Solferino in der Lombardei statt. Die Truppen des französischen Kaisers Napoleon des III. kämpften, gemeinsam mit italienischen Truppen, gegen die Armee des Kaisers von

Österreich und Ungarn, Franz Josef. Es war im wahrsten Sinne des Wortes eine Schlacht, denn dreißigtausend Soldaten fielen an einem Tag, und nicht zuletzt infolge dieses Horrors wurde das Rote Kreuz gegründet. Man musste schon ein Isländer sein, um diesem Kampf etwas Lustiges abzugewinnen.

Gröndal, der zu dieser Zeit in Belgien weilte, nutzte die Schlacht als Vorlage für eine satirische Rittersaga. Wie erwähnt, überlebte diese Art von Sagas am längsten, jahrhundertelang schrieb man immer neue, aber zu dieser Zeit war das Genre arg dürftig geworden. Gröndal erzählte nun im Stil einer Rittersaga die Geschichte des Krieges und zeigte dabei seine souveränen Kenntnisse der alten Erzählweise und des Wortgebrauchs. Die humoristische Methode bestand darin, all die kaiserlichen und königlichen Hoheiten vorzustellen, als wären sie isländische Bauern und deren Familien. Vertraut war dem Autor diese Erzählweise aus Briefen, die Jónas Hallgrímsson an seine Freunde schrieb. Gröndal übertrieb in seiner Geschichte auf eine groteske Weise, die in der Verknüpfung von Hohem und Niedrigem karnevalistische Züge annahm. Die Erzählung erfreute sich lange einer unglaublichen Beliebtheit bei isländischen Lesern, und noch heute kann ich mich daran erinnern, wie ich als Kind lauschte, wenn der isländische Rundfunk sie als Abendgeschichte brachte, die ganze Familie saß am Apparat. Sie jetzt zu lesen, ist kaum auszuhalten. Der Witz ist vulgär, manches ist inzwischen nicht mehr begreiflich, aber am unverständlichsten ist es, dass jemand irgendwann einmal über dieses Buch lachen konnte. So kann die Zeit dem Humor früherer Zeiten einen schlimmen Streich spielen. Was die Romankunst betrifft, hinkte die isländische Literatur im 19. Jahrhundert anderen europäischen Ländern hinterher.

Dabei wurden damals die Voraussetzungen für eine Erneuerung der Prosaliteratur geschaffen. Wie in unseren Nachbarländern begann man in Island, Volkssagen und Märchen zu sammeln und herauszugeben. Ein erster Band mit isländischen Märchen, redigiert von Jón Árnason und Magnús Grímsson, erschien 1852. Das Buch war interessant und die Sammlung gut gemacht, aber die Reaktionen darauf waren lauwarm; so manche Leser schienen zu fürchten, dass diese alten Märchen den Aberglauben wiederbeleben würden.[264] Es bedurfte eines deutschen Nordisten namens Konrad Maurer, um die Arbeit fortzusetzen. Er reiste durch das Land und sammelte Sagen, übersetzte sie ins Deutsche und gab 1860 den Band *Isländische Volkssagen der Gegenwart* heraus. Das führte dazu, dass unser großer Folklorist Jón Árnason (1819–1888) seine Tätigkeit wieder aufnahm und seine umfangreiche Sammlung von Volkssagen und Märchen in zwei Bänden zwischen 1862 und 1864 veröffentlichte. Die war wichtig für die isländische Sprache, denn obwohl Jón Árnason so manche Erzählung sprachlich »nach oben« korrigierte, sich lieber an die Redeweise der Pastoren und Gelehrten hielt als an den Sprachgebrauch manch seiner Zuträger aus dem Volk, wurden ein guter Teil des Wortschatzes und viele Redewendungen der Umgangssprache hier zum ersten Mal gedruckt. Inzwischen hatte man auch begonnen, die Sagas, die Edda und überhaupt die alte Literatur systematisch herauszugeben; eine Arbeit, die hauptsächlich in Kopenhagen geleistet werden musste.

Am wichtigsten für die weitere Entwicklung der Schriftsprache waren jedoch die Übersetzungen, die im 19. Jahrhundert erschienen. Genannt wurden bereits die Übersetzungen von Jón Þorláksson (S. 201) und Sveinbjörn Egilssons Homer-Übersetzung (1829–1855). Sveinbjörn war, was die Wortwahl anbelangt, besonders in der altisländischen Literatur fündig geworden, was seinen Übersetzungen eine nationale und ausgesprochen literarische Prägung verlieh.[265] Matthías Jochumsson war auch ein produktiver Übersetzer, nicht zuletzt von Shakespeare, und ein anderer großer Dichter dieser Zeit, der hier bisher nicht erwähnt wurde, Steingrímur Thorsteinsson, übertrug sowohl *Tausendundeine Nacht* als auch die Märchen von Hans Christian Andersen ins Isländische.

Steingrímur Thorsteinsson (1831–1913) war als Übersetzer leichtfüßiger als Sveinbjörn Egilsson, aber da man im 19. Jahrhundert das sprachliche Vorbild in der isländischen Klassik suchte, kleidete man die Schriftprosa in ein archaisches Gewand und gab ihr einen etwas gehobenen Ausdruck, und der Unterschied zur Alltagssprache wurde eher größer, gemessen an manchen der Handschriften, die die Unterhaltungsliteratur der Zeit enthielten. Interessant ist es, dass diese rückwärtsgewandte Schriftfassung des Isländischen auch Einfluss auf die färöische und neunorwegische Schriftsprache hatte, die zu jener Zeit von Grammatikern in diesen Ländern gestaltet wurden.

1882 erschien der erste Roman einer isländischen Frau, zugleich der erste historische Roman auf Isländisch, *Brynjólfur Sveinsson biskup* von Torfhildur Hólm (siehe S. 178). Torfhildur Hólm schrieb mehrere historische Romane über isländische Bischöfe und auch jede Menge Erzählungen, die sie zuerst in der westisländischen Zeitschrift *Framfari* veröffentlichte, denn von 1876 bis 1889 lebte sie in der größten isländischen Siedlung in Kanada. Danach publizierte sie in Zeitschriften, die sie jahrzehntelang selbst herausgab. Torfhildur Hólm war eine viel gelesene Autorin; besonders ihr erster Roman erfreute sich großer

Beliebtheit. Aber die männlichen Literaten waren ihr gegenüber nicht milde gestimmt, und ihre Werke wurden oft harsch kritisiert; in der ersten Besprechung von *Brynjólfur Sveinsson* konnte man lesen, dass die Isländer eigentlich nicht erwarteten, dass Frauen überhaupt Bücher schrieben. [266]

1891 erhielt sie als erste isländische Autorin ein Dichterstipendium, zur gleichen Zeit wie Matthías Jochumsson. Das Althing wurde dafür hart kritisiert, und zwei Jahre später wurde das Stipendium halbiert und hieß nun Witwenunterstützung, denn Torfhildur war jung Witwe geworden. Aber das änderte nichts daran, dass Torfhildur die erste isländische Berufsschriftstellerin war. Sie war eine moralische Autorin, ihr lag viel an christlichen Werten, und der heutige Leser mag ihre Geschichten als langatmig empfinden. Sie war keine radikale Feministin, aber sie wusste nur zu gut, gegen was sie anzukämpfen hatte: »Ich war die erste, die die Natur dazu verurteilte, die bittere Frucht der alten, fest verwurzelten Vorurteile gegen literarische Damen zu ernten.«[267] Inzwischen schätzt man sie als eine wichtige Pionierin der isländischen Literatur.

Der Schreck der bösen Pfarrer

Der Realismus kam nach Island wie die Romantik: durch Vorlesungen in Kopenhagen. Im Herbst 1871 hielt der dänische Philosoph und Literaturkritiker Georg Brandes (1842–1927) Vorlesungen an der Universität von Kopenhagen über die »Hauptströmungen in der Literatur des 19. Jahrhunderts«. Sein Ausgangspunkt war eine scharfe Kritik an der zeitgenössischen dänischen Literatur; die Romantik habe sich schon längst selbst überlebt, und die Autoren hätten aufgehört, zu gesellschaftlichen Problemen Stellung zu beziehen, dabei sei es doch die wichtigste Rolle der Literatur, »Probleme zur Debatte zu stellen«. Gleichzeitig stellte er die Literatur Russlands und Frankreichs vor, insbesondere die der großen Romanautoren. Er lobte die gesellschaftliche Tragweite ihrer Bücher und hob zum Beispiel hervor, dass der Autor Balzac sich selbst als »Doktor der Sozialwissenschaften« beschrieben habe.[268]

Mit diesen Vorlesungen läutete Brandes den Realismus in der nordischen Literatur ein, und einige isländische Studenten und Autoren, wie etwa Matthías Jochumsson, lauschten ihnen. Vier dieser Zuhörer gründeten 1882 die Zeitschrift *Verðandi*, um sowohl die isländische Literatur als auch die Gesellschaft wach zu rütteln. Wie von so manchen idealistischen Zeitschriften in Island erschien nur eine einzige Nummer, aber dennoch markierte diese eine Wende, vor allem wegen der nachfolgenden literarischen Arbeit ihrer Gründer. Einer von ihnen, Gestur Pálsson (1852–1891), übernahm im Jahre darauf eine Zeitschrift in Reykjavík, wo er ein Manifest druckte mit dieser Erklärung: »Die realistische Bewegung geht davon aus, dass nichts schön (d. h. keinen Platz in Kunst oder Literatur habe) sei, wenn es nicht wahr (d. h. in der menschlichen Gesellschaft oder Natur stattfindet) ist.«[269] Sowohl er als auch sein Mitredakteur Einar H. Kvaran (1859–1938) schrieben in den Jahren danach Kurzgeschichten im Geiste des Realismus oder Naturalismus, aber so richtig wollte die Strömung in der isländischen Literatur noch nicht Fuß fassen.

Das hatte hauptsächlich gesellschaftliche Gründe. Noch fehlten eine lesende Mittelklasse und ein funktionierender Buchmarkt, um neue literarische Strömungen zu tragen. Die isländische Gesellschaft war bäuerlich, 1890 lebten knapp 90 Prozent der Einwohner auf dem Lande, die restlichen 10 Prozent in Dörfern mit mehr als dreihundert Einwohnern. Reykjavík, mit seinen vier- bis fünftausend Seelen, war noch keine richtige Stadt. 1888 hielt Gestur Pálsson dort eine Vorlesung unter dem Titel »Das Leben in Reykjavík«. Darin sagte er unter anderem:

> Das geistige Leben in der Stadt ist genauso wie die Stadt selbst am Abend, wenn es dunkel geworden ist: In den meisten Häusern ein schwaches Licht für die Bewohner, immer so wenig wie nur möglich, und außerhalb des kleinen Lichtkreises, den diese Familienbeleuchtung bildet, ist nichts als pechschwarze Dunkelheit, eine stockdunkle Nacht, die nicht mal ahnt, dass es irgendwo ein Licht oder einen Himmel gibt.[270]

Kein Wunder, dass es unter diesen Umständen kaum ein literarisches Leben gebe und lesbare Bücher nur alle fünf bis zehn Jahre erschienen, fügte er hinzu, bevor er nach Kanada emigrierte. Zwölf Jahre später schrieb der Dichter Benedikt Gröndal in einem Artikel über Reykjavík zur Jahrhundertwende 1900, dass dort keine neuen Bücher erschienen, »denn keinem fällt was ein«.[271]

Wahrscheinlich hatte der Literaturwissenschaftler Stefán Einarsson recht, als er vor sechzig Jahren in seiner »Isländischen Literaturgeschichte« schrieb, dass die Voraussetzungen für eine realistische Literatur damals nicht vorhanden waren. Wogegen sollten die Autoren oder Autorinnen ihre Sozialkritik richten? Höchstens gegen Pfarrer und die Kirche, denn die große Volkswanderung vom Lande in die Stadt, das Thema unzähliger realistischer Romane des 19. Jahrhunderts, hatte hier noch gar nicht stattgefunden. Die Geschichte des unschuldigen Jungen oder Mädchens vom Lande, die in das dekadente urbane Zentrum kommen und desillusioniert werden, konnte sich in Island nicht abspielen.

Blieben die bösen Pfarrer. Schon von Anfang an waren sie ein wichtiges Motiv des isländischen Realismus. In solchen Geschichten ging es um verbotene Liebe, die Freiheit des Einzelnen und um Beziehungen, die die Kirche nicht zulassen wollte. So zum Beispiel beim Bauern Jón Stefánsson (1851–1915), der unter dem Namen Þorgils gjallandi publizierte. Er war nicht einer von denen, die den Realismus in Kopenhagen studiert hatten, sondern verbrachte sein ganzes Leben auf seinem Hof bei Mývatn in Nordisland und war Autodidakt. Er veröffentlichte 1892 einen Band mit Erzählungen, *Ofan úr sveitum* (Vom Lande), und zehn Jahre später einen Roman, *Upp við fossa* (Bei den Wasserfällen), beide im Geiste des Realismus. Ihn interessierten die verbotene Liebe, die Leidenschaft, aber auch das Sexualleben und die dunkleren Seiten des menschlichen Charakters. In der sogenannten feinen Gesellschaft fand man seine Erzählungen skandalös, mit ihren freizügigen Schilderungen und Liebesszenen und ihrer harschen Kritik an der Kirche und an gesellschaftlichen Konventionen, aber auch in ihrem Menschenbild an der Grenze zum Misanthropischen. Er war radikaler in seiner Kritik als Gestur Pálsson, zum Beispiel, was die Institution der Ehe betraf, und sein Stil zeigte, dass er von nordischen Impressionisten gelernt hatte. Er schrieb nicht nur mit naturalistischer Präzision, sondern brach seine Sätze auf, um die ungeordneten Gedanken seiner Personen in indirekter Rede zu erfassen. So schrieb der Bauer im Norden einen der ersten wahrhaft zeitgenössischen Romane in Island.

Aber es fehlte die gesellschaftliche Relevanz, um diesen Werken eine Schlagkraft über das Land hinaus zu verleihen, und das änderte sich nur langsam. Noch fünfzehn Jahre später, als der blutjunge Autor Halldór Laxness erwägt, über was er seine Geschichten schreiben will, fällt ihm als Erstes ein böser Pfarrer ein.[272]

Einar H. Kvaran, ein Redakteur der *Verðandi* und Kollege von Gestur Pálsson, verfasste in den Jahren, nachdem die Zeitschrift erschienen war, herausragende realistische Kurzgeschichten. Wie Gestur zog er nach Winnipeg und übernahm dort einige Jahre lang die Redaktion isländischer Zeitungen. Einige seiner bekanntesten Geschichten, darunter »Vonir« (*Hoffnungen*, 1889), wurden in der Sammlung *Isländische Erzählungen* 1938 auf Deutsch veröffentlicht. »Vonir« thematisiert die Illusionen und das Schicksal einer isländischen Einwandererfamilie in Amerika. Das Hauptthema des Realismus, der Unterschied zwischen Schein und Sein, war hier sehr greifbar: Auf der einen Seite die Träume, die die Amerika-Agenten den mittellosen Isländern verkauften, auf der anderen Seite die Wirklichkeit, die sie im Westen erwartete. Hier gelang Einar H. Kvaran mit psychologischem Fingerspitzengefühl ein Meisterwerk der realistischen Prosa. Einige Jahre später erschien die Erzählung auf Dänisch, und der Philosoph Georg Brandes nannte sie »eine reine Perle«.[273]

Einar H. Kvaran kehrte bald nach Island zurück und wurde dort ein produktiver und beliebter Autor, aber seine späteren Werke hielten nicht, was seine frühen versprachen. 1908 und 1911 erschienen von ihm zwei größere Romane, *Ofurefli* (Übermacht) und *Gull* (Gold), die beide in Reykjavík spielen, aber doch keine richtigen Reykjavík-Geschichten sind, denn die Stadt ist nur ein blasser Hintergrund, ihr Bild verschwommen. Einar war inzwischen ein christlicher Autor geworden, und es ging ihm um die Konfrontation zweier Lebensanschauungen, der christlichen, bestehend aus Nächstenliebe und Vergebung, und der weltlichen, individualistischen, die zu Gier und Korruption führe. Die Personen repräsentieren diese verschiedenen Auffassungen, die Geschichten tragen eine moralische Prägung.[274]

Die Bücher zeichneten sich durch einen unverstellten und klaren Stil aus, waren stellenweise spannend und erfreuten sich großer Beliebtheit bei den Lesern. Mit den Jahren wurde Einar H. Kvaran ein überzeugter Anhänger des Spiritismus, einer Strömung, die in den westlichen Ländern noch bis in die Zwischenkriegsjahre viel stärker war, als wir uns das heute vorstellen können. Zu der Zeit war Einar der angesehenste Romanautor Islands, und seine Landsleute dachten sogar, dass er für den Nobelpreis infrage komme, aber dafür waren seine Bücher zu einfach gestaltet. Die eindeutige moralische Haltung des Autors verhindert, dass in seinen Geschichten die Blumen des Bösen blühen.

Der beste Erzähler der isländischen Prosa in diesen Jahren war Guðmundur Magnússon (1873–1918), der in Armut auf entlegenen Bauernhöfen im Nordosten aufwuchs, später den Buchdruck in Ostisland und Kopenhagen erlernte und die zwei letzten Jahrzehnte seines Lebens in Reykjavík wohnte. Zuerst erschienen von ihm zwei Gedichtsammlungen, die aber so schlecht rezensiert wurden, dass er seinen ersten Roman, *Halla* (1906), unter einem Pseudonym, Jón Trausti, veröffentlichte. Die Rechnung ging auf, denn der Roman wurde warm aufgenommen, und in den nächsten sechs Jahren veröffentlichte er vier Fortsetzungen, später noch drei weitere Romane und zwei Bände mit Erzählungen. Damit gelang ihm ein breites gesellschaftliches Panorama des harten Lebens auf dem Lande, das er selbst nur zu gut kannte. Die Hauptperson im ersten Teil, Halla, ist eine lebenslustige, schöne junge Frau, die sich verliebt und schwanger wird. Der Liebhaber ist ein Pfarrer, der sich als frisch verheiratet erweist, und Halla muss ihr Glück opfern; überhaupt ist verbotene Liebe ein wichtiges Motiv in Jón Traustis Romanen. Aber genau gezeichnete Figuren, ein facettenreiches Bild des Lebens auf Island in den schwierigen Zeiten der Armut, der Naturkatastrophen und der Emigration gegen Ende des 19. Jahrhunderts, und eine gehörige Portion Drama machten Jón Trausti, der als Schriftsteller Autodidakt war, zum wahrscheinlich meistgelesenen Romanautor des Landes in den ersten zwei Jahrzehnten des 20. Jahrhunderts.

Seine Vorbilder waren eher Dickens und Dostojewski als die

nordischen Prosaisten und seine Stärke die Schilderung der Personen eher als der Plot. »Die Personen, über die ich schreibe«, notierte Jón Trausti einmal in einem Brief, »stehen mir so nahe und werden mir so intim wie die Menschen, mit denen ich tagtäglich am meisten zu tun habe. Deswegen erleichtert es mir auch sehr die Arbeit, die gleichen Personen in mehreren Geschichten auftreten zu lassen und neue hinzuzufügen.«[275] Nach der produktiven Anfangsphase beschäftigte sich Jón Trausti jedoch mehr und mehr mit historischen Stoffen. Seine Bücher waren gekennzeichnet von romantischer Sehnsucht nach der Vergangenheit und christlichen Werten.[276] Er wurde immer konservativer, und in seinem letzten Buch, *Bessi gamli* (Der alte Bessi, 1918), überwiegt seine Verachtung der Moderne, des Stadtlebens und der Massenkultur. Mit dem neuen Island konnte er nichts anfangen.

Dich lieb' ich, o Sturm

Als Autor war Jón Trausti ein Kind des Realismus, und diese literarische Strömung war die Mutter des modernen isländischen Romans. Aber sie hatte auch Einfluss auf die bis dahin vorherrschende Gattung der Literatur, die Dichtung. Einer von den Redakteuren der *Verðandi* war der Dichter Hannes Hafstein (1861–1922). Er kam aus der kleinen isländischen Oberschicht, sein Vater war Amtmann in Nordisland, er selbst studierte Jura in Kopenhagen und wurde danach Bezirksvorsteher in verschiedenen Bezirken in Island. Zu Beginn des 20. Jahrhunderts war er der einflussreichste Politiker im Lande. Die politischen Parteien damals richteten sich nicht nach Klassenunterschieden, sondern vertraten unterschiedliche Auffassungen davon, wie Islands Souveränität am besten zu erreichen und gestalten sei. Da konnte man sich lautstark über heutzutage fast unverständliche Nuancen streiten. Hannes führte die Selbstverwaltungspartei (Heimastjórnarflokkur) an, und 1902 wurde eine Änderung des Grundgesetzes verabschiedet, die den Isländern ein gutes Maß an Selbstverwaltung sicherte. 1904 wurde Hannes Hafstein der erste Minister von Island, ein Symbol dafür, dass die oberste Administration des Landes nicht mehr in Kopenhagen war.

1882 erschien in der *Verðandi* ein Gedicht von Hannes, »Stormur« (Sturm), auf der ersten Seite der Zeitschrift:

> Dich lieb' ich, o Sturm, der du brausest landein
> und fröhliches Sausen erweckst in dem Hain,
> der morsches Gezweige du biegst oder knickst,
> doch blühende Bäume nur stärkst und erquickst.[277]

Sechs Jahre später hielt er eine Vorlesung in Reykjavík über den Realismus, in der vieles, zum Beispiel der Aufruf, die Literatur möge die gesellschaftlichen Schwächen analysieren und sich wissenschaftlicher Seelenkunde bedienen, an die Forderungen des französischen Naturalisten Émile Zola erinnerte, aber auch technischer Fortschritt als zentral gesehen wurde: »Unsere Zeit ist die Zeit des praktischen Fortschrittes, des Dampfes, der Elektrizität, und der Forschung stolze Zeit.«[278] Dies wurde auch seine politische Haltung, Island sollte ein modernes, selbständiges Land werden. Um die Jahrhundertwende 1900 glich Island einem »unerfüllten Traum«, so Hannes Hafsteins Ausdruck, es sei geprägt von jahrhundertelanger Stagnation und trage doch zugleich den Keim einer neuen Zeit in sich.[279] Mit den Jahren widmete er sich mehr und mehr der Politik, aber schrieb auch weiterhin Gedichte, manche eng verwandt mit dem »Sturm«, und einige davon werden oft gesungen. Er selbst war ein schöner Mann, wie meine Großmutter immer betonte und prächtig in seiner Uniform, und erfüllte somit den Traum des Volkes von einem dichtenden Politiker.

Es gab auch Dichter, die sich besonders von der radikalen Gesellschaftskritik des Realismus inspirieren ließen. Der bekannteste unter ihnen war Þorsteinn Erlingsson (1858–1914). Auch er hatte in Kopenhagen studiert, ohne eine Prüfung abzulegen; das taten die wenigsten Isländer. Die erste Ausgabe seiner Gedichtsammlung *Þyrnar* (Dornen), erschien 1897. Þorsteinn, der den größten Teil seines Lebens als Redakteur und Lehrer arbeitete, war Sozialist und überzeugter Atheist, und seine Dichtung konnte sowohl gesellschaftskritisch als auch kämpferisch sein. Er schrieb längere Zyklen über geschichtliche Stoffe, die hier bereits erwähnt wurden, etwa über das Schicksal der Bischofstochter Ragnheiður (siehe S. 177 ff.) und den Hundetagekönig Jörundur. Aber er hatte auch eine romantische Saite in seiner Harfe, dichtete über die Vöglein und die Bäume und die Schönheit der Natur.[280] Seine Verse waren unangestrengt und manchmal spielerisch in der Form, die Worte reihten sich wie natürlich aneinander, und viele seiner Gedichte eigneten sich gut zum Auswendiglernen und Singen. Seine Haltung zeigt jedoch auch, dass sich die Politik in Island um die Jahrhundertwende 1900 nicht mehr nur darum drehte, wann und wie Island unabhängig werden sollte, sondern auch darum, was für eine Gesellschaft man hier aufbauen wollte.

So auch in der Dichtung von Ólöf Sigurðardóttir von Hlaðir (1857–1933), die eine enge Freundin von Þorsteinn Erlingsson war. Sie war eine charakterstarke, selbständige Frau und die erste Dichterin, die Frauenrechte zu einem ihrer Themen machte. Aufgewachsen war sie auf einem Bauernhof im Nordwesten. Über ihre Kindheit dort schrieb sie einen Aufsatz, das erste autobiografische Werk einer isländischen Frau, der 1906 in der Zeitschrift *Eimreiðin* erschien; ihre Kindheit war eine ohne Bücher und Kultur, und der Essay ist ernüchternd zu lesen, vor allem, wenn man sich allzu große Illusionen über die Bauernkultur gemacht hat. Sie wurde Hebamme, aber musste die Arbeit wegen ihrer Tuberkulose-Erkrankung aufgeben; schließlich zog sie mit ihrem Mann (der übrigens Halldór Guðmundsson hieß) auf den Bauernhof Hlaðir in Nordisland. Dort führten sie ein ungewöhnliches Leben in dem Sinne, dass der Besitz des Ehepaares getrennt und Ólöf somit finanziell unabhängig war.

Ihre erste Gedichtsammlung hatte, wie *Das Mädchen* von Júlíana Jónsdóttir, einen anspruchslosen Titel, *Nokkur smákvæði* (Einige kleine Gedichte, 1888). Dem Namen zum Trotz ist ihre Dichtung sowohl kraft- als auch anspruchsvoll. Sie hatte ein starkes Bedürfnis nach Liebe, wie aus ihrem interessanten Briefwechsel mit Þorsteinn Erlingsson hervorgeht, und nach Unabhängigkeit. Im Spannungsfeld zwischen diesen Gegensätzen, dem unabhängigen Leben und der liebevollen Hingabe, steht ihr literarisches Werk; von der Form her traditionell, aber voller Leidenschaft und feministischer Kraft.[281] In einem Gedicht, »Liebe als Wiedergängerin«, finden sich diese Zeilen:

> Ist Frauenrache fürchterlich,
> erkennen sollt ihr, dass
> ein unsäglicher Schmerz es war,
> der aus der Bahn sie warf.
> Und hört das schrille Wetzgeräusch,
> das schliff ihr Racheschwert.
> Bedenket auch die bitt're Qual,
> die Liebe anfangs wird genannt.[282]

Der Dichter Stephan G. Stephansson (1853–1927), ein Vertreter des Realismus, stand in seiner politischen Haltung Þorsteinn

Erlingsson nahe, in ihrem lyrischen Werk waren sie sehr verschieden. Ganz anders verlief auch sein Leben. Er war in Nordisland geboren worden, zog aber als Zwanzigjähriger mit seinen Eltern nach Kanada und verrichtete dort verschiedene Gelegenheitsarbeiten, bis er sich entschloss, Bauer zu werden, ab 1889 in Alberta in Kanada, in der Nähe der Rocky Mountains. Auch er schrieb lange Zyklen im traditionellen isländischen Versmaß, auch er war Sozialist und Atheist und dazu Pazifist, was ihn, während des Ersten Weltkriegs, in seiner neuen Heimat nicht unbedingt populär machte. Seine Dichtung konnte wortgewaltig sein, aber auch umständlich und stellenweise schwerfällig. Obwohl er sein ganzes erwachsenes Leben in Kanada verbrachte, schrieb er immer auf Isländisch und in der Tradition seiner alten Heimat. Wie es in seinem vielleicht bekanntesten Gedicht heißt:

> So weit um die Welt du auch wanderst,
> selbst wenn jedes Land du durchmißt,
> im Herzen und in der Seele
> deine Heimat du nie vergißt,
> du Tochter des Feuers und Eismeers,
> der Bäche und Geysire Kind,
> du Sohn des Hochlands, der Heiden,
> des Bootes, das schaukelt im Wind.[283]

Stephan G. Stephansson ist ein wichtiger Repräsentant der sogenannten westisländischen Literatur. Unter den Zehntausenden, die im letzten Viertel des 19. Jahrhunderts gen Westen zogen, waren natürlich auch Büchermenschen und Schriftsteller. Manche, wie die hier bereits erwähnten Gestur Pálsson, der 1890 nach Kanada auswanderte, aber im Jahr darauf an einer Lungenentzündung starb, und Einar H. Kvaran, verbrachten den größten Teil ihrer schreibenden Zeit auf Island, andere kehrten nie zurück. Die Isländer brachten Druckereien mit nach Kanada, und in Winnipeg erschienen mehrere isländische Zeitungen und eine ganze Menge Bücher – es gab also eine eigene isländische Literaturszene in Kanada. Über jedes neue isländische Dorf schrieb man ein eigenes Buch der Landnahme, wie die Siedler in Island fast tausend Jahre vor ihnen. 2009, als ich die isländischen Orte am Lake Winnipeg besuchte, traf ich auf – gewiss ältere – Menschen, die noch Isländisch sprachen, isländische Lieder singen konnten und sogar auf Isländisch dichteten.

Diese Menschen brachten eine andere Erfahrung als ihre Landsleute in Island zu Papier, sowohl in der Dichtung als auch in der Prosa. So zum Beispiel Jóhann Magnús Bjarnason (1866–1945), der mit neun Jahren nach Kanada kam; erst nach Nova Scotia und dann später nach Winnipeg und in jene Region am Lake Winnipeg, die eine Zeit lang New Iceland hieß. Er arbeitete den größten Teil seines Lebens als Lehrer, war aber ein Vielschreiber und hinterließ Gedichte, Kunstmärchen, Kurzgeschichten, Theaterstücke, Essays, Tagebücher sowie drei längere Romane. Sein Werk wurde auf Isländisch sowohl in Island als auch in Kanada und Dänemark publiziert. Der Literaturwissenschaftler Viðar Hreinsson schreibt über ihn: »Er war empfindsam und leicht zu begeistern, aber konnte auch sehr naiv in seinem Schreiben sein.«[284] Jóhann Magnús Bjarnason verfasste einen Bildungsroman über seine Jugend in Nova Scotia, *Eiríkur Hansson,* im Stil von David Copperfield. Aber der Roman, der sich größter Popularität erfreute und mehrere Male neu aufgelegt wurde, *Brasilíufararnir* (Die

Reisenden nach Brasilien) ist ein isländischer Abenteuerroman und insofern etwas sehr Seltenes. Ausgangspunkt ist die historische Tatsache, dass Isländer im 19. Jahrhundert nicht nur nach Nordamerika emigrierten, sondern auch in den Süden: Eine Gruppe wanderte nach Brasilien aus. Darüber schreibt er eine Spannungs- und Liebesgeschichte, in der heldenhafte Isländer große Herausforderungen meistern; die Erzählung ist packend und erinnert an Karl May. Auf Isländisch erschien das Buch gleich mehrere Male, aber über die Sprachgrenzen kam es bisher nicht.

Viele der Auswanderer waren mit der Dichtung des 19. Jahrhunderts in Island aufgewachsen und setzten diese Tradition in Amerika fort; einige schienen fast unberührt von der neuen Welt, andere brachten sie zur Sprache und thematisierten auch den wachsenden Einfluss des Englischen auf die Auswanderer. Dann kamen Autorinnen und Autoren hinzu, die auf Englisch über die Erfahrungswelt der isländischen Immigranten schrieben. Besonders bemerkenswert ist Laura Goodman Salverson (1890–1970), deren isländische Eltern ein paar Jahre vor ihrer Geburt nach Winnipeg emigrierten, und ihr autobiografisches Meisterwerk *Confessions of an Immigrant's Daughter* (1939). Sie wurde eine der bekanntesten Autorinnen Kanadas in der ersten Hälfte des 20. Jahrhunderts, aber auf Isländisch erschien ihr Werk erst Jahrzehnte nach ihrem Tod.

Das Jahr 1905 markiert zwei wichtige Etappen in der isländischen Literatur. Die neue isländische Literaturgeschichte (*Íslenskir bókmenntir I* und *II,* 2021) hebt hervor, dass in diesem Jahr ein auf Dänisch verfasstes Werk eines jungen isländischen Autors, Jóhann Sigurjónsson (1880–1919), beim Verlag Gyldendal erschien. Es war das Schauspiel *Dr Rung*, das zwar kein Theater damals aufführen wollte, das aber als Buch gut rezensiert wurde und das Interesse vieler nordischer Literaten weckte. Jóhann Sigurjónsson stammte aus Nordisland und war 1899 nach Kopenhagen gezogen, um sich dort zum Tierarzt ausbilden zu lassen, gab aber das Studium nach ein paar Jahren auf, um Dichter zu werden. Die Ausgabe seines Buches markiert den Anfang einer Periode, in der isländische Schriftsteller auf Dänisch ihr Glück versuchten. In den nächsten vier Jahrzehnten gaben zwölf isländische Autoren Werke auf »dänischer Zunge« heraus, wie Snorri Sturluson das Altnordische vor siebenhundert Jahren genannt hatte. Zwei Autoren schrieben auf Norwegisch, und der meistgelesene isländische Autor in der ersten Hälfte des 20. Jahrhunderts, Jón Sveinsson, Nonni, schrieb seine Bücher auf Deutsch.[285] Obwohl sich nun endlich ein isländischer Buchmarkt entwickelte, war dieser so klein, dass sich ehrgeizige junge Autoren gerne auf einem anderen Markt versuchten, und da war kein Land so naheliegend wie Dänemark.

Die Literaturwissenschaftlerin Helga Kress erwähnt das Jahr 1905 aus einem anderen Grund: Damals erschienen in der Zeitschrift *Sumargjöf* Werke der Dichterin Unnur Benediktsdóttir Bjarklind (1881–1946), die sich Hulda nannte. Sie benutzte darin eine freie Form aus der Volksdichtung, auf Isländisch *þulur* genannt. Man könnte sie auf Deutsch Reime nennen, einer Litanei ähnlich. Oft zitiert Hulda aus Volksliedern und setzt das Zitierte dann selbst fort, benutzt Bilder aus der Natur, um über Freiheit und ihr Schicksal als Frau zu dichten, oder lässt ihrer Fantasie freien Lauf. Ein schönes Beispiel stammt aus dem Gedicht »Verleih' mir Flügel«, in dem die ersten Zeilen ein Zitat aus einem Volkslied sind:

»Graugänsemutter!
Verleih' mir Flügel«,
um sachte zu segeln
südwärts übers Meer.
Bleich die Blumen ins Grab sich neigen,
Schattenschleier Licht verschweigen,
muss der Einsamkeit mich beugen,
an bitterkalten Stränden,
einsam an verlassenen Sommerstränden.
Fernweh zieht mich weit hinaus,
ohn' dich würd' ich bangen!
Keine Flügel habe ich,
außer dem Verlangen,
außer meinem kindlichen Verlangen.[286]

Die Reime von Hulda wurden von vielen begeistert aufgenommen, sowohl von ihren männlichen Dichterkollegen wie Þorsteinn Erlingsson und Einar Benediktsson, als auch von Kritikern. Damit war Hulda, so Helga Kress, die erste isländische Dichterin, die von der literarischen – männlichen – Institution willkommen geheißen wurde.[287] Ihre erste Gedichtsammlung erschien 1909. Sieben Jahre später erschien dann eine Sammlung von Reimen oder *þulur* aus der Feder der Dichterin Theodóra Thoroddsen (1863–1954). Es ist interessant zu sehen, wie diese Dichterinnen gekonnt mit einer Form arbeiteten, die ihre Wurzeln in den Volksliedern der mündlichen Überlieferung hat, also in genau jener Gattung, die dank Frauen über Jahrhunderte hinweg überliefert und somit bewahrt wurde.

Bücherträume, Versgeschäume

Presse, Schulen, Stipendien, Buchhandlungen: Ganz langsam entwickelt sich zwar keine schreibende Klasse, aber eine schreibende Gruppe. Gemäß der Volkszählung von 1910 beschäftigten sich damals 997 Isländer und Isländerinnen mit »geistiger Arbeit«. Weitaus die meisten davon waren Lehrer, aber 33 wurden als »Journalisten und Schriftsteller« kategorisiert. Keiner von ihnen war wohl hauptberuflich belletristischer Autor, aber viele schrieben nebenbei Literatur. Nicht zuletzt, weil nun die erzählende Prosa die Stellung der Dichtung als führende literarische Gattung übernommen hatte und endlich ein Buchmarkt im Entstehen war. Im darauffolgenden Jahrzehnt kann man dann von den ersten isländischen Berufsschriftstellern nach Torfhildur Hólm (siehe S. 236) sprechen, jedoch in Dänemark sesshaft und auf Dänisch schreibend.

Mit der Entstehung des Marktes folgte auch seine Spaltung. Anfang des 20. Jahrhunderts erschienen auf Isländisch viele übersetzte Unterhaltungsromane, die sich großer Beliebtheit erfreuten. Das waren vor allem amerikanische Bücher aus der zweiten Hälfte des 19. Jahrhunderts, wie *The Hidden Hand, or Capitola the Madcap* von E.D.E.N. Southworth, und andere abenteuerliche Romanzen mit damals verlockenden Titeln wie

»Die Mulattin«, »Das schreckliche Geheimnis«, »Die geheime Allianz« und so weiter. Verlegt wurden viele von ihnen von Jóhann Jóhannesson (1870–1914), der dafür scharf von gelehrten Literaten kritisiert wurde. Sie meinten, die Trivialliteratur sei nicht nur gefährlich für den Geschmack der Leser, sondern für die Moral der Bevölkerung überhaupt. 1909 ging eine Zeitung so weit, eine Serie von Artikeln über die schädliche Verlagsarbeit von Jóhann Jóhannesson zu drucken. Jóhann, der sowohl mit Büchern, darunter auch sogenannte seriöse Literatur, als auch mit Immobilien handelte und ein wohlhabender Mann war, nahm die heftige Kritik ernst und veröffentlichte eine Erwiderung. Darin argumentierte er, dass Unterhaltung den Lesern kaum schaden könne und wies zugleich auf die Gesetzmäßigkeiten des Marktes im Verlagswesen hin. An der Kritik änderte das nichts. 1914 starb seine Frau, und kurz darauf veröffentlichte er eine Annonce in den Zeitungen, in der er alle seine Gläubiger dazu aufforderte, ihn aufzusuchen, damit er seine Schulden begleichen könne. Tat es und beging danach Selbstmord.[288]

Man sieht es vor sich: schreibende Menschen und ein wachsender Buchmarkt in einer kleinen Gesellschaft, die im ersten Viertel des 20. Jahrhunderts eine große Wandlung durchmachte, eine Wandlung, die in den westeuropäischen Ländern mindestens hundert Jahre zuvor stattgefunden hatte. Im Jahre 1900 lebten 6700 der 78 000 Isländer in Reykjavík, 1928 war die Bevölkerung auf insgesamt 103 000 angestiegen, davon lebten 25 000 in Reykjavík und noch einmal so viele in Dörfern mit mehr als dreihundert Einwohnern; nur noch die Hälfte wohnte also auf dem Lande. Es war eine junge Bevölkerung, über 40 Prozent waren unter zwanzig Jahre alt, und es war eine homogene Bevölkerung, weniger als 1 Prozent war im Ausland geboren, davon 153 außerhalb der nordischen Länder.[289] Die jahrhundertealte Bauerngesellschaft bröckelte unter anderem, weil endlich die industrielle Revolution Island erreichte, nicht zuletzt mit den Trawlern, diesen motorgetriebenen Schiffen, die ein Schleppnetz hinter sich herzogen. Mit einer groß angelegten Fischerei wurde die Grundlage für die Stadtbildung geschaffen.

Die Moderne kam und breitete sich aus, auch im kulturellen und literarischen Gedächtnis. 1911 wurde die Universität Islands gegründet, ein weiteres wichtiges Symbol der neuen Zeit. Literarische Strömungen brauchten nicht mehr so lange, um nach Island zu kommen, Dichtung und Literatur mussten nicht notwendigerweise dem Nationalismus und Fortschritt dienen. Dekadenz und Symbolismus der Jahrhundertwende prägten teilweise auch die isländische Lyrik, der einsame Dichter war nicht Teil einer Unabhängigkeitsbewegung wie seinerzeit Hannes Hafstein. Bleiben wir bei Jóhann Sigurjónsson, denn hier geht es nicht darum, eine vollständige Liste aller Namen aufzuzählen. Sein Werdegang sagt viel über die Zeit. Die literarische Strömung der Jahrhundertwende, das Fin de Siècle, das von dem Glauben geprägt war, die westliche Kultur steuere auf ihren Untergang zu, hatte ebenso Einfluss auf ihn wie die Ideen Nietzsches, die der Philosoph Georg Brandes mittlerweile auch in Dänemark bekannt gemacht hatte. Schon mit zwanzig schrieb Jóhann aus Kopenhagen an seinen Bruder: »Diese unbeherrschbare Sehnsucht, etwas Großes zu tun, etwas Wichtiges, lässt mich fast nie in Ruhe.«[290]

Die Stimmung in seinen wenigen Gedichten war dunkler, die Form freier, als man es in der isländischen Dichtung, abgesehen von Hulda (siehe S. 279), gewohnt war. Es ist Lyrik, die keiner Entschuldigung bedarf und auch keiner Erklärung, sondern einfach ein Teil der großen Lyrik des 20. Jahrhunderts geworden ist. Ein kleines Gedicht über Jónas Hallgrímsson, den großen Dichter der Romantik, erzählt dessen Leben in wenigen Zeilen, ein anderes, »Bikarinn« oder »Der Becher«, handelt von einem Mann, der einsam beim Wein sitzt, und schließt mit diesen Zeilen:

> Hinter mir harret der Tod schon,
> hält in gewaltiger Hand
> urtief den nächtlichen Himmel,
> Finsternis – voll bis zum Rand.[291]

Jóhann Sigurjónsson schrieb auch das erste modernistische Gedicht Islands, sowohl in seiner Form als auch in seinem Inhalt, über dessen Deutung noch immer gestritten wird. Wann genau er es schrieb, weiß man leider nicht, und veröffentlicht wurde es erst nach seinem Tode, 1927. Es heißt »Sorg, Trauer« und fängt so an:

> Wehe, wehe der gefallenen Stadt!
> Wo sind deine Gassen,
> deine Türme,
> wo ist das Lichtermeer, die Wonne der Nacht?
> Wie Korallen am Meeresgrund
> lagst du unter blauem Himmel,
> wie eine Spange aus getriebenem Silber
> ruhtest du auf dem Busen der Erde.
> Wehe, wehe!
> In tiefen Brunnen wachen Giftschlangen,
> und die Nacht erbarmt sich deiner Ruinen.[292]

Geht es hier um die westliche Kultur, am Rande des Ersten Weltkriegs, oder handelt das Gedicht – wie einige Forscher meinen – von seinem Freund, der geisteskrank wurde? Was immer der Funken ist, der das Gedicht hervorbrachte, Jóhann schrieb hier ein gänzlich modernistisches Gedicht; mit einigen ganz wenigen Ausnahmen wurde derartige Lyrik erst nach dem Zweiten Weltkrieg auf Island geschrieben.

Aber mit isländischer Lyrik war es nicht so leicht, ein berühmter Autor zu werden, und Jóhann Sigurjónsson konzentrierte sich auf das Theater. Sein größter Erfolg auf diesem Gebiet war das Stück *Fjalla-Eyvindur*, auf Deutsch *Berg-Eyvind und sein Weib*. Es baut auf Volkssagen und Geschichten über den gesetzlosen Eyvind und seine Frau Halla auf, die in die Berge flüchten mussten. Halla ist in dem Werk eine wohlhabende Witwe, die alles für ihre Liebe und das Ideal der Freiheit opferte, eine tragische Gestalt in einem gut komponierten Drama in vier Akten über Ideale, die in der menschlichen Gesellschaft keinen Platz hatten. Jóhann änderte es mehrere Male, es war ursprünglich ein Einakter, auch probierte er zwei verschiedene Enden, wobei der tragische Schluss besser ist. Der dänische – und der deutsche – Titel ist treffender, denn das Stück handelt nicht nur von Eyvind, eigentlich ist Halla die Hauptperson. Es wurde 1911 in Reykjavík uraufgeführt und im Jahr darauf auch in Dänemark gezeigt und wurde der größte internationale Erfolg eines isländischen Autors bis dahin, mit Aufführungen in dreizehn Ländern in den nächsten Jahren, darunter auch in mehreren Städten in Deutschland und sogar in New York. 1917 wurde es vom schwedischen Regisseur Victor Sjöström verfilmt, und er spielte selbst die Rolle des Eyvind; in Deutschland wurde der Film unter dem Titel *Der Geäch-*

tete und sein Weib gezeigt. Der Film war gut und wird noch immer zu den Hauptwerken des naturalistischen Stummfilms in Schweden gezählt.

Jóhann Sigurjónsson schrieb ein paar Jahre später ein weiteres überzeugendes Stück, *Galdra-Loftur*, auch »Der Wunsch« genannt, das auch auf einer Volkssage basiert und in dem sich deutlich der Einfluss von Nietzsche zeigt, aber es wurde nicht so positiv aufgenommen wie das Stück über Eyvind, und außerdem verhinderte der Erste Weltkrieg eine schnelle Verbreitung des Werkes in Europa, denn nun hatte eine ganz andere Tragödie die Bühne übernommen. Jóhann war ehrgeizig, aber auch ein Träumer, der sich sogar mit Erfindungen beschäftigte und Patente bekam; jedoch hatte er in seinen letzten Jahren mit gesundheitlichen Problemen zu kämpfen, und er starb Ende August 1919 in Kopenhagen, nur 39 Jahre alt.

Dieser Abschnitt über das lange 19. Jahrhundert kann nicht abgerundet werden, ohne den letzten großen Nationaldichter – so nannte man sie auf Island – dieser Epoche zu erwähnen, und der hieß Einar Benediktsson (1864–1940). Obwohl die meisten seiner Gedichte im 20. Jahrhundert erschienen, war er vom Jahrhundert davor geprägt. Er studierte Jura in Kopenhagen, war eine Zeit lang Bezirksvorsteher in Island, gründete und redigierte Zeitungen und nahm am Kampf für die Unabhängigkeit des Landes teil. Inspiriert von Einars Zeit als Bezirksvorsteher in Nordisland, wo er sich in das Leben zweier Liebender einmischen musste, weil sie Geschwister waren, schrieb Thor Vilhjálmsson seinen besten Roman, *Grámosinn glóir* (1986), *Das Graumoos glüht / Graumoos* (1990/1998, siehe S. 394). Einar hielt seine Dichtung größtenteils in der strengen, traditionellen Form, aber der Symbolismus und die Ideen vom Übermenschen haben ihn geprägt. Die Poesie sollte von ewigen Werten zeugen, vom Hohen und Schönen, er neigte zum Transzendentalen, und mit den Jahren wurde der Naturalismus ihm immer mehr zuwider, besonders in der Prosa; für ihn wurden da nur Phrasen und Floskeln des Alltags gedroschen.

Einar Benediktsson wollte Großes, für sich selbst und für sein Land, wie aus seinem Gedicht »An Island« aus der Jahrhundertwende hervorgeht:

> Du erbtest nur die Bitterkeit!
> Kleines Volk, das mit Armut büßt für große Sünden,
> sitzt durstig an der Quelle, kannst Leben neu entzünden,
> was du willst, kannst du erreichen,
> erheb' dich nur und setz' ein Zeichen, –
> für festen Willen gekommen ist die rechte Zeit.
> Glaub' nicht an Wunder, vertraue nur der eig'nen Kraft.
> Heraus die Pflugschar, und sogleich ist es geschafft.
> Bücherträume,
> Versgeschäume,
> durch Taten nun gestalte deine Wirklichkeit.[293]

Ihm selbst ging es auch um Taten, er wurde Kaufmann und Entrepreneur, versuchte die erste Telegrafenverbindung mit Island herzustellen, gründete eine Firma – die im Geiste seines Größenwahnes »Titan« hieß und die sich für Wasserkraftwerke in Island einsetzte – und ließ sogar nach Gold in der Nähe von Reykjavík suchen. Er hielt sich lange im Ausland auf, nicht zuletzt, um Investoren für seine Unternehmen zu finden, und in Island erzählte man sich, er versuche, der Welt die Nordlichter zu verkaufen. Das haben seine Landsleute inzwischen gelernt.

Seine Dichtung ist nicht immer gelungen, manchmal wirkt

sie zu kompliziert, zu angestrengt zusammengeschraubt. Aber zwischendurch dichtet er Zeilen, die ihresgleichen suchen und längst zu Sprichwörtern geworden sind (»Es gibt auf Island ein Wort / Für alles, was man auf Erden denkt«). Mit den Jahren wurde er konservativer, und es fiel ihm schwer, den Alltag des neuen Islands zu verstehen, und die moderne Literatur war ihm ohnehin fremd. Seine Trunksucht nahm zu, und in den letzten zehn Jahren seines Lebens wohnte er, zusammen mit seiner zweiten Frau, sehr abgelegen in einem kleinen Häuschen an der Südküste, vor sich nur das endlose Meer: »Nach dir habe ich Heimweh / schreckliche herrliche Wüste«, hatte er einmal gedichtet.

1918 ging endlich der Krieg in Europa zu Ende, und am 1. Dezember dieses Jahres konnte Island seine Souveränität feiern. Das geschah mit der Unterzeichnung eines Unionsvertrags mit Dänemark; ab da war Island nur noch durch eine sogenannte Personalunion mit dem dänischen König verbunden. Der Vertrag galt für 25 Jahre, danach sollte in einem Volksentscheid darüber abgestimmt werden, ob Island vollständig unabhängig sein würde. Eine Periode von fast siebenhundert Jahren unter einem ausländischen König näherte sich ihrem Ende. Drei Jahre zuvor hatten die Frauen das Wahlrecht erhalten, eine demokratische Gesellschaft war im Entstehen.

Den Isländern war an diesem Tag nicht unbedingt nach Feiern zumute. Im Herbst hatte eine schlimme Pandemie, die Spanische Grippe, im Land gewütet, wie fast in der ganzen Welt. In Reykjavík waren zwei Drittel der Einwohner bettlägerig. Knapp fünfhundert Isländer erlagen der Seuche, darunter der Autor Jón Trausti und die Autorin Torfhildur Hólm; somit ging auch eine Epoche der isländischen Literatur zu Ende.

Im Spätsommer 1919 starb Jóhann Sigurjónsson an Tuberkulose in Kopenhagen. Bei der Beerdigung waren wahrscheinlich mehr Menschen zugegen als je zuvor beim Begräbnis eines isländischen Dichters; dänische Schriftsteller hielten Reden, und isländische Studenten sangen. Während der Pfarrer sprach, war die Kirche voll und die Tür stand offen, damit die Draußenstehenden auch zuhören konnten. Unter ihnen war ein siebzehnjähriger junger Mann, der einen Monat zuvor nach Kopenhagen gekommen war, fest entschlossen, Dichter zu werden. Sein Name war Halldór Guðjónsson, von dem Hof Laxnes, in der Nähe von Reykjavík. Der Traum des 19. Jahrhunderts war ausgeträumt, die Moderne bereitete ihren Einzug in die isländische Literatur vor.

Der Mythos von den kleinen Sprachen

Immer auf dem Weg nach Hause

»Ich muss auf Dänisch schreiben, um leben zu können. Ich komme nicht zurück nach Island, bevor ich einen Namen und einen guten Ruf erlangt habe. Ich schaffe das.«[294] Dies schrieb der isländische Autor Gunnar Gunnarsson (1889–1975) im Jahr 1910 an einen Freund. Zu der Zeit hatte Gunnar es nicht leicht, er lebte in Dänemark und versuchte, Gedichte und Kurzgeschichten an Zeitschriften und Zeitungen zu verkaufen, aber zwei Jahre später machte er sich einen Namen mit seinem ersten Roman (siehe S. 312). Die dänischen Kritiker freuten sich über die dänisch-isländischen Autoren, sahen sie wie einen »Gletschersturm, der die Stirn des kulturmüden Dänemarks kühlt«, wie einer von ihnen es 1920 so schön formulierte.[295]

Obwohl sich in Island Anfang des 20. Jahrhunderts ein selbständiger Buchmarkt entwickelte, ein Städtchen entstand und die Bauerngesellschaft zerbröckelte, war das alles zu wenig, um Autoren oder Autorinnen ernähren zu können. Die Gesellschaft hielt ihren Ambitionen nicht stand, denn diese jungen Leute, die meisten Männer, träumten davon, hauptberuflich Schriftsteller zu werden. Dazu mussten sie versuchen, ihre Geschichten in einer ausländischen Sprache zu schreiben, um sie auf einem größeren Buchmarkt präsentieren zu können. Gleichzeitig war für sie das in Europa vorherrschende Bild von Island – zumindest bei denen, die sich überhaupt ein Bild von dem Land machten – eine gute Voraussetzung, um positiv aufgenommen zu werden. Denn man sah es als ein »Land von Feuer und Eis«, an der Grenze zur Zivilisation, bevölkert jedoch nicht von Barbaren, sondern von Menschen, die eine große literarische Tradition vorweisen konnten, also einer Art »edler Wilder«. Über das Leben dieser Isländer wollte man gerne mehr erfahren, die Leser waren neugierig und grundsätzlich positiv eingestellt (und manchen mag dieses Bild noch immer bekannt vorkommen).

Ein Autor, der diese Erfahrung fast gleichzeitig mit Gunnar Gunnarsson machte, war viel älter als er: Jón Sveinsson, genannt Nonni (1857–1944), der seine beliebten Kinderbücher größtenteils auf Deutsch schrieb. Über ihn hat der Historiker Gunnar F. Guðmundsson eine ausgezeichnete Biografie geschrieben, die auch auf Deutsch erschienen ist (*Pater Jón Sveinsson – Nonni*, 2012). Nonni war 1857 auf Möðruvellir in der Nähe von Akureyri in Nordisland geboren worden, wo sein Vater, Sveinn Þórarinsson, Amtssekretär war. Sveinn und seine Frau Sigríður Jónsdóttir hatten viele Kinder, darunter Nonni und seinen Bruder Ármann, Manni genannt. Aber Sveinn hatte mit großen gesundheitlichen Problemen zu kämpfen, und die Familie musste nach Akureyri umziehen, wo Sveinn schon 1869 starb. Sigríður besaß nichts und musste alle ihre Kinder, außer Manni, zu anderen Leuten in Pflege geben. Doch dann bekam sie, im Jahr darauf, ein sehr ungewöhnliches Angebot: Ein französischer Graf bot ihr an, auf seine Kosten Nonni zu sich nach Avignon einzuladen, um ihm dort die Möglichkeit zum Studieren zu geben; das Gleiche wurde auch einem anderen Jungen aus der Gegend angeboten.

Die Leser der autobiografischen Nonni-Bücher mögen sich an dieses großzügige und abenteuerliche Angebot des französischen Adeligen erinnern, doch zwei wichtige Informationen werden ihnen vorenthalten. Erstens, dass Nonni damals ein Pflegekind war und nicht bei seiner Mutter wohnte. Nonni lässt es ganz im Gegenteil so aussehen, als hätte er als glücklicher Junge gemeinsam mit seinen Geschwistern bei der Mutter gelebt.[296] Und zweitens, dass es dem Grafen, der Jesuit war, darum ging, die Jungen in einer katholischen Schule so auszubilden, dass sie später Ordenspriester oder sogar Missionare im Norden werden konnten. Die Familien der Jungen mussten nicht katholisch sein, eine solche Bedingung konnte im protestantischen Island damals kaum erfüllt werden, aber sollten dem katholischen Glauben gegenüber nicht feindlich gesinnt sein.

Nach der Reformation und bis weit ins 19. Jahrhundert gab es keine Katholiken in Island; erst mit dem Grundgesetz von 1874 wurde die Religionsfreiheit auf Island eingeführt. In Jahr 1857 erhielten zwei französische Priester die Erlaubnis, nach Island zu kommen, um den Fischern aus Frankreich, damals zahlreich an Islands Küsten vertreten, als Geistliche zu dienen; einer von ihnen übermittelte später das Angebot des französischen Grafen an die isländischen Familien. Nonnis Mutter nahm es an, und Nonni kam nach Dänemark, wo er das erste Jahr blieb, weil er wegen des deutsch-französischen Krieges nicht nach Frankreich weiterreisen konnte. Danach kam er auf eine Schule in Frankreich, wurde 1878 Jesuit und studierte in Frankreich, Holland, Belgien und später auch in England. Einen guten Teil seines Lebens, die Jahre bis 1912, verbrachte er jedoch als Lehrer an einer katholischen Schule in Dänemark. Er kehrte nur zweimal nach Island zurück, auf Besuch, und zwar 1894 und 1930.

Nonni musste den strengen Regeln der Jesuiten folgen und für seine Reisen und andere Unterfangen die Erlaubnis seiner Oberen einholen. Seinem Bedürfnis zu schreiben gab er erst spät im Leben nach, er nutzte sein Talent jedoch in Vorträgen. Er war kein bedeutender Theologe oder großer Prediger, aber ein guter Erzähler. Sein erstes Buch schrieb er auf Dänisch; merkwürdigerweise ein Buch über die alte isländische Literatur, das 1906 erschien und von seiner Liebe für die Sagas zeugt. Zwei Jahre später erschien ein Reisebuch über seinen Islandbesuch von 1894, und 1913 dann das erste von den sogenannten Nonni-Büchern. Er hatte es ursprünglich auf Dänisch geschrieben, und übersetzte es dann selbst ins Deutsche, nach monatelanger Lektüre von Goethe zur sprachlichen Inspiration, wie er sagte. Die darauffolgenden Geschichten schrieb er dann gleich auf Deutsch. Die Nonni-Bücher umfassen insgesamt zwölf Bände und sind alle im katholischen Herder-Verlag erschienen.

Zusammen bilden diese Bücher seine Lebensgeschichte, und die weitaus beliebtesten sind seine Kindheitserinnerungen. Es sind Erzählungen über das Island des späten 19. Jahrhunderts, über Nonnis Abenteuer mit seinem Bruder Manni, der früh an Tuberkulose starb, über seine Reisen nach Dänemark und später Frankreich. Sie sind gut erzählt. Nonni ist ein sorgfältiger Beobachter – sowohl der isländischen Natur, die er über alles schätzt, als auch der Lebensweise der Menschen. Er kennt auch seinen *Robinson Crusoe* und ähnliche Abenteuerbücher, baut Spannung auf, weiß, das Interesse der Leser zu wecken und ab und zu gefährliche Risse in seiner heilen Welt zu suggerieren.

Wie bei vielen guten Kinderbüchern kann man nicht sagen, ob es sich bei den Nonni-Büchern um Werke über Kinder oder für Kinder oder beides handelt, aber sie schildern Sonnentage, sind durchzogen von einer »gutmütigen Wärme«, wie sein Biograf Gunnar Guðmundsson es so treffend formuliert.[297] Nonni hat sich ein Bild von seinem Leben gestaltet und ein Island, das in seiner Erinnerung immer so blieb, wie es war, als seine Mutter ihn als Zwölfjährigen hinaus in die Welt schickte. Oder genauer, wie er es rekonstruiert hatte als sein eigenes Paradies; die wunderschöne Natur, die liebevolle Mutter, die guten Geschwister. Nonni hatte zweifelsohne die Fähigkeit, sich in die Psyche eines Jungen von zwölf Jahren hineinzuversetzen. Er selbst schrieb im Alter von sechzig:

> Die Vorsehung hat mein Schicksal auf so ungewöhnliche Weise gesponnen, dass ich in meinem Herzen und Seelenleben den Charakter und die Empfindungen eines 12 bis 13 Jahre alten Jungen unverändert und frisch bis in dieses Alter bewahrt habe. Die Gedanken, Eindrücke und Gefühle dieser Lebensphase sind mir noch so genauso natürlich wie damals, als ich selbst in diesem Alter war.[298]

Er hat sich die Welt und Psyche der Kindheit bewahrt, so wie sie war, als er sie verließ, und aus dieser Perspektive erzählt er seine Erlebnisse. So gab er aber auch vielen seiner Zeitgenossen ein Rätsel auf. War er im zwölften Lebensjahr stehen geblieben? Hatte er kein »inneres Leben«, wie Halldór Laxness einmal über ihn gefragt wurde?[299] Oder war er gespalten, wie er es selbst sah, hatte ein ganz anderes Seelenleben, das sich bei ihm in der großen Welt entwickelt hatte, aber konnte sich als Erzähler immer in das seiner Kindheit zurückversetzen?

Das tat er auf jeden Fall in seinen Büchern, wovon einige in dreißig Sprachen übersetzt wurden, aber sich nirgendwo einer so großen Beliebtheit erfreuten wie in Deutschland. Über achthunderttausend Exemplare hatte der Herder-Verlag bis 1959 drucken lassen.[300] Sie wurden immer noch gelesen, als ich als Kind in den Sechzigerjahren in Deutschland lebte, und noch 1988 war ein in Island gedrehter Fernsehfilm über Nonni und Manni die Weihnachtsserie im ZDF. Verhielt es sich eventuell bei den deutschen Lesern wie bei Nonni selbst? Wollten sie sich ein Bild Islands bewahren, wie es vor dem Sündenfall der Moderne gewesen war? Ein Bild des Landes als zwölfjähriges, sozusagen, bevor es notgedrungenerweise erwachsen wurde? Die Insel aus Feuer und Eis ohne Urbanisierung und zentraleuropäische Kulturmüdigkeit?

Das könnte gut sein. Hinzu kommt, dass die Bücher liebenswert sind, natürlich immer mit einer moralischen Botschaft versehen, aber doch keine katholische Bekenntnisliteratur, denn das wollte Nonni nicht. Um sein Bild von Island zu bewahren, musste er einiges auslassen, wie zum Beispiel, dass er ein Pflegekind gewesen war, dass er von einem Jesuiten Unterstützung erfuhr, damit er später Missionar würde, oder dass er eine Halbschwester hatte, die er nirgends in seinen Texten erwähnt, obwohl er mit ihr in gutem Kontakt stand. Vielleicht war dies auch der Grund dafür, weshalb er – wenngleich ihm die zwei Besuche in der Heimat viel Freude bereiteten – nie ganz zurückkehren konnte? Es gab dieses Land nicht mehr, und es hatte es auch nie so gegeben. Es war das Märchen von Island, das er, genau wie das Seelenleben eines Zwölfjährigen, in sich bewahren wollte, und seine Leser liebten es.

Für Nonni war die bestmögliche Verbreitung seiner Bücher sehr wichtig. Nicht aus finanziellen Gründen, denn das Honorar ging größtenteils an den Jesuitenorden, sondern weil er, wie fast alle Schriftsteller, seine Geschichten so vielen Menschen wie möglich erzählen wollte. Das geht auch aus einem interessanten Briefwechsel mit Halldór Laxness aus den späten Zwanzigerjahren hervor. Laxness war im Alter von einundzwanzig für einige Jahre zum Katholizismus übergetreten und hatte aus diesem Anlass Nonni kontaktiert und aufgesucht. Zur Zeit des Briefwechsels war Laxness jedoch in Hollywood, denn er wollte zum Film. Er verfasste einen langen Essay über den amerikanischen Film und schrieb an Nonni, ob er ihn den Text nicht in großen europäischen Zeitungen unterbringen könne. Nonni versprach, sein Bestes zu tun, und fragte Halldór im Gegenzug, ob er vielleicht eine Verfilmung seiner Bücher zustande bringen könne, am liebsten mit Jackie Coogan (bekannt aus Charlie Chaplin: *The Kid)* in der Hauptrolle, also als Nonni. Laxness hatte jedoch keine entsprechenden Kontakte und »so kam es, dass sich Halldór Laxness und Jón Sveinsson über den halben Globus hinweg gegenseitig ihre Anliegen vorbrachten und dabei den Einfluss des anderen jeweils maßlos überschätzten.«[301]

Im hohen Alter war Nonni ruhelos und reiste um die Welt, hielt sich zum Beispiel in den Dreißigerjahren anderthalb Jahre in Japan auf. Wie sein Biograf schreibt: »Er war ein Weltbürger ohne Vaterland, sprach viele Sprachen, aber nur selten seine eigene Muttersprache, ein entwurzelter Einzelgänger mit sicherer Basis in der Hoffnung, sein ganzes Leben auf dem Weg nach Hause.«[302] Er starb 1944 in einem Luftschutzbunker in Köln.

Weg von zu Hause

Wenn man von der Mittelalterliteratur einmal absieht, war Jón Sveinsson der erste wirklich erfolgreiche isländische Schriftsteller in Deutschland. Man kann sagen, dass er nach 1913 hauptberuflich schrieb, wenngleich er als Jesuit und Priester nicht direkt vom Buchmarkt abhängig war und auch nicht viel an ihm verdiente. Hauptberuflich Autor: In dem Sinne wurde er ein Vorbild für eine neue und jüngere Generation isländischer Schriftsteller, die sich im Ausland versuchen wollten. Auf Gunnar Gunnarsson, der zeitgleich mit Jón Sveinsson erfolgreich war, allerdings in Dänemark, kommen wir noch näher zu sprechen, aber zunächst sollte Guðmundur Kamban (1888–1945) erwähnt werden, ein Autor, der aus seinem Ehrgeiz keinen Hehl machte. Sein Schicksal sagt auch einiges darüber, wie schwer es manchmal für die Isländer war, sich in der Welt zurechtzufinden. Guðmundur zog jung nach Dänemark, um Literatur zu studieren, und verfolgte dort mit Begeisterung Jóhann Sigurjónssons Triumph 1912 mit seinem Stück über Eyvindur und Halla (siehe S. 284). Er schrieb ein Werk im ähnlichen neuromantischen Stil, *Hadda Padda*, eine Liebesgeschichte aus Island mit einer starken Frau als Hauptperson, das, auf Empfehlung von Georg Brandes, sogar als erstes isländisches Theaterstück am Königlichen Theater in Kopenhagen aufgeführt wurde, und das mit Erfolg. Neun Jahre später wurde es verfilmt, und der Autor führte selbst Regie, zusammen mit dem Dänen Gunnar Hansen.

Hadda Padda erschien auch auf Englisch, mit einem Vorwort von Brandes, und der Autor versuchte sich zwei Jahre in Amerika, aber der Durchbruch gelang ihm nicht. Er fühlte sich dort nicht wohl und kehrte 1917 nach Dänemark zurück, wo er sich weiterhin hauptsächlich mit dem Theater beschäftigte, sowohl als Autor als auch als Regisseur. Seine Jahre im Westen hatten jedoch einen guten Einfluss auf seine Arbeit, denn er schrieb zwei seiner besten Theaterstücke in den Jahren unmittelbar danach, und zwar *Marmari* (Marmor, 1918) und *Vér morðingjar* (Wir Mörder, 1920).[303] Sozialkritische Autoren, die damals in den Vereinigten Staaten prominent waren, beeinflussten seine Thematik; er wollte Ideen von Schuld und Sühne zur Debatte stellen und die Praxis des Strafvollzugs kritisieren. Im *Marmor* ist der Protagonist ein heldenhafter Einzelgänger, der gegen die konventionellen Vorstellungen von Strafe, aber auch gegen die Korruption rebelliert, in *Wir Mörder* geht es, im Rahmen eines Ehedramas, darum, dass wir alle Mörder werden könnten. Man spürt Kambans Faszination für Oscar Wilde und Ibsen, und besonders *Wir Mörder* ist handwerklich gelungen, ein *pièce bien fait*, wie die Bühnenleute sagen, und war wahrscheinlich für das nächste halbe Jahrhundert das am besten geschriebene isländische Theaterstück.[304]

Diese zwei Bühnenwerke haben in der isländischen Literatur eine ungewöhnliche Sonderstellung: Sie haben nichts mit Island zu tun. Die Personen tragen amerikanische Namen, und die Stücke spielen in New York. Die Themen sind der amerikanischen Gesellschaft entnommen, obwohl besonders das Mörderstück sich um Allgemeingültigkeit bemüht. Darin zeigen sich Kambans Ambitionen: Er wollte ein zeitgenössischer, moderner Autor sein und ohne das Bild von der Insel aus Feuer und Eis auskommen, zumindest in diesen Jahren. Er schrieb seine Werke sowohl auf Isländisch als auch auf Dänisch, aber wollte immer am liebsten ins Englische übersetzt werden. Die Kritik am amerikanischen Strafvollzug lag ihm so am Herzen, dass er darüber auch einen Roman schrieb, *Ragnar Finsson* (1922), über einen jungen Isländer, der wegen Armut in den Staaten einen Diebstahl begeht, dafür eine drakonische Strafe verbüßen muss und als hartgesottener Mörder aus dem Gefängnis kommt. Der Roman ist nicht besonders gelungen, und hatte sich Kamban wegen des Themas amerikanische Leser erhofft, so wurde nichts daraus; das Buch erschien jedoch auf Deutsch und sogar in der Sowjetunion, 1927, denn dort meinte man ja zu wissen, wie schlecht es um die Vereinigten Staaten bestellt war.[305]

In den Zwanzigerjahren setzte Kamban seine Theaterarbeit in Dänemark fort, allerdings mit mäßigem Erfolg. Seine Werke wurden seinen Ambitionen nicht gerecht, was schwer zu ertragen war für diesen stolzen Mann. Hingegen schrieb er Anfang der Dreißigerjahre seinen besten Roman, das Werk *Skálholt* in vier Teilen (siehe S. 178). Die ersten beiden Teile, über das Schicksal der zwanzigjährigen Bischofstochter Ragnheiður im Island des 17. Jahrhunderts, sind sehr gelungen und packend. Er benutzte historische Dokumente und Briefe aus dieser Zeit, aber im Grunde ist die Hauptperson eine moderne, freiheitsliebende Frau in den Fesseln der Geschichte. Das Buch wurde in Dänemark positiv rezensiert und erschien auch auf Deutsch.

1934 versucht er es noch einmal in der englischsprachigen

Welt und zieht für eine Weile mit seiner Familie nach London, doch wieder will es ihm nicht recht gelingen, wenngleich einige seiner Werke sowohl in England als auch in den Vereinigten Staaten erschienen, und den Rest der Dreißigerjahre verbringt er zum größten Teil in Deutschland. Dort erscheint 1937 auch sein Roman *Ich seh ein großes schönes Land*, ein Jahr nach dem dänischen Original. Wieder widmet Kamban sich einem historischen Thema, und zwar diesmal den Expeditionen der Nordmänner nach Grönland und Amerika um das Jahr 1000. Soweit es geht, stützt er sich auf Sagas über diese Reisen, aber er fügt eigene Erklärungen, Liebesgeschichten und Personenbeschreibungen hinzu. Dem Motto am Anfang kann man entnehmen, dass er das Buch »dem Geist der Wikingerzeit« und dem »nordischen Menschen« widmete, und man kann sich vorstellen, dass er hiermit ein Werk vorgelegt hatte, das gut in die Dreißigerjahre in Deutschland passte. Das Buch bekam positive Kritiken, und Kamban wurde auf eine große Vortragsreise durch Deutschland eingeladen.

Sein Biograf, Sveinn Einarsson (*Kamban*, 2013), hat die Vorlesungen zu dieser Reise gelesen, und ihm liegt viel daran zu zeigen, dass weder der Roman noch die Vorträge von einer nationalsozialistischen Einstellung Kambans zeugen. Das mag auch so sein, aber den Umgang der isländischen Autoren, die zu dieser Zeit vom öffentlichen Deutschland hofiert wurden, mit den Nazis, kann man im besten Fall naiv nennen. Das gilt sogar für Nonni, wie aus seiner Biografie hervorgeht, und bei Kamban muss man sagen, dass ihm zwar keine nationalsozialistischen Bekenntnisse, aber auch kein kritisches Wort gegenüber den herrschenden Mächten in Deutschland über die Lippen kamen.

Geändert hat sich seine Einstellung auf jeden Fall, denn er

war als junger Autor ein sozialkritischer Weltbürger und überzeugter Anti-Nationalist gewesen. In den Dreißigerjahren wendet er sich wieder historischen isländischen Themen zu und hofft darauf, dass diese in Deutschland begeistert aufgenommen werden. Dort hatte man sich schon seit dem späten 18. Jahrhundert für die isländische Literatur interessiert, und mit der immer einflussreicheren Rassenideologie und deren arischem Unsinn stieg auch das Interesse an den »nordgermanischen« Völkern und deren Kultur, besonders bei Heinrich Himmler, der innerhalb der SS durch das Institut »Ahnenerbe« die arischen Wurzeln der Germanen untersuchen wollte. Ein solches Interesse bei den deutschen Machthabern konnte verlockend sein für isländische Autoren, die eine Position auf dem ausländischen Markt erobern wollten. Damit sei jedoch nicht gesagt, dass Kamban *Ich seh ein großes schönes Land* nur schrieb, um sich bei den Machthabern in Deutschland beliebt zu machen. Das Thema hatte ihn schon lange beschäftigt, und wie so viele Isländer fand er es wichtig, dass man im Ausland von den Entdeckungsreisen unserer Vorfahren wusste. Er war zudem schon immer an englischen Übersetzungen interessiert und wollte es sich vermutlich nicht, durch eine zu enge Verbindung mit Deutschland, mit britischen oder amerikanischen Verlagen verderben.

Bei seinen deutschen Mitarbeitern war Kamban jedoch nicht besonders wählerisch. 1935 reiste er gemeinsam mit einem gewissen Paul Burkert nach Island, offiziell, um einen Film über isländischen Fischexport zu machen. Burkert entpuppte sich als SS-Untersturmführer und Gesandter Himmlers; Letztgenannter initiierte in den Dreißigerjahren ein paar Expeditionen nach Island, die ihm jedoch nicht viel brachten, was die arischen Wurzeln betraf.[306] Kambans Nähe zu den Nationalsozialisten kann nicht verneint werden; zum Beispiel begrüßte er in einem Interview mit einer dänischen Zeitung im Dezember 1936 ausdrücklich das Verbot der Kunstkritik, das Goebbels kurz zuvor erlassen hatte.[307] Im Propagandaministerium hatte Kamban einen Mentor, der mehrere seiner Werke übersetzte, und zwar den Skandinavisten Herbert Frenzel, der auch sein Bestes tat, um Kambans Werke auf deutsche Bühnen zu bringen.

Kurz vor dem Zweiten Weltkrieg zog Kamban mit seiner Frau wieder nach Kopenhagen, aber er hielt Kontakt mit den Deutschen, auch nachdem sie Dänemark am 9. April 1940 besetzt hatten. Er stand finanziell schlecht da in den Kriegsjahren und versuchte, über seine deutschen Freunde bezahlte Aufträge zu bekommen. Das gelang manchmal, und so schrieb er sechs Monate lang, im deutschen Auftrag, an einer wissenschaftlichen Schrift über Seetang und dessen mögliche Nutzung. Den Lohn musste er im sogenannten Dagmarhus im Zentrum von Kopenhagen abholen, wo auch die Gestapo ihr Hauptquartier hatte, und so verbreitete sich das Gerücht, Kamban sei ein Kollaborateur. Am 5. Mai 1945, dem dänischen Freiheitstag, suchten drei junge Männer aus der Widerstandsbewegung Kamban in seiner Pension auf, wo er gerade mit seiner Familie zu Mittag aß, und wollten ihn mitnehmen. Er sträubte sich und wurde am Tisch erschossen. Wie so viele übereilte Handlungen der Widerstandsbewegung unmittelbar nach Kriegsende wurde diese Tat nie gerichtlich verfolgt.

Guðmundur Kamban war einer der ehrgeizigsten isländischen Autoren in der ersten Hälfte des 20. Jahrhunderts und tat sein Bestes, um der Welt seine Werke zu präsentieren. Die Qualität seiner Arbeiten war wechselhaft und seine Gedankenwelt manchmal verworren, aber nichtsdestotrotz schrieb dieser stolze und komplizierte Mann einige Werke, die noch immer lesbar und interessant sind.

Ein anderer isländischer Autor, der sich im Ausland versuchte, ist Kristmann Guðmundsson (1901–1983). Ein merkwürdiges Schicksal: In den Dreißigerjahren war er, mit 36 Sprachen, der bis dahin meistübersetzte isländische Autor überhaupt.[308] Viele seiner Romane wurden erfolgreich ins Deutsche übertragen, und einer von ihnen, *Morgen des Lebens*, wurde 1955 von R.A. Stemmle verfilmt unter dem Titel *Du darfst nicht länger schweigen*, mit Heidemarie Hatheyer und Wilhelm Borchert in den Hauptrollen. Und doch hatte Kristmann nur begrenzt Erfolg in Island, und im Ausland kennt fast keiner mehr seinen Namen; seit 25 Jahren gibt es, mit ein oder zwei Ausnahmen, keine gedruckten Neuauflagen seiner Bücher.

Kristmann war 1901 in Westisland geboren worden und wuchs als uneheliches Kind bei seinen Großeltern auf. Er zog schon mit dreizehn von zu Hause aus, verrichtete unterschiedliche Arbeiten, bis es ihm 1924 gelang, nach Norwegen zu reisen, fest entschlossen, Schriftsteller zu werden. Davon hatte er schon als Kind geträumt, sagte er später in einem Interview. In Island wäre er verhungert, aber weil einige seiner Kollegen sich für Dänemark entschieden hatten, wollte er sich in Norwegen versuchen.[309] Er brachte sich relativ schnell die Sprache bei und gab bereits 1926 sein erstes Buch heraus, eine Sammlung von Erzählungen unter dem Titel *Islandsk kjærlighet* (Isländische Liebe). Im Jahr darauf erschien sein erster Roman, *Brudekjolen*, auf Deutsch *Das Brautkleid* (1930), und die nächsten zwölf Jahre schrieb er fast jedes Jahr auf Norwegisch ein neues Buch. Dort wurde er ein richtiger Erfolgsautor; die Kritik war gnädig, bekannte Autorinnen wie Sigrid Undset waren ihm wohlgesinnt, und der Verkauf war gut; Übersetzungen, besonders in den anderen skandinavischen Ländern und Deutschland, folgten. Seine Romane waren meist Liebesgeschichten, und manche sahen sie als reine Unterhaltungsliteratur, mit heldenhaften Männern mit festem Blick und faszinierend schönen Frauen; meistens hatten die Leser keine Probleme herauszufinden, wer gut und wer böse war. Seine Schilderungen von Sex und Liebe galten als gewagt, obwohl das für den heutigen Leser nicht ganz nachvollziehbar ist. An einer Stelle wurde er als nordischer D.H. Lawrence bezeichnet, dessen *Lady Chatterley's Lover* er später auch übersetzte.[310]

Kristmann war kein politischer Autor, und gesellschaftliche Probleme interessierten ihn wenig, eher die Psychologie seiner Figuren, die oft einer Zerreißprobe zwischen Moral und Trieb gegenüberstehen. Aber in seinen besten Büchern, wie *Morgen des Lebens* (norwegisches Original 1929), ließ er sich von den Heldenschilderungen der Sagas inspirieren und konnte somit seine Liebesgeschichten packend erzählen. Die *New York Times* schrieb über dieses Buch, es sei »ein Roman über Wikingerleben unter den modernen Isländern«, »eine bewegende Geschichte von kleiner epischer Statur«. Aber es sagt viel darüber, wie wenig damals von isländischer Literatur übersetzt wurde, dass die Zeitung auch schreibt: »Allein, dass uns ein guter Roman aus dem modernen Island vorgestellt wird, hat eine interessante und anregende Wirkung auf unsere Fantasie. Es ist, als hörte man von einer großartigen Symphonie aus Alaska oder einem umwerfenden Wandgemälde aus Tasmanien.«[311]

Eine eindrucksvolle Atmosphäre erschafft Kristmann besonders in den Abschnitten seiner Bücher, in die er Bilder aus seiner Kindheit einfließen lässt, wie im ersten Teil von *Die blaue Küste* (norw. Original 1931, deutsch 1933). Die meisten seiner Bücher spielen in Island, und nicht selten handeln sie von einem Rückkehrer, jemandem, der die Orte seiner Jugend aufsucht und gleichzeitig nach seiner ersten Liebe, die ihm entglitten ist, forscht. Oft finden sich autobiografische Elemente in seinen Büchern, aber er versuchte sich auch an einem Roman aus der Saga-Zeit, *Das neue Land* (norw. Original 1932, deutsch 1933) und sogar an einem Werk aus vorhistorischer Zeit, *Gudinden og oksen* (1938), das auf Kreta vor dreitausend Jahren spielt und für die englische Ausgabe auch in New York gute Besprechungen erhielt (*The Winged Citadel*, 1940).

Fünfzehn Jahre lang war dieser arme Junge aus Snæfellsnes in Norwegen ein unumstrittener und erfolgreicher Autor gewesen, und doch beschloss er 1939, nach Island zurückzukehren und beging damit »fast einen literarischen Selbstmord, von dem sich seine Karriere nie erholte«, wie der Literaturwissenschaftler Ármann Jakobsson schreibt.[312] Aus irgendeinem Grund waren seine Bücher in Island bis dahin nicht gut angekommen. Die isländischen Literaten hatten schon lange wenig übrig für das, was sie als Trivialliteratur bezeichneten, aber auch die allgemeinen Leser hatten seine Bücher links liegen gelassen; zumindest schreibt er das in seiner Autobiografie. Weshalb das so war, ist nicht leicht zu erklären, denn Kristmanns Bücher waren durchaus unterhaltsamer Lesestoff. Aber die Dreißigerjahre waren eine Zeit politischer Auseinandersetzungen und gesellschaftlicher Krisen, in denen die Isländer mit sich selbst beschäftigt waren, und vielleicht interessierten sie sich nicht für das Bild von Island, das diese Schriftsteller im Ausland verkauften; das galt in diesen Jahren auch für den in Dänemark erfolgreichen Autor Gunnar Gunnarsson, der in Island in den Dreißigern mit einer Ausnahme gar nicht verlegt wurde. Kristmann selbst war davon überzeugt, dass die Isländer ihn aus Eifersucht hassten. Er war sicherlich auch kein sehr umgänglicher Mensch. Neunmal verheiratet und genauso oft geschieden, machte er nie einen Hehl aus seiner Bewunderung für Frauen und daraus, was für ein großartiger Liebhaber er selbst sei. In unserem kleinen Land war das Anlass genug, unzählige Geschichten über ihn zu verbreiten, darunter manch hässliches Gerücht.

Er setzte trotzdem sein Schreiben in Island fort, nun auf Isländisch, und veröffentlichte nach seiner Rückkehr fünfzehn Romane, darunter, unter Pseudonym, einen der ersten isländischen Science-Fiction-Romane, *Ferðin til stjarnanna*, Die Reise zu den Sternen, 1959, über einen isländischen Lehrer, der auf einen fernen Planeten eingeladen wird und eine utopische Gesellschaft kennenlernt. Dort verliebt dieser sich auch, aber die Schilderungen der Frauen in Kristmanns späteren Büchern sind ziemlich klischeehaft; ein Trost nur, dass der Isländer am Ende die Welt rettet.[313] Kristmann schrieb auch eine Autobiografie in vier Bänden, in der ihm wieder einmal die Kapitel über die Kindheit und Jugend am besten gelangen. Die Schilderungen danach sind sehr selbstbezogen (nun, es heißt ja Autobiografie) und drehen sich im hohen Maße darum, wie schlecht er in Island behandelt wurde, in manchen Abschnitten wechseln sich Paranoia und Selbstmitleid ab, und seine Beobachtungen über das gesellschaftliche Umfeld entbehren meist jeder Dynamik. Und doch gelingt ihm hier, auf diesen dreizehnhundert Seiten, dann doch ab und an eine gute Erzählung, immer dann, wenn das Klagelied verstummt.[314]

Kristmann war, wie gesagt, eigentlich kein politischer Mensch, aber im Kalten Krieg trat er als überzeugter Anti-Kommunist auf und war sich sicher, dass die Kommunisten alles taten, um ihm im Ausland zu schaden. Seine Verschwörungstheorien sind nicht glaubhaft, aber gewiss hielt die Linke sich nicht zurück mit ihrer Kritik und bisweilen regelrechter Verachtung. Hingegen brachte diese politische Haltung ihm ein gewisses Wohlwollen bei den Machthabern ein; was nichts daran änderte, dass die Leser fernblieben, und nach dem Krieg auch die ausländischen Verlage. In Norwegen, wo ich in diesem neuen Jahrhundert drei Jahre im Literaturgeschäft tätig war, war sein Name aus der Literaturgeschichte verschwunden.

Sie waren ehrgeizige Autoren, Kamban und Kristmann, scheuten auch die Gesetze des Marktes nicht und hatten in den Zwischenkriegsjahren in Skandinavien und Deutschland einigen Erfolg. Aber ihr Blick auf die gesellschaftliche Entwicklung war nicht präzise genug, die Qualität ihrer Werke nicht überzeugend genug, als dass ihre Bücher in der neuen Zeit nach dem Kalten Krieg hätten Anklang finden können. Und doch bin ich davon überzeugt, dass neue Leser in den Büchern der beiden fündig werden könnten auf der Suche nach guten Erzählungen.

Parallele Leben – Sieg und Niederlage auf dem Lande

Es war hier die Rede von Jóhann Sigurjónsson, Nonni, Guðmundur Kamban und Kristmann Guðmundsson, alles Autoren, die sich im ersten Drittel des 20. Jahrhunderts im Ausland versuchten und in einer Fremdsprache schrieben. Sie waren nicht die Einzigen, die diesen Versuch unternahmen, und über den bekanntesten, wahrscheinlich besten und letzten Endes erfolgreichsten unter ihnen habe ich noch nicht gesprochen: Gunnar Gunnarsson (1889–1975), der über dreißig Jahre in Dänemark lebte und schrieb, dort zu den wichtigsten Romanautoren der Zwischenkriegsjahre zählte und sich in den Dreißigern einen großen Namen auf dem deutschen Markt machte.

Nicht alle, die ihr Leben dem Schreiben widmen wollten, zogen in die Fremde und schrieben auf anderen Sprachen. Bei Gunnar können wir uns einen sehr interessanten Vergleich erlauben, jenen mit dem gleichaltrigen Þórbergur Þórðarson (1888–1974); über die beiden schrieb ich vor einigen Jahren eine Parallel-Biografie, das Buch *Skáldalíf* (Dichterleben). Beide waren Bauernsöhne aus Ostisland, beide waren die ältesten Söhne ihrer Eltern, beide wuchsen in einer Gesellschaft auf, die dem 18. näher als dem 20. Jahrhundert stand. Beide fühlten sich in dieser Umgebung nicht zu Hause, wollten die Arbeit früherer Generationen nicht fortsetzen, mussten weg, und beide folgten diesem Ruf mit achtzehn; Þórbergur ging 1906 nach Reykjavík, Gunnar kam 1907 auf eine Volkshochschule in Dänemark.[315]

Den einen, Þórbergur, kennt man am besten für seine Bücher über sich selbst, skurrile Erzählungen sowie präzise Gesellschaftsbilder, die sich in seiner Heimat großer Popularität erfreuten, weil sie unglaublich gut »den Isländer« zwischen Mittelalter und Moderne definierten, die aber kaum übersetzt worden sind. Er war Esperantist, Spiritist und Kommunist, alles auf einmal, sein ganzes Leben lang. Der andere, Gunnar, schrieb Bücher auf Dänisch, die in großen Auflagen in vielen Ländern erschienen, aber immer in seiner Heimat spielten, er war Erzähler und Dichter, der die letzten Jahrzehnte seines Lebens wieder in Island wohnte und sich selbst übersetzte. Gunnar war der einzige Isländer, der je eine Audienz bei Adolf Hitler bekam, während Þórbergur Stalin bewunderte. 1974 wurde ihnen beiden die Ehrendoktorwürde der Universität Islands verliehen, Þórbergur starb im selben Jahr und Gunnar ein Jahr später. Beiden ist je ein Dichtermuseum in der Nähe ihres Geburtsorts gewidmet.

Þórbergur wurde auf dem Hof Hali in Südostisland geboren, in einer sehr isolierten Region unter dem großen Gletscher Vatnajökull, umgeben von Gletscherflüssen, die nach Überflutungen die Bauernhöfe ganz von der Umwelt abschnitten. Die Landwirtschaft war vorindustriell, es gab kaum Wege und keine Brücken, es mangelte an Essen, Feuerholz und Schuhen, schrieb Þórbergurs Bruder in seinen Erinnerungen.[316] Die Bauern gingen auch fischen, aber nur auf kleinen Ruderbooten längs der Küste. Der Hof von Gunnar war größer und weiter im Inneren des Landes gelegen, aber als er sieben Jahre alt war, musste die Familie auf einen ärmlicheren Hof im nordöstlichen Vopnafjörður umziehen, wo auch ein kleines Dorf lag. Dort starb im Jahr darauf seine Mutter. Ihr Tod ist das große Trauma in Gunnars autobiografischen Romanen. Somit waren beide an der Küste und sahen beide die weißen Segel am Horizont, die in ihnen das Fernweh weckten, den Traum von der weiten Welt.

Das waren die Segel der Schiffe aus Flandern oder Frankreich, die schon seit Jahrhunderten nach Island zum Dorschfang fuhren; dort lagen sie dann vor der Küste, vom März bis zum September, mit jeweils zwanzig Mann an Bord, die von Hand mit Leinen Fische aus dem eiskalten Nordatlantik ziehen mussten. Ein kaum erträgliches Leben für die Fischer, die von einem besseren Leben auf dem Land träumten, während die armen Leute auf dem Lande vom Davonsegeln mit den zweimastigen Schonern träumten. So war vielerorts das Dasein auf dem Lande in Island gegen Ende des 19. Jahrhunderts. Man wusste von dem Anbruch einer neuen Ära in der großen Welt, und noch konnten die wenigsten es sich leisten wegzuziehen. Die weißen Segel am Horizont, besonders bei Ost- und Südostisland, wo in den Geburtsjahren dieser beiden Dichter bis zu zweihundert Schoner auf einmal fischen waren, symbolisierten die Ferne und die andere Welt, nicht zuletzt die Welt der Kultur. Das Gleiche galt auch für den bekanntesten Maler Islands, Jóhannes Kjarval, der zur selben Zeit auf Borgarfjörður eystri aufwuchs, einem Fjord mitten zwischen Vopnafjörður und Hali. Schon als kleiner Junge zeichnete Kjarval ununterbrochen die Segel in der Ferne, nicht die großartigen Berge in seiner Nähe.

Bei weitem nicht alle, die studieren wollten, konnten es sich leisten, das einzige Gymnasium des Landes in Reykjavík zu besuchen und nach dem Abitur nach Kopenhagen zu gehen, das war meistens der kleinen Oberschicht vorbehalten. Mein Großvater, der ein paar Jahre jünger als Gunnar war und auch aus Ostisland stammte, war nur ein Jahr auf einer Schule, ansonsten musste er zu Hause oder bei umherreisenden Lehrern lernen; die gab es in Island bis weit ins 20. Jahrhundert. Ich kann mich noch an die letzte Wander-Lehrerin erinnern, Oddný Guðmundsdóttir (1908–1985), eine sehr ungewöhnliche Frau, radikale Pazifistin, Autorin mehrerer Romane, die einen großen Teil ihres Lebens wie eine umherziehende Wanderin lebte. Für die, die es ins Ausland zog, bot die dänische Volkshochschulbewegung eine Alternative, und besonders die Volkshochschule in Askov in Jütland wurde von Isländern vor und nach der Jahrhundertwende 1900 besucht. Nach Askov kam Gunnar 1907, und er blieb dort zwei Jahre lang, sein einziger Schulgang.

Er war fest entschlossen, in Dänemark zu bleiben und Schriftsteller – auf Dänisch – zu werden; wie schon erwähnt, versuchte er, Gedichte und Kurzgeschichten an Zeitschriften zu verkaufen, aber es war schwer und brachte wenig Geld, und die ersten Jahre nach seinem Aufenthalt in Askov war Gunnar bettelarm, verfolgte jedoch fest sein Ziel. Einen Namen machte er sich erst mit dem Roman *Borgslægtens historie* (dt. *Die Leute auf Borg*). Der erschien in vier Teilen in den Jahren 1912–1914, und dann in einer revidierten Gesamtausgabe 1915, und erfreute sich großer Popularität, über 120 000 Exemplare wurden bisher in Dänemark verkauft, bis zum Ende des Zweiten Weltkriegs wurde das Werk in zwölf Sprachen übersetzt, eine erste deutsche Ausgabe erschien 1927 in zwei Bänden.

Es ist eine Geschichte, wie ausländische Leser sie sich von

isländischen Autoren wünschen. Ein Melodrama mit überlebensgroßen Figuren, das sich in der mythologisierten isländischen Bauerngesellschaft abspielt, mit autobiografischen Elementen (ein Bauernsohn, der seine Mutter jung verloren hat, träumt davon, Violinist zu werden). Es stellt Fragen zu Schuld und Sühne und erzählt mit großen Armbewegungen und Gefühlsausbrüchen wie in den *sentimental novels* des 18. Jahrhunderts. Die Erzählweise spiegelte sich überzeugend in einem zweiteiligen Film, der bis dahin größten dänischen Filmproduktion, die, 1919 auf Island gedreht, im Jahr darauf in zwei Teilen in Kopenhagen Premiere hatte (deutsche Distribution unter den Titeln *Die Schande der Örlygssons* und *Der Teufelspriester*). Als der Film in Island gezeigt wurde, hatten die Isländer nie zuvor ein solches Drama gesehen, geschweige denn eines, das in ihrem eigenen Lande verfilmt wurde.

Interessant ist, dass Gunnars Familie, nachdem er ihnen das Buch schickte, ihm schrieb, dass seine Schilderung des isländischen Bauernlebens veraltet sei. Das gilt für viele seiner Romane: Sie beschreiben eine Gesellschaft, die es inzwischen nicht mehr gab, falls es sie je so gegeben hatte. Manchmal hat man *Die Leute auf Borg* als Trivialliteratur abgetan, aber mir scheint das zu einfach. Die treibende Kraft im Werk ist eine faszinierende Lust am Erzählen, es ist keine berechnende Literatur. Gunnar nahm sich auch als Autor sehr ernst, manchmal vielleicht zu ernst. Gerade hatte er das Werk fertig geschrieben, da brach der Erste Weltkrieg aus, und in den folgenden Jahren schrieb er Erzählungen über friedlos umherirrende Helden auf der Suche nach verlorenen Werten, schilderte ein Aufeinanderprallen von Pessimismus und Nihilismus auf der einen Seite und einem romantischen Traum von dem heilen Menschen auf der anderen, wie der Literaturwissenschaftler Matthías Viðar Sæmundsson schrieb.[317] Aber Gunnar tat das mit den literarischen Werkzeugen des 19. Jahrhunderts, sein Text ist dem Naturalismus viel näher als dem Modernismus, dessen Revolutionierung der Erzählform war ihm fern.

Das wichtigste dieser Werke ist *Salige er de enfoldige* aus dem Jahr 1920 (Deutsch erst unter dem Titel *Der Hass des Páll Einarsson*, 1921, dann als *Sieben Tage Finsternis*, 1927). Es spielt innerhalb von sieben Tagen in Reykjavík im Jahre 1918, zur Zeit der Spanischen Grippe, während der Himmel von einem Vulkanausbruch verfinstert ist. (Vulkanausbrüche während einer Pandemie haben die Isländer erst neulich wieder erlebt.) Der Leser folgt einer erbitterten Auseinandersetzung zwischen einem idealistischen Arzt und einem nihilistischen Historiker, Wertekrise und Pessimismus kennzeichnen das Buch. Aber es geht nicht um die Frage, was gut and was böse ist in diesen neuen Zeiten, das ist über jeden Zweifel erhaben, eher darum, ob das Gute über das Böse siegen kann.[318] Der Wettstreit wird eher beschrieben als erzählt. Es werden Probleme zur Debatte gestellt, indem wir endlosen Diskussionen der Personen folgen, sie selbst jedoch als eher schattenhaft erleben. Nichtsdestotrotz wurde das Buch in Dänemark ein großer Erfolg und erschien auch andernorts, wie zum Beispiel in London und New York.

Zwölfmal in zwei Jahren druckte der Gyldendal-Verlag neue Auflagen dieses Romans. Als junger Literaturstudent in Kopenhagen in den 1980er-Jahren stieß ich in allen Buchantiquariaten auf Stapel von Gunnars Büchern, während er in neuen Werken zur dänischen Literaturgeschichte überhaupt nicht mehr erwähnt wird. Was nicht fair ist, denn in den Zwischenkriegsjahren zählte man ihn zu Dänemarks wichtigsten Romanautoren, und meines Erachtens schrieb er mindestens drei Werke, die ihm ein literarisches Weiterleben sichern sollten.

Aus den Zwanzigerjahren stammt sein größter Romanzyklus in fünf Bänden, *Kirken paa Bjerget* (Die Kirche auf dem Berg). Auf Deutsch erschienen die ersten zwei unter dem Titel *Schiffe am Himmel* (1928), danach *Nacht und Traum* (1929) und die letzten zwei Bände unter dem Titel *Der unerfahrene Reisende* (1931). Es ist ein autobiografisches Werk, und obwohl die Hauptperson Uggi heißt, folgt es dem Leben von Gunnar ziemlich genau, aus dem Fljótsdalur in Ostisland bis nach Kopenhagen. Ohne Zweifel sind die ersten beiden Bände die besten, wie so oft bei Autobiografien, die Kindheitserinnerungen schildern das Entdecken der Welt und die Entstehung der eigenen Identität. Genau darum, um die Identität, ging es dem Autor, nach seinen Krisenbüchern wollte er seinen eigenen Platz in der Welt erörtern, seinen Werdegang nachvollziehen.

Im ersten Teil gelingt ihm eine wunderbare Hommage an die isländische Bauerngesellschaft, aus der er stammte, an eine Welt von gestern, aber eine, die sich ihrer Werte bewusst war, im Gegensatz zur Welt des Handels, des Geldes und der Urbanisierung. Wie der dänische Autor Otto Gelsted damals schrieb: »Denn, weil diese Kultur, die immer noch primitiv ist, in dem abenteuerlichen Licht der Kindheit gebadet wird, hat sie den Hauch einer tiefen Urtümlichkeit und eines allgemeinen Appells.«[319] Währenddessen raste der Zug der Zeit vorbei an dieser Literatur, und den Kanon der europäischen Zwischenkriegsjahre bildeten die Werke von Autoren und Autorinnen wie James Joyce, Thomas Mann und Virginia Woolf, mit ihrer sprachlichen und avantgardistischen Erneuerung der Prosa. Gunnar ist dem 19. Jahrhundert näher, etwa Autoren wie Thomas Hardy, den er sehr schätzte, und von den Autoren des 20. Jahrhunderts steht er Knut Hamsun am nächsten, jedoch ohne die tiefe Ironie und stilistische Treffsicherheit des Norwegers.

Die ersten zwei Bände waren auch die erfolgreichsten, die Leser folgten Gunnar nicht nach Dänemark, und er brach die weitere Arbeit an seinem autobiografischen Opus magnum ab. Unmittelbar danach schrieb er seinen besten Roman, *Svartfugl* (1929), deutsch *Schwarze Schwingen* (1930), in neuer Übersetzung *Schwarze Vögel* (2009). Der historische Hintergrund ist ein Doppelmord, der 1802 in einer der abgelegensten Regionen Islands, Rauðisandur im Nordwesten, begangen wurde. Hier soll die Handlung nicht referiert werden, aber diesmal gelang Gunnar, mithilfe historischer Dokumente und eigener Erfahrung, ein starkes Werk über Schuld, Sühne und verbotene Liebe, in dem vor allem die besondere Atmosphäre den Leser packt. Es ist eine der ersten und besten isländischen Kriminalgeschichten, aber auch ein Roman, in dem sich der Autor mit Gefühlen und Stimmungen nicht zurückhält.

Ganz anders das dritte Werk von Gunnar, das hier erwähnt werden soll und dessen erste Ausgabe die deutsche war: *Advent im Hochgebirge* (1936). Das ist sein am meisten übersetztes Werk, und es wird immer wieder neu aufgelegt. In den Vereinigten Staaten erschien es 1941 im »Book of the Month Club«, in Deutschland bei Reclam, und die deutsche Gesamtauflage liegt inzwischen bei über 400 000.[320] Erzählt wird von einem alten Mann namens Benedikt in Ostisland, der jedes Jahr vor Weihnachten mit seinem Hund und einem Leithammel ins Hochland zieht, um dort Schafe zu retten, die beim ersten Abtrieb nicht gefunden wurden. Nicht seine eigenen Schafe, sondern die seiner Nachbarn, und das zum 27. Mal. Das kleine Buch schildert seine Expedition und unglaubliche Ausdauer in harten Winterwettern, aber auch seine eigenen Gedanken über Leben und Tod, die Aufgaben, Pflichten und die Opferbereitschaft eines Menschen:

> Dies war sein Leben – hier zu wandern. Und weil nun dies sein Leben geworden war, ist er jetzt für alles gerüstet, für alles, und kann es willkommen heißen. Er hat keine Sorgen mehr – doch eine: er kann sich nicht recht denken, wer nach ihm hier wandern wird. Doch irgendjemand wird wohl kommen.[321]

Hier erzählt Gunnar leichter, unaufgeregter als in manchen anderen seiner Bücher, lässt den Stoff auf den Leser wirken, und so hat diese kleine Erzählung viele Bewunderer gefunden, wie zum Beispiel den Autor Jón Kalman Stefánsson, der für eine neue Ausgabe (2007) ein schönes Vorwort schrieb.

Gunnar publizierte viel in den Dreißigerjahren, darunter sein einziges Werk, das man experimentell nennen könnte (*Vikivaki*, 1932); in der Silvesternacht erstehen die Toten in einem Friedhof auf und suchen den Einsiedler und Autor Jaki heim; ein Buch, das man als eine Fabel über den Schriftsteller und seine Personen lesen kann. Außerdem setzt Gunnar ein großes Projekt über die Besiedlung Islands, das er 1918 mit dem Roman *Die Eidbrüder* (deutsche Ausgabe 1934) angefangen hatte, mit drei weiteren Werken fort. Wie Kamban nimmt er sich historischen Stoff aus der Saga-Zeit vor, um nordischen Mythen, den ersten Isländern und den friedfertigen Bauern zu huldigen. Er gibt zu erkennen, dass er die spätere Entwicklung Richtung städtische Kultur in Island missbilligt, wie immer geht es ihm um die Bauerngesellschaft. In diesen Büchern gibt es auch Passagen, die auf den heutigen Leser befremdlich wirken, über blonde und blauäugige Leute, männliches Heldentum und charakterfeste Anführer.

Man kommt nicht umhin, darüber zu sprechen: In den Dreißigerjahren hatte Gunnar Gunnarsson seinen größten Markt in Deutschland, wo achtzehn Bücher von ihm damals erschienen, und dorthin hatte er auch gute kulturpolitische Verbindungen. Gunnar war ursprünglich kein besonders politischer Mensch, in Island stand er in den Zwischenkriegsjahren der Progressiven Partei (Framsóknarflokkurinn), der Partei der Bauern und der kooperativen Bewegung, am nächsten, und er sympathisierte in Dänemark mit ähnlichen Parteien. Aber er war neugierig und besuchte, als Ausgesandter der Tageszeitung *Politiken* zum Beispiel die Feier in Moskau zum zehnten Jahrestag der russischen Revolution im November 1927.

Er verfasste eine Artikelserie über diesen Besuch, in der er zwar kritische, aber dennoch freundliche Töne gegenüber den neuen sowjetischen Machthabern anschlug. Wegen meiner Vorliebe für historische Anekdoten muss ich hinzufügen, dass bei der Eröffnungsfeier in einem Moskauer Theater, bei der Gunnar zugegen war, sowohl Nikolai Bucharin und Josef Stalin sprachen als auch Antoine Gay, einer der Anführer der französischen Kommune in Marseille 1871.[322] Aber Gunnar hielt Distanz zu den Kommunisten. Wenn es einen roten Faden in Gunnars politischer Gedankenwelt zwischen den Kriegen gibt, ist es der Skandinavismus, in seinem Fall die Idee, dass die nordischen Länder zusammen einen Bundesstaat bilden könnten, um »Das Nordische« in der Welt zu bewahren und zu stärken, wie es oft bei ihm heißt.[323]

Gunnars wichtigste Verbindung zum offiziellen Deutschland der Dreißigerjahre war die Nordische Gesellschaft, die gleich nach Hitlers Machtübernahme von den Nationalsozialisten übernommen wurde. Sie wurde ein großer Verein, hatte Büros im ganzen Reich, gab eine Zeitschrift heraus *(Der Norden)* und organisierte Lesungen und Veranstaltungen. Sie stand unter dem Vorsitz eines guten Freundes von Gunnar, des Gauleiters von Schleswig-Holstein, Hinrich Lohse, während Alfred Rosenberg ihr Schirmherr war.[324] Die Isländer taten sich immer schwer damit, offen über die Beziehung Gunnars zu den deutschen Nationalsozialisten zu sprechen, aber sie war eng. Wir können das Jahr 1936 als Beispiel nehmen: Im Juni besuchte er die sogenannte »Reichstagung« der Nordischen Gesellschaft in Lübeck, wo Rosenberg die Hauptrede hielt, zusammen mit Innenminister Wilhelm Frick; beim gemeinsamen Essen fünfhundert ausgewählter Gäste im Rathauskeller wurden Grüße von Hitler und Hamsun übermittelt, und Gunnar hielt die Ansprache für die ausländischen Gäste. Danach reiste er nach Heidelberg, wo die Universität ihm, aber auch dem finnischen Komponisten Sibelius und dem schwedischen Dichter Heidenstam, aus Anlass ihres 550. Jubiläums die Ehrendoktorwürde verlieh; hier war Joseph Goebbels der Hauptredner der Feierlichkeiten. Und im September besuchte er den Parteikongress der NSDAP als einer der sogenannten Ehrengäste des Führers.

Jedes Jahr wurden für Gunnar Lesereisen in Deutschland organisiert, und dafür war er seinen deutschen Freunden sehr dankbar. Diese Dankbarkeit zeigte er im Januar 1940, als er, unter schwierigen Umständen, noch eine zweimonatige Lesereise im gesamten deutschen Reich, darunter besetzte Gebiete, und an der französischen Front, antrat. Die Reise schloss er mit einer Audienz beim Reichskanzler ab, die Lohse für ihn organisiert hatte. Wir wissen nicht, was dort besprochen wurde, aber wahrscheinlich wusste Hitler nicht, wer er war, und hielt seine gewöhnlichen Tiraden-Monologe. Da saßen sie einander gegenüber, der Tyrann und der isländische Dichter, Letzterer eher kleingewachsen, warm, humorvoll, mit einem charmanten Lächeln. Zurück in Kopenhagen zwei Wochen später gab Gunnar einer dänischen Zeitung ein Interview, wo er unter anderem sagte, dass Hitler ein Mann des Friedens sei und diesen Krieg nicht gewollt habe.[325] Am 6. April reiste Gunnar über Bergen nach Island, und drei Tage später überfiel die deutsche Armee Dänemark und Norwegen.

Ähnlich wie bei Hamsun ist über diese politische Entwicklung viel geschrieben und spekuliert worden. Hier sei nur gesagt: Im parteipolitischen Sinne war Gunnar kein Nationalsozialist. Er trat nicht in die klitzekleinen politischen Ableger der Nazis in Dänemark oder Island ein und schrieb nicht für deren Organe. Auch bin ich bei ihm nirgends auf antisemitische Äußerungen gestoßen. Aber er schrieb während dieses Jahrzehnts nichts Kritisches über die deutschen Machthaber, weder wie sie die Juden noch wie sie seine Schriftstellerkollegen behandelten und ins Exil trieben. Selbstverständlich war das nicht an ihm vorbeigegangen. Nicht nur war er oft in Deutschland, sondern er wohnte auch in Dänemark, wo die Zeitungen viel darüber schrieben und wo seine Schriftstellerfreunde ihn auch oft mit seiner Begeisterung für Deutschland konfrontierten. Auf solche Fragen reagierte er nur verärgert, manchmal wütend.

Im Frühjahr 1939 war Gunnar Gunnarsson mit seiner Familie nach Island zurückgekehrt. Er hatte ein Anwesen in Ostisland, Skriðuklaustur, in der Nähe von seinem Geburtsort gekauft.

Dort ließ er sich ein spektakuläres Haus bauen, im böhmischen Stil, gezeichnet von seinem Freund, dem deutschen Architekten Fritz Höger. Ein Gebäude von dieser Größe und solchem Aussehen hatte man auf dem Land in Island, einmal abgesehen von einigen wenigen Kirchen, noch nie gesehen. Der Bauernsohn kehrte, nach mehr als dreißig Jahren, an den Ort seiner Kindheit zurück als berühmter Autor und als Bauernhäuptling, um seinen Landsleuten zu zeigen, wie man ordentliche Landwirtschaft in diesem kargen Land betreiben könne. Es erwies sich als nicht machbar, der Strom der Zeit floss in eine andere Richtung. Am 10. Mai 1940 besetzten britische Truppen Island und wurden später, während des Krieges, von amerikanischen Soldaten abgelöst. Gunnar stand schon immer den Briten kritisch gegenüber, wie so viele Menschen im ländlichen Skandinavien. Das war gegenseitig. Sowohl die Briten als auch später die Amerikaner durchsuchten Gunnars Haus, wegen seiner guten Verbindungen zu Deutschland. Aber was eigentlich schlimmer für Gunnar war: Mit den Besatzungsarmeen kam Geld in die isländische Wirtschaft, Arbeit gab es genug, die Löhne stiegen. Gunnars großer Hof verschlang viel Arbeitskraft, und nun wollte niemand mehr für Kost und Logis auf dem Lande arbeiten. 1948 gaben er und seine Familie auf und zogen nach Reykjavík.

Gunnar schrieb noch einige wenige Bücher, aber hauptsächlich verbrachte er die Zeit damit, seine eigenen Werke neu zu übersetzen, darunter die *Kirche auf dem Berg*, die Halldór Laxness bereits großartig übersetzt hatte. Als Autor hatte er nun jahrzehntelang in einer anderen Sprache gelebt, und seine Übersetzungen sind stellenweise schwerfällig. Im Ausland erschienen seine Bücher kaum noch, teils weil sie einer anderen Periode zugehörten, teils auch wegen seiner engen Verbindung zu

Deutschland. Überhaupt hat sein Schicksal etwas Tragisches. Es ist die Geschichte von einem Bauernsohn, der in die Welt zieht und sich dort durchkämpft, um Schriftsteller zu werden, und einige wunderbare Bücher verfasst. Er schreibt immer und fast ausschließlich über sein Island, und findet seinen Markt und seine Leser in Deutschland; aber er ist zu nahe dran, einen Pakt mit dem Bösen zu schließen, um heil davonzukommen. Bei seiner Rückkehr ist das Land vollkommen verändert, längst nicht so, wie er es sich vorgestellt hatte. Ein Trost zu wissen, dass man heute ein schönes Museum über ihn auf Skriðuklaustur besuchen kann und dass einige seiner besten Werke jetzt wieder im Ausland erscheinen.

Hier wurde ausführlich über Gunnar berichtet, teils weil er ein wichtiger und interessanter Autor ist, teils weil seine Geschichte fasziniert. Er war einer der Autoren, die in der ersten Hälfte des 20. Jahrhunderts in einer Fremdsprache schrieben, Erfolg hatten, aber deren Karriere die Rückkehr nach Island und den Zweiten Weltkrieg nur knapp oder nicht überlebten. Was aber geschah mit denen, die hierblieben?

Parallele Leben – Licht im Osten

Þórbergur Þórðarson hat ein halbes Jahrhundert später seine Kindheit und Jugend in der abgelegenen Region »Suðursveit« (wörtlich Südbezirk) im Südosten in vier autobiografischen Bänden beschrieben; den letzten Band legte er allerdings beiseite, er erschien erst posthum. Es ist sein Versuch, das Paradies wiederzufinden, seine Suche nach der verlorenen Zeit, die ausführliche Schilderung einer Welt, die jahrhundertelang zum großen Teil unverändert geblieben war. Manchen ist der Text zu langatmig und zu detailbesessen, aber besonders der erste Band, *Steinarnir tala* (Die Steine sprechen), ist faszinierend. Er beginnt mit einer dreifachen Hochzeit, darunter die seiner Eltern. Diese kann 1886 stattfinden, da ein Schoner aus Dunkerque vor Suðursveit gestrandet ist; glücklicherweise kam niemand ums Leben. Nun hatten die Leute auf dem Lande genug Essen und Wein für ein großes Fest. Es wurde gefeiert mit Gesang und Geschichten, Gelächter und Weinen, Schlägereien und Wiedergutmachungen. Die Schilderung seiner Eltern und der anderen Menschen auf den wenigen Höfen in Suðursveit ist wunderbar gelungen, aber am besten schildert er sich selbst, diesen aufmerksamen, eigenbrötlerischen Jungen, der in einer kleinen Welt lebt und doch außerhalb steht.

Wenn man heute Suðursveit besucht und sich die Straße und die Brücken wegdenkt und sich zugleich die unglaubliche Kraft der Vulkane, Gletscher und Flüsse rundum vor Augen führt, versteht man überhaupt nicht, wie unsere Vormütter und -väter hier überleben konnten. Felder gibt es kaum, eher enge grasbewachsene Täler zwischen steilen Bergen, der Fischfang ohne irgendeinen Hafen ist sowohl schwierig als auch gefährlich. Aber möge die Landwirtschaft noch so primitiv gewesen sein, es gab Bücher. Der Vater von Þórbergur hatte sein Wissen über das Land und die Menschen aus den Sagas, seine Mutter las neuere Literatur. Þórbergur selbst las alles, Belletristik wie Fachbücher, und machte seine eigene Ermessung der Welt; lief tagelang umher mit allerlei Messgeräten und schrieb alle seine Berechnungen auf. Hätte Pythagoras nicht schon seinen Satz zur Berechnung des Dreiecks entwickelt, hätte er es getan, schrieb er einmal.

Obwohl Þórbergur der älteste Sohn seiner Eltern war, ist ihnen sicherlich früh klar geworden, dass die Übernahme des Bauernhofs nichts für ihn war. Er war ein Träumer und ein Sonderling, und so ließen sie ihn mit achtzehn nach Reykjavík ziehen, er wollte lernen. Mitgeben konnten sie ihm nichts, und 1906 galten noch Gesetze, die zwar nicht mehr streng gehandhabt wurden, aber mit der die Bauerngesellschaft sich selbst gegen jegliche Urbanisierung geschützt hatte. Ihnen zufolge musste jener Mann in Reykjavík, der Þórbergur zu sich nahm, für ihn bürgen: Þórbergur bekam bei ihm Kost und Logis und etwas Taschengeld, aber dafür konnte er Þórbergur für sich arbeiten lassen, wo auch immer er ihn haben wollte. Es folgten drei Jahre Schufterei, zum großen Teil auf Fischerbooten, die keine weißen Segel hatten, sondern braune. Es war eine Arbeit, die Þórbergur hasste und auch nicht besonders gut verrichten konnte. Erst danach wurde er sein eigener Herr, und er konnte auf die Lehrerhochschule gehen, wo er die nächsten vier Jahre studierte, während er alle möglichen Gelegenheitsarbeiten verrichten musste, um über die Runden zu kommen.

In diesen Jahren war Þórbergur immer klamm, hauste in klitzekleinen Zimmern, konnte sich kaum Schuhe leisten oder seine Kleidung waschen lassen. Es waren die Jahre, in denen Gunnar Gunnarsson manchmal in Dänemark in den Parks schlafen musste, aber Gunnar folgte immer einem ganz klaren Ziel: Er wollte Schriftsteller werden, alles wurde dem untergeordnet. Das war für Þórbergur nicht so klar. Er sehnte sich zwar immer nach dem Licht des Wissens, wie er später schrieb, aber wo er es finden würde, wusste er nicht. Die Schulbücher der Pädagogik sagten ihm nichts, und 1913 gab er die Schule ohne Prüfung auf. Danach besuchte er fünf Jahre lang Vorlesungen an der neuen Universität von Island über isländische Sprache und Literatur; verpasste keine einzige, nach eigenen Angaben. Er schrieb auch alle Aufsätze, aber durfte trotzdem keine Prüfung ablegen, da er kein Abitur hatte.

Lehr- und Wanderjahre, heißt eine solche Phase bei berühmten Autoren, aber so wie Þórbergur es später beschrieb, irrlichterte er in diesen Jahren nur durch Reykjavík und hatte keine Ahnung, was er aus seinem Leben machen sollte. Das machte ihn auch empfänglicher für neue Heilslehren jeder Art. 1919 erschien in einer viel gelesenen Zeitschrift ein Aufsatz von ihm über Yoga, »Licht aus dem Osten«, der viel Aufsehen erregte. Þórbergur entdeckte dabei nicht nur die Weisheit aus Indien, sondern auch seine Freude am Schreiben. Aus dem Interesse an Yoga entwickelte sich dann ein Interesse für Theosophie, er unternahm sogar mit isländischen Freunden eine Reise nach London, wo er Vorlesungen der Theosophin Annie Besant hörte, und nach Paris, wo er den spirituellen Lehrer Krishnamurti sah: »damals ein junger Mann, unglaublich schön, ohne einen einzigen originellen Gedanken im Kopf«, wie er später schrieb.[326] Die Theosophie ist eine der wenigen Lehren, von denen sich Þórbergur später abwandte.

Zur gleichen Zeit ließ Þórbergur sich von Esperanto begeistern, lernte die Sprache, schrieb Lehrbücher über sie, Essays auf Esperanto und nahm teil an der internationalen Bewegung, die sich für diese Weltsprache einsetzte; viele Jahre war die Sprache seine Hauptbeschäftigung. Manchen mag das eigenartig vorkommen, aber mit Esperanto waren in diesen Jahren, unmittelbar nach dem Ersten Weltkrieg, große Hoffnungen verbunden. Die Befürworter dieser erfundenen Sprache sahen sie als ein Werkzeug des Pazifismus, wenn alle einander verstehen würden, käme es nicht wieder zu einem solchen Horror wie dem Krieg. Nicht überraschend wurde Þórbergur in diesen Jahren auch überzeugter Sozialist und blieb es bis zum Lebensende; zuerst stand er den Sozialdemokraten nahe, ab Mitte der Dreißigerjahre den Kommunisten.

Er hatte auch das Schreiben für sich entdeckt, doch er wollte absolut keine Romane schreiben, sondern wahre, nützliche Bücher. Und 1924 erschien von ihm ein Werk, das, zusammen mit *Der große Weber von Kashmir* von Laxness, den Anfang der modernen Prosa in Island markierte. Es hieß *Bréf til Láru* (Brief an Laura), und Þórbergur gab es selbst heraus in nur dreihundert Exemplaren, und er musste gleich darauf eine neue Auflage drucken lassen. Dieser lange Brief liest sich wie eine Essaysammlung über alle seine Anliegen: den Sozialismus, den Spiritismus, die schöne moderne Welt im Gegensatz zum schrecklichen Leben auf dem Land, seine Verachtung von Konservativen und Katholiken und der isländischen Oberschicht. Aber dazwischen stehen Erzählungen aus seinem eigenen Leben, humorvoll und zutiefst selbstironisch, wo er ein erzählendes »Ich« erfindet, wie es die Leser in Island noch nie gelesen hatten. Da ist zum Beispiel das Kapitel »Wie ich einmal schwanger war«, das mit diesen Worten anfängt:

> In meinem Bewusstsein gibt es zwischen einer Vorstellung und einer realen Erfahrung keinen großen Unterschied. Ich kann imaginäre Ereignisse wie steinharte Realität erleben. Ich nehme sie mit Augen, Ohren und dem Tastsinn wahr. Ich spüre, wie ihre Auswirkungen meinen Körper umschließen, der mal erfüllt ist von himmlischem Wollen, dann wieder von höllischen Qualen durchdrungen. Ja, mir ist die Welt der Imagination sogar wirklicher als die sichtbare Welt.[327]

Es folgt ein fieberhaftes Kapitel darüber, wie er seine eigene Schwangerschaft erlebt, die Scham, die Angst, die physischen Änderungen werden greifbar beschrieben. Isländische Leser schüttelten den Kopf und waren doch fasziniert.

Dieser grenzenlose Subjektivismus war neu in unserer Literatur. Plötzlich steht nur dieses »Ich« dem Rest der Welt gegenüber. Manchmal ist der Erzähler ein einzigartiges Genie, manchmal vollkommen lächerlich und hoffnungslos. Das Buch ist durch und durch antiautoritär und der Moderne gewidmet, es gibt keine Verherrlichung der bäuerlichen Gesellschaft: »Der geistige Tod fängt an mit Stille, Stimmungsstumpfsinn, Einsturz aller Ideale und Liebe zum Leben auf dem Lande.«[328] Karnevalistisch, dieses viel gebrauchte Wort, passt in der Tat zu

Þórbergurs *Brief*. Hier wechselt unablässig das Hohe mit dem Niedrigen, alle Autorität wird lächerlich gemacht. Was ich an Christus besonders schätze, sagt der Erzähler an einer Stelle, ist dass er nicht redet wie Jón Magnússon (der damalige Staatsminister). Wie die Literaturwissenschaftlerin Helena Kadečková beobachtete, so öffnete Þórbergur die isländische Literatur auch für das Körperliche; dessen Bedürfnisse, Triebe, Funktionen, alles konnte in der Literatur erörtert werden.[329]

Þórbergur ist weit entfernt von dem Spätnaturalismus der isländischen Prosa, er ist humorvoller, ausgeflippter, radikaler. Er erschließt der erzählenden Literatur neue Gebiete, wohin sie sich noch nicht begeben hatte, und erweitert das Spektrum der Sprache. Seine stilistische Treffsicherheit und Sprachgewalt begeisterten viele Leser, schockierten jedoch andere: Sie hatten nicht geahnt, dass man so etwas schriftlich festhalten konnte und drucken durfte. *Brief an Laura* blieb auch nicht ohne Konsequenzen für den Autor: Er lebte von stundenweisem Unterricht an zwei Schulen und einem kleinen Stipendium, das er erhielt, um Wörter zu sammeln für einen Duden, der damals in Vorbereitung war. Sein Stipendium wurde halbiert, und beide Schulen feuerten ihn. Die »feinen« Literaturzeitschriften erwähnten das Buch mit keinem Wort.

Obwohl Þórbergur genau wusste, dass ihm mit dem *Brief* ein mutiges literarisches Werk gelungen war, setzte er seine Schriftstellerlaufbahn nicht in dem Sinne fort. Die nächsten Jahre widmete er sich mehr und mehr dem Esperanto, unterrichtete in der Sprache und schrieb Lehrbücher. Am selben Tag, als Gunnar Gunnarsson den Nürnberger Parteitag besuchte, war Þórbergur in Holbæk, einem Vorort von Kopenhagen, um eine Vorlesung über Island beim Esperantoverein zu halten. Er hatte ein paar Dias und eine Schallplatte mit dabei: »Um die 30 Gäste. Lief gut«, schreibt er in sein Tagebuch.[330]

Brief an Laura hatte Þórbergur seinen damaligen Lebensunterhalt gekostet, aber das änderte nichts an seinen politischen Meinungen. Sehr früh veröffentlichte er äußerst kritische Artikel über die deutschen Nationalsozialisten in der sozialdemokratischen Zeitung *Alþýðublaðið*, und 1934 nannte er dort Hitler einen Sadisten, wegen der Verfolgung seiner politischen Gegner. Das deutsche Konsulat protestierte laut, und am Ende zerrte die isländische Regierung Þórbergur vor Gericht, weil er ein ausländisches Staatsoberhaupt verleumdet habe. Der Oberste Gerichtshof verurteilte ihn zu 200 Kronen Bußgeld, wegen Rufschädigung von Adolf Hitler.

Es war aber auch in diesem Jahr, dass er, mit Freunden aus Esperantokreisen, die Sowjetunion besuchte und sich davon überzeugen ließ, dass hier der Menschheit der Weg in die Zukunft gewiesen würde. Für den Rest seines Lebens war er ein erklärter Anhänger von Stalin. Obwohl Þórbergur von vielen als der »isländischste« aller Autoren gesehen wird, war er nie Nationalist, sondern sah sich selbst als Internationalist und wurde früh Mitglied der internationalistischen und sehr linken Vereinigung SAT, die der französische Esperantist Eugene Lanti gegründet hatte. Diese seine Verbindungen bedeuteten aber auch, dass er von den Verbrechen des stalinistischen Regimes schon früh gewusst haben muss, denn Stalin schlug hart auf die Esperantobewegung ein in den späten Dreißigerjahren, und Þórbergur abonnierte ihre Zeitschriften. Aber er hielt sich immer daran, den Gegnern der Sowjetunion nicht den Gefallen zu tun, das Land der Zukunft zu kritisieren, um seine eigene Formulierung zu gebrauchen.

Mitte der Dreißigerjahre tat er den isländischen Lesern endlich den großen Gefallen, sich auf das Schreiben auf Isländisch zu konzentrieren, die Schreibwut hatte ihn gepackt, wie er später sagte, und er schrieb bis zu seinem Lebensende. Es folgten seine zwei besten Werke, *Íslenskur aðall* (1938), deutsch *Islands Adel* (2011), und *Ofvitinn*, etwa »Das exzentrische Genie«, 1940–1941. Beides autobiografische Bücher, die von seinen irrlichternden Jahren zwischen 1909 und 1913 erzählen. Humorvoll und mit herrlichen Beschreibungen seiner Freunde, leben sie von der Diskrepanz zwischen der Hauptperson, die völlig *down and out* ist, und dem Erzähler, der sich im konsequent ironischen Ton über sie und damit sich selbst lustig macht. Der interessierte Leser sei besonders auf das Kapitel »Unterwegs zu meiner Geliebten« in *Islands Adel* aufmerksam gemacht.

Þórbergur schrieb viele und sehr unterschiedliche Bücher in den nächsten drei Jahrzehnten, autobiografische Werke, Essays, Biografien von anderen, aber immer Sachbücher. Während sein Kollege Gunnar die Wahrheit in der Dichtung suchte, war Þórbergur auf der Suche nach der Dichtung in der Wahrheit. Seine wichtigsten Werke aus seiner späteren Schaffensperiode waren die Bücher über die Suðursveit, und dorthin reiste er im hohen Alter immer wieder zu Besuch, sie war sein wiedergefundenes Paradies. Als er den Bauernhof seiner Kindheit nach seinem letzten Besuch verließ, mussten seine Verwandten ihn weinend ins Flugzeug tragen.

Von einem, der auszog, um nach Hause zu kommen

> Wo haben die Tage deines Lebens ihre Farbe verloren,
> und die Gedichte, die durch dein Blut rauschten von Traum zu Traum,
> wo wurden sie Beute der Winde, o Kind, das sich glaubte
> mit des Wunders ewigem Brunnen in seiner Brust geboren,
> wo?[331]

So fängt es an, das Gedicht »Söknuður«, »Sehnsucht«, von Jóhann Jónsson (1896–1932), eines der schönsten Werke der modernen isländischen Lyrik. Er war ein armer Junge aus Westisland, der früh an Tuberkulose erkrankte, so dass ihm ein Fuß amputiert werden musste, der aber trotzdem 1921 in die Welt auszog, um Literatur zu studieren und Schriftsteller zu werden. Jóhann war ein sensibler, hochbegabter Mann, ein Freund von Gunnar Gunnarsson und Halldór Laxness, dessen eigene Werke jedoch nur einen kleinen Band mit Aufsätzen und Gedichten füllen. Er kam nie wieder nach Island zurück, wohnte die meiste Zeit seines Lebens in Leipzig, wo ihn die Tuberkulose wieder erfasste und wo er 1932 auf einem Dachboden starb. 2013, als ich den isländischen Präsidenten bei einem Besuch nach Deutschland begleiten durfte, brachten wir eine Gedenktafel an seinem Haus in Leipzig an, gleich um die Ecke des Kulturhauses »Nato«, wo viele Jahre lang die nordischen Lesungen während der Buchmesse stattfanden.

Jóhann war ein fleißiger Briefeschreiber und warnte Gunnar zum Beispiel bereits 1930 vor den Nationalsozialisten und fasste im selben Brief das Dilemma der Autoren im Ausland zusammen: »Ich kenne von allen wohl am besten das Heimweh nach Island. Aber ich weiß auch, dass das Island, nach dem ich mich sehne, nur in mir selbst lebt – es ist ein Phantom, das nirgends Realität ist, außer in meinem Schaffensdrang, und nie zur Wirklichkeit wird, außer durch meinen Schaffenswillen.«[332] So hätte Gunnar auch das Motto seines Lebenswerkes formulieren können.

In den Zwischenkriegsjahren erlebte die isländische Gesellschaft eine tiefgreifende Veränderung. Die jahrhundertealte bäuerliche Lebensweise verblasste, und der Grundstein wurde gelegt für das Stadtgebiet, in dem heute die meisten Isländer wohnen. Wie die isländischen Dichter und Intellektuellen diese Veränderung erlebten, kann, so finde ich, sehr schön erfasst werden mit den Begriffen *Gemeinschaft und Gesellschaft* im gleichnamigen Buch (1887) des deutschen Soziologen Ferdinand Tönnies. Es sind dies zwei grundverschiedene Formen des Zusammenlebens: »Alles vertraute Zusammenleben wird als Leben in Gemeinschaft verstanden. Gesellschaft ist die Öffentlichkeit, ist die Welt. In Gemeinschaft mit den Seinen befindet man sich, von der Geburt an, mit allem Wohl und Wehe daran gebunden. Man geht in die Gesellschaft wie in die Fremde.«[333] Jetzt gingen die Isländer in die Fremde.

Zum ersten Mal in diesen tausend Jahren entstand eine Stadt, und zum ersten Mal seit 650 Jahren lebten die Isländer in einem souveränen Staat und einer Demokratie. Diese hatte sich im 19. Jahrhundert entwickelt, aber man vergisst manchmal, wie begrenzt das Wahlrecht lange war. Bis 1903 hatten ungefähr 40 Prozent der erwachsenen Männer das Recht, das Althing zu wählen. Sie mussten 25 Jahre alt und finanziell unabhängig sein und Steuern zahlen. 1915 durften endlich Frauen und Landarbeiter an die Urnen bei Althings-Wahlen, aber sie mussten mindestens vierzig Jahre alt sein, ab 1920 galt ein allgemeines Wahlrecht für alle ab 25, unabhängig vom Geschlecht, und erst 1934 durften auch die wählen, die Sozialhilfe erhielten und das Alter wurde auf 21 gesenkt.

Gleichzeitig entwickelte sich ein vollständig neues Paradigma in der isländischen Politik. Das parteipolitische Spektrum richtete sich nicht mehr nach verschiedenen Strategien im Kampf für ein unabhängiges Island, nun folgte es den Richtlinien des Klassenkampfes. 1916 wurden sowohl der isländische Gewerkschaftsbund als auch die dazugehörende sozialdemokratische Volkspartei sowie die Progressive Partei der Bauern gegründet, und zwar alle unter Mitwirkung vom selben Mann, Jónas Jónsson von Hrifla. Er wusste aus dem Ausland, dass diese Bewegungen ihre Parteien brauchten. In den Zwanzigerjahren gingen zwei konservative Parteien zusammen und formten die Unabhängigkeitspartei, die bis in dieses Jahrhundert immer die größte politische Kraft im Land war, und Anfang der Dreißigerjahre spalteten sich die Kommunisten von der Volkspartei ab. Diese vier Parteien, die Unabhängigkeitspartei und die Parteien der Bauern, Sozialdemokraten, Linkssozialisten und ihre Nachfolger, bestimmten das politische Leben in Island im 20. Jahrhundert, mit ihrer Hilfe mussten die Isländer sich in der Fremde zurechtfinden.

Reibungslos verlief diese Entwicklung nicht. In den Zwanzigerjahren gab es endlich eine Gruppe Intellektueller in Reykjavík, gebildete Männer, die Lehrer, Universitätsprofessoren, Redakteure oder Beamte waren. Sie, obwohl selbst Kinder der neuen Urbanisierung und mit einem Aufenthalt im Ausland hinter sich, setzten sich sehr für die Gemeinschaft, das heißt die Werte des alten bäuerlichen Lebens ein, in ihrer eigenen Interpretation. Die Auflösung der alten Gesellschaft, der Einfluss ausländischer Massenkultur, die Erweiterung der Demokratie, ja selbst das Wachstum des Buchmarkts weckten ihr Misstrauen; demgegenüber idealisierten sie die Lebensweise auf dem Lande, je abgelegener die Gegend, desto besser, »wahrer«, das Leben. Sie sahen ihre Rolle als die einer väterlichen Bevormundung der Isländer, die sich in der neuen Welt nicht auskannten.[334]

Das war eine Illusion und stand in keinem Zusammenhang mit der wirklichen Entwicklung, und ihnen wurde auch kräftig widersprochen. Der *Brief an Laura* wurde bereits erwähnt, aber zu Þórbergur gesellte sich ein viel jüngerer Autor, der in den Zwanzigerjahren mit seinen polemischen Zeitungsartikeln Furore machte. Er kritisierte scharf die Verklärung der Bauernkultur und stellte ihr als Kontrast Reykjavík gegenüber, das »innerhalb kürzester Zeit alles verschafft hatte, was eine Weltstadt auszeichnet, nicht nur Universität und Kinos, sondern auch Fußball und Homosexualität«.[335] Bald sprach sich bei den Isländern ein Name herum, über den sie das nächste halbe Jahrhundert streiten würden: Halldór Guðjónsson vom Hof Laxnes, der sich Halldór Laxness nannte.

Er war 1902 in Reykjavík geboren worden. Drei Jahre später zog die Familie aufs Land, da sein Vater den Hof Laxnes in

Mosfellsdalur, ungefähr 20 Kilometer von Reykjavík, erworben hatte, um dort Bauer zu werden; nebenbei arbeitete er im Straßenbau außerhalb der Stadt. Halldórs Eltern waren weder reich noch arm nach isländischen Maßstäben, aber zwei Eigenschaften erwiesen sich als ausschlaggebend für die künstlerische Entwicklung ihres Sohnes: Der Vater, Guðjón, liebte Musik, spielte Orgel in der Kirche und auch Geige, und ab und zu gab es Hauskonzerte. Die ersten Kindheitserinnerungen Halldórs waren jene an das Musizieren zu Hause. Später in seinem Leben wurde für ihn die Musik, diese wortlose Kunst, die höchste Kunstgattung; Musik wie die von Bach wurde ihm zum Symbol der absoluten Schönheit. Auf der anderen Seite hatte seine Mutter, Sigríður, ein für diese Zeiten ungewöhnliches Verständnis für seine Träumereien, sein ewiges Gekritzele, sein dauerndes Lesen, und war sich schon früh darüber im Klaren, dass er auf dem Hof nicht von Nutzen sein würde und es auch nicht sein musste. Dies waren noch die Zeiten, in denen alle Isländer von früher Jugend an den weitaus größten Teil ihrer wachen Zeit mit Arbeit verbrachten. Schon vom zehnten Lebensjahr an musste zum Beispiel mein Großvater väterlicherseits, der vier Jahre älter als Laxness war, seinem Vater beim Fischfang helfen. Und Halldór war, wie Gunnar und Þórbergur, der älteste Sohn im Hause.

Die Eltern wussten also, dass der Junge für die schönen Künste veranlagt war, ob es jetzt Musik, bildende Kunst oder Literatur war, und nicht den Hof übernehmen würde. Als er dreizehn war, schickten sie ihn in die Stadt, und zwar auf die Gewerbeschule, denn es gab keine Kunstschule, und dort wurde wenigstens Grafik unterrichtet. Auch ließ der Vater seinem Sohn Klavierunterricht zuteilwerden. Halldórs Schulkarriere die nächsten vier Jahre in Reykjavík war nicht sehr gelungen; von 1918 bis 1919 war er auf dem Gymnasium, ohne jedoch das Abitur zu machen, und er brach die Schule ab. Während dieser Zeit formte sich bei ihm der Entschluss, Schriftsteller zu werden, koste es, was es wolle. Schon 1916 veröffentlichte er, unter Pseudonym, erste Zeitungsartikel und Gedichte und schrieb auch an längeren Werken. Sein erster Roman, *Barn náttúrunnar* (Naturkind), erschien 1919, als er siebzehn war. Auf dem Titelblatt stand, dass es auf Kosten des Autors verlegt wurde, was bedeutete, dass die Eltern die Rechnung übernahmen. Der Roman ist eine Liebesgeschichte, beeinflusst von Hamsuns und anderen pastoralen Werken, und aufgrund dieses Buches allein lässt sich noch nichts über Halldórs Talent sagen.

Als das *Naturkind* im Herbst in den Buchhandlungen von Reykjavík ausgelegt wurde, war der Autor schon über alle Berge. Halldór Laxness reiste nach Kopenhagen, nistete sich bei fernen Bekannten seiner Mutter ein, ließ sich Visitenkarten drucken und brachte eine davon an der Tür seines Gastgebers an. Dort stand:

HALLDÓR FRÁ LAXNESI
POËTA

Wenngleich er dem später immer widersprach, konnte Halldór sich anfangs gut vorstellen, Autor in einer Fremdsprache im Ausland zu werden, wie seine etwas älteren Kollegen. Kopenhagen war für ihn wie für so viele Isländer die erste natürliche Etappe auf dem Weg in die weite Welt, quasi die Hauptstadt Islands, und Dänisch eine Sprache, die sie, wenn auch nicht unbedingt gut, konnten. Die Stadt barg aber auch für Besucher aus Island einen Kulturschock. Nach Ende des Ersten Weltkriegs hatte sie über eine halbe Million Einwohner, darunter Flüchtlinge aus vielen Ländern, und sie wohnten eng aufeinander, wie in den meisten europäischen Hauptstädten; schon das Gedränge, der Gestank und der Lärm müssen für einen siebzehnjährigen Isländer überwältigend gewesen sein. Aber Halldór legte gleich los, schrieb ein paar Kurzgeschichten auf Dänisch und verkaufte sie zügig an die größte Tageszeitung, *Berlingske Tidende*.

Halldór Laxness, sein Leben und seine Werke, waren viele Jahre meine Hauptbeschäftigung, und ich schrieb über ihn eine Biografie. Es faszinierte mich unter anderem, wie umtriebig er war. Die gesamten Zwischenkriegsjahre war er unterwegs, voller Ungeduld, Neugierde, Schreibleidenschaft und gleichzeitig auf der Suche nach einer absoluten Wahrheit. Er wollte alles über die Welt wissen, ganz besonders über die neue, moderne Welt, die er schnellstmöglich nach Island bringen wollte, und er wollte gleichzeitig dieser Welt seine Geschichten aus Island erzählen.

Früh in diesen Wanderjahren, im Dezember 1922, klopfte er an der Pforte des Benediktinerklosters Saint-Maurice bei Clervaux in Luxemburg. Dort hielt er sich mehr als ein halbes Jahr lang auf, trat zum Katholizismus über und erwog ernsthaft, Mönch zu werden. Sein Glauben war ehrlich, er war auf der Suche nach einer Wahrheit jenseits des irdischen Daseins, aber im Kloster bot sich auch die Gelegenheit, seiner Grafomanie, wie er sie selbst nannte, Folge zu leisten; er bekam Unterkunft und Verpflegung und Zugang zu einer guten Bibliothek, und abgesehen von den Gebetsstunden, die zum Leben im Kloster gehören, hatte er unbegrenzte Zeit zum Schreiben. Er schrieb einen Roman, der katholisch inspiriert ist, *Undir Helgafelli*

(Am heiligen Berg; nicht übersetzt), führte Tagebuch, verfasste Artikel und jede Menge Briefe an seine Freunde.

Er besichtigt auch die heilige Stätte Lourdes, lernt Nonni kennen, besucht in England eine Jesuitenschule und ein Kartäuserkloster, und dann wird es ihm doch zu viel, die Einsamkeit und das absolute Schweigen. Das Schreiben siegt über die Kontemplation, und er kehrt für eine Weile nach Reykjavík zurück. Offiziell ist er noch Katholik, und er verfasst sogar ein Pamphlet gegen Þórbergurs *Brief an Laura*, aber er ist auf der Suche nach neuen Abenteuern, nach spannendem Stoff. Den Sommer 1925 verbringt er auf Taormina in Sizilien, begeistert von dem farbenreichen Leben in dieser Stadt, die in den Zwanzigerjahren das Sommerresort Homosexueller aus vielen Ländern war, und lässt sich von dem freiheitlichen Zeitgeist faszinieren. Hier schrieb er zum größten Teil den Roman, der zusammen mit *Brief an Laura* die isländische Prosa für immer revolutionierte, weil er alle möglichen Facetten des Lebens, auch die modernen, in sich vereinte und der isländischen Schriftsprache eine neue Reichweite gab: *Der große Weber von Kashmir*, den er 1927 auf eigene Kosten drucken ließ (diesmal mussten seine Freunde bezahlen). Mit diesem Roman bereitete er der gepflegten Prosa des manierlichen Spätnaturalismus ein Ende, die jüngere literarische Szene erlebte ihn wie einen Befreiungsschlag.[336] So fängt er an:

> Eben flogen zwei Schwäne nach Osten.
> Die Welt ist wie eine Bühne, auf der alles für eine große Oper hergerichtet ist: Birkenduft in der Thingvalla-Lava, ein kühler Hauch von den Sulur, purpurfarbener Himmel über der Esja, tiefe, kalte Bläue über dem Skjaldbreiður; es wird nicht mehr dunkel, überall taghelle Nacht und Schlaflosigkeit.[337]

Und doch ist der Roman für heutige Leser stellenweise nicht mehr auszuhalten, die endlosen Monologe der megalomanischen Hauptperson, Steinn Elliði, lange kulturelle Diskussionen, die ihre Aktualität eingebüßt haben, die schwache Konstruktion. Was bleibt, ist die Sprache und Metaphorik des Autors. So war die isländische Natur, das ewige Thema der isländischen Erzähler, noch nie beschrieben worden:

> Der erste Brachvogel pfiff im Südwesten wie ein junger Betrunkener, der nicht schlafen kann. Sonst waren die Vögel noch nicht auf den Beinen. Zwei Schafe, gesetzt und ehrbar wie ältere Hausfrauen, trotteten gemächlich einen schmalen Schafspfad entlang; sie dachten nach. Die leichte Brise war zur Windstille geworden; alles wurde nass von Tau. Der mit Buschwerk bewachsene Rand der Lava duftete wie der Busen eines ausländischen Freudenmädchens.[338]

Man merkt, wie weit der Autor entfernt war von den Gelehrten in Island, die das Volk mit der alten Bauernkultur wieder einlullen wollten, und sie stritten sich auch über dieses Buch. Manche meinten, es sei konstruierte Pseudoliteratur, andere merkten, dass hier eine ganz neue Dimension zur isländischen Romanliteratur hinzugefügt wurde: »Endlich, endlich!«, überschrieb ein Kritiker seine Rezension.

Kaum war das Buch auf dem Markt, war der Autor schon wieder weg. Diesmal zog es ihn gen Westen, erst zu den Isländern in Kanada und dann nach Los Angeles. Er wollte zum Film. Welch bessere, modernere Methode gab es denn, der Welt seine Geschichten zu erzählen, als diese neue, alles dominierende Kunstgattung? Über zwei Jahre verbrachte Halldór in Hollywood, ohne Erfolg. Er schrieb unter anderem zwei Filmmanuskripte, die nicht angenommen wurden, übersetzte mit einem Freund *Den großen Weber*, den auch keiner wollte, verliebte sich und verdiente seinen Unterhalt mit Vorlesungen über Island in verschiedenen Clubs. Aber was am wichtigsten war: In der Hochburg des Kapitalismus wurde er Sozialist, las die damals in den Staaten viel beachteten *social novels*, lernte sogar Upton Sinclair persönlich kennen. All das war ihm von großem Nutzen, als er nach dem Crash an der Wallstreet im November 1929 nach Island zurückkehren musste. Wie so oft in den vergangenen zehn Jahren schickte er seiner Mutter – sein Vater starb kurz vor seiner ersten Auslandsreise – ein Telegramm und bat sie um Geld für die Rückfahrt.

Ende 1929 war Halldór Laxness wieder in Island, und erst jetzt fasste er den endgültigen Entschluss, Autor auf Isländisch zu werden. Er heiratete Ingibjörg Einarsdóttir, mit der er schon vor der Amerikatour verlobt gewesen war, und wenngleich weiterhin viel unterwegs, hatte er nun seinen Wohnsitz in Island. In den Dreißigern schrieb er fünfzehn Bücher, Essays, ein Theaterstück, Gedichte, Kurzgeschichten und vor allem seine drei großen sozialen Romane, jeden in mehreren Teilen, die seinen Ruhm im In- und Ausland begründeten. Alle hatten eine Hauptperson, spielten an sehr abgelegenen Orten in Island, aber sollten gleichzeitig die Welt spiegeln, so dass die Leser die Gefühle und Gedanken aller Menschen spüren konnten.

Der erste Roman war *Salka Valka* (1931–1932) über das Schicksal einer jungen Frau im kleinen Fischerdorf, die ihren Freiheitsdrang, ihre Selbständigkeit und ihren Stolz bewahrt, obwohl sie misshandelt wird und ihr Verlobter sie verlässt. In diesem »bedeutungslosen«, wie es an einer Stelle heißt, Ort spiegelt sich der neue Klassenkampf auf dem Lande, aber er bildet auch den

Hintergrund für eine Liebesgeschichte, wie Halldór sie schon im *Weber* geschrieben hatte und noch einige Male in neuen Variationen wiederholen würde; eine Liebe zwischen dem naturverbundenen, selbstständigen und stolzen Mädchen und dem wankelmütigen, unzuverlässigen Intellektuellen, den es in die große Welt zieht. Eine Liebesgeschichte zwischen Island und seinem Autor. Ein kluger Rezensent schrieb damals, dass Halldór ein einzigartiger Dichter geworden sei, der die Gegensätze der Zeit in seiner Person vereine, jedoch ohne Gleichgewicht: »Halldór vereint nicht nur die Gegensätze in seiner Heimat in sich, sondern auch jene, die in den Wörtern liegen: Isländer – Weltbürger. Ebenfalls ohne Gleichgewicht.«[339]

Auf *Salka Valka* folgte Laxness bekanntester und meistübersetzter Roman, *Sein eigener Herr* (1934–1935), über den Bauern Bjartur in einer abgelegenen Heidelandschaft, der alles für sein selbständiges Dasein opfert, am Anfang seine Frau und zum Schluss seine geliebte Stieftochter. Bei dieser unvergleichlichen Charakterschilderung muss ich oft an eines meiner Lieblingszitate von Laxness denken, das aus einem seiner schlimmsten Bücher stammt:

> Das Wuchern persönlicher Charaktermerkmale gedeiht am besten in den halbzivilisierten Ländern. [...] In Ländern, in denen die Zivilisation sehr weit und relativ gleich verbreitet ist, nicht selten auf Kosten der Kultur selbst, werden auch extrem ausgebildete Charaktere selten, sodass die Allgemeinheit solche Personen unwillkürlich als geistesgestört betrachtet und Angst vor ihnen hat. Die Zivilisation hat keinen Platz für die übertriebene, radikale Betonung, die das Individuum einer kleinen Gesellschaft seiner eigenen Person, seinen Worten und Taten zuschreibt.[340]

Das steht in Laxness' Buch *Gerska æfintýrið* (1938), Das russische Abenteuer, einem Lobgesang auf Stalin und das sowjetische Regime. Es ist diese Überlegung zum Individuum in der kleinen Gesellschaft an der Grenze zur Zivilisation, die so gut auf die Person Bjarturs passt. Bjartur ist nicht nur physisch an dieser Grenze, sein Charakter ist auch von der wilden Natur geprägt. Aus diesem Brunnen der Grenzerfahrung hatten isländische Autoren bei Personenbeschreibungen schon lange geschöpft, die große isländische Erzählkunst bewegte sich seit dem 13. Jahrhundert entlang dieser Grenze, aber Bjartur ist kein heldenhafter Entdecker, sondern eine tragische Figur.

Denn Laxness hatte für dieses Buch ausführlich recherchiert, über die Entwicklung der Landwirtschaft in Island und ihre Krise während der großen gesellschaftlichen Veränderungen im ersten Drittel des Jahrhunderts, und über die Höfe, die arme Knechte und Kleinbauern im 19. Jahrhundert auf den eigentlich unbewohnbaren Heiden errichtet hatten, sowie über die Ideologie der Bauernpartei und der Kooperationsbewegung, die eine finanziell vollständig unhaltbare Situation rechtfertigen sollte. Er kombiniert seine Gedanken über diese gesellschaftliche Entwicklung mit der Struktur einer Tragödie, teilt das Werk in fünf Abschnitte, und am Ende jedes Abschnitts verliert Bjartur etwas, das seinem Leben Wert verliehen hatte: seine Frau, seine Herde, seine Tochter, seinen Hof, zum Schluss alles.[341]

Laxness führte nicht nur einen ideologischen Kampf gegen die alte isländische Bauerngesellschaft, die er ihrem Ende zusteuern sah, sondern auch einen literarischen Kampf gegen die Verherrlichung dieser Gesellschaft, wie man sie in einem der meistgelesenen Romane der Zwischenkriegsjahre, *Segen der Erde* von Knut Hamsun, lesen konnte. Sowohl Hamsun als auch

Laxness schreiben, um meine eigene Formulierung in der Laxness-Biografie zu zitieren, »einen Roman über eine starke Persönlichkeit, einen Helden, der die Zivilisation verlässt. Aber Hamsun war in Wirklichkeit in Bezug auf Kultur und menschliche Gesellschaft pessimistisch eingestellt und gestaltete daher eine Komödie aus diesem Stoff. Dies ist der Grundtenor von *Segen der Erde*. Halldór Laxness glaubte hingegen als Optimist an die Möglichkeiten des menschlichen Daseins und schrieb eine Tragödie über diesen Mann.«[342] Der klassische Aufbau und die unvergessliche Person Bjartur haben ihren Anteil daran, dass *Sein eigener Herr* immer wieder in neuen Ausgaben und neuen Übersetzungen erscheint. Es wurde schon vor dem Zweiten Weltkrieg in England übersetzt und erschien auch gegen Ende des Krieges in den Vereinigten Staaten im »Book of the Month Club«, in einer Gesamtauflage von über 400 000 Exemplaren. Der erste Teil erschien 1936 auf Deutsch, aber dann wurde Laxness vor der »Reichsstelle zur Förderung des deutschen Schrifttums« verklagt, und der zweite Teil erschien erst nach dem Krieg.

Als *Sein eigener Herr* in zwei Teilen in Island erschien, wurde gewaltig darüber gestritten; der geistige Anführer der Bauernpartei, Jónas Jónsson von Hrifla, schrieb in der Parteizeitung eine siebenteilige Artikelserie gegen den Roman; viele Menschen auf dem Lande sahen ihn als einen Angriff auf ihre Lebensweise, und bis in dieses Jahrhundert gab es Bauernhöfe in Island, auf denen nie ein Buch von Laxness im Haus stehen durfte. Politisch bewegte sich Laxness inzwischen weit links, stand in Island der kommunistischen Partei am nächsten und reiste zweimal in den Dreißigern in die Sowjetunion und schrieb darüber Bücher. Beim zweiten Mal war er während des Moskauer Schauprozesses gegen Bucharin zugegen; seine Rechtfertigungen aus dieser Zeit sind noch immer beschämend zu lesen.

Den Sowjetsozialismus sucht man hingegen vergebens im dritten seiner großen sozialen Romane, den er gegen Ende dieser Periode veröffentlichte: *Heimsljós*, (dt. *Weltlicht)*, 1937–1940. Hier geht es um den Dichter Ólafur Kárason, der unter unglaublich schwierigen Umständen in den Westfjorden aufwächst, aber stets auf der Suche nach Liebe und absoluter Schönheit ist. Zum Schluss muss er alles dafür opfern. Hier flicht Laxness mit großer Kunstfertigkeit Geschichten zusammen von dem Mann, dem seine Figur nachgebildet war – einem armen Dichter aus dieser Gegend, den die Schreibmanie gepackt hatte und der 4350 Seiten Tagebücher und elftausend Gedichte hinterließ, mit christlich inspirierter Symbolik und einer breit angelegten Schilderung der isländischen Gesellschaft im Nordwesten Anfang des 20. Jahrhunderts. Es geht um den Autor in einer feindlichen Umwelt, um die Suche nach der Schönheit als Alternative zum gesellschaftlichen Kampf und um die grundlegende Frage: Warum schreibt man? Wie immer in Laxness' Romanen, im Gegensatz zu manchen seiner politischen Essays, gibt er dem Leser keine einfachen Antworten, aber desto mehr eindrucksvolle Bilder und Geschichten, die erzählt sind mit viel Humor – der in den Übersetzungen nicht immer transportiert wird.

Es gibt keinen Grund, hier über alle seine Bücher zu schreiben, nur dass jetzt eine thematische Änderung in seinem Werk folgte. Der Anfang des Zweiten Weltkrieges setzte seinen Reisen ein Ende, er musste in Island bleiben; kurz vor dem Krieg hatte er sich scheiden lassen, nun heiratete er wieder, die achtzehn Jahre jüngere Auður Sveinsdóttir, und das Ehepaar baute sich 1945 ein Haus, Gljúfrasteinn, das jetzt ein Autorenmuseum ist, ganz nahe an dem Hof Laxnes. In seinem nächsten umfangreichen Werk, *Íslandsklukkan*, (dt. *Die Islandglocke*), 1943–1946, geht es um die literarische Tradition, um die isländische Identität. Es spielt um die Jahrhundertwende 1700, ein nicht besonders rühmliches Kapitel der isländischen Geschichte, und basiert auf zum Teil wahren Geschehnissen, an denen auch unser Handschriftensammler Árni Magnússon seinen Anteil hatte.

Als junger Autor hatte Laxness nichts mit den Sagas anfangen können: »Enden nicht alle isländischen Sagas damit, dass Njal verbrannt wird?«, schrieb er an einer Stelle.[343] Er wollte die isländische Sprache revolutionieren und modernisieren, ohne auf die Sagas zurückzugreifen. Aber dies änderte sich in den Vierzigerjahren, als er sich mehr und mehr mit ihnen beschäftigte. Er edierte sogar einige von ihnen in allgemeinen Leseausgaben mit moderner Rechtschreibung und wurde deswegen von der Regierung vor das Kreisgericht von Reykjavík geschleppt; die Isländersagas sollten mit alter Orthografie und nicht in der Gegenwartssprache gelesen werden. Es sagt doch etwas über unser Völkchen aus, dass, während Europa sich mit größtmöglichen Waffen bekriegte, die Isländer über Buchstabierung stritten. Aber es ging natürlich um mehr, es ging um die Vorherrschaft über die Tradition, ausgerechnet in diesen Jahren, in denen Island nicht nur souverän war, sondern auch die Republik ausgerufen wurde (1944). Laxness setzte unbeirrt seine Beschäftigung mit dieser Tradition fort und schrieb *Gerpla* (1952), (dt. *Die glücklichen Krieger*, 1991), unseren verspäteten *Don Quixote*, eine bittere Satire über Heldentum und andere Ideale der Saga-Zeit, die gleichzeitig den Zweiten Weltkrieg und den Horror des Nationalsozialismus spiegelt.

Wenn man zusammenfasst, was Halldór Laxness in der ersten Hälfte des 20. Jahrhunderts schrieb, kommen wir immer wieder zurück auf dieses Thema: die isländische Identität oder das Selbstbild der Isländer. Er will der Welt außerhalb zeigen, dass auch ein bedeutungsloses Dorf, um den Anfang von *Salka Valka* zu zitieren, Schauplatz eines leidenschaftlichen Lebens sein kann, und er will den Isländern zeigen, dass sie an der großen Welt teilhaben sollen, er ist Isländer und Weltbürger zugleich. Das Land hat gerade Unabhängigkeit erlangt, und die Frage stellt sich, was wollen wir damit, weswegen leben wir hier, am Ende der Welt? Da muss Laxness, wie so viele isländische Dichter vor ihm, auf die alte Tradition zurückgreifen – denn wir haben keine andere; Laxness' Zeichenlehrer auf der Gewerbeschule war der erste isländische Kunstmaler, der eine private Ausstellung erhielt, und Laxness' Klavierlehrer war der erste professionelle Musiker, der in Island sesshaft war. In diesen Fragen um die nationale Identität und das kulturelle Erbe, um die Bildung einer Nation, war Laxness ein Nationaldichter, wie wir sie in manchen europäischen Ländern im 19. Jahrhundert vorfinden; das Volk bezog sich auf seine Werke, liebte sie oder hasste sie, aber es nahm Stellung, sie waren ihm wichtig – man kann ihn den letzten Nationaldichter Islands, wenn nicht Europas nennen.[344]

Weil die Unabhängigkeit so neu war, waren auch die Reaktionen heftig, wenn man sie bedroht sah. Auf den Zweiten Weltkrieg folgte der Kalte Krieg, und anstatt, wie versprochen, Island zu verlassen, machten die Amerikaner einen Vertrag mit der isländischen Regierung über einen größeren Stützpunkt in Island für ihre Truppen; bald darauf wurde Island auch ein Gründungsmitglied der NATO. Die Sozialistische Partei, eine Nachfolgepartei der Kommunistischen Partei, stemmte sich mit aller Kraft dagegen, und das Gleiche taten viele, die sich eher als Nationalisten oder Patrioten definierten. Laxness schrieb aus diesem Anlass einen stark polemischen Roman, übrigens seinen einzigen, der im zeitgenössischen Reykjavík spielt, *Atómstöðin* (1948), (dt. *Atomstation*, 1955). Trotz der klaren Haltung ist er doch kein politisches Pamphlet, sondern auch eine Liebesgeschichte, zwischen dem jungen, eigenständigen Mädchen vom Lande und dem unzuverlässigen Intellektuellen aus der Stadt. Weil es aktuell war und nicht zu lang, wurde das Buch, nachdem Laxness den Nobelpreis erhalten hatte, viel in der Welt übersetzt und gelesen – unter anderem von dem argentinischen Arzt Che Guevara, der sich fragte, ob die Situation in Island wirklich so schlimm sei.[345] Das Buch blieb auch nicht ohne Folgen für Laxness: Er wurde von den isländischen Machthabern schikaniert und wegen Steuer- und Valutahinterziehung angeklagt.

1955 war es so weit: Halldór Laxness erhielt den Nobelpreis für Literatur, als erster und bisher einziger Isländer, mit der einfachen Begründung der Schwedischen Akademie, er habe ihn »für seine facettenreiche Romanliteratur erhalten, welche die große isländische Erzähltradition erneuerte«.[346] Sein Name hatte schon einige Jahre auf der Shortlist der Akademie gestanden, und dort gab es auch die Überlegung, er und Gunnar Gunnarsson sollten sich den Preis teilen, aber am Ende war die Entscheidung ganz klar. Nun hatte Halldór den Beweis erhalten, dass sein Jugendtraum, der Welt seine Geschichten zu erzählen, sich erfüllt hatte. Und doch – oder deswegen – sind seine nächsten Romane voller Wehmut, Zeugnisse verlorener Illusionen: *Brekkukotsannáll* (1957), (dt. *Das Fischkonzert*, 1961), ein Roman den ich jedem neuen Leser als Einstieg in das Werk von Laxness empfehlen würde, und *Paradísarheimt* (1960), (dt. *Das wiedergefundene Paradies*, 1971); beide wurden später vom NDR unter der Regie von Rolf Hädrich verfilmt.

Die verlorenen Illusionen galten nicht nur dem Sowjetsozialismus, von dem Halldór sich nun immer mehr distanzierte, sondern auch grundlegenden neuen Strömungen in der literarischen Welt. Laxness wollte in seinen Werken immer zeitgenössisch, modern sein, aber nun ging es in Europas Literaturkreisen um das absurde Theater und den französischen *nouveau roman*, so weit entfernt von Laxness' Realismus (obwohl kein Sozialrealismus), wie man es sich nur vorstellen konnte. Seine politischen Ideale hatten sich als falsch erwiesen, und das Erzählen war aus der Mode gekommen. Er schrieb über all dies ein Buch, *Skáldatími*, (dt. *Zeit zu schreiben*) 1963, teils Erinnerungen, teils Essays und hochinteressant zu lesen. Dort erzählt er zum ersten Mal davon, dass er 1938 in Moskau zugegen war, als eine deutsche Freundin von ihm, Vera Hertzsch, vom sowjetischen Geheimdienst in ihrer Wohnung verhaftet wurde. Weder sie noch ihre junge Tochter wurden je wiedergesehen.

In den Sechzigerjahren versuchte sich Halldór an der neuen Literatur. Er verfasste drei Theaterstücke im absurden Stil, die ihm aber nicht besonders gut gelangen. Seine Enttäuschung war so groß, dass er sogar – nach vierzig Jahren – ernsthaft überlegte, wieder in einer anderen Sprache zu schreiben. So langsam führte diese Entwicklung glücklicherweise dazu, dass er seine Gedanken über die Romankunst schärfte: Er wollte den allgegenwärtigen Erzähler loswerden, objektiver werden und sich damit auch den alten isländischen Meistern wie Snorri Sturluson nähern:

> Mag sein, dass die Autoren der Isländersagas gelehrte und begabte Männer waren, wenn nicht sogar Philosophen und Psychologen. Aber wenn dem so war, dann vermieden sie um alles in der Welt, es sich anmerken zu lassen […] Angesichts ihres Stoffes, der sie Kraft seiner übermächtigen Größe dazu zwang, den Griffel zur Hand zu nehmen, empfanden sie es als eine Verletzung des guten Anstands, den Geschichten eine andere Fertigkeit ihrer selbst mitzugeben, als die eine, nämlich »richtig« zu erzählen.[347]

In diesem Sinne schrieb er dann doch wieder einen Roman, *Kristnihald undir jökli* (1968), (dt. *Am Gletscher*, 1989), in dem der Erzähler sich lange ganz zurückhält, so tut, als ob er nur einen Bericht schriebe, und dann gibt Laxness doch seiner Lust am Fabulieren nach und schreibt ein Buch von »großartigem Spott und Freiheit und Witz und keinem Werk ähnlich, das Laxness je geschrieben hatte«, wie die amerikanische Literaturkritikerin Susan Sontag es in ihrem letzten Essay formulierte.[348]

Seine Teilnahme an den ideologischen Kämpfen im Jahrhundert der Extreme, seine Gabe der Beobachtung und der Erzählung, und die Fähigkeit, seine Kunst immer neu zu erfinden, haben Laxness' literarisches Weiterleben gesichert; man findet immer etwas Neues in seinen Werken und gleichzeitig auch das alte Island, das er erneuern wollte. Er schrieb nach *Am Gletscher* noch mehrere Bücher, und besonders seine Erinnerungsbücher, die nur teilweise auf Deutsch erschienen sind, haben es in sich: Sie sind entwaffnend frei erzählt, voll von Anekdoten und allen möglichen und unmöglichen Überlegungen, weil er niemandem mehr etwas beweisen muss oder will.

Halldór Laxness starb 1998, fast 96 Jahre alt. 75 Jahre zuvor hatte er in einem autobiografischen Fragment den Weg des

Künstlers beschrieben: »Den Ansichten des Volkes und den Theorien des Jahrhunderts den Krieg zu erklären, alles Erlogene wahr und alles Wahre erlogen zu nennen, um dann einige Jahre vom glanzvollen Standpunkt des Übermenschen über die Welt zu blicken […], bevor wir auf den Grund des Meeres tauchen, die teuerste Perle zu holen.«[349]

Ein Esslöffel Erde

> Küstenort: man nehme einen Esslöffel Erde, gieße einige salzige Tränen darüber, verrühre alles mit einer Handvoll Proletarier und koche es, bis sich ein Gemeindeausschuss gebildet hat; dann gebe man einen Pfarrer dazu (manche tun noch einen Arzt hinein, aber das ist eigentlich nicht nötig). Dann lässt man die Masse erkalten und verziert sie mit einem Kaufmann, der etwas Geld hat, das ihm nicht gehört, und die Speise ist fertig. Es ist ein billiges Gericht und enthält viele Vitamine wie Knechtschaft, Völlerei, Kinderkriegen, Gottes Wort, Freude und Sorgen, überhaupt alles, was andere Gerichte enthalten, die viel feiner sind und klangvollere Namen haben, zum Beispiel Großstadt oder Königreich.[350]

So lautet der Anfang einer Geschichte des Schriftstellers Halldór Stefánsson (1892–1979), der mein Großvater mütterlicherseits war. Er schrieb hauptsächlich Kurzgeschichten, und eine Sammlung ist auf Deutsch erschienen, *An Islands Küsten* (1975). Er war einer der sozialistischen Autoren, die sich mit der großen Wandlung Islands im 20. Jahrhundert beschäftigten.

Die allgegenwärtige Erzählung des 19. Jahrhunderts in der europäischen Literatur über die Volkswanderung vom Land in die Städte konnte in Island in der ersten Hälfte des 20. Jahrhunderts endlich erzählt werden, wenn auch das Format kleiner war. Man musste nicht nach Kopenhagen, um eine andere Perspektive auf das Leben auf dem Lande zu finden, es gab mehrere Dörfer und eine Stadt, die schnell wuchs und oft als Symbol der moralischen Degeneration herhalten musste. Man schrieb Bücher, die »Seidenkleider und Wollhosen« hießen, um zu erfassen, wie die unschuldigen Leute vom Lande in der Stadt korrumpiert wurden.[351] Tatsächlich waren die weitaus meisten Einwohner von Reykjavík die erste Generation dort, sie kannten sich buchstäblich nicht aus in der Stadt, vielleicht hatten sie ihren Hof verlassen müssen, ihr Eigentum verloren, bangten um ihre materielle Existenz. Eine Arbeiterklasse war im Entstehen, der Lohn war niedrig und die Behausung schlecht, und soziale Hilfe gab es kaum.

In den Zwanziger- und Dreißigerjahren musste ein Arbeiter anderthalb Tage arbeiten, um sich ein Buch leisten zu können, eine Arbeiterin mindestens zwei Tage. Trotzdem gab es allmählich einen Markt für Literatur und eine Verbreitung derselben, nicht zuletzt durch die vier bis fünf Kulturzeitschriften, die je zweitausend Abonnenten hatten. Es gab auch eine entfernte Möglichkeit, das Schreiben zur Hauptbeschäftigung zu machen. Was den Buchmarkt betrifft, war Laxness der erste isländische Berufsschriftsteller seit dem 14. Jahrhundert; das heißt, er konnte von dem Verkauf seiner Bücher leben, am Anfang mithilfe eines Stipendiums vom Althing. Nach dem Zweiten Weltkrieg wurde er davon zwar nicht reich, aber wohlhabend, und da spielte natürlich der Verkauf im Ausland eine wichtige Rolle.

Ein Verlagswesen entwickelte sich ebenfalls. Zunächst waren es – ähnlich wie im Europa des 18. Jahrhunderts – Buchhändler und Buchdrucker, die Bücher verlegten, bevor sich eigenständige Verlage etablierten. Ein staatlicher Verlag, Menningarsjóður, wurde gegründet, natürlich unter dem Vorsitz von Jónas von Hrifla. Im Jahr 1937 gründeten linke Schriftsteller, darunter sowohl Halldór Laxness als auch Halldór Stefánsson, den Verlag Mál og menning (Sprache und Kultur). Fünf Jahre später gründete Ragnar Jónsson den Verlag Helgafell, der jahrzehntelang der wichtigste private Verlag im Lande war und bei dem Laxness danach alle seine Bücher herausgab. Die Literaturszene wurde professioneller.

Auf die Souveränität 1918 folgten Jahre des Aufbruchs, in der Gesellschaft, der Kultur und der Literatur. Man hörte einen neuen Ton, auch in der Lyrik, manchmal neuromantisch genannt; er war leichter und freier und appellierte an junge Leser. Das gilt besonders für zwei Gedichtsammlungen, die in diesen Jahren erschienen. Stefán frá Hvítadal (1887–1933) war der Autor des Buches *Söngvar förumannsins*, 1918 (Des Wanderers Lieder), und die ersten zwei Zeilen aus seinem Gedicht »Vorsól«, Frühlingssonne, klingen wie ein Aufruf der neuen Generation:

> Die Schwäne fliegen schnell zur Heide,
> und locken meinen Geist in die Berge.[352]

Seine Lieder über die Liebe und die Ferne hatten einen ganz anderen Klang als die nationalromantische Lyrik des 19. Jahrhunderts, und das Gleiche galt für das erste Buch seines Dichterkollegen Davíð Stefánsson (1895–1964), *Svartar fjaðrir*, 1919 (Schwarze Federn). Manche seiner Gedichte verhießen Liebe und Abenteuer auf eine spielerische Weise, die isländische Leser nie zuvor gesehen hatten und mit denen viele der älteren nichts anfangen konnten:

Sie hieß Abba-labba-lau.
Sie war flink und braun und grau,
besaß ein Haus im Walde
in einem grünen Haine,
glaubte an Stock und Steine.[353]

Davíð wurde ein sehr populärer Dichter und veröffentlichte zehn Gedichtbände, mehrere Theaterstücke und einen Roman.

Nach 1918 traten auch viele neue Prosaautoren und -autorinnen auf. Kristín Sigfúsdóttir (1876–1953) stammte von einem Hof in Nordisland und hat in ihren Erinnerungen beschrieben, wie sie von jung an die Literatur liebte, alles las, was sie finden konnte, und heimlich – wie so viele Frauen – auch Gedichte schrieb. Ihre Eltern konnten es sich nicht leisten, sie zur Schule zu schicken, ihren Unterricht bekam sie zu Hause. 1901 heiratete sie einen Mann aus ihrer Nachbarschaft, sie übernahmen einen Bauernhof, und Kristín war fest entschlossen, den Stift zur Seite zu legen und Bäuerin zu werden. Viel Zeit für anderes blieb ihr auch nicht, in den nächsten vierzehn Jahren bekam sie sechs Kinder und schrieb wenig.[354] Man kommt nicht umhin, darüber nachzudenken, wie viele Frauen in der alten isländischen Gesellschaft alle Träume vom Schreiben aufgeben mussten, weil die Umstände es einfach nicht zuließen.

Kristín gab jedoch nicht auf, und 1920 schrieb sie ein Theaterstück, *Tengdamamma* (Schwiegermutter), das 1923 auch als Buch erschien.

Zwei Jahre später wurde ihr erster Roman, *Gestir* (Gäste) im spätnaturalistischen Stil veröffentlicht. Er erzählt von einem Mädchen auf einem Bauernhof, das sich in einen Mann verliebt, der dort als Gast aufgenommen wird. Er hat offensichtlich ein wildes Leben hinter sich und Zeit im Ausland verbracht, bringt Bücher und eine Geige mit auf den Hof, ist aber schwer krank von einer Tuberkulose. Aus der Beziehung wird nichts, nur zuallerletzt, kurz vor seinem Tod, finden sie in platonischer Liebe zusammen. Die Botschaft der Geschichte ist eine von Aufopferung und Selbstlosigkeit im christlichen Sinne, und der Roman ist auch ein Plädoyer für die Werte der alten Bauerngesellschaft.[355] Kristín schrieb einen zweiten Roman und mehrere Theaterstücke und Erzählungen; sie war eine beliebte Autorin und wurde anfangs von der Kritik positiv besprochen, aber es dauerte nicht lange, da schrieb ein Rezensent: »Ich fürchte, dass Kristín Sigfúsdóttir inzwischen zu viel schreibt«, eine leider allzu typische männliche Reaktion auf die Literatur der Frauen zu dieser Zeit.[356] Sein Wunsch ging in Erfüllung, denn nach dem zweiten Roman machte sie wieder eine lange Pause. Ihr Werk ist deshalb nicht umfangreich, aber geprägt von der großen Erzählung vom gesellschaftlichen Wandel auf dem Land, und geschrieben aus der Perspektive der bäuerlichen Kultur.

In den Zwischenkriegsjahren kamen viele neue Erzählerinnen und Erzähler hinzu und bereicherten die isländische Literatur. Der Autor Guðmundur G. Hagalín (1898–1985) stammte auch vom Lande, und zwar aus einem sehr abgelegenen Tal in den Westfjorden. Er kam auf das Gymnasium in Reykjavík und fing jung mit dem Schreiben an, arbeitete als Redakteur und später als Bibliothekar in Ísafjörður und hatte so das Glück, sich immer mit Schreiben und Büchern beschäftigen zu können. Er war ein wortreicher Erzähler und ein sehr produktiver Autor, schrieb Romane und Kurzgeschichten, wovon einige ins Deutsche übersetzt wurden, dazu ein Dutzend Biografien und seine Autobiografie in sage und schreibe neun Bänden; es gibt

Stunden, wenn man ihn liest, wo man sich wünschte, dass er einen guten Lektor gehabt hätte. Er fing an mit Erzählungen vom harten Leben auf dem Lande, von Seeleuten und Fischern und deren Überlebenskämpfen, und diese Motive waren und blieben seine Stärke. Jung schrieb er in einem Brief an einen dänischen Autor: »Das Leben an Islands Küsten, mit all seinen Gefahren, seinem Glück und Unglück, seinen Sorgen und seinen Freuden ist und bleibt mein Thema.«[357]

Guðmundur Hagalín mochte die einsamen Helden, die es mit der erbarmungslosen Natur aufnahmen, aber seine Werke haben nicht die gesellschaftliche Dimension, die man zum Beispiel aus *Sein eigener Herr* von Laxness kennt. Sein bekanntester Roman heißt *Kristrún í Hamravík* (Kristrún aus Hamravík, 1933) und ist in vielfachem Sinne ungewöhnlich. Erstens ist die Hauptperson eine alte Frau, die mit ihrem Sohn auf einem Bauernhof in den Westfjorden lebt und alles tut, um sicherzustellen, dass ihr Sohn heiraten und den Hof übernehmen wird, anstatt nach Reykjavík zu ziehen; die Charakterschilderung ist besonders eindrucksvoll. Zweitens ist auch die Sprache bemerkenswert, mit vielen seltenen Ausdrücken aus den Westfjorden, aber auch der Umgangssprache, die Hagalín aus seiner Kindheit kannte, und *Kristrún í Hamravík* ist eines der wenigen Werke der isländischen Literatur, die teils im Dialekt verfasst sind. Isländisch war schon immer, sowohl von der Schreibweise als auch der Aussprache her, eine sehr homogene Sprache, aber es gab auch einige regionale Ausdrücke, die Hagalín hier lebhaft nutzte. Wieder ein Beispiel dafür, dass die isländische Schriftsprache in den Zwischenkriegsjahren erweitert wurde und neue Gebiete erfasste. Es ging immer wieder um die Fragen, über was darf man schreiben, wie tut man es, und wer kommt zu Wort.

Ganz andere Schauplätze wählte eine Autorin, die ungefähr im gleichen Alter wie Hagalín war: Ragnheiður Jónsdóttir (1895–1967). Sie stammte aus einem Dorf an der Südküste, konnte jedoch im Ausland studieren, wurde in Reykjavík Lehrerin und unterrichtete dort und in nahe gelegenen Orten, bis sie sich ganz dem Schreiben widmete. Sie schrieb achtzehn Bücher für Kinder und Jugendliche und neun Romane für Erwachsene und dazu noch viele Kurzgeschichten. Die meisten ihrer Werke spielen in den Jahren von 1930 bis 1960, und fast alle ihrer Romane für Erwachsene handeln vom gesellschaftlichen Wandel in Island, mit dem Unterschied zu den zuvor erwähnten Büchern, dass sie oft in Reykjavík spielen in der Zeit um den und nach dem Zweiten Weltkrieg, der dem Wandel einen Riesenschub gab. Ihre Kinder- und Jugendbücher sind ungewöhnlich wegen dieser städtischen Umgebung und der klaren Sicht der Autorin auf die neuen Klassenunterschiede. Hinzu kommt, dass sie von Mädchen handeln und der Entwicklung einer weiblichen Identität. Das wird noch deutlicher in ihren Romanen für Erwachsene. Mehrere Werke haben die gleiche Hauptperson, Þóra aus Hvammur, und man könnte sagen, dass sie im doppelten Sinne Bildungsromane sind: Es geht um die Entwicklung der Stadt und die Reife oder das »Coming of Age« der Hauptperson.

Die Literaturwissenschaftlerin Dagný Kristjánsdóttir schrieb 1996 ihre Doktorarbeit über Ragnheiður Jónsdóttir, die erste Dissertation, die über eine isländische Autorin verfasst wurde.[358] Dagný zeigt, dass die Bücher von Ragnheiður von einem nuancierten psychologischen Realismus gekennzeichnet sind und ein gutes Gespür für die gesellschaftliche Stellung der Frau aufweisen. Ihre Bücher sind überlegt, und mit der Zeit herrschte in ihnen eine schwermütige Stimmung vor. Sie war eine beliebte Autorin, um 1960 war sie eine der fünf meist ausgeliehenen Schriftstellerinnen in den isländischen Bibliotheken. Die Kritik war ihr anfangs wohlgesinnt, aber dann wurde es still um sie, die meist männlichen Literaten interessierten sich nicht für ihre Werke, sosehr sie es auch verdient hätten. Es kann gut sein, dass ihre letzten Bücher von dieser Vernachlässigung zeugen.

Die Erzählerinnen wurden im literarischen Diskurs der Nachkriegsjahre viel seltener erwähnt oder besprochen als ihre männlichen Kollegen, obwohl sie oft eine andere Perspektive und eine andere Erzählweise in die Literatur einbrachten, und das blieb so bis in die Achtzigerjahre.[359] Ihre Werke wurden manchmal verächtlich als *kerlingabókmenntir*, Weiberliteratur, abgetan (siehe S. 369), aber hauptsächlich wurden sie verschwiegen oder nicht ernst genommen. Das galt lange für die mehr als dreißig Bücher, zum großen Teil Romane und Erzählungen, von Þórunn Elfa Magnúsdóttir (1910–1995). Sie war in Reykjavík geboren worden, auf dem Lande aufgewachsen und studierte Literatur und Sprachen in Norwegen. Ihr erstes Buch, *Dætur Reykjavíkur* (Die Töchter von Reykjavík), eine Sammlung von Erzählungen, erschien 1933, und unter dem gleichen Titel erschienen dann, in den Dreißigerjahren, zwei Bände, die zusammen einen Roman bilden. Diese Bücher gehören zu den ersten eigentlichen Reykjavík-Erzählungen und waren nicht nur deshalb ungewöhnlich – denn die meisten Autoren dieser Jahre richteten ihren Blick auf die alte Gesellschaft, wie sie langsam verschwand –, sondern auch, weil sie aus der Feder einer jungen Frau kamen und leichtfüßiger, fröhlicher waren als große Teile der erzählenden Prosa damals. Þórunn Elfa mochte die neue Zeit und die Stadt, und ihre Sprache war modern und unverblümt.[360]

In dem Roman *Töchter von Reykjavík*, dessen erster Teil 1934 herausgegeben wurde, geht es um eine junge Frau, die Schriftstellerin werden will, aber gegen Vorurteile, auch die ihres Verlobten, ankämpfen muss. Er zeugt von einer klaren Haltung, was die Bedeutung der Frauenrechte betrifft, und überrascht durch seine Modernität: Der Text verknüpft die Entwicklung der Stadt mit der Befreiung der Frau und bekräftigt dabei auch das Recht, das Leben in vollen Zügen zu genießen. Da heißt es über die Frauen, dass sie »allgemein sich ihrer Gleichstellung mit den Männern bewusst werden, nicht nur was Wahlrecht und Arbeit betrifft, sondern auch im Genuss des Tranks des Lebens«. Die junge Schriftstellerin erklärt in einem Gespräch mit ihrer Mutter, dass man in einem tausend Jahre alten Norwegisch keine Geschichten aus Reykjavík schreiben könne, sondern dies auf Isländisch tun solle, in der Sprache von Reykjavík, wie sie jetzt entstehe.[361] Dies war, milde gesagt, nicht die vorherrschende Meinung in der damaligen Literatur.

Þórunn Elfa schrieb im Grunde Unterhaltungsliteratur, und in der zweiten Hälfte ihres Romans findet, nach einer Reihe von überraschenden Wendungen, schließlich alles ein glückliches Ende. Der Durchbruch gelang ihr nicht ganz, was sicherlich auch daran lag, dass die einflussreichen isländischen Literaten im gesamten 20. Jahrhundert die Trivialliteratur eher verschmähten; erst gegen Ende des Jahrhunderts wurde etwa der Kriminalroman allmählich als literarisches Genre ernst genommen. Þórunn Elfa war eine gute Erzählerin, und es ist schade, dass sie heute nicht mehr verlegt wird und nie auf Deutsch erschien.

Der liebe Krieg

Die verspätete industrielle Revolution findet in Island in der Zeit zwischen 1890 und 1930 statt.[362] Der Export wird immer wichtiger für die Wirtschaft und wird von der Fischerei dominiert. Ab 1900 kamen Maschinen in die Boote, und die Infrastruktur wurde gestärkt durch Straßen, Telefonverbindungen und natürlich eine heimische Regierung und Administration. Gleichzeitig entwickelte die Ökonomie sich mehr und mehr in Richtung Marktwirtschaft mit größerer Arbeitsteilung; im ersten Jahrzehnt des 20. Jahrhunderts verschlang die Landwirtschaft noch immer die Hälfte der Arbeitskraft, fünfzig Jahre später waren es nur noch 15 Prozent. Zu Beginn des Jahrhunderts war Island eines der ärmsten und am wenigsten entwickelten Länder Westeuropas, weit hinter zum Beispiel Norwegen und Dänemark, aber der Fischexport brachte ein großes Wirtschaftswachstum mit sich, besonders, als der Außenhandel noch relativ frei und offen war. Die Krise der Dreißigerjahre traf auch Island hart, nicht zuletzt, als der spanische Markt, so wichtig für den isländischen Salzfisch oder Bacalao, infolge des Bürgerkriegs so gut wie verschwand.

Der Zweite Weltkrieg veränderte alles. Island hatte 1918 sowohl seine Souveränität als auch seine Neutralität verkündet, aber einen Monat, nachdem die deutsche Wehrmacht Dänemark und Norwegen überfallen hatte, am 10. Mai 1940, besetzte die britische Armee Island. Die Regierung protestierte, doch alles verlief friedlich, und im Grunde war man froh, dass es nicht die Deutschen waren. Die britische Armee schuf viel Arbeit; die Soldaten mussten untergebracht werden, Militärstützpunkte, Flughäfen und Häfen ausgebaut werden. Und die Briten brauchten unbedingt isländischen Fisch, der zu hohen Preisen nach Schottland und England exportiert wurde. Es war, wegen der deutschen U-Boote, lebensgefährlich, dorthin zu fahren, wie mein Großvater väterlicherseits, der Steuermann auf einem Trawler war, mir später erklärte, und die Isländer verloren viele Seeleute. Aber die Wirtschaft bekam einen Schub wie nirgendwo sonst in Europa. Das Wirtschaftswachstum während des Krieges betrug in Island fast 10 Prozent im Jahr, während in Westeuropa die Wirtschaft litt; manch Isländer sprach von dem »lieben Krieg«.

Ein Jahr nach den Briten kamen die Amerikaner und lösten diese ab als Besatzungsmacht von Island. Bis zu sechzigtausend amerikanische Soldaten waren in Island stationiert, und sie waren wohlhabender, besser gekleidet und moderner als die Briten. Als Folge der Besatzung gab es ein vielfältiges Nachtleben, Bars und Clubs, Musik und Tanz und nicht zuletzt viel Geld. Der Zweite Weltkrieg markierte eine Kulturrevolution in Island. Es kam die Massenkultur, jede Menge ausländischer Währung, und die moderne, urbane Gesellschaft verfestigte sich ein für alle Mal im Lande. Diese unglaublich schnelle Entwicklung in ganz wenigen Jahren empfanden die Verfechter der alten Bauernkultur, darunter viele Literaten und Intellektuelle, als Sündenfall der isländischen Bevölkerung. Diese Wahrnehmung wurde auch dadurch gestärkt, dass die moderne Kultur und das Geld mit einer ausländischen Armee ins Land kamen. Die Idee vom Sündenfall prägte Teile der realistischen Literatur in Island bis spät ins 20. Jahrhundert, und lebte am längsten fort in der Kinder- und Jugendliteratur.

Unmittelbar nach dem Krieg fand auch ein anderes Thema zum ersten Mal Einzug in einen veröffentlichten isländischen Roman: die Homosexualität.

Zur Kulturrevolution während des Krieges gehörte eine Krise der isländischen Männlichkeit. Plötzlich standen die gerade vom Lande gekommenen, leicht krummbeinigen und nicht allzu reinlichen isländischen Männer, seit ihrer Kindheit mit Heldenbildern von Wikingern erzogen, zigtausend jungen, trainierten Soldaten gegenüber, die genug Geld, Tabak, Kaugummi und das in Island verbotene Bier hatten und sich auch in Musik und Film auskannten. Zwischen der bäuerlichen Gesellschaft in Island und der amerikanischen Massenkultur lag eine tiefe Kluft. Wie in so vielen besetzten Ländern mussten Frauen, die in einer Beziehung zu ausländischen Soldaten standen, viel Häme und moralisierende Heuchelei über sich ergehen lassen, aber im Grunde war dies auch eine Krise der Männlichkeit. Junge Männer in der Krise sind oft die Hauptpersonen in der erzählenden Nachkriegsliteratur.

Beim Autor Elías Mar (1924–2007) bekam dieses Thema noch einen Twist. Die Hauptperson in seinem ersten Roman, *Eftir örstuttan leik* (Nach einem ganz kurzen Spiel, 1947), ist ein junger Student in einer Existenzkrise. Er will in seinem Schreiben vollkommen ehrlich sein, aber kann die Wirklichkeit nicht erfassen, treibt sich herum zwischen Cafés und Bars, nimmt Alkohol und Drogen zu sich, ist zerrissen zwischen Selbstinszenierung und Angst und, was ungewöhnlich war für die Literatur der Zeit: ist sich seiner Sexualität nicht sicher. Eine ähnliche Krise bestimmte auch den Roman, mit dem Elías Mar seinen Durchbruch erlebte, *Vögguvísa* (1950), der 1958 auf Deutsch beim Aufbau Verlag unter dem Titel *Chibaba, chibaba: Bruchstück eines Abenteuers* erschien. Wieder ist der Held ein junger Mann, diesmal eigentlich nur ein Teenager, der sich in Reykjavík mit Kriminellen rumtreibt, empfindsam ist und offen gegenüber neuen Eindrücken sowie fasziniert von der amerikanischen Massenkultur und dem Militärstützpunkt in Keflavík. Das Buch ist geschrieben in der Sprache der jungen Leute in Reykjavík, mit viel amerikanischem Slang, was man in der isländischen Literatur bis dahin kaum kannte, und einem tragischen Grundton, weil der junge Mann sich in dieser Wirklichkeit nicht zurechtfinden kann, weder sexuell noch sonst wie.

Elías Mar schrieb noch ein paar Bücher, darunter einen zweibändigen Roman, *Sóleyjarsaga* (Die Geschichte von Sóley, 1954 – 1959). Reykjavík nach dem Krieg, also Klassenunterschiede, soziale Ungerechtigkeit, der Umgang junger Menschen mit den ausländischen Soldaten, all dies kommt auch hier zur Sprache, aber das Werk steht dem traditionellen Realismus und dazugehörenden Moralismus näher als seine ersten Bücher, die selbstreflexiver sind, eine Art Metafiktion. Elías hatte große Erwartungen an diesen Roman geknüpft, die nicht in Erfüllung gingen; die Zeiten waren nicht entsprechend, und hiernach schrieb er nur wenig. Er verfasste zwar eine Erzählung, die 1960 gedruckt wurde und ganz offen von Homosexualität handelt, die aber nicht besonders gelungen ist. In den späteren Jahren las er Korrektur bei der sozialistischen Tageszeitung, und so habe ich ihn in Erinnerung, wenn ich ihn als junger Student ein paarmal ablöste; ein hochgewachsener, sehr magerer, distinguierter Herr mit einer tiefen Stimme, immer mit einer Zigarette im Mundstück zwischen seinen langen Fingern.

Ein anderer Autor, der auch über junge Männer schrieb, die sich in der Stadt zurechtfinden mussten, und damit gleichzeitig über die gesellschaftliche Revolution im Lande, war Ólafur Jóhann Sigurðsson (1918–1988). Er war vom Lande und wuchs bei Álftavatn in der Nähe von Reykjavík auf, zog als junger Mann in die Stadt, arbeitete als Journalist und Korrekturleser, und es gelang ihm, ein Kriegsjahr in New York zu verbringen, wo er Vorlesungen zu Literatur und Schreiben an der Columbia University besuchte. Sein erstes Buch veröffentlichte er, als er gerade einmal sechzehn Jahre alt war, ein charmantes Kinderbuch, wenngleich von einer gewissen – verständlichen – Naivität. Er wurde einer der wichtigsten isländischen Prosaisten nach dem Krieg, sowohl mit Romanen als auch mit Kurzgeschichten. In den meisten seiner Werke spürt der Leser einen Hauch von Melancholie, weil er der alten Bauerngesellschaft – die er besser kannte als viele seiner Kollegen – nachtrauert. Gleichzeitig jedoch weiß er, dass ihre Zeit vergangen ist, das handwerkliche, naturverbundene bäuerliche Leben auf Island ein für alle Mal vorbei ist. In seinen zwei ersten großen Romanen, *Fjallið og draumurinn* (Der Berg und der Traum, 1944) und *Vorköld jörð* (Frühlingskalte Erde, 1951), ist er auch weit davon entfernt, dieses Leben zu romantisieren. Eigentlich ist es umgekehrt, die Mühe des Lebens auf dem Lande wird ausführlich und schonungslos geschildert, jedoch in einem lyrischen Stil, der ab und zu affektiert wirken kann. Schon damals fanden einige Rezensenten die Bücher zu detailbesessen, die Handlung zu schleppend, aber besonders im zweiten Roman finden sich sehr eindrucksvolle Szenen. Über den ersten Roman bemerkte Halldór Laxness, dass es seinem jungen Kollegen nicht gelinge, aus dem Mikrokosmos einen Makrokosmos zu machen, und dachte da vielleicht an seinen eigenen Bauernroman als Gegenbeispiel.[363]

Dies war die Schwäche der oft gut erzählten Romane von Ólafur Jóhann. Sie wurden zu langatmig, was auch für seine umfangreiche Reykjavík-Trilogie gilt, deren einzelne Bände in einem großen Abstand zueinander veröffentlicht wurden: *Gangvirkið* (1955), (dt. *Das Uhrwerk*, 1982), *Seiður og hélog* (1977), (dt. *Zauber und Irrlichter*, 1987) und der dritte Teil *Drekar og smáfuglar* (Drachen und Sperlinge, 1983), der nicht auf Deutsch erschienen ist. Gemeinsam sind ihnen der Untertitel »Aus den Aufzeichnungen eines Journalisten« und die Hauptperson, der Journalist Páll Jónsson; zusammen liefern uns die Romane ein breit gefächertes Bild von der vollkommenen Umwandlung der isländischen Gesellschaft um die Mitte des 20. Jahrhunderts. Sie bilden das größte epische Werk dieser Zeit über Reykjavík, verfasst im realistischen Stil und mit einer Ambition, die eines Balzac würdig wäre. Der Leser merkt jedoch, dass die Entstehung der einzelnen Teile zeitlich weit auseinanderliegt, die Hauptperson ist manchmal zu blass, der Humor des ersten Bandes reicht nicht bis in den dritten. Mit den Jahren wurde Ólafur Jóhann Kulturpessimist, vermisste die alte Zeit, obwohl er wusste, dass sie auf immer verschwunden war, und konnte der neuen Zeit nicht viel Gutes abgewinnen.

Am besten sind ihm meines Erachtens zwei Erzählungen gelungen, jede um die hundert Seiten, die nicht so groß angelegt sind wie die Romane, aber doch die alte und die neue Welt zusammenbringen: *Litbrigði jarðarinnar* (1947) und *Bréf séra Böðvars* (1965), auf Deutsch zusammen in einem Band erschienen unter dem Titel *Farbenspiel der Erde. Pastor Bödvars Brief: zwei Erzählungen* (1978). Wie in manchen seiner Kurzgeschichten zeigt er hier, dass er knapp formulieren kann und das Wichtigste oft zwischen den Zeilen steht und dass er es dabei dem Leser überlässt, inwieweit die Geschichten eine Botschaft vermitteln. Dieses Können kommt ihm auch in seiner Lyrik zugute, für die er, als erster Isländer, 1976 den Nordischen Literaturpreis erhielt. Im letzten Gedicht seines letzten Buches, »Ein Mann verabschiedet sich im Herbst«, stehen diese Zeilen:

> Ich habe weniges erreicht
> Das den Leuten bedeutsam scheint
> außer vielleicht in manche Brust
> Worte gepflanzt die Schmerz und Leiden lindern.[364]

Am Ende sind es die kleinen Geschichten, die am besten vom großen Wandel erzählen. Das gilt für den modernen Klassiker von Indriði G. Þorsteinsson (1926–2000) unter dem Titel *Sjötíu og níu af stöðinni* (1955), (dt. *Taxi 79 ab Station*, 2010). Es geht um einen Taxifahrer, Ragnar, im Reykjavík der Fünfzigerjahre. Am Anfang fährt er einen amerikanischen Soldaten zu dem Militärstützpunkt, und auf der Rückfahrt trifft er zufällig eine elegante, wohlhabende Frau. Es kommt zu einer leidenschaftlichen Liebesbeziehung, die durch den Ehemann der Frau und ihren amerikanischen Liebhaber nicht einfacher wird. Der junge Ragnar ist erst seit sieben Jahren in der Stadt, er kennt sich nicht aus in dieser Kultur, mit ihrer Technik und Geschwindigkeit und zum Schluss verunglückt er tödlich, als er betrunken nach Hause auf das Land fahren will.

Die Geschichte ist zügig und knapp erzählt, was die Momente des Liebesglücks noch eindrücklicher macht; der Vergleich eines damaligen Rezensenten mit dem Stil Hemingways war nicht aus der Luft gegriffen.[365] Über allem schwebt eine karge Melancholie, die auch die sehr gut gelungene Verfilmung von 1962 vermittelt; einer der allerersten isländischen Spielfilme in voller Länge, mit isländischen Schauspielern unter der Regie des Dänen Erik Balling. Indriði G. Þorsteinsson schrieb mehrere weitere Romane, und besonders erwähnenswert ist *Land og synir* (1963), (dt. *Herbst über Island*, 1966), auch wieder über das Schicksal derer, die vom Land in die Stadt ziehen müssen, und später verfilmt. Aber nirgendwo gelingt es ihm so gut, eine mitreißende Stimmung zu schaffen wie in der kurzen Erzählung über den Taxifahrer Nummer 79.

Es hat keinen Sinn, hier all die Autorinnen und Autoren aufzuzählen, die zu der großen Erzählung des 20. Jahrhunderts in Island beitrugen. Aber die beliebteste Erzählerin Islands muss natürlich genannt werden. Vor ein paar Jahren erkundigte ich mich bei der Stadtbibliothek von Reykjavík nach den Ausleihzahlen über einen Zeitraum von fünf Jahren, 2016–2020. Es zeigte sich, dass der Debütroman von Elías Mar, *Eftir örstuttan leik*, neunmal ausgeliehen wurde und der experimentelle Roman *Vikivaki* von Gunnar Gunnarsson siebzehnmal. *Sein eigener Herr* von Laxness liehen sich die Besucher der Bibliothek 546-mal, aber den Roman *Dalalíf*, in fünf Bänden, öfter als 8000-mal.[366] Das Werk erschien zum ersten Mal in den Jahren 1946–1951, und geschrieben hatte es Guðrún Baldvina Árnadóttir (1887–1975), die sich Guðrún frá Lundi (Guðrún aus Lundur) nannte. Geboren wurde sie auf einem Hof in Skagafjörður in Nordwestisland, und sie war eins dieser Mädchen, die sich schon sehr jung brennend für Bücher interessierten. In ihrer Kindheit und Jugend schrieb sie viel, aber die Eltern waren arm, und ein Schulbesuch kam nicht infrage. Sobald sie konnte, musste sie arbeiten; sie bekam in drei Jahren je drei Wochen Unterricht bei einem umherreisenden Lehrer. 1910 heiratete sie einen Handwerker und wurde Bäuerin, und auch dann blieb ihre keine Zeit zum Schreiben, bis das Ehepaar 1940 in das Dorf Sauðárkrókur, auch in Skagafjörður, umzog. Dort wohnte sie bis zu ihrem Lebensende und hatte endlich Zeit zum Schreiben. Sie war 59, als sie debütierte, mit dem ersten Band von *Dalalíf*, und danach erschien fast jedes Jahr ein neues Buch von ihr, insgesamt sechsundzwanzig, wobei manche Romane in mehrere Bände aufgeteilt waren.

Fast alle ihre Romane spielen auf dem Lande und zu Beginn des 20. Jahrhunderts. Guðrún schrieb, um sich selbst und ihre Leser zu unterhalten, und sie nahm sich zum Erzählen die Zeit, die sie wollte. *Dalalíf* umfasst 2189 Seiten und zählt zu den längsten Romanen der europäischen Literaturgeschichte, ungefähr so lang wie alle Isländersagas zusammen. Guðrún frá Lundi hatte ein gutes Gespür für den Realismus des Alltags, ihre Personen werden hauptsächlich durch Dialoge dargestellt, und ihre psychologischen Beobachtungen sind klug; verschiedene Geschichten sind ineinander verflochten, und es geht natürlich immer wieder um die Liebe. Trotzdem sind es keine Liebesgeschichten im eigentlichen Sinne, für Guðrún sind Vernunft und gesunder Menschenverstand wichtiger als Leidenschaft. Ihre Geschichten spielen in Skagafjörður, das ist ihre Welt, und so betrachtet sind sie Heimatromane. Sie schrieb nicht über den großen Wandel, sondern über die bäuerliche Gesellschaft, wie sie früher war. Und sie schrieb für die Menschen, die gerne darüber lesen wollten, weil sie sich gerade in der Stadt niedergelassen hatten und sich mit ihren Geschichten trösteten, wie die Literaturwissenschaftlerin Dagný Kristjánsdóttir es formuliert.[367]

Ihre Bücher waren von Anfang an sehr populär, verkauften sich gut und führten meist die Ausleihlisten der Bibliotheken an, und die männlichen Literaten taten sich schwer damit. 1964 machte einer der bekanntesten Kritiker, Sigurður A. Magnússon, sich Sorgen um den Zustand der isländischen Literatur, weil sie jetzt »zum großen Teil in den Händen von acht bis zehn alten Weibern ist, die kaum einen Brief auf Isländisch schreiben können. Ihre Bücher verkaufen sich wie geschnitten Brot, aber die jungen Lyriker beachtet das Volk kaum«.[368] Sigurður prägte damit den Begriff »Kellingabækur«. Wörtlich bedeutet *kelling* »alte Frau« oder »altes Weib« und über diese »Weiberliteratur« stritt man sich in den Zeitungen dieser Jahre. Die Literaturwissenschaftlerin Helga Kress hat diese Debatte und überhaupt die tiefe Verachtung für Autorinnen und Frauen in einem Essay treffend analysiert. Bücher von Frauen wurden mit schlechter Unterhaltung gleichgesetzt, und nur wenige Schriftsteller meldeten sich zu Wort, um gegen diese Allgemeinplätze zu protestieren. Doch waren darunter die Autoren Guðmundur Hagalín und Halldór Laxness, der meinte, dass diese Frauen eine einzigartige Tradition in der europäischen Literatur repräsentierten mit ihrer großen Erzählkunst ohne jegliche formelle schulische Bildung und die noch dazu »besser schrieben als die meisten Männer, die an Universitäten studiert haben«.[369] Seiner Meinung nach waren es die Frauen, die die isländische Erzähltradition am Leben erhalten und überliefert hatten. Dass er damit seinen männlichen Konkurrenten einen Stich verpassen konnte, fand er sicher nicht weiter schlimm.

Damit ist der Bogen gespannt zwischen zwei der beliebtesten

Erzähltalente der neueren isländischen Literatur, Nonni und Guðrún frá Lundi. Beide schrieben allen Widrigkeiten zum Trotz, beide debütierten spät im Leben, beide erreichten viele Leser und Leserinnen, und beide schrieben aus einem inneren Drang heraus. Guðrún frá Lundi sagte in einem Interview über ihre eigene schriftstellerische Tätigkeit: »… ich hätte das Schreiben unter allen Umständen fortgesetzt, ohne daran zu denken, ob es publiziert würde oder nicht. Ich konnte nicht sein, ohne zu schreiben.«[370]

Ein Land aus Worten

Atomdichtung im Kalten Krieg

Während meines Universitätsstudiums in Island hatte ich zwei Sommer lang die Ehre, mit Jakob Benediktsson, einem der gelehrtesten Philologen Islands, zusammenzuarbeiten. Er redigierte ein Buch über die Begriffe der Literaturwissenschaft und hatte ein paar Assistenten. Ich weiß gar nicht, ob er uns brauchte, denn es kam mir so vor, als ob er ohnehin alles über die Literaturwissenschaft wüsste, von Aristoteles bis hin zu Kristeva und Derrida. Er war ein in Kopenhagen ausgebildeter klassischer Philologe, in Griechisch und Latein. Er übersetzte *Sein eigener Herr* von seinem Freund Laxness ins Dänische und arbeitete nach dem Studium und während des Krieges an der Universitätsbibliothek von Kopenhagen, wo er auch die Widerstandsbewegung unterstützte.

Nach dem Krieg kam er wieder nach Island, aber es war nicht leicht, eine angemessene Arbeit zu finden, denn er war nicht nur Philologe, sondern auch Sozialist. Erst vertrat er zwei Jahre lang den Verleger von Mál og menning, dann wurde er beim Wörterbuchprojekt der Universität angestellt. Einmal in den frühen Fünfzigerjahren bot ihm ein alter Freund, ein Lateinlehrer an einem Gymnasium, eine kleine Teilzeitstelle als Prüfer beim Abitur der Lateinschüler an. Wahrlich keine umfangreiche oder sonderlich politische Aufgabe. Aber der Lehrer bekam vom konservativen Kulturminister des Landes einen einfachen und klaren Bescheid: Das komme nicht infrage, Jakob sei ein Kommunist.[371] Dabei waren sie natürlich, in unserem kleinen Land, alte Klassenkameraden, der Kulturminister und der Kommunist. Diese Geschichte wird hier nicht erzählt, weil sie eine kulturgeschichtliche Bedeutung hätte, sondern weil sie den Kalten Krieg in unserem Lande so gut illustriert. Er war ein Kleinkrieg an allen Fronten und in großer Nähe.

Man kann das Gefühl nicht von sich weisen, dass das Leben in Island in den ersten zwanzig Jahren nach dem Weltkrieg fade war. Politische Grabenkämpfe und kulturelle Eintönigkeit prägten das tägliche Leben. Die Jahre 1947–1952 waren zudem die Zeit einer wirtschaftlichen Rezession, nach dem großen Aufschwung während des Krieges. Wir waren viel zu abhängig vom Fischexport und den Preisen im Ausland für unsere Valutaeinnahmen, die Wirtschaft brauchte mehr Diversität. Nach dem Krieg schlossen die Amerikaner einen heftig umstrittenen Vertrag mit der isländischen Regierung, der ihnen einen Militärstützpunkt in Keflavík und Präsenz an anderen Orten sicherte. Sie bauten viel, und Mitte der Fünfzigerjahre kamen an die 15 Prozent der isländischen Einnahmen in ausländischer Währung von den Amerikanern in Keflavík. Dazu kam, dass die Vereinigten Staaten den Isländern die Marshall-Hilfe anboten, obwohl das Land im Weltkrieg fast keinen Materialschaden erlitten hatte. Aus der Sicht der amerikanischen Regierung war Island ein wichtiger Stützpunkt im Kalten Krieg, und so bekam das Land drei Jahre lang diese Unterstützung, die höchste pro Kopf in Europa. Für dieses Geld wurden unter anderem mehrere Wasserkraftwerke errichtet.[372]

Der amerikanische Einfluss war weitreichend in Island in diesen Jahren, aber auf der anderen Seite fand man überall das alte Island, traditionsbewusst und konservativ, mit Wurzeln in der bäuerlichen Gesellschaft. So gab es bis 1966 kein isländisches Fernsehen, und als es dann endlich kam, galt immer ein fernsehfreier Tag pro Woche. Im südwestlichen Teil des Landes konnte man jedoch, mithilfe guter Antennen, das amerikanische Soldatenfernsehen gucken. Auch darüber stritten sich die Isländer gewaltig und verlangten, dass die Amerikaner ihre Sendungen über Kabelfernsehen ausstrahlten. *Bonanza* und ähnliche Programminhalte sahen die Älteren als unmittelbare Gefährdung für die isländische Jugend, während die amerikanische Kultur für die jüngeren Leute die pure Lebenslust repräsentierte: Geld, Mode, Kino und Rock'n'Roll.

Ungefähr drei Jahrzehnte später wurde dieses Aufeinanderprallen der Kulturen mit viel Witz und erzählerischem Können von Einar Kárason (geb. 1955) geschildert, besonders in zwei seiner Romane: *Þar sem djöflaeyjan rís* (1983), (dt. *Die Teufelsinsel*, 1993), und *Gulleyjan* (1985), (dt. *Die Goldinsel*, 1995). Aus den Büchern wurden ein Theaterstück und ein Film, und sie sind in viele Sprachen übersetzt worden. So fängt *Die Goldinsel* an:

> In der wechselvollen Geschichte der Familie waren dies die goldenen Jahre …
> Obgleich die Insel selbst zu jener Zeit nicht eben als Hort der Glückseligkeit gelten konnte, denn das Glück wohnte in einem anderen Erdteil, westlich des Großen Meeres, das zumeist kalt war und dräuend und grau aufgepeitscht und mit solcher Gewalt gegen die Küste brach, dass man noch tief im Landesinnern, ohne von all diesem schweren Wasser auch nur

> etwas zu sehen, die Brandung hören konnte, wenn man das Ohr an die Erde legte.
> Indes, die Familie der Wahrsagerin im Alten Haus hatte ihren Anteil im Glück, und zwar durch Gogo, Tochter der Wahrsagerin und entweder Mutter oder Großmutter der übrigen Hausbewohner; die stand drüben im Westen als Ehefrau in Ansehen, und alles, was von ihr kam, verbreitete einen Schimmer jener Sonne, die Gogos Leben erhellte.[373]

Die Schilderung des Lebens in Reykjavík in den späten Fünfzigerjahren, in einem Viertel aus Baracken, die die Soldaten zurückgelassen hatten und die damals noch nicht abgerissen worden waren, erfreute sich einer einzigartigen Beliebtheit drei Jahrzehnte später, als das politische Feuer verglüht war und man diesen Kulturclash auch mit Humor betrachten konnte. Zehn Jahre später debütierte die Autorin Kristín Marja Baldursdóttir (geb. 1949) mit ihrem Roman *Mávahlátur* (1995), (dt. *Möwengelächter*, 2002), und schilderte darin eine zum Teil parallel verlaufende Geschichte aus der Perspektive der Mädchen und Frauen. »Die Dame aus Amerika« heißt das erste Kapitel, und es erzählt, aus der Sicht eines knapp zwölfjährigen Mädchens, wie ihre Tante aus Amerika, deren Ausstrahlung so mythisch war wie der neue Kontinent, in das isländische Fischerdorf zurückkehrt. Auch dieses Buch kam auf die Bühne und wurde verfilmt und in zahlreiche Sprachen übersetzt. Es brauchte diese zeitliche Distanz, um den grauen Fünfzigern solch lustig fabulierende Erzählungen abzugewinnen.

Aber natürlich hatte diese Zeit auch ihre eigene Literatur. In den Jahren um 1950 spiegelte sich die literarische Reaktion auf die neue Welt besonders in der jüngeren Lyrik. Eine Gruppe Dichter, die ursprünglich abschätzig »Atomdichter« genannt wurden, brach, um des Inhalts willen, mit der jahrhundertealten strengen isländischen Dichtungsform; die Bezeichnung ist Laxness' Roman *Atomstation* entnommen. In den Zwischenkriegsjahren gibt es ein paar Beispiele von Gedichten in freier Form, aber erst jetzt fasste die »Formrevolution«, wie sie in Island genannt wurde, richtig Fuß. Es entstand eine große Aufregung, bei Kritikern wie Lesern, ob man eine solche Dichtung, ohne Alliteration und Endreim, überhaupt Dichtung nennen könne.

Diese Formrevolution hatte auch eine wichtige gesellschaftliche Dimension: Wie aus dem hier vorliegenden Buch hervorgeht, hatte die Dichtung in Island von Anfang an eine wichtige Rolle inne, und sie war achthundert Jahre lang von einer präzisen Arbeit mit der Form gekennzeichnet. Die Rolle konnte moralisch, religiös oder politisch sein; im 19. Jahrhundert waren, wie wir gesehen haben, sogar die Zeitungen zum Teil gereimt. Die Dichterinnen und Dichter hatten ihren Lesern eine wichtige Botschaft zu vermitteln. Die Atomdichter brachen auch mit dieser Tradition, sie machten diesem Pakt mit den Lesern ein Ende.

Auf dem Gebiet der Literatur, unter anderem als Folge des großen Ansehens der Nationaldichter des 19. Jahrhunderts, gab das alte, traditionsbewusste und konservative Island nicht gerne seine dominierende kulturpolitische Stellung auf. In der Aufregung über die »formlose« Dichtung der Atomdichter ging die Debatte über Inhalte oft verloren. Denn diese Dichtung war eine Reaktion auf den Krieg, den Verlust der traditionellen Werte, das Leben im Schatten der Atombombe, den Frost des Kalten Krieges; nicht selten findet man in dieser Poesie eine Lebenshaltung, die dem Existenzialismus, manchmal sogar einem philosophischen Nihilismus nahesteht.

Es war ein Bruch mit der Gedankenwelt eines Volkes, dessen

Land in der ersten Hälfte des Jahrhunderts modernisiert, urbanisiert und selbständig wurde, und das sich auf einem guten Weg »nach vorne« wähnte. Der Fortschrittsglaube der sogenannten Jahrhundertwende-Generation wich einer pessimistischen, auf den Einzelnen bezogenen Stimmung, die man auch in der Literatur unserer Nachbarländer fand. Die Isolation Islands war zu Ende, sowohl geistig wie geografisch, Letzteres zeigte sich unter anderem darin, dass isländische Fluggesellschaften in den Jahren unmittelbar nach dem Krieg Passagierflüge ins Ausland anboten.

Die Aufregung galt nicht weniger diesem pessimistischen Inhalt als vielmehr der Form, aber es war einfacher, an der Form Anstoß zu nehmen, weil sie mit den isländischen Regeln brach. Da hielten die Atompoeten sich auch nicht zurück. Der herausragendste Dichter dieser Zeit, Steinn Steinarr (1908–1958), sagte in einem Interview 1950: »Die traditionelle Gedichtform ist nun endlich tot.«[374] Ein solcher Satz musste die Traditionalisten provozieren. Zu dieser Zeit hatte Steinn sein Können, sowohl in traditioneller Versform wie im freien Vers, längst bewiesen. Sein Meisterwerk ist der Zyklus *Tíminn og vatnið* (1948), (dt. *Die Zeit und das Wasser*), der mit diesen Zeilen anfängt:

> Die Zeit gleicht dem Wasser,
> und das Wasser ist kalt und tief,
> wie das Bewusstsein meiner selbst.
> Und die Zeit gleicht einem Bild,
> gemalt vom Wasser
> und halb von mir.
> Und die Zeit und das Wasser
> fließen weglos ins Trockene,
> in das Bewusstsein meiner selbst.[375]

In dem Zyklus sind auch viele Bilder, die den Lesern unverständlich erscheinen, wie zum Beispiel: »Auf rechteckiger Fläche / zwischen Kreis und Kegel / wächst weiß die Blume des Todes«, ein Bild, das mir immer im Kopf bleibt, weil mein Großvater es in einen Teppich häkelte.

So mussten sich, einhundert Jahre nach dem Tod von Jónas Hallgrímsson, die isländischen Lyrikleser beim Lesen immer öfter die Frage stellen: Was soll das, was will er/sie damit? Denn die moderne Lyrik ist voll von eindrucksvollen Bildern, deren Bedeutung nicht immer einleuchtend ist. Sie vermitteln ein Gefühl, eine Vision, haben aber nicht unbedingt einen Inhalt, der nacherzählt werden kann. Dieser neuen Handhabung der poetischen Sprache standen die alten Versregeln im Wege, so sahen es zumindest die Atomdichter. Sie meinten, die strenge Form mache die Poesie zum Handwerk; was interessant ist, weil die alte Skaldendichtung (Dróttkvæði) in der Sagazeit oft als *íþrótt*, Sport, bezeichnet wurde (siehe S. 46). Die Atomdichtung stellte das Verständnis der Leserinnen und Leser neu auf die Probe, und deswegen streitet man noch immer über die Interpretation von *Die Zeit und das Wasser*: Ist es ein existenzielles Bild vom Wege der Welt nach dem Krieg, oder ist es ein Liebesgedicht?

Steinn Steinarr ist einer dieser Dichter, die inzwischen so viel zitiert worden sind, zu deren Poesie so viel Musik geschrieben wurde, deren Verse man an fast jeder Straßenecke irgendwann mit Gitarrenbegleitung gehört hat, dass man ihn aufs Neue lesen muss, um sich daran zu erinnern, wie gut seine Lyrik ist. Wie es in *Die Zeit und das Wasser* heißt, und die Zeilen könnten gut von ihm selbst handeln: »Ich hab' mir ein Lager bereitet / im halbgeschlossenen Auge / der Ewigkeit.«

Nach dem Krieg geschah beides auf einmal im literarischen Leben in Island, es weitete sich aus und engte sich ein. Weitete sich aus in dem Sinne, dass mehr und mehr Autorinnen und Autoren sich zu Wort meldeten (und in diesem letzten Teil des Buches werden sie bei Weitem nicht alle erwähnt, weil eine solche Namensliste wenig hilfreich ist). Aber auch in dem Sinne, dass mehr Bücher verlegt und verkauft wurden. In den Kriegsjahren entstand die isländische »Weihnachtsbuchflut« *(jólabókaflóðið)*, als Bücher populäre Weihnachtsgeschenke wurden. Das hatte teils wirtschaftliche Gründe: Die Kaufkraft stieg im Krieg, aber dem Import von Gütern waren Grenzen gesetzt. Papier wurde nicht rationiert, und Bücher wurden in Island gedruckt, das heißt, es gab jede Menge davon, im Unterschied zu manch anderen möglichen Geschenkwaren, die man importieren musste. Aber zum Teil, doch nur zum Teil, verlor die Literatur ihre bis dahin so zentrale Position im isländischen Selbstbewusstsein, das kulturelle Angebot wurde vielfältiger. Nicht nur wegen des Kinos, des Rundfunks und der amerikanischer Massenkultur, sondern insgesamt wurde auch die isländische Kultur bunter: 1950 wurde das Nationaltheater eröffnet, und im gleichen Jahr wurde das Symphonieorchester gegründet. Kunstmuseen kamen hinzu und etwas später, wie erwähnt, das Fernsehen.

Es engte sich ein: Zum Teil zog sich die Literatur zurück, sie war sich ihrer Mission nicht mehr so sicher, wurde – in der Prosa wie in der Lyrik – selbstbezogener, manchmal schwermütiger. Natürlich ist dies alles auch Teil einer internationalen Entwicklung, bloß hatte die Literatur in Island eine besonders bedeutende Rolle gespielt, weil sie bei weitem die wichtigste kulturelle Tradition des Landes war. Doch die Atomdichter markierten nicht nur diesen Wandel, sie brachten auch die ausländische Poesie nach Island. Viele dieser Dichter übersetzten die moderne Lyrik ins Isländische, von Baudelaire und Rimbaud über Whitman und Lorca bis hin zu Benn und Södergran, und dies oft sehr gut. Es ging ihnen darum, die Tradition ihrer eigenen Lyrik zu zeigen, den internationalen Zusammenhang zu illustrieren. Nun lief nicht mehr alles über Kopenhagen, junge Isländer studierten in verschiedenen europäischen Ländern und in den Staaten. Ab Mitte der Fünfzigerjahre studierten sogar einige Isländer auf der anderen Seite des Eisernen Vorhangs, und sie waren in manchen der Länder dort die ersten Studenten aus dem Westen, was sie den guten politischen Kontakten der isländischen Sozialisten zu verdanken hatten.

Unter den Atomdichtern gab es einzigartige Stimmen, die die isländische Lyrik jahrzehntelang prägten. Eine von ihnen gehörte Sigfús Daðason (1928–1996), der in Frankreich studierte und später Redakteur und Verleger wurde. Er war – lang und hager, mit einer dicken Brille versehen und einer Gauloise zwischen den Lippen – der Intellektuelle in dieser Dichtergruppe:

> Ein Menschenkopf ist ziemlich schwer
> und doch sollen wir aufrecht stehen
> und der Sommer büßt für die meisten unserer Sünden.[376]

Viele dieser Dichter standen politisch links, aber der Kalte Krieg machte ihnen zu schaffen, denn die wenigsten waren Sowjetsozialisten, besonders nicht mehr nach dem Einmarsch der sowjetischen Armee in Ungarn 1956, und die Zeiten ließen den Anhängern eines dritten Wegs nicht viel Spielraum. Einige

Autoren gründeten die Kulturzeitschrift *Birtingur*, »Candide«, die mehrere Jahre lang ihre wichtigste Plattform war.

Ein anderer meiner Lieblingsdichter aus dieser Gruppe war Stefán Hörður Grímsson (1919–2002), ein Meister der ungewöhnlichen Bilder und entwaffnenden Ironie, der bis ins hohe Alter immer neue Wege für seine Poesie fand, immer überraschend, nie klischeehaft. Hier eines seiner bekanntesten Gedichte, »Wintertag«:

In den grünen Februarhimmel
starren gebrochen die Augen der Seen
aus dem kalten Antlitz des Landes.

Von den Reisen der rastlosen Winde
durch die Weite des Äthers
drang keine Nachricht zu uns.

Farblosem Frostdunst vermischt
liegt die Windstille starr
an der Brust weißer Wüsten.

Unter die hohle Kruste des Schweigens
dringen einsame Basstöne
wenn das Eisherz schlägt.

Auf ihren dünnen Beinen
kommen die Menschen über den verharschten Schnee
mit Bergen auf ihren Schultern.[377]

1989 gründete der Isländische Verlegerverband aus Anlass seines einhundertjährigen Jubiläums den Isländischen Literaturpreis. Der erste Preisträger war Stefán Hörður Grímsson, der nie viel Aufheben um seine Person machte. Der isländische Rundfunk konnte ihm nach der Preisverleihung nur diesen einen Satz entlocken: »Das ist nicht so gut. Jetzt werden viele neidisch werden.«

Welch Glück für mich als blutjungen Verleger, die letzten Bücher einiger der Atomdichter herausgeben zu dürfen. Darunter Hannes Sigfússon (1922–1997), dessen erster Gedichtband, *Dymbilvaka* (Karwache, 1949), mit diesen Zeilen anfängt:

> Ich der keinen Schlaf findet ...
> Blasser Farbe
> gebunden ist jede Dämmerung mit dunklem Rücken
> Gespenstisch ist der Schimmer blind und hinter allem
> flackern blutlose Schatten auf grauer Wand
> Ein Gesicht halb verhüllt von dunklem Schatten
> ein Hut der sich neigt, eine Hand die nirgends
> einen Griff noch sucht – und Lippen die nichts fragen mehr
> Und draußen steht einer vor verschlossener Tür

Wenn isländische Dichtkunst der Moderne eine Zeit lang gewandelt war zwischen Wachen und Schlaf, wie der Autor dieser Zeilen einmal schrieb, dann wusste sie jetzt, dass die Stunde gekommen war, und so gelangen die Isländer in diesen Jahren nach dem Zweiten Weltkrieg in den Besitz vieler ihrer stärksten Gedichte des Jahrhunderts. Originalität, nicht zuletzt die einer starken Metaphorik, Wortzauber und Kühnheit im Gebrauch der Sprache waren kennzeichnend für viele der besten Gedichte von Hannes, auch wenn er der Zartheit des Liebesgedichtes fähig war und einen sonderbaren Humor besaß. Er ging seine Themen unbefangen an, ob sie nun von den ewigen Jagdfeldern der Dichtkunst hergeholt waren oder den Kämpfen der Gegenwart entsprangen, ohne Scheu vor dem Schwerverständlichen, und er traute sich, die Elastizität der Sprache auszuprobieren, so dass ihr oft nichts anderes blieb, als nachzugeben.[378]

Die Atomdichter werden meistens als eine Gruppe von Jungs dargestellt, jedoch sollten einige Lyrikerinnen auch dazugezählt werden, sowohl vom Alter als auch von der Dichtkunst her, aber das wurden sie eigentlich nie. Beispielhaft ist Arnfríður Jónatansdóttir (1923–2006), obwohl sie nur ein einziges Buch veröffentlichte, *Þröskuldur hússins er þjöl* (Die Schwelle des Hauses ist eine Feile, 1958); davor waren ein paar ihrer Gedichte in Zeitschriften und Sammelbänden erschienen. Der Band wurde seinerzeit positiv aufgenommen, aber geriet dann in Vergessenheit, und erst in späteren Jahren ist ihr Werk wieder neu verlegt und besprochen worden.

Arnfríður war in Akureyri geboren worden und kam jung nach Reykjavík. Als Teenagerin verbrachte sie ein Jahr in einem Erholungsheim für Tuberkulosekranke und schrieb ein unglaublich eindrucksvolles Tagebuch, das erst viel später gefunden und teilweise veröffentlicht wurde. Sehr früh musste sie anfangen zu arbeiten, um sich und ihre kranke Mutter zu versorgen; zusammen wohnten sie eine Zeit lang in einer der Soldatenbaracken in Reykjavík. Arnfríður war Arbeiterin und Kommunistin, Feministin und Modernistin. Aber es erschien kein Buch mehr von ihr nach diesem ersten Band, und viel später sagte sie, dass die Arbeit und ihre Pflichten ihr keine Zeit dazu gelassen hätten. Sie hätte ihr Leben viel lieber der Dichtung gewidmet, als nur mit ihr zu flirten.[379]

Damals war man in Island, wie in anderen Ländern, noch weit davon entfernt, Frauen den gleichen Lohn für vergleichbare Arbeit zu bezahlen, alleinstehende Frauen mussten viel länger für ihren Lebensunterhalt arbeiten als Männer in derselben Situation.

Arnfríður war eine weitere talentierte isländische Dichterin, deren Träume nie in Erfüllung gingen. Hier ihr Gedicht »Frühling«:

> Wenn der Regenwurm über feuchte Wege kriecht,
> dann habe ich nach Wörtern gesucht, oft und lange
> jedes einzelne sorgfältig geprüft,
> wie die Gärtnerin, die reife Blumen pflückt
> und nach einer Weile auf welke Blüten stößt
> auf dem Grab eines jungen Mannes.
> Wie oft habe ich dann Lücken geschlossen,
> Knospe – habe Wort an Wort gereiht
> und alles still zu Staub zerdrückt.
> Schwellende Knospe – dann bin ich oft umhergestreift
> wie der, der keine Wörter kennt,
> nicht weiß, nach was, noch wo er suchen soll.
>
> Als ob die Freude des Taubstummen wüsste, wie sie heißt,
> – dass man sie Freude nennt?
>
> Schließlich – wenn der Regenwurm über feuchte Wege
> kriecht.[380]

Die Ästhetik der Atomdichtung wurde vorherrschend in der isländischen Lyrik nach dem Zweiten Weltkrieg. In den Sechziger- und Siebzigerjahren kamen mehrere Autoren und Autorinnen hinzu, die von der ersten Generation der Atomdichter die freie Form und so manche Motive übernommen hatten. Darunter zum Beispiel Matthías Johannessen (geb. 1930), ein Vielschreiber, der gleichzeitig jahrzehntelang Chefredakteur der konservativen Tageszeitung war, aber sich in seinen schönsten Gedichten mit den besten Atomdichtern messen kann; im Spannungsfeld zwischen politischer und gesellschaftlicher Stellung und der Freiheit der Dichtung entstanden manche seiner besten Werke. Auf der anderen Seite des politischen Spektrums stand die Sozialistin Vilborg Dagbjartsdóttir (1930–2021), eine Pionierin der feministischen Dichtung in Island, aber oft leichtfüßiger als manch schwerfälliger männlicher Kollege, und witziger. Sie stammte aus Ostisland und war lange Lehrerin in Reykjavík und schrieb auch für Kinder. Ihr Leben war nicht immer einfach, doch sie war eine unerschrockene Frau und hatte »den Mut zu ihren Meinungen«, wie die Dänen es formulieren; aber wenn ihr danach war, konnte kein Mensch so ausgelassen über die Zustände in Island lachen wie Vilborg. Auch sie nannte eines ihrer ersten Gedichte »Frühling« (1960):

Ich zählte schüchtern die Eier
im Nest das wir fanden
ein alter Spruch sagt
ich würde ebenso viele Kinder haben.
So lehnte ich mich an die Schulter
meines Freundes und fragte:
Weißt du, gibt es auch Todesstaub
im Tau der Johannisnacht?[381]

Die Dichtung in freier Form, die weder Reim noch Alliteration nutzt, ist eigentlich schwieriger als die, die den traditionellen Regeln folgt. Denn ein Gedanke, ein Gefühl oder ein Bild muss das Gedicht tragen, und wenn das nicht gelingt, steht es nackt da, unterschiedlich lange Zeilen in Prosa, die sich als Lyrik ausgeben. Das mag einer der Gründe dafür sein, dass es auch nach der Formrevolution in den ersten Nachkriegsjahren immer wichtige Poeten gab, die stärker traditionsbezogen waren, Teile der alten Versform benutzten, seien es Stabreim,

Endreim, Versmaß oder Bildsprache, und doch zeitgenössische Lyriker waren. Unter ihnen waren manche der meistgelesenen Dichter im zweiten Teil des 20. Jahrhunderts.

Jóhannes úr Kötlum (1899–1972) war anfangs ein neuromantischer Dichter, der Islands traditionelle Versform spielend beherrschte, wie er in seinen ersten Büchern bewies; bald schrieb er mit ihrer Hilfe auch sozialistische Kampflieder und patriotische Aufrufe. Gerade aber weil dies ihm alles so leicht aus der Feder floss, musste er Kritik einstecken, denn diese Lyrik schreckte niemanden auf. Er vollzog dann eine seltene Wende im Alter von fast fünfzig und wurde einer der Pioniere der Formrevolution, mit Gedichten, die er in den Jahren zwischen 1945 und 1948 in einer Zeitschrift unter dem Pseudonym »Anonymus« veröffentlichte. Darunter ist das Gedicht »Das Volk des Reims«, ein Manifest der Formrevolution, in dem er das harte Leben des isländischen Volkes, das er Hulda nennt, beschreibt und die Rolle der Dichtung bei den Isländern erklärt: »Je weniger es gibt auf dem Teller / desto teurer das Versmaß der Sprache.«

> Ins wertvollste Versmaß, wasserdicht und geflickt
> setzte sie ihren von Schmerz gepeinigten Ehrgeiz
> im Stabreim spaltete sie ihre Sehnsucht
> mit dem Hauptstab ging sie ihrer Arbeit nach.

Dann tritt die Moderne ein:

> Endlich öffnete sich die große Welt
> und Hulda trat frei aus dem Tal
> – da versank ihr Reim wie ein Stein
> mit dem Joch hinab ins Meer.[382]

Um die neue Welt in Verse zu fassen, brauchte sie keinen Reim mehr. Es war eine überzeugende Erneuerung bei einem Dichter, dessen Reime für Kinder, unter anderem über die isländischen Weihnachtsmänner, sich einer unglaublichen Beliebtheit erfreuten. Das Weihnachtsbuch, das 1932 zum ersten Mal veröffentlicht wurde, erschien 2021 in seiner dreißigsten Auflage und ist ohne Frage das meistgelesene sowohl Kinder- als auch Gedichtbuch in Island. Jetzt legte er das alles ab, doch Modernist wurde er damit nicht. Seine Ideenwelt, die aus Sozialismus, Patriotismus und Naturverbundenheit bestand, war viel kohärenter als die der jüngeren Atomdichter, ihre existenziellen Zweifel plagten ihn nicht – bis ins hohe Alter, als die politische Enttäuschung ihn packte.[383]

Guðmundur Böðvarsson (1904–1974) stand Jóhannes in manchem nahe, sowohl politisch, z. B. im Kampf gegen den amerikanischen Militärstützpunkt, der viele der Schriftsteller vereinte, als auch in seiner Entwicklung vom spielenden Reimer zum modernen Dichter. Genannt wird er hier, um daran zu erinnern, dass die Bauernkultur nicht wie der Reim ins Meer versank, sondern weiterlebte. Guðmundur war fast sein ganzes Leben Bauer in Westisland, aber gleichzeitig Übersetzer von Dante und Kenner der modernen europäischen Lyrik.

Viele Literaten hielten Snorri Hjartarson (1906–1986) für den wichtigsten Poeten des 20. Jahrhunderts in Island. Er beherrschte das traditionelle Versmaß bis zur Vollkommenheit und dichtete auch in freier Form, selbst wenn das Wort frei nicht unbedingt zu seinen Versen passt, denn er schrieb immer mit poetischer Disziplin; umso ausdrucksvoller wurden seine Werke. Für seine letzte Sammlung erhielt er 1981 den Nordischen Literaturpreis. Als wir im Verlag Mál og menning seine Gesammelten

Dichtungen herausgaben, wurden einige Gedichte zum ersten Mal veröffentlicht, und das letzte im Buch obliegt der strengen isländischen Form und schließt mit den Zeilen: »þótt innra með þér blikni sef og blað / gef beyg og trega engan griðastað (Selbst wenn in deinem Inneren das Gras und die Blätter verblassen, / gib den Sorgen und dem Kummer keinen Platz zum Verweilen).«[384] Das letzte Mal, als ich ihn besuchte, kam es mir vor wie eine Begegnung mit der leibhaftigen Literaturgeschichte. Seine freundlichen, klugen Augen lagen tief in einem Gesicht mit so vielen Falten, dass es wie ein altisländisches Pergament aussah; umso eindrucksvoller wurde sein leichtes Schmunzeln.

Als letztes Beispiel dieser traditionsbewussten Dichter nenne ich Hannes Pétursson (geb. 1931), nicht zuletzt wegen seiner Verbindung zu Deutschland. Er übersetzte zum Beispiel Werke von Franz Kafka, Else Lasker-Schüler und Friedrich Hölderlin, und 1975 wurde ihm der Henrik-Steffens-Preis verliehen. Der Preis, der nach dem norwegischen Philosophen benannt ist, der einst die deutsche Romantik in Kopenhagen vorstellte (siehe S. 223), wurde 1936 vom Unternehmer Alfred Toepfer gegründet (über sein Verhältnis zum Nationalsozialismus wird jedoch noch immer debattiert). Hannes ist im Inhalt, der sich nicht selten auf isländische Geschichten, Volkssagen oder historische Vorkommnisse bezieht, Traditionalist, eher als in der Form, wo er oft das alte Versmaß, zum Beispiel den Stabreim, zitiert, anstatt ihn konsequent zu benutzen. Sein Gedicht »Auf dem rechten Wege« fängt folgendermaßen an, und das erfasst gut den Kern seiner eigenen Lyrik:

> Herbstabend. Weite Wege.
> Auf dem Land die Lichter erloschen
> und alles verhallt

außer einem Bach
einem Pferd auf
geradem Pfad
das mich in der Dunkelheit über die
Hochebenen meiner Vorfahren trägt
zu einem fernen Ort.[385]

Die isländische Literatur öffnete sich mehr und mehr der Moderne, den ausländischen Einflüssen, der neuen Gesellschaft, und sie vereinte dies immer wieder mit ihrer alten Tradition, aber gleichzeitig und unabhängig davon zerbröckelte ihre zentrale Stellung in der Identitätsbildung der Bevölkerung, die dabei war, ihren Weg aus den Torfhütten in die Wohnblöcke zu finden.

Traurig und unendlich schön

Die Strömung innerhalb der Moderne in der Literatur, die in Island und in anderen nordischen Ländern sowie in der englischsprachigen Welt oft Modernismus genannt wird, prägte nicht nur die Lyrik, sondern auch die Prosa, und in Island geschah beides etwa zur gleichen Zeit. In Europa erschienen einige der Schlüsselwerke dieser literarischen Strömung in den Zwanzigerjahren (zum Beispiel *Ulysses* von Joyce), aber in Island war bis zur Mitte des 20. Jahrhunderts der Realismus die dominierende literarische Strömung, auch bei den Verfassern von sogenannter Hochliteratur (»sogenannter«, weil ich diese Klassifizierung nicht immer nützlich finde). Zwei wichtige Ausnahmen wurden schon erwähnt, *Brief an Laura* und *Der große Weber von Kashmir*, beides waren moderne Werke, und *Der Weber* hat manche Merkmale, die man mit der literarischen Moderne des Fin de Siècle um 1900 verbindet. Aber jener Modernismus, der nicht nur alle herkömmlichen Werte in Zweifel zieht, sondern auch die Fähigkeit der Literatur anzweifelt, einen Sinn, eine Botschaft oder eine zusammenhängende Erzählung zu vermitteln, kam erst später, infolge der Formrevolution der Atomdichter.

Thor Vilhjálmsson (1925–2011) war ein Wegbereiter in der

Prosa. Insoweit man von einem Bürgertum in Island sprechen kann, hatte er dort seine Wurzeln: Sein Vater war Direktor von Eimskip, der wichtigsten isländischen Schifffahrtsgesellschaft, seine Mutter war die Schwester des konservativen Staatsministers Ólafur Thors. Aber Thor war von jung auf ein Rebell, seine Leidenschaft war die Literatur, er studierte erst an der isländischen Universität, dann ein Jahr in Nottingham in England, für das er seitdem nie mehr etwas übrighatte, und von 1947 bis 1952 an der Sorbonne in Paris; das war und blieb seine Stadt, und dort entschloss er sich, Literatur nicht nur zu lesen, sondern auch zu schreiben.

Sein erstes Buch, mit dem symbolischen Titel *Maðurinn er alltaf einn* (Der Mensch ist immer allein), erschien 1950; eine Sammlung von Kleinprosa mit Betrachtungen, Reisebildern, lyrischen Versuchen: Europa nach dem Krieg aus der Sicht des einsamen Reisenden, ein Erzähler, den man in Thors Werken oft findet. Der Isländer war wieder draußen in der Welt unterwegs, aber Thor hatte immer die klassische isländische Literatur in seinem geistigen Gepäck, er war auf beiden Gebieten, in der modernen sowie in der klassischen Literatur, ein außergewöhnlich belesener Mann. Und ein sehr produktiver Autor von Essays, Gedichten, Theaterstücken, Memoiren, Kurzgeschichten und vor allem Romanen. Zudem übersetzte er Werke aus den romanischen Sprachen, André Malraux sowie Umberto Eco und Isabel Allende. Er war auch Präsident des isländischen PEN-Clubs und kulturpolitisch aktiv, ein Linker, ohne Sowjetkommunist zu sein, immer sein eigener Herr und oft ein Einzelgänger.

Sein erster Roman erschien 1968, *Fljótt, fljótt sagði fuglinn* (Schnell, schnell, sagte der Vogel). Daraus sind auf Deutsch nur ein paar kurze Auszüge erschienen in dem großen Sammelband von Heinz Barüske: *Moderne Erzähler der Welt: Island* (1974).[386] Eine englische Übersetzung erschien unter dem Titel: *Quick, Quick Said The Bird*, was ein Zitat aus einem Gedicht von T. S. Eliot ist. Eine Textprobe:

> So dunkel ist sie am Fenster in dem weichen Licht mit dem milden Profil vor dem grauen Licht da draußen, das fast weiß war. Du standest lange da und sahst, wie sie unbeweglich am Fenster stand. Das Haar mit den feinen, gekräuselten Konturen, nicht wogend, vielleicht aber ein wenig gewellt, dann die Stirn hinunter bis zur Vertiefung der Augen, dann das Oval der Wange, das Kinn.[387]

Thor versuchte sich auch als Maler, und sein Text ist bildreich und assoziativ, weit entfernt vom klassischen isländischen Satzbau mit kurzen Hauptsätzen und dem Substantiv am Anfang. Er dehnt die Sätze und die Sprache, zeigt, was man alles mit dem Isländischen tun kann. Literaturgeschichtlich hat man *Fljótt, fljótt sagði fuglinn* und den darauffolgenden Roman *Óp bjöllunnar* (Der Schrei des Skarabäus, 1970), als Schlüsselwerke des isländischen Modernismus bezeichnet, und das sind sie auch. Die Personenschilderungen, die so lange den Kern der isländischen Erzählkunst bildeten, weichen der Wortmalerei, wo Personen oft ohne Namen und ohne klare erzählerische Funktion bleiben. Eine alternative, neue Prosa war das. Aber ein Leser wie ich, der immer das Erzählende an der isländischen Literatur so geschätzt hat, liest er sie überhaupt ein weiteres Mal?

Eines Abends vor Jahrzehnten war ich mit einem Freund und einer Crew in Paris, um einen Fernsehfilm über Thor zu drehen. Nach einem langen Arbeitstag saßen wir zu dritt in einem

Café, es herrschte eine gute Stimmung, eine Flasche Rotwein stand auf dem Tisch. Thor erzählte uns Geschichten. Geistreich und humorvoll und manchmal mit langen Umwegen und einer überraschenden Pointe. Und mir kam der Gedanke, weshalb ein so begnadeter Erzähler seine Zeit mit Avantgarde vergeudet hat. Besonders progressiv ist dieser Gedanke nicht, um das sofort zu gestehen, aber meines Erachtens schrieb er seine besten Werke, als er sein erzählerisches Können mit dem Modernismus verband; mit der bildreichen Sprache, der unzuverlässigen Erzählstimme, dem Einfluss moderner ausländischer Literatur. Sein Meisterwerk ist der Roman *Grámosinn glóir* (1986), (dt. *Das Graumoos glüht*, 1990), für den er auch den Nordischen Literaturpreis erhielt.

Das Graumoos glüht beruht teilweise auf wahren Ereignissen vom Ende des 19. Jahrhunderts. Ein junger Amtsrichter in Nordisland, der Dichter Einar Benediktsson (siehe S. 285), musste damals in einer unglaublich schwierigen Angelegenheit in Sachen Blutschande richten, was zum tragischen Tod einer jungen Frau führte. Thor komponiert aus diesen Elementen einen mitreißenden Roman, in dem es um die Mehrdeutigkeit des menschlichen Schicksals geht, um die Wahrheit der Dichtung und die Wahrheit der Macht. Die innere Spannung der Erzählung entsteht nicht zuletzt dadurch, dass der Machtmensch und der Dichter ein und dieselbe Person sind. Thor nutzt darin viele Themen aus seinen modernistischen Werken, die Frage nach der Rolle der Dichtung, den einsamen Reisenden, das Aufeinanderprallen der alten isländischen Kultur und der modernen Weltkultur. Meisterhaft verflicht Thor hier Modernismus und Erzählkunst, so wie auch in mehreren seiner späteren Bücher. Sehr gelungen sind seine Memoiren, wie zum Beispiel der Band *Raddir í garðinum* (Stimmen im Garten, 1992): Der einsame Wanderer des Modernismus kehrt zu seinen Wurzeln in Nordisland zurück.

Der Aufstand des Modernismus ist eine einsame Rebellion auf einer Insel, die als amerikanische Militärbasis im Meer des Kalten Krieges trieb. Die Isländer sind neureich, die Kritik und die Ängste der modernen Literatur interessieren nur wenig, sie sehen nicht das absurde Theaterstück, in dem sie selbst spielen. Manche Werke aus dieser Zeit gerieten in Vergessenheit, andere haben an Bedeutung gewonnen, wie zum Beispiel das gewichtige Buch von Guðbergur Bergsson (1932–2023) mit dem Titel *Tómas Jónsson, metsölubók* (Tómas Jónsson, ein Bestseller, 1966), und eigentlich ein fast vierhundert Seiten langes »Gefasel« eines alten Mannes, der allein in seiner Wohnung sitzt und über alles und alle herzieht. Seit *Dem großen Weber* von Laxness hat die isländische Prosa kein derart epochemachendes Werk hervorgebracht. Das Buch ist nicht nur von der Form her revolutionär, es ist auch ein ideologiekritisches Manifest: Eine schonungslose und scharfsinnige Analyse des isländischen Selbstbildes, so wie es sich nach der Jahrhundertwende entwickelt hatte, des Fortschrittsoptimismus, der Selbstzufriedenheit und des Nationalismus, Haltungen, mit denen sich die Isländer seinerzeit aufgerafft hatten zur Unabhängigkeit, aber die ihnen jetzt nur zum Einlullen dienten. Das Buch ist witzig, manchmal sarkastisch und äußerst treffsicher in seiner Bloßstellung der isländischen Kultur und Denkweise.

Guðbergur stammte aus Grindavík, einem kleinen Fischerdorf an der Südküste, und das wurde der Schauplatz von vielen seiner besten Bücher, sein Macondo, wie er es selbst formulierte und womit er auf das Dorf in *Hundert Jahre Einsamkeit* hinwies. Es gilt auch für ihn, was man über die Dichter des 19. Jahrhunderts und Island sagte: Um es wahrzunehmen, musste er weg. Wie Thor fand er seinen literarischen Blickwinkel im Süden, und zwar in Barcelona. In der zweiten Hälfte der Fünfzigerjahre studierte er dort Literatur und lernte eine Gruppe Literaten kennen, die im inneren Exil in der spanischen Diktatur verharrten. Einer von ihnen war Jaime Salinas, Sohn des Dichters Pedro Salinas, der im Verlag Seix Barral in Barcelona arbeitete und einen großen Anteil an der Etablierung des Literaturfestivals auf Formentor in Mallorca und des Literaturpreises Biblioteca Breve hatte. Nach dem Tode Francos übernahm er wichtige Aufgaben im Verlagswesen, das endlich frei arbeiten konnte.[388] Jaime Salinas lebte lange mit Guðbergur zusammen, sie waren ein Paar; er starb 2011 und ist in Grindavík begraben. Die spanischsprachige Literatur, von der Klassik bis zur Gegenwart, wurde eine maßgebliche Inspiration für Guðbergur, und er übersetzte sowohl *Don Quixote* von Cervantes als auch *Hundert Jahre Einsamkeit* von García Márquez ins Isländische. Eine seiner Kurzgeschichten fängt folgendermaßen an, und dieser Anfang könnte als Motto vieler seiner Werke dienen:

> Es gibt zweierlei Mythen, die sich parallel entwickeln und einander ausgleichen.
> Die eine Art hat ein glückliches Ende in Gott. Die zweite endet im Dunkel und Schrecken des Menschen.[389]

In seinen Erzählungen und Romanen heißt Grindavík Tangi, und kein isländisches Dorf ist je so genau beschrieben worden, das Innenleben der Bewohner derart auseinandergenommen worden. Erzählt wird aus ungewöhnlichen Perspektiven und mit viel Humor, aber der Blick des Erzählers für alles Kitschige oder Unbeholfene ist messerscharf. Und doch liegt diesen Dorfgeschichten eine Empathie mit den Menschen zu Grunde, besonders den machtlosen und abseitsstehenden, was sie auch heute noch lesbar macht. In späteren Büchern kam es vor, dass Guðbergur seine eigenen Figuren nicht mochte, und manchmal nimmt der Sarkasmus überhand, oder die Menschen werden zu schattenhaft, vertreten Ideen, anstatt zu leben.

Guðbergur hat sehr viel geschrieben, und die Qualität seiner Werke schwankt. Die Bücher aus den Sechziger- und Siebzigerjahren sind seine besten, aber er findet sich wieder, und auch sein Grindavík, und zwar in seinen autobiografischen Romanen kurz vor der Jahrhundertwende, etwa in *Faðir, móðir og dulmagn bernskunnar* (1997), (dt. *Vater, Mutter und der Zauber der Kindheit*, 2005). Ein Thema, das sich durch fast alle seine Bücher zieht, ist die Einsamkeit. In seinem meistübersetzten Werk, der Novelle *Svanurinn* (1991), (dt. *Der Schwan*, 1998), über ein junges Mädchen auf dem Lande, ist die Einsamkeit für den Leser fast physisch spürbar. »Traurig und unendlich schön«, nannte Milan Kundera diese Geschichte.[390] Guðbergur war auch ein Pionier der Schwulenliteratur in Island, besonders mit einer Sammlung von Kurzgeschichten, *Hinsegin sögur* (Andere Geschichten, 1984) und dem Roman *Sú kvalda ást sem hugarfylgsnin geyma* (1993), (dt. *Liebe im Versteck der Seele*, 2000). Das isländische Wort *hinsegin* bedeutet »anders«, aber hat schon lange auch die Bedeutung schwul oder lesbisch. Guðbergurs Kurzgeschichten sind wirklich anders, mit viel absurdem Humor, mit dem sich der Autor, wie so oft, über alles, darunter auch die Homosexuellen, lustig macht. Aber die Erfahrungswelt der gleichgeschlechtlichen Liebe war bisher in der isländischen Literatur sehr selten in Erscheinung getreten.

Obwohl sie durchaus unterschiedliche Stilrichtungen repräsentieren, haben die modernistischen isländischen Prosaschreiber Thor und Guðbergur einen ähnlichen Einfluss auf die isländische Literatur gehabt wie Þórbergur Þórðarson und Halldór Laxness in den 1920er-Jahren: Sie erweiterten den Kreis der Themen, öffneten sie für die zeitgenössische ausländische Literatur, dehnten die Elastizität der Sprache. Eine andere Dimension, nämlich die feministische, brachte zur selben Zeit die Autorin Svava Jakobsdóttir (1930–2004) in die Prosa.

Ihre »Geschichte für Kinder« (1967), die auch auf Deutsch erschienen ist, scheint ein ganz gewöhnliches Familienleben zu beschreiben, bis die Kinder ihre Mutter fesseln, um ihr das Gehirn rauszuschneiden, weil sie wissen wollen, wie es aussieht. Die Mutter erlaubt es ihnen, aber sie werden vom Vater zärtlich getadelt, »Kinder, wie kann euch bloß so was zur Tischzeit einfallen!«, und ab da gleitet die Geschichte mehr und mehr in das Groteske.[391] Svava Jakobsdóttir veröffentlichte in den Sechzigerjahren zwei Bände von Kurzgeschichten, die viel Aufsehen erregten, und die »Geschichte für Kinder« stand im zweiten Band. Die Autorin war in Ostisland geboren worden, und auch sie studierte im Ausland: erst englische und amerikanische Literatur an einer Universität in Massachusetts, danach Altisländisch in Oxford. Das war eine der großen Änderungen in den Nachkriegsjahren: Kopenhagen war nicht mehr unser einziges Fenster ins Ausland.

Svavas literarische Form wurde einmal treffend als grotesker Naturalismus bezeichnet. Auf eine nüchterne und sogar fast liebevolle Weise, in einfach klingenden Sätzen, wird von ungeheuren Dingen erzählt. Viele der Geschichten sind feministische Allegorien, so wie die oben erwähnte oder die Erzählung von einer Heirat, bei der die Braut am Anfang buchstäblich dem Bräutigam ihre Hand gibt, das heißt, sie sägt sie ab und schenkt sie ihm. In manchen der Geschichten vollzieht sich die Handlung innerhalb eines realistischen Rahmens, aber der Leser hat oft das Gefühl, dass hinter dem trauten Heim etwas Unheimliches lauert. Obwohl die Geschichten Allegorien sind, gibt Svava ihren Leserinnen und Lesern nur selten einen Schlüssel, der zu ihnen passt.[392] Ihr geht es um die innere Erfahrung der Frauen, die ihre Hauptpersonen sind, und ihr ist, wie Helga Kress es formuliert, der objektive Realismus suspekt, da er nur die traditionelle Sicht der Welt wiedergibt.[393] Insofern ist sie Feministin und Modernistin zugleich und benutzt in ihren Geschichten lieber die Erzählform der Märchen und Fabeln als die des Realismus.

Das gilt auch für ihren ersten Roman, *Leigjandinn* (Der Mieter, 1969). Ein junges Paar wohnt in einer kleinen Wohnung, während sie sich ein Einfamilienhaus bauen, so wie es ein erheblicher Teil der Bevölkerung zu dieser Zeit tat. Eines Tages zieht ein wildfremder Mann bei ihnen ein, richtet sich im Hausflur ein, hilft ihnen das Haus zu bauen, kommt ihnen immer näher, und am Ende ist es, als seien der Mann und der Mieter ein und dieselbe Person geworden. Die Allegorie funktioniert auf mehreren Ebenen: Es geht um die Stellung der Frau, ihren Traum von Freiheit, der sie eigentlich fesselt, und viele deuteten den *Mieter* auch als eine Fabel über den amerikanischen Militärstützpunkt auf Island, der sich still und ruhig die Bevölkerung untertan gemacht habe.

Der zweite und letzte Roman von Svava Jakobsdóttir heißt *Gunnlaðar saga* (Die Saga von Gunnlöd), und erschien 1987. Wieder eine Geschichte auf mehreren Ebenen und mit einer feministischen Botschaft, aber ein bedeutenderer und vielschichtigerer Roman als der *Mieter*, und seit dem Erscheinen Gegenstand mehrerer wissenschaftlicher Arbeiten und vieler Besprechungen, besonders in den nordischen Ländern.

Die Geschichte von der Riesin Gunnlöd, die den Dichtermet, Trunk der Dichtung, bewahrt, bis Odin ihn ihr entlockt, wird von Snorri Sturluson in seiner Edda erzählt, beruht aber auf dem älteren Edda-Lied *Hávamál* (siehe S. 43). Svava Jakobsdóttir versucht sich an einer alternativen Interpretation dieser nicht leicht verständlichen Strophen, derzufolge Gunnlöd die Hohepriesterin einer viel älteren Religion ist, die Snorri entweder nicht gekannt oder missverstanden hat; über ihre eigene Deutung dieser Geschichte schrieb Svava gleichzeitig mit dem Roman auch einen längeren wissenschaftlichen Aufsatz.

Es geht sowohl um die Stellung der Frau in der Gegenwart, als auch darum, wie sie seinerzeit um den Trunk der Dichtung, oder des Lebens, betrogen wurde. Erzählt wird auf beiden zeitlichen Ebenen, die mehr und mehr ineinander übergehen, und auf eine eindringliche Art, die sich bereits in ihren früheren Werken findet, wo die ruhige Erzählstimme einen starken Gegensatz bildet zu den sonderbaren Geschehnissen, die sie beschreibt. In diesem Sinne erinnert Svava an Kafka.[394] Dem Leser mag es stellenweise vorkommen, als nähme sich die Autorin zu viel vor, als wäre der Roman überladen, aber er ist auf jeden Fall ein hochinteressanter Versuch, den Anfang der isländischen Literaturtradition neu und im Sinne des Feminismus zu interpretieren.

Thor, Guðbergur und Svava gelten in der Literaturgeschichte schon lange als eine Art Trio der modernistischen isländischen Prosa. Ich mache daraus lieber ein Quartett und füge die Autorin Jakobína Sigurðardóttir (1918–1994) hinzu, auch sie eine wichtige Erzählerin in der neuen Literatur. Geboren und aufgewachsen war sie nun wirklich in der isoliertesten Gegend Islands, in Hælavík bei Hornstrandir ganz oben im Nordwesten. Zugänglich ist diese Region nur mit dem Boot oder indem man Berge überquert, Autostraßen wurden nie gebaut, und seit mehr als einem halben Jahrhundert wohnt kein Mensch mehr dort. Jakobína hat ihre Kindheit in einem wunderbaren schmalen Buch beschrieben, *Í barndómi* (In der Kindheit, 1994), in dem sie dem längst verlassenen Hof ihrer Familie mit dichterischer Präzision ein Weiterleben gesichert hat. Später wurde sie Bäuerin bei Mývatn in Nordisland, fast ein halbes Jahrhundert lang. Da blieb ihr nicht viel Zeit zum Schreiben, wie ihre Tochter in einem Buch über sie treffend schilderte. Beim Kochen, Waschen, Schrubben und Kühemelken denkt sie unablässig über Literatur nach und kommt höchstens nachts zum Schreiben.[395] All dem zum Trotz verfasste Jakobína Gedichte, Kurzgeschichten und Romane. In ihren Geschichten zeigt sie ein starkes Formbewusstsein, besonders was die Erzählperspektive und die Erzählstimme angeht.

Ihr Roman *Snaran* (Die Flechte, 1968) ist wie ein langer Dialog, von dem wir jedoch nur die Hälfte hören. Ein älterer Arbeiter fegt eine große Fabrikhalle und spricht die ganze Zeit mit einem jüngeren Kollegen, dessen Antworten uns vorenthalten bleiben. Die Erzählstimme ist nicht zuverlässig und manchmal unbequem, aber Jakobína verwendet sie konsequent. Es war die Zeit, als die Isländer ihre ersten Verträge mit internationalen Aluminiumfabriken machten; man baute ein großes Wasserkraftwerk und verkaufte die Energie an den Konzern Alusuisse, der seine Fabrik in der Nähe von Reykjavík 1970 in

Betrieb nahm. Seitdem wurden mehrere weitere solcher Fabriken in Island gebaut; es war unsere Methode, Energie, die mit Wasserkraft produziert wurde, zu verkaufen – und sie war von Anfang an umstritten, wie man sich vorstellen kann.

Das Buch spielt in einer nahen Zukunft, zeigt die Isländer als Lohnsklaven ausländischer Konzerne, die Kritik ist polemisch, und die Idee von der unverdorbenen alten isländischen Gesellschaft lebt im Hintergrund als eine unausgesprochene Alternative zu der Fabrikwelt. In ihrem nächsten Roman, *Lifandi vatnið* (Das lebende Wasser, 1974), geht es auch um einen Arbeiter, der sich im modernen, entfremdeten Stadtleben nicht zurechtfindet und zurückwill, in das Paradies seiner Kindheit auf dem Lande. Doch der Roman zeigt, dass es diesen Weg zurück nicht mehr gibt, die Rückkehr ist unmöglich. Die Erzählweise wechselt zwischen Monolog, Dialog und Erzählung in der dritten Person, jedoch ist auf die Erzählstimme kein Verlass.

Am besten gelingt Jakobína das Spiel mit der Perspektive in ihrem kurzen Roman *Í sama klefa* (In derselben Kabine, 1981). Die Erzählerin, eine Autorin, die ein wichtiges Werk schreiben will, erinnert sich daran, wie sie sich einst auf einer Schiffsreise eine Kabine mit einer Unbekannten teilte und deren Lebensgeschichte zu hören bekam, die wiederum eine Geschichte enthält, die kein Mensch hören will. Diese verschachtelte Erzählung handelt von Liebe, Strafe und Trauer, und der Leser spürt immer mehr, dass es nicht darum geht, was gesagt wird, sondern worüber man schweigt, was nicht gesagt werden darf. Jakobína schreibt über Menschen, die der Sprache oder des Redens über ihr innerstes Leben nicht mächtig sind.[396] Obwohl Jakobína in ihrer Erzählweise den Modernisten nahesteht, zieht sich das Thema von den Wirren der Moderne und der verschollenen alten Welt, das ja die Realisten sehr beschäftigte, durch die meisten ihrer Werke.[397] Ihre jüngere Schwester, Fríða Á. Sigurðardóttir (1940 – 2010), war auch eine gute Autorin und erhielt 1992 den Nordischen Literaturpreis für den Roman *Meðan nóttin líður* (1990), (dt. *Ninas Geschichte*, 2003): Ein erfolgreiche junge Frau muss eine Nacht am Sterbebett ihrer Mutter wachen und sich gleichzeitig schmerzhafte Fragen zu ihrer Herkunft stellen; auch hier geht es um die verschwundene alte Welt und um moderne Menschen, die ihre Wurzeln am liebsten ignorieren.

Manche unserer modernen Autoren teilten die Auffassung der europäischen Avantgarde, dass die realistische Erzählung am Ende sei und nicht die Werkzeuge habe, das Bewusstsein und die Lebenserfahrung der Menschen in den Nachkriegsjahren zu erfassen. Und doch gelingen ihnen am besten die Werke, in denen sie mit neuen Methoden Teile der großen Geschichte Islands im 20. Jahrhundert erzählen, die Geschichte einer Gesellschaft, die, verglichen mit anderen westeuropäischen Ländern, in fünfzig Jahren eine dreihundertjährige Entwicklung durchmachen musste.

Außerhalb gängiger Pfade

> Wenn jemand darauf geachtet hätte, wie sie mich ansahen, kurz bevor ich ging, wie sie sich gegenseitig ansahen, als sie an mir vorbeigingen, hätte er geschlossen – dort ist die Schuldige, die Hure!
> Wie sollten sie mich verstehen können?
> Dort lehnten sie sich an ihre Ehemänner und flüsterten ihnen vertraulich zu, gut aussehend, unbeschwert frisiert und dezent geschminkt. Jede von ihnen hatte nur einen Mann geliebt – nur einen.
> Ich sah aus wie eine Hure und starrte alle Männer gierig an, musste mich an Stühlen festhalten, um nicht auf ihrem Schoß zu landen.[398]

Es waren nicht nur fiktive Personen, die sich in den Wirren der gesellschaftlichen Revolution des 20. Jahrhunderts verirrten. Unzähligen Isländern und Isländerinnen fiel es nicht leicht, sich in dieser neuen Welt zurechtzufinden. Eine von ihnen war Ásta Sigurðardóttir (1930–1971), ausgebildete Lehrerin und gleichzeitig Aktmodell, Autorin und bildende Künstlerin, deren kurzes Leben sagenumwoben war, und vom Alkoholismus überschattet. Sie wurde auf einem kleinen und abgelegenen Hof in Westisland geboren, kam dann mit vierzehn nach Reykjavík und machte eine Ausbildung als Lehrerin, doch sie hatte keine Lust, als eine solche zu arbeiten. Ásta war eine außergewöhnlich talentierte junge Frau und schon sehr früh eine Außenseiterin, wie sie in ihrer ersten und bekanntesten Kurzgeschichte, »Sunnudagskvöld til mánudagsmorguns« (Sonntagabend bis Montagmorgen), deren Anfang hier oben zitiert wurde, so gut beschrieb. Die Geschichte erschien 1951 in einer Zeitschrift und handelt, wie auch ihre späteren Erzählungen, von Themen, die damals zum großen Teil tabu waren: Gewalt gegen Frauen und Kinder, Vergewaltigungen, Abtreibungen, Trunksucht und Armut.[399] Man kannte sie von Reykjavíks Straßen, ihr Gesicht strahlte eine außergewöhnliche Schönheit und Leidenschaft aus, und als herauskam, dass sie Nacktmodell auf der Kunstschule war, kann man sich das Gerede in der Kleinstadt vorstellen.

Ásta zeichnete, arbeitete mit Grafik und Keramik, schrieb Gedichte und Kurzgeschichten, aber ihre gesammelten Werke füllen nur ein Buch. Sie wurde Teil des Kreises um die Atomdichter, deren Lebensstil auch stadtbekannt war, und dort lernte sie den acht Jahre jüngeren Dichter Þorsteinn frá Hamri (1938–2018) kennen. Mit ihm bekam sie fünf Kinder, ein weiteres hatte sie schon vorher gehabt. Es gelang ihr nie, ein geordnetes Familienleben zu führen, die Kinder wurden mehrere Male anderweitig untergebracht, sie trank wohl unablässig, ließ sich scheiden und heiratete noch mal und erlag letztlich ihrer Sucht. Über Ásta ist viel geschrieben worden, darunter eine Biografie und ein Theaterstück, und ein Vergleich mit der dänischen Autorin Tove Ditlevsen ist in manchem naheliegend. War sie ein Opfer der gesellschaftlichen Umstände oder der Sucht? Sicher ist, dass man sich kein romantisches Bild von ihrem späteren Leben machen sollte, aber gewiss ist auch, dass keine Autorin so gut die Rolle einer Außenseiterin in den Fünfzigerjahren in Reykjavík beschrieben hat.

Eine der Frauen, die ab und zu versuchte, Ásta im Chaos ihres Daseins unter die Arme zu greifen, und sei es nur, indem sie Milch einkaufte oder die Wohnung aufräumte, war die deutsch-isländische Dichterin Helga M. Novak (1935–2013).[400] Geboren in Berlin, fing sie 1954 ein Studium in Leipzig an. Dort lernte sie einige isländische Studenten kennen und schrieb über sie ein paar, wohl vollkommen nutzlose, Berichte für die Stasi, wie sie 1991 einräumte. Mit einem der Isländer floh sie Ende 1957 nach Island, wo sie auf Ásta und ihren Kreis traf, und in Reykjavík gab sie im Eigenverlag ihre ersten Gedichte heraus, *Ostdeutsch* (1963). In »Traum des Emigranten« finden sich diese Zeilen, prophetisch, was ihr eigenes Leben betrifft:

> Der Emigrant
> schreibt Gedichte und macht
> Weltverbesserungspläne
> das Vaterland winkt schon.[401]

Helga heiratete in Island und bekam zwei Kinder. Sie dichtete, webte Teppiche und arbeitete in einer Fischereifabrik. Die Ehe währte nicht lange, und ihr Leben blieb rastlos. Einer ihrer Liebhaber, der sie zum Schreiben ermutigte, war Dagur Sigurðarson (1937–1994), ebenfalls ein Dichter und Außenseiter. Meine Schwiegermutter erinnert sich noch an die beiden, wie sie barfuß und rauchend auf der Treppe vor dem Café Mokka saßen, das damals als Treffpunkt der Lyriker galt. Schon diese kleine Geste genügte, um die kleinbürgerlichen Bewohner von Reykjavík aufzuschrecken. So steht es auch in dem Gedicht von Dagur, »Elemente«:

Du und ich
wir sind die Elemente
Ich saß zu deinen Füßen
Die Zigarette
steif zwischen meinen Fingern
war ein Leuchtturm, und ich
ein Seeungeheuer [402]

Dagur und Helga unternahmen später eine Reise nach Italien, mehr oder wenig zu Fuß von Deutschland aus, ohne Geld und Plan, und mussten zum Schluss um Essen und Zigaretten betteln. 1965 kehrte Helga in die DDR zurück, wo ihr aber im Jahr darauf wegen des Verteilens von regimekritischen Texten die Staatsbürgerschaft aberkannt wurde; sie erhielt daraufhin die isländische Staatsbürgerschaft. Sie beschreibt diese Jahre in ihrem dritten und letzten autobiografischen Roman, *Im Schwanenhals* (2013). Helga Novak könnte wohl als eine schwierige Persönlichkeit bezeichnet werden. Sie schenkte ihren Kindern nicht viel Aufmerksamkeit, kämpfte mit Alkoholproblemen und war und blieb eine Außenseiterin – sowohl in der isländischen als auch in der deutschen Literatur. Aber sie war eine großartige Autorin.

Þorsteinn frá Hamri, Vater von fünf von Ástas Kindern, wurde einer der anerkanntesten Dichter Islands, einer von denen, die sowohl die alte Tradition als auch die neue Form vollkommen beherrschten, und kein Außenseiter wie Ásta. Er schrieb auch Prosa, und einer seiner Texte, der sein Traditionsbewusstsein und seine persönliche Sicht gut zeigt, wurde auf die sogenannte Gastrolle vom isländischen Gastlandauftritt auf der Buchmesse in Frankfurt 2011 eingraviert:

> Meine Mutter war arm und konnte mir nichts geben außer Poesie, das war alles, was sie besaß und kannte, ein Erbe von unzähligen vergessenen Müttern und Großmüttern aus vergessenen Tälern und Fjorden; Gedichte und Strophen, die der Wind verfasst zu haben schien, ein anderer Autor war nur selten genannt, außer man wollte sie Fischen oder Vögeln zuschreiben, das war vielleicht noch erlaubt, mehr aber auch nicht. Als die Frauen damals in unseren fernen Heimatländern mit ihren Taschentüchern den zurückkehrenden Seemännern zuwinkten, trug der Wind ihnen diese Gedichte über das Meer heran, die Strophen setzten sich in den hintersten Winkeln ihrer Köpfe und Bauernhöfe fest und summten in den Wäscheständern, wenn dort wetterfeste Lederkleidung zum Trocknen hing. Dann wurden die Strophen von Kindern entdeckt, die mit ihnen spielten, bis sie sich vielleicht durch Zufall in Muscheln wieder anfanden als alle schon dachten, sie wären verloren und waren nun Dinge geworden, sichtbare, verwitterte, formfeste Wunderdinge, die Reisende nach Kräften versuchten zu sammeln und zu stehlen, bei sich zu haben und zu zeigen. So entdeckt die Welt manchmal die Fjorde und Täler einer fernen Insel und tut wohl daran.[403]

Þorsteinn wurde ein guter Freund, aber über seine Jahre mit Ásta sprach er nie mit mir.

Die Einzelgänger und Außenseiter der isländischen Literatur können hier nicht alle aufgezählt werden, aber genannt werden soll auch Steinar Sigurjónsson (1928–1992), der besonders in den Sechzigerjahren wesentlich zur neuen Prosa beitrug. Er war gelernter Buchdrucker, widmete sich aber dem Schreiben;

ein Rebell, der Slang und Umgangssprache in seine Prosa einfließen ließ und seine eigene Rechtschreibung, der Aussprache folgend, verwendete. In seinen frühen Büchern war er etwas so Seltenes wie ein proletarischer Modernist. Mit acht Jahren entkam Steinar knapp dem Tod durch Ertrinken, wurde im letzten Augenblick gerettet, und seitdem sah er sein Leben gespalten zwischen dem, der ertrank und dem, der überlebte, zwischen dem Künstler und dem Bürger: »Ich weiß nicht«, sagte er mal in einem Interview, »ob wir je zusammengefunden haben, ich und der, der ertrank. Der Bürger Steinar war immer hinterwälderisch. In schweren Zeiten hat er den anderen oft um Hilfe gebeten. Aber dem anderen ist der Bürger vollkommen egal. Weder versteht er ihn, noch interessiert er sich für ihn. Und umgekehrt.«[404] Der Zwiespalt der Boheme im modernen Zeitalter wurde wohl kaum besser zusammengefasst.

Die Lust am Fabulieren

An einem regenschweren Nachmittag,
per Schiff aus einem weitgereisten Traum,
kam der Geschichtenerzähler Homer nach Reykjavík.
Er verließ die Anlegestelle
und nahm sich ein Taxi, das ihn
durch regengraue Straßen fuhr,
trostlose Häuser glitten an ihnen vorbei.
An einer Kreuzung wandte sich der Geschichtenerzähler
Homer
dem Fahrer zu und sagte:
»Kaum vorstellbar,
dass hier in dieser regengrauen
Eintönigkeit ein Sagenvolk lebt!«
»Aber genau das ist der Grund«, erwiderte der Fahrer,
»nie sehnt man sich so sehr nach
einer guten Geschichte wie dann, wenn Regentropfen
gegen die Scheiben prasseln.«

Einar Már Guðmundsson, aus »Der Geschichtenerzähler Homer«[405]

Abgesehen von der Sporthalle in Laugardalur war der größte Saal für kulturelle Ereignisse in Island lange das Universitätskino, Háskólabíó. Hier spielte das Symphonieorchester, bis die

Konzerthalle Harpa 2011 öffnete, hier fanden Konzerte ausländischer Stars statt, hier übergab die dänische Regierung die alten Handschriften wieder den Isländern. Und am 17. Januar 1976 war das Universitätskino der Rahmen für eine bahnbrechende literarische Lesung. Sieben Autoren und eine Autorin lasen aus ihren Werken. Alle, mit Ausnahme von Guðbergur Bergsson, der auch mit dabei war, gehörten zu einer neuen Generation, bisher waren nur wenige Bücher von ihnen erschienen, aber fast alle haben seitdem die isländische Literatur geprägt. Sie nannten sich »Listaskáldin vondu«, die schlechten Kunstpoeten, ein Verweis auf den Nationaldichter Jónas Hallgrímsson, der oft »der gute Kunstpoet« genannt wurde. Das Besondere an dieser Lesung waren nicht unbedingt die Leute, die auftraten, sondern das Publikum: Der Saal für eintausend Menschen war randvoll. Eine so gut besuchte Lesung junger Dichter hatte man in Island noch nie erlebt. Es bewegte sich etwas.

In den Sechzigerjahren regierte in Island, was man in Deutschland eine Große Koalition nennen würde, bestehend aus der Unabhängigkeitspartei und den Sozialdemokraten, die jedoch keine große Partei waren, da die linke Wählerschaft zwischen ihnen und den Sozialisten, den Nachfolgern der Kommunisten, gespalten war. Im Nachhinein wird deutlich, dass diese Regierung einige wichtige Änderungen, besonders im wirtschaftlichen und im kulturellen Bereich, zustande brachte. Aber für viele jüngere Leute war sie nur eine Verlängerung des öden Status quo, da sie es nicht verstand, in dieser vom Kalten Krieg geprägten Gesellschaft ordentlich durchzulüften. Um 1970 veränderte sich unter Einfluss der Proteste gegen den Vietnamkrieg und der Studentenrevolte in Europa auch die größte

Protestbewegung in Island, die Front gegen den amerikanischen Militärstützpunkt. Sie bestand nicht mehr nur aus Altkommunisten, Patrioten und Nationalisten unterschiedlicher Prägung, sondern es kamen viele junge Menschen hinzu, deren politisches Gedankengut von der internationalen Entwicklung geformt war. Zur selben Zeit erschienen auch mehrere Prosawerke, die vom skandinavischen Neorealismus geprägt waren, oft mit einer klaren politischen Botschaft, während die Fantasie und der Humor sich in Grenzen hielten.

Im letzten Viertel des 20. Jahrhunderts kamen Autorinnen und Autoren zu Wort, die nicht Kinder der großen Erzählung des Jahrhunderts waren, der Volkswanderung vom Lande in die Stadt, sondern in der Stadt aufgewachsen waren. Sie blickten nicht vom Land auf die Stadt oder umgekehrt, sondern fanden ihre Perspektive innerhalb der modernen, urbanen Kultur. Für einige von ihnen war der neue Realismus ihr Ausgangspunkt, und nicht der Modernismus, aber ihre Erzählweise ist spielerischer, humorvoller als der Sozialrealismus, und – was die Lesung im Kino bezeugte – sie erreichte sehr viele Leser. Einer der Autoren, die dort auftraten, war Pétur Gunnarsson (geb. 1947), dessen erster Roman, *punktur punktur komma strik* (dt. *punkt punkt komma strich*, 2011), im selben Jahr erschien. Es ist die Geschichte einer Kindheit in Reykjavík in den Nachkriegsjahren, erzählt in vielen Miniaturbildern. Manchmal wirkt es so, als würde der Autor mit einer Lupe die einzelnen Szenen betrachten, und dann zieht er sich plötzlich zurück, sieht alles aus einer gesellschaftskritischen Perspektive, in die er auch das Weltgeschehen mit einbezieht.[406] Das Leben in Reykjavík besteht auch für ihn aus zwei Welten, der verlockenden amerikanischen Massenkultur und der altmodischen isländischen »Wir kamen gerade vom Lande«-Kultur. Sein Humor nährt sich aus dem überraschenden Wechsel zwischen diesen Perspektiven, aber auch aus seinem Spiel mit abgedroschenen Phrasen und Klischees; wie Pétur einmal sagte, als er gefragt wurde, wo seine Geschichten spielten: in den Wörtern.[407]

Es ist dieser neue, erfrischende Blick, der Péturs erste Bücher kennzeichnet und den man schon in seinen ersten Gedichten spürt. Sie erschienen 1973 in dem Band *Splunkunýr dagur* (Ein nagelneuer Tag), wo sich unter anderem diese Zeilen finden:

> was die erde betrifft
> beginnen alle tage schön

und

> jeder tag
> ist eines der sieben weltwunder [408]

Der *punkt* wurde ein Bestseller, wie man ihn selten gesehen hatte auf dem isländischen Buchmarkt. Aber das Spielerische an diesem Roman sollte nicht über die literarische Ambition hinwegtäuschen. Pétur studierte in Frankreich, hat unter anderem sowohl Proust als auch Flaubert übersetzt und in späteren Jahren höchst interessante Werke über seine Schriftstellerkollegen Þórbergur Þórðarson und Halldór Laxness geschrieben.

Der *punkt* markierte den Anfang einer Tetralogie über die Hauptperson Andri, teils Bildungsgeschichte und Künstlerroman, teils auch ein Versuch über das Dilemma des Erzählens: Während man sich als Künstler oder Autor bildet, entfernt man sich von der Voraussetzung einer jeden guten Erzählung, und zwar dem immer neuen Blick des Kindes. Die Welt ist nur neu, solange unsere Erfahrung sie nicht verschmutzt hat.[409]

Die einzige Autorin in der Kino-Gruppe war Steinunn Sigurðardóttir (geb. 1950), die schon mit neunzehn ihren ersten Gedichtband veröffentlicht hatte. Auch sie hat viel Spielerisches, Ironisches in ihren Versen, und das gilt nicht minder für ihre Prosa. Ihren Durchbruch hatte sie 1986 mit ihrem ersten Roman, *Tímaþjófurinn* (dt. *Der Zeitdieb*, 1997), der später sogar in Frankreich verfilmt wurde. Es stimmt, dass man bei ihr wie bei Pétur eine Abkehr vom strengen Modernismus sieht und dass sie beide humorvoll und unterhaltend erzählen. Es ist jedoch keine Rückkehr zu einer mündlichen Erzähltradition. Steinunns Prosa scheut nicht den Einsatz von lyrischen Passagen, sie ist ironisch und voller Anspielungen. Man könnte Steinunn eine, im besten Sinne des Wortes, aristokratische Autorin nennen, denn alles Banale und Billige in unserer Kultur ist ihr zuwider. *Der Zeitdieb* ist eine Liebesgeschichte im Geiste Flauberts, die Hauptperson Alda liebt den Liebeskummer, und desto schlimmer der Herzschmerz, desto lyrischer ist der Text, doch ohne Sentimentalität, bis die Erzählstimme die Verbindung zur Wirklichkeit vollends verliert.[410]

Steinunn schreibt in einem oft selbstreflexiven Stil, Metafiktion im Geiste der modernen Literatur, aber sieht es auch als ihre Rolle, den Leser zu unterhalten, ihn oder sie mit auf ihre Expeditionen in die Gebiete der Liebe zu nehmen. Mit den Jahren sind ihr manche Anliegen wichtiger geworden, besonders die des Feminismus und der Umweltbewegung. Ihre Bandbreite als Erzählerin findet man in ihrem Roman *Hjartastaður* (1995), (dt. *Herzort*, 2001): Ein Roman als Reisebuch, über eine Mutter, die ihre Tochter mit sich nach Ostisland nimmt, an den Ort, aus dem sie selbst stammt, eigentlich, um die Tochter aus deren schlechtem Umfeld in Reykjavík zu retten und ihr gleichzeitig zu ermöglichen, ihre Wurzeln kennenzulernen. Die Flucht der Mutter aus der Stadt, gemeinsam mit ihrer Tochter und einer Freundin, die das Auto fährt, wird aber keine Reise zurück an die Quellen der wahren Kultur, wie man zunächst meinen könnte, sondern eine mit vielen Hindernissen gespickte Entdeckungsfahrt der Mutter in ihr eigenes Inneres, ihre eigene Herkunft. Während der Fahrt gleiten im Hintergrund viele der eindrucksvollsten Gletscher und Vulkane Islands vorbei, als wäre man in einem Film. Ein sehr gelungenes Buch über die Beziehung zwischen Mutter und Tochter, ein Thema, das inzwischen immer mehr Künstler und Künstlerinnen beschäftigt.

Bei Steinunn Sigurðardóttir findet man, sowohl in ihrem Leben als auch in ihrer Dichtung, die Spaltung zwischen der Isländerin und der Weltbürgerin. Sie hat lange im Ausland gelebt, in Frankreich, aber auch in Deutschland, und hat – das ist für isländische Schriftsteller ungewöhnlich – auch einen Roman geschrieben, der ganz im Ausland spielt. Der Schauplatz von *Jójó* (2011), (dt. *Jojo*, 2014), ist Berlin, die Hauptpersonen stammen aus Deutschland und aus Frankreich, und das Thema ist, wie öfter bei Steinunn, Betrug und Verrat. Steinunn wurde vielfach übersetzt und bewegt sich weiterhin spielend zwischen den verschiedenen Gattungen der Literatur.

> Es war einmal eine Stadt, wo keine zwei Menschen dieselbe Sprache sprachen. Trotzdem verstand jeder jeden, und alle lebten in Frieden und Eintracht zusammen. Es fiel auf, wie fröhlich, herzlich und – so unglaublich es klingen mag – gesprächig die Einwohner waren.[411]

So fängt die Kurzgeschichte »Der Klang der Wörter« von Þórarinn Eldjárn (geb. 1949) an. Obwohl sie damals als Gruppe auftraten, waren die »schlechten Kunstpoeten« höchst unterschiedlich als Autoren. Aber sie alle waren und sind sehr produktiv, und das gilt auch für Þórarinn, der vor allem für seine Kurzgeschichten bekannt ist, aber auch Romane, Gedichte und Kinderbücher geschrieben und viele wichtige Werke aus dem Englischen und den nordischen Sprachen übersetzt hat. Þórarinn zeichnet ebenso wie Pétur und Steinunn ein außergewöhnliches sprachliches und sicheres handwerkliches Können aus. In diesem Sinne stehen sie der älteren Generation von Autorinnen und Autoren nahe, für die es besonders wichtig war, die isländische Sprache meisterhaft zu beherrschen und unsere literarische Tradition zu würdigen.

Das tat Þórarinn wie kaum ein anderer, nicht zuletzt die isländische Versform, die er buchstäblich zu neuem Leben erweckte. Seine erste Gedichtsammlung, *Kvæði*, ließ er 1974 auf eigene Kosten drucken, von der Form her ist sie vollkommen traditionell, mit Endreim und Stabreim und allem, was dazugehört. Aber es geht um moderne Themen, darunter auch gesellschaftskritische, um Bilder aus der Kindheit, um Literatur, von Kinderbüchern bis zu den Sagas. Þórarinn scheute keinen Witz und kein Wortspiel, und bereits im Erscheinungsjahr musste er drei Neuauflagen in Auftrag geben. In den Siebzigerjahren erschienen erstaunlich viele Gedichtsammlungen in Eigenausgabe, aber keine erfreute sich einer vergleichbaren Popularität – das gilt selbst für die Lyriksammlungen, die bei den Verlagen herauskamen. Vier Jahre später erschien seine zweite Sammlung, die eine Ríma war (siehe S. 125), ganz den strikten Regeln eines solchen Langgedichtes folgte und das Leben und

Werk Walt Disneys in sechs Teilen erzählte, jeder davon in einer anderen Versform verfasst. Wahrhaft ein originelles Werk: Eine epische Ríma ganz im Geiste einer siebenhundert Jahre alten Tradition von Reimen über Saga-Helden oder Ritter, thematisch aber ein Werk über Kunst und Kapital im 20. Jahrhundert.

So geht Þórarinn meistens zu Werke als Autor: Er vereint Tradition und Modernität, Witz und Tragik, Realismus und Fantasie. Wenn es einen roten Faden bei ihm gibt, ist es »das Isländische«, sei es von der Form oder dem Thema her. Das sieht man auch in seinem meistübersetzten Werk, dem historischen Roman *Brotahöfuð* (1996), (dt. *Im Blauturm*, 2012). Eigentlich bedeutet *brotahöfuð* so etwas wie zersplitterter Kopf, was gut zu dem Protagonisten passt, der, während er im Blauturm, dem berüchtigten Gefängnis von Kopenhagen, sitzt, in Gedanken mit seinen Gegnern abrechnet und gleichzeitig versucht, die Bruchstücke seines Lebens zusammenzufügen. Das Vorbild der Hauptperson ist der isländische Gelehrte Guðmundur Andrésson (um 1615–1654). Er war ein armer Junge vom Lande, der das Glück hatte, auf eine Bischofsschule zu kommen, sich aber zeitlebens mit den herrschenden Mächten, den weltlichen wie den geistigen, schwertat. So schrieb er, im Namen der Gerechtigkeit, einen Aufsatz, in dem er die Gesetzgebung gegen Unzucht und Hurerei (siehe S. 167) scharf kritisierte, unter dem treffenden Titel »Discursus oppositionis«, wofür man ihn nach Dänemark schaffte und ins Gefängnis steckte. Guðmundur war selbst auch ein Dichter und verkörperte so die isländische Tradition gegenüber der ausländischen Macht, aber er befand sich an der Grenze zwischen dem Puritanismus und dem neuen Humanismus.

Dieses Motiv des Grenzgängers passt gut zu Þórarinn als

Autor, und es findet sich auch in einem weiteren seiner historischen Romane, *Baróninn* (Der Baron, 2004). Es ist die tragische, auf wahren Begebenheiten beruhende Erzählung von einem französischen Baron, der um die Jahrhundertwende 1900 den Versuch unternahm, Großbauer zu werden in diesem Land, das nie einen eigentlichen Landadel gesehen hatte. Wie der Kritiker Gauti Kristmannsson zusammenfasst: »Er war nicht der rechte Mann zur rechten Zeit, sondern betrat eine in ihren uralten Traditionen erstarrte isländische Bauerngesellschaft, die für einen Mann mit solchen Visionen, wie es der Baron war, nicht bereit war.«[412] Der Leser erkennt unschwer, wie primitiv das Land noch war und wie sehr sich ausländische Gäste in ihren romantischen Vorstellungen irren konnten.

Nicht zuletzt sind es aber die Kurzgeschichten, die Þórarinn als Autor auszeichnen. Hier kommen sein Witz, sein Spiel mit Zweideutigkeit, seine moderne Interpretation alter Volkssagen zu ihrem Recht. Eine Sammlung von ihnen erschien 2011 auf Deutsch: *Die glücklichste Nation unter der Sonne. Geschichten aus Island.*

Diese Autoren wurden manchmal, eher herablassend, als die »witzige Generation« bezeichnet. Þórarinn Eldjárn konterte in einem Interview, dass dies immerhin besser sei, als Generation ohne Witz bezeichnet zu werden. Aber mit ihnen kehrte das Erzählende in die sogenannte seriöse Literatur zurück, und das in einer großen Bandbreite. Aus der gleichen Generation stammt zum Beispiel der Autor Ólafur Gunnarsson (geb. 1948), der zwar zunächst einen sehr humoristischen Roman über einen vollkommen schrägen Großhändler schrieb (*Milljón prósent menn*, Million Prozent Männer, 1978), dessen Hauptwerke aber von einer moralischen Wucht im Sinne Dostojewskis geprägt sind. *Tröllakirkja* (1992), (dt. *Niemand wie ich*, 2004), handelt von dem Architekten Sigurbjörn Helgason, der im Nachkriegs-Reykjavík das erste moderne Kaufhaus mit Rolltreppe und anderem Luxus bauen will und dafür alles – auch die Existenz seiner Familie – aufs Spiel setzt, und der dann erleben muss, dass sein junger Sohn auf der Baustelle vergewaltigt wird. In der Fortsetzung nehmen Rachegefühle und eine gewisse Hybris Besitz von Sigurbjörn, oder wie eine deutsche Rezensentin schrieb, »sein Eifer wird zur Verbissenheit, seine Risikofreude zur Selbstüberschätzung, seine Vision zur fixen Idee.«[413] Ólafur hat auch einen breit angelegten historischen Roman über den letzten katholischen Bischof, Jón Arason, geschrieben (*Öxin og jörðin*, 2003, siehe S. 141), der ihm – der selbst katholisch ist – den Isländischen Literaturpreis einbrachte.

Romane über Reykjavík, nun gab es sie, ohne dass es darum ging zu zeigen, welcher moralische Sumpf die Stadt sei im Vergleich zum bäuerlichen Leben. Zwei jüngere Autoren setzten diesen neuen Trend bald fort mit wunderbaren Reykjavík-Erzählungen. Sie fanden ihre Perspektive innerhalb der Stadt, oder präziser gesagt: Sie konstruierten ihre eigenen »Dörfer« mitten in Reykjavík. Einar Már Guðmundsson (geb. 1954) erreichte seinen Durchbruch mit seinem ersten Buch, *Riddarar hringstigans* (1982), (dt. *Die Ritter der runden Treppe*, 1988). Er schilderte, mit viel Lust am Fabulieren, die Abenteuer einiger Jungs, die aufwuchsen in einem Viertel, das gerade gebaut wurde.

Das kannte man in Island: Die Stadt wuchs sehr schnell, die Familienväter schufteten von morgens bis abends, um sich eine Wohnung leisten zu können oder ein eigenes Haus zu bauen, die Mütter hatten noch mehr Pflichten und kümmerten sich dazu noch meistens allein um die Kinder. Einar Már hatte vor diesem Roman schon drei Gedichtsammlungen herausgegeben, die er selbst mit so viel Elan verkaufte, dass kein Mensch in der Stadt vor ihm sicher war. Sie sind anarchistisch und voll von unberechenbarem Humor, oder wie der Literaturwissenschaftler Jón Yngvi Jóhannsson es formulierte: »Er füllte die Form der Modernisten mit Umgangssprache, Slang, Grobheit und spickte sie mit Anspielungen auf Rocktexte, politischen Diskurs sowie klassische Literatur.«[414]

Das Gleiche tat er in seiner Prosa; Alltagsrealismus wurde mit literarischer Fantasie aufgemischt, und immer wieder stieß der Leser auf unerwartete Anspielungen. Einar Már ist ein sehr bewusster Geschichtenerzähler, wie auch das Zitat über Homer am Anfang dieses Kapitels zeigt. Wie er einst in einem Zeitungsinterview sagte: »Während man in den Konferenzsälen Resolutionen über den Tod des Romans verabschiedet, geschehen die Geschichten überall rund um uns.«[415] Wie viele Autoren seiner Generation hat ihn die südamerikanische Literatur fasziniert, und der Einfluss *Der Blechtrommel* von Grass in den *Rittern* ist unübersehbar. Der Erzähler ist Kind und erwachsen zugleich, in diesem modernen Bildungsroman mit tragischem Twist, wo die Hauptperson zuletzt gelernt hat, dass auch kleine Jungen sterben können.

Der bekannteste Roman von Einar Már Guðmundsson heißt *Englar alheimsins* (1993), (dt. *Die Engel des Universums*, 1998), und wurde mit dem Nordischen Literaturpreis ausgezeichnet und in zahlreiche Sprachen übersetzt. Auch dieses Buch ist eine unglaublich komische Erzählung über ein tragisches Thema, die Grenze zwischen Wirklichkeit und Wahn, wobei Einar Már die Geschichte seines Bruders, der schizophren war, als Vorbild gebrauchte. Wie in den meisten seiner Bücher spielt Einar Már hier mit der Metafiktion, das Erzählen an sich wird thematisiert. Páll ist gleichzeitig die Hauptperson des Buches und der Erzähler, der nach seinem eigenen Tode die Geschichte seines Lebens mit dieser Krankheit erzählt. Es verschwimmen die Grenzen zwischen Wahrheit und Wahn, dem Geisteskranken und den Gesunden, Wirklichkeit und Fantasie. Zugleich hat der Roman eine gesellschaftliche Dimension: Páll ist am 30. März 1949 geboren, dem Tag, als Island der NATO beitrat, dem Tag der größten Proteste, die Island je gesehen hatte, seitdem war die isländische Gesellschaft über dieses Thema tief gespalten. Die Schizophrenie ist sowohl individuell als auch politisch.

Trotz dieser ernsten Themen sind *Die Engel des Universums* immer wieder sehr komisch. Der Realismus von Einar Már ist der eines Zirkusclowns; er unterhält uns, gaukelt uns etwas vor – was dann vielleicht doch wahr ist. Einar Már hat seitdem zahlreiche Romane, Gedichtsammlungen und Kurzgeschichten herausgegeben und ist viel übersetzt, besonders in Dänemark (immer wieder Dänemark!), wo sogar seine gesammelten Werke verlegt werden. Viele seiner Romane haben einen historischen Kern; Einar Már hat einen Zyklus über das Leben einer Familie in den Zwischenkriegsjahren verfasst, aber hat sich auch mit dem 18. und 19. Jahrhundert befasst (siehe S. 215), und spielt dann oft mit dem Anachronismus, der entsteht, wenn ein moderner Erzähler von längst vergangenen Zeiten berichtet. Es sind Romane über historische Themen, mehr als historische Romane im eigentlichen Sinne. Stellenweise kann die Erzählweise jedoch umständlich wirken, der Leser wünscht sich, der Autor möge zur Sache kommen, während der sich absichtlich zurückhält und erklärt, wie er uns gerade etwas erzählt.

Ein anderer Schriftsteller, der sich ein Dorf in der Stadt

baute, um von dort aus Geschichten über sie zu erzählen, ist Einar Kárason (geb. 1955). Das tat er in den bereits erwähnten Romanen *Die Teufelsinsel* und *Die Goldinsel*, die ihren Ausgangspunkt im Leben einer Familie in einem Barackenviertel in Reykjavík Mitte der Fünfzigerjahre haben. Der Clash zwischen dem alten Island und der amerikanischen Massenkultur wird, ganz anders als im traditionellen isländischen Realismus, mit solch einer Lust erzählt und mit so viel inkorrektem Spaß, dass man sich über die Beliebtheit der Werke nicht zu wundern braucht. Einar Kárason ist, wie sein Freund und Namensbruder Einar Már, ein produktiver Autor und gewiefter Erzähler, aber anstatt von Grass oder García Márquez holt er sich seine Nahrung aus der klassischen isländischen Literatur und der mündlichen Erzählweise und richtet seinen Fokus im Besonderen auf die Personenbeschreibungen. Und auch bei ihm zeigt sich, was die isländische Literatur von den Sagas bis zu Laxness charakterisiert, nämlich dass die Charaktere dem Plot vorgezogen werden. So manche fiktive Person, wie Bjartur in Laxness' *Sein eigener Herr*, ist den Isländern längst zu einem festen Begriff geworden, und das gilt auch für einige von Einars Figuren, wie zum Beispiel die Hellseherin Karolina; immer wieder meinen vor allem ältere Leser, sie persönlich gekannt zu haben.

Einar Kárasons Rahmen für solche Schilderungen war der Familienroman; er erzählte Geschichten von eigenwilligen Personen, die zum Zusammenleben verdammt waren, nicht nur in der Barackentrilogie, sondern auch in einem anderen Zyklus, dessen Auftakt der Roman *Heimskra manna ráð* (1992), (dt. *Törichter Männer Rat*, 1998) war. Aber ein produktiver Autor kann sich nicht immer in seinem Macondo aufhalten, er braucht neue Herausforderungen, und um die Jahrtausendwende begann Einar Kárason, sich mit der *Sturlungen Saga* zu beschäftigen (siehe S. 88). In diesen Büchern gelingt Einar etwas Seltenes in der isländischen Literatur, nämlich den klassischen Sagastoff zeitgemäß zu bearbeiten, die bekannten Geschichten aus einer modernen Sichtweise zu erzählen. Er tut das, indem er immer wieder die erzählende Person und somit die Perspektive wechselt, wodurch die objektive Erzählweise der Sagas einer besonderen Subjektivität weicht. Wir erleben diese Personen, als wären sie unsere Zeitgenossen, und somit werden die brutalen Geschehnisse uns noch nähergebracht. Es passt gut zu diesem Projekt, dass Einar auch des Öfteren als mündlicher Erzähler auftritt und seinen Zuhörern zum Beispiel die *Njáls Saga* in zwei Stunden erzählt.

In den letzten Jahren hat Einar zunehmend mit der strengeren Form der Novelle gearbeitet, in der er seine Personen, im Geiste Hemingways (*The Old Man and the Sea*), den katastrophalen Kräften der Natur aussetzt. Im Grunde ein sehr isländisches Thema, der Mensch an der äußersten Grenze der Zivilisation. Besonders mit *Stormfuglar* (2018), (dt. *Sturmvögel*, 2021), ist Einar ein packendes Werk gelungen über den Überlebenskampf einer Mannschaft auf einem Trawler in einem unerbittlichen Sturm vor Neufundland. Seine neueste Novelle, *Heimsmeistarinn* (Der Weltmeister, 2023) erzählt die ergreifende Geschichte des paranoiden Schachgenies Bobby Fischer, der seine letzten Jahre im Exil in Island verbrachte.

Zurück zu den Siebziger- und Achtzigerjahren: In Personen wie Andri bei Pétur Gunnarsson, Alda bei Steinunn, Jóhann bei Einar Már, Baddi bei Einar Kárason oder den großartigen Zwillingen Jón Oddur und Jón Bjarni bei der Kinderbuchautorin Guðrún Helgadóttir (siehe S. 443) fanden sich junge Leser wieder, und das merkte man auf dem Buchmarkt. Gerade hatte man gedacht, die erzählende Literatur würde nun endgültig in verstaubten Regalen hinter dem Fernseher und Videogerät verschwinden, da war sie wieder äußerst präsent. Im letzten Viertel des 20. Jahrhunderts erlebte der Buchmarkt in Island ein größeres Wachstum als im gesamten Jahrhundert davor. 1975 erschienen, laut Statistik der Nationalbibliothek, 514 Titel auf Isländisch, 1999 waren es 1232.[416] Das war natürlich nicht alles der Lesung im Universitätskino zu verdanken, aber sie markierte diese Wende. Nun kamen isländische Romane plötzlich auf die Bestsellerliste, wo Alistair MacLean mit seinen Krimis jahrelang den ersten Platz belegt hatte. Im Jahr 1975 wurde zudem vom Althing ein Gesetz über die Förderung von Künstlern verabschiedet, das mehr Autorinnen und Autoren ermöglichte, sich vollends dem Schreiben zu widmen. Auch sollte man nicht vergessen, dass der Offsetdruck die Produktion von Büchern preiswerter machte. Man fand neue Verkaufswege, gründete immer neue Buchclubs; Taschenbücher hatte es bis dahin auf Island kaum gegeben (wer verschenkte die schon zu Weihnachten?), und neue Bücher wurden sogar mit Fernsehreklamen vorgestellt. Es wurden Verkaufszahlen erreicht, wie man sie bis dahin nicht gekannt hatte; ein Bestseller konnte vor Weihnachten die Zehntausendermarke erreichen. Der Literatur eröffnete sich ein weites Feld, und viele neue Stimmen wurden gehört.

Dornröschen wacht auf

Wach auf, Dornröschen
nimm Aschenputtel an der Hand
grinse alt und schneide dem Prinzen Grimassen
nimm Aschenputtel an der Hand
und schneide ihr
schneide ihr
die Ferse ab

Vigdís Grímsdóttir[417]

In diesen Jahren änderte sich die isländische Gesellschaft von Grund auf. 1975 fand am Tag der Vereinten Nationen, dem 24. Oktober, der erste isländische Frauenstreik statt. Man forderte gleichen Lohn für gleiche Arbeit, und etwa 90 Prozent der isländischen Frauen nahmen teil, 25 000 versammelten sich zu einer Demonstration in Reykjavík. Seitdem wurde dieser Frauentag oft wiederholt, um gleichen Lohn zu fordern, und inzwischen ist der Lohnunterschied zwischen den Geschlechtern in wenigen Ländern so klein wie hier – aber trotzdem noch vorhanden und zu groß.

Bevor es dazu kam, hatte die Bewegung der roten Strümpfe, wie sie sich nannte, mit diversen Happenings und anderen ungewöhnlichen Methoden für die Rechte der Frauen gekämpft. 1980 wählten die Isländer dann als erstes Land der Welt eine Frau zum Staatsoberhaupt, Vigdís Finnbogadóttir. Zwei Jahre später gab es Frauenlisten bei den Kommunalwahlen in Reykjavík und Akureyri, die relativ erfolgreich waren, und daraus entwickelte sich dann die Frauenliste, die 1983 bei den Althings-Wahlen antrat und auf Anhieb 5,5 Prozent der Stimmen bekam. Bis 1999 stellte die Frauenliste Kandidatinnen bei den Wahlen auf. Am Anfang dieser Periode, 1980, waren drei Frauen auf dem Althing, am Ende waren es sechzehn, das heißt ein Viertel der Parlamentarier, jetzt sind es ungefähr die Hälfte.

Man wusste schon lange, dass Frauen den größten Teil der Leserschaft stellten, aber ihr Anteil an der Gruppe veröffentlichter Autoren war lange begrenzt, wie auch aus diesem Buch hervorgeht. Aber das sollte sich, wie so vieles, im letzten Viertel des Jahrhunderts ändern. Hier spielte auch die bahnbrechende feministische Forschung von Helga Kress (geb. 1939) eine bedeutende Rolle. Helga war und ist unerschrocken und streitlustig, und viele männliche Kritiker und Autoren taten sich schwer mit ihr. Mitte der Siebzigerjahre hat ein Autor sie zur Hauptperson einer Kurzgeschichte gemacht, und ein anderer brachte eine abschreckende Feministin in einem Roman unter; beide benutzten herabsetzende Spitznamen, so dass der Leser wusste, wer gemeint war.[418] Solche Schmähungen änderten nichts daran, dass Helga einer neuen Generation von Wissenschaftlerinnen wie Autorinnen den Weg frei machte. Wieder erweiterte sich das Feld der isländischen Literatur, neue Stimmen mit neuen Themen kamen zu Wort.

Nach dem Roman *Möwengelächter* hatte Kristín Marja Baldursdóttir (siehe S. 376) auch Erfolg mit ihren Romanen über die Malerin Karitas, *Karitas án titils* (2004), (dt. *Die Eismalerin*, 2006) und *Óreiða á striga* (2007), (dt. *Die Farben der Insel*, 2009). Eigentlich bilden die beiden Romane eine Erzählung aus dem 20. Jahrhundert, wie es zuvor schon einige gab, mit dem wichtigen Unterschied, dass die Hauptperson hier eine Frau ist: Geboren in Armut auf dem Lande, ist sie mit großer künstlerischer Begabung ausgestattet, nur sind die Möglichkeiten, diese zu entfalten, äußerst begrenzt, und immer wieder ist sie gefangen zwischen Pflichtbewusstsein und Freiheitsdrang. Es sind eigentlich Bildungsromane in der Tradition des Realismus, aber spannend geschrieben und aus einer feministischen Perspektive. Sie wurden viel übersetzt, und es gibt ausländische Reisebüros, die Besuche zu den Schauplätzen der Karitas-Bücher, die sich glücklicherweise über halb Island verteilen, organisiert haben.

In den Achtzigerjahren debütierte die Autorin Vigdís Grímsdóttir (geb. 1953), die, obwohl sie Geschichten erzählt, keineswegs die Einflüsse modernistischer Literatur scheut und sich in ihren Werken gerne an der Grenze zwischen Fantasie und Wirklichkeit bewegt. Ihre Personen suchen Zuflucht in ihrer eigenen, geschlossenen Traumwelt, wenn die Wirklichkeit des menschlichen Lebens zu überwältigend wird.[419] Das gilt für ihren ersten Roman *Kaldaljós* (Das kalte Licht, 1987) die Geschichte eines Malers, der jung seine Familie in einer Schneelawine verliert und mithilfe seiner Kunst dieses Trauma zu bewältigen versucht; ein Text, in dem auch übernatürliche Fähigkeiten und Elemente aus Volkssagen zur Sprache kommen, wie in manch anderen Werken von Vigdís. Sehr ausdrucksstark ist ihr Roman *Ég heiti Ísbjörg, ég er ljón* (Mein Name ist Ísbjörg, ich bin Löwe, 1989), über eine junge Frau, die sich sowohl der Prostitution als auch des Mordes schuldig gemacht hat; sie sitzt in einer Zelle und erzählt binnen zwölf Stunden ihrem Rechtsanwalt ihre Geschichte, vom Missbrauch eines gewalttätigen Vaters bis hin zu ihrer jetzigen Situation. Ihre Erzählung ist hart und erbarmungslos und schildert eine Wirklichkeit, die auch für die damalige Literatur über Reykjavík neu war. Der Stil passt sich dem Stoff an, ist manchmal wie abgehackt, bestehend aus kurzen Sätzen, in denen Wörter zu fehlen scheinen, aber hat zwischendurch lyrische Passagen, denn auch Ísbjörg hat ihre eigene Traumwelt.

Mit diesem Buch eröffnete Vigdís Grímsdóttir ihren Lesern eine neue Welt, und das tat sie auch mit dem Roman *Z: Ástarsaga* (Z: Eine Liebesgeschichte, 1996), dem ersten breiter wahrgenommenen isländischen Roman, der ohne Umschweife von einer lesbischen Liebe handelt.[420] Anna ist sterbenskrank und flüchtet aus dem Krankenhaus an einen abgelegenen Ort, um ihren Tod selbst bestimmen zu können. Die Handlung spielt in einer Nacht, während derer Annas Schwester, ihr Mann und ihre Liebhaberin, Z, sie suchen.

Als der Roman erschien, war es fast, als hätte man auf ein solches Buch gewartet. Die Besprechungen waren ausnahmslos positiv, und das Buch wurde zum Bestseller des Jahres. Wie der Literaturwissenschaftler Geir Svansson kurz nach dem Erscheinen von *Z* schrieb: »Bisher war die isländische Literatur sehr puritanisch und heterosexuell geprägt. Nun scheint es jedoch, als ob das lange Unterdrückte endlich hervorbricht. Die Literatur durchlebt ihr eigenes Fin de Siècle in Form von Erotik und ›Liebesgeschichten‹, in denen homosexuelle Expression und die Auseinandersetzung mit Repression aufkommen.«[421] In diesen Jahren sind mehrere Werke über die schwule und lesbische Lebenswirklichkeit erschienen, die bis dahin eigentlich nur Guðbergur Bergsson und Elías Mar thematisiert hatten (siehe S. 362). *Z* ist ein Buch über verbotene Liebe, und dazu passt natürlich gut, dass der Buchstabe z im Isländischen abgeschafft worden war.

Lesbische Liebe ist ein durchgehendes Thema bei der Autorin Kristín Ómarsdóttir (geb. 1962), einer der originellsten Stimmen der zeitgenössischen isländischen Literatur. Sie hat Gedichtsammlungen, Erzählungen, Romane und Theaterstücke komponiert, und nicht immer weiß der Leser, in welche Gattung er das, was er gerade liest, einordnen sollte. Ihr Stil ist eigensinnig, und das gilt auch für ihre Betrachtungen, die manchmal naiv, manchmal sehr tiefsinnig und fast immer unerwartet sind. Sie geht ihre eigenen Wege, und es kommt vor, dass der Leser sie bei diesen Wanderungen aus den Augen verliert, aber dann gelingt es ihr auch immer wieder, eine alternative Wirklichkeit vor den Augen ihrer Leser entstehen zu lassen. Besonders gut sind ihre sehr kurzen Geschichten, auf Isländisch *örsögur*, gelungen. 1991 erschien von ihr der Band *Einu sinni sögur* (»Es war einmal«-Geschichten), in dem eine folgendermaßen anfängt:

> Aus den Nebelhörnern der Schiffe fliegen Blumen und landen auf den Röcken der Frauen und setzen sich fest. Ist eine Frau temperamentvoll, fliegen leuchtende Blumen zu ihr. Ist sie ruhig, sanft erdfarbene. Ist sie lustig, riesengroße und weit geöffnete. Ist sie zurückgezogen und verlässt das Haus nicht, stehlen sich die Vergissmeinnicht zu ihr, während sie schläft. Und sie wacht auf in einem Nachthemd mit blauen Blüten.[422]

Bei all dem Spielerischen sollte man jedoch nicht vergessen, dass Kristín eine Schriftstellerin mit einer unbeugsamen gesellschaftskritischen Haltung ist, ihr sind alle Machthaber suspekt, während Minderheiten ihre nahestehen, und manchmal misstraut sie auch dem Schreiben, wie sie einmal dichtete: »Wie oft will ich die Sprache noch töten? Sie durchbohren, wieder und wieder, mit der Spitze meines Stifts, sie ausbluten lassen, sie erniedrigen, vergiften, wie eine Kuh melken, in einer Pfanne braten, mich an ihr austoben?«[423]

Eine Autorin derselben Generation, die relativ spät ihren ersten Roman veröffentlichte, ist Auður Ava Ólafsdóttir (geb. 1958). Sie ist Kunsthistorikerin und studierte an der Sorbonne und ist besonders in Frankreich mit ihren Büchern erfolgreich gewesen. Dort hatte sie den Durchbruch mit ihrem dritten Roman, *Afleggjarinn* (2007), in Frankreich als *Rosa candida* erschienen, auf Deutsch unter dem etwas merkwürdigen Titel *Weiß ich, wann es Liebe ist* (2011). Auður Ava hat als Autorin nicht viel gemein mit Kristín Ómarsdóttir, aber auch sie schreibt über die Liebe, über Verbindungen und zwischenmenschliche Kommunikation, manchmal lyrisch-schwebend, ohne Berührungsangst vor der Unterhaltungsliteratur, aber immer mit einem Hauch von Ironie. Ihre Themen sind sowohl die klassischen, Liebe, Schmerz und Tod, als auch die modernen, Sexualität, männliche und weibliche Identität. So auch in ihrem Roman *Ör* (2016), (dt. *Hotel Silence*, 2023), über den Handwerker Jónas, der mit seinem Handwerkskasten eine Reise antritt, von der er nicht zurückkehren will, der aber dann doch in einem vom Krieg zerstörten Dorf einen Grund zum Leben findet. Für diesen Roman erhielt Auður Ava sowohl den isländischen als auch den Nordischen Literaturpreis; ihre Bücher wurden inzwischen in über zwanzig Sprachen übersetzt.

Es ist eine interessante und wichtige Entwicklung: Die ersten modernen Autorinnen kamen vor einem halben Jahrhundert zu Wort, und inzwischen sind ihre Werke, durch zahlreiche Übersetzungen, starke Fäden im Gewebe der europäischen Literatur geworden. In Island brachten sie verborgene Themen zur Sprache, warfen einen neuen und kritischen Blick auf unsere Geschichte, entzauberten, was wir für traditionelle Werte hielten.

Postnummer 101

Die neue, kraftvolle erzählende Literatur war kein isoliertes Kulturphänomen. 1982 drehte der Regisseur Friðrik Þór Friðriksson den Film *Rock in Reykjavík*, in dem zahlreiche neue Rock- und Punkbands vorgestellt wurden. Die wenigsten Isländer wussten damals, dass es diese Szene überhaupt gab. Die größte Aufmerksamkeit bekam eine sechzehnjährige Sängerin, Björk Guðmundsdóttir, die schon im Alter von elf Jahren ein Album herausgegeben hatte. Dann belebte sie, als Mitglied in diversen Bands, die Punkszene, bis sie 1984 mit *Kukl* (Hexerei) im Ausland auf Tour ging; daraus entwickelten sich die *Sugarcubes*, und nach einigen Jahren begann Björk ihre eigene Solokarriere und Island hatte seinen ersten und bisher einzigen Weltstar. Die Musikszene in Reykjavík, halb im Untergrund, halb weltbekannt, führte zu unzähligen Pilgerreisen sowohl amerikanischer als auch europäischer Fans nach Reykjavík, in die Kleinstadt, die nun plötzlich als hypermodern und spannend galt.

Weniger Menschen wissen, dass Björk auch gute Verbindungen zur alternativen Literaturszene hatte und 1984 eine eigene, von Hand illustrierte Lyrik- und Märchensammlung herausgab (*Um Úrnat frá Björk*). Einer ihrer Freunde war der Dichter Sjón (geb. 1962), der später Songtexte für sie schrieb. Sigurjón

B. Sigurðsson, so sein bürgerlicher Name, hatte schon im Gymnasium in einem der neu entstandenen, kinderreichen Vororte von Reykjavík, in Breiðholt, mit seinen Freunden eine Dichtergruppe namens »Medúsa« gegründet, die sich den französischen Surrealismus zum Vorbild nahm. Einige Mitglieder von Medúsa hatten Verbindungen zur Musikszene, und zusammen mit Björk gründeten sie Mitte der Achtzigerjahre den Musikverlag *Smekkleysa* (Schlechter Geschmack), der immer noch aktiv ist.

Schon allein dieses Phänomen, ein kinderreicher Vorort, bestehend aus vielen großen Wohnblocks und errichtet auf Forderung der Gewerkschaften, um das stetig wachsende Wohnungsproblem der Stadt zu lösen, jetzt da alle Barackenviertel abgerissen worden waren, zeigt, auf welchem Weg Reykjavík war. Die rebellischen jungen Menschen in Breiðholt bezogen sich in ihren künstlerischen Arbeiten nicht auf die alte, bäuerliche Gesellschaft. Mit ihr konnten sie nichts anfangen, sie orientierten sich international, an Subkultur sowie Massenkultur, interessierten sich eher für den Golem in Prag als die Trolle in den Bergen. Sie hatten auch keine Angst, über die Grenzen der einzelnen Kunstarten hinweg zu arbeiten, waren Musiker, Literaten, bildende Künstler, je nachdem, was ihnen gerade passte. Als Grenzgänger haben sie die isländische Literatur und Kunst seitdem inspiriert.

Sjón hatte mit siebzehn bereits drei Bücher veröffentlicht und ist ein produktiver und vielseitiger Autor. Seine ersten acht Gedichtbände gaben wir beim Verlag Mál og menning 1986 in einem Sammelband heraus, *Drengurinn með röntgenaugun* (Der Junge mit den Röntgenaugen). In einem Interview aus dieser Zeit sagte er, es sei leichter gewesen, im Gymnasium Surrealist zu sein; nun stelle es größere Anforderungen, und es werde in den nächsten fünfzig Jahren noch schwieriger werden. »Es ist schwer, frei zu sein, aber gleichzeitig unglaublich lustig, denn die Personen vermehren sich wie eine Amöbe, und die Welt rundum füllt sich mit schönen und wunderlichen Dingen. Der Kurs ist nach vorne gesetzt: voll unterbewusst zu sein.«[424]

Über die Jahre hinweg waren es vor allem die Romane von Sjón, die seinen internationalen Ruhm gefestigt und ihm auch viele Preise eingebracht haben. Seine ersten Prosawerke konnten avantgardistisch und schwer zugänglich sein, aber inzwischen erzählt auch er Geschichten, die dem Realismus näher sind als dem Surrealismus. Aus dem zuletzt genannten hat er seine Vorliebe für die Wunder des Alltags beibehalten und dass sich seine Geschichten und Figuren scheinbar ohne Anstrengung zwischen den Welten bewegen. Die Götter der Mythologie können, wie bei Heinrich Heine, in unsere Welt verbannt sein und umgekehrt. Auch geht es ihm nie darum, typische Personen zu gestalten, wie im traditionellen Realismus, die eine Klasse oder gesellschaftliche Schicht repräsentieren. Seine Hauptfiguren sind immer Außenseiter.

In seinem Meisterwerk *Skugga-Baldur* (2003), (dt. *Schattenfuchs*, 2011), ist die Hauptfigur ein behindertes Mädchen (wir wissen allerdings nicht genau, welche Beeinträchtigung sie hat) auf einem abgelegenen Hof im 19. Jahrhundert. In *Mánasteinn* (2013), (dt. *Der Junge, den es nicht gab*, 2015), ist es ein homosexueller junger Mann, der das Kino über alles liebt, ausgerechnet im Reykjavík des Jahres 1918, mit der Spanischen Grippe und dem Vulkanausbruch als historischem Hintergrund (siehe S. 314). »Niemand verbindet Herz und Verstand poetischer als Sjón«, sagte Björk einmal über ihn.[425] Trotz seiner Vorliebe für

Außenseiter versucht er, jegliche Wertung zu vermeiden, der Leser muss selbst herausfinden, wem seine Sympathie gilt, das Wahrnehmen ist Sjón wichtiger als das Erklären, er zieht das Unerwartete dem Verständlichen vor. Wie es in einem Gedicht von ihm heißt:

> in gedichten kann es passieren
> dass der nebel den berg mitnimmt
> wenn er sich lichtet [426]

Reykjavík in den Neunzigerjahren: eine Kleinstadt groß in Mode. Es war nur eine Frage der Zeit, wann das Buch dazu geschrieben wurde. Das tat dann Hallgrímur Helgason (geb. 1959) mit seinem Roman *101 Reykjavík* (1996), die deutsche Ausgabe erschien 2009. Ein Riesenerfolg, in viele Sprachen übersetzt und auch verfilmt, wie übrigens so manche der neuen isländischen Romane; die Erneuerung der isländischen Erzählkunst fand ihren Niederschlag im »Frühling des isländischen Films«, der um 1980 anfing.

101 ist die Postleitzahl von Reykjavík Mitte, und Hallgrímurs Roman ist ein genuines Stadtbuch, das in vielen europäischen Städten hätte spielen können, hip und hastig, aber trotzdem wortreich erzählt, mit viel Slang und Ausdrücken, die bis dahin nicht den Weg in Bücher gefunden hatten, dabei explizit in den Schilderungen von Sex und Drogen sowie oft sarkastisch in seinem Humor. Die Hauptperson ist ein junger Mann und Taugenichts, der bei seiner Mutter wohnt und im Internet nach Pornos sucht, sich natürlich irgendwie nach Liebe sehnt, aber auch Angst hat, seine kleine Welt zu verlassen. Die Erzählweise kann man gut und gerne als postmodern bezeichnen,

wenn man irgendetwas mit dem Wort anfangen kann. Immer, wenn der Leser das Gefühl hat, jetzt sei Hallgrímur zu weit gegangen, geht er noch einen Schritt weiter. *101 Reykjavík* ist ein Buch, das den Zeitgeist von damals einfängt, und gleichzeitig eine moderne Hamlet-Geschichte, denn Hallgrímur ist ein belesener Autor, der gerne mit der klassischen Literatur in Dialog tritt.

Das tat er auch in seinem umstrittenen Roman, *Höfundur Íslands* (Der Autor Islands, 2001), der nicht auf Deutsch erschienen ist. Die Hauptfigur, der Autor Islands, wacht auf in einem entlegenen Tal: Wo ist er? Lebt er, oder ist er tot? In einem Bauernhof im Tal kommt ihm manches bekannt vor: Ist er in seinem eigenen Werk erwacht? Bald merkt der Leser, dass er gerade eine Persiflage von *Sein eigener Herr* liest, denn Hallgrímur geht es um das Erbe von Halldór Laxness. Laxness hat in einem solch hohen Maß das Selbstbild der Isländer im 20. Jahrhundert geprägt, dass man ihn als *den* Autor Islands bezeichnen kann. Aber ist der Umgang der Isländer mit ihm zu unkritisch, trauen sie sich nicht, seinen politischen wie kulturellen Anschauungen zu widersprechen, ist es Zeit für eine Abrechnung? Nicht weniger als das nimmt sich Hallgrímur hier vor, und stellenweise gelingt es ihm in eindrucksvollen Kapiteln, die *Sein eigener Herr* parodieren, an anderen Stellen nimmt die Metafiktion überhand, und das Buch wird zu wortreich.

Es war mehr als verständlich, dass jüngere Autoren mit Laxness abrechnen wollten, denn er hatte so lange eine überragende Position inne, dass es Literaturwissenschaftler gab, die den Begriff »Schattengeneration« prägten, für jene Autoren, die nach ihm kamen. *Höfundur Íslands* wurde hierzulande ein

Erfolg und sorgte für Aufsehen. Umso interessanter ist, dass Hallgrímur mit einem neuen Zyklus, der mit dem Roman *Sextíu kíló af sólskini* (2018), (dt. *60 Kilo Sonnenschein*, 2020), beginnt, im Grunde ein großes episches Werk im Geiste Laxness' vorlegt. Es geht um die Entstehung und Saga des Hering-Dorfes Segulfjörður in Nordisland, dem realen Dorf Siglufjörður zum Verwechseln ähnlich, und ist gleichzeitig die Geschichte des unehelichen Bauernsohns Gestur, der miterlebt, wie die Moderne ihren Einzug in Island hält. Es ist die typische Erzählung über Island im 20. Jahrhundert, aber aus ungewöhnlicher Sicht, weil die Geschichte eines Dorfes im Zentrum steht, das, dem Goldrausch-Gebiet Klondike gleich, während der Heringssaison aus dem Nichts zu einem Ballungsgebiet wird, wo es auf einmal wild zugeht, Spekulanten reich werden und bankrottgehen, die Fischer sich um die jungen Frauen raufen und die Polizei machtlos ist. Es waren die Norweger, die den Isländern den Heringsfang beibrachten, wie aus dem Buch auch hervorgeht:

> Die Norweger standen fassungslos an Deck und wunderten sich über dieses Volk, das nichts, aber auch gar nichts konnte, das Haien lediglich die Leber rausschnitt und den Rest wegwarf, das noch immer nicht gelernt hatte, Wale zu fangen, und nicht einmal Hering; obwohl es seit tausend Jahren an diesem Meer lebte, wartete es untätig am Ufer, ob wohl der eine oder andere Wal gnädigerweise bei ihnen strandete. Für den Fall hatten sie unglaublich komplizierte Regeln ausgetüftelt, wer welchen Anteil erhalten sollte. Sie hatten sich also Gesetze für die Verteilung der Beute gegeben, warteten aber hungerseelenruhig, bis sie bei ihnen angeschwemmt wurde, anstatt ihr selbst nachzustellen.[427]

Statt der kurzatmigen Erzählweise von *101 Reykjavík* haben wir es hier mit breiter Epik zu tun, jedoch im typischen Stil Hallgrímurs, mit schrägem Humor und ungewöhnlichen Vergleichen, die schon immer sein Erzählen prägten. Eine Ästhetik, die auch seine Arbeiten als bildender Künstler und Comic-Zeichner charakterisieren. Diese Generation isländischer Autorinnen und Autoren lässt sich nicht mit der Furcht vor dem Dilettantismus einschüchtern wie so manche ihrer europäischen Kollegen; es muss, so ihre Haltung, nicht unbedingt schiefgehen, wenn man sich außerhalb seines Hauptfeldes betätigt. Sie sind Grenzgänger und folgen darin der guten isländischen Tradition, viele Jobs gleichzeitig zu machen, damit wir in Island, das ungefähr so viele Einwohner wie Bielefeld hat, die Illusion eines selbst- und eigenständigen Landes aufrechterhalten können.

Die Literatur ist für alle da

die Nacht ist da um zu weinen
da um zu lächeln
zu niesen und zu hicksen
da um zu schlendern
und ins Blaue zu fahren

Sigurður Pálsson, aus »Kleinigkeiten III«[428]

Sigurður Pálsson (1948–2017) war einer der »schlechten Kunstpoeten«, die im Universitätskino auftraten. Er wurde mit den Jahren vielleicht der angesehenste Dichter seiner Generation, ein Nachfolger der Atompoeten, aber auch ein Junge vom Lande, der in Frankreich studiert hatte und somit den Isländer und Weltbürger in sich vereinte, und der gleichzeitig – wie seine Freunde im Universitätskino – einen direkten Draht zum Leser hatte. Das mag auch an seiner im Grunde lebensfrohen Einstellung liegen, aller Ironie zum Trotz. In seiner Kurzprosa schrieb er einmal, dass die Leute, die das schrecklich begrenzte Schicksal der Menschen betonten, das Sterben und Verschwinden, immer recht zu haben scheinen, aber man dabei eine wichtige Tatsache vergesse: »Das heitere Bewusstsein ist noch sensibler gegenüber der Tatsache, dass das Leben geradezu unerträglich flüchtig ist. Das heitere Bewusstsein hat insofern ein besonders ausgeprägtes Trauerbewusstsein. Das heitere Bewusstsein kann auch kein Unrecht ertragen. Dies ist es wert, darüber nachzudenken. Es ist völlig in Ordnung, sich weiter über das Wunder des Lebens zu freuen.«[429] Ganz in diesem Sinne schrieb Sigurður Pálsson auch ein paar äußerst lesenswerte Erinnerungsbücher.

Viele der Dichter, die auf die sogenannten Atomdichter folgten, arbeiteten weiter mit der freien Form, aber die Themen hatten sich geändert, die Phase der ideologischen Isolation und des Existenzialismus des Kalten Krieges war vorbei. Bei den jüngeren Dichtern wurde, trotz der Nähe zur Ästhetik des Modernismus, die Sprache einfacher, wurden die Bilder griffiger (das gilt zum Beispiel für Gyrðir Elíasson, siehe S. 450). Damit sei nicht gesagt, dass die Lebenseinstellung deshalb optimistisch war. Meine Lieblingsdichterin aus dieser Zeit, Ingibjörg Haraldsdóttir (1942–2016), ist zum Beispiel eine Meisterin der Wehmut in ihrer Lyrik. Sie war eine Idealistin, hatte Filmwissenschaft in der Sowjetunion studiert und lebte danach einige Jahre in Kuba, und ihre Melancholie wurzelt mit Sicherheit in der politischen Enttäuschung über die Entwicklung des »real existierenden Sozialismus«, obwohl sie immer gesellschaftskritisch und feministisch eingestellt war und blieb. Beispielhaft für ihre Lyrik ist das Gedicht »Nostalgie«:

> Was vergangen ist fehlt mir nicht
> ich misstraue der Schönheit
> von gestern
> nur Träume
> sind schwer beim Erinnern
> wenn die Kälte zunimmt und das Dunkel

und der Spalt wächst
zwischen dem was ist
und dem was sein sollte.[430]

Ingibjörg Haraldsdóttir war auch eine ausgezeichnete Übersetzerin aus dem Spanischen sowie dem Russischen, von Dostojewski bis hin zu Bulgakow. Überhaupt war das letzte Viertel des 20. Jahrhunderts eine gute Zeit für die übersetzte Literatur, sie hatte einen wichtigen Anteil an dem wachsenden Buchmarkt. Die isländischen Ausgaben von *Hundert Jahre Einsamkeit* (Gabriel García Márquez) und *Der Meister und Margarita* (Michail Bulgakow) beeinflussten eine ganze Generation von Autorinnen und Autoren. Man übertrug moderne Klassik (James Joyce, Virginia Woolf) und auch die neuen Bücher, die überall in der Welt für Aufmerksamkeit sorgten (Milan Kundera, Umberto Eco, Isabel Allende). Früher war es des Öfteren vorgekommen, dass die isländischen Ausgaben gekürzt oder nicht aus der Originalsprache übersetzt wurden, aber das waren nun Ausnahmen. Genauso wie man die Förderung von Schriftstellern gesetzlich geregelt hatte (siehe S. 424), gab es jetzt einen Fonds zur Förderung von Übersetzungen. Der isländische Buchmarkt und das Verlagswesen wurden professioneller, zum Vorteil für die Leser.

Es sei damit nicht gesagt, dass die isländische Literatur in allen Gattungen florierte und zur Weltklasse gelangte. Zum Beispiel gab es lange keine fruchtbare Tradition für das Theater in Island, dafür war die bürgerliche Kultur im 18. und 19. Jahrhundert zu schwach gewesen. Das änderte sich, als erst das Theater von Reykjavík 1897 und dann das Nationaltheater 1950 seine Türen öffnete; ab diesem Zeitpunkt gab es zwei Ensemble-Theater in Reykjavík und zwischendurch immer auch unabhängige

Gruppen, die neue Stücke zeigten. Werke von Beckett, Ionesco und Pinter fanden schnell ihren Weg auf isländische Bühnen, und mehrere isländische Prosaautoren versuchten sich an Theaterstücken.

Der wichtigste war Jökull Jakobsson (1933–1978), der seine besten Werke in den Sechzigerjahren schrieb. Ihm gelang es, die isländische Erzähltradition mit dem modernen Theater zu verbinden, eine Gesellschaft zu beschreiben, »die sich gerade von der Kindheit verabschiedet hatte«, wie der Theaterwissenschaftler Árni Ibsen schreibt, »um das rastlose Teenageralter zu erreichen«.[431] Sein Thema, der Verlust der alten Werte im Konsumrausch der Nachkriegszeit, konnte altmodisch wirken. Jökull hatte jedoch das Können, Figuren aus der isländischen Epik auf der Bühne auftreten zu lassen in ihrem Versuch, sich in der modernen Gesellschaft zurechtzufinden, dabei wissend, dass das Glück woanders ist. Das tat er in einer Weise, dass das Publikum sich mit ihnen identifizieren konnte. Viele seiner Stücke waren gut besucht, wenngleich die isländischen Theatergänger ansonsten Bühnenfassungen von populären Romanen bevorzugten gegenüber eigens fürs Theater verfassten Stücken. Das zeigte sich bereits 1950, als das Nationaltheater mit einer Aufführung der *Islandglocke* von Laxness eröffnet wurde.

Die Theaterszene ist inzwischen sehr lebendig in Island, und viele Autorinnen und Autoren, die ich hier nicht alle erwähnen kann, haben im letzten halben Jahrhundert für die Bühne geschrieben. Wollte man sich einen Namen für die Zukunft merken, wäre das wohl Tyrfingur Tyrfingsson (geb. 1987), der vor Kurzem mit dem Stück *Sjö ævintýri um skömm* (Sieben Märchen über die Scham), seinen Durchbruch hatte. Ein herrliches Chaos von Geschichten über Scham, Schande und Scheu.

Es gibt literarische Genres, die weitaus seltener ihren Weg in die weite Welt finden als Romane für Erwachsene, und das gilt nicht zuletzt für Kinderbücher. Einige wenige Autorinnen und Autoren werden, wie Astrid Lindgren, fast auf der ganzen Welt gelesen, aber meist sind sie an ihre Sprache und Gesellschaft gebunden. Es mag teils daran liegen, dass Kinderbücher lange eine didaktische Funktion hatten, sie waren als Lehrbücher gedacht, teils hat es aber auch andere Ursachen. So kann es für junge Leserinnen und Leser wichtig sein, sich in dem, was sie lesen, wiederzuerkennen, das heißt, manche Texte sind genau auf die Gesellschaft gemünzt, in der die Kinder gerade aufwachsen. Das gilt nicht für Märchen und Fabeln, aber bei realistischen Erzählungen für Kinder scheint jedes Land seine eigenen Kinderbücher zu brauchen. Überhaupt ist auch bei Abenteuerromanen die lokale Tradition ein wichtiger Teil der Kinderliteratur. Karl Mays Bücher mögen in zig Millionen Exemplaren in deutschsprachigen Ländern verkauft worden sein, in Island kennt ihn kaum jemand.

Die Kinderliteratur hat ihre eigene Geschichte. In Island erfährt sie, zumindest zur Zeit der »schlechten Kunstpoeten«, jedoch einen ähnlichen Kurswechsel wie die Erwachsenenliteratur. Den haben wir vor allem der Autorin Guðrún Helgadóttir (1935–2022) zu verdanken. Ihr erstes Buch, *Jón Oddur og Jón Bjarni* erschien 1974 (auf Deutsch 1981 unter dem Titel *Jon und Jan*) und kann mit dem *punkt punkt komma strich* von Pétur Gunnarsson verglichen werden, denn es ist eine Geschichte aus dem modernen Reykjavík voller Humor und Wortspiele und ohne eine erkennbare didaktische Funktion. Solche Texte wirkten befreiend für die Kinderliteratur nach unzähligen Geschichten über Stadtkinder, die im Sommer aufs Land geschickt wurden und dort die Werte der alten Gesellschaft schätzen lernten. Allein schon, dass die schelmischen Zwillinge eine Mutter haben, die berufstätig ist, und in einem städtischen Milieu aufwachsen, half vielen jungen Lesern, sich in ihnen wiederzuerkennen. Guðrún, die insgesamt drei Bücher über die Zwillinge Jón Oddur und Jón Bjarni herausgab, beherrschte zudem die Kunst wirklich guter Kinderbuchautoren, mit ihrem Text nebenbei die erwachsenen Leser zu unterhalten.

Guðrún schrieb eine weitere Romanserie, die auf ihrer eigenen Kindheit in Hafnarfjörður während des Krieges und danach basiert. Den Anfang bildete das Buch *Sitji guðs englar* (Möge Gottes Engel Dich schützen, 1983 – ein Zitat aus einer Hymne aus dem 18. Jahrhundert). Wieder sind es Geschichten mit viel Witz und Erzähllust, aber mit einem ernsten und tief humanistischen Grundton, wie fast alles, was sie schrieb. Guðrún Helgadóttir wurde für ganze Generationen von Isländern »ihre« Kinderbuchautorin und ist deswegen auch mit Astrid Lindgren oder Tove Jansson verglichen worden. Ihr Werk wurde in die nordischen Sprachen übersetzt und vielfach ausgezeichnet, aber leider gibt es nur wenig von ihr auf Deutsch.

Vielen Autorinnen und Autoren, die nach ihr kamen, galt sie als Vorbild. Kristín Helga Gunnarsdóttir (geb. 1963) etwa erzählt mit viel Schwung und Humor, was ihr Leser jeden Alters gesichert hat, zum Beispiel in ihren Geschichten vom eigenständigen und einfallsreichen Mädchen Fíasól. Wichtig für sie ist es, die Kinder gut zu unterhalten, eine echte Verbindung aufzubauen, indem sie Geschichten aus der Gegenwart erzählt, aber immer wieder die isländische Erzähltradition einfließen lässt. Wie sie einmal in einem Interview sagte: »Geschichten fliegen zwischen den Menschen hin und her, den ganzen Tag und bis in die Nacht hinein. Alle erzählen dauernd Geschichten [...] Dazu braucht es nur zweierlei: einen Erzähler und einen Zuhörer.«[432] Diese Lust am Fabulieren hat auch die Autorin Sigrún Eldjárn (geb. 1954), und sie hat viele Bücher in Zusammenarbeit mit ihrem Bruder Þórarinn Eldjárn (siehe S. 416) geschrieben. Zudem illustriert sie ihre Bücher selbst mit Fantasie und Humor. Das gilt gleichfalls für Áslaug Jónsdóttir (geb. 1963), die unter anderem mit ihren nordischen Co-Autoren Kalle Güettler und Rakel Helmsdal eine Serie von Büchern über kleine Monster veröffentlicht hat, von denen einige in über zehn Ländern erschienen sind, bisher allerdings noch nicht in Deutschland.

Áslaug illustrierte das erste Kinderbuch, das den Isländischen Literaturpreis erhielt: *Sagan af bláa hnettinum* (1999) von Andri Snær Magnason (geb. 1973, siehe auch S. 463), *Die Geschichte vom blauen Planeten* (2006), eine Fabel über die Gier und wie man sie in Grenzen halten kann: Auf dem blauen Planeten weit draußen im Weltall leben nur Kinder friedlich und glücklich miteinander, bis eines Tages ein Raumschiff landet mit einem mysteriösen Mann, der sich als Träumeerfüller bezeichnet. Was folgt, ist ein ereignisreiches Abenteuer, bei dem es natürlich darum geht, dass die Kinder ihren Planeten retten müssen. Das Buch ist in fast vierzig Ländern erschienen und ist bei weitem das meistübersetzte isländische Kinderbuch neuerer Zeit, vielleicht auch, weil es an keine spezifische Gesellschaft, kein Land gebunden ist, sondern als allgemeingültiges Kunstmärchen gedacht ist. Bereits zuvor hatte der brillante bildende Künstler Þorvaldur Þorsteinsson (1960–2013) ein ähnliches Märchen geschrieben, *Skilaboðaskjóðan* (Der Nachrichtensack, 1986), das sich auf Island sowohl als Buch als auch als Musical großer Popularität erfreute, aber nie übersetzt wurde. Er schrieb später noch bezaubernde Erzählungen über den kleinen Blíðfinnur (1998), wovon zwei auf Deutsch erschienen sind; als erste *Der kleine Blidfinn in großer Gefahr* (2004). Es handelt von dem liebenswerten Blidfinn, der glücklich in seinem Garten lebt, bis er eines Tages drei verletzte Zwerge findet und gesund pflegt. Aber plötzlich sind sie verschwunden, und es taucht ein Fremder auf, der mit List Blidfinns Welt zerstören will. Þorvaldurs Texte sind genauso schräg und fantasievoll wie seine bildende Kunst.

In meinen ersten Verlegerjahren in den späten Achtzigern gab es ein Marktphänomen, das fast immer den ersten Platz der Bestsellerliste im Herbst bestimmte, und das waren sogenannte Teenager-Bücher. Es waren Unterhaltungsbücher für Jugendliche, oft Liebesgeschichten, flüssig und gut erzählt, aber genau auf dieses Alter gemünzt und daher immer mit den zeitgemäßen Neologismen, der richtigen Mode, den neuesten Schallplatten. Sie wirkten unglaublich frisch, als sie erschienen, und unglaublich veraltet nach ein paar Jahren. Doch inzwischen ist die isländische Kinder- und Jugendliteratur viel diverser geworden, spannt den Bogen von historischen Romanen bis zur Fantasy, und sie ist bei weitem nicht mehr so moralisch wie früher, scheut weder Horror noch schwarzen Humor. Die beliebtesten Bücher sind allerdings noch immer in der Tradition von Guðrún Helgadóttir geschrieben, lebensfrohe, realistische Erzählungen aus der Wirklichkeit der jungen Leser, wie etwa die Werke von Gunnar Helgason (geb. 1965).

Ein weiteres Beispiel der neuen Generation ist Arndís Þórarinsdóttir (geb. 1982), eine Autorin, die sowohl in Island als auch im Ausland studiert hat, Literatur und kreatives Schreiben, wobei Letzteres in Island noch nicht lange gelehrt wird, und zweimal den Isländischen Literaturpreis in der Kategorie Kinder- und Jugendbuch (die es bei *Die Geschichte vom blauen Planeten* noch nicht gab) erhalten hat. 2020 bekam sie den Preis für das Buch *Blokkin á heimsenda*, auf Deutsch *12 Stockwerke. Mein unglaubliches Zuhause am Ende der Welt* (2023), das sie zusammen mit Hulda Sigrún Bjarnadóttir schrieb. Die Hauptperson und ihre Familie unternehmen eine Reise, um die Großmutter in einem Wohnblock auf einer abgelegenen Insel zu besuchen. Die Autorinnen spielen mit Elementen aus der Kriminalliteratur und utopischen Werken, aber hauptsächlich wollen sie eine witzige und spannende Geschichte über eine moderne Familie erzählen. Interessant ist, dass die Co-Autorin Hulda Sigrún Bjarnadóttir (geb. 1971) ihre Schriftstellerkarriere auf Englisch begann, denn sie schrieb für den amerikanischen Verlag Simon & Schuster vier Bücher für Jugendliche unter dem Namen Rune Michaels. Vielleicht ein Symbol dafür, dass auch die isländische Kinderliteratur internationaler wird. Schön zu wissen, dass ihr gemeinsames Buch einen Preis bekam, der den Namen von Guðrún Helgadóttir trägt. Dazu sagen die Autorinnen: »Als Guðrún Helgadóttir ihr erstes Buch veröffentlichte, war die eine von uns noch nicht geboren und die andere im Kindergarten. Als sie ihr letztes Buch veröffentlichte, waren wir beide schon Mütter. Guðrún Helgadóttir hat uns unser Leben lang begleitet.«[433]

Heimweh nach einer verschwundenen Welt, oder zurück aufs Land

> Eigentlich bin ich ein recht erdverbundener Mensch, aber ich besitze zwei Jahrgänge Popular Mechanics, die ich oft betrachte, wenn ich allein bin. Dabei stieß ich auf diese geniale Zeichnung von Flügeln, die ich dann aus spärlichem Material zusammenbaute. Es ist schon etwas her, seit die Flügel fertig sind, aber erst im Herbst habe ich angefangen, sie richtig zu benutzen.[434]

Kann man eine Geschichte besser anfangen lassen als Gyrðir Elíasson (geb. 1961) seine Erzählung »Der Flügelmensch«? Es folgt der Hinweis, dass es am besten sei, nicht gleich nach dem Abendessen zu fliegen, und dass man das alte Astronomie-Buch von Björn Jensson auf den Flug mitnehmen solle. Aber vielleicht ist das Schönste an dieser Kurzgeschichte aus der Sammlung *Bréfbátarigningin* (1991), *Papierbooteregen* (1996), dass sie ihr Versprechen nicht hält, sie löst das Rätsel nicht, das Ende entspricht nicht dem Anfang. Zwei Jahre zuvor schrieb Gyrðir in einem Brief an mich – damals war ich sein Verleger – über eben diese Erzählungen, an denen er gerade arbeitete: »Das ist ein jeweils drei bis sieben Seiten langes Gedankenwirrwarr, mit wenig Plot, Du weißt, wie sehr ich Plot hasse …«[435]

Die Spannung in Gyrðirs Texten besteht darin, dass er einen immer das Unheimliche hinter dem Alltag erahnen lässt. Manchmal auch mehr als das, wie in seinem ersten Roman, *Gangandi íkorni* (1987), *Ein Eichhörnchen auf Wanderschaft* (2011), in dem der Junge Sigmar bei seinen alten Verwandten irgendwo auf dem Lande wohnt und seine Einsamkeit mit verschiedenen Spielen zu mindern sucht. Eines Tages malt Sigmar auf dem Küchentisch ein Bild mit einem Eichhörnchen, in das er sich dann verwandelt; er verschwindet in die Welt des Bildes und begibt sich dort auf eine mysteriöse Wanderschaft. So verlaufen sie parallel in der Erzählung, die Welt des Wunders und die des Alltags. Auch wenn diese nicht in allen seiner Texte so direkt geschildert wird wie im *Eichhörnchen*, ahnt man bei Gyrðir doch immer eine andere Welt hinter der alltäglichen. Dieses Gefühl des Unheimlichen packt den Leser umso mehr, je treffsicherer der Alltag geschildert wird.

Es ist der Alltag des isländischen Dorfes. Gyrðir stammt aus Borgarfjörður eystri, ganz weit im Osten, und ist auf Sauðárkrókur im Nordwesten aufgewachsen; das isländische Dorf ist seine Welt. Er schreckt auch nicht vor Schilderungen des isländischen Aberglaubens zurück, Gespenster und andere Wesen aus dieser Vorstellungswelt kommen oft in seinen Büchern vor, sind dort ein genauso selbstverständliches Inventar wie die alten Backöfen oder Petroleumlampen. Trotz des Unheimlichen sind die Geschichten oft komisch, die Erzählstimme ironisch, die Dorfbewohner kauzig. Es ist, als ob eine elegische Symphonie auf einem Akkordeon gespielt würde.

Gyrðir hat sowohl den Isländischen als auch den Nordischen

Literaturpreis erhalten. Sein Werk umfasst kurze Romane, zahlreiche Erzählungen und ganze Bände von Mikroerzählungen, aber er ist auch ein produktiver Lyriker, ein Meister des scheinbar Einfachen, des leisen Tones, des Traurig-Wunderbaren und Komischen:

Ein Sonntagmorgen im Winter

In der Unterwelt
Stehen drei weiße Vögel
Auf dem Fensterbrett
Und auf dem Fußboden ist ein kleiner Tisch
Und unter dem Tisch sitzen
Einige Zimmerleute und
Spielen Rommé [436]

Sie ist interessant, diese Bewegung in der modernen isländischen Literatur zurück aufs Land, wie man sie bei Gyrðir feststellen kann. Nach Romanen über Reykjavík haben mehrere Autorinnen und Autoren ihren Blick wieder auf das Land gerichtet, auf das Leben in Dörfern und auf Bauernhöfen. Dabei geht es jedoch nicht, wie zuvor, um den Vergleich mit der Stadt, sondern eher um ein Studium der menschlichen Existenz vor diesem Hintergrund. Das isländische Dorf wird ein spannender Schauplatz für das menschliche Zusammenleben, jetzt, da Island fast komplett urbanisiert ist.

Wenn wir schon wieder bei Geschichten aus dem Dorf sind, verdient das Werk von Guðmundur Andri Thorsson (geb. 1957, siehe S. 249) besondere Erwähnung. Sein Band *Valeyrarvalsinn* (2011) erschien 2014 unter dem Titel *In den Wind geflüstert* auf Deutsch und umfasst sechzehn Erzählungen, die in dem fiktiven Dorf Valeyri angesiedelt sind. Diese Geschichten entfalten sich alle gleichzeitig innerhalb von zwei Minuten, in denen eine Frau auf ihrem Fahrrad durch die Dorfstraßen fährt. Sie beleuchten die Geheimnisse, alte Lieben, verlorene Sehnsüchte und Träume der Dorfbewohner. Guðmundur Andris Stil zeichnet sich durch eine treffsichere Mischung aus Nostalgie, Melancholie und einen Hauch von Hoffnung aus, und diese verleiht seinen Geschichten eine einzigartige Atmosphäre.

Auch Guðrún Eva Mínervudóttir (geb. 1976) hat über das isländische Dorf erzählt, etwa im Roman *Skegg Raspútins* (Der Bart von Rasputin, 2016). Das autobiografische Buch spielt in dem Dorf Hveragerði westlich von Reykjavík, wohin die Autorin Guðrún Eva mit ihrem Mann gerade gezogen war, und erzählt von ihrer Beziehung zu der Lettin Ljuba, die in einem Gewächshaus arbeitet; es entwickelt sich ein Roman über Familie und Liebe, gemischt mit Träumen und allerhand Geschichten wie der der historischen von Rasputin.[437] Guðrún Eva fing als eine experimentierfreudige Autorin an, und ihr wiederkehrendes Thema ist die Angst der Menschen vor Beziehungen, vor Nähe. Auf Deutsch erschien zum Beispiel der Roman *Der Schöpfer* (2011), das isländische Original *Skaparinn* ist von 2008, der von dem alleinlebenden Sveinn erzählt, der hochwertige Sexpuppen herstellt und eines Tages eine junge Frau beobachtet, die vor seinem Haus mit dem Auto eine Reifenpanne hat, und sie zu sich einlädt. Was wie eine Gruselgeschichte anfängt, entwickelt sich zu einer Familiensaga mit ungewöhnlichen Elementen. Nicht immer glückt Guðrún Eva die Mischung der Genres, aber dank ihres ironischen Realismus gelingen ihr immer wieder pointierte und entlarvende Texte, wie in der Sammlung von Erzählungen, die sie 2018 unter dem Titel *Ástin, Texas* (Die Liebe, Texas – ein Wortspiel, das auf

Deutsch nicht funktioniert) veröffentlichte. Eine davon beginnt folgendermaßen:

> Wenn mein Leben ein netter Kinofilm wäre, hätte ich mich bei jeder Gelegenheit im Lotussitz vor das Grammophon gesetzt und wäre zu den Klängen von klassischer Musik in komplexen Gefühlswelten versunken. Eines Abends wäre ein schlanker, künstlerisch begabter junger Mann zur Tür hereingekommen, der überhaupt gar nichts mit der vulgären Mode der damaligen Zeit anfangen könnte, und der hätte sich in das Mädchen hinter dem Ladentisch verguckt, das so sehr für die schönen Künste schwärmte. Wir hätten uns verliebt und uns ein Leben mit Anspruch aufgebaut. Stattdessen, jedoch, lag ich unter dem Ladenbesitzer.[438]

Jón Kalman Stefánsson (geb. 1963) ist einer der meistübersetzten und gelesenen literarischen Autoren der Gegenwart. Nach drei Gedichtsammlungen veröffentlichte er seinen ersten Roman 1996, *Skurðir í rigningu*, und der bildet gemeinsam mit den Romanen *Sumarið bak við brekkuna* (1997) und *Birtan á fjöllunum* (1999) eine Trilogie, die die »Trilogie vom Lande« genannt wird. Auf Deutsch erschienen die ersten beiden Teile in einem Band, *Der Sommer hinter dem Hügel* (2001), und der dritte als *Das Licht auf den Bergen* 2003. Die Trilogie besteht aus zahlreichen kleineren Geschichten und Erlebnissen eines heranwachsenden Jungen, der, wie manche isländische Jugendliche früher, die Sommer auf dem Lande verbrachte, um zu arbeiten. Die Schulferien dauerten damals drei Monate, und von klein auf mussten die Kinder und Jugendlichen sogenannte Sommerarbeit verrichten. Dieses Leben kannte Jón gut. Es war die Zeit von *101 Reykjavík*, und Jón unternahm mehrere misslungene Versuche, über Reykjavík zu schreiben, bis er es aufgab und beschloss, eine kleine Geschichte über einen Bauern zu schreiben, um sich damit von der Literatur zu verabschieden, wie er später erzählte.[439]

> Als der Bauer die Hauswiese erweitern wollte, wurde der Mann mit dem Bagger gerufen.
> »Da kommt der Bagger«, rief jemand, und im Fernglas raupte er den Hang herab wie ein depressives Gürteltier. Es war immer ein Ereignis, wenn ein Fahrzeug auf der Höhe auftauchte und sich gegen den Himmel abzeichnete. Nur wenige Auswärtige bogen von der Nationalstraße ab und nahmen die Nebenstrecke hinter den Bergen entlang.[440]

Aus der kurzen Geschichte wurde die Trilogie, und mit ihr bog Jón, wie die oben genannten Verfasser, ab von der Hauptstraße der Literatur um die Jahrtausendwende, wo Reykjavík der Schauplatz war. Er erzählt humorvoll und warm von den Leuten auf dem Lande und thematisiert gleichzeitig sein eigenes Schreiben. Er skizziert seine teils skurrilen Personen mit Liebe und Distanz zugleich, und das zeichnet viele weitere seiner inzwischen zahlreichen Prosawerke aus. Es gelingt ihm nicht immer, die Gräben des Wortreich-Sentimentalen zu umgehen, aber er hat auch durchaus dramatische Werke verfasst. Das gilt zum Beispiel für sein Meisterwerk, auch eine Trilogie, bestehend aus den Romanen *Himnaríki og helvíti* (2007), *Harmur englanna* (2009) und *Hjarta mannsins* (2011), auf Deutsch: *Himmel und Hölle* (2009), *Der Schmerz der Engel* (2011) und *Das Herz der Menschen* (2013).

Der Schauplatz der Handlung sind die Westfjorde um die Jahrhundertwende 1900, und die Hauptfigur ist wieder ein

Junge, der dort aufwächst. Bewusst werden die Dörfer und Fjorde nicht mit Namen genannt, der Autor will seine künstlerische Freiheit bewahren, und auch der Protagonist hat keinen Namen. Aber das harte Leben in den Westfjorden bildet einen unvergesslichen Hintergrund für Jóns Themen, den Kampf der Menschen mit den unerbittlichen Kräften der Natur und die tiefe Einsamkeit der verwaisten Hauptfigur. Eines Tages kehrt der Junge von einem Fischfang im Winter zurück, und sein bester Freund ist auf dem Meer zu Tode erfroren. Wie soll der Junge sein Leben nun fortsetzen? Wieder einmal eine isländische Saga, die an der Grenze zur Zivilisation spielt: Wie bewahrt man das Menschliche angesichts der unglaublichen Herausforderungen der Natur und der Schwächen der Gesellschaft? Diese Trilogie ist in achtundzwanzig Ländern erschienen. Es ist, wie der Literaturwissenschaftler Gauti Kristmannsson schreibt, »ein literarisches Werk, das sich der Weltliteratur stellt genau wie den ewigen Fragen des Lebens«.[441]

Jón Kalman Stefánsson wurde in Reykjavík geboren, aber ab seinem zwölften Lebensjahr wohnte er zehn Jahre lang in Keflavík, einer Kleinstadt am Flughafen, die auch Schauplatz mehrerer seiner Romane ist, wie zum Beispiel in *Fiskarnir hafa enga fætur* (2013), *Fische haben keine Beine* (2017), eine Familiensaga, die im Verlauf von einhundert Jahren auf fast ganz Island spielt. Jón schreibt in den meisten seiner Werke über vergangene Zeiten, und es liegt ihm viel daran, den jeweiligen Zeitgeist genau zu erfassen, aber es sind trotzdem keine historischen Romane. Es sind Schicksalsgeschichten, wie jene über das Leben und Lieben eines Mädchens namens Ásta (im Namen steckt ja das isländische Wort für Liebe, *ást*), in dem Roman *Saga Ástu* (2017), *Ástas Geschichte* (2019), das gleichzeitig ein Buch über das Schreiben ist: Wie kann eine solche Geschichte über zarte, zerbrechliche Liebe, Betrug und harten Lebenskampf überhaupt erzählt werden? Jón Kalman befasst sich in diesem Roman auch mit der Stellung der Schriftsteller im Touristenparadies Island, wenn ihr Arbeitsplatz zum Museum wird:

> Die Idee ist Wahnsinn. Völlig absurd. Aus mir eine Art Papageitaucher zu machen. Eine Klischeegestalt, um mehr Touristen anzulocken. Mich in ein Souvenir zu verwandeln. In Touristenkitsch. Sind wir so weit gekommen, ist die Literatur so tief gesunken, ein Teil von Freizeitgestaltung und Tourismusindustrie geworden? Ein isländischer Schriftsteller ist ein Papageitaucher. Ein Hot Pot. Ein isländischer Schriftsteller ist Nordlicht. Saubere Luft, unberührte Natur. Ein isländischer Schriftsteller ist eine Ware. [442]

Der Ton von Jón Kalman ist härter geworden, die Sprache expliziter, aber die Themen sind die gleichen. Wie die anderen hier genannten Autoren will er zurückkehren aufs Land, und die Vergangenheit beleuchten, um die Moderne zu verstehen.

Mord und Totschlag am Fjord

Im Jahr 2003 erschien das Buch *Nordermoor* (*Mýrin,* 2000) von Arnaldur Indriðason auf Deutsch und markierte den Anfang des Siegeszuges des Island-Krimis in Deutschland und der Welt. Seitdem hat Arnaldur mehr als 18 Millionen Bücher verkauft, eine Zahl, die selbst Laxness nicht erreichte, auch wenn man all die sowjetischen Ausgaben mit ihren hohen Auflagen mitzählt.[443] *Nordermoor* war Arnaldurs viertes Buch und das erste, das übersetzt wurde. 1997 hatte er seinen ersten Kriminalroman veröffentlicht, und seitdem ist jedes Jahr ein neues Buch von ihm erschienen. Der Verkauf der ersten Krimis war so übersichtlich, dass der Verleger überlegte, diesen Autor aufzugeben. Bestsellerautor wurde er erst nach der Jahrtausendwende, und dann fing auch seine internationale Karriere an.

Warum entwickelte sich das Genre des Krimis in Island erst im 21. Jahrhundert? Natürlich gab bereits zuvor vereinzelte Versuche, aber richtig erfolgreich waren diese nicht. Im 20. Jahrhundert hatte sich keine Tradition für Kriminalgeschichten in Island entwickelt. Krimis sind eine handlungsgetriebene Gattung, und die isländischen Schriftsteller interessierten sich mehr für Charakterschilderungen, sie wollten Figuren gestalten und diese dann extremen Situationen aussetzen, aber komplizierte Handlungen mit ungewöhnlichen »Twists and Turns« zu konstruieren, war eine Seltenheit. Ólafur Jóhann Ólafsson (geb. 1962), der bereits in den Achtziger- und Neunzigerjahren mehrere Romane schrieb, von denen viele auch in den Vereinigten Staaten erschienen, wo er lebt, war in der isländischen Literaturgeschichte so gesehen ein Außenseiter. Er schrieb und schreibt, was die Amerikaner *main stream novels* nennen, mit gut durchdachten Handlungen und raffiniertem Plot, und erfreut sich großer Beliebtheit bei den isländischen Lesern, aber ein Vergleich mit anderen isländischen Erzählern drängt sich nicht auf, es sei denn mit den besten Krimiautoren; erwähnt sei hier als ein gutes Beispiel seines Könnens sein Roman *Slóð fiðrildanna* (1999), (dt. *Der Weg nach Hause*, 2002).

Das begrenzte Interesse der isländischen Literatur am Plot ist eventuell einer der Gründe für die verspätete Entstehung des Krimis hier. Ein anderer könnte die Frage der Glaubwürdigkeit sein. In einer so kleinen Gesellschaft, in der alle einander kennen, gibt es gewiss Kriminalität, aber kann sie Rätsel aufgeben, komplizierte Herausforderungen für Detektive liefern, wissen nicht alle sogleich, was passiert ist? Die Antworten auf diese Fragen sind schnell gefunden, was die nüchterne Wirklichkeit in unserem Land betrifft, aber aus der Sicht des Genres ist es äußerst nützlich, Kriminalgeschichten an isolierten Orten spielen zu lassen, die Personen abzuschotten, so dass keiner entkommen kann. (Man vergleiche zum Beispiel die Fernsehserie *Trapped – Gefangen in Island*, 2016.)

Der Grund für die späte Entstehung des Krimi-Genres in Island kann auch der sein, dass dieses besondere Phänomen, der skandinavische Krimi, erst in den Neunzigerjahren eine starke Position auf dem internationalen Buchmarkt eroberte. Das Interesse an der nordischen Literatur war, zumindest in der zweiten Hälfte des 20. Jahrhunderts, international begrenzt gewesen – der magische Realismus aus Südamerika dominierte die Literaturszene. Bis zur Mitte der Neunzigerjahre, als *Sophies Welt* des Norwegers Jostein Gaarder seinen Siegeszug in Deutschland begann. Einige Jahre später feierte dann der Schwede Henning Mankell, nach einem eher mickrigen Start, einen Riesenerfolg auf dem deutschen Markt, der sich bald in der ganzen Welt ausbreitete; über 30 Millionen Bücher verkaufte Mankell in zehn Jahren. Zum ersten Mal lernten große Lesergruppen in der ganzen Welt dieses Genre kennen, den nordischen Krimi: schwermütig, manchmal melancholisch, mit einem Ermittler, der privat nicht weniger Probleme hat als im Job, zu viel trinkt und eine rebellische Tochter hat, und mit einem gut gezeichneten Gesellschaftsbild und einem ausgeprägten sozialen Gewissen. Außerdem regnet es unablässig. Man hatte so etwas bereits in den populären schwedischen Krimis von Maj Sjöwall und Per Wahlöö in den Sechzigerjahren gelesen, aber mit Mankell wurde es ein Welterfolg.

Arnaldur Indriðason schrieb mehrere Bücher in dieser Tradition des nordischen Krimis. Er sah es, sagte er später in einem Interview, als seine große Herausforderung, die isländische Leserschaft davon zu überzeugen, dass so etwas in ihrem Land passieren könnte. Das Bild der Gesellschaft musste glaubwürdig sein, und man brauchte einen Polizisten, in seinem Fall Erlendur, der mit beiden Beinen in der isländischen Tradition und Kultur steht.[444] Dies gelang Arnaldur in seinen Büchern, und besonders *Nordermoor* und danach *Grafarþögn* (2001), (dt. *Todeshauch*, 2004) zeigen, wie gut er beides beherrscht. Arnaldur, Sohn des Autors Indriði G. Þorsteinsson (siehe S. 366), ist ein äußerst belesener Schriftsteller, und ihm liegt viel daran, dass seine Bücher nicht nur spannende Krimis, sondern auch gute Romane sind. In seinen späteren Werken ist er vom Personal seiner ersten Mordkommission abgerückt, und viele Bücher spielen in den frühen Nachkriegsjahren. Der Ermittler Konráð ist ein zweifelhafter Charakter und erweckt keinesfalls die uneingeschränkte Sympathie der Leser. Aber Arnaldur zeichnet in seinen Romanen ein umfassendes und präzises Bild vom Reykjavík dieser Jahre, das in der literarischen Ambition an das Paris-Bild eines Balzac erinnert, und mit einem vielfältigen Arsenal an Figuren. Es würde mich nicht überraschen, wenn sich Arnaldur mit der Zeit dem Schreiben von traditionellen realistischen Romanen widmen würde, ein historisches Werk hat er bereits vorgelegt.

Inzwischen gibt es zahlreiche isländische Krimiautorinnen und -autoren, und die Vielfalt der Gattung ist auch größer geworden, denn bei weitem nicht alle schreiben im Sinne des hier erwähnten »nordischen Krimis«, der nun wahrscheinlich auch seinen Höhepunkt auf dem Markt überschritten hat. Hier seien die zwei international erfolgreichsten Vertreter des Genres genannt: Yrsa Sigurðardóttir (geb. 1963) ist gelernte Ingenieurin. Sie schrieb anfangs lustige Kinderbücher, aber wandte sich 2005 dem Krimi zu und hat seither jedes Jahr ein neues Buch veröffentlicht. Ihre Bücher haben meist einen raffinierten Plot, bei dem mehrere Erzählstränge nebeneinander verlaufen, unterscheiden sich aber ansonsten sehr stark voneinander; manche, etwa jene mit der alleinerziehenden Ermittlerin Þóra, stehen, zumindest in weiten Teilen, in der realistischen Erzähltradition, andere kann man eher als Thriller bezeichnen, und es gibt bei ihr auch regelrechte Horrorszenen. Sie scheut nicht das Übernatürliche, lässt dabei aber meist die Interpretation offen. Ein gutes Beispiel für das Spiel mit dem Übernatürlichen ist ihr Buch *Ég man þig* (2010), (dt. *Geisterfjord*, 2011), in dem das abgelegene und verlassene Dorf Hesteyri in den Westfjorden als Schauplatz dient. Eine Gruppe junger Menschen möchte dort ein Haus renovieren, aber bald schon ahnen sie, dass sie nicht allein sind. Gleichzeitig muss ein junger Arzt in einem nahen Ort den Selbstmord einer älteren Frau untersuchen und kommt dabei auf die Spur seines Sohnes, der drei Jahre zuvor verschwand; im Laufe der Geschichte werden diese Handlungsstränge ineinander verflochten. Die englische Ausgabe wurde ein großer Erfolg, und *The Independent* verglich Yrsa mit Stephen King. 2016 wurde dieses Buch verfilmt.

Ragnar Jónasson (geb. 1976) war ursprünglich Jurist und Bankier. Er veröffentlichte 2009 seinen ersten Krimi, nachdem er zuvor zahlreiche Bücher von Agatha Christie übersetzt hatte. Die Lust an guten Rätseln und *whodunnits* konnte man von Anfang an in seinen Werken spüren, aber mit den Jahren hat er sich als Autor weiterentwickelt, und besonders die Trilogie mit der Polizistin Hulda in der Hauptrolle finde ich gut gelungen. Im ersten Band soll Hulda in den Ruhestand, aber muss sich noch eines *cold case* annehmen, und in der Fortsetzung gelingt Ragnar eine spannende und auch tragische Schilderung seiner Protagonistin. Ragnar ist in Reykjavík geboren, aber ein Teil seiner Familie stammt aus dem Dorf Siglufjörður, das auch Schauplatz mehrerer seiner Werke ist. Siglufjörður ist ein kleiner Ort, eingeklemmt zwischen hohen Bergen; er konnte in den langen Wintern sehr isoliert sein, bildet also eine äußerst vorteilhafte Bühne für einen Krimischreiber. Ragnar ist ein produktiver Autor und hat im Ausland bereits mehrere Millionen Bücher verkauft; er setzt sich sehr für die Anerkennung des Krimigenres ein, unter anderem, indem er, zusammen mit Yrsa, das internationale »Iceland Noir«-Festival in Reykjavík organisiert.

Isländische Kriminalromane haben, mit wenigen Ausnahmen, die letzten zwanzig Jahre die hiesigen Bestsellerlisten dominiert. Ein Autor wie Arnaldur verkaufte in der Weihnachtssaison bis zu zwanzigtausend Exemplare eines neuen Buches. Aber auch hier verändert sich der Buchmarkt; unterhaltende Literatur wird mehr und mehr im Audioformat konsumiert, die Taschenbücher verkaufen sich längst nicht mehr so gut wie vor zehn Jahren. Auch das Krimi-Genre muss sich immer wieder erneuern, um seine große Leserschaft zu behalten. Es stärkte ein wichtiges Element in der erzählenden Literatur in Island, den Plot, und hat auch deren Verbreitung im Ausland sehr gefördert. Inzwischen hat sich die Spannungsliteratur mehr und mehr ausdifferenziert, Autorinnen und Autoren beschäftigen sich mit Gattungen, die in der isländischen Literatur bis dahin eine absolute Seltenheit waren, wie Fantasy und Science-Fiction, sowohl für Erwachsene als auch für Jugendliche. Ein Autor, der sich spielerisch zwischen den verschiedenen Genres bewegt, und dabei doch immer die Finsternis erkundet, ist Stefán Máni (geb. 1970). Sein erfolgreicher Thriller, *Skipið* (2006), *Das Schiff*, ist 2009 auf Deutsch erschienen: Ein Schiff begibt sich auf eine lange Fahrt nach Surinam, aber die neun Männer der Besatzung tragen alle eine Last aus der Vergangenheit, und als das Schiff in einen fürchterlichen Sturm gerät, beginnt ein Kampf auf Leben und Tod.

Banken, Bücher und Touristen

Jahrhundertelang verkaufte Island hauptsächlich Fisch im Ausland, und im 20. Jahrhundert war der Fischexport die wichtigste Grundlage für den wachsenden Wohlstand. Darauf folgte, wie schon erwähnt, was man Energieexport nennen kann. Der verlief so, dass die Isländer große Wasserkraftwerke bauten und die Energie an internationale Konzerne verkauften, die in Island Aluminiumfabriken errichteten. Mit den Jahren war es mehr und mehr umstritten, ob diese Art von Export den Isländern wirklich auf Dauer nützt. Kritische Stimmen hörte man vor allem aus den Reihen der dritten großen politischen Bewegung des 20. Jahrhunderts; nach der Arbeiter- und Frauenbewegung war dies die Umweltbewegung, die auch in Island Fuß fasste und diesen Energieverbrauch sehr kritisch sah. Besonders umstritten war in den ersten Jahren des 21. Jahrhunderts ein riesiges Wasserkraftwerk, das bei Kárahnjúkar in Ostisland gebaut und 2007 in Betrieb genommen wurde, um eine hochmoderne Aluminiumfabrik in Reyðarfjörður mit erneuerbarer Energie zu versorgen.

Die Kritik hatte sowohl wirtschaftliche Gründe, dass wir viel zu viel von unserer Energie auf diesen einen, von internationalen Konzernen dominierten Wirtschaftszweig verwendeten, als auch naturbewahrende, denn unter dem See, der bei dem Bau des größten Staudamms in Europa entstand, verschwanden für immer einzigartige Naturphänomene. Der Autor Andri Snær Magnason (siehe S. 445) schrieb darüber ein ebenso kritisches wie wichtiges Buch, *Draumalandið* (2006), (dt. *Traumland – Was bleibt, wenn alles verkauft ist?*, 2011), das auch die Grundlage für einen gleichnamigen Film war. Hier kritisierte er den blinden Glauben an die Aluminiumindustrie, der die Isländer viel zu wichtige Naturressourcen opferten, die Alternativlosigkeit der Politik und das mangelnde Vertrauen der Isländer in ihre eigenen Fähigkeiten. Das Werk von Andri Snær wurde eines der meistgelesenen isländischen Sachbücher überhaupt, unter anderem, weil er sein Können als belletristischer Autor dazu nutzte, ungewöhnliche gedankliche Verbindungen herzustellen und mit einprägsamen Vergleichen und Bildern den Leser sowohl zu unterhalten als auch zu überraschen.

Dies tat er auch in einem zweiten Buch, *Um tímann og vatnið* (2019), (dt. *Wasser und Zeit: Eine Geschichte unserer Zukunft*, 2020). Es ist ein Sachbuch über den Klimawandel und das wahrscheinlich größte Problem der Zukunft, den Wassermangel, wissenschaftlich fundiert, aber auch persönlich, mit Erzählungen von Gletscherwanderungen seiner Großeltern oder Interpretationen von alten nordischen wie indischen Mythen. Das Leben auf der Erde wird sich in den nächsten Jahren grundlegend verändern, und Andri Snær fragt sich: »Welche Wörter können ein Thema von dieser Größenordnung fassen?«[445] Offensichtlich ist es ihm gelungen, denn das Buch ist in kurzer Zeit in über dreißig Länder verkauft worden. Dabei spielt es auch eine Rolle, dass er Isländer ist: Wie alle seine Landsleute hat er die größten Gletscher Europas vor Augen, und wie alle in seinem Alter braucht er nur die Fotos von den Ausflügen seiner Kindheit mit aktuellen Bildern zu vergleichen, um zu sehen, wie schnell die Gletscher schmelzen. Hinzu kommt, was ein steigender Meeresspiegel und ein zunehmender Säuregrad des Meeres für die Bewohner einer Insel, auf der man immer noch sehr von der Fischerei abhängig ist, bedeuten können.

Die Bücher von Andri Snær Magnason sind gute Beispiele für ein Genre, das sich bei Lesern in aller Welt wachsender Beliebtheit erfreut und auf Englisch *narrative nonfiction* genannt wird, erzählendes Sachbuch. Auf diesem Gebiet gibt es mehrere gute Autorinnen und Autoren auf Isländisch, aber niemanden, dessen Bücher in so viele Sprachen übersetzt wurden wie die von Andri Snær. Erwähnen möchte ich noch einen seiner Vorgänger im Kampf für die Bewahrung der isländischen Natur, Guðmundur Páll Ólafsson (1941–2012), der ein einzigartiges und umfangreiches Werk in mehreren Bänden über die Natur Islands vorgelegt hat; ein Verfasser im Geist der Renaissance, der sowohl Expeditionen unternahm als auch schrieb, zeichnete und fotografierte.

Ansonsten sind es nicht zuletzt Historiker, die sich mit diesem Genre beschäftigt haben. Jahrzehntelang konnte man das enorme Interesse der Isländer für Biografien auf dem Buchmarkt beobachten, von denen der Historiker Guðjón Friðriksson (geb. 1945) zahlreiche verfasst hat. Ebenso wie die Historikerin Þórunn Valdimarsdóttir (geb. 1954), die zugleich Dichterin und Romanautorin ist, was sich im Unterhaltungswert ihrer Biografien zeigt, wie zum Beispiel in ihrem umfangreichen Buch über Matthías Jochumsson (siehe S. 252). Das gilt gleichermaßen für den bereits erwähnten Historiker Bergsveinn Birgisson (siehe S. 30), der nicht nur mit seinem äußerst lesbaren Sachbuch *Leitin að svarta víkingnum* (Die Suche nach dem schwarzen Wikinger) spannende Hypothesen zur isländischen Landnahme vorgelegt, sondern auch mehrere interessante Romane geschrieben hat. Besonders das Buch *Svar við bréfi Helgu* (2010), (dt. *Antwort auf den Brief von Helga*, 2022), erregte viel Aufmerksamkeit und wurde nun verfilmt. Es geht um den großen gesellschaftlichen Wandel Mitte des 20. Jahrhunderts, jedoch ist das Buch auch eine raffinierte Liebesgeschichte, in der ein alter Schafsbauer mit jahrzehntelanger Verspätung einen Brief beantwortet, den die einzige Frau, die er je geliebt hat, ihm geschrieben hatte. Man sollte es nicht glauben, aber Geschichte und Dichtung bilden eine gute Kombination bei diesen Verfassern, vielleicht weil sie wissen, wie sie die Gefahr umgehen können, die Laxness einmal so formulierte: »Der Unterschied zwischen einem Dichter und einem Historiker besteht darin, dass der Dichter wissentlich zu seinem Vergnügen lügt; der Historiker lügt in seiner Einfalt und bildet sich ein, dass er die Wahrheit sagt.«[446]

Der isländische Pionier auf diesem Feld des erzählenden Sachbuchs war der Kunsthistoriker Björn Th. Björnsson (1922–2007), der sowohl Bücher über Kunstgeschichte als auch historische Romane schrieb; besonders kurzweilig ist *Falsarinn* (Der Fälscher, 1993): Die abenteuerliche und wahre Geschichte eines jungen Isländers vom Lande, der seine künstlerische Begabung dazu nutzte, einen Reichstaler zu zeichnen, um sich Stifte und Papier zu kaufen, und dafür 1783 zum Tode verurteilt wurde. Nach sieben Jahren im dänischen Gefängnis kommt er frei, und es folgt die unglaubliche Familiengeschichte, in der einer seiner Söhne Finanzminister von Dänemark wird und der andere königlicher Kunstmaler.

Die Historikerin Sigrún Pálsdóttir (geb. 1967) hat sich in

den letzten Jahren mit Romanen einen Namen gemacht, die historisch fundiert und ein reines Lesevergnügen sind. Für den Roman *Delluferðin* (Die unsinnige Reise, 2019), ein tragikomischer Schelmenroman über eine isländische Frau, die um die Jahrhundertwende 1900 nach New York reist, erhielt sie den Literaturpreis der EU. Das Buch ist stellenweise eine herrliche Parodie auf die reine Unterhaltungsliteratur. Die jüngere Historikerin und Dichterin Kristín Svava Tómasdóttir (geb. 1985) indes weiß, wie man Elemente der Erzählkunst in Geschichtsbücher einfließen lässt, aber beim Schreiben Dichtung und Wahrheit auseinanderhält. Sie hat gerade ein Buch vorgelegt, in dem sie die Geschichte von Reykjavík anhand eines Hauses erzählt, und zwar jenes Hauses, in dem Menschen mit gefährlichen ansteckenden Krankheiten untergebracht wurden (*Farsótt: Hundrað ár í Þingholtsstræti 25*, 2022). Der Leser erfährt viel über Vorurteile, Sozialhilfe, Quarantäne und gesellschaftliche Isolation in der Kleinstadt Reykjavík, aber lernt auch einiges über den beschwerlichen Weg Islands in die Moderne.

Die Nachteile dessen, neureich zu sein, wurden im ersten Jahrzehnt des neuen Jahrhunderts deutlich sichtbar in Island. Sie zeigten sich nicht nur beim Bau des Kraftwerks von Kárahnjúkar, sondern – und hier noch deutlicher – in der gleichzeitigen Privatisierung der Banken. Die isländischen Banken wurden in Eile und unter zu geringer Kontrolle Finanzabenteurern ausgehändigt, die sich begeistert an der, von Gier gekennzeichneten, Überhitzung des internationalen Bankenwesens beteiligten. Binnen weniger Jahre war das Volumen der isländischen Banken zwölfmal größer als das der Volkswirtschaft. Das konnte nicht gut gehen, wie alle inzwischen wissen, und im Oktober 2008 wurde Island zum Symbol der weltweiten Finanzkrise, sozusagen der Kanarienvogel in der Mine. (Im Bergbau wurden in früheren Zeiten Kanarienvögel in Kohleminen eingesetzt, um Bergleute vor gefährlichen Gasen zu warnen.)[447] Die drei großen Banken gingen innerhalb weniger Tage bankrott, die Krone stürzte ab, die Schulden junger Familien wuchsen enorm, und die Arbeitslosigkeit, die die Isländer seit Jahren kaum noch gekannt hatten, stieg auf über 10 Prozent. Eine regelrechte Krise also, und die Proteste der Bevölkerung waren so massiv, dass die Regierung zurücktreten musste.

Es war einem zumute, als ob Island in ein Loch fiele. Viele hatten den Finanzwikingern, wie sie genannt wurden, vertraut, das Wirtschaftswachstum für selbstverständlich gehalten. Wenige hatten erwartet, dass es so schnell zusammenbrechen würde, geschweige denn, dass die Briten ihre Anti-Terror-Gesetze auf die isländischen Banken anwenden würden, um nur ein Beispiel der internationalen Reaktionen zu nennen. Vor dem Crash war ein fast grenzenloser Zukunftsoptimismus vorherrschend, jedoch nicht überall. Man spürt in manchen literarischen Werken aus diesen Jahren ein Gefühl von Unbehagen, eine kritische Distanz zur gesellschaftlichen Entwicklung, die zeigt, dass den Autoren bei diesem Finanzgebaren nicht wohl war. Ein gutes Beispiel dafür ist das 2008 veröffentlichte Buch *Konur* von Steinar Bragi (geb. 1975), das drei Jahre später unter dem Titel *Frauen* (2011) auf Deutsch erschien. Eine junge isländische Künstlerin kehrt nach mehreren Jahren in New York in die Heimat zurück, um ihr gescheitertes Leben zu ordnen, als ein Banker sich als Retter anbietet und sie in seiner Penthouse-Wohnung in Reykjavík einquartiert. Doch sie wird das Gefühl nicht los, dass sie in eine Falle gelockt worden ist, hinter dem Aufschwung lauert das Grauen. Wie gut der Autor den Zeitgeist erspürte, zeigt sich auch darin, dass der deutsche Verlag den Roman als ein radikales Bild von der Finanzkrise in Island präsentierte, und damit gar nicht unrecht hatte, obwohl er vor dem Crash geschrieben worden war.

Es ist nicht so, als ob die Literatur die gesellschaftliche Entwicklung direkt widerspiegelte; nach der Krise wurden nicht jede Menge Romane über die Banken geschrieben. Sachbücher durchaus, aber die Belletristik geht ihre eigenen Wege, saugt den Zeitgeist in sich auf, und der Leser merkt die Kritik oder das Unbehagen daran eher in der erzählerischen Haltung als in der Handlung. So zum Beispiel beim Dichter und Erzähler Bragi Ólafsson (geb. 1962), der einst Bassist bei den *Sugarcubes* war. Seine Romane zeichnen sich durch einen leisen Humor und eine tiefe Ironie aus. Sie erwecken im Leser oft ein unheimliches Gefühl, dass gleich etwas passiert, und dann geschieht doch nichts, oder scheinbar nichts. Besonders deutlich zeigt sich dies etwa in dem auch auf Deutsch erschienenen Roman *Der Botschafter* (2009, isländisches Original *Sendiherrann*, 2006). Hat der Dichter Sturla seine Gedichte selbst geschrieben? Oder hat er sie gestohlen, so wie ihm sein Mantel geklaut wurde? Oder auch nicht? Was macht er auf dem Literaturfestival im Ausland? Die Ironie macht die Bücher von Bragi Ólafsson unwiderstehlich, aber gleichzeitig drängt sich dem Leser das Gefühl auf, ihm werde irgendetwas vorenthalten.

Ganz anders erzählt Ófeigur Sigurðsson (geb. 1975), wortgewaltig und wortreich, etwa in seinem großen Werk *Öræfi* (2014, auf Englisch 2018 unter dem Titel *Öræfi: The Wasteland* erschienen). In der Geschichte vom österreichischen Ortsnamenforscher Bernharður Fingurbjörg, der eines Tages halb tot zurückkehrt von einer Expedition auf den Vatnajökull-Gletscher, gibt es jede

Menge Handlung, großspurigen und absurden Humor, Verhöhnung isländischer Selbstherrlichkeit, geschichtliche und naturwissenschaftliche Einschübe, etwa über das Hochland, und doch geht es wie bei Bragi Ólafsson um die absolute Einsamkeit und wie die kräftezehrendste Expedition immer der Weg zum eigenen Selbst ist.

Manche Autorinnen und Autoren haben sich im letzten Jahrzehnt ins Private zurückgezogen, richten ihren Blick auf Familienverhältnisse und den Wechsel der Gefühle, wie zum Beispiel Auður Jónsdóttir (geb. 1973). Die Enkelin von Laxness hat mehrere autobiografisch gefärbte Romane geschrieben, teils über ihre Familie, teils über sich selbst. Sie erzählt unprätentiös, mit leisem Humor und feiner Selbstironie. Sehr lesenswert ist zum Beispiel der Roman *Ósjálfrátt* (2012), auf Deutsch *Wege, die das Leben geht* (2016) über die junge Frau Eyja, die Schriftstellerin werden will wie ihr berühmter Großvater, aber ihr Leben in den Griff bekommen muss. Dafür erhält sie jede Menge Ratschläge von ihrer Großmutter, ihrer Mutter und deren Freundin Runa, mit der sie den Sommer in Schweden verbringt. Eyja ist umgeben von starken Frauen, und besonders witzig ist die Schilderung von Runa, die unglaublich energisch, aber auch ebenso verrückt ist. Köstlich ist das Kapitel, in dem Eyja als Kleinkind in der Obhut ihres Großvaters zurückgelassen wird, während die Mutter und die Großmutter zum großen Frauenstreik in der Stadt fahren (siehe S. 425). So unbeholfen kann auch nur ein Nobelpreisträger mit einem Kind und dessen voller Windel sein.

Island erholte sich schnell von der Krise, schon 2011 gab es wieder ein Wirtschaftswachstum, aus einem einfachen Grund, und der heißt: Tourismus. Durch den Sturz der Krone war

Island ein preiswertes Urlaubsziel geworden, und die Reisebranche wuchs rasant. 40 Prozent der Valutaeinnahmen der Isländer kamen in den Jahren vor Covid von ausländischen Gästen, der Tourismus hatte den Fisch- und Aluminiumexport weit überholt. Jetzt, unmittelbar nach Covid, ist es schon wieder so weit, und mehr als zwei Millionen Menschen besuchen Island jedes Jahr. Wie immer sehen die Isländer eine Schatzkiste am Ende des Regenbogens, die Reisebranche hat die Finanzbranche abgelöst, viele wollen schnelles Geld verdienen, während die Infrastruktur des Landes weit hinterherhinkt und das Land so viele Gäste gar nicht ordentlich empfangen kann.

Es gibt aber auch eine andere, sehr interessante Entwicklung: 2021 waren über 17 Prozent der Einwohner Islands, also fast jeder fünfte, Immigranten oder Immigrantinnen der ersten oder zweiten Generation. Es sind zum größten Teil Menschen, die hierhergekommen sind, um zu arbeiten. Über ein Drittel der Zuwanderer stammt aus Polen. Natürlich sind auch Flüchtlinge aus vielen Ländern unter den Immigranten. Die homogene isländische Gesellschaft ist in kurzer Zeit multikulturell geworden. Man stelle sich vor, dass der Anteil der Einwanderer an der Bevölkerung vor einhundert Jahren noch nicht einmal ein Prozent betrug. Auch dies öffnet unserer Literatur viele neue Möglichkeiten.

Ein Land der Frauen

Die isländische Literatur floriert. Sie mag das isländische Selbstbewusstsein nicht mehr gleichermaßen prägen wie vor einhundert Jahren, solche Zeiten sind ein für alle Mal vorbei. Aber sie ist reich und divers, und das haben wir nicht zuletzt unseren vielen Dichterinnen zu verdanken. Die Lyrik bleibt Lesern in anderen Ländern oft vorenthalten, aber einigen deutschen Idealisten, die als Übersetzer, Herausgeber und Verleger daran mitwirken, ist es zu verdanken, dass es gute neuere Lyrik in deutscher Übersetzung gibt. Es gibt mehrere Anthologien, ein Buch über die Atomdichter, aber auch Einzelbände, wie von Linda Vilhjálmsdóttir (geb. 1958). Linda ist eine traditionsbewusste Lyrikerin, die sowohl die klassische wie die moderne Tradition der isländischen Dichtung kennt und deren Sprache beherrscht, aber sie scheut auch nicht vor aktuellen, politischen Themen zurück, wie beispielsweise den Finanzkapitalismus in Island. Die Verführung der Gesellschaft ist das Sujet in ihrem Band *Frelsi* (2015), (dt. *Freiheit*, 2018):

> und unsere verstockten knochen
> dürfen im garten noch für eine weile
> hinter dem windschutz mürbe werden

mütter und töchter
nördlich vom gasgrill
väter und söhne südlich von ihm

und die letzte mahlzeit wartet
auf göttlichere zeiten und vornehmere
abendgäste[448]

Gerður Kristný (geb. 1970) zeigt in ihrer Dichtung auch, wie gut sie die klassische Literatur unseres Landes kennt und mit neuen, feministischen Themen verbinden kann. Sie hat Romane, Kinderbücher und Sachbücher verfasst, aber besticht vor allem durch ihre Dichtung. Sie hat mehrere Langgedichte komponiert, die je ein Buch füllen, und eines davon, *Blóðhófnir* (Bluthufe, 2010), ist in sieben Sprachen erschienen, jedoch nicht auf Deutsch. In unserem Zusammenhang ist es interessant, weil es eine Neu-Interpretation eines alten Edda-Liedes ist. Dieses heißt *Skírnismál* und erzählt vom Fruchtbarkeitsgott Freyr und wie er versucht, das Riesen-Mädchen Gerður zu erobern. Traditionell wurde es als Fruchtbarkeitskomödie rezipiert, aber Gerður sieht es anders. Sie nimmt die Perspektive einer Frau ein, die Drohungen und Gewalt ausgesetzt ist. Eine unheimliche Atmosphäre dominiert den ganzen Text, Assoziationen verweisen auf aktuell viel diskutierte Themen wie Gewalt gegen Frauen und Menschenhandel. Gleichzeitig ist ihr Langgedicht streng in der Form und knapp im Stil, lässt aber die alten Versformen der Edda-Dichtung erkennen.[449] Diese Kombination ist ihr außerordentlich gut gelungen.

Überhaupt, die Autorinnen. Schon lange weiß man, dass die Frauen zwei Drittel oder mehr des lesenden Publikums stellen. Aber nun sind sie auch tonangebend in der Literatur. So die

Autorin Fríða Ísberg (geb. 1992), deren Roman *Merking* (2021), (dt. *Die Markierung*, 2022), bereits in siebzehn Länder verkauft worden ist. Eine dystopische Geschichte, die in Island in der nahen Zukunft spielt. Es geht darum, dass man einen Empathie-Test entwickelt hat, um den moralischen Status der Menschen zu messen. Wer ihn besteht, wird markiert und kann daraus Vorteile ziehen. In kurzer Zeit soll ein Referendum entscheiden, ob die Markierung gesetzliche Pflicht wird. Die vier sehr verschiedenen Hauptpersonen müssen sich mit diesem Dilemma auseinandersetzen und gleichzeitig ihr alltägliches Leben, sehr ähnlich dem heutigen, irgendwie weiterführen. Das Buch ist intelligent geschrieben und zeitgenössisch in seiner Problemstellung; kein Wunder, dass es jetzt in vielen Ländern erscheint.

Dystopisch ist auch der erste Roman von Sigríður Hagalín (geb. 1974), *Eyland* (2016), (dt. *Blackout Island*, 2018), der eine totale Isolation Islands beschreibt und in mehrere Sprachen übersetzt worden ist. Ihr dritter Roman, *Eldarnir: Ástin og aðrar hamfarir* (2020), (dt. *Islandfeuer*, 2022), wörtlich übersetzt: »Die Feuer. Die Liebe und andere Katastrophen«, enthält ebenso eine dystopische Dimension sowie Elemente aus dem Thriller-Genre, die Sigríður gerne in ihren Werken einbaut. Das Buch erzählt von den Konsequenzen eines unerwarteten Vulkanausbruchs auf Reykjanes, der dann kurz nach der Veröffentlichung tatsächlich stattfand, doch glücklicherweise noch nicht in derselben Größenordnung wie im Buch. Es ist eine doppelte Katastrophe, in der Geologie wie in der Liebe, die die Journalistin Sigríður hier packend erzählt. 2022 legte sie einen historischen Roman vor, *Hamingja þessa heims: Riddarasaga* (Das Glück dieser Welt: Ritterroman), gründlich recherchiert, und mit direkten Anspielungen auf die Me-too-Debatte.

Natürlich können hier nur ein paar der Autorinnen genannt werden, die zurzeit auf dem isländischen Buchmarkt in Erscheinung treten, wie zum Beispiel die Dramatikerin und Romanautorin Kristín Eiríksdóttir (letzter Roman *Tól*, Werkzeug, 2022) und die Dichterin und Romanautorin Bergþóra Snæbjörnsdóttir (letzter Roman *Duft*, Staub, 2023). Einen Namen will ich noch hinzufügen: María Elísabet Bragadóttir (geb. 1993) legte mit ihrem Erzählungsband *Herbergi í öðrum heimi* (Zimmer in einer anderen Welt, 2020), ein sehr überzeugendes Debüt vor. Sie erzählt packend und scheinbar direkt aus der isländischen Gegenwart, fügt aber dann mit leicht absurder Fantasie eine andere Welt in ihre Geschichten ein, so dass man gespannt auf ihre nächsten Werke wartet.

Der isländische Buchmarkt hat sich, nicht nur was den Anteil der schreibenden Frauen betrifft, in den letzten Jahren stark verändert. Der Verkauf gedruckter Bücher geht langsam, aber stetig zurück, und die Digitalisierung schreitet voran. Das zeigt sich nicht so sehr an einer Verlagerung ins E-Book-Format, wie die traditionellen Verlage vor zwanzig Jahren fürchteten, sondern vor allem im Hörbuch, wo eine regelrechte Revolution stattfindet. 2018 erschienen neun Audiotitel auf dem isländischen Markt, 2021 konnte der Streaming-Dienst Storytel fast achthundert Titel zu seinem Angebot in Island hinzufügen, zur Freude der 50 000 Abonnenten. Fast jedes dritte Buch, das in Island »konsumiert« wird, erreicht den Leser über die Kopfhörer. Man kann sich darüber Sorgen machen, aber literaturgeschichtlich ist es für die Isländer spannend: Sind wir, mit Podcasts und ähnlichen Formaten, wieder bei der mündlichen Überlieferung, die für unsere klassische Literatur so wichtig war? Wird man manche Bücher jetzt anders schreiben, weil man weiß, dass der Leser sie hören wird? Wird das eigentliche Erzählen für Zuhörer, das in Island eine so lange Tradition hat, wieder aufblühen?

Ein Land voller Worte

Eine andere wichtige Entwicklung sehen wir schon jetzt, und zwar, dass sich ein neues und spannendes Element zur isländischen Literatur hinzufügt, und das ist die Dichtung der Zuwanderer, die fast ein Fünftel der Bevölkerung ausmachen. Es hat gedauert, aber in den letzten Jahren wurden Autorinnen und Autoren mit Migrationshintergrund zunehmend wahrgenommen. Manche schreiben in ihrer Muttersprache, einige auf Englisch, einige auf Isländisch. Aber alle haben sie eine neue Sicht darauf, was es heißt, in Island zu leben. Als Beispiel sei hier die polnisch-isländische Autorin Ewa Marcinek genannt. Sie wurde 1986 in Wrocław geboren, wohnt seit 2013 in Island und schreibt auf Englisch. 2022 erschien ihr erstes Buch auf Isländisch, aus dem Englischen übersetzt: *Ísland pólerað* (Island poliert). In einem Essay schrieb sie: »Als ich nach Island kam, entdeckte ich, dass Polin auf Island zu sein, bedeutete, eine Gruppe zu sein und kein Individuum. Eine Idee, kein Mensch. Ich schreibe darüber, um mich selbst und meine Erfahrung zu personifizieren, um gegen den Stempel zu protestieren, ihn zu zerstören, der Kategorie zu entkommen und, wenn möglich, andere zu befreien, die wie ich sind.«[450] Auf dem Cover ihres Buchs steht:

Wir lieben die Jobs, die ihr hasst.
Wir lieben die Jobs, die ihr hasst.
Wir lieben die Jobs, die ihr hasst.
Das ist nicht wahr.
Wir hassen sie auch.
Wir lieben es nur, hier zu wohnen.
Weit weg von unseren Problemen.[451]

Ewas Landsmann Jakub Stachowiak (geb. 1991) wohnt seit 2016 hier und dichtet auf einem unglaublich präzisen Isländisch (erlaubt sich aber auch ein Spiel mit falschen Wörtern), und das tut auch die Russin Natasha Stolyarowa (geb. 1987), die seit 2012 hier lebt. Für ihr erstes Buch, *Máltaka á stríðstímum* (Spracherwerb in Zeiten des Krieges, 2022), erhielt sie einen renommierten isländischen Lyrikpreis, den eine Jury verleiht, die dafür anonym eingesandte Manuskripte prüft. Die dichtende Stimme ist die einer Russin, die verfolgen muss, wie ihr Land die Ukraine überfällt. Der Leser durchlebt die Gefühle und Stimmungen, die der Horror des Krieges in einem Menschen erwecken kann. Gleichzeitig entsteht durch die Verweise auf die friedliche isländische Wirklichkeit ein umso eindrucksvolleres Bild vom Krieg in Europa.

Unsere Immigranten kommen aus vielen Ländern. So stammt zum Beispiel der Autor Joachim B. Schmidt (geb. 1981) aus Graubünden in der Schweiz. Mit *Kalmann* (2020, isländische Ausgabe 2022), einem Roman, der in dem kleinen (und real existierenden) Dorf Raufarhöfn im Nordosten Islands spielt, ist ihm einer der einfühlsamsten und originellsten Island-Krimis überhaupt gelungen. Die Hauptperson, die einen deutschen Kritiker an Forrest Gump erinnerte, ist so ungewöhnlich, dass zweifelsohne eine Fortsetzung über diesen Sheriff von Raufarhöfn kommen musste (*Kalmann und der schlafende Berg*, 2023).[452]

Noch wissen wir nicht, wie die Immigranten-Literatur die isländische Literaturgeschichte beeinflussen wird. Was wir aber wissen, und hoffentlich kann man es auch diesem Buch entnehmen, ist, dass die isländische Literatur immer aufblüht, wenn die Verbindung zur Kultur anderer Länder gestärkt wird. Das gilt für das 13. und 14. Jahrhundert ebenso wie für das 19. und 20. Jahrhundert und die Gegenwart. Und es gilt in beide Richtungen, denn sowohl im Mittelalter als auch jetzt wurde isländische Literatur exportiert. Nie wurde jedoch so viel von unserer Literatur übersetzt wie in den letzten Jahren, und die Begegnung mit Lesern im Ausland ist den isländischen Autorinnen und Autoren eine ständige Inspiration.

Genauso wie man hoffen kann, dass die Leser in anderen Ländern ihre Freude an der isländischen Literatur und ihrer Erzählweise haben, an ihrem Humor und ihrer Lust an guten Geschichten, an den Charakterschilderungen und der darin beschriebenen Natur. Und dass man uns verzeiht, dass wir das Beispielhafte mehr mögen als das Philosophische. Noch immer finden die Isländer, ob alte oder neue, mithilfe der Literatur ihren Platz in der Welt, und sie tun es in ihrer Sprache, denn es gibt keine kleinen Sprachen, wie Vigdís Finnbogadóttir es einmal formulierte, es gibt nur Sprachen, die von wenigen gesprochen werden.

Wir werden wahrscheinlich nie genau wissen, wie viel wir dem Handschriftensammler Árni Magnússon und seinen Freunden zu verdanken haben, als sie die alten Manuskripte aus dem brennenden Haus in Kopenhagen retteten. Ohne die literarische Tradition, die ihre Nachkommen aus diesem Schatz entwickelten, hätte der Unabhängigkeitskampf der wenigen Bewohner unserer Insel viel von seiner Schlagkraft verloren.

Diese Tradition bildete die Grundlage für das Selbstvertrauen, das wiederum eine Voraussetzung für Souveränität war.

Die Literatur half den Isländern im 20. Jahrhundert auch, sich in der Fremde, in der Moderne zurechtzufinden. Um dies zu erreichen, musste die Literatur ihre eigenen Grenzen überschreiten: Mehr Menschen mussten zu Wort kommen, und alle Aspekte der Gesellschaft mussten diskutiert werden.

Obwohl die Literatur heute nicht mehr der einzige kulturelle Beitrag Islands ist, spielt sie auch in der Gegenwart eine Schlüsselrolle, wenn es darum geht, zwischen Schein und Sein zu unterscheiden – zwischen dem Schein des schnellen Geldes und dem Sein der Geschichte. Im zweiten Teil des Romans *Weltlicht* von Halldór Laxness findet sich eine Szene, in der Ólafur Kárason so gerne einer Dichterin im Dorf ein Gedicht vorlesen will, aber sie sagt, sie möchte es nicht hören, erst in der Asche. Ólafur fragt, was sie meint:

> Gedichte sind am besten in der Asche, antwortete sie gestelzt. Wenn die Schrift ausgelöscht und das Buch verbrannt ist, erst dann zeigt sich, was das Gedicht wert war.
> Ich bin jedenfalls davon überzeugt, dass mir selten oder nie ein besseres Gedicht gelungen ist, sagte er.
> Wenn es dir gelingt, es ins Herz des Volkes zu dichten, dann ist es gut, sagte sie. Einen anderen Maßstab gibt es nicht.[453]

Nachwort

Seit dem 19. Jahrhundert erfreut sich die isländische Literatur, insbesondere die der Eddas und Sagas, großer Beliebtheit im deutschsprachigen Raum. Auch die zeitgenössische Literatur hat inzwischen ein breites Lesepublikum erreicht – und die isländische Literaturgeschichte hat an den Universitäten Einzug gehalten. Dieses Buch soll den Leserinnen und Lesern einen Überblick über die isländische Literatur von ihren Anfängen bis zur Gegenwart bieten, erzählt aus meiner persönlichen Sicht.

Literaturhistorische Übersichtswerke gibt es nicht viele auf dem deutschsprachigen Markt. Jürg Glausers Buch *Island: Eine Literaturgeschichte*, das 2011, passend zum Gastlandauftritt Islands auf der Frankfurter Buchmesse, erschien, ist jedoch besonders hervorzuheben. Es diente dem Autor in seiner thematischen und chronologischen Herangehensweise als wichtige Inspirationsquelle. Ebenso wichtig waren die großen neueren Literaturgeschichten aus Island: *Íslensk bókmenntasaga I-V* (1992–2006) und *Íslenskar bókmenntir I-II* (2021). Zu nennen ist überdies die von Daisy Neijmann herausgegebene hervorragende englischsprachige *A History of Icelandic Literature* (2006).

Mir ging es vor allem darum, Geschichten über diese Literaturgeschichte zu erzählen und verschiedene Perspektiven aufzuzeigen: Wer kam wann zu Wort? Über was wurde geschrieben? Wie kommt es, dass die Literatur in all ihren Ausprägungen solch einen großen Teil unseres Lebens in Island ausmacht? Unmöglich konnten alle Namen genannt werden, die in unserer reichen Literaturlandschaft bedeutend sind – das gilt besonders für die Kapitel, in denen die letzten Jahrzehnte behandelt werden. Ich hoffe jedoch, mit diesem Buch das Interesse der deutschen Leser und Leserinnen an der Welt der isländischen Literatur ein wenig geweckt zu haben. Es gibt viel zu entdecken. Und die Literatur hat mehr über das Land, seine Leute und Landschaften zu sagen, als so mancher und manche denken mag.

Einen herzlichen Dank an alle, die mir geholfen haben, so manche Frage beim Verfassen dieses Werkes zu beantworten: die Historiker Már Jónsson und Guðni Th. Jóhannesson, der Archäologe Orri Vésteinsson, die Handschriftenforscherin Silvia Hufnagel und die Literaturwissenschaftlerin Lena Rohrbach, der Geologe Ari Trausti Guðmundsson, der Übersetzer und Herausgeber Wolfgang Schiffer sowie meine Freunde Einar Kárason, Tómas R. Einarsson und Örnólfur Thorsson. Ein besonderer Dank gilt Kristján B. Jónasson, der das gesamte Manuskript durchlas und zahlreiche Fehler korrigierte, sowie Kristof Magnusson, der viele der isländischen Zitate ins Deutsche übersetzte. Gunnþórunn Guðmundsdóttir und Gauti Kristmannsson lasen auch die endgültige Fassung durch und retteten mich vor manchem Fehler; hier sei ihnen herzlich gedankt. Natürlich trage ich als Autor die alleinige Verantwortung für eventuelle Fehler oder Mängel in diesem Werk. Mein größter Dank gilt meiner unermüdlichen Lektorin Ursula Bergenthal und meiner Verlegerin Regina Kammerer.

Zu guter Letzt sei darauf hingewiesen, dass es während der Entstehung dieses Buches gleich fünf Vulkanausbrüche auf Island gab, und zwar ganz in der Nähe von Reykjavík. Das Dorf Grindavík, das auf diesen Seiten mehrere Male erwähnt wurde, ist inzwischen menschenleer. Island ist ein Land der vielen Umbrüche und stetigen Naturereignisse, und eines der Hauptthemen unserer Literatur, der Kampf der Menschen mit den Kräften der Natur, ist bei weitem noch nicht erschöpft.

Halldór Guðmundsson, kurz vor Weihnachten 2023

Anmerkungen

Dies ist keine wissenschaftliche Abhandlung, aber hoffentlich können die Anmerkungen dem interessierten Leser weiterhelfen. Die zitierten Bücher sind mit bibliografischen Informationen in den Quellen aufgelistet.

1 Hier findet sich ein fundierter Wikipedia-Artikel auf Dänisch über den Brand: https://da.wikipedia.org/wiki/K%C3%B8benhavns_brand_1728.

2 Halldór Laxness: *Die Islandglocke*, S. 434, dt. Hubert Seelow

3 Über Árni Magnússon hat der Historiker Már Jónsson eine Biografie geschrieben: *Árni Magnússon: ævisaga*, 1998.

4 Sowohl über Handschriften als auch über Sprachgeschichte kann man viel auf der Webseite der isländischen Árnastofnun lesen: www.arnastofnun.is, teils auch auf Englisch.

5 Übersetzung aus welt.de, Geschichte: https://www.welt.de/geschichte/article205686445/Wikinger-Sturm-Der-Geruch-von-Blut-und-Eingeweiden-hing-in-der-Luft.html

6 Siehe Sigurður Líndal: *Eine kleine Geschichte Islands*, 2011, und Ludwig Rübekeil, https://www.academia.edu/42192846/Namenwechsel_und_Namenwandel_in_der_Nordsee

7 Siehe Sumarliði Ísleifsson: *Í fjarska norðursins*, 2020, S. 59

8 Zitat nach Jürg Glauser: *Island: Eine Literaturgeschichte*, 2011, S. 24

9 Übersetzung aus Sigurður Líndal, 6), S. 11, dt. Marion Lerner

10 Siehe Gísli Sigurðsson: »Gaelic Whispers«, in *Iceland – Ireland*, 2022, S. 168

11 Siehe 6), S. 12

12 Siehe Patricia Pires Boulhosa: *Gamli sáttmáli. Tilurð og tilgangur*, 2006

13 Siehe Ármann Jakobsson (Hg.) *Íslenskar bókmenntir I*, 2021, S. 229

14 Jónas Jónsson: *Íslandssaga handa börnum I*, 1915, S. 14

15 Helgi Guðmundsson: *Um haf innan*, 1997

16 Bergsveinn Birgisson: *Leitin að svarta víkingnum*, 2016 (ursprünglich auf Norwegisch 2013), und *Geirmundar saga Heljarskinns*, 2015. Aus dem Buch von

Bergsveinn habe ich auch die Beschreibung des Sklavenmarkts in Dublin in der Fortsetzung, siehe *Leitin að svarta víkingnum*, S. 213–216

17 Bjarni F. Einarsson u. a.: »Rostungar við Ísland til forna«, *Skírnir*, Frühjahr 2022

18 Sjón: *Das Gleißen der Nacht*, dt. Betty Wahl, 2011, S. 158

19 *Die Götter- und Heldenlieder der Älteren Edda,* Arnulf Krause (Hg. und Übersetzer), Stuttgart 2004, S. 29

20 Siehe Vésteinn Ólason u. a. (Hg.): *Íslensk bókmenntasaga I,* S. 75

21 Árni Björnsson: *Wagner and the Volsungs*, 2003

22 Siehe 20), S. 576

23 Übersetzung aus *Altnordische Dichtung und Prosa. Die jüngere Edda mit dem sogenannten ersten grammatischen Traktat*, 1925, siehe https://de.wikipedia.org/wiki/Edda, dt. Gustav Neckel und Felix Niedner

24 Siehe *Íslensk bókmenntasaga I,* S. 86

25 Ebd., S. 130

26 *Die Heldenlieder der Älteren Edda,* Arnulf Krause (Hg. und Übersetzer), Stuttgart 2001.

27 Siehe 19), S. 46

28 Bergsveinn Birgisson: »Konuskegg og loðnir bollar«, *Skírnir*, Frühjahr 2009.

29 Das ist viel diskutiert worden, aber neue sprachwissenschaftliche Untersuchungen deuten auch daraufhin. Siehe Haukur Þorgeirsson: »How similar are Heimskringla and Egils saga? An application of Burrows' delta to Icelandic texts«, *European Journal of Scandinavian Studies,* 2018

30 *Die Saga von Egill Skalla-Grímsson,* dt. Kurt Schier, in Klaus Böldl u. a. (Hg.): *Isländersagas 1*, S. 257–258

31 Ebd., S. 258

32 Aus *Egils Saga Skallagrímssonar. Nebst den größeren Gedichten Egils*, Finnur Jónsson (Hg.), 1924, S. 308

33 Siehe Peter Hallberg, *Old Icelandic Poetry*, 1975, S. 136

34 *Morgunblaðið*, 15.8. 1951

35 Siehe Jürg Glauser 8), S. 73

36 Gísli Sigurðsson 10) S. 158

37 Ebd., S. 161

38 Es ist zum Beispiel nicht belegt, wie manchmal behauptet wird, dass das Wort »Edda« Urgroßmutter bedeutet, siehe Ármann Jakobsson hier: https://www.visindavefur.is/svar.php?id=59822

39 Daisy Neijmann (ed): *A History of Icelandic literature*, 2006, S. 509

40 *Die Saga von den Leuten aus dem Laxárdal,* in *Isländersagas 2*, S. 589, dt. Karl-Ludwig Wetzig

41 In seinem Buch *Tristes Tropiques* (1955), siehe https://newlearningonline.com/literacies/chapter-1/levi-strauss-on-the-functions-of-writing

42 Siehe 19), S. 29

43 Jürg Glauser: *Island: Eine Literaturgeschichte*, S. 11

44 Zitat nach Sverrir Tómasson: »Bændur flugust á«, *Gripla*, 2003, S. 326

45 Siehe Gunnar Karlsson: *Goðamenning*, 2004, S. 393
46 *Íslendingabók*, in Örnólfur Thorsson (Hg.): *Sturlunga Saga: Skýringar og fræði*, S. 9
47 *Kristni Saga*, in Jónas Kristjánsson u. a. (Hg): *Biskupasögur I*, 2003, S. 33
48 Siehe einen Artikel des Historikers Gunnar Karlsson, https://www.visindavefur.is/svar.php?id=59906
49 Siehe Óskar Guðmundsson: *Öldin tólfta*, 2003, S. 11
50 *Goðamenning*, 45), S. 441
51 Zitiert nach Halldór Guðmundsson: *Island: Insel aus Geschichten*, 2021, S. 70
52 Ebd., S. 69
53 *Goðamenning*, S. 447
54 Ebd., S. 429
55 Übersetzung siehe http://userpage.fu-berlin.de/~alvismal/2diana.pdf. Die deutsche Übersetzung beim Marix Verlag ist anders.
56 Zitat nach Guðrún Ása Grímsdóttir: »Snorri Sturluson«, in *Heimskringla – Lykilbók*, 1991, xlv, deutsche Übersetzung von Hans-Jürgen Hube, *Heimskringla*, 2006, S. 85
57 *Heimskringla*, dt. Hans-Jürgen Hube, S. 85–86
58 Deutsche Übersetzung ebd., S. 340
59 Diese Idee habe ich einem Gespräch mit dem isländischen Philosophen Jóhann Páll Árnason zu verdanken.
60 Siehe Stefán Karlsson, https://handrit.is/manuscript/list/bibliography/StefKarl44
61 Siehe Jürg Glauser, *Island*, S. 94–95
62 Siehe Artikel von Ármann Jakobsson, https://www.visindavefur.is/svar.php?id=6494
63 Zitat nach *Íslensk bókmenntasaga II*, S. 174
64 Gunnar Karlsson: *Goðamenning*, S. 291
65 Siehe Artikel von Skúli Sæland, https://www.visindavefur.is/svar.php?id=4429
66 Dies hat mir Einar Kárason erzählt, nach mehreren Treffen mit amerikanischen Produzenten, die an den Sturlungen interessiert waren.
67 Zitat nach *Island: Insel aus Geschichten*, S. 27
68 Vemund Skard: *Norsk språkhistorie bind 1*, S.. 113, 1973, und Jung Chang und Jon Halliday: *Mao: The Unkown Story*, 2005.
69 Ein Leitfaden in dem Buch des Historikers Sverrir Jakobsson: *Auðnaróðal*, 2016
70 Zitat nach *Island: Insel aus Geschichten*, S. 40–41
71 Ebd.
72 Einar Kárason: *Die Sturlungen*, 2013, S. 13–14, dt. Kristof Magnusson
73 Ebd., S. 337
74 Zitat nach *Island: Insel aus Geschichten*, S. 10
75 Siehe deutsche Erklärung hier, https://de.wikipedia.org/wiki/Tragischer_Held
76 *Die Saga von Brennu-Njáll*, in *Isländersagas 1*, S. 195, dt. Karl-Ludwig Wetzig

77 Ebd., S. 549
78 Ebd., S. 601
79 Die Übersetzung dieses Satzes in *Isländersagas 2* scheint mir nicht ganz gelungen.
80 *Isländersagas 3*, S. 420, dt. Kristof Magnusson
81 Ebd., Vorwort, S. 394
82 Ebd., S. 393
83 Ebd., S. 483
84 Dieses Gleichnis habe ich aus einem Gespräch mit Örnólfur Thorsson.
85 »It was to the Icelandic sagas, he said, that he owed his idea of tone in fiction«, siehe z. B. https://www.jamescumminsbookseller.com/pages/books/323850/dashiell-hammett/the-maltese-falcon
86 Örnólfur Thorsson und Sverrir Tómasson: »Um Íslendingasögur I«, in *Íslendingasögur I*, 2018, S. xviii
87 *Íslenskar bókmenntir 1*, S. 122
88 *Isländersagas 1*, S. 814, siehe 76
89 M. M. Bakhtin: »The Epic and the Novel«, in *The Dialogic Imagination*, 1981
90 Zitat von Örnólfur Thorsson, der das Marketingmaterial der englischen Gesamtausgabe betreute und Milan Kundera, der öfter auf Island war, um ein »Quote« zu den Sagas bat.
91 *Isländersagas 2*, S. 24
92 Halldór Guðmundsson: »Íslendingasögur og skáldsagnagreining«, in *Skáldskaparmál I*, 1990, S. 69
93 *Isländersagas 2*, S. 49, dt. Matthias Kruse
94 Ebd., S. 38
95 Helga Kress: »Bróklindi Falgeirs«, in *Skírnir*, Herbst 1987
96 Halldór Laxness: *Der große Weber von Kaschmir*, 1988, S. 132, dt. Hubert Seelow
97 Siehe auch Örnólfur Thorsson: »Leitin að landinu fagra: Hugleiðing um rannsóknir á íslenskum fornbókmenntum« *Skáldskaparmál* I, 1990
98 Glauser: *Island: Eine Literaturgeschichte*, S. 94
99 Zitat nach Glauser, ebd., S. 97
100 Ebd., S. 98
101 Zitat nach *Íslensk bókmenntasaga I*, S. 316
102 Ebd. S. 214
103 Óskar Guðmundsson: *Snorri Sturluson: Homer des Nordens,* 2011
104 Siehe 29)
105 Vertreten besonders von den Autoren Matthias Johannessen und Einar Kárason
106 Guðvarður Már Gunnlaugsson: »Latin Fragments Related to Iceland«, in: *Nordic Latin manuscript fragments: The destruction and reconstruction of Medieval books*, Åslaug Ommundsen und Tuomas Heikkilä (Hg.), London, 2017
107 Siehe Torfi H. Tulinius: *Les sagas islandaises: enjeux et perspectives*, 2023, S. 31. Das Konzept kommt ursprünglich von Judith Jesch.

108 Brief an Leo Löwenthal 1942, Zitat nach Martin Jay: *The Dialectical Imagination*, S. 258

109 Páll Skúlason: »Hugleiðingar um heimspeki og frásagnir«, in *Skírnir*, Frühjahr 1981, S. 16

110 Glauser, *Island: eine Literaturgeschichte*, S. 41

111 Siehe *A History of Icelandic Literature*, S. 509

112 Siehe Halldór Guðmundsson: *Halldór Laxness: Eine Biographie*, 2009

113 Diese These habe ich aus einem noch unveröffentlichten Essay von Jóhann Páll Árnason, »Kristnihald á norðurhjara«.

114 Zitat von Örnólfur Thorsson, der das Marketingmaterial der englischen Gesamtausgabe betreute.

115 Svanhildur Óskarsdóttir u. a. (Hg.): *66 handrit úr fórum Árna Magnússonar*, 2013, S. 188

116 *Íslenskar bókmenntir I*, S. 116

117 *Isländersagas 2*, S. 607

118 *Íslenskar bókmenntir I*, S. 144

119 Siehe Steinunn Kristjánsdóttir: *Leitin að klaustrunum*, 2017

120 Siehe auf Deutsch: http://www.handritinheima.is/de/sagan/handritageymd/14-oldin.htm

121 *Íslenskar bókmenntir I*, S. 163

122 Halldór Laxness: »Formáli fyrir Alexanderssögu«, in *Sjálfsagðir hlutir*, 1946, S. 367

123 *Íslensk bókmenntasaga II*, S. 345

124 Guðný Árnadóttir: *Hugurinn einatt hleypur minn*, 2020, S. 73. Übersetzung Kristof Magnusson (KM)

125 Siehe Hjalti Hugason: »Guðmundur Arason«, https://timarit.is/page/6557519#page/n161/mode/2up

126 Einar Ólafur Sveinsson (Hg.): *Íslenskar þjóðsögur og ævintýri*, 1986, S. 78

127 Örnólfur Thorsson (Hg.): *Sturlunga Saga I*, S. 173

128 Ebd., S. 322

129 *Íslenskar bókmenntir I*, S. 150

130 »Maríu Saga« in Ásdís Egilsdóttir u. a. (Hg.): *Maríukver*, 1996, S. 58, 60, 62

131 Halldór Guðmundsson: »Ofar hverri kröfu«, in *Tímarit Máls og menningar*, 2/1998

132 *Sólarljóð*, Strophe 82 (zugänglich in verschiedenen Ausgaben im Internet), Übersetzung KM

133 *Íslensk bókmenntasaga I*, S. 511

134 *Lilja*, Strophe 59 (zugänglich in verschiedenen Ausgaben im Internet), Übersetzung KM

135 Axel Kristinsson: *Hnignun, hvaða hnignun*, 2018

136 Ebd., S. 21

137 Ebd., S. 122

138 *Íslenskar bókmenntir I*, S. 229

139 Ebd., S. 247

140 Ein erstes Beispiel eines solchen »Tanzverbots« findet man in der Bischofsgeschichte von Jón Ögmundsson, der zu Beginn des 12. Jahrhunderts Bischof auf Hólar war.

141 Dies behaupten Eggert Ólafsson und Bjarni Pálsson in ihrem Reisebuch, *Ferðabók*, erste isländische Ausgabe 1943.

142 *Íslenskar bókmenntir I*, S. 228

143 Siehe Silvia Hufnagel: »Alt und neu: Isländische Handschriften, Bücher und die Gesellschaft des 16. und 17. Jahrhunderts«, in *Quelle und Deutung III*, Budapest 2015, S. 151

144 Zitat nach Jón Helgason: *Öldin sextánda,* 1980, S. 181

145 Ólafur Gunnarsson: *Öxin og jörðin*, 2003, S. 313–314

146 Ásgeir Jónsson: *Uppreisn Jóns Arasonar*, 2020

147 Die dänische Ausbeutung Islands war wohl nie so schlimm wie die Unabhängigkeitsbewegung es darstellte, siehe Helgi Þorláksson: »Tekjur konungs« in Sigurður Líndal (Hg.): *Saga Íslands VI*, S. 2003.

148 Siehe Helgi Guðmundsson: »Um þrjú basknesk-íslenzk orðasöfn frá 17. öld«, in *Íslenskt mál og almenn málfræði* 1/1979

149 Hufnagel 143), S. 150

150 Zitat aus einem Artikel über die Anfänge des isländischen Buchdrucks, https://prentsogusetur.is/upphaf-prentunar-a-islandi/

151 *Í fjarska norðursins,* 7) S. 63

152 Ebd., S. 93–98

153 Jakob Benediktsson: »Inngangur« í Arngrímur Jónsson: *Crymogæa*, 1985, S. 14

154 Ebd., S. 26

155 Siehe Viðar Hreinsson: *Jón lærði & náttúrur náttúrunnar*, 2016

156 Hufnagel, 143), S. 155

157 Helgi Þorláksson: *Sjórán og siglingar*, 1999, S. 208, Übersetzung KM

158 Max Nordau: *Vom Kreml zur Alhambra I,* 1880, S. 306

159 Siehe https://www.ruv.is/frett/hinir-ensku-vikingar

160 Már Jónsson und Kári Bjarnason (Hg): *Reisubók Ólafs Egilssonar*, 2020, S. 111–112. Übersetzung KM.

161 Siehe ebd., »Inngangur«, S. 51

162 Ebd., S. 47

163 Ebd., S. 50

164 Helgi Skúli Kjartansson: *Hallgrímur Pétursson*, 1974, S. 28

165 Siehe z. B. Már Jónsson, https://www.visindavefur.is/svar.php?id=4476

166 Siehe 164), S. 33

167 *Hallgrímskver*, deutsche Prosaübersetzung von Wilhelm Friese, http://fyrkrans.info/gdnsl.pdf

168 Auf Deutsch zur Literatur des Barocks siehe z. B. https://de.wikipedia.org/wiki/Barock#Literatur_des_Barock

169 Hallgrímur Pétursson: *Die Passionspsalmen,* übersetzt von Wilhelm Klose, 1974, S. 1

170 Siehe https://www.hallgrimurpetursson.is/skaldid/passiusalmarnir/

171 Siehe 169), S. 179

172 *A History of Icelandic Literature,* S. 215–216

173 Siehe 167), S. 125

174 Helgi Skúli Kjartansson, S. 145, Silvia Hufnagel: »Projektbericht ›Alt und neu‹: Titelseiten von isländischen Psalmliedhandschriften« in *Quellen und Deutung IV*, S. 71

175 Halldór Laxness: *Vettvángur dagsins,* 1942, S. 61

176 Siehe Julia Zernack, https://edoc.hu-berlin.de/bitstream/handle/18452/2427/zernack.pdf?sequence=1

177 Siehe den Eid zum Beispiel hier: https://timarit.is/page/2446537?iabr=on#page/n1/mode/2up

178 Torfhildur Hólm: *Brynjólfur Sveinsson biskup,* 1882, Nachwort.

179 Margrét Eggertsdóttir, »Frómum og guðhræddum, leikum og lærðum« Um Guðbrand biskup Þorláksson og þýðingar hans, academia.edu

180 Zitat aus *Íslenskar bókmenntir I*, S. 275

181 Darüber klagt er in seinem Vorwort zu *Vísnabók*, 1612, »Til leserans«. Die Originalausgabe ist hier: https://baekur.is/bok/df7f5d3c-da07-4857-887e-d56c1e903690/0/6/Ein_ny#page/n5/mode/2up.

182 https://www.nibelungenlied-gesellschaft.de/nlg/beitraege/martin-luthers-poetische-fabeln/

183 Text nach https://bragi.arnastofnun.is/ljod.php?ID=2086, Übersetzung KM

184 Text nach https://ljod.is/poem/3947/, Übersetzung KM

185 Ólína Kjerúlf Þorvarðardóttir: *Brennuöldin*, 2000.

186 *Píslarsaga Síra Jóns Magnússonar,* 1967, S. 83, Übersetzung KM

187 Ebd., S. 43–44, Übersetzung KM

188 Ebd., Vorwort von Sigurður Nordal

189 *Íslenskar bókmenntir I*, S. 348

190 *Reisubók Jóns Ólafssonar Indíafara*, 1992, S. 1

191 Ebd., S. 22–23, Übersetzung KM

192 Steinunn Inga Óttarsdóttir, siehe https://steinunninga.com/greinar/annad-2/thetta-er-ei-annad-en-eins-manns-sjoferdaskrif/

193 Ebd.

194 Siehe https://is.wikipedia.org/wiki/Manntali%C3%B0_1703

195 *Íslensk bókmenntasaga II*, S. 521

196 *Íslenskar bókmenntir I*, S. 375

197 *Vídalínspostilla*, 1995, S. 156, Übersetzung KM

198 Ebd., S. 130–131, Übersetzung KM

199 Siehe Már Jónsson,: https://www.visindavefur.is/svar.php?id=71233

200 Zitat nach: *Íslenskar bókmenntir II*, S. 408

201 *Des Vice-Lavmands Eggert Olafsens und des Landphysici Biarne Povelsens Reise durch Island: veranstaltet von der Königlichen Societät der Wissenschaften in Kopenhagen,* 1774, Teil 2, S. 137

202 *Íslenskar bókmenntir II*, S. 419

203 Ebd., S. 418

204 Ebd., S. 451

205 *Íslensk bókmenntasaga III*, S. 15–16

206 *Íslenskar bókmenntir I*, S. 363

207 Silja Aðalsteinsdóttir u. a. (Hg.): *Isländische Lyrik*, 2001, S. 41, dt. Jón Bjarni Atlason und Alexander Sitzmann

208 Siehe https://www.visindavefur.is/svar.php?id=22048

209 *Íslensk bókmenntasaga III*, S. 127, Übersetzung KM

210 Ebd., S. 134

211 Die Autobiografie war zu seinen Lebzeiten in zwei Bruchstücken erschienen, aber erst 1891 unter diesem Titel: *The Convict King: Being the Life and Adventures of Jorgen Jorgenson, Monarch of Iceland, Naval Captain, Revolutionist, British Diplomatic Agent, Author, Dramatist, Preacher, Political Prisoner, Gambler, Hospital Dispenser, Continental Traveller, Explorer, Editor, Expatriate Exile, and Colonial Constable.*

212 https://de.wikipedia.org/wiki/J%C3%B8rgen_J%C3%BCrgensen

213 Siehe Bragi Guðmundsson und Gunnar Karlsson: *Uppruni nútímans*, 1997, S. 18–19

214 Siehe Guðjón Friðriksson: *Jón Sigurðsson II*, 2003, S. 561

215 Siehe https://is.wikipedia.org/wiki/Einfalt_matrei%C3%Bosluvasakver_fyrir_heldri_manna_h%C3%BAsfreyjur

216 Siehe Svanur Jóhannesson: *Prentsmiðjueintök – Prentsmiðjusaga Íslands*, 2014

217 *Íslenskar bókmenntir II*, S. 538

218 Ebd., S. 448

219 Hufnagel, 143), S. 151–152

220 *Íslensk bókmenntasaga III*, S. 271

221 *Íslenskar bókmenntir II*, S. 465

222 Ebd., S. 437

223 Nach *Íslensk bókmenntasaga III*, S. 275

224 Gesamttext zum Beispiel hier: https://bragi.arnastofnun.is/ljod.php?ID=3228, Übersetzung KM

225 Atli Antonsson: »Meðvirknin með landinu«, *Skírnir*, Herbst 2022

226 Ebd.

227 Siehe Benóný Ægisson, https://www.orgvel.is/aett/drotning.html

228 Siehe Ida Pfeiffer: *Reise nach dem skandinavischen Norden und der Insel Island im Jahre 1845*. https://www.gutenberg.org/cache/epub/46868/pg46868-images.html

229 Siehe *Halldór Laxness: Eine Biographie*, S. 21

230 Ida Pfeiffer, https://www.gutenberg.org/cache/epub/47193/pg47193-images.html

231 Ebd.

232 *Fjölnir*, 1835, S. 1

233 *Fjölnir*, 1837. Die Zeitschrift kann man auf www.timarit.is lesen.

234 *Fjölnir*, 1838, S. 23

235 Siehe *Ferðabók Tómasar Sæmundssonar*, 1947

236 Ólafur Gíslason, https://hugrunir.com/tag/tomasarhagi/
237 Halldór Laxness: *Alþýðubókin*, 4. Ausgabe 1955, S. 65
238 *A History of Icelandic Literature*, S. 266
239 Ebd., S. 270
240 Silja Aðalsteinsdóttir (ed), *Raddir barnabókanna*, 1999, S. 11
241 Siehe Dagný Kristjánsdóttir, *Bókabörn*, 2015, S. 42
242 Silja Aðalsteinsdóttir, 240), S. 12
243 Über ihn gibt es die ausgezeichnete Biografie von Páll Valsson, *Jónas Hallgrímsson: ævisaga*, 1999.
244 Siehe u. a. Johan Fjord Jensen: *Efter guldalderkonstruktionens sammenbrud I-III*, 1981
245 Zitat aus dem Gedicht von Jónas Hallgrímsson: »Alsnjóa«
246 *Isländische Lyrik*, S. 51, dt. Margarete Lehmann-Filhès
247 Zitat nach Helga Kress (Hg.): *Stúlka: Ljóð eftir íslenskar konur*, S. 37
248 Ebd., S. 19
249 *Isländische Lyrik*, S. 53, dt. Richard Kölbl
250 *Stúlka*, S. 13
251 Ebd.
252 Ebd., S. 41
253 Ebd., S. 43
254 Siehe *Island: Insel aus Geschichten*, S. 221
255 Nach einem Artikel über diese Debatte in der Zeitung *Vísir*, 21/12 1957
256 Gísli Brynjúlfsson: *Dagbók í Höfn*, 1952
257 Siehe Artikel von dem Historiker Guðjón Friðriksson in *Lesbók Morgunblaðsins*, 29/10 1988
258 Text unter anderem hier: https://is.wikipedia.org/wiki/B%C3%B3lu-Hj%C3%A1lmar, Übersetzung KM
259 Text zum Beispiel hier: https://bragi.arnastofnun.is/ljod.php?ID=3980, Übersetzung KM
260 Zitat nach *A History of Icelandic Literature*, S. 202
261 *Vom Kreml zu Alhambra I*, 158), S. 305–306
262 Siehe *Íslenskar bókmenntir II*, S. 482
263 Jón Thoroddsen: *Jüngling und Mädchen*, übersetzt von Jos. Cal. Poestion, Leipzig 1880, S. 37
264 *A History of Icelandic literature*, S. 298
265 Ebd., S. 301
266 Gerður Steinþórsdóttir: »Brautryðjandinn Torfhildur Þ. Hólm og sögulega skáldsagan«, in *Andvari*, 2008, S. 137
267 Ebd., S. 135
268 Siehe *A History of Icelandic Literature*, S. 312
269 Ebd., S. 313
270 Zitat nach Halldór Guðmundsson: *Loksins, loksins*, S. 34–35
271 Ebd.
272 Halldór Laxness: *Sjömeistarasagan*, 1978, S. 161

273 Siehe https://lestu.is/safn/Einar%20Hjorleifsson%20Kvaran/index.html
274 Siehe einen Artikel von Jón Özur Snorrason, https://www.mbl.is/greinasafn/grein/126999/
275 *Íslensk bókmenntasaga III*, S. 845
276 Ebd., S. 849
277 *Isländische Lyrik*, S. 58, dt. Josef Calasanz Poestion
278 *Íslenskar bókmenntir II*, S. 510
279 Siehe *Halldór Laxness: Eine Biographie*, S. 14
280 Guðmundur Andri Thorsson (Hg.): *Þjóðskáldin*, S. 681
281 Siehe *Island: Insel aus Geschichten*, S. 105
282 *Isländische Lyrik*, S. 57, dt. Gert Kreutzer
283 Ebd., S. 59, dt. Jón Bjarni Atlason und Alexander Sitzmann
284 *Íslensk bókmenntasaga III*, S. 754
285 *Íslenskar bókmenntir II*, S. 531
286 *Isländische Lyrik*, S. 61, dt. Björn Kozempel und Richard Kölbl
287 Siehe *Stúlka*, S. 72
288 *Íslensk bókmenntasaga III*, S. 874
289 Nach *Loksins, loksins*, S. 26–28
290 *Íslensk bókmenntasaga III*, S. 911
291 *Isländische Lyrik*, S. 69, dt. Melitta Urbancic
292 Ebd., S. 68, dt. Jón Bjarni Atlason und Alexander Sitzmann
293 Ebd., S. 65, dt. Jón Bjarni Atlason und Alexander Sitzmann
294 Zitat nach Halldór Guðmundsson: *Skáldalíf*, 2006, S. 70
295 Jón Yngvi Jóhannsson: »Jøklens Storm svalede den kulturtrætte Danmarks Pande«, *Skírnir*, Frühjahr 2001
296 Gunnar F. Guðmundsson: *Pater Jón Sveinsson – Nonni*, 2012, S. 85, dt. Gert Kreutzer
297 Ebd., S. 9
298 Ebd., S. 8
299 Halldór Laxness: *Í túninu heima*, 1975, S. 161
300 *Nonni*, 296), S. 409
301 *Halldór Laxness: Eine Biographie*, S. 246
302 *Nonni*, 296), S. 492
303 Siehe Helga Kress: *Guðmundur Kamban: Æskuverk og ádeilur*, 1970
304 Siehe Sveinn Einarsson: *Kamban: líf hans og starf*, 2013, S. 34, und *A History of Icelandic Literature*, S. 559
305 *Íslensk bókmenntasaga IV*, S. 99
306 *A History of Icelandic literature*, S. 389
307 *Kamban*, 304), S. 395
308 Gunnar Dal: »Kristmann Guðmundsson rithöfundur sextugur«, *Morgunblaðið*, 22.10. 1961
309 *Morgunblaðið*, 23. 7. 1978
310 *Íslensk bókmenntasaga IV*, S. 300
311 *New York Times*, 26.4. 1936

312 *Lesbók Morgunblaðsins*, 20.10. 2001

313 Ásta Kristín Benediktsdóttir schreibt über das Buch, siehe https://hugras.is/2011/10/braedralag-manna-a-planetunni-lai/.

314 Ebenda und Gunnþórunn Guðmundsdóttir: »Hvorki annálar né vísindaleg sagnfræði«, *Skírnir*, Herbst 2012

315 *Skáldalíf*, 294, S. 10

316 *Island: Insel aus Geschichten*, S. 163

317 *Skáldalíf*, S. 174, Matthías V. Sæmundsson: *Mynd nútímamannsins*, 1982

318 *Loksins, loksins*, S. 102

319 Zitat in *Skáldalíf*, S. 197

320 Siehe die Webseite von Gunnarsstofnun, www.skriduklaustur.is

321 Gunnar Gunnarsson: *Advent im Hochgebirge*, 2017, S. 57, Zitat nach https://xn--mit-bchern-um-die-welt-wlc.de/gunnar-gunnarsson-advent-im-hochgebirge/

322 *Politiken*, 8. 11. 1927. Es gab auch einen Kommune-Aufstand in Marseille, nicht nur in Paris.

323 Siehe die Biografie von Jón Yngvi Jóhannsson: *Landnám*, 2011

324 Siehe https://edoc.hu-berlin.de/bitstream/handle/18452/8624/3.pdf?sequence=1

325 *Skáldalíf*, S. 306

326 Ebd., S. 229

327 Soffía Auður Birgisdóttir u. a. (Hg.): *Die schönsten Erzählungen Islands*, 2011, S. 63, dt. Richard Kölbl

328 Þórbergur Þórðarson, *Bréf til Láru*, 1925, S. 32

329 Helena Kadečková: »Upphaf íslenskra nútímabókmennta«, *Tímarit Máls og menningar*, 2/1971

330 *Skáldalíf*, S. 285

331 *Isländische Lyrik*, S. 79, dt. Gert Kreutzer

332 *Skáldalíf*, S. 273

333 Ferdinand Tönnies: *Gemeinschaft und Gesellschaft*, 1887, S. 4

334 Siehe *Loksins, loksins*

335 Zitat nach *Halldór Laxness: Eine Biographie*, S. 98

336 Ebd., S. 227.

337 *Der große Weber von Kashmir*, S. 9

338 Ebd., S. 30. Das letzte Gleichnis hat der Autor in späteren Ausgaben gestrichen, und es ist deswegen nicht in der deutschen Übersetzung. Siehe *Halldór Laxness: Eine Biographie*, S. 227

339 Siehe *Halldór Laxness: Eine Biographie*, 318

340 Ebd., S. 388

341 Die These stammt von Vésteinn Ólason: *Sjálfstætt fólk*, 1983

342 *Halldór Laxness: Eine Biographie*, S. 389

343 Halldór Guðmundsson: *Halldór Laxness: Sein Leben*, 2011, S. 66

344 *Halldór Laxness: Eine Biographie*, S. 7

345 Ebd., S. 741

346 Ebd., S. 647

347 Ebd., S. 784
348 *New York Times*, 20. 2. 2005
349 *Halldór Laxness: Sein Leben*, S. 228
350 Halldór Stefánsson: *An Islands Küsten*, 1975, S. 51
351 Sigurjón Jónsson: *Silkikjólar og vaðmálsbuxur*, 1922
352 Stefán frá Hvítadal: *Söngvar förumannsins*, 1918, Übersetzung KM
353 *Isländische Lyrik*, S. 74, dt. Björn Kozempel
354 Siehe Kurzbiografie hier: https://skald.is/skaldatal/205-kristin-sigfusdottir
355 Siehe *Loksins, loksins*, S. 82
356 Siehe 354)
357 Siehe *Loksins, loksins* S. 81
358 Dagný Kristjánsdóttir: *Kona verður til*, 1996
359 *Íslenskar bókmenntir II*, S. 624
360 *Íslensk bókmenntasaga IV*, S. 267
361 Ebd., S. 266
362 Guðmundur Jónsson: »Hagþróun og hagvöxtur á Íslandi 1914–1960«, in *Frá kreppu til viðreisnar. Þættir um hagstjórn á Íslandi á árunum 1930 til 1960*, 2002
363 Halldór Laxness: »Ljóðræn skáldsaga«, in *Sjálfsagðir hlutir*, 1946
364 Ólafur Jóhann Sigurðsson: *Að lokum: kvæði*, 1988, Übersetzung KM
365 Halldór Stefánsson in einer Besprechung von *Taxi 79 ab Station*, in *Tímarit Máls og menningar*, 2/1955
366 Halldór Guðmundsson: »Séra Sigvaldi og sjálfgetna skáldsagan«, *Skírnir*, vor 2021
367 Siehe Artikel von Dagný Kristjánsdóttir hier: https://www.visindavefur.is/svar.php?id=67010
368 Zitat nach: Helga Kress: »Bækur og ›kellingabækur‹«, in *Speglanir*, 2000, S. 99
369 Halldór Laxness: *Íslendíngaspjall*, 1967, S. 89
370 Siehe 367)
371 Diese Geschichte erzählte Jakob Benediktsson Örnólfur Thorsson und mir, als wir bei ihm arbeiteten.
372 Siehe zum Beispiel Sigrún Elíasdóttir: »Marshall-áætlunin og tæknivæðing Íslands«, hier: https://skemman.is/bitstream/1946/11699/1/Marshall-%C3%A1%C3%A6tlunin%20og%20t%C3%A6kniv%C3%A6%C3%B0ing%20%C3%8Dslands%20skil.pdf
373 Einar Kárason: *Die Goldinsel*, 2011, S. 9, dt. Marita Bergsson
374 Eysteinn Þorvaldsson und Wolfgang Schiffer (Hg.): *Bei betagten Schiffen: Islands »Atomdichter«*, 2012, S. 165, dt. Dirk Gerdes
375 *Isländische Lyrik*, S. 89, dt. Marita Bergsson
376 Ebd., S. 95, dt. Gert Kreutzer
377 Siehe 374), S. 17, dt. Franz Gíslason und Wolfgang Schiffer
378 Ebd., S. 242–243, dt. Sigrún Valbergsdóttir und Wolfgang Schiffer. Übersetzung der Zeilen von »Dymbilvaka« S. 56 von Kristof Magnusson
379 Siehe https://www.ruv.is/frettir/menning-og-daegurmal/gleymt-atomskald-dregid-fram-i-dagsljosid

380 *Isländische Lyrik,* S. 108, dt. Betty Wahl
381 Siehe 374), S. 265, dt. Dirk Gerdes
382 *Isländische Lyrik,* S. 101–102, dt. Jón Thor Gíslason und Wolfgang Schiffer
383 Halldór Guðmundsson: »Sjödægra, módernisminn og syndafall Íslendinga«, *Svart á hvítu,* 2/1978
384 Snorri Hjartarson: *Kvæðasafn,* 1992, S. 193
385 *Isländische Lyrik,* S. 117, dt. Jón Bjarni Atlason und Alexander Sitzmann
386 Band 45 der Buchreihe geistige Begegnung des Instituts für Auslandsbeziehungen, Stuttgart
387 Ebd., S. 418
388 Siehe u.a. https://spainsnews.com/jaime-salinas-the-writer-who-invented-carmen-balcells/
389 *Moderne Erzähler der Welt: Island,* S. 360
390 Milan Kundera: »Le secret des ages de la vie«, in *Une rencontre,* 2009, ursprünglich 1996 in *Le Nouvel Observateur*
391 Siehe 389), S. 331
392 Siehe *A History of Icelandic Literature,* S. 431
393 Ebd., S. 539
394 Ebd.
395 Sigríður Kristín Þorgrímsdóttir: *Jakobína: saga skálds og konu,* 2019
396 *Íslensk bókmenntasaga IV,* S. 638
397 Siehe auch über Jakobína in *Island: Insel aus Geschichten,* S. 117
398 Ásta Sigurðardóttir: »Sunnudagskvöld til mánudagsmorguns«, *Líf og list,* 4/1951
399 Siehe Kurzbiografie hier: https://skald.is/skaldatal/45-asta-sigurdardottir
400 Im Frühjahr 2023 sendete der isländische Rundfund RUV vier Programme über Helga Novak in Island, woraus das unter anderem hervorgeht, siehe hier: https://www.ruv.is/utvarp/spila/utsendari-astarinnar/34471.
401 Siehe diesen Artikel: http://www.planetlyrik.de/helga-m-novak-ostdeutsch/2011/06/
402 *Isländische Lyrik,* S. 104, dt. Jón Bjarni Atlason und Alexander Sitzmann
403 Zitat aus Þorsteinn frá Hamri: *Mötull konúngur eða Caterpillar,* 1974, dt. Kristof Magnusson
404 Siehe https://www.islit.is/vidtol-vid-hofunda/nr/684
405 *Isländische Lyrik,* S. 148, dt. Jón Bjarni Atlason und Alexander Sitzmann
406 Siehe *Íslensk bókmenntasaga V,* S. 572
407 Siehe Halldór Guðmundsson: »Sagan blífur«, in *Tímarit Máls og menningar,* 3/1991
408 Pétur Gunnarsson: *Splunkunýr dagur,* 1973, Übersetzung KM
409 Siehe 407)
410 Ebd.
411 *Die schönsten Erzählungen Islands,* S. 94, dt. Coletta Bürling
412 Gauti Kristmannsson: *Ausbrüche und Eindrücke: Essays zur isländischen Gegenwartsliteratur,* 2012, S. 59

413 In *Frankfurter Allgemeine Zeitung*, 25.01.2005
414 Jón Yngvi Jóhannson in *Íslensk bókmenntasaga V*, S. 401
415 Halldór Guðmundsson: »Eftirmáli« in Einar Már Guðmundsson: *Riddarar hringstigans*, 2022, S. 207
416 Halldór Guðmundsson: »Hljóðbók frá Hrappsey: Umbreytingaskeið í íslenskri bókaútgáfu«, *Skírnir*, Frühjahr 2022
417 *Die schönsten Erzählungen Islands*, S. 165, dt. Petra Schulze
418 Siehe die Zeitung *DV*, 12.12. 1975
419 Siehe https://skald.is/greinar/159-tofraraunsaei-i-islenskum-samtimabokmenntum-eftir-sigridi-albertsdottur
420 Siehe Geir Svansson: »Ósegjanleg ást«, *Skírnir*, Herbst 1998
421 Ebd., S. 493
422 *Die schönsten Erzählungen Islands*, S. 192, dt. Petra Schulze
423 *Isländische Lyrik*, S. 163, dt. Jón Bjarni Atlason und Alexander Sitzmann
424 Sjón, Interview in *DV*, 14/9 1985
425 So im Präsentationsmaterial des Fischer Verlags.
426 Zitat aus John Swedenmarks Nachwort zu Sjón: *Ljóðasafn 1978–2022*, 2022, Übersetzung KM
427 Hallgrímur Helgason: *60 Kilo Sonnenschein*, 2022, S. 309
428 *Isländische Lyrik*, S. 140, dt. Wolfgang Kühnelt und Magnús Baldursson
429 Ebd., S. 141
430 Ebd., S. 135. Übersetzung der letzten Zeilen von mir geändert
431 *Íslensk bókmenntasaga V*, S. 239
432 Siehe https://www.islit.is/vidtol-vid-hofunda/nr/592
433 Siehe https://blokkinaheimsenda.net/
434 Gyrðir Elíasson: »Der Flügelmensch«, in *Papierbooteregen*, 1996
435 Zitat aus Halldór Guðmundsson: »Þankaflækja um Gyrði«, in Magnús Sigurðsson (Hg.): *Okkurgulur sandur*, 2010
436 In Gyrðir Elíasson: *Tvö tungl*, 1989, Übersetzung KM
437 Siehe *Island: Insel aus Geschichten*, S. 181
438 Guðrún Eva Mínervudóttir: »Glerbúrka« in *Ástin, Texas,* 2018. Zitat nach https://www.forlagid.is/vara/astin-texas/, Übersetzung KM
439 Jón Kalman Stefánsson, *Ritþing*, siehe https://borgarbokasafn.is/sites/default/files/ritthing/Jon_Kalman_ritthing2017_rafr.pdf
440 Jón Kalman Stefánsson: *Der Sommer hinter dem Hügel*, 2001, S. 42
441 Gauti Kristmannsson, siehe 412), S. 154
442 Jón Kalman Stefánsson: *Ástas Geschichte,* 2019, S. 408
443 *Morgunblaðið*, 20.11.2022
444 Pétur Blöndal und Kristinn Ingvarsson: *Sköpunarsögur*, 2007
445 Aus *Wasser und Zeit*, 2020, Zitat im Material des deutschen Verlags
446 Zitat nach *Halldór Laxness: Eine Biographie,* S. 765
447 Siehe über die Krise: Halldór Guðmundsson u. Dagur Gunnarsson: *Wir sind alle Isländer*, 2009
448 Linda Vilhjálmsdóttir: *Freiheit,* 2018, S. 31

449 Der letzte Absatz stammt aus *Island: Insel aus Geschichten,* S. 227

450 Ewa Marcinek: »Útlendingahersveitin«, *Tímarit Máls og Menningar* 4/2021, S. 120

451 Ewa Marcinek: *Ísland pólerað*, 2022

452 Zu Forrest Gump und Kalmann, siehe https://www.deutschlandfunkkultur.de/joachim-b-schmidt-kalmann-gammelhai-und-ganz-eigene-100.html

453 Halldór Laxness: *Weltlicht,* S. 245, dt. Hubert Seelow

Quellen

Zitierte Bücher. Zeitschriftenartikel und Webseiten finden sich in den Anmerkungen.

Aðalsteinn Eyþórsson u. a. (Hg.), *Íslendingasögur, Íslendingaþættir: heildarútgáfa I-V,* Reykjavík 2018

Andri Snær Magnason, *Wasser und Zeit: Eine Geschichte unserer Zukunft*, dt. Tina Flecken, Berlin 2020 [isl. Original *Um tímann og vatnið* 2019]

Arngrímur Jónsson, *Crymogæa: þættir úr sögu Íslands*, isl. Jakob Benediktsson, Reykjavík 1985 [lat. Original 1609]

Ármann Jakobsson u. a. (Hg.), *Íslenskar bókmenntir: saga og samhengi I-II*, Reykjavík 2021

Árni Björnsson, *Wagner and the Volsungs: Icelandic sources of Der Ring des Nibelungen*, London 2003 [isl. Original *Wagner og Völsungar*, 2000]

Ásdís Egilsdóttir u. a. (Hg.), *Maríukver: sögur og kvæði af heilagri guðsmóður frá fyrri tíð*, Reykjavík 1996

Ásgeir Jónsson, *Uppreisn Jóns Arasonar,* Reykjavík 2020

Axel Kristinsson, *Hnignun, hvaða hnignun: goðsögnin um niðurlægingartímabilið í sögu Íslands,* Reykjavík 2018

Bakhtin, M. M., *The Dialogic Imagination: Four Essays*, engl. Michael Holquist und Caryl Emerson, Austin 1981 [geschrieben auf Russisch 1934–1941]

Barüske, Heinz (Hg. und Übersetzer), *Moderne Erzähler der Welt: Island,* Tübingen u. Basel 1974

Bergsveinn Birgisson, *Leitin að svarta víkingnum*, Reykjavík 2016 [Erste Ausgabe auf Norwegisch 2013]

Boulhosa, Patricia Pires, *Gamli sáttmáli: Tilurð og tilgangur*, isl. Már Jónsson, Reykjavík 2006

Bragi Guðmundsson und Gunnar Karlsson, *Uppruni nútímans: kennslubók í Íslandssögu eftir 1830*, Reykjavík 1997

Böldl, Klaus u. a. (Hg.), *Isländersagas 1–4*, Frankfurt a. M. 2011

Dagný Kristjánsdóttir, *Kona verður til: um skáldsögur Ragnheiðar Jónsdóttur fyrir fullorðna*, Reykjavík 1996

Dagný Kristjánsdóttir, *Bókabörn: íslenskar barnabókmenntir verða til*, Reykjavík 2015

Dillane, Fionnuala, und Gunnþórunn Guðmundsdóttir (Hg), *Iceland – Ireland: memory, literature, culture on the Atlantic periphery*, Leiden u. Boston 2022

Eggert Ólafsson und Bjarni Pálsson, *Des Vice-Lavmands Eggert Olafsens und des Landphysici Biarne Povelsens Reise durch Island: veranstaltet von der Königlichen Societät der Wissenschaften in Kopenhagen*, 1–2, Kopenhagen und Leipzig 1774 [dänisches Original 1772]

Einar Már Guðmundsson, *Riddarar hringstigans*, Reykjavík 2022 [erste Ausg. 1982]

Einar Kárason, *Die Goldinsel*, dt. Marita Bergsson, München 2011 [erste dt. Ausgabe 1995]

Einar Kárason, *Die Sturlungen*, dt. Kristof Magnusson, München 2017 [Sammelband von vier Romanen, die im isl. Original 2001–2014 erschienen]

Einar Ólafur Sveinsson (Hg.), *Íslenskar þjóðsögur og ævintýri*, Reykjavík 1986

Ewa Marcinek, *Ísland pólerað*, isl. Helga Soffía Einarsdóttir, Reykjavík 2022

Eysteinn Þorvaldsson u. Wolfgang Schiffer (Hg), *Bei betagten Schiffen: Islands »Atomdichter«*, Bremen 2011

Finnur Jónsson (Hg.), *Egils Saga Skallagrímssonar. Nebst den größeren Gedichten Egils*, Halle 1924

Gauti Kristmannsson, *Ausbrüche und Eindrücke: Essays zur isländischen Gegenwartsliteratur*, dt. Sabine Leskopf, Berlin 2012

Gísli Brynjúlfsson, *Dagbók í Höfn*, Eiríkur Hreinn Finnbogason (Hg.), Reykjavík 1952

Glauser, Jürg, *Island: eine Literaturgeschichte*, Stuttgart u. Weimar 2011

Guðjón Friðriksson, *Jón Sigurðsson: ævisaga 1–2*, Reykjavík 2002–2003

Guðmundur Andri Thorsson (Hg.), *Þjóðskáldin: úrval úr bókmenntum 19. aldar*, Reykjavík 1992

Guðný Árnadóttir, *Hugurinn einatt hleypur minn: kvæði og æviferill*, Fáskrúðsfjörður 2020

Guðrún Eva Mínervudóttir, *Ástin, Texas*, Reykjavík 2018

Gunnar F. Guðmundsson, *Pater Jón Sveinsson – Nonni*, dt. Gert Kreutzer, Köln 2012 [isl. Original im gleichen Jahr]

Gunnar Karlsson, *Goðamenning: staða og áhrif goðorðsmanna í þjóðveldi Íslendinga*, Reykjavík 2004

Gunnar Gunnarsson, *Advent im Hochgebirge*, dt. Helmut de Boor, Ditzingen 2017 [erste dt. Ausgabe 1936, isl. Ausgabe 1939]

Gyrðir Elíasson, *Tvö tungl*, Reykjavík 1989

Gyrðir Elíasson, *Papierbooteregen*, dt. Sæmundur G. Halldórsson u. Gert Kreutzer, Münster 1996 [isl. Original *Bréfbátarigningin* 1988]

Hallberg, Peter, *Old Icelandic poetry: Eddic Lay and Skaldic verse*, engl. Übers. Paul Schach und Sonja Lindgrenson, Lincoln 1975 [schwedisches Original, *Den fornisländska Poesien*, Stockholm 1962]

Halldór Guðmundsson, *Loksins, loksins: Vefarinn mikli og upphaf íslenskra nútímabókmennta*, Reykjavík 1987

Halldór Guðmundsson, *Halldór Laxness: eine Biographie,* dt. Helmut Lugmayr, München 2009 [isl. Original 2004]
Halldór Guðmundsson, *Skáldalíf: ofvitinn úr Suðursveit og skáldið á Skriðuklaustri*, Reykjavík 2006
Halldór Guðmundsson und Dagur Gunnarsson, *Wir sind alle Isländer: von Lust und Frust in der Krise zu sein*, München 2009
Halldór Guðmundsson, *Halldór Laxness: sein Leben*, dt. Helmut Lugmayr, Göttingen 2011 [erste Ausg. 2002]
Halldór Guðmundsson, *Island: Insel aus Geschichten*, dt. Kristof Magnusson, Wiesbaden 2021
Halldór Laxness, *Der große Weber von Kaschmir*, dt. Hubert Seelow, Göttingen 1988 [isl. Original *Vefarinn mikli frá Kasmír* 1927]
Halldór Laxness, *Weltlicht*, dt. Hubert Seelow, Göttingen 2000 [isl. Original *Heimsljós* 1937–1940]
Halldór Laxness, *Die Islandglocke*, dt. Hubert Seelow, Göttingen 2002 [isl. Original *Íslandsklukkan* 1943–1946]
Halldór Laxness, *Vettvángur dagsins: ritgerðir*, Reykjavík 1942
Halldór Laxness, *Sjálfsagðir hlutir: ritgerðir*, Reykjavík 1946
Halldór Laxness, *Alþýðubókin*, 4. Ausgabe, Reykjavík 1955
Halldór Laxness, *Íslendingaspjall*, Reykjavík 1967
Halldór Laxness, *Í túninu heima*, Reykjavík 1975
Halldór Laxness, *Sjömeistarasagan*, Reykjavík 1978
Halldór Stefánsson, *An Islands Küsten: Erzählungen*, dt. Bruno Kress, Berlin u. Weimar 1975
Hallgrímur Helgason, *60 Kilo Sonnenschein*, dt. Karl-Ludwig Wetzig, Stuttgart 2020 [isl. Original 2018]
Hallgrímur Pétursson, *Die Passionspsalmen*, dt. Wilhelm Klose, Reykjavík 1974
Helga Kress, *Guðmundur Kamban: Æskuverk og ádeilur*, Reykjavík 1970
Helga Kress (Hg.), *Stúlka: ljóð eftir íslenskar konur*, Reykjavík 1997
Helga Kress, *Speglanir: konur í íslenskri bókmenntahefð og bókmenntasögu: greinasafn*, Reykjavík 2000
Helgi Guðmundsson, *Um haf innan: vestrænir menn og íslenzk menning á miðöldum*, Reykjavík 1997
Helgi Skúli Kjartansson, *Hallgrímur Pétursson*, Reykjavík 1974
Helgi Þorláksson, *Sjórán og siglingar: ensk-íslensk samskipti 1580–1630*, Reykjavík 1999
Jay, Martin, *The Dialectical Imagination: A History of the Frankfurt School and the Institute of Social Research 1923–1950*, Los Angeles 1973
Jensen, Johan Fjord, *Efter guldalderkonstruktionens sammenbrud I-III*, Århus 1981
Jón Helgason, *Öldin sextánda*, Reykjavík 1981
Jón Yngvi Jóhannsson, *Landnám: ævisaga Gunnars Gunnarssonar*, Reykjavík 2011
Jón Magnússon, *Píslarsaga síra Jóns Magnússonar*, Sigurður Nordal (Hg.), Reykjavík 1967
Jón Ólafsson, *Reisubók Jóns Ólafssonar Indíafara*, Völundur Óskarsson (Hg.), Reykjavík 1992

Jón Kalman Stefánsson, *Der Sommer hinter dem Hügel*, dt. Karl-Ludwig Wetzig, Bergisch Gladbach 2001 [isl. Original *Skurðir í rigningu* u. *Sumarið bak við brekkuna*, 1996–1997]
Jón Kalman Stefánsson, *Ástas Geschichte*, dt. Karl-Ludwig Wetzig, München 2019 [isl. Original 2017]
Jón Thoroddsen: *Jüngling und Mädchen: eine Erzählung*, dt. Jos. Cal. Poestion, Leipzig 1880 [isl. Original *Piltur og stúlka*, 1850]
Jón Þorkelsson Vídalín, *Vídalínspostilla: húspostilla eður einfaldar predikanir yfir öll hátíða- og sunnudagaguðspjöll árið um kring*, Gunnar Kristjánsson u. Mörður Árnason (Hg.), Reykjavík 1995
Jónas H. Haralz (Hg.), *Frá kreppu til viðreisnar. Þættir um hagstjórn á Íslandi á árunum 1930 til 1960*, Reykjavík 2002
Jónas Jónsson, *Íslandssaga handa börnum I*, Reykjavík 1915
Jónas Kristjánsson u. a. (Hg.): *Biskupasögur I*, Reykjavík 2003
Krause, Arnulf (Hg.), *Die Götter- und Heldenlieder der Älteren Edda*, Stuttgart 2004
Krause, Arnulf (Hg.), *Die Heldenlieder der Älteren Edda*, Stuttgart 2001
Kundera, Milan, *Une rencontre*, Paris 2009
Linda Vilhjálmsdóttir, *Freiheit*, dt. Jón Thor Gíslason u. Wolfgang Schiffer, Nettetal 2018
Magnús Sigurðsson (Hg.), *Okkurgulur sandur: tíu ritgerðir um skáldskap Gyrðis Elíassonar*, Reykjavík 2010
Matthías V. Sæmundsson, *Mynd nútímamannsins: um tilvistarleg viðhorf í sögum Gunnars Gunnarssonar*, Reykjavík 1982
Már Jónsson, *Árni Magnússon: ævisaga*, Reykjavík 1998
Már Jónsson und Kári Bjarnason (Hg.), *Reisubók síra Ólafs Egilssonar og aðrir textar um Tyrkjaránið 1627*, Selfoss 2020
Neijman, Daisy (Hg.), *A History of Icelandic Literature*, Lincoln 2006
Nordau, Max, *Vom Kreml zur Alhambra I: Kulturstudien*, Leipzig 1880
Ommundsen, Åslaug u. a. (Hg.), *Nordic Latin manuscript fragments : the destruction and reconstruction of medieval books*, London 2017
Ólafur Gunnarsson, *Öxin og jörðin*, Reykjavík 2003
Ólafur Jóhann Sigurðsson, *Að lokum: kvæði*, Reykjavík 1988
Ólína Kjerúlf Þorvarðardóttir, *Brennuöldin: galdur og galdratrú í málskjölum og munnmælum*, Reykjavík 2000
Óskar Guðmundsson, *Öldin tólfta: minnisverð tíðindi 1101–1200*, Reykjavík 2003
Óskar Guðmundsson, *Snorri Sturluson: Homer des Nordens: eine Biografie*, dt. Regina Jucknies, Köln 2011 [isl. Original 2009]
Páll Valsson, *Jónas Hallgrímsson: ævisaga*, Reykjavík 1999
Pétur Gunnarsson, *Splunkunýr dagur*, Reykjavík 1973
Pétur Blöndal u. Kristinn Ingvarsson, *Sköpunarsögur: viðtöl við 12 rithöfunda*, Reykjavík 2007
Pfeiffer, Ida, *Reise nach dem skandinavischen Norden und der Insel Island im Jahre 1845 1–2*, Pest 1855

Sigríður Kristín Þorgrímsdóttir, *Jakobína: saga skálds og konu*, Reykjavík 2019
Sigurður Líndal (Hg.), *Saga Íslands VI*, Reykjavík 2003
Sigurður Líndal, *Eine kleine Geschichte Islands*, dt. Marion Lerner, Frankfurt a. M. 2011
Sigurjón Jónsson, *Silkikjólar og vaðmálsbuxur: skáldsaga*, Reykjavík 1922
Silja Aðalsteinsdóttir u. a. (Hg.), *Isländische Lyrik*, Berlin 2011
Silja Aðalsteinsdóttir (Hg.), *Raddir barnabókanna: greinasafn*, Reykjavík 1999
Sjón, *Das Gleissen der Nacht*, dt. Betty Wahl, Frankfurt a. M. 2011 [isl. Original *Rökkurbýsnir*, Reykjavík 2008]
Sjón, *Ljóðasafn 1978–2022*, Reykjavík 2022
Skard, Vermund, *Norsk språkhistorie 1,* Oslo 1973
Snorri Hjartarson, *Kvæðasafn*, Reykjavík 1992
Snorri Sturluson, *Heimskringla*, Bergljót S. Kristjánsdóttir u. a. (Hg.), Reykjavík 1991, dt. Hans Jürgen Hube, *Heimskringla: Sagen der nordischen Könige*, Wiesbaden 2006
Soffía Auður Birgisdóttir u. a. (Hg.), *Die schönsten Erzählungen Islands*, Berlin 2011
Stefán frá Hvítadal, *Söngvar förumannsins*, Reykjavík 1918
Steinunn Kristjánsdóttir, *Leitin að klaustrunum: klausturhald á Íslandi í fimm aldir*, Reykjavík 2017
Sumarliði Ísleifsson, *Í fjarska norðursins: Ísland og Grænland, viðhorfasaga í þúsund ár,* Reykjavík 2020
Svanhildur Óskarsdóttir u. a. (Hg.), *66 handrit úr fórum Árna Magnússonar*, Reykjavík 2013
Svanur Jóhannesson, *Prentsmiðjueintök: prentsmiðjusaga Íslands*, Hveragerði 2014
Sveinn Einarsson, *Kamban: líf hans og starf*, Reykjavík 2013
Sverrir Jakobsson, *Auðnaróðal: baráttan um Ísland 1096–1281*, Reykjavík 2016
Torfhildur Þorsteinsdóttir Hólm, *Brynjólfur Sveinsson biskup: skáldsaga frá 17. öld*, Reykjavík 1882
Torfi H. Tulinius, *Les sagas islandaises: enjeux et perspectives*, Paris 2023
Tómas Sæmundsson, *Ferðabók Tómasar Sæmundssonar*, Jakob Benediktsson (Hg.), Reykjavík 1947
Tönnies, Ferdinand, *Gemeinschaft und Gesellschaft*, Leipzig 1887
Vésteinn Ólason, *Sjálfstætt fólk eftir Halldór Laxness*, Reykjavík 1983
Vésteinn Ólason u. a. (Hg.), *Íslensk bókmenntasaga I-V*, Reykjavík 1992–2006
Viðar Hreinsson, *Jón lærði & náttúrur náttúrunnar*, Reykjavík 2016
Þorsteinn frá Hamri, *Mötull konúngur eða Caterpillar*, Reykjavík 1974
Þórbergur Þórðarson, *Bréf til Láru*, 2. Ausgabe, Reykjavík 1925
Örnólfur Thorsson (Hg.), *Sturlunga Saga I-III*, Reykjavík 1988

Personenregister

Das Register umfasst die Namen von Personen, die im Text erwähnt werden, jedoch nicht der fiktiven. Die Namen von Isländerinnen und Isländern stehen, nach isländischem Gebrauch, unter Vornamen. Dasselbe gilt für Namen aus dem Mittelalter. Im isländischen Alphabet folgt á auf a, ó auf o usw. Nicht berücksichtigt sind die Nachbemerkung, die Endnoten und die Quellen.

MIX
Papier | Fördert gute Waldnutzung
FSC® C014496

Penguin Random House Verlagsgruppe FSC® N001967

1. Auflage

in der Penguin Random House Verlagsgruppe GmbH,
Neumarkter Str. 28, 81673 München
Umschlaggestaltung: semper smile, München
Umschlagmotiv: Hverfjall, ein 2500 Jahre alter vulkanischer Krater bei Mývatn in Nordisland ©Getty Images/ilbusca; ©Shutterstock/Abstractor
Satz: Uhl + Massopust, Aalen
Druck und Einband: GGP Media GmbH, Pößneck
Printed in Germany
ISBN 978-3-442-76242-2

www.btb-verlag.de
www.facebook.com/penguinbuecher